# STAN GETZ
# A LIFE IN JAZZ

by Donald L. Maggin

## スタン・ゲッツ　音楽を生きる

ドナルド・L・マギン　村上春樹〔訳〕

新潮社

# スタン・ゲッツ　音楽を生きる　目次

STAN GETZ: A LIFE IN JAZZ

by

Donald L. Maggin



Published by arrangement with William Morrow,
an imprint of HarperCollins Publishers
through Japan UNI Agency, Inc., Tokyo

Cover Photograph © Guy Le Querrec / Magnum Photos
Design by Shinchosha Book Design Division

# スタン・ゲッツ　音楽を生きる

# 序文

天はスタン・ゲッツに惜しみなく音楽の才能を与えた。絶対音感、リズムのニュアンスに対する類い希な感覚、見事な読譜能力、そして驚くべき写真記憶。しかしながら彼を有名にしたのは、それらの資質ではない。彼の芸術のエッセンスは、新鮮で美しいメロディーを創り出す才能にあり、即興演奏をおこなう能力にあった。彼はその場その場で作曲をする巨人だった。即興演奏とは会話のひとつの方法なのだと、彼は語っている。

それは言語のようなものなんだ。君はアルファベットを習う。それはスケール（音階）だ。君はセンテンスを学ぶ。それはコード（和音）だ。そして君は楽器（ホーン）を使って即席で話すようになる。即席で話せるっていうのは実に素敵なことだよ。ぼくは実際には自由に話をするのは苦手なんだが、でも音楽的には即席で話すことが大好きなんだ。そしてそれこそが、ジャズという音楽のいちばん根っこにあるものだ。

彼はリスナーとの間の会話を、とりわけ心を動かすものにした。なぜなら彼はそのようなメロディー作りの才に加えて、サウンドの広い音域を隅々まで見事に制御できたからだ。囁き、悲鳴、叫び、軽いうなり、むせび泣き。そして彼は常に、その音符に自分の個人的な音色を付け加えた。聴くものの骨髄にまで届く、突き刺すような痛みを。

第二次世界大戦後の十年間に頭角を現したジャズの巨人たちの中で、スタンのキャリアは、その成り立ちや長寿性において、ソニー・ロリンズのそれにいちばんよく似ている。二人は、オーネット・コールマンや、ジョン・コルトレーンや、マイルズ・デイヴィスのような、何かを新しく創出し、ジャズの文法を大きく書き換えてしまう人々ではない。彼らは自分たちが継承した音楽の境界を大きく広げながら、偉大な何かを成し遂げるクリエイターなのだ。

創作力がすぐに燃え尽きることが通常であるその職業において、スタンは最高のレベルの芸術性を、四十六年以上の長きにわたって保ち続けていた。一九四四年十二月十九日に録音された、スタン・ケントン楽団における初めてのソロから、一九九一年三月六日にコペンハーゲンで、ケニー・バロンとのデュエットで吹き込んだ最後のソロに至るまで。そのあいだに、彼はざっと見て三百回の録音をおこなっている。何十年にもわたって私的な苦悩や混乱が続いたにもかかわらず、ごく少数の例外を別にして、どれもすべて最高のレベルで輝いている。

彼のキャリアには数多くの頂点がある。ひとつはビッグバンドとの仕事だ。一九四九年の『初秋』から、一九九〇年の「アパッショナード」に至るまで。とくに一九六一年の傑作アルバム「フォーカス」、それはジャズとクラシック音楽のもっとも成功した結合例となっている。そしてアントニオ・カルロス・ジョビンや、アストラッド・ジルベルトや、ジョアン・ジルベルトや、チャーリー・バードとおこなった芸術性に富んだ仕事。彼はそれによって、ボサノヴァという、それまでほとんど知られていなかったブラジルの地方音楽形態を、陽の当たるところに引っ張り出し、世界中の人々を揺さぶるひとつの大きな力に変貌させたのだ。そしてまた、彼のおこなった多くのミュージシャンたちとのコラボレーション。ジミー・レイニー、ボブ・ブルックマイヤー、ゲイリー・バートン、チック・コリア、ジミー・ロウルズ、アルバート・デイリー。最後の十年における、ケニー・バロンとの素晴らしいカルテット、及びデュエット。晩年の歳月、彼は依存症や他の苦悩を見事に克服し、四年にわたる癌との戦いを勇敢に戦い抜いたのだ。彼は私たちを身震いさせ、私たちを癒やし、そして常に変わらずスウィングさせた。スタンは一九七八年に書いている。

ぼくの人生とは音楽だ。何かしら捉えどころのない、神秘的な、無意識的なやり方で、ぼくはいつも自分の内部にある張りつめたバネによって、宙にはじき飛ばされ、おおむね強制的に音楽の完璧さに到達させられてきた。でもそれと引き替えにしばしば——ほとんどの場合ということだけど——人生の他のすべてのものを犠牲にすることになった。

私たち、音楽を愛するものはすべて、父親が彼に最初のサキソフォンを買い与えた一九四〇年から、一九九一年の死に至るまで、彼を駆り立て続けてきたその「内なる強固なバネ」に感謝するべきかもしれない。

# 第一章

# イースト・ブロンクスのプリンス

ゴールディー・ゲッツはあまりに疲れ果てて、もう叫ぶことすらできなかった。陣痛は三十五時間目に入っており、身体は弱り果てていた。彼女と赤ん坊を救うためには、なんらかの介入が必要だと医師は感じていた。しかしその前にまず、彼は夫であるアルに相談をしたかった。

「鉗子を挿入しなくてはなりません。そうしなければ、母子共に命を落としかねません。あなたにそのことをご承知おき願いたいのです。鉗子を用いるということを」

「ええ、ええ、そりゃなんでも」とアルは口ごもった。二人が二日前に病院にやってきたとき、彼はうきうきしていた。しかし長い時間そこでじっと待機しているうちに、くたくたになってしまった。そして恐怖のために気分が悪くなった。ゴールディーのことを考えるたびに、彼は九年半前の恐ろしい日のことを思い出し、心が動揺した。その日に、母親のベッキーが弟のベニーを出産し、そのために命を落としたことを知らされたのだ。母親がそこになすすべもなく横たわり、大量に出血しながら死んでいった様子を頭に思い浮かべると、気分がますます悪くなっていった。

医師は懸命に処置をおこない、それから一時間後の一九二七年二月二日の朝、ゴールディーはようやく息子のスタンリーを産み落とした。ゴールディーは無事だったが、赤ん坊の方は血まみれの災難に見舞われた。赤ん坊の頭があまりに大きかったので、鉗子は彼の耳を危うく切り落としてしまうところだったのだ。耳を元通りくっつけるために、医師は縫い針を使わなくてはならなかった。

一週間後、病院(フィラデルフィアの聖ヴィンセント病院)を退院するとき、会計係はアルに言った。「奥様も赤ちゃんも、退院なさるのはかまいませんが、耳の縫合料金の五十二ドルを支払っていただかなくてはなりません」

「五十二ドルだって? そいつは高すぎるぜ。赤ん坊は置いていくよ」とアルは軽口を叩き、それから料金を支払った。

スタンリーは特別な子供として、ゲッツ家にもゴールディーの家族(ヤンポルスキー家)にも温かく迎え入れられた。その子は両家にとっての初孫であり、しかも男の子だった。彼の弟ボブは、スタンが誕生したときの衝撃についてこのように述べる。「スタンが生まれたときは、そりゃ大した騒ぎだったそうだ。みんながあちこちから集まってきてね。まるで王位継承するプリンスみたいに育てられたんだ……両方のファミリーにとってまさに輝ける王子様だった」

ゲッツ家もヤンポルスキー家も、一九〇三年にウクライナのキエフ近郊をあとにしていた。当時の恐怖に満ちたポグロム(ユダヤ人集団虐殺)から逃れるためだ。故郷の地にいるときには両家はお互いのことを知らなかった。そして彼らは異なるルートを辿って、目的地フィラデルフィアにやってきた。

アルの父親であるハリス・ガエツキスと、ハリスの妻であるベッキーは、あちこちで半端仕事をしながら、苦労してヨーロッパ大陸を西に向けて横切ってきた。二人はなんとかロンドンにたどり着き、ホワイト・チャペル地区に住んで、ハリスはそこで小さな仕立て屋の店を構えた。アル(正式にはアレクサンダー・セシル)は彼らにとっての最初の子供だった。彼は一九〇四年七月二十四日にロンドンで生まれた。そのあと一九〇六年にフィル(正式にはピンカス)が、そして一九〇八年にはもう一人の男の子が生まれたが、その子は一九一二年に流行った伝染病のために亡くなった。

ハリスには二人の兄弟と一人の姉がいて、全員フィラデルフィアで良い生活をしていた。そして彼にもそちらに来るように声をかけていた。ハリス一家は一九一二年に竣工する「タイタニック」号の処女航海の旅客になろうとしたのだが、まことに幸運なことに、その「不沈客船」の予約は取れなかった。ハリスが家族と共に他の船でアメリカに渡ったのは一九一四年のことだった。

ハリスは、兄弟の一人が西フィラデルフィアに建てた四軒並びの家の一つに落ち着いた。そのあたりは急成長する近郊で、増大するミドル・クラスの人々が集まってきていた。兄の家は彼の家の隣にくっついてあり、他のファミリーのメンバーも近くに住んでいた。ハリスは仕立て屋として、また婦人服のデザイナーとして、服飾産業の中心地であるニューヨークで高い収入を得ていた。一九二四年にはもう週に百ドルの収入があり、それはフィラデルフィアで得られるよりもずっと多い額だった。しかしながら、彼はニューヨークに引っ越す気はなかった。近親者たちのそばで暮らすことを好んだからだ。彼はその二つの都市の間を列車で行き来した。月曜日から金曜日まではニューヨークの下宿屋で暮らし、週末に家に帰った。

ファミリーの人々は全員、アメリカに着いたときに、名前をガエッキスからゲッツに縮めていた。ハリスの兄の一人であるネイサンは、その後もう一度改姓をしている。彼はマンハッタン・サード・アヴェニュー高架鉄道の職に就きたかったのだが、そこはユダヤ人を社員に加えない方針だったので、姓をゲッツからハリスに変えた。ネイサンの息子は医師になり、スタンの叔父のベニーにこう言わせた。「おれたちはすべてのユダヤ人ファミリーの夢をかなえたよ。身内に医者が一人いて、そいつはおれたちと姓が違うんだものな」

アルの父親は厳しく、人に心を許さない人で、子供に親しく接したことはなかった。ベッキーが亡くなった二年後、彼は別の女性と再婚した。その女性も三年後に癌を患って亡くなった。三年後彼はポーリーンと再婚し、彼女はベニーを育てあげ、一九四七年まで生きた。ハリスは一九六〇年に八十三歳で亡くなった。

ゴールディーの父親、サム・ヤンポルスキーは妻のシフラと共に一九〇三年にウクライナのポグロムを逃れ、まっすぐフィラデルフィアにやってきた。彼は皇帝(ツァー)の軍隊の軍曹だったのだが、キリスト教に改宗すれば大尉にしてやるという申し出を蹴って、そのまま退役した。

彼はメドウズというフィラデルフィアの南西部にある貧困地区に家を構えた。今は国際空港になっている場所の近くだ。一九三〇年代の終わり頃まで、そこは田舎同然のところで、人々は畑に野菜を植え、鶏や山羊や牛を飼っていた。多くの家には屋内水道設備はなく、ほとんどの道路は舗装されていなかった。住んでいるのは労働者階級の移民で、ユダヤ人、イタリア人、アイルランド人、ドイツ人などがなんとかそこで生き延びようと努めていた。

サムのいちばん上の子供であるゴールディーは一九〇七年二月十六日に生まれた。そして息子のマイヤーが翌年に誕生した。一九一〇年に母親のシフラがインフルエンザの流行で命を落としたことは、二人の小さな子供たちにとって大きな痛手となった。

二年後にサムはエヴァと再婚した。彼女は寡婦で、ジョーとハリーという二人の息子がいた。彼らはゴールディーとマイヤーとだいたい同じ歳だった。エヴァは貧しく、とても自分の息子たちを養育できなかったので、彼らをユダヤ人の里親のところに預けざるを得なかった。彼女が再婚し、サムとの間に五人の子供たちをもうけたあとでも、彼らはそこに留まっていた。彼らが一家に合流したのは、もう成人してからだった。サムはどうやら自分の血を分けた子供以外を家には入れたくなかったらしい。

ゴールディーは仕事のない時間を持った記憶がなかった。一家におけるいちばん年嵩(としかさ)の子供として、山ほどある家庭内の雑用を次々にこなしていかなくてはならなかった。洗濯し、煮沸し、無数のおしめを乾かし、九人分の食事の後片付けをし、赤ん坊の世話をし、モップをかけ、雑巾がけをし、埃を払った。そこには彼女を助けてくれる洗濯機も真空掃除機も洗剤も食器洗い機もなかった。それに加えて、彼女はジョーとハリーに頻繁に会いにいった。二人とは血のつながりこそなかったけれど、彼女は家族の他の誰よりも、彼らに関心を払っていた。ゴールディーはとくに、本好きで気持ちの優しいジョーのことが好きだった。彼はよそよそしい施設の中で感情的に自分を確立できずにいた。ゴールディーの母親違いの妹であるシェインデル・ブレシュマンはこのように回想している。

　姉は安物雑貨店で働いており、当時の週給は五ドルくらいでした。そして養護施設に彼らに会いに行きました……二人のことが好きだったんです。母は五人か六人の子供の世話で手一杯で、どこかに出かけることなどとても考えられません。ゴールディーは一週おきに彼らに会いにいっていました。彼女は二人にネクタイを買ってやりました。当時ネクタイは十セントから十五セントしました。それから鉛筆を入れておくための小さなケースも買ってやりました。それは十五セントしました。

サム・ヤンポルスキーはがらくたを扱ってなんとか生計を立てていたが、大家族が必要とするものをぎりぎり最低限しか与えられなかった。道楽者で、アルコールと、洒落た服と、女性とのつきあいが大好きで、その癖は一九五八年に八十七歳で亡くなるときまで収まらなかった。

シェインデル・ブレシュマンは父についてこのように語っている。

　私の父は軽い仕事には重すぎる人で、重い仕事には軽すぎる人でした。仕事をするのが好きではなく、常にぱりっとめかし込んで、清潔な格好をすることを好みました。そして女性たちを相手にカード遊びをしました。浮気をしたという話を耳にしたことはありませんが、そういうことがあったかもしれないことを否定はしません。ハンサムだったし、ダンスも最高にうまかったから。

　若くて、ロシア陸軍の軍人だった頃の父は、賜暇で帰郷すると、「やあ、おれにキスしてくれ」と言って、たっぷり酒があり、若い娘がいて、ダンスができる家にどんどん入り込んで行きました。そして彼の踊りといったら、それはもう大したもので。

　頭も切れました。打てば響くというのかしら。話もうまかったし。私たちは父のことを哲学者と呼んでいました。私たちは言いました。ほら、市長がやってきた！　判事がやってきた！　これまで字になったものなら、なんだって読んでいました。法律のこともよく知っていました。宗教のことも、他のいろんなことも。

サムには暗い一面もあった。機会があれば酔っ払い、酒が入ると怒りっぽくなった。妻と子供たちは、彼の気まぐれな暴力から始終身を守らなくてはならなかった。拳やナイフや椅子や、彼の手近にあるものが何でも用いられた。九人の腹を空かせた人たちのために、食卓に食べものを並べるのに苦労をするのに加えて、家族はそのような怒りと虐待の途切れなき襲来に直面しなくてはならなかった。

ゴールディーは父親に対する愛情を抱き続けていたものの、彼が家族にもたらした苦悶と肉体的苦痛に対しては、強い怒りを感じていた。そして彼女にとって両親を同じくする唯一の弟であり、最も愛情を持っていたマイヤーの身に起こったことについて、父をどうしても赦すことができなかった。十代半ばのある日、これ以上の虐待や混乱にもう我慢できないと心を決め、マイヤーは家出をした。彼からの連絡を家族が受けることはその後二度となかった。ゴールディーは深く傷つき、まるでその弟が死んでしまったみたいに嘆き悲しんだ。そして後年、大人になって施設を離れたジョーが精神の病を得たとき、彼女はその義弟の運命を悲しみ、父に対して同様の怒りの感情を抱いた。異母弟のルイスがアルコール中毒になったときにも。

ゴールディーはハイスクールを中退して、ウールワースの売り子になった。彼女は美しい娘になったが、近所の男の子たちとつきあうような暇もエネルギーもほとんど持ち合わせていなかった。男の子たちの方は彼女に目をつけるようになっていたのだが。大抵の夜、彼女は長時間にわたる店での仕事と、家での雑用にくたびれ果てて、そのままベッドに倒れ込んだ。気晴らしらしきものといえば、映画を観に行くことだけだった。そこで数時間ばかり、彼女はヴァレンティノやピックフォードやチャップリンの幻想の中に入り込むことができた。

アル・ゲッツは常に、二歳年下の弟フィルの数歩後ろをついて歩いているみたいなものだった。フィルはすぐ人に気にいられるタイプで、要領が良く、話をつけるのが得意だった。わずか十五歳にして印刷会社でうまい仕事をみつけ、ボスを説得して、ハイスクールをドロップアウトしたばかりのアルにも職を見つけてもらった。そしてキャッツキル山地（ニューヨーク州中部にある）にスティヴンズヴィル・ホテルを建設する事業主を手助けし、夏の間のウェイターとしての仕事を、アルと自分のためにもらってきたのもフィルだった。

アルとゴールディーは一九二五年の夏にキャッツキルで出会った。アルの伯母たち（メドウズのヤンポルスキー家の近所に住んでいるハリスの姉妹たちだ）が二人を紹介した。彼は二十一歳で、印刷会社から夏の休暇をとっていた。ウェイターとしての仕事はまったく楽なものだったから、仲間とつるんだり、女の子たちといちゃついたりする時間はたっぷりあった。ゴールディーは十八歳、ウールワースで何時間も立ちっぱなしでいなくて済むだけで幸福だった。その二週間、昼のあいだは日光浴をし、日が暮れるとコメディアンの冗談に笑ったり、バンドの音楽に合わせてダンスをしたりした。

ゴールディーは古典的な美人になっていた。きりっとした上向きの鼻を黒髪が縁取り、完璧に形づくられた唇が、四〇年代の映画スターのジーン・ティアニーのように、僅かに前に出た前歯の上にかぶさっている。そしてつぶらでソフトな瞳。男たちはみんな彼女とデートしたがったが、その夏に彼女が最初に選んだお相手はフィル・ゲッツだった。しばらくのあいだ彼女は、彼のぱりっとして自信満々なところと、そのエネルギーに魅せられていた。しかしやがて自分がより穏やかで、より気楽に構えているお兄さんの方に惹かれていることに気づいた。アルは優しくて親切だった。彼女がそれまで知っていた荒っぽい男たちとはぜんぜん違っていた。いつもウィスキーの匂いをさせ、ことあるごとに暴力をふるう粗暴な父親とも違っていた。それに加えてゲッツ兄弟は、西フィラデルフィア在住のきちんとしたユダヤ人中産階級の出身だった。アルは交際相手としてはまったく申し分なかった。

ゴールディーはまさに結婚適齢期にあった。そして結婚は家庭生活からの、また職場からの輝かしい解放を意味した。アルは彼女の美貌にすっかり目が眩み、あっという間に夢中になってしまった。二人は時を移さず婚約した。

その年のクリスマス・イブにゴールディーとアルは結婚し、ゴールディーは即座に仕事を辞めた。それは一九二五年のことで、若いユダヤ系の女性はみんな、結婚したらそのまま家庭の主婦になった。自分一人の収入で家族を養うことができないように見えたとしたら、それは彼女の夫にとっての不名誉だった。ゴールディーはそれ以降、給料をもらう仕事には二度と就かなかった。

スタンが生まれたのは、二人が結婚してから十三ヶ月あとだった。アルは印刷会社のいちばん下の地位で低迷しており、退院した母子を、西フィラデルフィアの店舗の上にある小さなアパートメントに連れ戻すのがやっとという経済状態にあった。ほどなく一家はメドウズのヤンポルスキー家から数ブロック離れたところにある、同じ程度のアパートに移った。輝かしい金髪と青い目を持つスタンは、母方の一族と、近くに住むハリスの姉妹たちに溺愛された。

ゴールディーはほどなく、自分の夫がこれから先、生活の資を得るのにずっと苦労するであろうことに気づいた。彼のボスは複雑な仕事を彼にまかせようとはしなかった。というのは彼は失敗を何度も繰り返していたからだ。そして彼自身も、職場で単純作業をしながらのんびり日々を送っていることに満足していた。どれだけ探し求めても彼女は、若いファミリーを貧困の影から抜け出させるためのエネルギーや野心をアルの中に見出すことができなかった。

一九二九年の市場崩壊のあと、アルの立場はますます悪化した。不況は世の中をどんどん締め上げており、印刷業界でも何千何万という数の人々が職を失っていた。市場崩壊の前には、アルの給料はぎりぎりのものだったが、仕事自体は着実にまわってきた。しかし今では彼はほとんど失業状態に置かれていた。彼とゴールディーは映画を観に行くというような、ほんのささやかな贅沢さえ味わえない身になってしまった。

彼らの二人目の子供であるロバート（ボブ）は、不況時代のどん底の時期に生まれた。一九三二年十月三十日だ。当時のアメリカは深刻な苦境の中に喘いでいた。工業生産量と就業率は過去最低のレベルに沈み込んでいた。

養わなくてはならない家族が一人増えて、アルはお手上げに近い状態に追い込まれていた。弟のフィルはニューヨークで悪くない暮らしをしていて、アルにもその地に来るように強く勧めていた。どこに行ったところで、フィラデルフィアにいるよりまだましだろうと思って、一九三三年の夏にアルは家族を連れて、ロワー・マンハッタンのイーストサイドに移った。お湯の出ない、エレベーターもない安アパートだった。フィルの助けを得て、彼はぽつぽつと仕事を見つけはしたが、暮らしぶりが目に見えて向上したとは言えなかった。間もなく彼らはイースト・ブロンクスの、家賃のより安い住まいに引っ越した。

IRT地下鉄線は、マンハッタンからイースト・ブロンクスへと向けてハーレム・リヴァーの下をくぐったあと、地上に顔を出して「エル」と呼ばれる高架鉄道となる。そして行く先にあるあらゆるものを、騒音と暗がりと埃によって貶(おとし)めていく。鉄道はブロンクス区の端から端までを容赦なく切り裂き、途中サザン・ブールヴァードに沿って一マイル半ばかり進行する。

ゲッツ一家はこの二キロ半のほぼ真ん中あたりに住んでいた。サザン・ブールヴァードの二十メートルほど西にある、百七十丁目通りのミンフォード・プレイスのアパートだ。アルが借りたのは「鉄道アパート」と呼ばれるものだった。小さな部屋が一列に繋がっていて、列車のように見えるからだ。ミンフォード・プレイスでゲッツ一家が目にしたのは、ユダヤ人やイタリア人や中南米系や黒人の家族が、まるでごった煮のように肩を寄せ合い、彼ら自身と同様、不況時代のアメリカのどん底でなんとか生き延びようと苦闘している姿だった。

もし一九三〇年代にイースト・ブロンクスに住んでいたなら、あなたは大方の時間を地元の街路で過ごし、よその場所に行くことはほとんどなかっただろう。地域の外に出てみようと思うような資力や気力を持ち合わせた人間はまずいなかったはずだ。その地域の外は「あっちの世界(アウト・ゼア)」であり、異質で相容れない場所だった。

ゲッツ一家がその一画を出て足を伸ばすことは、彼らにとってちょっとした催しだった。行き先が、たとえ一キロ半しか離れていないヤンキー・スタジアムであったとしてもだ。球場はブロンクス区の西の端っこに位置していた。彼女は新聞で女性の入場料が無料になる「レディーズ・デー」がいつかをチェックして、子供たちに告げた。その日が近づくにつれて、子供たちの興奮はどんどん高まっていった。三人はそれを盛大な遠足のようにした。たっぷりした弁当をつくり、打撃練習を見るためにトロリーに乗って早くから出かけ、ゲームが始まると、ジョー・ディマジオやルー・ゲーリッグや、レフティー・ゴメスや、その他のピンストライプのユニフォームを着たヒーローたちに大声で熱烈な声援を送った。

マンハッタンに出かけるのは、それとは比べものにならないくらいの大事だった。ボブ・ゲッツは回想する。

イースト・ブロンクスから見れば、マンハッタンは完全な別世界だった。よそ行きの服を着ないで、僕らがそこに出かけることはなかった。それは本当に特別な機会だったんだ。両親は僕らを二度ばかり、〈ラジオ・シティー・ミュージック・ホール〉か〈ストランド〉のショーに連れて行ってくれた。ジャック・ベニーの映画を観て、それからそのステージ・ショーを観た。僕らにとってそれはすごい出来事だったんだ。

ミンフォード・プレイスと百七十丁目通りのあたりは、既成のトロリー路線の上に「エル」が設置された一九〇四年以来、家賃が安い一画として知られていた。今日に至るまで、四分ごとに列車が猛スピードで通り抜け、窓やら家具やら、釘付けされていないすべてのものを、かたかたと音を立てて揺らせていく。そして一九四八年にバスに取って代わられるまでは、トロリーもその騒音に力を貸していた。それはごとごとと音を立ててやってきて、二ブロックごとに鋭い金属音を立てて停車した。スタンはその音にも、鉄道の放つ鼻を突く異臭にも、高架鉄道下の通りの薄汚い暗がりにも、どうしても慣れることができなかった。

ゲッツ一家は、もう少しましな匂いと音のするジェニングス通りから、一ブロックだけ離れたところに住んでいた。商店が集まった通りだ。ジェニングス通りには地上階の小規模店舗がひしめきあい、街路はワゴンや手押し車で埋め尽くされていた。食品の値段は、棒の上に旗のようにかぶせられた茶色の紙袋に書かれていた。そして字が読めない人のために、売り子はこんな風に叫んでいた。「今日とれたてのヒラメだよ。たったの十セントだ」「甘い甘い桃が、一ポンド六セントだよ」。喧噪にはものを買い取る人たちの声も混じっている。「服を買いますよ。現金高値で古い服を買い取りますよ、奥さん」。それからサービスを提供する人たちもいる。「包丁を研ぎますよ。今日は鋏（はさみ）も研ぎます」。

　屋台の大半は馬に牽かれている。そして雀の群れが押し寄せる。雀たちは路上で湯気を立てている馬糞の中に、まだ消化されていない穀物のかけらを見つけようと集まってくるのだ。骨張った馬たちはジェニングス通りで、生真面目に餌袋の中の燕麦（エンバク）を食べながら、あるいはストイックに空間をじっと見つめながら、何時間も過ごしている。

　軽食はふんだんにあった。ピックルス売りのサムは、ピックルス一個を五セントで売っていた。サツマイモ売りは蒸した芋を半分に切り、そこにたっぷりバターをつけて出していた。アイスクリーム売りがいて、エスキモー・パイ売りがいて、イタリア・アイス売りがいた。イタリア・アイスというのは丸ごとの氷を削って、そこに緑のライムか、鮮やかなオレンジか、レモンの汁をかけたものだ。

　店売りの品物が歩道にまで溢れていた。背広を吊したラック（ズボンが二本ついて十五ドル）が、ボール紙を芯にして巻かれた服地やら、トマトや林檎やサヤインゲンの詰まった木箱と押し合いへし合いしていた。

　ジェニングス通りの騒がしい愛想の良さは見せかけのものだった。荒くれ者が誰かを路地に引きずり込んで金をむしり取ろうと待ち構えていた。ほんの僅かな小銭のためでもだ。だからスタンとボブは、母親からお金を渡されて、ジェニングス通りに買い物に行かされるときには、よほど注意しなくてはならなかった。二人は何度かその金を奪われた。

　ジェニングス通りを剣呑（けんのん）な場所というなら、サザン・ブールヴァードはほとんど戦場だった。そのじめじめした穴蔵をならず者の集団がパトロールしており、そこは「マーダー・インク（殺人会社）」の主要な人材発掘の場として知られていた。「マーダー・インク」とは殺人を請け負うユダヤ人のギャング団で、レプキ・バカルターとグラ・シャピロに率いられていた。高架鉄道の下の暗がりにはどのような要望にも応える娼婦たちがたむろしていた。あるいはそこには「パッド（たまり場）」があり、五ドル出せばヘロインと、それを打つための器具と、ハイになれる場所が提供された。もし自動車部品や、禁制品を持っていれば、それらを買い取る薄汚い店舗に素速く案内される。

　ミンフォード・プレイスは二ブロックの長さしか持たない街区だが、そこには独自のカースト制度が存在していた。北側のブロックには中産階級の家庭が集まり、大きく豊かなシナゴーグもあった。ゲッツ一家の住んでいる南側のブロックは薄汚く、貧しかった。そこにあるのは商店に間借りしたようなシナゴーグで、二階建てのアパートの一階部分にあり、間口は五メートル少ししかなかった。ゲッツ一家はその商店シナゴーグに通った。現在そこは「イグレシア・クリスチャン・ガバオン」と呼ばれるラテン系ペンテコステ派の教会になっている。

　アルは宗教には無関心で、それは父親から引き継いだ姿勢だった。彼はアルにバル・ミツバの儀式（ユダヤ人の少年は十三歳になるとこの儀式を経て成人となる）を受けろと強くは言わなかった。儀式は一九一七年の九月に予定されていたのだが、アルの母であるベッキーが亡くなった八月二十五日のあとの悲しみと混乱の中でキャンセルされた。そして結局、再設定はされなかった。当時の大半のユダヤ人家庭では、バル・ミツバの儀式を受けないというのは大いなる欠落と見なされた。

　ゴールディーは宗教を夫よりは大事に考えていた。毎週彼女は「ベンチ・リヒト（聖なる蠟燭）」を灯した。一家の主婦によっておこなわれる安息日の蠟燭点火の儀式である。彼女は息子たちにはバル・ミツバの儀式を受けさせるべきだと主張した。そして子供たちがユダヤ人としての自覚を持つことが大事だと考えていた。あるとき彼女の友だちの一人が、白い襟のついた黒のタートルネックを来たボブを見て、まるで写真で見るカトリックの司祭さんみたいねと言ったとき、彼女はひどく腹を立てて、その女性と半年も口をきかなかった。

　二人の子供たちは常にユダヤ人としての自覚を持ってはいたが、スタンもボブもユダヤ教の教理を真剣に学ぶことはなかった。二人はあわせて四人の妻を持ったが、全員がキリスト教徒で、子供たち七人は誰一人としてユダヤ教徒としては育てられなかった。

リクリエーションのためにスタンとボブは、ブロック北にあるクロトナ公園に行った。そこはセントラル・パークの五分の一の大きさしかなかったが、子供たちにとってはずいぶん広大な場所だった。たっぷり繁茂して洞窟のようになった涼しげな茂みがあり、人口の湖があり、とんでもなく大きな水泳プールがあった。ボブが最初にプールに泳ぎに行ったとき、彼はナイフを突きつけられて入場料の十セントを奪われた。しかし兄弟は二人とも泳ぐことが大好きだったので、危険があったにもかかわらずプールの常連となった。二人は彼らの住む暑くて狭いアパートメントからそこまで全速力で走って、陰鬱な顔をしたプールの係員に十セント玉を急いで放り、そのまま冷たいプールに飛び込んだものだ。二人はそこで何時間も水しぶきを立てて泳いだ。

生涯を通じて、水泳はスタンの偽りなく永続的な情熱となった。大人になってからも、近くにまとまった量の水があれば、彼はいつもなんとか方法をみつけて素速く服を脱ぎ、そこに飛び込んだものだった。水温がどうこうなんて関係なかった。水が冷たければ冷たいほど彼は喜んだ。

クロトナ公園はまた、スタンの起業家としての才能を発揮させるチャンスをも与えてくれた。二夏ばかり、彼はジェニングス通りでひまわりの種をまとめ買いして小さな袋に分け、公園で一袋二セントで売ることで小遣いを稼いだ。通常朝の内に泳ぎ、公園がより混んでくる午後にその商売をした。

公園で一日たっぷり身体を動かしたあと、スタンは薄暗くて陰気な「鉄道アパート」に戻ってきた。そこで吸える新鮮な空気と言えば、正面の窓と裏側の窓から入ってくる空気だけだ。側面には換気口はなかった。真ん中の部屋には料理の匂いが残り、それは椅子の布地やカーテンにしつこく染み込んだ。

夏の熱波は一九三〇年代と一九四〇年代のアパートの住民たちを激しく痛めつけた。当時、冷房設備を備えた場所といえば映画館くらいのものだった。湿気を含んだ猛烈な熱波がニューヨークを襲うと、市長は普段の規制を取り下げ、何十万という数の人々が公園や海岸で寝てもお咎めなしという布令を出すのが常だった。

ゴールディーとアルは外に出て眠るのは危険すぎるし、みっともないと思っていた。だから一家は、時として家の中で摂氏三十八度をも超える暑さと闘わなくてはならなかった。暑さをしのぐための方策を一家はほとんど持たなかった。扇風機の前に大きな氷の塊を置き、交代で非常階段に出て眠った。夜のあいだに三度も四度もシャワーを浴びた。

アパート内で感情的な気温がそれに劣らず上昇することもしばしばあった。ゴールディーの不満が募り、アルはテーブルの上に食物を載せるために苦闘しなくてはならなかった。両親のあいだにあった緊張についてボブ・ゲッツが語る。

二人は常に気落ちしていた。母はいつも欲求不満だったし、自分は割を食っていると考えていた。人生は惨めで、自分はひどい目にあわせられていると。そして責められるべきは父だった。父も自分が悪いと思っていた。

アルはその人生において終始躓き続け、罪悪感も募っていった。そしてより影が薄くなり、ますます誰かに頼るようになった。ボブ・ゲッツの最初の妻であるパットは、アルが「いかなる意味においても形状や輪郭を持たない存在である」ことにショックを受けた。「アルは実体のない存在でした。まるで霞みたいにぼんやりした生き物なんです。いてもいなくてもわからないような」

フィル・ゲッツの家を訪問することで、ゴールディーとアルとの間の葛藤はより激しいものになった。一九三〇年代と一九四〇年代のユダヤ系アメリカ人の社会においては、懸命に働けば必ずその報奨はあるし、結果として経済的にも社会的にも家族の地位は向上していくというのは、ひとつの重要な信条になっていた。アルの弟のフィルはそのような「向上した」人間の一人だった。彼は素速く自分の印刷会社を立ち上げ、会社は繁盛した。そして裕福になった。

ロング・アイランドのグレン・コブの上品な郊外にある、フィル・ゲッツの広々とした屋敷を訪れることは、ゴールディーにとって次第に気の重いことになっていった。フィルの裕福さと、イースト・ブロンクスにおける自分の惨めな暮らしを比較し、彼女はつい思うのだった。もし自分があのキャッツキルでのロマンティックな夏、アルに心を傾けたりせず、フィルの方と付き合っていたら、どんなことになっていただろうと。ボブ・ゲッツは回想する。

> ロング・アイランドのフィル叔父さんと、奥さんのベッシーのところから帰ってくるたびに、母は落ち込むか腹を立てるか、どちらかだった。そしていつだって喧嘩みたいなことになった……。その金持ちの叔父の家を訪問するのは母のためにあまり良くないのだと、僕にもだんだんわかってきた。

「鉄道アパート」に帰ると、ゴールディーは家族の抱える問題について、強力な直感的解決策を適用した。それは彼女がこしらえた、有無を言わせぬ独裁的ルールだった。彼女がすべての指示を発令し、そのあとをアルとスタンとボブがおとなしくついていった。彼女は全員にとっての厳しい案内人(ガイド)であり、保護者であり、その役を熱意を込めてこなした。

　とりわけスタンは、敵対する他人に対して見せる母の大胆さとガッツに、誇らしさを感じていた。大人になってからも、ゴールディーとダービーハットをかぶった集金人との間のエピソードを語るのが好きだった。

　まだスタンが六歳で、心許なく母親の足もとにすがっていた頃のこと、家の玄関に立った集金人が、料金を払えない自分を泥棒同然になじるのを、母親は長々と辛抱強く聞いていた。彼が語り終えると彼女は言った。「集金人さん、はっきり言って、あんたは醜いよ。どうすればもっと見栄えが良くなるかを教えてあげよう」

「へえ、どうすればいいのかね？」

「そのダービーハットを脱いで、その中にうんこをすればいいんだ。そしてそれを頭にかぶり直す。その茶色のとぐろを巻いたやつを頭に乗っければ、もう少し見栄えが良くなるさ」

　それから相手の顔の前でドアをぴしゃっと閉めた。そして幼い息子を後ろに引き連れて、堂々と部屋の中に戻ってきた。

人生が自分を苛酷に扱うやり方に失望すればするほど、ゴールディーは彼女の王子様（プリンス）であるスタンリーに、成功するよう圧力をかけることになった。彼の才能に滋養を与えて花咲かせてやれば、それが自分にとっての、長いあいだ手に入れることのできなかった人生の報奨となるはずだと確信していた。

スタンが一枚のシャツしか持っていなかったときも、彼がいつも学校でぱりっとした格好をしていられるように、ゴールディーは毎晩それを洗濯し、アイロンをかけた。特別な弁当を用意し、何か見落としや間違いがないか、宿題を綿密に点検した。

ゴールディーはスタンの学業のゴールを法外に高く設定することから、大きな喜びを得ていた。難しい幾何学や文法の問題において、それは何度も何度も繰り返された。その解答になんとかたどり着くまで、彼の胸は不安でいっぱいになった。そして真の満足感は彼の手からこぼれ落ちていった。ほとんど完璧な成績を得ない限り、スタンは安らかな気持ちになれなかった。なぜならゴールディーが要求する完全さには、どうしても達することができなかったからだ。その人生を通してスタンは、ずいぶん自らを不幸に追い込んでいた。彼はいつもいつも、度を超えて高い演奏の基準を自らに課したからだ。

スタンの才能がどこにあるか、ゴールディーには正確に特定できなかったが、その子供には何か特別な才能があるという確信はあった。彼はずっとクラスでもトップに近い成績だった。そして一九三八年の秋、小学校六年生のときに、試験の成績と知能指数の高さによって、特別優秀な生徒を集めたプログラムに編入された。つまり、一九三九年一月に中学校に入ったとき、スタンは一年に取得する単位を倍にすることで、七年生と八年生を一年で済ませられるわけだ。同級生たちよりも一年早く進級できることになる。スタンがそのプログラムに入れたと聞いたとき、ゴールディーは知り合い全員に告げて回った。この子はきっとゆくゆくお医者か、大学の教授になるに違いないと。

息子の輝かしい成功はゴールディーにとって、母や弟を失ったことや、終わりなく続く苦役や、暴力をふるう父親や、夫のアルへの失望や、ミンフォード・プレイスでの惨めな暮らしの贖（あがな）いになるものだった。彼女の王子様が過去の痛みをすっかり消してくれるだろう。そして現在のこの苦境を正当化してくれるだろう。
彼女はスタンが自分の王子様であることを、みんなに向かって明言していた。そしてボブがそれと同じ特別な地位を獲得できないこともまた同様に明らかだった。彼は回想する。

スタンはハンサムで、頭も良かったし、人にも好かれた。そして五年半後に僕が生まれた……。当時のうちの経済状態からすれば、僕はたぶん間違って生まれてきたのだと思う。いずれにせよ望まれてこの世に出てきたわけじゃない……自分の身の置き場がないみたいに常に感じていた。なぜかといえば、スタンは疑いの余地なく、神様がこの世界に与えたとびっきり特別な人間だったし、それがたまたまゲッツ家に授けられたというわけだったからさ。

一家が一切れの肉しか夕食に用意できなかったとき、それはスタンが食べることになるとゴールディーははっきり宣言した。アルとボブは、スタンが唯一のラムチョップやハンバーガーを食べているのを横目で見ながら、黙って豆やポテトを食べた。スタンは自分だけがそんな特典を与えられることに、たまらなく罪悪感を感じていたし、食事に関するその思い出は、生涯にわたって彼を苦しめることになった。

スタンとボブはまた、欲求不満が高じてくると、ゴールディーが彼らの顔や頭を習慣的に叩くことに、より強い痛みを感じた。顔を叩かれることは、男の子たちにとっておそろしく恥ずかしいことだ。お尻のような当たり前の場所を叩かれるのならまだしも。また罰を受けるような悪さを何もしていないということも、子供たちにとって納得できないことだった。ボブは回想する。「母はよく僕をぶったものだ。顔をはたくんだ。僕が何か間違ったことをしたからではなく、彼女をいらいらさせたとか、邪魔になったとか、ただそれだけの理由で」
ある夜、スタンは無意識のうちにゴールディーの怒りを買った。彼は寝ぼけて台所に行って、流しの中に大便をしたのだ。スタンはその翌朝にゴールディーからくらった激しい殴打のことを、死ぬまで忘れることがなかった。

もちろんスタンは、母親から不公正な殴打を受けたときの怒りや心の傷を、はっきり表に出すことはできなかった。そしてまたゴールディーの必要とするもの——彼女のつらい過去の埋め合わせをし、未来の幸福を保証するもの——に到達しようとどれだけ試みても、そこに達することは自分にはできそうにないという心情を、うまく言葉にすることもできなかった。そんなことが子供の手に負えるわけがないのだ。しかし当時のスタンにはそこまでわからない。彼はただ言われたままにがんばった。正しい子供として振る舞い、学業に精を出した。

スタンが中学校に上がったとき、ゴールディーは不安だった。一年で二年分の単位を取得するのは、スタンにとって負担になるのではなかろうかと心配したのだ。しかし彼は成績を高いところで維持していたし、それで息子がゆくゆく医者か大学教授になるだろうという彼女の思いは、より確かなものになった。しかしながら彼女は、ボラ・ミネヴィッチのことを計算に入れていなかった。

# 第二章

# ミネヴィッチからビッグ・ティーまで、その音楽的旅程

六歳を過ぎた頃から、スタンはまるで鉄片が磁石に惹かれるように、楽器に引き寄せられた。彼の一家がピアノを持つ友人の家を訪れたとき、スタンはいつもそれを弾かせてほしいとしつこくせがんだものだった。そしてまったく淀みなく、ラジオで聴いて耳で覚えた曲をすべて完璧に演奏した。そのようなスタンの音楽に対する関心は、両親を喜ばせた。というのは、彼は閉じこもりがちな内気な少年で、夢中になれる趣味をほとんど持たなかったからだ。だから両親はスタンが、土曜日の午後にラジオの前に立ってメトロポリタン・オペラの指揮をしたり、放課後にバンドのリハーサルを聴いたり、ベニー・グッドマンのソロを覚えてハミングしたりすることを励ました。

自分の楽器を買ってほしいとスタンは常々両親にねだっていたのだが、そんな余裕はうちにはないとゴールディーは言って、ずっとその頼みをはねつけていた。しかし一九三九年のある春の日、ボラ・ミネヴィッチ・ハーモニカ・ラスカルズというヴァラエティー・グループが、中学校の講堂でコンサートを開いたとき、彼の希望に一筋の光明が差した。彼らはエキサイティングな演奏を聴かせたばかりではなく、生徒たちにその週いっぱい、ジュニア・ハーモニカ・ラスカルズのメンバーになる機会を提供し

たのだ。メンバーの資格をとるには一ドルが必要だった。ハーモニカが五十セント、夏のあいだ受けられる講習が五十セント。

　まともな楽器を買うだけの経済的余裕が両親にないことは、スタンにもわかっていた。しかし講習付きのハーモニカが一ドルなら、なんとか払えるだろう。ミネヴィッチの勧誘員が彼の家にやってきたとき、スタンは言葉を尽くして母親を説得し、ゴールディーもとうとう折れた。その翌日、スタンは十二歳にして初めて自分の楽器を手にしていた。

　ハーモニカの音がアパートメントに一日中満ちていた。ビッグバンドのアレンジのマウス・オルガン版をスタンは演奏した。たとえばウディー・ハーマンの『ウッドチョッパーズ・ボール』やベニー・グッドマンの『キング・ポーター・ストンプ』なんかを。たくさんのポピュラー曲やフォークソングを覚え、ブルーズの音階をマスターした。夏の終わりには、彼は自分の学校のコンサートで演奏するようにと声をかけられるまでになった。

　彼の最初の人前での演奏のためにゴールディーは、汚れひとつない白いズック製のズボンに丁寧にアイロンをかけた。しかし『おお、スザンナ』を演奏しているとき、スタンは緊張のあまり小便をもらし、ズボンの前に黄色い染みが急速に広がっていった。しかし彼は演奏をやめようとはしなかった。染みがどんどん大きくなり、母親が悲鳴を上げ、観客が笑っても。装飾音で演奏を終えると、ズボンをぐっしょり濡らしたままステージを下りた。

　スタンの語るところによれば、彼の音楽技術はますます向上し、スクール・バンドの指導者の注意を惹くようになった。


　中学校の体操教師は、バンドの指揮者でもあったんだ。二週間後にコンサートを控えていて、ベース奏者を一人必要としていた。ある日、運動をしているとき、彼はぼくを見て言った。「おい、おまえ、こっちに来い。モーツァルトの変ホ長調の交響曲の、メヌエットのベース・パートの弾き方を教えてやる」。そしてぼくを二階に連れて行って、運指法を示してくれた。

　ぼくは放課後、そのベースを引きずって家に帰った。ぼくらはとても狭いアパートに住んでいた。

母がドアを開け、こう言った。「おまえかベースか、どっちかしか入れないよ。一人ぶんのスペースしかここにはないんだから」と。

しかしゴールディーは折れて、スタンはそのモーツァルトの小品を破綻なく弾き通した。彼はそのスクール・バンドで数ヶ月ベースを弾き続けた。他の楽器にどのように音を混ぜていくか、どんなタイミングで入ってどこで出ればいいか、自分の楽器からどうやって共鳴音を引き出せばいいか、そういうことを彼は学んだ。スタンはまたバンドという集団に参加することによって、自分自身についても重要なことをいくつか発見した。彼はグループの誰よりも素速く楽譜を読むことができたし、音楽に関しては写真記憶的な能力をそなえていた。そして絶対的な音感と、正確なリズム感を持っていた。言い換えれば彼は、通常の人には普通見受けられない音楽的才能を身につけていたのだ。

それに加えて彼は、両親を（とりわけゴールディーを）得意にさせる領域を見つけたのだ。彼はスポーツ競技には小柄すぎたし、やせっぽちすぎた。また英語や代数学のような正規の科目に対する関心も次第に薄らいでいった。しかしこと音楽に関しては、努力さえすれば卓越した存在になれた。自分でもそれが確信できた。そして彼は、別のものごとについても確信を抱くことができた。彼は演奏することそのものを愛していたのだ。何時間ぶっ続けに練習をしても、愉しいという感覚が失われることはなかった。

スタンはまた自分がベースという楽器に向いていないこともわかっていた。ベースに関しては彼は二つの深刻な問題を抱えていた。第一に深く爪を嚙む癖があり、彼が演奏すると、ぴかぴかのマホガニーの表板が血で真っ赤になった。またベースの役目は主にアレンジメントにおけるリズムと和声の下部を支えることにあった。自分の音楽能力に気づくと、彼はメロディー楽器が演奏したくてたまらなくなった。そしてまわりの人間に、誰彼となくそう言って回った。

アルは息子の懇願に耳を傾け、昼食代を削って三十五ドルを貯め、それで中古のアルト・サックスを買ってやった。その楽器にはひどいへこみがあり、緑色に変色した腐食の染みがあちこちについて、キーは固くなっていた。アルは一九四〇年の二月十六日にそれをスタンに与えた。その日はゴールディーの三十三回目の誕生日であり、スタンの十三歳の誕生日の二週間後だった。

ゴールディーとアルにとって、スタンの音楽的才能は裕福さへのチケットのようなものだった。じめじめした共同住宅から、より輝かしくより安逸な世界へと通じる道だった。しかしスタンにとってそれはまったく別の意味を持っていた。彼が自分の唇にその楽器を初めてあてたとき、自分の中である何かが震えた感覚があった。それ以前にはほとんど感じたことのなかった何かだ。音楽こそが彼の天職であり、終生の情熱だった。ずっとあとになって、彼はこのように語っている。

> ぼくの人生とは音楽だ。何かしら捉えどころのない、神秘的な、無意識的なやり方で、ぼくはいつも自分の内部にある張りつめたバネによって、宙にはじき飛ばされ、おおむね強制的に音楽の完璧さに到達させられてきた。でもそれと引き替えにしばしば――ほとんどの場合ということだけど――ぼくは人生の他のすべてのものを犠牲にすることになった。幸福というのは僕にとっては、その到達と再編成の繰り返しの、単なる副産物に過ぎないんだ。

スタンとサキソフォンは離れがたいものになった。彼はこのように回想している。

> ぼくの住んでいた近隣では、ぼくに与えられた選択肢といえば、不良になるか逃避するか、そのどちらかだ。そしてぼくは「音楽小僧」になった。一日に八時間は練習した。ぼくは閉じこもりがちな、すごく過敏な子供だった。バスルームに籠もってサキソフォンの練習をしたものだが、住居はとても密集していたから、横町を隔てたところから誰かが「そのガキを静かにさせろ！」と怒鳴る声が聞こえてきた。そして母は言ったものだ。「もっと大きな音で吹いておやり、スタンリー。もっと大きな音で吹くんだよ」と。

スタンはゴールディーから小銭をうまくかすめとって、近所の音楽スクールで週に一度のレッスンを受けた。スクールはビル・シャイナーという素晴らしい教師によって運営されていた。スタンは他のサキソフォン（ソプラノ、テナー、バリトン）と、その親戚筋にあたるクラリネットを習得することに夢中になった。そしてその中音域における豊かなサウンドのゆえに、テナー・サックスがとりわけ好きになった。

一九四〇年の夏におけるスタンの主要なゴールのひとつは、翌年の冬にジェームズ・モンロー高校の入学許可を与えられたとき、その本校舎に通えるようにすることだった。しかしそれを達成するには、彼はもう一つ別の楽器をしっかり習得しなくてはならなかった。

モンロー校は当時とても混み合っていて、学年は六つの分校に割り振られていた。本校舎と、五つの条件の悪い分校だ。スタンは分校に行く気はなかった。というのは本校舎にはオーケストラのスタジオがあり、プールとジムがあったからだ。

オーケストラでバスーンの第一奏者を務めている年上の友人が、第二バスーン奏者に空席があると教えてくれた。それは大きなチャンスだった。バスーンはサキソフォンと同じリード楽器だが、サキソフォンよりずっと演奏するのが難しい。というのは、演奏者は一枚ではなく、二枚のリードの共振をコントロールしなくてはならないからだ。スタンは夏休みのあいだ、五ドルの保証金を入れてモンロー校からバスーンを借りだし、残りの数ヶ月独学でその楽器の演奏法をマスターし、一月のオーディションでめでたく第二奏者の椅子を獲得した。モンロー校に入学したとき、彼はあらゆるリード楽器を演奏できるやつとして名を知られていた。

容易に想像できることだろうが、中学校における最後の秋の学期、スタンの音楽の成績は九十点から百点に伸びた。そのかわり他の学業の平均成績は七十八点から七十点に落ちた。

一九四〇年代におけるジェームズ・モンロー高校の卒業生たちの大半は今日、その高校生活を好意をもって記憶している。彼らがとりわけよく覚えているのは、思いやりのある、仕事熱心な教師たちのことだ。モンロー校は当時、アメリカで最も混み合った学校だったが、それでも教師たちはそこに生き生きとした、知的な空気を作り出していた。五千人の生徒のうち、八十パーセント以上はユダヤ人だった。黒人が二十人いて、残りをイタリア人と北欧系とがほぼ半々に分け合っていた。

ほとんどの生徒が中産階級の住む地域から来ており、スタンの住む労働者階級の地域に属しているものははっきり少数派だった。ゴールディーはスタンを、おおむねさくるしいなりをした近隣の子供たちとは違って見せようと懸命に努めた。彼に非の打ち所のないなりをさせることが彼女の執念になった。当時のその習慣が彼の中にしっかりと根付いて、大人になってからもずっと、ほとんど強迫観念的に清潔な服装を心がけるようになった。

スタンは十四回目の誕生日を迎えた週にモンロー校にやってきて、その音楽のプログラムが自分の好みに合っていることを知った。それは多くの分野をカバーし、指導は素晴らしいものだった。彼はモンロー校で三学期を修了した。最後の二学期、彼が単位取得のためにとった六科目のうち、三つは音楽だった。理論とオーケストラとバンドだ。それらの科目の平均点は九十五点だった。その他の三つの科目——英語と化学とフランス語——の平均点は五十八点だった。

彼は毎日をオーケストラのリハーサルで始めた。オーケストラはニューヨーク・フィルハーモニックと同じ楽器編成で、楽団員は百人を超えて、ほぼ同じ規模を誇っていた。そしてモーツァルトやブラームスや、その他のクラシックの巨匠の音楽を演奏した。ギルバートとサリヴァンのオペレッタや、マーチも演奏した（運動競技会ではマーチング・バンドも兼任した）。スタンはオーケストラのメンバーから選抜された小グループに属しており、彼らはその卓越した技術でバンドを結成していた。ダンス音楽を演奏するこのグループは、毎日午後遅くまで練習をした。

スタンの主任音楽教師であり、オーケストラの指揮者でもあったアルバート・ベッカーは、スタンが才能に恵まれた熱心な生徒であることを見抜き、その優秀な弟子に長い時間を割いて、無料で個人的な指導を行った。スタンがまだ二年生のときに、ベッカーは彼が名門ジュリアード音楽院の奨学金を受けられるように活動を始めた。

　最初の学期を修了したとき、スタンはキャッツキルにある〈ボーシュット・ベルト〉という小さな二流のホテルで、夏場の仕事を見つけた。彼はそこで三つの仕事を受け持っていた。ひとつはミュージシャン、ひとつは下働きの給仕、もうひとつは夜のショーの口の達者な司会者の役だった。彼はいつも人前で話をするのが大の苦手だったし、司会者としての経験もそのような思いをより強くしただけだった。自分の将来はコメディーではなく、音楽演奏にあるのだという思いを。

　一九四一年の九月にモンロー校に戻ってきたとき、ベッカーはスタンに、名高い全市高校選抜オーケストラのオーディションを受けるように強く勧めた。彼は簡単にオーディションに合格した。そこに加わることでスタンは、その市におけるいちばん優れた教師たちや、若いミュージシャンたちと活動を共にする機会を得た。そしてニューヨーク・フィルの楽団員たちの指導を受けるという特権を手にすることにもなった。フィルハーモニックはスタンと、世界的なバスーン奏者であるサイモン・コヴァールをペアにした。全市オーケストラは土曜日の朝にリハーサルをおこなった。そして一学年のあいだに六回のコンサートを開いた。

　この頃スタンはプロのサックス奏者として、様々な範囲の場所でプレイしていた。同窓会のパーティーや、日曜日のマンボ・マチネーや、土曜の夜のダンス・パーティーや、バル・ミツバなんかで。ギャラは平均して三ドルだった。そしてそれによって両親の経済的逼迫を少しでも軽減できることを、とても幸福に思っていた。スタンの叔母の一人は、アルが息子に仕事（ギグ）の行き帰りのための地下鉄料金十セントを渡したがっていたときのことを覚えている。スタンは五セントあればいいと主張していた。その夜のギャラが入れば、地下鉄の料金くらい払えるからと。

　渡せる限りの金を彼は両親に渡していた。しかし彼にはひとつの目標があって、そのために自分のぶんは取り分けていた。憧れの楽器、テナー・サックスを買う資金だ。そして十四歳の誕生日までに、質の良い中古の楽器が買えるだけの金を貯めることができた。

テナーを手に入れて間もない頃、彼はショーティー・ロジャーズに出会った。ロジャーズは後年、傑出したジャズ・トランペッター、作曲家、アレンジャーになる。ショーティーは印象深い二人の出会いのことを記憶している。その出会いによって二人の終生の友情が結ばれることになった。


　スタンとは家が近所どうしだったんだが、ブロンクスの〈チェスター・パレス〉でのダンス・パーティーのギグに一緒に呼ばれるまで、顔を合わせたことはなかった。僕らは出来合のアレンジメントを演奏した。カウント・ベイシーとか、グレン・ミラーとか、ベニー・グッドマンとか。譜面をしっかり読まなくちゃならない仕事だ。

　僕はそのバンドでは何度も演奏しており、自分のパートはかなり頭に入っていた。新顔がサキソフォンをケースから取りだしているのを目にして、あれは誰だいと僕は尋ねた。「あれはスタン・ゲッツ、十四歳で、ビル・シャイナーの生徒だ。バンドで吹き始めて四ヶ月になる」ということだった。

　こう思ったね、「四ヶ月だって？　四ヶ月だけの経験でこの譜面を読み込めるわけがないだろうが」。それはまるで、パリの街角でフランス語の新聞を渡されて、四ヶ月後にそれがすらすら読めてしまう、みたいなことなんだよ。僕は彼のすぐ後ろに座ってこう思った。「自分のパートは片目でちらっと見るだけで、もう片方の目でこの新入りの様子を窺ってやろうじゃないか」と。

　じっと聴いていたんだけど、彼がひとつもミスをしないので、僕は仰天してしまった。それから僕らはグレン・ミラーの『イン・ザ・ムード』をやったんだが、彼が立ち上がってテックス・ベネキのソロを吹いたのさ……それがもうサウンドから、何から何までそっくりそのままなんだ。思ったね。「いったいどうなってるんだ、こいつは」って。そのあと『ワン・オクロック・ジャンプ』になり、彼はレスター・ヤングのソロを吹いた。そりゃ、もう完璧にね。


アルとゴールディーはスタンが朝食の時間に帰宅することに馴れてしまった。というのはギグが終わったあと、彼はジャズの即興演奏ができるジャム・セッションを探しまわっていたからだ。スタンは後に、インプロヴィゼーションとは会話のひとつの方法なのだと語っている。

それは言語のようなものなんだ。君はアルファベットを習う。それはスケール（音階）だ。君はセンテンスを学ぶ。それはコード（和音）だ。そして君は楽器（ホーン）を使って即席で話すようになる。即席で話せるっていうのは実に素敵なことだよ。ぼくは実際には自由に話をするのは苦手なんだが、でも音楽的には即席で話すことが大好きなんだ。そしてそれこそが、ジャズという音楽のいちばん根っこにあるものだ。

十五歳になった一九四二年の二月には、スタンは全面的に音楽に没頭していた。とにかく楽器ケースを手に駆け回っていた。リハーサルに、コンサートに、コヴァールやシャイナーやベッカーのレッスンに、ダンス・ホールやパーティーに、ジャム・セッションに。アルに最初のサキソフォンを買ってもらって以来、僅か二年のあいだに、彼は素晴らしく豊かな音楽教育を受けてきたし、技術はほぼプロのレベルに近づいていた。彼はそのすべてを愛していた。しかしなにより愛したのは楽器（ホーン）を用いて「思い浮かぶままに」即興演奏することだった。

一九四二年の秋にはスタンのフランス語と英語と化学の課程は、急成長する音楽キャリアの邪魔になり始めていた。彼は多くの授業を欠席したし、出席したときもだいたい眠っていた。前の晩に夜遅くまでバンドの仕事をしていたからだ。三科目の成績は急落したが、そんなことは気にならなかった。

彼は、名のあるビッグバンドの仕事もこなせる人間として、年上のミュージシャンたちの注目を惹くようになっていた。一九四二年十二月のある日、そんな一人が彼を〈ローズランド・ボールルーム〉に連れて行ってくれた。ディック・「スティンキー」・ロジャーズのバンドのテストを受けるためだ。演奏をさっと聴いただけで、ロジャーズは彼に週給三十五ドルで職を提供しようと言った。そこまでは簡単だった。難しいのは、学校をドロップアウトしてフルタイムのミュージシャンになるのを、ゴールディーとアルに納得させることだった。両親はそれについて夕食の席で、またそのあともずっと討議し続け、そのあいだスタンは不安そうに爪を噛み続けた。そして最後には首を縦に振った。週給三十五ドルの魅力には抗しきれなかったのだ。それはアルが仕事にありついたときの稼ぎより多かったし、仕事にありつくことはあまりなかったからだ。

〈ローズランド〉のスティンキーのバンドで演奏するのは、彼がプロになったことのしるしだった。同窓会のパーティーやらバル・ミツバなんかの賃仕事からの一大飛躍だ。それはまた彼が音楽家組合（ミュージシャン・ユニオン）に入ることをも意味した。彼はすぐに組合の入会申請をした。年齢を実際より二歳プラスして。

〈ローズランド〉のアトラクションは常にダンスだった。その洞窟のような巨大なボールルームは五十一丁目をタイムズ・スクエアから少し入ったところにあり、一九一九年以来あらゆる種類のダンサーの要望にこたえてきた。カップルで来てもいいし、男性だけで来て三十五セントを払い、タクシー・ダンサー（料金をもらってダンスの相手を務める）とフロアを三周することもできた。スティンキーはコミカルなスキャット・ヴォーカルを得意とした。しかし彼はそんなナンバーを、滑らかでロマンティックなダンス曲のあいだに、気分転換に入れるだけだった。客たちが聴きたがっているのは、そういうダンス音楽だった。スタンはもっとジャズ寄りのバンドで演奏したかったので、いささか失望したものの、スティンキーが集めたヴェテランの楽団員たちのあいだで、自分が不足なくやっていけることを幸福に思った。

スタンが彼のバンドに参加して二週間ばかり経ったある夜、スティンキーはビールを飲んで、長椅子にごろんと寝転んでいた。ステージとステージのあいだに、楽屋でのんびりリラックスしていたのだ。しかし彼のそんな休息のひとときは、オーバーコートを着た一人の小柄な男が入ってきて、彼に一枚の紙片を渡したときに唐突に終わりを告げた。彼は無断欠席の生徒を調査する少年課係官であり、その紙片は十五歳の、ドロップアウトしたハイスクール十年生であるスタンリー・ゲッツを、貴下のバンドから即刻解雇されたしという命令書だったのだ。

翌朝の九時、スタンは椅子の中にへたりこみ、フランス語教師が黒板を動詞の不規則活用で埋めていくのを見ながら、急成長を遂げてきた自分のキャリアが最初の挫折を迎えたことについて、失意のうちに考えを巡らせていた。フランス語の動詞について自分は何をすればいいのだろう？　今ではもう音楽がそっくり彼の生活になっていたし、ずっとそちらにのめり込んでいたかった。

また彼としてはゴールディーとアルを少しでも援助したかった。母に最初の週給三十五ドルを渡したとき、自分をとても誇らしく思えたものだった。彼の現在の苦境は、無断欠席生徒を追跡するシステムによってもたらされたものであるにもかかわらず、彼はそうは考えなかった。自分が両親をがっかりさせてしまったのだと彼は思った。もうこれ以上小切手は入ってこないのだと両親に告げたとき、ほとんど泣きそうな気持ちになった。二人はひどく落胆したように見えたからだ。

一九四三年一月十四日にスタンが音楽家組合「ローカル八〇二」支部に参加を認められたことも、音楽家として生活していきたいという彼の思いをより強くさせた。できればジャズを演奏するビッグバンドに入りたかった。彼は業界の知り合いみんなに声をかけて、ノラ・リハーサル・スタジオにしょっちゅう顔を出した。

一九四〇年代のジャズ・ミュージシャンたちにとって、五十七丁目通りの、カーネギー・ホールから一ブロック南にさがったところにあるノラ・スタジオは、仲間の重要なたまり場になった。元オペラ歌手で声楽教師でもあるヴィンセント・ノラは、贅沢なスタインウェイのピアノ・ショールームの上階に借りた一連のスタジオで商業的成功を収めていた。すべてのビッグバンドはそこでリハーサルをしたし、廊下は噂話を交換し、紙コップでコーヒーを飲み、楽器の調律をし、〈ヴァラエティー〉や〈ダウンビート〉や〈メトロノーム〉といった業界誌のページを繰るミュージシャンで溢れていた。

一月も後半に入ったある日の午後、ジャック・ティーガーデンのバンドでサキソフォンを演奏している一人の友人が、ノラでやっているおれたちのリハに顔を出せよ、楽団に欠員があるからと教えてくれた。ティーガーデンのバンドのメンバーは片端から徴兵されていって、いくら新人を採用しても追いつかない状態だった。バンドの定員は十七名だったが、半数以上が過去四ヶ月のあいだに陸軍へと送られ、更にまずいことにはサックス奏者の一人がその前夜にひどい怪我をしていた。奥さんにピッチャーで顔を殴られたのだ。スタンの友人はティーガーデンに、スタンはサックスがとてもうまく吹けるばかりではなく、徴兵されるまでにまだ三年余裕があると言って、彼の興味を惹いていた。

ティーガーデンとの仕事は、スタンにとっては更なる一大飛躍となるはずだった。ティーガーデン(メディアには「ビッグ・ティー」と呼ばれている)は大物アーティストであり、ジャズ・トロンボーンの草分けであり、独自のスタイルを持つ素晴らしい歌手でもあった。また彼のバンドは始終旅に出ており、ニューヨークの少年課係官に目をつけられる心配もまずなかった。

スタンがティーガーデンに紹介されたとき、彼の前に立っていたのはいかにも強健な体格の男だった。長身でたくましいテキサス人で、真っ黒な髪をまっすぐ後ろに撫でつけ、広くて扁平な顔には立派な頬骨が目立っていた。しかしながらティーガーデンの物腰は外見とは対照的なものだった。彼はスタンを南部訛りの温かい挨拶で迎えた。「ここに楽器(ホーン)がある、ゲイト。バンドに加わって、譜面の四番サックスのパートを読んでくれ」。ティーガーデンは大方の人間を「ゲイト」と呼んだ。

最初のうちスタンは、彼自身や、また他のすべての若いミュージシャンたちが偶像視している人物を前にして演奏することで、とても神経質になっていた。しかし卓越した譜面読みの能力が、なんとかその難儀を乗り切らせてくれた。ひとつのミスを犯すこともなくアレンジメントを吹ききることができた。三曲をこなしたあとで顔を上げると、ビッグ・ティーは微笑んでいた。

バンドリーダーは最も古顔のサックス奏者を脇に呼んで、短いあいだ小声で話し合っていたが、それからスタンを呼んで言った。「オーケー、ゲイト、週給七十ドルだ。タキシードとドレスシャツと歯ブラシを手に入れろ。明朝、ボストンに向けてペン・ステーションを出発する」

ブロンクスに向かう地下鉄に乗っている時間は永

遠のように感じられた。駅からうちまでの二ブロックを彼は全力疾走した。家にはアル一人がいた。ゴールディーはそのときフィラデルフィアにいる父親を訪ねていたのだ。

こいつはついているとスタンは思った。学校をやめて〈ローズランド〉で仕事をすることでゴールディーを説得するのは、飛び抜けてむずかしいことではなかった。しかし名うての猛者たちと共に全米を旅する放浪生活を送らせてくれと彼女を説き伏せるのは、間違いなく骨の折れる作業になるだろう。

アルが相手なら楽勝だ。父親は言った。

おまえのお母さんはあまり喜ばないだろう。しかしやってみろ。母さんは私がなだめる。少年課係官もいい顔はしないだろうが、しかし彼にはおまえを見つけることはできないだろう。すごいな、スタン、週給七十ドルとはな。私には二週間かけてもそんなには稼げない。それにもう一ヶ月仕事もないしな。

ゴールディーがブロンクスに帰ってきたときには、スタンは既にセント・ルイスに向かっているところで、毎週四十ドルを家に送金してきた。彼はまた、アレンジメントの自分のパートをたった二日でそっくり記憶してしまったことでティーガーデンを驚かせ、バンドにおける位置を確かなものにしていた。

スタンが彼のグループに参加してから一ヶ月経った頃、セント・ルイスの〈チェイス・ホテル〉でティーガーデンがステージを下りると、そこには少年課係官が待ち受けていた。そして彼にスタンをニューヨークに、ジェームズ・モンロー高校に送り返すように要求した。ビッグ・ティーは対決の場を近くのバーに移し、その少年を自分に預けてはくれまいかと、長い時間をかけて切々と相手に懇願した。最後には係官も折れて、二つの条件を出した。ティーガーデンはスタンの法的な後見人にならなくてはならない（それには両親の承諾書が必要になる）。またスタンに毎週学校の授業を受けさせるという約束をしなければならない。そのあと長距離電話の一連のあわただしいやりとりがあり、スタンの両親はブロンクスで書類一式に署名し、ティーガーデンはチェイス・ホテルで別の書類に署名をした。かくして手続きは完了し、スタンはバンドに残れることになった。

ティーガーデンがスタンに正式な学校教育を受けさせることはなかったが、彼はその若い被後見人に即興演奏における博士号を授与した。ティーガーデンはジャズの師匠だった。そしてまた彼は大酒飲みでもあった。「彼はぼくに右肘の曲げ方（酒を飲む動作）についてずいぶん教えてくれたよ」とスタンは後年、新聞記者に語っている。

マイルズ・デイヴィスはかつてこう言った。ジャズの歴史は四つの単語に集約できる。**ルイ、アームストロング、チャーリー、パーカー**。この二人は疑いの余地なく音楽の天才だ。いささか単純化のしすぎかもしれないが、彼らはセザンヌとピカソに喩えることもできよう。アームストロングとセザンヌは新しいアートの形式を創りだした。そしてパーカーとピカソはそこに充満する、目も眩むような可能性を表現するために、形式を外に向けて破裂させた。

アームストロングが一九二〇年代のジャズ・シーンを、その巨大な足取りで闊歩する一方、その十年のあいだに音楽は目覚ましい速度で進歩を遂げていた。というのは、アームストロングには彼のやろうとしていることを明確に理解し、その土台の上に辛抱強く何かを打ち立てようとする、一握りの優秀な仲間たちがいたからだ。サキソフォンのコールマン・ホーキンズ、ピアノのアール・ハインズ、そしてトロンボーンのティーガーデンだ。ホーキンズとティーガーデンは、それまではヴォードヴィルのコミカルな楽器としか考えられていなかったものを、ジャズを表現するための見事な手段に変えてしまったのだ。

一九〇五年にテキサスの綿花の町（コットン・タウン）に生を享けたときから、ティーガーデンはもう音楽にたっぷりと浸っていた。母も、姉も、二人の兄たちも、全員プロのミュージシャンだった。綿繰り機のエンジニアであった父も、タウン・バンドを率いて、コルネットを吹いていた。母親は四歳のときに彼にピアノを教え始め、七歳の時から彼にトロンボーンを吹かせた。

子供の頃に耳にした黒人音楽が身体に深く染み込んで、ティーガーデンはそこから離れることができなくなった。ゴスペルの響きに浸るために、黒人たちの信仰復興集会(リバイバル・ミーティング)にこっそり忍び込み、巡回のブルーズ・シャウターたちが町にやってくるとそのあとを追いかけ、土地の農業労働者たちが綿花を摘みながら歌う労働歌を聴くために彼らの姿を探し求めた。彼には人種的偏見というものがまるでなかった。それは一九〇〇年代初めに生を享けた、元南軍兵士の息子にしては特筆すべき美点だった。

ティーガーデンは十三歳のときにプロとしての活動を始めた。夫に先立たれた母親が、映画館でサイレント・ムービーにつけてピアノを弾く伴奏をした。一家は貧しかったので、一九二〇年、十五歳になったときには彼は旅に出ざるを得なくなった。それから七年のあいだアメリカの南西部や、北メキシコをバンドと共に巡業して回り続けた。ペック・ケリーとバッド・ボーイズ、ウィラード・ロビンソンのディープ・リヴァー・オーケストラ、ヤングバーグ・マリン・ピーコックス、ドック・ロスと彼のジャズ・バンディッツ、そのようなバンドと共に。

禁酒法の時代であり、それらのバンドはロードハウスやスピークイージーやダンスホールで演奏をした。そこではバスタブにジンが満たされ、安酒が溢れて川のように流れていた。一九二一年にサン・アントニオのスピークイージーで三人のガンマンが銃を撃ちまくったとき、彼はあやうく命を落とすところだった。店のオーナーが倒れ、ビッグ・ティーが彼を安全な場所に運ぼうとしたとき、七発の銃弾がその身体を貫き、絶命させた。オーナーが盾になってくれて、ティーガーデンは危うく一命を取り留めたのだ。

一九二二年、十七歳になったとき、彼はリヴァーボートでルイ・アームストロングの演奏を聴いた。そして二人は知り合いになった。アームストロングはそのときのことを、人種の壁を越えた終生の友人との出会いとして記憶している。

「リヴァーボートの時代だったね。おれたちはニューオーリンズに着いたばかりだったが、船着き場にジャック・ティーガーデンというキャットがいて、おれに会いたいというんだ……彼はテキサス出身だったが、「あんたはスペード(くろんぼ)で、おれはオフェイ(しろんぼ)だが、おれたちは同じソウルを持っている。一緒にブロウしようじゃないか」なんて感じなんだ。で、おれたちはそんな具合にやっていたよ。

ティーガーデンの人生は永遠に変わってしまった。彼はそこで初めて、自分が選んだ職業の計り知れぬ可能性を理解したのだ。そしてアームストロングから学べるものをすべて学んでやろうと決意した。

そのあと旅に出るときにはいつもアームストロングのレコードを携えて行った。そして彼のアイドルのソロをそっくり暗記し、乾いた砂に包んでそれを遺物として永久保存するべく、アームストロングの『オリエンタル・ストラット』の録音を西部の砂漠に埋めた。彼が初めてアームストロングと録音したのは一九二九年だった。そのとき二人は、ほぼ最初の人種混合セッションにおいて、広くアンソロジーに収められている『ノッキン・ア・ジャグ』を演奏した。

ティーガーデンは絶対音感を持ち（飛行機のエンジンの唸りのキーを当てることができた）、鉄のごとき唇を持っていた。人はトロンボーンを吹くとき、唇の位置を変化させ、またスライドを動かして音を作っていく。ティーガーデンが七歳でその楽器を与えられたとき、彼の両腕はスライドを一番端まで動かすには短かすぎた。だから彼は唇を徹底的に鍛え、唇の動きだけですべての音を出せるようにしなくてはならなかったのだ。キャリアを通して彼は、七つある標準的スライド・ポジションのうち、身体にいちばん近いところにある三つのポジションしか使わなかった。

そして彼のダイナミック・レンジは囁きから咆哮（ほうこう）にまで及んだ。スタンはサン・アントニオの映画館での一九四三年の舞台のことを記憶している。

ぼくらはサウンドトラックの後ろに座っていた。当時はスクリーンの背後にでかいスピーカーがひとつ置いてあるだけだった。そしてぼくらはその後ろにいた。すぐにステージ・ショーに出られるようにね。ぼくらが出て行く前に、トミー・ドーシー楽団の出る映画の予告編をやった。トミーが彼のテーマ・ソングである『センチになったよ』を演奏するのが聞こえた。するとティーガーデンがトロンボーンを手にとって、それに合わせて吹き出したんだ。彼のサウンドはあまりにもでかくて、その巨大なスピーカーの音をかき消してしまった。それは彼にできることの些細な一例に過ぎなかった。とにかく桁外れの男だったね。

ティーガーデンの優れた演奏技術は、彼のもっとも偉大な点ではなかった。ジャズとは何にも増して即興的な芸術であり、彼は即興演奏の名手だった。楽器においても、また歌においても。

ビッグ・ティーは常に美しいメロディーを創りだした。そしてそこには伝染性のあるスウィング感と、骨の髄にまで染み込んだブルーズ・フィーリングと、天然のリリシズムが付き添っていた。彼の演奏するすべてには、イージーでリラックスした名人芸が反映されていた。彼のスタイルはクールだったが、伝える感情はホットだった。批評家のゲイリー・ギディンズはこのように語る。

ティーガーデンをじっくり聴くと、そこにいつも熟慮し、感受性を澄ませる人間像を見出し、心打たれることになる……ティーガーデンがアームストロングのような挑発的で融通の利くヴォーカリストであったことは一度もない。しかし彼は同じくらい豊かに感情をかき立てることができた……彼はその音楽に個人性を吹き込んだ。どこまでも正直に、間髪置かず自らを表現する演奏家だった。彼が楽器を唇に当てるや否や、常にそのことは明らかになった。

若いスタンに最も深い影響を与えたティーガーデンの芸術的要素は、その後見人の強力なリリシズムだった。ガンサー・シュラー（ピュリッツァー賞を受賞した作曲家にして教育者）もまた、ユニークな声楽的衝動から育ってきたと彼が見なす、ティーガーデンの叙情的才能に感服している。

ティーガーデンはトロンボーン演奏に、あたかも歌詞を歌うようなスタイルを持ち込んだ最初の人物だ……それはまさに特筆すべき中央突破的な達成だった。ティーガーデンはまた傑出した、すべてにおいて特異な歌手でもあった。疑いの余地なく、ビリー・ホリデーやキャブ・キャロウェイやルイ・アームストロング（ティーガーデンは他の多くの歌手たちと違ってその真似をしなかった）に次ぐ最良の歌手だった。そしてまた、ティーガーデンの歌唱とトロンボーン演奏は文字通り交換可能なものだった……音をスライドし、ベンドさせるトロンボーンの楽器機能とそのまま対応するものを、ティーガーデンの歌唱の中に我々は見出すことができる。彼が流れるようにスムーズに曲を歌い抜け、子音をスラーし、ひとつの音を湾曲させてむらのない歌詞のかたちをこしらえるやり方の中に。

自分がビッグ・ティーから、音楽的に多くの恩恵を受けたことを、スタンは生涯を通して認めていた。一九六四年に彼は記者にこう語っている。「若い頃、ジャック・ティーガーデンのバンドで仕事をしたことが、ぼくにとても強い影響を与えた。それはぼくを、最も良いやり方でプロの音楽家へと導いてくれた。ティーガーデンは最高に素晴らしい音楽家だった。彼の演奏は時代を超えていて——しかも論理的なんだ」

　そしてまた一九七一年に彼はこう語っている。「まったく信じられるかい？　まだ十六歳の身で、ぼくは彼の率いるバンドに入って演奏していたんだよ……ぼくらは年にたぶん二百六十回も仕事をこなした。ほとんど毎日といってもいい。そしてその度に、二百マイルから三百マイルを移動した。ジャックのでかいクライスラー・コンバーティブルでね。それはちょっとした訓練だったな」

　訓練はまさに豊かなものだった。というのは、ステージの上で実例を示して教えられるだけではなく、バンドが移動をしているあいだ、ティーガーデンはほとんど絶え間なく音楽セミナーを開催していたからだ。彼は音楽の専門的な話をするのが好きだった。そしてひどい二日酔いに悩まされていないときには、若いミュージシャンたちを進んで後押しした。彼はしばしば特別な学習プロジェクトを立ち上げた。たとえば彼はピアニスト、アート・テイタムの革新的な和声のアイデアに魅せられていた。そしてテイタムの最良のソロをレコードから一音一音楽譜に書き取り、それをスタンや他の若手楽団員たちと共に綿密に検証した。

新しい才能をコーチすることは彼にとって喜びだったが、それと対照的にバンドリーダーとしての彼は、しばしば苦難の道を歩むことになった。最初のオーケストラを立ち上げたのは一九三九年だったが、その時にはビッグバンド時代ももう半ばを過ぎており、後発バンドとして格落ちの契約しかとれなかった。ナイーブで計画性を持たないビジネスマンである彼のもとで、経費は山のように嵩んでいった。一九四〇年にその最初のバンドが立ち行かなくなったとき、彼は破産状態にあった。スタンが演奏していたのは第二期のバンドだったが、ブッキングはいつも取り留めがなく、長期のエンゲージメント（出演契約）を取れることは希だった。バンドの経営が黒字になることはまずなく、楽団は全国を際限なく縦横に飛び回り、大半がワンナイター（一晩限りの仕事）だった。

一九四三年、戦争がたけなわの頃、ビッグバンドは移動の問題で絶え間なく悩まされていた。ガソリンは配給制になり、汽車や飛行機便は大幅に削減された。自動車の部品は極端なまでに品薄になっていた。長距離の移動に関してはバンドは列車を使ったし、ごく希に飛行機を使うこともあった。通常彼らは二台の車に分乗して旅をした。ティーガーデンとスタンと他の二人がクライスラーのコンバーティブルに乗り、あとのメンバーはバスでそのあとについていった。

車はしょっちゅう故障したが、最初につなぎの作業服を着て、エンジンをのぞきこむのはビッグ・ティーだった。音楽と酒に次いで三番目に彼が情熱を注ぐのは機械だった。彼は絶え間なく機械を考案し、あちこち手を入れて修理をした。

旅から旅への生活はすべての楽団員を疲弊させ、感覚的摩耗（まもう）状態に追い込んでいった。彼らはあらゆる種類の天候の中を移動し、道路はしょっちゅう滑りやすくなったり凍結したりしていた。当時すべてのアメリカの主要道路はでこぼこだらけの、二車線アスファルト敷きで、一九四三年にはまだ州間高速道路は存在していなかった。バスはがたぴしで、汗と饐えた煙草の匂いでむせかえり、エアコンはついていなかった。

だいたいにおいて、バンドは午前一時に演奏を終え、バスに乗り込み、六時間ばかりかけて移動し、荷物を降ろし、エアコン設備のないホテルにチェックインし、夕方までなんとか睡眠を取ろうと試みる。それから食事をし（油っぽくて味のない料理と相場が決まっている）、ステージのセッティングをし、演奏する。そしてよろよろと暗がりの中に転がり出ていって、またぞろ同じことを繰り返す。それが年に二百回くらい、毎日のように続くのだ。

ビッグ・ティーとの旅は、スタンが音楽的に大きく成長する機会を与えてくれたし、彼はそれを目いっぱい活用した。それが良き側面だった。悪しき側面はアルコールだった。

ティーガーデンの飲み方は超弩級（ちょうど）だった。彼の行くところ、どこにだって酒があった。車でも列車でも、ステージの裏でも、ホテルの部屋でも。スタンがバンドに合流するべくペン・ステーションに行ったとき、まだ列車に乗り込む前から、楽団員の一人が歓迎のギフトとして、スコッチのパイント瓶を彼に渡してくれた。

ティーガーデンの被後見人として、スタンはしょっちゅう、酔いつぶれたその後見人をベッドまで引っ張り上げるという役目をおおせつかった。そして二日酔いの頭を抱えて目覚めたときに、異国風の酔い覚ましの薬を調合してやり、ステージに上がるまでになんとか彼を正気に近い状態に戻すという役目をも。

ビッグ・ティーも他のみんなも、スタンに酒を飲むことを奨励した。そして彼も、酒がストレスや移動の疲れを癒やしてくれることを発見した。それはまた彼に多幸感をもたらし、だんだんそれなしにはいられなくなった。二口ほど飲んだあとで、スタンはとても良い気分になり、その高揚感を失うことに耐えられなくなった。幸福感を持続させるために、一杯が次の一杯を誘った。そしてあっという間に抑制がきかなくなり、愉しみを持続させようとする捨て鉢な衝動がすべてを支配した。ずっとあとになるまでそうとはわからなかったのだが、スタンは病歴的に遺伝的に、依存症になるべくプログラムされた古典的な例だったのだ。一九四三年の夏には、彼は毎晩のように泥酔する人間になっていた。

スタンはまた一九四三年に別のものに依存するようになっていた。ニコチンだ。毎日一箱の煙草を吸うようになり、それは死ぬまでずっと続いた。

スタンは自分の音楽には自信を持てるようになっていたが、彼自身は怯えた、傷つきやすい人間のままだった。顔つきはいつもクールで、感情を表に出さないようにしていたが、その奥には常に緊張し、びくびくしたスラムの少年が潜んでいた。その少年にとって自分の値打ちを測れるものといえば、ただサキソフォンしかなかった。男性としてのモデル像を誰に求めればいいのか、それもわからない。彼の父親は甲斐性がなく、おかげで自分は十五歳にして旅回りの身になったわけだし、後見人は偉大で心の広い音楽家ではあるものの、ひどい酒浸りだ。そのような環境の中でスタンは「今一緒にいる相手を愛する」ことを選んだ。アルがひとつの印刷会社から、ニューヨークの別の会社に移ったのと同じように、スタンはクライスラーの後部席で移動を続け、アイドルであるビッグ・ティーと共に気持ち良く酔っ払っていた。

　酒浸りであったにもかかわらず、スタンの演奏の腕は向上していった。ティーガーデンもそれに気づいて、彼にときどき即興ソロの機会を与えるようになった。ティーガーデンは「ワン・コーラスやれよ、ゲイト」と声をかけた。するとスタンはおずおずと前に進み出て、そこに立ち、ブルーの瞳をきりっと集中させ、テナー・サックスを縦に上下させ、背後にバンドの音のうねりを感じながら、三十秒から六十秒ほどのあいだ、楽器（ホーン）を使ってダンス客たちに歌いかけた。ほどなくスタンには、自分が彼らの心の中の何かしらを揺さぶったとき、それが感じとれるようになった。そんなとき彼は幸福感が自分に押し寄せるのを感じたものだ。彼は人生の最後まで、そのような感覚をほとんど毎晩のように求めた。そして通常は手に入れた。

　一九四三年十月の初めに、ビッグ・ティーはテキサスでプトマイン中毒にかかった。彼は疲弊し病を得て、酒を断つことを必要としていた。うまくいくともまず思えなかったが、彼はそこで決心して、残りの契約をすべてキャンセルし、南カリフォルニアでバンドを再結成することにした。彼と妻は少し前にそこに家を一軒購入していたのだ。

　彼はスタンを伴ってそこに行った。そしてスタンはあっという間に南カリフォルニアと恋に落ちた。イースト・ブロンクスの荒っぽいスラム暮らしのあとでは、またロードの厳しい毎日のあとでは、常に輝いている太陽と、椰子の木と、広々としたオープン・スペースは文字通り楽園のように見えた。ここにずっと住んでいたいと、スタンはすぐに思った。そして彼はゴールディーとアルに連絡した。決まった仕事を見つけ次第、二人をこちらに呼び寄せるからと。

ロサンジェルスで生き延びていくために、スタンは差し迫った経済的問題を解決しなくてはならなかった。カリフォルニアのユニオンの規則は、九十日のあいだ彼がその地で定まった演奏の仕事に就くことを禁じていた。彼は生涯でただ一度、音楽とは関係のない職に就くことを余儀なくされた。ぎりぎり飢えない程度の給料で、紳士服店の販売員を勤めたのだ。ありがたいことにユニオンの禁則は、旅回りのバンドの一晩限りの演奏にまでは適用されなかった。だからスタンは再建されたティーガーデンのグループで時折プレイすることで、またユニヴァーサルが制作するミュージカル映画にみんなと一緒に出演することで、販売員の薄給の穴埋めをした。

それでも彼は、一ヶ月家賃四ドルの部屋をもう一人のサキソフォン奏者と共同で間借りする生活を余儀なくされた。グレープ・ナッツ・フレークと林檎が主食になった。そして酒と。定期的に演奏できないことが不満だったし、経済的な先行きも不安だった。ビッグ・ティーとロード暮らしをしていたときより更に多くの酒を飲むようになった。アルコールは彼のフラストレーションと怒りを解放してくれた。そして夜が更けるにつれて気むずかしく、喧嘩腰になっていった。友人たちはよく彼を、バーの酔客や用心棒たちと喧嘩になりそうな状況から救出しなくてはならなかった。

一月にユニオンの規制が解けたとき、スタンはボブ・チェスターのポピュラー・ダンス・バンドに加わって、〈トリアノン・ボールルーム〉で演奏する短期契約の仕事を得た。それからデイル・ジョーンズの六人編成のディキシーランド・グループと契約をした。そのバンドは全国でも有数のボールルーム、ハリウッドの贅を尽くした〈パラディウム〉でバックアップ・バンドを務めていた。ジョーンズは一年前に、〈ローズランド〉のスティンキー・ロジャーズのバンドで、スタンと一緒に演奏したときのことを覚えていた。また彼は長年にわたる盟友の一人であるティーガーデンから、十二ヶ月のあいだにスタンの腕は比較にならぬほど向上したというお墨付きを得ていた。スタンが二曲ばかりを軽く吹き通したあとで、その言葉に偽りがなかったことをジョーンズは知った。

その地で安定した仕事を得られそうだったので、一月の末にスタンは両親と弟のために、大陸横断の列車の切符を買った。彼は十七歳にして疑いの余地なく、一家の主要な稼ぎ手になっていた。同時に深刻な飲酒問題を抱えていた。

# 第三章

# プレジデントと注射針

アルとゴールディーとボブは五日間にわたる列車旅行で、文字通りくたびれ果てて西海岸に到着した。ロサンジェルスのダウンタウンにある、巨大なユニオン・ステーションから外に出てきたとき、馴れない眩しい陽光が彼らの目を射た。スタンが悪いニュースを伝えたとき、彼らは目をすぼめ、手で日差しを遮っていた。彼は家族が腰を据えて住める場所を探していて、人種差別の壁にぶち当たったのだ。彼は後に回想している「その頃はまだ〈LAタイムズ〉の賃貸物件の広告に『子供とペットとユダヤ人お断り』なんてことが書かれていたんだ。ユダヤ人が家主の物件を見つけるまで、ぼくらは床屋の裏に住んでいたよ」

一家が払える金額では、ユダヤ人のビルのオーナーはさほど大した物件は貸してくれなかった。というのはアルは〈ハリウッド・シチズン・ニューズ〉のために印刷機を動かし、活字を組む仕事を見つけたものの、かつかつの収入しか得られなかったからだ。ボブ・ゲッツはその住まいのことを覚えている。

僕らは一間のアパートに住んでいた。母と父とそして僕だ。壁にしまえるベッドがあって、そこに両親が寝た。僕は小さな簡易ベッドに寝た。あるのはそれだけだった。部屋がひとつと台所とバスルーム。ハリウッドのモンロー通り５３４７番地だ。サンタモニカ通りとウェスタン通りが交差したところのすぐそばだよ。
惨めな住まいだったけれど、それでもボブはスタンと同様の解放感を味わうことができた。彼はカリフォルニアにうっとりしてしまった。じめじめした共同住宅や、物盗りや、轟音を立てる高架鉄道なんかとおさらばできたことで、もう嬉しくてたまらなかった。

生まれて初めて、戸外で一日の大半を過ごすことができた。それは素敵だったね。重いセーターやらコートやらオーバーシューズやらに患わされずに済んだし、そこら中を駆け回ることもできた。高層ビルはほとんどなかったし、あらゆる方向に空が見えた。そしていつだって空は晴れていた。

ボブは一九四四年二月七日に中学校に編入し、運動部活動に熱中した。そこで彼は自分に生まれつき、野球選手の才能があることに気づき、ほとんど毎日のように野球場で何時間も練習に励んだ。そしてくたくたになって、夕食ぎりぎりの時刻に家に帰ってきた。

アルとゴールディーはカリフォルニアでは幸福を見つけることができなかった。二人は自分たちが東部に残してきたもののすべてを懐かしがった。近所の古い知り合いとのおしゃべり、うまい鮭の燻製とベーグル、家族たちとの賑やかな再会、ニューヨークやフィラデルフィアのような「本物の都会」の喧噪と騒音と匂い。しかし彼らには選択の余地はないように思えた。彼らとしても、一家の稼ぎ頭でもある最愛の息子から、五千キロも離れたところで暮らしたくはなかったからだ。

スタンはロサンジェルス近辺で、有能なビッグバンドのサイドマンとしての評価を急速に高めていった。そしてスタン・ケントン（彼はロスをバンドの本拠地としていた）が一九四四年の二月に二人のサキソフォン奏者を徴兵にとられてしまったとき、週給百二十五ドルで仕事をしないかとスタンに声をかけてきた。彼は即座に引き受けた。そのバンドは年におおよそ三ヶ月はロサンジェルス近辺にいたし、豪勢なサラリーは、スタンと彼の一家にとって安定を意味していた。

加えてその新しい仕事は、音楽業界で本格的に注目を浴びる機会をスタンに与えてくれた。ティーガーデンとは対照的に、一九四四年の初めにはケントンの株はうなぎ登りだった。苦難の年月を経たあと、その三十三歳のバンドリーダーにとって、何もかもが順風満帆というところだった。


ケントンは一九四三年九月に、NBCラジオのボブ・ホープ「ペプソデント歯磨きショー」に三十九週出演する契約を結んだ。毎週火曜日の夜に二千万人の聴衆を獲得している全国番組だ。ホープは毎週、異なる陸軍か海軍の基地でショーを開いていたので、バンドは移動時には特別な優先権を得ることができたし、地方で公演をする無数の機会を手にしていた。ケントンは通常、ボブ・ホープの選んだ基地の近郊で三つか四つのワンナイターの予定を入れ、そうやって合衆国全域にわたるコミュニティーで支持層を広げていった。

バンドがロサンジェルスに戻ると、ケントンは毎年少なくとも一度の〈パラディウム〉での長期エンゲージメントを約束されていた。彼は一九四六年までその劇場と契約を交わしていた。

一九四三年九月にケントンは、新しく設立されたレコード会社キャピトルとの関係を結び、会社は強力にして、心のこもった援助を彼に提供した。そこでのケントンのプロデューサーは、会社のオーナー三人のうちの一人であり、作曲家でもあるジョニー・マーサーだった。マーサーはケントンに第一級のスタジオ設備と録音技師たちを提供し、彼との間に異例ともいえる取り決めを結んだ。ケントンは会社のために移動する広告塔としての大きな役割を引き受け、それと引き替えにほとんど無制限の芸術的自由を与えられたのだ。

ケントンの人柄はティーガーデンとはすべて対照的だった。ケントンも酒をたしなみはしたが、何よりも仕事中毒であり、アルコール中毒ではなかった（もっと後年にはその両方になるのだが）。伝記作家によって「清教徒的倫理の終身的産物にして囚人」と書かれたケントンは、ピアノを弾き、作曲をし、バンド自分のバンドの首席アレンジャーでもあり、バンドのツアーやラジオ番組の細かい手配をした。そして僅かに残った自分の時間を、マーサーとの合意を満たすために費やし、自分自身やキャピトルの他のアーティストたちを、DJやレコード店や新聞や雑誌にせっせと売り込んだ。トランペット奏者のバディー・チャイルダーズは、バンドのみんながバスで移動しているあいだに、ケントンが行っていた孤独な営為を記憶している。

> 彼は自分のリンカーンに乗って次の町まで行く。そこに着くとラジオ局をひとつひとつ回る。町にあるすべてのディスクジョッキー番組を訪ねて、その夜に我々が出演するダンス・コンサートの宣伝をする。それから我々の前に姿を見せる。その頃には我々はリフレッシュしている。まあ、多少はリフレッシュしているということだけど。少しは寝られたからね。スタンは黙って顔を見せ、演奏をする。そして次の夜もまったく同じことを繰り返すんだ……さすがに三日目の夜は休んで睡眠をとっていたけどね。あるいはところどころで二、三時間ずつ仮眠していた……だからこそバンドは生き残れたのさ。彼の磁気力（マグネティズム）とパーソナリティーの、途方もない活力によってね。彼はいわば人々の口に無理やり音楽を詰め込んでいたんだよ。

　ケントンにとってはミュージシャンたちこそが真の家族であり、バンドのために三度の結婚生活を犠牲にした。彼は定期的に楽団員とのミーティングを開き、そこではミュージシャンたちは自由に不平を口にすることができた。彼はそれらの不満を公正に解消するために心から努力をした。

　ティーガーデンの美学がアメリカ黒人のブルーズに根ざしているのとは対照的に、ケントンはそのインスピレーションをヨーロッパのコンサート・ホールに求めた。彼は一九三七年に一年間の休暇を取り、ヨーロッパ音楽のハーモニーを学び、彼のテーマ音楽である『アーティストリー・イン・リズム』にはラヴェルの旋律や、ショパン風のピアノ・ソロが取り入れられている。他の曲にもワグナーやストラヴィンスキーやドビュッシーのモチーフが用いられている。更に言えば、一九六四年には、ケントンはワグナーのオペラから得た材料を用いて、アルバム丸ごと一枚を制作している。

ケントンの聴衆に訴える力はますます増大していったが、それはビッグバンド音楽への新しいアプローチが基盤になっていた。そのアプローチは大量の音の上に築かれていた。一九四四年におけるケントンのグループの、平均的なビッグバンドに対する位置関係は、一九七〇年代におけるヘヴィー・メタルの先駆者たちの、平均的なロックンロール・バンドに対するそれと同じだった——音が大きく、熾烈で、パワフルなのだ。そのサウンドは主に金管楽器で構成されていた。咆哮し悲鳴を上げるトランペットの集団、それをがっしり底で支えるトロンボーンの和音。リズムはスウィングするというより叩きつける感じに近い。そしてサキソフォン奏者たちがその音の混合の中で自分の存在を明らかにさせるには、力の限り強く吹かなくてはならなかった。アルト・サキソフォン奏者のアル・ハーディングはこう語っている。「我々はいちばん音の大きなバンドだった。フルアンプを使っている今の連中よりもまだずっと大きかったよ。そのバンドで演奏するには肉体的努力が必須だった」

ケントンの指揮スタイルは、バンドのダイナミックな音楽にぴったり相応しいものであり、そのパフォーマンスは現代のどんなロック・アイドルに負けず劣らず劇的だった。彼の姿はまるでイカボド・クレイン(ワシントン・アーヴィングの小説『スリーピー・ホロウ』に出てくる風変わりな小学校教師)の顕現のようだった。亜麻色の髪で、細い骨張った顔を持ち、両手はきわめて大きく、腕と脚は長い。がりがりに痩せて、身長は百九十センチもある。音楽は彼を活気づけ、動きを熱狂的なものにした。そのビートに打たれたように、彼は跳ね、大股でステージを闊歩し、ひょろ長い四肢はワイルドにくねり曲がった。そして音楽がそのクライマックスに達すると、彼は狂乱の表情を顔に浮かべ、頭をがくんと後ろにやり、まるでフットボールの審判がタッチダウンを告げるときのように両手を高々と宙に突き出しつつ、感極まったうめき声をあげた。

ケントンは即興演奏家としてはとくに傑出してはおらず、彼の真の情熱は作曲と編曲にあった。フルバンドが彼の楽器だった。彼はジャズをそのいくつかの要素のひとつとして組み込んだ、新しいクラシック音楽を創出したいと望んでいた。そしてダンスをする人々のためにスウィングする音楽を演奏してもらいたいという要望に、いつもいらいらさせられた。彼は記者にこう語っている。

　ダンスのための音楽ということになると、ガイ・ロンバルドやサミー・ケイやフランキー・カールのバンドが最高だろう。我々のバンドは空気（ムード）や興奮を創り出すようにできている。我々のバンドはスリルを生むために作られたんだ……

　我々の音楽は音が大きすぎて騒々しいだけだと、したり顔にいうものもいるが、我々の音楽を聴くために雪の中を百マイルも車を運転してやってくる若者たちもいるんだ……彼らはステージのすぐ前に立って、うっとりとした顔で我々の演奏に耳を澄ませている。そういう人たちの顔を見てもらいたい……

　ダンス音楽を演奏するとき、それは常に役目への奉仕になる。そこにあるのは実用性だ。テンポに留意しなくてはならず、人々のことを考えて演奏しなくてはならない。しかし耳を澄ませる聴衆のために演奏するとき、我々は自由になれる。

　スタンがその「スリルを生むために作られた」バンドに合流したのは一九四四年二月末のことだ。グループはロサンジェルスを離れて、南フロリダに行こうとしていた。二十ヶ所に及ぶ軍の基地を慰問するためだ。いつものように彼は二日のうちに譜面をすべて暗記してしまい、三日目には、生意気盛りの十代の少年らしくこれみよがしに譜面台を背後にやってしまった。

　指揮棒を振るうべく前に進み出たとき、ケントンは自分のサックス・セクションに何らかの欠落があることに気づき、スタンに向かって言った。「何の真似だ？」

「譜面は必要ありません。全部覚えてしまいましたから」

「君は必要ないかもしれないが、それじゃ見た目に絵にならない。聴衆に君の靴なんか見せたくはないんだ」

　スタンは溢れそうになる涙を抑え、即座に譜面台を自分の前に戻した。

一九四四年四月二十八日にアニタ・オデイが参加したとき、バンドは更に強力なものになった。彼女は最良のジャズ・シンガーの一人であり、現在でも活躍している（二〇〇六年に死去）。ジーン・クルーパ楽団のスターであった彼女には熱烈なファンがついていたし、その明るくスウィングする歌唱スタイルによって、ケントンの聴衆に対するアピールは遥かに幅広いものになった。

　ケントン楽団に入ってすぐ、野心溢れる十七歳のサックス奏者と出会ったときのことを、彼女は覚えている。

　その子は楽屋の私のところに戻ってきて、こう言った。「やあ、アニタ、ぼくはこのバンドに入ったばかりなんだ」

　私は言った。「そうなの、うまくやれるといいわね」、みたいなこと……

　その二日後くらいのことだけど……彼は言うの。「あの、ぼくにソロを取らせてくれるようにスタンに言ってもらえないかな？　ほんの短いソロでいいんだけどさ」

「オーケー、じゃあスタンに訊いてみる」。そしてすっかり忘れてしまった。

　三日目の夜が過ぎて、四日目の夜、その新人のサックス奏者が私のところに来て、言うの。「ぼくに短いソロを取らせるように、スタンに頼んでみてくれるって言ったよね。どこでもいいんだけど」

　私は言った、「じゃあ、今頼んでみるわ」。そして私はスタンのところに行って言った。「バンドに入ったばかりの男の子がいるでしょう。名前は知らないけど……あの子はいつもいつも練習しているの」

　そして彼は言った。「彼に言ってくれ。二十六番の曲のセカンド・コーラスの、セカンド・エイト（二番目の八小節）を吹いていいと」

　これでよし！　私は戻って、彼にそう伝えた。彼はすごく喜んで、私のことを神のように崇めてくれた。そして楽器を取りだした……スタンは言った「二十六番か」、そして私をじっと見た。私は言った、「そうよ、あなたが吹くの」。それがたぶん、人生で初めてのソロだったんだと思う。彼はたしかまだ十七歳だった。
その曲が演奏され、ファースト・コーラスが終わった。私は声をかけた、「さあ、そろそろよ……」。彼は既に立ち上がっていた。とうとう彼の番がやってきた……そして彼は吹いた、ララーラーララ、ラーララララー、さあ、どれくらいホットになれるか？　ララーラーララ、ラーラララーラー、すごく退屈だった。八小節は終わり、彼はお辞儀をして腰を下ろした。スタン・ゲッツでした、皆さん。

一九四四年五月二十日、アニタはケントン楽団との最初の録音をおこなったが、それはまたスタンにとっても初めてのスタジオ演奏になった。ティーガーデンの楽団にいるときには、録音スタジオに入ったことはなかった。彼がその楽団に在籍している期間、音楽家組合はレコード会社に対してストライキに入っていたからだ。ティーガーデン楽団は今日、アームド・フォーセズ・ラジオ・サービス（米軍放送）からエアチェックした音源でしか聴けないし、そこにはスタンのソロはまったく含まれていない。
アニタは自分のやり方と、ケントンのやり方がうまく噛み合わないことで苦労している。彼女は書いている。

一九四四年においては、スウィングしなければ意味はないというのは、それほど真実ではなかった。ディキシーランド・バンドがあり、スウィート・バンドがあり、中西部百万ドル玉蜀黍バンドがあり、ありとあらゆるノヴェルティー・バンドがあった。しかしスウィングは大事なものごとであり、そしてスタンリー（ケントン）はそれを重視していなかった……スウィングにおいて、あるいは四拍子において、誰もが最初のダウンビート――いち――をつかみ、そこから音楽が始まる。しかしスタンリーの『オーパス・イン・パステル』のような上拍（アップビート）で書かれた曲では、バンドは〈いち〉では入ってこない。〈いち、と〉で入ってくる。それはそれでかまわない。新しいこと。ひと味違うこと。なんでもいい。でもそれに合わせて足をタップできるだろうか？　だってタップは踏み上げられないのだから。そして私にとって、それに合わせて歌うのは、それに合わせて踊るのと同じくらい困難なことだった。

そしてケントン楽団のスウィングしないドラマーはアニタにとって状況をますます厄介なものにした。最初のレコーディング・セッションの前に、彼女はケントンにこのように語っている。

あなたのところの、あのフライパン叩きと一緒には録音なんてできない。このセッションだけでも、まともにスウィングできるドラマーを雇ってくれないかしら。彼は同意した。私はクラブを覗き歩いた……あるクラブで、私はジェシー・プライスに出会った。彼は自分のグループを率いて、ご機嫌にスウィングしていた。

彼女はプライスにセッションに参加してくれるように頼んだ。そのときの歌のひとつである『そして彼女の涙はワインのように流れた(And Her Tears Flowed Like Wine)』はポップ・チャートの四位にまで上がり、四十万枚のレコードを売り上げ、ケントンにとっての最初のビッグ・ヒットになった。アニタは主張する。「今日に至るまで私は信じている。あの歌が成功したのは、ジェシーがまっとうなドラマーだったからだと」

その録音セッションのあとで、プライスはバンドのメンバーになった。二人目の黒人楽団員だった。もう一人の黒人メンバーは肌の色が薄く、しばしばキューバ人といっても通用したけれど、バンドが南部を回るときは「休暇」をとったものだった。しかしプライスの肌の色はまぎれもない黒人のものだったし、そのために彼はそう長くはケントン楽団に在籍しなかった。六週間後にプライスは楽団を去ったが、それは差別意識を持つ楽団員たちが彼の生活を耐えがたいものにしたからだった。彼が後に述べたところによれば、ケントンは偏見を持つことなく、彼を一人の人間としてまともに扱ってくれたものの、バンドリーダーとして差別主義者たちと正面から対決しようとする意志は持ち合わせていなかったようだ。

スタンは相変わらず酒でハイになり続けていた。

ほとんど毎晩のように、意識がなくなるまで飲んだ。バンド内のヘロインをやるグループはそれを目に留め、彼をそのかすのを楽しみとするようになった。ヘロインでハイになった方がどれくらい行けるかという話をあれこれ聞かせて。

スタンはいくらか興味を示した。そして古参のジャンキーの一人が強く勧めたとき、動揺を見せた。ある夜、どこまでもまっすぐに続く舗装道路をバスがスピードを出して飛ばしているとき、スタンの誘惑係が彼に言った。最高のクスリを手に入れたばかりなんだが、ちょっとバスの後ろの方に来ないか。そこに行くと、相手は封筒からスプーンに粉を入れ、スタンにそれを吸うように言った。

スタンは指示に従った。そして最高級の恍惚を味わった。ジャンキーが一生涯胸に抱き続けるような見事な恍惚だ。まず鼻腔が焼けるようになり、そのあと胃から始まって、頭に、そして四肢へと、混じりけのない喜悦が広がっていく。ジャンキーにとってヘロインによる幸福感は、それまでアルコールによって味わったどんな経験より遥かに強烈だ。それだけではない。不安や恐怖はどこかに残らず消えてしまい、そのあとを静かな力が埋めていく。痛みを伴うどのようなものも、もう彼らに手を伸ばすことはない。

そのあとの二週間、スタンは何度か同じ感覚を探し求めた。それからもっと効果を高めることにした。注射を試み、最初に味わったよりも更に強烈な恍惚感を得ることができた。そして一日それを抜かしたとき、ひどく身体の調子が悪くなった。既に彼は中毒になっていたのだ。

スタンはミュージシャンとしては、ほとんどいつもどおり仕事を続けていけた。注射したあとすぐにやってくる「コクコクする」時期には意識が朦朧とするが（どれくらいそれが続くかは麻薬の量と、使用者の体調によるが、通常四十分を超えることはない）、やがてジャンキーはエネルギーに満ちた、張りつめた状態で目覚め、ばりばりと仕事をこなす。身体が次の注射を求めるまではということだが――通常それは八時間後になる。

一見ノーマルに見えるそのような生活を送るためには、ジャンキーは日々三つのものごとを必要とする。彼の金、彼のコネクション、彼のフィックス

（麻薬注射）だ。それらが彼の最優先事項となり、強迫観念となる。偉大なテナー・サックス奏者、デクスター・ゴードンは数年間にわたって麻薬中毒患者だったが、クスリを手に入れるためにあくせく走り回ることの方が、おそらくクスリそのものよりも自分の演奏を妨げたと述べている。

> 技術的なことをいえば、それは君をとくに助けてはくれない。またそれ自体は君の技能をとくに損ないもしない。しかしその追求に心身をすり減らし、あまりに深くそれにのめり込んでしまえば、君は活力や関心を失っていくだろう……それが私の身に起こったことだ。

スタンはジャンキーの必要とするものについては不自由を感じなかった。サラリーは潤沢だったし、コネクションに関して言えば、ツアーの行き先ごとに、バンドにクスリを供給してくれる地下組織の人間が待っていた。

スタンはまったく破綻なく自分のパートを演奏し続けていた。しかし彼は以前より強く楽器を吹かなくてはならなかった。バンドは前にも増して金管楽器が吠え、音が大きくなっていたからだ。六月にアレンジャーでありトランペッターでありトロンボーン奏者であるジーン・ローランドがバンドと契約し、通常はそれぞれ四人編成スコアのトランペットとトロンボーン・セクションに、五番目の奏者として加わった。そしてたっぷり根太い音が大好きなケントンは、それ以降その編成を恒常的なものにした。十本も金管楽器を入れたビッグバンドは他に類を見なかった。

そんなケントン的騒音のまっただ中にあって、ここには学ぶべきものがほとんどないとスタンは思った。ティーガーデンと一緒にいた日々が懐かしく思い出された。ティーガーデンのすべてのソロが彼に何かを教えてくれたものだ。そして彼は新しい師匠（メンター）を捜し始めたのだが、自分のいちばん優れた資質はメロディーを創り出すことにあるのだということが、次第にわかってきた。それがわかると、ジャズの歴史上最も素晴らしいメロディストであるレスター・ヤングの仕事に強く惹きつけられるようになった。

まだブロンクスにいる頃から、スタンはレスターのことを知っていたが、彼の演奏を注意深く聴いていたその技能を習得するには、日々があまりに忙しすぎた。しかし今の彼には、レスター・ヤングの世界に本腰を入れて踏み込んで行く準備ができていた。スタンがレスター・ヤングをフィーチャーしたレコードを十回も続けて聴いているのを見て、ケントン楽団の仲間たちは彼の正気を疑い始めた。そして彼がヤングのソロを一音一音完璧に再現できるまで、何時間も吹き続けるのを見て、こいつはクスリで頭がやられてしまったに違いないと確信した。

一九〇九年にミシシッピで、音楽を職業とする黒人の一家に生を享けたヤングは、まさに幸運というべきだろう、アメリカのジャズ揺籃の地である二つの都市で多感な時期を送った。ニューオーリンズとカンザス・シティーだ。歴史家のフィル・シャープが指摘しているように、レスターのニューオーリンズにおける少年時代は素晴らしい音楽に満ちていた。

レスター・ヤングの、ニューオーリンズにおける少年時代の意味を一言で述べるなら、一人の音楽的天才がまさにうってつけの場所に置かれた、ということに尽きる。そのジャズの誕生の地で、音楽は最も創造的な時期を迎えていた。レスターはホットな音楽と恋に落ちた。スウィングするリズムが彼の心を揺らせた。ドラムの音がとりわけ彼を誘い続けた。ニューオーリンズの黒人ブラス・アンサンブルが演奏しながら街の通りを行進するとき、レスターはそのあとを追いかけた……レスターは疑いの余地なく、すべての傑出したニューオーリンズのミュージシャンたちの演奏を聴いたはずだ。そこにはベイビー・ドッズ、ポール・バーバリン、フレディー・ケッパード、キング・オリヴァー、キド・オーリー、そしてまだ十代だったルイ・アームストロングなんかが含まれていただろう。

十代の頃から二十代始めにかけて、ヤングは父親のバンドで、そしてまた南西部から中西部にかけてのあらゆるバンドで演奏していた。そして一九三三年、二十四歳のときにカンザス・シティーに落ち着いた。ちょうどその都市がジャズの黄金時代に突入した時期だ。ブルーズと、白人サキソフォン奏者のフランキー・トラムバウアーに啓発を受け、自ら新たに開発した即興演奏におけるリリカルなアプローチを手に、彼はその地にやってきた。

彼の才能はカンザス・シティーで豊かに花開いた。主にカウント・ベイシー楽団と共に。彼は一九三四年に初めて彼のバンドで演奏し、一九三六年には正式の楽団員となり、それから一九四〇年まで在籍した。ベイシーのバンドは一九三七年に全国的な名声を獲得し、それ以降は各地を公演してまわることになった。ベイシーの楽団を辞してからの彼は、おおむね自らの率いるスモール・グループで演奏するようになった。一九三七年から四一年にかけてヤングはビリー・ホリデーと共に、古典となった一連のスモール・バンドの録音をおこなった。そして彼とベイシーは、ベニー・グッドマンと共にレコーディングをした。

ビリーはレスターにニックネームを与え、それは定着した。彼女は書いている。

私はいつも彼が最高だと思っていた。だから名前も最高でなくてはならなかった。この国では、王様とか伯爵とか公爵なんて、何の意味も持たない。当時いちばん偉い人はフランクリン・D・ルーズヴェルトだった。そして彼は大統領だった。だから私は彼のことをプレジデントと呼び始めたの。ザ・プレジデント。みんなはそれを縮めて、プレスと呼ぶようになった。

レスターはそのお返しに、彼女にとって終生のニックネームとなった「レディー・デイ」という名を贈った。

一九二〇年代、ジャズの形成期に、ジャック・ティーガーデンがトロンボーンに対してなしたのと同じことを、サキソフォンに対してなしたのがコールマン・ホーキンズだ。彼はそれまで主にコミカルな効果を出すことのみに使われていた新奇な楽器を取り上げ、それを感情の全域を表現するための手段に変えた。ヤングが最初のレコード録音によって一九三六年に華々しくシーンに登場するまで、ホーキンズの手法がサキソフォン演奏を仕切っていた。既存の決まりごとに対して、プレスは三つの核心をなす分野で挑戦した。ハーモニーとサウンドとリズムだ。そして彼の革新はあまりに抜本的なものだったので、それはジャズ・サキソフォンの奏法のみならず、すべてのジャズ楽器の演奏方法を変更してしまった。

曲の和音（コード）はハーモニーの構造の背骨を提供する。コードが譜面に記載されれば、それは解釈者に向かって、そのコードのトーンは次のコードが登場するまでは「耳に心地良い」ものでなくてはならないと告げる。たとえば『オール・オブ・ミー』の最初のコードはC6である（C、E、G、Aによって成立している）。それが最初の二小節、八拍をまとめている。このようにして四つのC6のトーンは、八つのビートにとって「心地良い」ものだ。その音階（スケール）における他の八つの音は様々な度合いで不協和音であり、「心地良くない」ものだ（西洋音階は十二音で成り立っている。ピアノに即して言えば五つの黒鍵と七つの白鍵だ）。別の言い方をするなら、C6和音は第三小節の始めに次のコードが登場するまでは、『オール・オブ・ミー』の和声的枠組みを支配する暴君なのだ。次に登場するのはE7（E、Aフラット、B、Dの組み合わせ）で、これが次なる八小節における「心地良い」「心地良くない」を新たに設定し直す。その次にはA7のコードが現れ、そのプロセスが曲の終わりまで続く。そのコードの連鎖が曲全体の輪郭と雰囲気とを設定することになる。

ヤングが出てくる前は、即興演奏の中心をなしていた方法は、心地良い音も心地良くない音も含め、和音の派生音を追求していくことだった。そのスタイルの最も偉大な例がコールマン・ホーキンズだ。彼は最初から最後まで連続性をもって、コードの調性上の可能性を徹底して掘り進めることによって、その曲を解釈した。

プレスはコードをまったく違うやり方で扱った。彼はコードをそれ自体で完結したものとしては見なかった。むしろそれを、自分が新たなメロディーを創作していくための背景として用いた。コードはもはや建物の中核をなすブロックではなく、メロディックな創作のための枠組みとなった。プレスは、ハーモニーの上に大胆に自分のメロディーを書き込むことで、水平的にコードをまたぎ越えていった。

ヤングの弟のリーは、レスターのアプローチについてこのように語る。

兄はよくこう言ったものだ。もしそれがDフラット7だっておまえが知っていたら、それはおまえを束縛しちまうことになる。おまえはそのコードにかなった音のことばかり考えるようになる。そしてそれは兄が聴きたい音ではなかった。彼はそうじゃない音を使ってプレイし、しかもぴったりと決めたいと思った。そして実際にそうしたんだ。

プレスは、彼のアイデアの自由でリリカルな質を体現する新しいサウンドをこしらえた。それまで支配的だったホーキンズのスタイルはぶっきらぼうで荒々しく、尊大でマッチョなサウンドを伴うものだった。ヤングのトーンはピュアで明るく、荒々しい感じがなかった。尊大なところもなく、コードとビートの上をふわふわと漂った。

ヤングのハーモニーがコードの支配から自由だったように、彼のリズムはビートの支配からも自由だった。彼の音楽のパワーと美しさの多くは、リズムの選択の意外さから生じている。彼はすべてのものに大いなるスウィングの感覚を吹き込んでいく。しかし絶え間なくビートの置き方を変更させていく。遅らせたり、前にぐいと押し出したり、もそもそと引きずっておいて、正しい瞬間にそれを爆発的に浮上させたり。

バークレー音楽院の音楽学者であるルイス・ゴッドリーブはこのように語っている。

レスター・ヤングは枠を移動させることにかけてはまさに名人だ。彼のソロには、その無数の例がある。強いビートと弱いビートとの差を見えなくしてしまうし、ひとつのビートの強い半分と弱い半分との差を見えなくしてしまう。ワシントンDCのレコード店で彼の演奏する『アイ・ネヴァー・ニュー』を初めて聴いたときのことを、私は忘れることができないだろう。(彼がサード・コーラスの真ん中で、ひとつのビートをこねくり回しているのを聴いたとき)そのレコードは同じ溝を繰り返しているとしか私には思えなかった。

一九五〇年と一九五一年にプレスと共演したジョ

ン・ルイスは、一九五四年に設立されたモダンジャズ・カルテットの音楽監督でもあるが、ヤングのアプローチを明快に要約している。

もしあなたが十分に確固としたメロディーの構想を持ち合わせているなら、あなたはその構想の上に、またそれについてくるリズム・パターンの上に、いかなる和声《ハーモニー》（和音《コード》）進行をも好きに築いていくことができる。それだけの揺るぎないリズミックな資質がそこにあるなら、間違いなくそれは可能だ。レスター・ヤングは長年にわたってずっとそれをやってきた。彼にはそもそも、和声パターンに頼る必要はないんだ。自分のメロディックなアイデアとリズムだけで、ワン・コーラスを吹き切ることができる。コードはそこにあるし、レスターはどんなコードであろうが常に、それを必要なもので満たすことができる。でも彼が通常の進行に寄りかかることはない。

プレスがやったことは彫像を作るのにかなり似ている。ひとつの曲を粘土でつくられたまともな見かけの彫像になぞらえてみよう。女性の頭部の彫像――それ自体としてはきわめて美しい。それをピカソに与えてみよう。彼はそいつのあっちをぺちゃんこにしたり、こっちを引き延ばしたり、ぎゅうぎゅう押し込んだり、叩いたり穴を開けたりして、最初にあったものよりもっと表現豊かで、もっと深くヒューマンなものに変えてしまうだろう。

それがプレスが無数の曲に対しておこなったことだった。それぞれのソロから物語を形作りたくて、その歌詞のすべての言葉を知るまでは、彼がその曲のインプロヴィゼーションに取りかかることはなかった。曲は『ゴースト・オブ・ア・チャンス』みたいに複雑なものかもしれないし、『クラップ・ハンズ、ヒア・カムズ・チャーリー』みたいに単純なものかもしれなかった。でもどちらでも同じことだ。彼はそれらの曲を彫塑し、変形させる。はっとするほどのオリジナリティーを持つフレーズを送り出し、それらをひとつに連結して、比類なき音楽的ロジックを具現する新鮮なメロディーに変えてしまう。彼が即興演奏を終えたとき、その構造は美しく、また非の打ち所のないものに見える。そしてあなたは喝采を送りたくなるか、泣き出したくなるか、それともその両方をしたくなる。

作業は、クールに無造作に、いかにも物憂げになされる。技巧にまわされるエネルギーはうまく隠されている。プレスが目を見張るようなメロディーを紡ぎ出すとき、彼はまるで「汗ひとつかいていない」みたいに見える。

そのようなヤングの手法が、ホーキンズの手法にそっくり取って代わることはなかった。主な理由は、そうするにはより多くのメロディックな才能が要求されたからだ。スタンのような才能あるメロディストはヤングのあとに従ったが、それほど優れた叙情的資質を持たないものには、ホーキンズのスタイルの方が適していた。

ヤングの音楽を研究すればするほど、スタンはますますそこにのめり込み、それは彼の一部になっていった。そのメロディックな美しさと、感情的近しさに心を惹かれた。スタンは後年、記者に対してこのように語っている。

彼はぼくがメロディー的に聴いた最初のテナー・サックス奏者だった。彼は美しいメロディーを創ろうとしていた。サキソフォンというのはぼくの考えるところ、人の声をそのまま移し替える楽器なんだ。そこでできるのはただメロディーを奏でることだ。どんなに複雑なものになろうと、それは所詮はメロディーなんだ。ぼくはプレスのように吹こうとしたことはない。でも彼の音楽についての考え方を心から愛しているので、あるいはそのうちのいくらかはぼくの身体に染みついてしまったかもしれない。それは当然のことだよ。多くの人がぼくに影響を与えた。そこで必要なのは真似することじゃない。消化することなんだ。そしてもしそれを心から愛しているなら、そのうちのいくらかは自然に外に出てくるはずだ……。

プレスはとても尊敬されているし、たくましい男だった。しかしそれでもひとたびサキソフォンを手に取ると、感情を露わにした。そこに没入するや否や、自分がどういう人間であるかを包み隠さず外に晒(さら)した。彼はどこまでも率直にプレイした。彼の音楽には憎しみというものが見受けられない。人種偏見があれほど強い時代であったにもかかわらずね……

　ぼくは三十年ばかり音楽の世界で生きてきたが、彼は今でも、自らの心模様を演奏の中に示すことを怖れない男として、ぼくの脳裏に浮かんでくる。数多くの憎悪や数多くの音符の背後に、心を隠してしまわない男としてね。


スタンは静かに腰を下ろしてヤングのソロに聴き入っていたものの、彼のアイドルのトリッキーな言葉遊びについての話を耳にして、笑わないわけにはいかなかった。

　プレスは音楽に劣らず言葉においても革新的であり、彼自身のユニークな語彙を作り上げていた。白人は彼にとっては「グレー」であり、彼自身の淡い肌の色合いは「オックスフォード・グレー」だった。彼が何かを評価するとき、それは「それに対して目を持つ」であり、評価しないときは「目を持たない」だった。たかりの連中は「ズーマー」であり、「ニードル・ダンサー」はヘロイン中毒者のことだった。社会的状況に不快さを感じているときは「ドラフト（隙間風）を感じる」と言った。「帽子をかぶったかい？」というのは「セックスをしたのか？」ということであり、魅力的な女性は「パウンド・ケーキ」であり、「ビングとボブ」は警官のことであり、「トライブ（部族）」はバンドのことだった。「マダムは焼けるか？」と彼が尋ねれば、それは「奥さんは料理ができるのか？」ということであり、失敗をするのは「ブルーズド（傷を負う）」だった。彼がピアニストに向かって「もう一杯もらうけど、左側の人たちにトーンダウンしてもらってくれ」と言うのは、「もう一コーラス続けてもらうが、左手のプレイをもう少し静かにやってくれ」ということだった。

　ヤングの考え方はこれまでの何にも増して、スタンのイマジネーションを解き放ってくれた。そして一九四四年の夏のあいだに、彼の即興演奏の能力は飛躍的に向上した。彼はもっとソロをとらせてほしいと、ケントンに懇願し続けていた。しかしケントンは彼を退け、ビッグバンド・ミュージシャンとして十五年の経験を積んできた堅実な奏者、デイヴ・マシューズにすべての主要なサキソフォンのソロを取らせた。一九四四年の夏にマシューズがバンドを去ったとき、スタンは圧力を強め、リハーサルで自分がどれほど急速に即興演奏の腕を上げたかを示し、ケントンに詰め寄った。そのときまでには彼の即興演奏は目に見えて向上していたので、ケントンもそれ以上彼を無視するわけにはいかず、マシューズの抜けたあとのソロを、彼と他の二人のサックス奏者のあいだで分けてやらせると言い渡した。

スタンの最初のレコーディングされたソロは、一九四四年十二月十九日の米軍放送からのエアチェックで聴くことができる。彼は『アイ・ノウ・ザット・ユー・ノウ』において、ワン・コーラスをテナー・サックス奏者のエメット・カールズと分け合っている。音の大きな、金管楽器中心のケントンのアレンジメントは、その明るい小さなショー・チューンをほとんど圧倒している。カールズがまず最初に登場し、極端なまでに荒々しい音を用いてホーキンズ風の豪快なソロをとる。

スタンの即興演奏は、あたかも荒れ狂う金管楽器の海の中の静かな島のようだ。そして彼のプレス風の軽い演奏のせいで、彼とカールズはまったく違う楽器を吹いているみたいに聞こえる。スタンのソロは、いかにもヤング風の下降する長いフレーズのまわりに築き上げられているが、安定したロジックと、心地良い優美さを具えている。アニタ・オデイにからかわれた、たった七ヶ月前におこなわれたよたよたのソロ・デビューから見れば、まさに長足の進歩だ。

彼の演奏は進歩を続けた。そして一九四五年二月二日にスタンが十八歳の誕生日を迎えたすぐあと、ケントンは彼を首席サキソフォン・ソロイストに指名した。新しい地位に勇気づけられて、スタンはケントンに、ヤングのコンセプトのいくつかを、バンドのアレンジメントに持ち込めないだろうかと持ちかけてみた。ヤングの音楽は単純すぎると言ってケントンが退けたとき、スタンは自分の耳が信じられなかった。単純なのはヤングの音楽ではなく、ケントンの音楽なのだ。そしてケントンにそれがわかっていないことに、スタンは啞然とし、腹を立てた。このバンドでの日々ももう長くはないなと彼は悟った。

一九四五年の四月下旬にバンドがシカゴ入りし、

シャーマン・ホテルでの二週間にわたる出演にとりかかったとき、彼は退団した。全国でもトップ・クラスのバンドの、首席サックス・ソロイストにまでなったのだから、仕事に困ることはあるまいとスタンは踏んでいた。

第四章

# ベニー、ビバップ、そしてベヴァリー

スタンがケントンのもとを去ったという噂は、ミュージシャンのあいだにすぐに広まった。バンドリーダーのジミー・ドーシーもその話を耳にした。彼もまた、第二次大戦中のすべてのバンドリーダーと同様、徴兵の猛威と戦っていた。そしてスタンのクラスのサックス奏者が入手可能だと知ると、即刻彼を雇い入れた。ドーシーはそのとき中西部を巡業しており、これからロサンジェルスに向かうところで、その旅程はスタンにとってまさにうってつけだった。一九四五年五月十一日、ドーシー楽団がインディアナポリスからシカゴに到着し、シャーマン・ホテルでケントン楽団の後を継いだとき、スタンはそのまま新しいバンドに移った。

ドーシーは一九〇四年にペンシルヴェニアの炭坑夫の息子として生を享けた。父親はそこでローカル・バンドを率いていた。ドーシーは一九二〇年代の初めに、ルイ・アームストロングやアール・ハインズや、その僚友たちのいるシカゴに引き寄せられた若い白人ミュージシャンたちの一人だった。彼は兄のトミーや、ベニー・グッドマンや、ホーギー・カーマイケルや、ジーン・クルーパなんかと共に、アル・カポネの支配下にあるスピークイージーやダンスホールから流れてくる、ホットな黒人音楽に魅せられていた。父親によって音楽家としてみっちり仕込まれていたので、彼はすぐにアルト・サックスとクラリネットの奏者として、実入りの良いポール・ホワイトマンやレッド・ニコルズやヴィンセント・ロペスの楽団での仕事に就くことができた。

一九三四年に彼と兄のトミーは一緒に兄弟バンドを立ち上げたが、一年後に二人は決裂することになった。トミーはとにかく喧嘩っ早い性格で、ある夜ダンス・ナンバーのテンポをめぐって激しい口論となり、そのまま席を蹴ってステージを下りてしまったのだ。決裂のあと、兄弟それぞれのバンドは広い人気を得て、彼らのそこそこホットなスウィング・ミュージックは一九三五年以降、アメリカを制覇するに至った。しかしスタンが加入した頃には、ジミーの音楽はかなり熱気の度合いを落としたものになっており、彼の音楽が聴衆に人気を博しているポイントは、そのスムーズなダンス音楽と、専属の男性と女性ヴォーカルが提供する精緻なインタープレイと、伝染性のあるビートを持ったラテン音楽との混合が基本になっていた。

スタンはジミーの音楽にとくに刺激を受けたわけではなかったが、ジミーのリラックスした、緩やかなリーダーシップをたっぷり享受した。そしてジミーが数週間のうちに自分をロサンジェルスの自宅まで連れ戻してくれるであろうことが、スタンにはわかっていた。それに加えて、西に向けて家路につくあいだ、そして家に戻ってからも、ヘロイン・コネクションを見つけるのが簡単であることを知って、彼は幸福な気持ちになった。

サンディエゴでの仕事のあと、スタンは七月にドーシー楽団を辞した。そしてリーダーとしての最初のギグをおこなった。場所はハリウッドの〈スウィング・クラブ〉、トリオの他のメンバーはピアノのジョー・オルバニーと、元ケントン楽団のドラマー、ジミー・ファルツォーンだった。オルバニーはありきたりのスウィング・ピアノは弾かなかった。彼はジャズを変革し始めたばかりの、新しいビバップ・スタイルの先駆者だった。オルバニーをピアニストに選んだことで、一九四四年当時の最も革新的なジャズのコンセプトに耳と心を傾ける用意がスタンにできていたことがうかがえる。

〈スウィング・クラブ〉でのギグは三ヶ月足らずしか続かなかった。というのは十月にスタンは、ベニー・グッドマン楽団からオファーを受けたからだ。そのときグッドマン楽団はカナダを巡業しているところだった。そしてスタンはすぐに、自分が混乱を極めている楽団と契約を結んでしまったことに気づいた。

　グッドマンは、アメリカのポップ音楽のトップ・スターとして十年近く君臨したあと、一九四四年三月に突然バンドを解散してファンを驚かせた。それは彼のブッキング・エージェンシーであるＭＣＡとの葛藤を原因とするものだった。しかし彼はすぐに自分が第一線から外れたことを淋しく思うようになり、いざこざがまだ片付いていないにもかかわらず、一九四五年三月に新しいバンドを立ち上げた。

　かつてのバンドの楽団員たちの全員近くが、軍隊にとられているか、あるいはよそのバンドで気持ち良く仕事をしているか、どちらかだった。だから新しいグループはおおむねあまり経験のない顔ぶれで構成されていた。彼らの演奏は結束と切れ味に欠けていたので、ベニーはあわてて配下の人員を用いて、かつてのマジックを再現するべく新たな実験を始めた。しかし思うような成功を収めることはできなかった。サックス奏者のダニー・バンクは伝記作家のロス・ファイアストーンに語っている。

　ベニーは雇用と解雇を絶え間なく繰り返していた。彼はバンドを探し求め続け、見つけることができなかった。一年半のあいだ私は彼のところで演奏していて、四十人くらいのサックス奏者と会ってきたはずだ。彼らはまるでパレードみたいにバンドを通り抜けていった。私は彼らのリハをして、彼らのオーディションをして、彼らが去って行くのを見ていた。金管楽器奏者に関してもその数は同じくらいだった……ひとつのバンドが三週間か四週間しかもたず、それからまたあたらしい団体を立ち上げた。全員がまた最初の顔合わせからやり直さなくてはならなかった。

　スタンがやってきたのはそのような混乱の最中のことで、そしてほとんど即座に彼自身が問題をそこに付け加えた。それはケントン楽団における「譜面台撤去事件」と似ていなくもない、十代の子供じみたひけらかしによるものだった。名物バンド・ボーイ（あるいはロード・マネージャー）であるポプシー・ランドルフがその出来事について語る。

一度オンタリオのロンドンで演奏していて、ベニーはバンドの専属歌手のライザ・モロウと一緒だった。そのときスタン・ゲッツが楽団にいて、彼が冗談で馬鹿なサインを紙に書き、それを楽譜の裏に貼り付け、楽譜台に載っけていた。僕らは笑った。ベニーもそれを見て笑った。しかしそのあとで僕に言った。『ポプシー、やつをクビにしろ』と。

しかし幸運なことにベニーは考えを変えた。彼はスタンの演奏がとても気に入っていたからだ。彼はレスター・ヤング・ファンクラブの創立メンバーだった。彼はスタンのソロを賞賛し、スタンのよくスウィングする力強いプレイが、サックス・セクション全体を盛り上げてくれることを喜んでいた。

ベニー・グッドマンは三十歳の誕生日を迎える前に大金持ちになったが、彼が育ったのは暖房設備もないシカゴの共同住宅で、そこに十人の兄弟姉妹と共に住んでいた。そして子供時代に頻繁に飢餓を味わった。両親は東欧から移民してきたユダヤ人で、戒律をまもった家庭を維持していた。そして彼の父親は仕立て屋としての乏しい収入を補うために、屠畜場で豚のラードをシャベルですくうことを余儀なくされた（戒律を守るユダヤ教徒は豚肉を避けなくてはならなかった）。母親は文盲だった。

ベニーは一九〇九年に生まれた。スタンよりはひとつ上の世代になるが、二人は貧困から抜け出すために同じようなルートを辿った。十代のうちから傑出したミュージシャンになったのだ。ベニーは十歳のときからクラリネットを吹き始めた。そしてすぐに早熟な才能を発揮し、十四歳になったときにはダンス・バンドで演奏し、週給四十八ドルを稼いでいた。

音楽的に完成することが、ベニーにとっての強迫観念になった。病気のときを別にして、七十七歳で亡くなるまで、彼は一日も欠かさず毎日四、五時間は練習をした。娘のレイチェルは回想する。

父は極端なまでに自分にのめり込む人でした。

そのような自己集中によって、彼は自分が必要とする場所にたどり着けたのです。それはまた、まわりの人々全員の神経をおかしくさせました。というのは、集中のせいで彼は、外部の世界からそっくり遮断されてしまったからです……母が亡くなって間もなくのことですが、父に会いに行くと、彼はとても独りぼっちに見えました。ただその隣にはクラリネットが一本ありました。それを見て私は思いました。そう、それが彼にとってのいちばんの伴侶だったんだ。クラリネットこそが真の心の友だったんだと。

ベニーの自己集中は彼をしばしば放心状態に置いた。演奏仲間であったテリー・ギブスが語る。

　彼は人の名前を覚えることができなかった。あるとき一緒にリハーサルをしていると、彼の奥さんが入ってきて、「ねえベニー、ミュージシャンのみなさんにトーストでもお出ししましょうか」って言った。彼は言った、「いや、今はいいよ、パップス」。自分の奥さんの名前が思い出せなかったのさ。最後には、彼にとってはすべての人が『パップス』になった。女も子供も犬も消火栓も、何もかもが『パップス』なんだ。

ベニーにとっての最初のモデルは、シカゴのスピークイージーで聴いた人々だった。ルイ・アームストロング、ベッシー・スミス、白人クラリネット奏者のレオン・ロッポーロとフランク・テッシュメーカー、そして黒人クラリネット奏者のジミー・ヌーンなど。そして大人になってからは、ジャック・ティーガーデンとレスター・ヤングに強い影響を受けた。二人とはレコード録音で共演もした。ベニーの即興演奏には、その二人が持っているリリカルなオリジナリティーと人間味は欠けていたものの、傑出したものであることに間違いはなかった。彼はその素速く長いソロに、ホットな喜悦に満ちた切迫感を吹き込んだ。そして伝染力のある彼のスウィング感覚は、アメリカ中を立ち上がらせ、踊らせることになった。

　グッドマンは電化製品の助力を得て百万長者になった最初のポップ・スターだった。彼はナビスコの提供する、週一回放送のダンス番組「レッツ・ダンス」に出演することを目的として、一九三四年にバンドを結成した。この番組は毎週土曜日の夜にNBCラジオで放送されたが、そこでは三つのバンドが演奏した。ケル・ミラーの楽団はスウィートなダンス音楽を、ザビア・クガートの楽団はルンバと、その他のラテン・リズムの曲を、そしてベニーはホット・ジャズを演奏した。「レッツ・ダンス」は四つのタイムゾーンにまたがって、アメリカ全国の聴衆に三時間にわたる生演奏の音楽を提供した。面倒きわまりない時間調整の結果、東部のリスナーに向けては東部時刻の午後十時半に演奏を始め、西海岸のリスナーに向けては太平洋時刻の九時半に演奏を始めることになった。そのためにはミュージシャンたちはニューヨークのスタジオで、五時間ぶっ続けで仕事をしなくてはならなかった。そして〈ウォルドーフ・アストリア・ホテル〉でも仕事をしていたクガート楽団は、ホテルとNBCスタジオの間を、タクシーを連ねて土曜の夜ごとに三度も往復しなくてはならなかった。

ベニーは演奏する楽曲に極端に不足しており、数多くの作曲者にあたってみた。何人かの作者がそれにこたえたが、一人の男がベニーの成功に決定的な役割を果たしたアレンジメントを提供してくれた。フレッチャー・ヘンダーソンだ。ヘンダーソンはデューク・エリントンと肩を並べ、一九二〇年代の黒人音楽の覚醒の中から、今日に至るまで機能を発揮しているビッグバンドの基本的手法を創造した。それは先行する脆弱(ぜいじゃく)なダンス・バンドにとって代った。ヘンダーソンのアレンジメントは、それぞれに力強くハーモナイズする木管楽器と金管楽器の音塊と、即興演奏をおこなうソロイストと、バンド全体とのあいだに展開する見事なインタープレイ、そして緊密に連携する四人のリズム・セクションによって送り出されるドライブ感のあるビートを中心としていた。

ヘンダーソン自身のバンドは、ルイ・アームストロングやコールマン・ホーキンズやベン・ウェブスターといったソロイストたちに脚光を浴びせながらも、十二年間にわたる革新的でエキサイティングな活動の末に、一九三四年には挫折の憂き目を見た。グッドマンは番組「レッツ・ダンス」で演奏を開始した当初、ヘンダーソンの既存のアレンジメントを使用したが、そのあとはヘンダーソンをせき立てて、放送の続く六ヶ月のあいだ、毎週三つの新しいアレンジメントを用意させた。ロス・ファイアストーンは彼らの関係の重要性を認識していた。

……それはなにもベニーのせいではないのだが、(ヘンダーソンによる)十二年にわたる実験と、進歩と、ビッグバンド編曲方法の段階的完成を、ベニーひとりが手柄とするところとなった。それこそが彼に、必要としていたアイデンティティーをもたらしてくれたのだが。

ベニーのために言い添えておくなら、彼はヘンダーソンへの賛辞を決して惜しまなかった。それから半世紀以上を経た後、ベニーは自分の最後のテレビ・ショーをフレッチャーに捧げている。そしてこう言っている。「彼のアレンジメントに対する感嘆の念は決して色褪せない。彼こそはまさに天才だった」と。

「レッツ・ダンス」は一九三五年の五月下旬に、出し抜けに番組打ち切りとなった。ストライキが起こって、ナビスコのすべての工場が閉鎖の憂き目にあったからだ。バンドをなんとか存続させようと、ベニーのマネージャーはロサンジェルスの〈パロマー・ボールルーム〉と八月の契約を結び、そこまで行く途中にいくつかのワンナイターと、デンヴァーでの四週間の滞在をブッキングした。報酬は貧弱で、バス代も出ず、ミュージシャンたちは自分の車を運転して移動しなくてはならなかった。多くのボールルームはベニーに「スウィートな」アレンジメントを強調するように要求し、おかげでツアーは惨めな失敗に終わった。デンヴァーでほとんど解散寸前まで追い詰められた。

カリフォルニアの最初の公演では、驚いたことにオークランドのホールは満員になっていた。それからバンドは一九三五年八月二十一日にオープンしたばかりの〈パロマー〉に移った。バンドが「スウィートな」アレンジメントを演奏した前半では、あまり聴衆は盛り上がらなかった。それから火花が散り始めた。そこで起こったことをロス・ファイアストーンが描写する。

バンドは相変わらず死に向かっていた。今回はじわじわと、一インチずつ。次のセットの準備をしているときに、サイドマンの一人——バニー・ベリガンだったかジーン・クルーパだったか——がベニーに言った。どうせ命尽きるのなら、いちかばちか、好きなだけスウィングして駄目になりましょうや、と。ベニーはうんと肯いて、フレッチャー・ヘンダーソンの編曲を引っ張り出した……ベニーはこのように回想している、「まったくたまげたことに、人々の半分は踊るのをやめて、ステージを取り囲んだ……私の前に道が開けたのはまさにそのときだった。三千マイルの旅をしてきたあとで、我々はようやく巡り会ったのだ。我々のやろうとしていることをちゃんと理解してくれる人々に。このように演奏したいと我々が望んでいる音楽を、そっくり受け入れてくれる人々に。最初のわああっという聴衆の怒号は、私が人生で耳にした最もスウィートなサウンドだった。そしてそのときを境に、夜はどんどんビッグになっていった……」

〈パロマー〉での成功には三つの理由がある。どれもラジオというメディアに根を持つものだ。まず最初に番組「レッツ・ダンス」は西海岸においては、他のタイム・ゾーンより一時間早く、ゴールデン・アワーの午後九時半に始まった。第二に、バンドが西海岸のリスナーに向かって演奏を始めるときには、東海岸地区に向かって演奏し始めてから既に二時間を経過しており、ミュージシャンたちはウォームアップを終え、肩の力も具合良く抜けていた。そして最後に、人気のあるカリフォルニアのディスクジョッキーたちは、バンドがニューヨークを発つ直前に吹き込んだレコードを、熱烈にかけまくっていた。言い換えるなら、バンドがカリフォルニアに到着する前にもう、ラジオは彼らのファンの軍団を作り上げていたのだ。

〈パロマー〉でのその炸裂が、驚くべき成功の弧を描いてベニーを宙高く打ち上げ、彼の「スウィング・ミュージック」（PRマンの造語だ）が全国を席巻し、彼は他に類を見ないほどの文化的解放者となった。一世代あとのエルヴィス・プレスリーと同じく、彼は堅苦しい白人の中産階級の子供たちに、ホットで祝祭的な黒人音楽を送り届け、彼らをワイルドな気分にしたのだ。ただしエルヴィスとは違って、彼はアメリカのポップ・アイコンになりそうなタイプではまったくなかった。内向的で、常に放心状態の、眼鏡をかけたユダヤ人の音楽的完璧主義者だった。しかし彼はホットな音楽を愛し、それを完璧に演奏することができた。大事なのはそのことだけだった。

ベニーが発火させた狂熱は、一九三六年の終わりから一九三七年の初めにかけて、大きなはずみをつけていた。そしてそれは、バンドがニューヨークの〈パラマウント劇場〉で幕開けした三月三日にはピークに達しようとしていた。バンドの公演は、クローデット・コルベール主演の映画『セイルムの娘(Maid of Salem)』という魔女を扱った陰気な映画と付け合わせになっていた(当時は映画と映画の間に音楽ショーを入れるのが習慣になっていた)。オープニング・ショーのリハーサルをするために、バンドが朝七時に劇場に着いたとき、通りは切符を買うために並んだ若い人々で溢れていた。そして映画が終わり、ミュージシャンたちが午前十時半に最初に聴衆を前にしたとき、満員札止めの観客たちは立ち上がって喝采を送り、大声で叫んでいた。ベニーは回想する。

我々が最初にステージに立ったとき、聴衆はヒステリックな熱狂状態にあって、とても演奏ができるような状態ではなかった。そこで我々は四分か五分そこにじっと座っていた。そして私は言った。「拍手が終わりましたら、ええ——我々は演奏します」と。我々は人々をただじっと見つめていた。まるで彼らがショーで、我々が観客であるみたいに。

ベニーが開始の合図をするとき、観客はしばしおとなしくしていた。しかしバンド演奏曲が『スターダスト』のようなバラードから『ビューグル・コール・ラグ』のようなホットな曲に移ると、再び歓声や金切り声が始まり、公演の真ん中あたりでバンドが音の大きなアップテンポの『ライディン・ハイ』の咆哮を始めたとき、何百という数の聴衆が立ち上がってステージに殺到した。他の多くの人々は通路でジルバを踊り始めた。その熱狂的な踊りはショーの最後まで続いた。次の回の映画が始まるまで、なかなか騒ぎは収まらなかった。この催しについてロス・ファイアストーンは書いている。

> パラマウント劇場でのグッドマン・オーケストラの、四十三分間の短いステージは、ある種のブレークスルーを成し遂げた。それはこれまでのすべての出演者を凌駕するものであり、また種類を異にするものだった。通例のステージ・ショーとして始められたものが、ある種の魂（スピリット）の祝祭に変わり、集団的熱狂の愛の饗宴となった。それは〈ヴァラエティー〉誌が報じたように「発生の自然さと、心をひとつにした真剣さと、盛り上がりの規模と、表明手段の子供っぽい乱暴さによって、伝統を打ち壊すものとなった」。

そのヒステリー状態は一九三七年を通して続いた。金切り声と、通路でのダンスは、バンドが演奏するところどこでも、中産階級の子供たちの自由な発散の儀式となった。これはあちこちの聖職者や、評論家や、その他の礼儀作法の擁護者たちからネガティブな反応を引き出すことになった。ニューヨーク音楽学校の理事は、実験の結果（と彼は主張した）によると「二人きりにされた少年と少女は、クラシック音楽を聴かされているときは普通に会話をしていたが、音楽がスウィングに変わると、とたんに盛んにネッキングを始めた」と述べている。ベニーの協力者たちはそのようなあれこれに動揺し、彼の音楽に文化的・倫理的正当性を与える方法を模索した。そして彼のラジオ番組の広報担当が良案を思いついた。バンドをカーネギー・ホールのコンサートに出演させるのだ。そのホールは一九三〇年代後半にあっては、現在とは比較にならないほど堅固に、由緒正しい音楽の砦、芸術と文化の輝かしい殿堂と見なされていた。

コンサートは一九三八年一月十六日に行われた。その結果はすべての人の予想を遥かに超えたものだった。切符は即座に売り切れ、入りきれない客を収容するために、ステージの上に百を超える席が用意された。より重要なことは、ジャズという音楽のステータスがオペラや交響曲といった「より高次の」

芸術様式と同等の位置にまで達したことだった。評論家のジェームズ・リンカーン・コリアーが書いているように、

すべてのポイントは、それがカーネギー・ホールで開催されたということにあった。宣伝効果は実に計り知れないものだった。大方の人々が知る限り、それは最初のスウィングのコンサートだった──最初のジャズのコンサートだった──そしてそれを実現したのはベニー・グッドマンだった。そのようにしてジャズが芸術であることが証明されたのだ。

音楽──そこにはレスター・ヤングとカウント・ベイシーとベイシー楽団のスター・トランペッターであるバック・クレイトンと、三人のエリントン楽団員が特別ゲストとして含まれていた──は十二分にわたる『シング、シング、シング』の咆哮する催眠術的なヴァージョンでクライマックスを迎えた。終わったとき、聴衆は歓呼の声を上げ、五分間にわたって拍手を続けた。そしてアンコールを求めた。その夜には、いくつかあるフレッチャー・ヘンダーソンの編曲のひとつ、『ビッグ・ジョンズ・スペシャル』がフィーチャーされた。

コンサートは録音されたが、それをレコードに起こしたものは一九五〇年に至るまで、ベニーのオフィスと家で惰眠を貪っていた。彼からアパートメントを譲り受けた義妹がクローゼットの中にそれを見つけた。ベニーはその録音を手にして、初めて聴いてみて、それがエキサイティングであることを発見した。そして彼のレコード会社であるコロムビアを説得して発売させた。その二枚組のアルバムはジャズ史上最も人気あるレコードとなった。百万枚以上を売り上げ、今でもなおカタログに載っている。かくしてフレッチャー・ヘンダーソンの名は不朽のものとなった。

ベニーは黒人音楽を白人のアメリカに紹介したばかりではなく、黒人ミュージシャンをも表に連れ出した。一九三五年六月の初め、ラジオ番組「レッツ・ダンス」が放送打ち切りになって間もなく、ベニーはニューヨークのクイーンズ地区で催されたあるパーティーで、黒人ピアニストのテディー・ウィ

ルソンとジャムで共演した。そして彼との間に親密な共感を感じた。「テディーと私は、まるでひとつの頭脳でものを考えているみたいな感じで、一緒に演奏し始めた」と彼は後年に語っている。「それは本当にご機嫌だった」。その数週間後、〈パロマー〉の仕事に向けて発つ少し前に、彼はテディーをスタジオに連れてきて、ジーン・クルーパを加え、四曲の楽しくスウィングする曲を録音した。ベニー・グッドマン・トリオの誕生である。そのトリオは三〇年代と四〇年代を通して、長く後世まで残るいくつかの素晴らしいジャズを創り出した。

カリフォルニアの〈パロマー〉での仕事を終えて東部に戻る途中、バンドはシカゴの〈コングレス・ホテル〉で六ヶ月にわたって喝采のうちに演奏し続け、その成功を確実なものとした。毎晩のダンス音楽のレギュラー・ギグに加えて、バンドは何度かコンサートを開いた。プロモーターは一九三六年四月十二日のコンサートのためにウィルソンを呼び寄せるように、ベニーに強く要望した。しばらく思案した末に、ベニーはその案に同意した。

それまでのところ、白人が録音スタジオに黒人を呼ぶことに問題はなかった。音楽を聴く人には彼らの姿は見えないから。しかしコンサートのステージで、人前でそれをやるのはまた別の問題だ。人種混合はまだメジャーなバンドではなされていなかったし、一九三六年にあっては、それに対する抵抗感は強く、本能的なものだった。

ベニーの決断は勇気あるものだった。何年にもわたる苦闘の末にようやく獲得した聴衆をごっそり失うリスクを、彼はあえて選択したのだ。見事な成功の甘さをたっぷり味わっているまさにその時期に。しかしながらポップ・アイコンとしての彼のステータスはしっかり勝利を得て、コンサートは素晴らしい成功を収めた。そのすぐあと、ウィルソンは正式なメンバーとして楽団に加わった。

グッドマンの人種混合の企図は、訪れるほとんどの都市で、バンドにとっての緊張を作りだした。そして偏見に固まった人々を刺激しないために、常にいくつかの対策がとられた。ウィルソンや、それに続くライオネル・ハンプトンのような黒人のメンバーは、通常他の白人メンバーとは別の移動手段をとり、場合によっては別のホテルに宿泊することを余儀なくされた。
舞台における平等への道は、一九六〇年代の公民権運動が起きるまでは険しいものであり続けた。ビリー・ホリデーが一九三八年にアーティー・ショー楽団を辞めたのは、ニューヨークの〈エディソン・ホテル〉で、白人客の気分を害さぬよう、貨物用エレベーターに乗れと言われたからだった。花形トランペッターのロイ・エルドリッジは一九四一年、ジーン・クルーパ楽団に在籍中、日常的ないじめに遭い続け、あやうく神経を壊しそうになった。チャーリー・パーカーは一九五〇年に南部を巡業している間、グループで唯一の白人メンバー、レッド・ロドニーを黒人として扱わなくてはならなかった。肌の色が真っ白なロドニーは、ポスターには「アルビノ・レッド（赤毛の白子）」と記されていた。一九五九年に至ってもそれは続いた。エラ・フィッツジェラルドの伴奏バンドの四人のうち一人が白人だったとき、NBCテレビと、番組スポンサーのベル電話会社は、エラの姿を黒人の伴奏者と共に放送したが、白人ミュージシャンが混じったところを映すのは拒否した。

一九四五年にあっても、ベニーはいまだにフレッチャー・ヘンダーソンと、黒人のビッグバンド音楽を賞賛し続けていた。そして彼と一緒にいると、スタン・ゲッツはとても寛ぐことができた。スタンにとって、完璧主義者であり音楽的監督者であるベニー・グッドマンは、偉大なバンドリーダーのモデルだった。後年彼は記者にこのように語っている。

ぼくが彼のバンドにいたのは十八歳のときだった。生意気な小僧だったが、彼がバンドのリハーサルをするのを見ているのは、ほんとにご機嫌だったね。彼の耳と知識、テンポを設定する彼のテイスト、自分のバンドに優れたサウンドをもたらすミュージシャンを選ぶ目、何もかもが最高だった……。

ベニー・グッドマン自身、傑出したミュージシャンだった。彼のサウンドのコンセプトはまったく見事なものだった。十四人いたホーン奏者の中で、ひどい音を出すものはただの一人もいなかった。彼のバンドに加わるには、優れたサウンドを持ち合わせていなくてはならない。そして全力を出し切っているサックス・セクションの一員として演奏するのは、実に痛快なんだよ。

もうひとつ、彼はバンドのリハーサルをするとき、よくリズム・セクション抜きでやらせたものだ。誰が本当にスウィングできるかを見るためにね……それは良い方法だと思ったよ。


そしてベニーが音楽の質の高さにどこまでもこだわっていたことを、彼は賞賛する。


ベニーは偉大なリーダーであり、きわめて集中力の高い人だった。ぼくらがラジオ番組に出演しているときだって、そんなことおかまいなしだった。「コカコーラ、スポットライト放送」みたいな全国ネット番組に出ているときでさえね。

そこではオンエアされていない時間なんてないんだよ。そんなもの存在しない。すべて待ったなしのナマなんだ。でも彼はその曲の正しいテンポについて深く考え込んでいる。今ここで音を出す必要があるとわかっていても、自分が正しいテンポをつかむまでは、絶対開始の合図を出さない。それまでに一分か、一分半かかったりする。とにかく、こと音楽に関しては妥協のない人なんだ、ベニー・グッドマンは。

そんな人間をぼくがどう評価できよう？　それはジャック・ティーガーデンを評価するようなものだ。ベニーとティーはぼくに最初の大きな影響を及ぼした人たちだ。


一九四五年十月の終わり近く、グッドマン楽団はカナダからニューヨークに下りて、そこに二ヶ月滞在した。バンドはニューヨークを作戦基地のように使って、十一月の大半を陸軍基地回りに費やし、その月の二十八日から、ニュージャージー州ニューアーク近くの〈テラス・ボールルーム〉での出演を開始した。そこで満員の客を相手に、十二月二十三日まで演奏を続けた。

二ヶ月にわたるニューヨーク滞在の間に、スタンはビバップ音楽にたっぷり晒されることになった。そのジャズの革命的なフォームは、やがて彼の演奏スタイルを、また音楽そのものに対する考え方を、劇的に変えてしまうことになる。一九四四年にカリフォルニアの〈スウィング・クラブ〉でトリオで演奏したとき、ジョー・オルバニーがビバップ音楽の片鱗を味わわせてくれたものの、五十二丁目通りの〈スポットライト〉で、既にビバップの天才として名を馳せていたアルト・サックス奏者、チャーリー・「バード」・パーカーの演奏を聴いたとき、その新しい音楽の爆発的なパワーに対する準備は、彼にはまだまったくできていなかった。スタンは回想する。

> ベニー・グッドマンは軍のキャンプ回りだけをやっており、ぼくらは軍の飛行機で演奏会場まで運ばれた。週に三度か四度ね。それ以外の日にはぼくは五十二丁目に通って、そこにある驚くべき音楽を聴いていた。そしてその音楽にすっかり打ちのめされてしまった……二十年か三十年か、あるいは五十年に一度くらい、チャーリー・パーカーみたいな、真にアヴァンギャルドな人物が現れる。彼が演奏すると人は言う「こいつは筋が通っているし、しかも新しい」と。彼が創り出したものはひとつの通路を開いたが、それは今でもまだ探索の途中にある……。
>
> 最初にチャーリー・パーカーを聴いたとき、ぼくにはとても信じられなかった。彼は時代より遥かに先の方にいた。そして自由だった……彼はとにかく偉大だった。

ビバップが最初の偉大な開花期を迎えたときにそこに居合わせたことは、スタンにとって幸運だった。その革命は一九四〇年に始まり、それからの四年のあいだに多くの改革が実を結んだ。最初の重要な何枚かのレコードが一九四四年に吹き込まれ、それから一九四五年の終わり頃になって、基本的なピースがそっくりひとつに合わされた。

実際のところ、チャーリー・パーカーがジャズ史上に残る輝かしい名作を創り出したその日に、スタンはパーカーを聴いていたかもしれないのだ。一九四五年十一月二十六日に、バードはニューヨークでサヴォイ・レコードのために六つのトラックを録音した。どれもが見事な出来だったが、『チェロキー』をベースに即興演奏した『ココ』は、それだけで別格の域にあった。録音時間三分の七十八回転レコードでは、即興ソロの長さに厳しい制約がある。しかしながら『ココ』においてパーカーは二倍の長さのコーラスふたつぶんの余地を与えられている。サヴォイの経営者は『チェロキー』の作曲家に印税を支払いたくなくて、そのメロディーの演奏を省くように指示したからだ。パーカーの見事な演奏技術と当意即妙の発想は、ほとんどあり得ないテンポで（一分間に三百ものビートが刻まれている）美しく多様なメロディーを創り出し、まさに目も眩まんばかりだ。批評家のゲイリー・ギディンズはそのレコードの与えた衝撃についてこう語る。

『ココ』は戦後期ジャズのきわめて重要な出発点だった……パーカーは圧倒的なまでにオリジナルな二コーラスで飛翔を遂げる。まるで彼の知り得たすべてをこのひとつのパフォーマンスに注ぎ込み、音楽とミュージシャンたちに彼の意志をつきつけ、恐るべき大胆さで新しい訓戒を発布するかのように。すさまじい速度で即興演奏が繰り広げられるが、それでも彼のソロは手の込んだ創意工夫で彩られている……そして彼のサウンド！　それはおそろしく深く、どこまでも人間的で、濃厚でなまめかしく、なおかつ棘を持ってハードだ。そして喜びに満ちた大胆さで燃え上がる。

スタンが〈スポットライト・クラブ〉で聴いたこの燃え上がる音楽は、スウィング・ジャズのやり方に対する不満が源になっていた。それは五年前から、小さなグループを組んだ黒人のミュージシャンたちが感じ始めていたものだった。

多くの人々がビバップ革命に寄与してきたわけだが、そこには五人の主要なリーダーがいた。ひとりはベニー・グッドマンのギタリストであるチャーリー・クリスチャンだったが、結核のため一九四二年に亡くなった。あとの四人はパーカーであり、トランペッターのディジー・ガレスピーであり、ピアニストのセロニアス・モンクであり、ドラマーのケニー・クラークだった。その革命は、彼らが感じていたフラストレーションに根ざしていた。一九四〇年代初めに入手可能だったリズムとハーモニーのマテリアルでは、これらの人々は、自分の感じているものを十分に表現することができなかったのだ。だから彼らはそれらのマテリアルに大胆な変更を加えていった。

もっとも主要な変更はリズムだった。ビバッパーたちはみんなレスター・ヤングを聴いており、彼の導くところに従い、音楽のリズムの配置換えを自分たちの音楽にとって不可欠な部分とした。そして彼らはドラマーの基本的役割をただのタイム・キーパーから、アンサンブルのひとつのヴォイスとして、ホーン奏者と同等の役割を持つものに変えた。彼らは終始同じタイムを刻み続けるバスドラムのビートを、ドラマーによって打ち出されるちらちらと瞬く、流動的なシンバルの脈動に変更した。この軽い脈動の上で、即興演奏家たちはこの上ないリズム的自由さを満喫することができた。彼らは様々な長さを持つごつごつした、非対称的なフレーズを創り出し、自分たちが楽しいと思うところに、あるいは人があっと驚きそうなところに、自由気ままにアクセントを置いた。そしてドラマーたちは自由な手と両足とをつかって、ソロイストの演奏するラインと絡み合う、ポリリズム的効果を生み出していった。

ビバップ以前にはハーモニーは（デューク・エリントンとアート・テイタムという特筆すべき例を別にして）、十九世紀中葉のクラシック音楽と同じレベルにあった。それがビバッパーたちの不満の種だった。彼らは西洋音楽において入手可能なすべての音のコンビネーションを使ってやろうと決意した。そして彼らは和声の水門を開けてしまった。彼らは自分たちをクラシック音楽の作曲家になぞらえたわけではなかったが、彼らの音楽はストラヴィンスキーの不協和音を、ドビュッシーの神秘的な和音を、そしてその中間にあるすべてを取り込んでいる。四年間にわたる実験の末に、彼らはジャズのハーモニーをブラームスからバルトークにまで移動させてしまったのだ。

自分たちの和声的「資源」を拡大するために、彼らはコードの構造に重きを置かざるを得なくなった。不協和音を加えてコードを半音拡大し、指定されたコードをより複雑な新しいコードに置き替え、曲のハーモニックな速度を上げるべくより頻繁にコード・チェンジすることで、その効果の多くを得ることができた。彼らはコードに深く関与したが、その一方でレスター・ヤングの教えも忘れてはいなかった。ヤングのリズムの捉え方に対しても、ハーモニーを横切って自由にメロディーを紡ぐそのやり方に対しても、彼らはしっかり門戸を開いていた。

ビバッパーたちの主要な達成は、ジャズ即興演奏家が手にすることができる「資源」を大胆に拡大したことにある。そしてスタンのような若いミュージシャンがいちばんの受益者になった。スウィング・ジャズのパレットの純粋な原色の代わりに、彼らは今では音楽的色彩の総合的な虹の中から自由に色を選べるようになったのだ。

その革命はいくつかの場所で発生したが、いちばんの中心は〈ミントンズ〉と呼ばれるハーレムのナイトクラブだった。経営者のヘンリー・ミントンはサックス奏者で、音楽家組合の役員だったが、その店をミュージシャンのたまり場みたいにしていた。彼は以前バンドリーダーをしていたテディー・ヒルを音楽監督として雇い、それからヒルがクラークとモンクをクラブ・バンドの中心メンバーとして雇った。ガレスピーは普通キャブ・キャロウェイのバンドか、あるいは他のビッグバンドとロードに出ていたが、ニューヨークに戻ってくると、すぐに仲間の反抗分子たちと行動を共にした。ニューヨークのあちこちでフリーランスの仕事をしていたパーカーは、常連として飛び入り演奏をした。

ヒルはミュージシャンたちの好きなものを、好きなように演奏させた。その方がビジネスのためになるだろうと考えたのだが、それは実に正しかった。客たち——ベニー・グッドマンもそのうちの一人だった——は新しいサウンドを聴くために〈ミントンズ〉に集まった。

ビバップは一九四四年にハーレムで誕生したのだが、「スウィング・ストリート」の賑わうクラブ・シーンの中に本拠地を見つけた。「スウィング・ストリート」とはマンハッタン・ミッドタウンの五十二丁目通りの、五番街と七番街に挟まれたエリアを意味する。

とても大きな〈ヒッコリーハウス〉を別にすれば、今では伝説ともなっているクラブは——〈オニックス〉〈スリー・デューセズ〉〈ジミー・ライアンズ〉

〈フェイマス・ドア〉〈ケリーズ・ステイブルズ〉〈ダウンビート〉〈スポットライト〉——どれも閉所恐怖症の客のことを考えてデザインされてはいなかった。それらのクラブはもともと褐色砂岩の住宅として作られたもので、天井が低く、窓がなく、一階のサロンは六メートルほどの幅しかなかった。バーは避けがたく横壁の半分を占め、ステージは奥の壁を洗面所への入り口と半分ずつ分け合っていた。ステージは五人か六人のミュージシャンなら余裕をもって収容したが、しばしばより多くの人員を受け入れることを要求された。〈フェイマス・ドア〉に十四人編成のベイシー楽団が出演したとき、ステージの上はラッシュアワーの地下鉄のような混み合い方で、その音楽は聴衆を文字通り突風のごとく吹き飛ばした。

スウィング・ストリートのジャズ・ファンたちは、スープ皿より少し大きい程度のテーブルの前に座り、煙草の煙が立ち込めた空気の奥に目を凝らし、麻薬売人や、ヒップスターや、博打打ちや、ポン引きたち（客はしばしば男子用トイレで娼婦のサービスを享受した）と肩を寄せ合っていた。カクテルは七十五セント、ビールは三十五セント、そしてバーの客は自分のグラスをしっかりと握っていなくてはならなかった。というのは、バーテンダーたちはまだ半分くらい残っている飲み物を新しいものと取り替えて、勘定書を高くすることを好んだからだ。ミュージシャンたちは休憩時間には六番街の角にある〈ホワイト・ローズ・タヴァーン〉で飲んでいた。そちらの方が飲み物は安かったから。

もしあなたがジャズ・ファンであれば、そのような不快さをなんとか堪え忍べただろう。音楽は素晴らしかったからだ。またひとつのクラブだけで済ませることなんてできなかっただろう。というのは、すべてのクラブが一人か二人のスターを出演させていたからだ。たとえば一九四五年十一月一日には、チャーリー・パーカーが〈スポットライト〉に、マイルズ・デイヴィスとデクスター・ゴードンを含むセクステットで出演していたし、ビリー・ホリデーは〈ダウンビート〉でアート・テイタムのあとを引き継いだところだったし、〈オニックス〉ではベン・ウェブスターとサラ・ヴォーンがステージを半々に分け合っていたし、〈スリー・デューセズ〉

ではエロール・ガーナーが演奏を活発に繰り広げていたし、フレッチャー・ヘンダーソン楽団のトランペッター、ヘンリー・レッド・アレンが〈ジミー・ライアンズ〉の主役を務めていた。
　これだけの才能が二ブロックのあいだに集結しているわけだから、ミュージシャンたるもの、好敵手たちと一戦交えないわけにはいかない。彼らは五十二丁目通りを行ったり来たりして、お互いのバンドに飛び入り参入した。ショーティー・ロジャーズはディジー・ガレスピーの思い出を語る。

　ディジーはベニー・カーターのところでプレイしていた。そのバンドのサイドマンだったんだ。そして彼の頭の中にあることといったら、「プレイしたい、プレイしたい」、それしかないんだよ。一時間の休憩があるんだが、そんなに長く我慢していられない。ディジーがラッパを手に、道路の真ん中を自動車をよけながらふらふら歩いているところをよく目にしたもんだ。そんな風にクラブをひとつひとつ覗いて歩くんだ。「ああ、ここなら入っていってシットイン（飛び入り）できるな」みたいに。そんな風に場所を見つけてはジャムってたもんさ。

そしてドラマーのシェリー・マンは、スウィング・ストリートで自分の音楽的地平を拡大していたことを思い出す。

　あらゆる種類の音楽を演奏できるというところが、なんといっても素晴らしかった。ある夜、ディズと一緒に〈オニックス〉でやっていたときのことを覚えている。通りを隔てた向かい側の〈デューセズ〉でトラミー・ヤングと演奏した。それから〈ダウンビート〉に行ってビリー・ホリデーと共演した。もっと演奏したければ、〈ジミー・ライアンズ〉に行くこともできた。あの当時は、まるでジャズの歴史がひとつの通りに並んでいるみたいだったな。
　それはミュージシャンにとってはすごく健康的なことだった……おそらく、それ以降に現れたすべての音楽のことを考えてみても、私はこう思う……ジャズにとってあれは最もクリエイティブな時代のひとつだったなと。

まだその世界では新顔だったスタンは、ヴェテランたちに必ずしもすんなりとは受け入れられなかった。しかしベン・ウェブスターには受け入れてもらえたし、そのうえレスター・ヤングに会うこともできた。


その昔、五十二丁目通りでぼくはいろんな偉大なミュージシャンの演奏を聴いたものだ。ベン・ウェブスター・カルテットがこちらの店に出ていて、あちらにはエロール・ガーナーが出ていた。パーカーがここのクラブで演奏し、ビリー・ホリデーがあそこのクラブで歌っていた。

そのときぼくはベニー・グッドマンの楽団に入っていたが、五十二丁目通りでみんながやっている刺激的な音楽の仲間入りをしたかった。でもぼくの飛び入りを許してくれるものはいなかった。でもベンだけは例外だった。ビューティフルな男だよ。

彼はぼくが演奏したくてたまらないことを知っていた。そしてときどき声をかけてくれた。「いいぜ、坊や、楽器（ホーン）を取りな」。そしてぼくは彼のカルテットに入って演奏させてもらい、すごく嬉しかった。

あるときそんな風にベンと一緒に演奏したあと、ふと見るとレスター・ヤングがステージの裏にいた。なんと、プレスがぼくの演奏を聴いていたんだ。どんな気持ちだったか、わかるかな。そのときぼくはなにしろまだ十八歳だったからね。

彼とは初対面だったし、ぼくはもそもそ口ごもっただけだ。お会いできて光栄ですとかね。で、彼はぼくに言った。「いい目だ（レスター・ヤング語で「いいじゃないか」ということ）、プレス。がんばれや」。彼がぼくのことをプレスって呼んだんだぜ。忘れられないよ。


ビバップとの最初の出会いのあと、スタンはパーカーやガレスピーや、その他の仲間たちの音楽の研究を始めたが、それでもやはりプレスのような音を出し続けた。グッドマン楽団は一九四五年十一月二十日にスタジオで三曲を録音した。うちの一曲、『ギブ・ミー・ザ・シンプル・ライフ』で、スタンは八小節のソロをとっているが、明らかにレスター・ヤング風の演奏だ。

　レスター・ヤングの影響は、スタンが初めてスモール・グループで吹き込んだ四つのトラックでより顕著に見受けられる。セッションは一九四五年十二月十四日に、サヴォイ・レコードのために行われた。サヴォイは三週間足らず前にパーカーの『ココ』を録音したばかりの会社だが、一九四二年から四四年にかけてのレコーディング・ストライキの機に乗じて登場した、いくつかの弱小独立レーベルのひとつだった。そのグループは〈カイズ・クレイジー・キャッツ（Kai's Krazy Cats）〉という名前のセクステットで、リーダーはトロンボーンのカイ・ウィンディングだった。カイはグッドマン楽団の同僚であり、一九四一年にはニューヨークの全市選抜ハイスクール・オーケストラで、一緒に演奏したことのある仲だ。〈クレイジー・キャッツ〉には他にも、やはりスタンの高校時代からの友だちであるショーティー・ロジャーズがいて、またドラマーのシェリー・マンも参加していた。

　スタンはアーヴィング・バーリンの『オールウェイズ』にフィーチャーされ、成熟した、美しく力あふれたソロを提供している。二年足らず前、ケントン楽団でおずおずと道を模索していた頃に比べると、まさに隔世の感がある。それはまたスタンが十八歳にして既にビッグバンドの世界で、即興演奏家としての位置を揺るぎなく築いていたことを示している。

　スタンの演奏は一連のエアチェックと、一九四五年十二月と一九四六年一月と二月に行われた二度のスタジオ録音セッションで聴くことができる。彼は『スウィング・ストリート』『ラトル・アンド・ロール』『スウィング・エンジェル』でソロをとっている。そしてそこでもレスター・ヤングのとりこになっている。

　ビバップ音楽はベニー・グッドマンの神経を逆撫でした。彼はリズムの不揃いな変化と、分厚いハーモニーと、不協和音を含んだコードにどうしても馴染めなかった。長年にわたるベニーの盟友の一人であったマリアン・マックパートランドは、こう語っている。


　ベニーは素晴らしい音楽家だったけれど、それでも私の見たところ、豊かなハーモニーに対する興味が欠落していたようだった。彼の音楽はそれを反映していた。彼は常にビートに、リズム面での興奮に、メロディー・ラインに神経を集中させていた。潤沢なヴォイシングやコード・チェンジに対しては、ほとんど興味を示さなかった。背後のコード・チェンジはできるだけ当たり障りのないものにしてほしいと考えているようだった。そして彼の即興演奏はきっかりその枠内でおこなわれた。耳慣れないヴォイシングを耳にするのは、彼にとって面白くないことだった。

一九四六年から四七年にかけて、ベニーはその新しい音楽と進んで触れあい、一九四八年には「ビバップ・スウィング」とでもいうべき折衷的なバンドを立ち上げた。バンドにはサックス奏者のワーデル・グレイと、クラリネット奏者のオーケ・「スタン」・ハッセルガードが加わっていた。しかし彼の心はそこにはなかった。そして一九四九年十二月にそのバンドを解散したとき、ベニーとビバップとの今ひとつ煮えきらない関係も終わりを告げた。

スタンとウィンディングはその新しい音楽を追究しなくてはと決意していた。そしてベニーのその音楽に対する冷ややかな姿勢のせいで、彼らは楽団の中に人目を忍んでビバップ細胞を形成することを余儀なくされた。ダニー・バンクは回想している。

バンドの中にはカイ・ウィンディングやスタン・ゲッツといった若手のミュージシャンがいて、彼らはロードに出るときにもチャーリー・パーカーのレコードを持ち歩き、クローゼットの中に籠もって、人目を避けてビバップ音楽の練習をしていた。その集団はすごく閉鎖的に見えた。

ベニー・グッドマン楽団で仕事ができるというのはとても名誉なことだったし、彼らがベニーの音楽を全力を尽くしてやっていたことは間違いない。しかし連中は異なった方向に伸びていこうとしていた。スタン・ゲッツは日々成長していた。まだ十七歳くらいだったが、既にとんでもない才能をうかがわせた。

ときどきベニーは楽屋にやってきて、みんなが何をしているか聞き耳を立てた。それから「ちっちっち」と舌打ちして去って行った。たぶん外に行って、レコードを何枚か買ってきたのだろう。しかしそれは彼に向いた分野ではなかった。クラリネットという楽器に固有の言語を見出すのは簡単なことじゃない。そして人生半ばにして話す言語を取り替えるのは、きわめて難しいことだ。

スタンとカイとがこっそりとビバップ音楽の練習をしている一方で、グッドマン楽団は手慣れた確かなスウィング形式の音楽で、たくさんのファンを集め続けていた。彼が一九三四年から四四年にかけて率いていた集団ほど、現在のバンドが音楽的に優れているとは、ベニーも批評家たちも見なしていなかったが、ファンはそんなことは気にもしていないみたいだった。一九四五年十二月にはひどい天候が続いたにもかかわらず、彼らはニューアークの〈テラス・ルーム〉を満員にし、客を外まで溢れさせていた。そして翌年の一月三日から開始された、カリフォルニア州カルヴァー・シティーの〈メドウブルック・ガーデンズ〉における演奏では、すべての観客動員記録を塗り替えた。契約は二月三日まで丸々一週間延長された。

バンドは批評家の賞賛を得ることはできなかったが、ベニー自身は違った。〈ダウンビート〉の一月号でベニーは「最も人気のあるソロイスト」と「最優秀バンドリーダー」に選出され、〈メトロノーム〉は彼を「年間最優秀クラリネット奏者」に選んだ。どちらの雑誌も、ウディー・ハーマン楽団をビッグバンド部門の一位に選んだ。グッドマンの率いる団体の順位はずっと後ろの方だった。

二月に入っても、バンドはビジネス的には見事な成果を上げ続けた。彼らはサンディエゴの〈ミッションョン・ビーチ・ボールルーム〉を満席にしていた。そこにいる間にスタンはまた問題を起こし、あやうく解雇されるところだった。しかしゴールディーが助けに乗り出し、なんとか楽団に留まることができた。グッドマンのロード・マネージャーであるポプシー・ランドルフが回想する。

その頃のスタンは冴え渡っていたと思う。でも一人の生意気な小僧に過ぎなかった。生意気なちびの小僧だ。自惚れが強くてね……どんな事情だったのか細かいことはわからないが、そのとき彼の両親が訪ねてきていたんだと思う。そしてベニーが彼をまさにクビにしようとしていたとき、スタンが泣き出して、母親も泣き出して、それでベニーは彼にもう一度だけチャンスを与えることにした。

その二ヶ月ばかり前、スタンは五十二丁目通りでトランペッターのレッド・ロドニーの中に、自分と似た精神を見出した。ロドニーも同じ十八歳でユダヤ系、フィラデルフィアの出身、駆け出しのビバッパーだった。ロドニーはエリオット・ローレンスの楽団で演奏していたのだが、ニューヨークでジーン・クルーパの関心を惹くようになった。彼は当地の〈キャピトル・シアター〉で契約していた仕事を終えようとしていた。クルーパは一九四五年のクリスマスの日に、ハリウッドの〈パラディウム〉での二ヶ月にわたるエンゲージメントを開始し、一月十日にはロドニーを雇い入れた。〈メトロノーム〉誌は二月十一日の放送に対する批評の中で、そのトランペッターの才能に注目している。

最も明瞭な変化は、小さなダイナモ、レッド・ロドニーが加入したことだ。彼はフィラデルフィアのエリオット・ローレンス楽団から移ってきたトランペッターだ。放送では名前は出されなかったが、そのディジー風の演奏は、彼がソロをとったすべての曲で際立っていた。彼はこのバンドを更に良き方向にスパークさせていくだろう。

スタンとレッドは二人で、ロサンジェルス中をうろつきまわった。〈ビリー・バーグズ〉という店で何度かわくわくする夜を過ごした。そこではパーカーとガレスピーが率いるクインテットが、ビバップ音楽を西海岸に紹介していた。二人のフィラデルフィア出身者は間もなく一緒に演奏する機会を与えられた。一人のプロモーターが、グッドマン楽団とクルーパの楽団が南カリフォルニアのすぐ近くに滞在しており、二人の間の長期にわたって世間に喧伝された関係——かつては盟友であった二人は今ではライヴァルになっている——を利用し、ラグーナ・ビーチのボールルームに「バトル・オブ・ザ・バンド」コンサートという形式で、二つのバンドを一緒にブッキングしたのだ。ラグーナ・ビーチはロサンジェルスから南におおよそ八十キロほどのところにある。「バトル・オブ・ザ・バンド」という形態はスウィング時代にはありふれたものであり、通常エキサイティングな音楽を引き出した。バンドはそれぞれ火の出るようなソロイストと、迫力のあるアレンジメントを正面からぶっつけあって勝負し、より大きな観客の喝采を求めた。

クルーパ楽団の十八歳の女性歌手であるベヴァリー・バーンは、楽団がセットアップをしているとき、ロドニーがグッドマン楽団の若いハンサムなテナー奏者とおしゃべりをしているのを目に留めた。そしてスタンがコーラスを二つほど美しく吹くのを聴いたあと、私はこの人と知り合いにならなくてはと心を決めた。休憩時間に彼女はロドニーにねだり、コンサートが終わったあとでロドニーは二人を引き合わせた。

ベヴァリーはやはりクルーパ楽団の男性歌手である兄のバディー・スチュアートによって、その楽団に引き入れられた。アニタ・オデイが二度目のクルーパとの仕事を数週間前に突然辞めたとき、穴埋めに入ってきたのだ。アニタは〈パラディウム〉での演奏の最中に肉体的、精神的な消耗のために倒れ、舞台から下りた。二年間にわたる休みなしの巡業生活のせいで、燃え尽きてしまったのだ。

ベヴァリーより五歳年上のバディー・スチュアートは傑出した歌手で、一九四〇年代半ばの批評家たちは、彼の実力はフランク・シナトラと同等だと考えていた。バディーは八歳のときに、アルとメイミー・バーンという、ヴォードヴィルの歌とダンスのチームを組んでいる両親と共に、舞台生活を開始した。そしてキャリアのごく初期に、スチュアートという芸名をつけた。彼はグレン・ミラーやクロード・ソーンヒルといったバンドを経て、その後クルーパの楽団に入り、そこで広く一般に名前を知られるようになった。豊かで融通の利くバリトンの声は、ロマンティックなバラードからビバップのスキャットまでを悠々とこなした。付け加えれば彼は一九四五年に、デイブ・ランバートと共にクルーパ楽団のもとで『ホワッツ・ジス』という、史上最初のビバップ・ヴォーカルを録音している。

兄と同じように歌手としての優れた才能を持ったベヴァリーは、マサチューセッツの修道院が運営するハイスクールを卒業すると、カリフォルニアに住む兄を訪ねてやってきた。東部では彼女は叔父と叔母の世話になっており、絶え間なく巡業に出ている父母との絆はそれほど強いものではなかった。

ベヴァリーのしっかりとしたハスキーな声はいつも人々を驚かせた。というのは彼女は身長がやっと百五十センチ、体重は四十五キロ以下という華奢な体格だったから。彼女はいつも歌を歌っていたし、これまでに作られたあらゆる曲を知っているみたいだった。だからバディーが、唐突に退場したアニタ・オデイの穴埋めとして彼女を売り込むのは、まったく簡単なことだった。

グッドマンとクルーパの合同コンサートが終わったあと、スタンとベヴァリーは一緒に飲みに行った。二人は十代の男女らしくお互いにのぼせ上がってしまった。あっという間に身も心も。彼女は可愛らしく元気そのもの、頭は歌でいっぱいで、彼の才能に恐れ入ってうっとりしていた。スタンは生まれて初めて女性に魅せられていた。

ベヴァリーはナイーブで、人の影響を受けやすかった。兄のバディーを崇拝しており、彼の判断に盲目的に従った。バディーも彼の妻も、両親も全員が揃ってアルコール中毒だったので、スタンの依存症もほとんど気にならなかった。

スタンに出会った少しあとで、クルーパはオデイの正式な後釜としてキャロリン・グレイを採用したので、ベヴァリーは彼の楽団を去った。グレイはウディー・ハーマンのバンドで歌っていたことがあり、一九四四年の〈ダウンビート〉の投票では三位に選ばれていた。ベヴァリーはそのあとグッドマン楽団の楽屋の備品のような存在になり、演奏が終わると、彼女とスタンはロサンジェルス中をまわり、アフターアワーズのジャム・セッションに参加した。

二月二十七日から始まる〈パラマウント劇場〉での七週間にわたる出演のために、グッドマンがニューヨークへの帰路についたとき、ベヴァリーもそのあとを追った。しかし彼女はそれほど頻繁にスタンと会うことはできなかった。というのはバンドは一日十八時間拘束され、週に四十三回のショーをこなすという前例のない状態に置かれていたからだ。ボブ・ホープとビング・クロスビー主演の映画『アラスカ珍道中』との組み合わせで、バンドは〈パラマウント〉に、最初の週だけで十三万五千ドルという記録的な興行収入をもたらした。

ベヴァリーは自分の仕事を探してまわり、すぐにそれを見つけた。友だちのミリー・コーエン（パット・キャメロンという芸名を持っていた）はランディー・ブルックス楽団で歌っていたのだが、まだ小さな息子ともっと多くの時間を過ごすために、そこを辞めたがっていた。ブルックスは〈ホテル・ペンシルヴェニア〉の中にある、ニューヨークでもトップ・クラスのナイトクラブのひとつ、〈カフェ・ルージュ〉に出演していた。そしてミリーはベヴァリーがその楽団のオーディションを受けられるようにはからってくれた。彼女は即座に採用された。

ブルックスはパワフルなトランペット奏者で、スローなロマンティックな曲でも、アップテンポの景気の良い曲でも表情豊かにこなすことができた。彼は人気のあるレス・ブラウンのバンドでソロ・トランペッターとして名をあげた。そして一九四五年、バンドリーダーとしての最初の年、〈ローズランド〉で連続二十二週間の出演という新記録を打ち立てた。彼のグループはアップテンポの曲にはビバップの風味を加え、バラードは滑らかでクリーミーなアレンジメントで聴かせた。ブルックスのキャリアは短く、一九五〇年に三十三歳にして脳卒中で倒れたときに終わった。そして一九六七年に火事で悲劇的な死を遂げた。

一年半前に麻薬中毒になって以来初めてのことだが、三月の末にスタンのヘロインの供給源が不安定になった。麻薬中毒者の最優先事項は薬物の確保であるから、彼はブツを求めてニューヨーク中を狂乱状態で駆け回り、おかげでステージを四回続けてすっぽかした。それはベニーにとって許容範囲を超えたことであり、スタンは即座に解雇された。

彼は生活に窮するようになり、〈ローズランド〉に出演しているバディー・モロウの楽団で一週間プレイした。それからベヴァリーが、彼を雇うようにブルックスを説得した。残念ながらベヴァリーをフィーチャーしたこのバンドの録音は残されていない。しかしスタンのソロは、一九四六年四月十二日に録音された『ナイト・アット・ザ・デューセズ』に聴くことができる。アップテンポのブルックス楽団のオリジナル曲で、リスナーを五十二丁目通りにあるクラブ〈スリー・デューセズ〉に導くことを目的として作られたものだ。録音されたものとしては初めて、スタンはバップ風のプレイをしている。プレスの影はまだ残っているものの、全体を支配しているのはパーカーの影響だ。そしてまたデクスター・ゴードンの鋭いエッジを持つビバップ・サウンドを、そこに聴き取ることもできよう。彼とパーカーが〈スポットライト〉で共演しているのを、スタンはよく聴いていた。

スタンはやがて、自分がデクスターと同じレコード会社のために録音していることを発見した。五月にサヴォイ・レコードはタレント発掘キャンペーンをおこない、数多くの無名の前途有望な人々とはした金で契約を結んだ。そこにはイディッシュ語の歌手や、テキサスのカウボーイ・バンドや、またジャズの世界からはスタンや、デクスターや、ショーティー・ロジャーズが含まれていた。

〈メトロノーム〉の五月号に載った素晴らしい短い記事（そのバンドには実に見るべきものがある。ランディー楽団のホーンの首席、スタンリー・ゲッツの大柄で迫力あるテナー……小柄なベヴァリー・バーンのビート）は、スタンとベヴァリーの商業的価値が急激に上がっていることを示している。そして七月には彼らはブルックス楽団を離れ、もっと格上の楽団に移った。ベヴァリーは夏のあいだだけ、代役としてニューヨークのクロード・ソーンヒル楽団に加わった。スタンはハービー・フィールズ楽団に加わった。楽団はハドソン河をはさんで対岸の、ニュージャージー州エングルウッドにある〈ラスティック・キャビン〉と四ヶ月の出演契約を結んでおり、その半ばを迎えているところだった。

フィールズのグループはハード・ドライビングなスウィング・バンドで、ビバップの影響はまったく受けていなかった。スタンは以前の自分のスタイルに立ち戻ることにまったく困難を感じなかったし、最初の日からみんなを感服させた。ピアニストと絡む複雑精緻なサックス・パートをすぐに暗記して、淀みなくさらりと吹ききってしまったのだ。彼の前任者であるハーブ・スチュワードは優れたミュージシャンだったが、その曲を演奏するときには常に楽譜に頼らなくてはならなかった。ニュージャージーでのスタンのルームメイトは、スタンはヘロインの袋をそのへんに置きっぱなしにするし、一日に四回も注射を打っていると訴え出て、部屋替えをしてもらった。

サヴォイは、スタンにビバップ・カルテットとして録音してもらいたがった。彼にとって初めてのリーダーとしてのギグだ。会社はそのために、ビバップ・ムーブメントにあって最良ともいえるリズム・セクションを調達してきた。ハンク・ジョーンズのピアノ、カーリー・ラッセルのベース、マックス・ローチのドラムだ。ローチはやがてジャズ史上最高のパーカッショニストとして名をなすようになる。その七月三十一日におこなわれたセッションでは、全部で四曲が録音された。アップテンポのホットな二曲、『オパス・デ・バップ』と『ランニング・ウォーター』、リラックスしたバラード『ドント・ウォリー・アバウト・ミー』、ミディアム・テンポで演奏される短調の曲『アンド・ジ・エンジェルズ・スウィング』。

リズム・セクションは実に快調だ。ローチはエネルギッシュな演奏でセッション全体をどんどん前にドライブしていく。ジョーンズは文句のつけようのない純然たるビバップ演奏だ。そしてラッセルはソリッドな基礎を、どこまでも決然と敷き詰めていく。スタンもその素晴らしい仲間たちに負けてはいない。彼は決して自分を譲らず、ビバップ・イディオムを見事に繰り広げる。僅か六ヶ月と少しのあいだに、彼はすべての音楽の中で最も難しい文法のひとつを学び取ったのだ。それぞれのソロはすべて良い出来だが、『オパス・デ・バップ』と『アンド・ジ・エンジェルズ・スウィング』において彼は、とても滑らかに肩の力を抜きながら、とりわけリズムとハーモニー面において複雑に入り組んだ即興演奏をおこなっている。

秋になるとスタンはホームシックになり、陽光に満ちたロサンジェルスと家庭が恋しくなってきた。ベヴァリーのクロード・ソーンヒルとの契約も終了したし、ハービー・フィールズ楽団のアレンジメントにも飽きてきた。南カリフォルニアでならまともな生活ができるだろうと二人は考え、ニューヨークをあとにして西に向かった。

二人はまだ深く愛し合っていた。そして一九四六年十一月七日にロサンジェルスで結婚式を挙げた。そこに到着して数週間あとのことで、どちらも十九歳だった。式はゴールディーとアルが立ち会い、治安判事が執りおこなった。ボブ・ゲッツは出席できなかった。中学校のフットボール選手として選手権試合に出場していたからだ。バディー・スチュアートは、奥さんと生まれたばかりの赤ん坊と一緒にニューヨークにいた。そしてベヴァリーの両親はどこかを巡業していた。

# 第五章

# ウディン・ユー（ウディーとあなたと）

スタンはロード暮らしに疲れ果てていた。しばらくは新婦と共に落ち着いた暮らしを味わいたかったが、麻薬を常用する生活は金がかかったし、安定した仕事はなかなかまわってこなかった。だから彼とベヴァリーは生活費を稼ぐために、南カリフォルニア中でフリーランスの仕事をしてまわった。最初のしばらくは車を買う余裕もなかったので、ギグのある場所の近くに住まねばならず、しょっちゅう引っ越しをする羽目になった。あるモーテルに五、六週間ほど住んだ。スタンが演奏をしている店まで、そこから歩いて行けたからだ。彼らが定住する家をやっと見つけたとき、それがかなり風変わりなものに見えたことを、トランペッターのショーティー・ロジャーズは記憶している。

LAに住んでいたその時期、彼は車を持っていなかったと思う。二人が住んでいた場所を私は通りかかったんで、ちょっと寄ってみた。そこは小さなアパートメントだったが、オートバイの修理工場に付属していた。どんなだか想像がつくだろう……男たちがオートバイを修理していて、がんがんエンジンを吹かせるんだ。まるで飛行機のエンジンだか、そんなものの中で暮らしているみたいな感じだった……しかしそんなオートバイの群れの真ん中で、スタンはとても美しい音を出して練習していたな。

一九四七年の初めまでには、たくさんの録音がおこなわれるようになった。そしてスタンはスタジオが必要とする、一群の才能ある若手ミュージシャンの一人となった。彼らのうちの何人かは、その後の歳月を通じて、彼にとっての親しい仲間になる。作曲家でピアニストのラルフ・バーンズ、ピアニストのジミー・ロウルズ、サックス奏者のズート・シムズとハービー・スチュワード、ドラマーのドン・ラモンド、スタンのブロンクス時代からの友人であるショーティー・ロジャーズ、ケントン時代の同僚で、アレンジャー兼トランペッター兼トロンボーン奏者、ジーン・ローランド。

五月と六月に、スタンはベニー・グッドマンのバンドに入って、七つのラジオ放送とひとつの録音セッションに参加した。それはスタジオのためだけのバンド再結成だった。ベニーは今でもスタンの才能に惚れ込んでいた。だからこれからは間違いなく定められた時刻にやって来て、すぐ演奏にかかれるようにするとスタンが約束すると、彼を再雇用した。シムズとロウルズとラモンドもやはり、このときグッドマンの録音した八曲で演奏をしている。

スタンとロウルズは五月の初めに、一度のレコーディング・セッションのためだけに集められたオーケストラで演奏した。ウディー・ハーマンのヴォーカルをフィーチャーしたセッションで、ハーマン楽団の主要作曲者であるラルフ・バーンズが、オーケストラのリーダーになっていた。七月には二人はまた、ウディーのもう一人の作曲者であるニール・ヘフティーのオーケストラで、録音の仕事をした。

ラモンドはその後者のセッションに加わっており、彼はまた〈ブルー・リズム・バンド〉というグループに入って、スタンとロウルズと一緒に録音の仕事をした。このバンドには何人かの素晴らしい演奏家が入っていた。トランペッターのチャーリー・シェイヴァーズ、サックス奏者のラッキー・トンプソン、ブッチ・ストーンなどだ。そしてそのうちの一曲『ブルー・リズム・ブルーズ』では、唯一録音として残されているスタンのアルト・サックス・ソロを聴くことができる。彼は後年記者に語っている。

「ぼくがアルトを吹いたのは、彼らがアルト奏者を必要としていて、ぼくが金を必要としていたからさ。すごく単純な話だ。ハービー・スチュワードの楽器を借りて吹いたよ」。聴くものとしては、スタンがもっとしばしばアルトを手にとっていてくれたらと望んでしまうところだ。というのは彼はどこまでも易々と演奏しているし、そこにはゴージャスなトーンで輝く、高度にオリジナルなラインが紡ぎ出されているからだ。

スタンはまた六月に、ロサンジェルスのディスクジョッキーであるジーン・ノーマンが主宰した「ジャスト・ジャズ」のコンサートで、録音をしている。そこでは輝かしいオールスター・グループがフィーチャーされていた。ナット・キング・コール、以前グッドマンとハーマンのバンドで活躍したレッド・ノーヴォ（ショーティー・ロジャーズの義兄にあたる）、ドラマーのルイ・ベルソン、そしてチャーリー・シェイヴァーズ。『ボディー・アンド・ソウル』でスタンのソロを聴くことができるが、美しく構成されたそのリリカルな演奏は、偉大な成熟と余裕を示している。

録音の機会は潤沢だったが、演奏の仕事はなかなかまわってこなかった。二月にカルヴァー・シティーの〈メドウブルック・ガーデンズ〉で、ヴィド・ムッソのビッグバンドとの短期間の仕事があった。ムッソはケントン楽団とグッドマン楽団の両方に在籍したことのあるヴェテランのサックス奏者だ。ジーン・ローランドがバップ風にアレンジした『コージー・ブルーズ』という曲のライブ・レコーディングにおいて、ローランドのヴァルヴ・トロンボーンのソロと、ムッソとスタン両者のソロを聴くことができる。プレスの影響をうけたスタンのバップ風ラインと、ホーキンズ・スタイルのヘヴィーなムッソのサウンドはいかにも対照的だ。

仕事をみつけるゲッツ夫妻の能力は、モデルＡフォードを買ったことによって、格段に向上していた。一九三二年には既に製造中止になっていたモデルであり、アメリカがかつて製造した最も危険な自動車でもあった。というのはガソリン・タンクがエンジンと運転者の間に設置されていたからだ。しかしそんなことはスタンとベヴァリーをひるませなかった。なぜならとても安価だったし、ガソリンを少ししか食わなかったからだ。スタンは回想する。

ぼくらはモデルAクラブを結成した。全員がモデルAフォードを所有していた。ぼくはその車を六十八ドルで買った。フォー・ドアのセダンで、ボンネットに翼のしるしがついていた。ドン・ラモンドもそいつを持っていたし、ハービー・スチュワードも持っていた……そしてぼくらは、仕事とは別に音楽を演奏できる場所を探した。ジャム・セッションをするためだけの場所をね。ぼくらはジャズを演奏していたが、ジャズの仕事はなかった。だから家族を養うために、しょうもない仕事をしなくちゃならなかった……ジャズを演奏できる仕事なんてどこにもないんだ。ルンバ・バンドとか、ミッキー・マウス・バンドとか、ディキシーランド・バンドとかでぼくらは演奏したものだ……そして仕事が終わると、みんなで集まってジャム・セッションをやったのさ。

ゲッツ夫妻はモデルAフォードを、スタンの大いなる情熱のために使った。水泳だ。たいていの午後、彼らはサンタ・モニカのビーチに行って波遊びをし、日光浴をした。ラモンド夫妻もよくそれに付き合ったが、ドンには忘れられないある出来事があった。

うん、スタンは泳ぎが大好きだった。一度彼はうちの子供の命を救ってくれた。うちの息子は二歳で、僕らはそこに座って話をしていたんだ……そしてふと目を上げると、その子は見たこともないような大きな波に向かって歩いていた。するとスタンはさっと跳び上がってそちらに走っていって、子供をしっかり摑んでいた。うちの奥さんが駆けつける前にね。

スタンとベヴァリーはよく車に乗って、バーバンクにあるショーティー・ロジャーズの家に遊びに行った。ショーティーはそこで「リハーサル」バンドを結成していたからだ。リハーサル・バンド——ジャズにおいて長い歴史を持っているものだが——はギャラの支払われないグループで、それを結成したリーダーのもとで、新しいコンセプトやアレンジメントを研究することを目的としている。ときには商業的な場にも出るが、それはあくまで例外的なことだ。ショーティーは回想する。

僕は譜面をいくつか書き始めていた。僕の作編曲は当時まったくの初歩の段階にあったのだが、それはいくつかのものごとを試験してみる絶好の機会だった。とても役に立ったよ。ハービー・スチュワードとスタンと、ベースのアーノルド・フィッシュキンが構成メンバーだった。ドン・ラモンドがドラムを叩いた。

七月にそのリハーサル・バンドの、ラモンドを除いた全員がブッチ・ストーンのセプテットの主力を構成し、イングルウッドの〈レッド・フェザー〉という店に出演した。ストーンはレス・ブラウンの楽団を離れたところだったが、その店で歌手として人気を博し、バリトン・サックスをも吹いたが、自分のグループを組むのは人生で初めてのことだった。彼はショーティーのアレンジメントを採用し、それは〈ダウンビート〉で絶賛を浴びた。その部分を引用しよう。

ストーンは、彼の成功を最も熱烈に求める人の期待を実現し、それを凌駕さえした。ブッチはこの地域における最良のスモールバンドを率いている。それはバップの衣を着てはいるが、すべての曲においてスウィングし、踊りに来た人たちをも喜ばせ、真のジャズ・ファンをも失望させないだけの、ダイナミックなコントロールと、商業的なソフトさを具えている……ブッチはまわりに、まことに適材適所というべき一群の若いミュージシャンたちを配した……彼らは、とりわけほとんどの曲のアレンジメントを書いたトランペッターのショーティー・ロジャーズは、素晴らしいソロを聴かせた。テクニックもアイデアも不足のないものだった……もしＭＣＡがこの音楽的にも商業的にも偉大なユニットで何か大きなことを仕掛けないとしたら、あるいは仕掛けられないとしたら、彼らはあしかショーにでも戻っていた方がよかろう。

批評的には好評だったものの、ストーンのギグは家賃の足しにはならなかったので、スタンとハービー・スチュワードは副業として、イースト・ロサンジェルスにある〈ピート・ポントレリのスパニッシュ・ボールルーム〉という店で演奏する風変わりなユニットに加わった。

そのバンドのリーダーであるトランペッターのトミー・デカルロは〈ポントレリ〉と契約は結んでいたものの、アレンジメントもバンドも手にしてなかった。そこで彼は友人のジーン・ローランドに助けを求めた。ローランドはたくさんのアレンジメントのストックを抱え、熟練したミュージシャンたちの一群をまわりに揃えていた。というのは彼は二年ばかりリハーサル・バンドを組んで、斬新なコンセプトを試していたからだ。

ローランドは以前から、四人のテナー・サックス奏者が近接したハーモニーで合奏するサウンドに魅せられており、このアイデアを発展させるためのリハーサル・バンドを立ち上げていた。遡る一九四六年初頭、ニューヨークのノラ・スタジオでのことだ。サックス奏者たちはレスター・ヤングの信奉者たち、スタン、アル・コーン、ジョー・マーグロ、そしてルイス・オットだった。そこにリズム・セクションと、ローランド自身のヴァルヴ・トロンボーンが加わった。グループは商業的には成功しなかったものの、ユニークで軽快なサウンドを作りだした。そのサウンドは主にテナーの高音領域を使って生み出されたものだ。アルト・サックスの低音領域と、テナー・サックスの高音領域とはほぼオーバーラップする。そのアレンジメントの多くで、スタンは実質的にはアルト・サックスの音域に相当するパートを、テナーで演奏した。

一九四七年にローランドはロサンジェルスで、新しいリハーサル・バンドを組織した。メンバーはスタン、スチュワード、ズート・シムズ、そしてサックス・セクションにはジミー・ジュフリーがいた。彼はニューヨーク時代からスタンを知っていて、スタンはスチュワードとシムズをグループに連れてきた。またローランドとジュフリーは長年の付き合いだった。二人は北テキサス州立大学でルームメイトであり、第二次世界大戦中は空軍バンドで一緒に演奏していた。そして一九四七年のロサンジェルスで再び行動を共にするようになった。ジュフリーは振り返る。

ジーンが僕に手紙を書いてきて、我々は連絡を取り合い、彼がロサンジェルスにやって来ることになった。こういうサウンドをつくったんだと彼は言った。我々はグループを組んで、何度かギグをやった。それからリハーサルをやって、ワイヤ・レコーダーに録音した……四人のテナーの音がひとつに溶け合って、まるでシロップみたいな音が生まれた。

四人のテナーは美学を共有していた。というのは四人ともそれぞれレスター・ヤングの信奉者だったからだ。ズート・シムズがヤングの素晴らしさについて語る。

僕らはみんなレスターの影響を受けていた。彼がカウント・ベイシーとやったレコードを聴いてみるといい。あんな真似は誰にもできない。彼は今でもやはり別格なのさ。

スチュワードのスタイルはシムズより更にヤングに近い。そしてスタンはハーブの演奏に憧れていた。ドン・ラモンドの回想。

ある夜、ストーンのグループを聴くために〈レッド・フェザー〉に行った。するとスタンは、まるでイエス・キリストでも見るみたいな目でハービーのことを見ているんだ。彼は言った。「あんな風に演奏できたらいいだろうな。彼の出すひとつひとつの音がまるで宝石のようだ」

フォー・サックスはデカルロの指揮の下、〈ポントレリ〉に出演した。デカルロはトランペットも吹いた。ローランドはピアノを弾いて、リズム・セクションをまとめた。ベヴァリー・ゲッツが歌った。ローランドのアレンジメントの長く流れるようなフレーズを、四本のサックスはほとんどひとつの楽器のごときサウンドで演奏した。彼らは真のアンサンブルだった。そしてジャズ・ファンにとって、そこには素晴らしい余分な特典があった。四人の一人ひとりが完成された即興演奏者だったのだ。しかしながら〈ポントレリ〉の客のほとんどは、そのグループのエキサイティングなジャズをろくに聴いていなかった。というのはバンドが演奏していた曲の大半はマリアッチ音楽だったからだ。そのボールルームはメキシコ人が住む地区の真ん中にあったし、客の圧倒的多数が求めているのは、彼らの故郷の音楽だった。ズート・シムズは覚えている。

　あれはけったいなギグだったね。場所はＬＡのイースト・サイドの、マリアッチのボールルームだった。そこはメキシコ人地区で、我々は手持ちのメキシコ音楽を演奏した。我々は彼らの音楽を演奏し、我々としてはそのことはとくに気にしなかった。少なくとも僕は気にしなかった。でも我々はそこに自分たちの音楽をこっそり滑り込ませた。そして彼らもとくにそのことを気にはしなかった。だからすんなりいったのさ。僕はその店まで、二台の市街電車を乗り継いで通った。

ラルフ・バーンズは七月の終わり近くのある夜、グループに入っている何人かの友人たちのプレイを聴くために、その店に顔を出した。そして彼らの演奏するジャズ曲を耳にして、仰天してしまった。これは何があっても自分のボスであるウディー・ハーマンに聴かせなくては、と思った。ハーマンはちょうど新しいバンドを組んでいるところだった。数日後にハーマンはそこにやって来て、音楽に感銘を受け、四人のサックス奏者をそっくり雇い入れることにした。ジュフリーを作編曲者として、あとの三人を演奏家として。

ウディー・ハーマンの人生には常に音楽があった。伝記作家であるスチュアート・トゥループに語っているように。

　私はそもそもの最初から、ある種の音楽をずっと聴いてきた。私の父のオットーはひどい素人役者だった。そして彼は私の中に、ショー・ビジネスに対する自分の満たされなかった夢を叶えてくれるかもしれないものを見て取った。そして私をこしらえていった。ようやく父の顔を見分けられるようになった頃に、歌を教えた。歩き出すとすぐにダンスを教えた。もしできるものなら自分がステージに立ちたかったのだと思う。ミルウォーキーのナン・ブッシュ社の工場で靴職人として働くかわりにね。

ウディーは一九一三年五月十三日にミルウォーキーで生まれた。一人っ子で、両親に溺愛された。オットーは三代目のドイツ系アメリカ人で、母のマーサはポーランドからの移民だった。厳しかった時代には、母もまたナン・ブッシュの工場で働いていた。ウディーは服装にこだわった。そしてオットーは自分の息子が常に、ナン・ブッシュの最高の職人がつくった靴を履いているように心がけた。ときにはオットーが自らそれをこしらえた。家族は全員カトリックで、ウディーも生涯を通じて熱心な教会信者だった。

オットーはウディーが六歳になると、息子のためにミルウォーキーのいくつかの劇場で歌とダンスの役を見つけてきた。そして八歳の誕生日を過ぎて間もなく、彼を子供のヴォードヴィル劇団に入団させた。その劇団は中西部の北側を巡業した。次の年に彼はウディーにクラリネットとサキソフォンの勉強を始めさせた。そしてほどなくその息子は、シカゴのヴォードヴィル劇場に「クラリネットの神童」という触れ込みで出演するようになった。

デューク・エリントンの音楽と、(それよりはいくぶん強度は劣るが)コールマン・ホーキンズとジャック・ティーガーデンの音楽がウディーを魅了し、十四歳にして自分の天職はヴォードヴィルではなくホット・ジャズにあると確信するに至った。両親はジャズなんて金にならないと思っていたから、それを聞いてがっかりしたが、息子がすっかりその音楽に夢中になっていることを理解し、渋々ながらあきらめた。

四年間にわたる武者修行のあと(主に西海岸のトム・ゲラン楽団に在籍した)、ウディーは一九三四年に一流バンドに入ることができた。アイシャム・ジョーンズの楽団だ。サラリーは週に百二十五ドルという破格のものだった。彼は二十一歳で、サキソフォンとクラリネットを吹く他に、歌を歌うことを求められた。ジョーンズはピアノを弾き、サキソフォンを吹いたが、バンドリーダーとして、また作曲家として大きな成功を収めていた。彼のレコード『ウォバッシュ・ブルーズ』は二百万枚を売り上げていた。そして次のようなヒット曲からの印税収入で金持ちになっていた。『君に違いない（It Had to Be You）』『夢で会いましょう（I'll See You in My Dreams）』『アラモ砦で（On the Alamo）』『愛した人はよその誰かのもの（The One I Love Belongs to Somebody Else）』『僕は再び君に泣く（You've Got Me Crying Again）』『かくも深い愛はない（There Is No Greater Love）』

裕福さが一九三六年の夏に、彼に四十二歳の若さで引退を命じたとき、ウディーと他の五人のメンバーは、バンドを共同経営のかたちで譲り受けた。グループは彼をリーダーに選んだ。歌の上手さと、ビジネスの才能を認められたからだ。一九三六年九月二十七日、その共同経営が立ち上げられている最中に、ウディーはシャーロット・ネスティーという女性と結婚した。彼女はショーガールで、二人はその六年前、どちらもまだ十七歳だったときにサンフランシスコで知り合った。シャーロットが一九八二年に亡くなるまで、結婚生活は幸福のうちに続いた。

再編されたバンドは一九三六年十一月六日に、ブルックリンの〈ローズランド・ボールルーム〉で活動を開始した。楽団は二年ばかりまずまずの成功を収めたが、そのあいだ彼らは、アイシャム・ジョーンズの影から脱して、独自のカラーを確立しようと努めた。一九三八年の末頃には共同経営者たちは、このバンドの強みはブルーズ演奏にあるという結論に達した。そして以来楽団は「ブルーズを演奏するバンド」として知られるようになった。

バンドはその名前に恥じぬ活動を見せ、一九三九年から四一年のあいだに次のような曲を次々に録音した。『ウッドチョッパーズ・ボール』『ダラス・ブルーズ』『ディッパーマウス・ブルーズ』『ベッシーズ・ブルーズ』『チップス・ブルーズ』『チップス・ブギウギ』『ジャンピン・ブルーズ』『ブルーズ・アップステアーズ』『ブルーズ・ダウンステアーズ』『カスバ・ブルーズ』『ビショップス・ブルーズ』、そして楽団のテーマ・ソングである『ブルー・フレーム』。

ブルーズは十二小節の形式で、三つの性格を異にする四小節で成り立っている——ＡＢＣだ。三十二小節のポピュラー・ソングは四つの八小節で成り立っている。ＡＡＢＡという順番で。本物のブルーズ曲に加えて、バンドは三十二小節のポピュラー曲をもブルーズを装って発表している。たとえばこんな曲を。『ブルー・ドーン』『ブルーズ・オン・パレード』『ブルー・プレリュード』『フェアウェル・ブルーズ』、そして『ブルーズ・イン・ザ・ナイト』。

そのブルーズ中心のポリシーは、『ブルーズ・イン・ザ・ナイト』と『ブルー・フレーム』がヒットしたことで、商業的には成功を収めた。『ウッドチョッパーズ・ボール』はメガ・ヒットになった。ウディーは以来、その他に六度『ウッドチョッパーズ・ボール』を録音して、総計で五百万枚のレコードを売り上げた。

彼はバンドの成功で入ってきた金を再投資し、共同経営のパートナーたちから少しずつ持ち株を買い上げていった。そして一九四二年にはすべての株式を手にすることになった。そのときには彼とシャーロットは、イングリッドの両親になっていた。彼女は一九四一年九月三日に生まれた。

ウディーの最大の美点は、新しい手法を思い切って試してみようという意欲にあり、自分の下で働いている人々に大幅な表現の自由を与える太っ腹さにあった。人生の後半になって、彼はインタビュアーにこのように語っている。「何か実験をしよう、何か新しいことを試みよう、新しい音楽をつくってやろう、そういう姿勢をとる者には、必ずやエキサイティングな時期が巡ってくる。それこそがあらゆるものごとの血肉なんだよ」

かつて彼は商業的成功を手にし、バンドのコントロールをしっかり手中に収めていた。そろそろブルーズという形式から離れてもよかろうと彼は思った。「徴兵による人員不足で、メンバーをどんどん替えていったことで、我々は前とは違う演奏をするようになった」と彼は回想している。「そして私は違う種類のアレンジメントを探していた……我々はマンネリ化しているように私には思えた。そこには進歩というものがなかった。そんな中で私が目を向けたのはデイヴ・マシューズだった。そしてディジー・ガレスピーだった。ディジーは我々のために三曲か四曲のアレンジメントを書いてくれた。

そのようにして一九四二年にウディーは、生まれたばかりのビバップに関心を示した最初のバンドリーダーになった。一九四四年にディジーは、彼の作った最も有名な曲のひとつに『ウディン・ユー（ウディーとあなた）』というタイトルをつけて、ハーマンに贈っている。「彼は私の書いた曲をとても気に入ってくれていたからね」とディジーはその理由を説明している。その曲はビバッパーたちの間ではとても人気があり、ウディーのグループも長年にわたって何度となく演奏してきたのだが、なぜか録音は残していない。

一九四三年の後半にウディーの楽団には、きわめて大きな意味を持つ、フレッシュな才能の注入がおこなわれた。ラルフ・バーンズ、ベーシストのチャビー・ジャクソン、そして歌手のフランセス・ウェインがチャーリー・バーネットの楽団から飛び出してやって来たのだ。それというのも彼らが、ウディーのところに来れば、もっと芸術的自由が許されるだろうと信じていたからだ。ハーマンのバンドで、五十一年にわたって仕事をした数百人に及ぶ男女の中で、彼はバーンズを最高位に置く。

私の知る限り、彼の編曲の能力は他のあらゆる人間のコンセプトを超えている。その足もとに及ぶものなんて一人もいない。私の成し遂げたいちばんの成功は彼だと思う……これまで持ったいくつかのバンドで巡り会ったすべての人物の中で、彼がいちばん遠くまで歩を進めた人間だった。

一九四四年のうちに、新しい才能がバーンズ、ジャクソン、ウェインのあとに続いて、洪水のごとく押し寄せた。そして「ブルーズを演奏するバンド」は、前とはぜんぜん違った演奏をするようになっていた。一月にはトランペッターであり編曲者であるニール・ヘフティーが、バーネット楽団から脱出してきた。彼のあとを追うように、六ヶ月のあいだにギターのビリー・バウアー、ドラマーのデイヴ・タフ、テナーのフリップ・フィリップス、トランペッターのピート・カンドリ、トロンボーンのビル・ハリスなどがやってきた。カンドリもバーネット楽団から脱走したミュージシャンの一人だったが、それ以外のものはよその楽団からやってきた。

ジャクソンとタフとバウアーとバーンズは揺らぎのない、鉄壁のリズム・セクションを作り上げた。バーンズはまた秀でたソロイストでもあった。フィリップスとカンドリとハリスはパワフルな即興演奏者であり、一九四四年にジャズ世界に渦巻いていた新しい音楽的アイデアを取り上げたいと願っていた。そしてバーンズとヘフティーは革新的な譜面を書いて、彼らの願望に燃料を供給した。チャビー・ジャクソンが語る。

　ラルフ・バーンズは編曲者として作曲者として、まさに天才だった。内容がとても深いんだ。ニール・ヘフティーはもっと軽いところが持ち味だが、とにかく無茶苦茶ノリがいい。そのように我々は、目の覚めるような譜面を書いてくれる、やたらどっしり交響曲的な、古典的な男と、そのまま隣の州まで跳ね飛ばしてくれそうな男と、二つのスリルを手にしたわけだ。

ジョージ・サイモンがバンドに新しい名前を与えた。彼は一九四四年九月に〈メトロノーム〉に書いた熱狂的な評論を、このようなセンテンスで締めくくっていた。「そう、こいつは真に偉大な、何でも来いのバンドだ。このウディー・ハーマンのハード（獣の群れ）は」。後日彼は説明している。「僕がバンドをハードと呼んだのは、僕が売れないスポーツ・ライターで、頭韻を踏むことに慣れていたからさ。ハーマン・ハードとか、グッドマン・ギャングとか、ドーシー・デルヴィッシュ（踊り狂う人たち）とかさ……ハードってのが唯一うまく定着した例だね」

ウディーは聴いていると癖になる独特の、荒っぽく叩き切ったような歌唱スタイルで、ロマンティックなバラードも、勢いのある騒がしいブルーズ曲も、みんな同じように歌った。クラリネットとアルト・サックスの即興演奏の腕はまずまずというところで、自分の限界はよく承知していたから、できるだけ優秀な若い連中の突進の邪魔をしないように心がけていた。ほとんどすべてのグッドマン楽団の編曲が、ベニーの演奏を中心にしていたのとは対照的に、ウディーは他のソロイストに混じって、ワン・コーラスか、あるいはコーラスを半分だけちょこっと吹くことで満足していた。

フィリップスは幅の広いプレイヤーだった。バラードにおいてはうっとりさせるような艶やかな音を出し、ハードでスウィンギングな曲ではアグレッシブに吠えて、聴衆を熱狂させる。ハリスはジャズが生んだ最もエキサイティングなトロンボーン奏者の一人だ。とにかくすごいパワーで演奏する。仲間をして「やつは楽器（ホーン）が金属疲労を訴えるくらい強く吹く」と言わしめるほどだ。そして執拗なまでに、オリジナルで予測不能なメロディーを創り出していく。カンドリはものすごく広い音域を持っており、活発なアップテンポの曲では、ファンファーレのようなハイノートを出すことに喜びを見出していた。
「ハード」の傑出した特質は、ハッピーでたくましい豊穣さにあった。ある批評家が指摘したように、そのバンドは「ワイルドではあるがよく統制され、音は大きいがどこまでも音楽的であり、不遜でありながら、観るぶんにも聴くぶんにもなにしろ愉快」だった。ウディーからヴォードヴィリアン的な要素を奪うことはできない。彼はカンドリが派手にハイノートを吹きまくるときに、スーパーマンの衣装を着て舞台に飛び出してくることを奨励した。ジャクソンがバレエ・シューズを履いてベースを相手にダンスし、仲間のソロイストを乱暴なかけ声で鼓舞することを、またトランペット・セクションがロケット・ダンスの真似事をすることを奨励した。

大衆は熱烈な反応を見せた。バンドは煙草〈オールド・ゴールド〉提供のCBSラジオ番組に出演し、その番組は一九四四年の七月二十六日から同年の十月四日まで続いた。番組はかなり即席にこしらえられたので、「ハード」は心ならずもアラン・ジョーンズというバリトンで歌う映画俳優と組まされることになった。ジョーンズの歌唱スタイルはジャズよりは軽歌劇のものだった。このちぐはぐな取り合わせにもかかわらず番組はヒットし、バンドは幅広い新しい聴衆を獲得した。

おかげで八月と九月に初めて真にハードらしいレコーディングができた。録音されたのは『それはゼリーに違いない、ジャムはそんな風にシェイクしないから（It Must Be Jelly. 'Cause Jam Don't Shake Like That）』『レッド・トップ』『フォア・オア・ファイブ・タイムズ』『スウィート・ロレイン』『君は僕のベイビーなのか、そうじゃないのか？（Is You

Is or Is You Ain't My Baby?)』というような曲だった。最後の曲はハードがどういう性格のバンドなのかをはっきりとリスナーに示した。そこではバーンズが提供した刺激的なセッティングに載せて、フィリップスやカンドリやハリスや、そしてまたハーマンが力強いソロをとった。

一九四五年二月にもう一人の重要なソロイスト、ビバップ・トランペッターのソニー・バーマンが楽団に加わった。そしてハードにとって最も輝かしいレコーディング・セッションのひとつに、彼もぎりぎりで参加することができた。『アップル・ハニー』『グーシー・ギャンダー』『ノースウェスト・パッセージ』『カルドニア』といったトラックは、首席ソロイストがそれぞれに舞い上がるような即興演奏を繰り広げる、まさに全開状態のハードの姿を捉えている。『カルドニア』のエキサイティングなトランペット・セクションのパッセージは、実際にはディジー・ガレスピーのソロをそのまま楽符に書き写したものだ。気分転換にバンドはフランセス・ウェインの温かい歌声をフィーチャーした、バーンズのアレンジメントによる『幸福はジョーという名の男(Happiness Is a Thing Called Joe)』を録音している。それらのレコードはすべてよく売れたし、『幸福はジョーという名の男』は大ヒットになった。

それらの最も輝かしい楽曲のうちのいくつかは、「ヘッド」アレンジメントがあるだけで、あとはみんなでこしらえていった。チャビー・ジャクソンの証言。

ワンナイターでは、ラスト・セットの真ん中あたりでウディーはステージを下り、あとはみんなの好きにさせた。我々は適当にヘッド・アレンジをこしらえた。『アップル・ハニー』……『ノースウェスト・パッセージ』、それらはリズム・セクションがつくったものだよ。出だしの四小節か八小節をね。それからフリップ・フィリップスが吹き始めるんだ。際限なくね。そこにニールが音型をいくつかつけ加える。それからビル・ハリスが演奏を始める。そして最後にアンサンブルだ。次の夜、私はウディーに言う。『一曲つくってきましたよ』ってさ……

少しずつ少しずつ、我々はバンドに自分たち独自の味付けを加えていった。ウディーは決してそれを止めようとはしなかった。彼はいろんな調整にまわる役だった……そして我々にもだんだんわかってきた。我々がこうして自分たちの才能をしっかり出し合っているのは、まさにボスが望んでいることなのだと。

一九四五年の後半、バンドはますます優秀なものになっていった。ヴァイブラフォンのレッド・ノーヴォが参加し、トランペッターのコンテ・カンドリ（ピートの弟だ）が参加した。ショーティー・ロジャーズが契約を結び、ドン・ラモンドがデイヴ・タフ（彼は深刻なアルコール問題を抱えていた）のあとを埋めた。ラモンドは芸域の広いドラマーであり、そのスタイルはバンドにぴったりフィットした。

八月にバンドはひとつの美しい曲を録音し、それは大ヒットした。『ビジュー』だ。そのたおやかなラテン風のテーマは、ダイナミックで表情豊かなビル・ハリスの即興演奏の妙技を見せるために、ラルフ・バーンズが作曲したショーケースだった。そのあと九月に心愉しい『ユア・ファザーズ・マスタッシュ』が続き、ダイナミックで景気の良い『ワイルド・ルート』が十一月に出た。その後者のタイトルは、ラジオ番組のスポンサーであるヘア・クリームの名前を借用したものだ。〈オールド・ゴールド〉が提供していたラジオ番組の契約が終了してほどなく、十月後半にバンドはその番組を乗っ取っていた。ハードは三十九週間の出演契約を結んだが、この何年かでラジオ番組に単独で出演するバンドは、彼らが初めてだった。そうやって露出の機会が増えたことで、あちこちのボールルームや劇場で、観客数の記録をぬり変えていった。

イゴール・ストラヴィンスキーは「ハード」の新鮮さと革新性に感心し、一九四五年の初頭に友人を介して、そのバンドのために何か曲を書く可能性はあるだろうかと問い合わせてきた。ウディーは最初のうち、そんなことが実現するわけないと思って、そのまま打っちゃっておいた。だから数ヶ月後にストラヴィンスキーから電報を受け取ったとき、ひっくり返ってしまった。そこには「あなたのために曲を書いているところです。それはあなたと、あなたのバンドへの、私からのクリスマス・プレゼントになることでしょう」と書かれていた。
その小品は『エボニー・コンチェルト』と呼ばれ、クリスマス・シーズンにストラヴィンスキーはニューヨークにやって来て、「ハード」とリハーサルをおこなった。そのセッティングはきわめて異例なものだった。彼らはパラマウント劇場のホールを使用したのだが、そこはバンドが一日に六回ショーをつとめていたところだった。彼らはショーとショーとの間の休憩時間の八十分をリハーサルにあてた。ウッディーが回想する。

ストラヴィンスキーは完全にうちのバンドに魅せられていた。彼は言った、『ウディー（彼はヴージャと発音した）、君は素晴らしいファミリーを持っている』と。彼が何からそんなに強く刺激を受けたのか、それがどうしてなのか、きっと誰にもわからないままだろう。というのはその作品は極端なまでに難解なものだったからだ……その後、私は彼と一緒にずいぶん長い時間を、親しく過ごしたものだ。彼は私に説明してくれた。我々のために音楽を書くのはひとつの挑戦であったのだと。でも彼が書いたのは言うまでもなくストラヴィンスキーの音楽であって、ジャズではなかった。

ストラヴィンスキーはとりわけショーティー・ロジャーズに感心した。こう言っている。「ショーティー・ロジャーズは良いスタイルを持っている……十五分か、それ以上の長きにわたって吹いて、その長さをまったく感じさせない。私の知っているすべての『シリアスな』名人が五分もそんなことをしたら、私は精神安定剤を飲まずにはいられなくなるだろう」と。ショーティーはその賞賛に、ハードのために『イゴール』という曲を書いてこたえた。

〈メトロノーム〉と〈ダウンビート〉の人気投票の結果が一九四六年一月に発表された。そして一九四五年がそのバンドにとって大当たりの年であったことが判明した。バンド全体と、三人のスター・プレイヤーであるビル・ハリスとフリップ・フィリップスとデイヴ・タフが、共になんと両方の雑誌のトップをとった。チャビー・ジャクソンは〈ダウンビート〉で首位をとったが、〈メトロノーム〉では僅差の二位だった。

一九四六年三月二十五日にハードは、カーネギー・ホールで『エボニー・コンチェルト』の初演を行い、会場は満員になった。そのコンサートはまた、ラルフ・バーンズが作曲した四楽章の組曲『サマー・シークエンス』の、最初の三楽章の初演をも兼ねていた。彼は今ではハードのピアニストの座を退いて、フルタイムの作編曲者になっていた。『サマー・シークエンス』はハーマンの作品としては『エボニー・コンチェルト』よりも成功を収めた。なぜならそれは完全にジャズ・イディオムで書かれていたからだ。そこでは美しいバーンズのメロディーが、精妙に移っていくサックス・セクションを背景に奏でられた。『エボニー・コンチェルト』と、まだ未完成の『サマー・シークエンス』は共に八月十九日に録音された。ストラヴィンスキーが自作の指揮をした。

ニール・ヘフティーとフランセス・ウェインは一九四五年に結婚していた。そして一九四六年の初めに二人はロードから外れることにした。ハリウッドの自宅でもっと落ち着いた生活を送りたかったのだ。ショーティー・ロジャーズがヘフティーの穴を埋めて、作編曲者として中心的な役割を務めるようになっており、『イゴール』の他に、「ハード」から選抜された九重奏団の五月の録音セッションのために二曲を作曲した。このセッションはソニー・バーマンの火花の散る即興演奏と、ピアニストのジミー・ロウルズの復帰が焦点になっている。ロウルズはかつて短期間このバンドに在籍していたのだが、一九四三年に徴兵されたために退団していた。

一九四六年の夏には、ウディーはすっかり裕福になっており、七万ドルをぽんとキャッシュで払って、眺望絶佳のハリウッド・ヒルに、ハンフリー・ボガートとローレン・バコールの住んでいた屋敷を買った。ハーマン夫妻は家具もすべて込みで購入したのだが、ただ乾燥機付き洗濯機だけは、バコールがどうしてもと主張してそこに含まれなかった。というのはそれは戦後しばらくのあいだ品薄になっていたからだ。それからずいぶん長いあいだ、ハーマン夫妻はB&Bという頭文字のついたナプキン・ホールダーや、その他いろいろな道具を使い続けていた。ボギー（Bogie）とベイビー（Baby）の頭文字だ。

通りから見ると、それは平屋のバンガロウのように見えた。しかし中に入ってみると、ずいぶん広い家であることがわかる。渓谷の崖に沿って三階ぶん下がっているからだ。そしてまた、ロサンジェルスの街が隅々までくっきり俯瞰できることに度肝を抜かれることだろう。

外の世界から見れば、ウディーとシャーロットとイングリッドは、その美しいハリウッドの屋敷に収まって、ショー・ビジネス界の理想的ファミリーに見えたことだろう。しかしウディーと妻は、自分たちの私生活が重大な危機に直面していることを承知していた。ウディーが年に四十週はロードに出ていることで、シャーロットは孤独に苛まれ、アルコールと、ネンブタールという催眠沈静薬の双方の中毒になっていた。ウディーが語る。

私はそのことに心を乱された。しかし（ロードに出ていた）私には、それに関してできることはあまりなかった。飲酒のトラブルを抱えている人がみんなそうであるように、彼女には数多くの言い訳があった。私はうちから出て行けといって脅しさえした。しかしそれはどこまでも虚勢に過ぎなかった。我々の関係は密接だったからね……唯一の解決策は私が家に戻ることだと決心した。そしてバンドを解散した……楽団内部の不和とか、そういうことではまったくない。私はシャーロットを駄目にしていたんだ。

ウディーはクリスマス休暇の少し前、インディアナ大学のダンス・パーティーのあとで、ジャズ史上最も偉大で、最も大きな成功を収めたバンドを解散すると通告し、楽団員たちを呆然とさせた。契約解除の補償金を気前よく支払い、自らはハリウッド・ヒルの自宅に戻った。

シャーロットとウディーの夫妻は禁酒協会のミーティングに通う厳格な生活を開始し、シャーロットは精神分析の助けも受けた。シャーロットが依存症を克服しようと苦闘しているさなかに、二人は痛ましい知らせを受け取って衝撃を受けた。ソニー・バーマンが麻薬過剰摂取のために、一九四七年一月十六日、二十二歳の若さで亡くなったのだ。

間もなくウディーは馴れない日常的家庭生活に身

を落ち着ける。

私は八歳からこの方、ロード以外の生活というものを知らずに生きてきた。家族と一緒に夕食をとり、娘と遊ぶのはとても素敵なものだった。娘と庭でいろんなことをして、お風呂に入れてやるんだ。

職業的な勘を鈍らせないために、ウディーは週に一度カリフォルニアのラジオ番組に出演し、ペギー・リーと一緒に歌った。バック・バンドのリーダーは彼女のご主人のデイヴ・バーバーだった。以前のロード・マネージャーと共に出演契約(ブッキング)を扱うオフィスを開いた。ダイナ・ショアやラルフ・バーンズ楽団と共にレコーディングをし、土曜日の朝にはディスクジョッキーをやった。後者は人気が出すぎたので、ウディーは途中でその番組を降りなくてはならなかった。というのは、ライバルのDJたちがそのあまりの人気に腹を立て、彼のレコードをかけるのを拒否するようになったからだ。

彼と彼のマネージャーであるエイブ・ターチェンが、収入を補填するためにギャンブルに手を伸ばしたことをウディーは覚えている。

エイブはウェスト・コースト・ベースボールに賭けようと決めた。これは、たとえ勝てたとしても、相当にやばいものなんだ。でもそれで我々は六ヶ月しっかり食いつなげたよ。彼は平均して週に七百五十ドルから千五百ドル稼いでいたからね。そして我々はそれを半々に分けた……それはどうもうさん臭かった。というのは賭け屋は常に、ゲームのあとで彼に封筒を手渡していたからだ。またそれはちょうどバグジー・シーゲル(アメリカのユダヤ系ギャング。ハリウッドに住み、賭博を専門とした。一九四七年に暗殺された)が消された時期にあたっていた。

シャーロットの状態は急速に好転していった。一九四七年の夏には飲酒ともすっかり縁が切れ、目覚ましい回復ぶりだった。彼女はその状態を死ぬまで維持した。

いろいろと活動はしてみたものの、ウディーは手持ちぶさただった。どこかに音楽を聴きにでかけるたびに、もう一度バンドを率いてみたいという強い欲求に駆られた。彼は回想する。

ある夜、何人かの友だちと私は、サンセットのヴァイン通り近くにある小さなクラブに行った。ピアニストでアレンジャーのフィル・ムーアが小さなバンドを率いていた。トランペッターのアーニー・ロイヤルがそこに入っていた。アーニーが楽器の最高音を滑らかに吹くのを聴いていると、また音楽をやりたいなあという気持ちがふつふつとこみ上げてきた。

何か違ったことをやりたいという思いが、いつも心の奥にあった。一人か二人、優れたミュージシャンの演奏を聴くと、アイデアが頭に新たに湧いてくるんだ。これができている限り、自分が以前にやり終えた音楽にまたもどらなくてもすむ。家庭内のトラブルが一段落したとき、また何か生産的なことをやらなくちゃなという気持ちにだんだんなってきた……。

アーニーが実にらくらくと楽器を吹いているのを見ているうちに、よし自分もバンドを持とうと決心した。彼に尋ねてみた、私のバンドに来るつもりはないかと。彼は言った。「ああ、そいつはいいねえ」。私は言った。「じゃあ、ひとつバンドを組むことにしよう」……そしてラルフがバンド結成に手を貸してくれた。

バーンズは迅速にかつてのメンバーを召集した。ハード時代からのショーティー・ロジャーズ、ドン・ラモンド、アルト・サックスのサム・マロウィッツ、マーキー・マーコウィッツ、「ブルーズを演奏するバンド」時代からのベーシストのウォルト・ヨダー、ギタリスト、ジーン・サージェントなどだ。

彼とウディーはまた新しいメンバーを一人そこに加えた。サージ・チャーロフという名の、二十三歳の革新的なバリトン・サックス奏者だ。チャーロフはその不格好な楽器で淀みなく素速く、複雑でリリカルなビバップのラインを吹くことで、全国的に名を知られていた。クラシック音楽の素養があるにもかかわらず——父親はボストン交響楽団と共演するピアニストであり、母親はニュー・イングランド音楽院で教鞭をとっていた――チャーロフは十二歳でジャズに目覚め、四年後にはプロのミュージシャンになった。彼は一九四五年から四六年にかけて、ボイド・レイバーンや、ジョージ・オールドや、ジミー・ドーシーの楽団でビバップ・イディオムを見事に吹きまくり、広く人気を得ていた。

チャーロフが契約にサインをしてほどなくバーンズは、〈ポントレリ〉に出演するデカルロのバンドを聴きに行って、四人のサックス奏者がローランドのアレンジメントを演奏するのを聴いた。一刻も早くウディーをここに連れて来なくてはと、彼は思った。その四人とチャーロフとを組み合わせたら、ものすごいものが創り出せると強く感じたからだ。

ウディーがその意見に賛同し、デカルロのグループのメンバーを雇うと決めたとき、彼とバーンズは新しいエキサイティングなバンドの中核を手にしたことになる。彼らはゲッツ、シムズ、スチュワード、マロウィッツ、チャーロフというサックス・セクションを持ち、ロジャーズ、ロイヤル、マーコウィッツという三人の素晴らしいトランペッターを持ち、ラモンド、ヨダー、サージェントというリズム・セクション（の四分の三）を持ち、バーンズ、ロジャーズ、ジュフリーという創造的な作編曲者を持っていた。ほどなくそこに四人目の作編曲者として、またサキソフォン奏者として、アル・コーンが加わる。コーンは一九四六年の、ニューヨークでのローランドのリハーサル・バンド以来の、スタンの友だちだった。

彼らは九月にはメンバー全員を揃え、二週間後にはリハーサルを開始した。アーニー・ロイヤルが唯一の黒人だった。その後に追加されたメンバーとしては、女性シンガーのジェリー・ネイ（彼女はヴァイブラフォンの演奏もした）と、二人の傑出したトロンボーン奏者、アール・スウォープとオリー・ウィルソンがいる。

新しいハーマン・バンドの創設は、ブッチ・ストーンとデカルロのグループの消滅を意味した。ストーンはレス・ブラウンの楽団に戻り、今日に至るまでそこで仕事をしている（二〇〇九年没）。デカルロはロサンジェルス近郊でフリーランスの仕事を続けている。ローランドはまたケントンに雇われ、以後十年間をその楽団で過ごした。彼は一九五六年と五七年に、ウディーのために仕事をしている。その後またケントン楽団に戻り、四年間在籍した。
自分の新しいバンドにどのような音楽を演奏してもらいたいか、ウディーにははっきりとした考えがあった。一九四一年から四六年にかけてのバンドは、バップ的な要素を強く持っていたものの、それでも演奏する曲の大半には、スウィングとブルーズの遺産が不足なく詰まっていた。新しい集団は――それはすぐに「セカンド・ハード」という名で呼ばれるようになったが――そっくり全部ビバップだった。ウディーは語る。

セカンド・ハードはとにかく、ビバップ一本でやろうということで作られた……ビバップ革新は我々の音楽のコアになった。我々は新奇性、多様性を結集した。アル・コーンやジミー・ジュフリーの譜面ばかりではなく、我々の木管や金管のソロイストたちのサウンドからもね……ショーティー・ロジャーズは、ファースト・ハードでも多くの貢献をしてくれたが、実に素晴らしいビバップの譜面を書いてくれた。

ビバップのセッティングで演奏できることで、スタンは興奮していた。そして自分のまわりに集まっているのが陽気な仲間たちであることに、最初から気づいていた。彼は語る。

しょっぱなから、あのバンドはとにかく特別な何かだった。サンタ・モニカ・ブールヴァードの会場でやった我々の最初のリハーサルのことを、よく覚えている。ラルフ・バーンズができたての楽譜を持ってやってきた。かなりむずかしい譜面だった。『恋人よ我に帰れ』だったが、五ページくらいはあったな。譜面台に載りきらないくらいさ。バンドはそれにざっと目を通し、次の瞬間にはもうその曲をスウィングさせていた……そういう仲間たちがまわりにいると、こいつはひとつブロウしなくちゃなという気になってくる。一晩中、正しいサウンドを耳にしていれば、そのうちに正しいサウンドが自分からも出てくるものなのさ。

スタンはそのときは知るべくもなかったが、ハーマン楽団の同僚たちの革新性と、その質の高い技能はほどなく彼を刺激し、想像力の新しい高みへと導くことになる。

第六章

# フォア・ブラザーズ

セカンド・ハードは一九四七年十月十六日に、カリフォルニア州サン・バーナディーノの市公会堂で、初めて聴衆の前にお目見えした。それからの二ヶ月、バンドはソルトレイク・シティーとセント・ルイスにおける二つの長期契約出演に挟まれたかたちで、西部一帯のワンナイター公演をおこなった。それは十二月後半の一連のレコーディングに備えて、アレンジメントのおさらいをする絶好の機会になった。

音楽家組合はレコード会社に抗議するために、一九四八年一月一日からストライキに入ると宣告した。前回のストライキは一九四二年から四四年まで、二十七ヶ月にわたって続いた。だからすべてのバンドは、一九四七年十二月の最後の週に争ってスタジオ入りをし、期限ぎりぎりの録音を済ませようとした。歌手のジェリー・ネイは力量不足であることが判明したので、代わりにメアリ・アン・マッコールがレコーディング・セッションのために呼び戻された。彼女はフランセス・ウェインの後釜として、ファースト・ハードで歌っていたことがあった。

バンドは気分良くスタジオ入りをした。十二月十八日のシカゴでのワンナイターに対する〈ダウンビート〉の評が素晴らしいものだったからだ。それはこんな風に始まっていた。「本日から一年を経ずして、ウディー・ハーマンは一九四六年に手放したすべてをもう一度手中に収めることだろう。いや、より多くを。その言葉をご記憶いただきたい。今回のハードはアメリカ音楽史上最も偉大なものに、実に苦もなくなり得るだろう」。この大げさな言辞をそのまま実現するのはさすがに不可能だったが、それでもセカンド・ハードは初のレコーディング・セッションにおいて、パワフルでエキサイティングな特色を打ち立てることができた。

十二月二十二日から三十一日のあいだに、バンドは全部で十四曲を録音し、そのうちの十一曲がリリースされ、五曲がヒットし、中の一曲はきわめて目立つ特色を持っていたので、それはバンドにもう一つの名前をもたらすことになった。五曲のヒットは、四人のライターによって作曲されたもので、ウディーが傘下に収めた才人たちの才能の質の高さが証明されたわけだ。

最初の曲は『君に知らせがある（I've Got News for You)』で、チャーリー・パーカー（ショーティー・ロジャーズのアイドルだ）のブルーズ・ソロをロジャーズがオーケストラ化し、それを核としてつくられた曲である。ショーティーはパーカーを賞賛する。

バードがシーンに登場したとき……それはバイブルの一節のように衝撃的だった。すべてが暗黒で、そこに初めて明かりが差すんだ……そして自分がその時に居合わせて、こんな風に言えることが、私には素晴らしい特権に思えるんだよ。「ここに新しい男がいる。名前はチャーリー・パーカー。あんたも彼の演奏を聴かなくちゃ。その演奏を聴いたらぶっとんで、そのまま壁を突き抜けちまうからね」ってね。新しい発見にこうして足を踏み入れる。音楽の探検史上、まだ地図に描き込まれてもいない領域にね。

サックス・セクション全体がパーカーのコーラスを演奏する。〈ポントレリ〉出演の三人のメンバーが高揚したサウンドを奏で、それにチャーロフとマロウィッツが滑らかに絡んでくる。ウディーが歌い、ロイヤルが魂のこもったトランペット・ソロをとる。

スタンとチャーロフは、そのセッションでの二番目の成功曲『キーン・アンド・ピーチー』において、ハーズメン（ハードの一員）として初めてソロをとる機会を与えられた。バーンズとロジャーズが共作し、バーンズがアレンジした直球勝負のスウィング曲だ。二人のサキソフォン奏者は、生き生きとした勢いをもってその曲を易々と駆け抜けていく。三曲目のヒットは『グーフ・アンド・アイ』、アル・コーンが作編曲したバップ風の曲で、チャーロフの力強い即興演奏が際立っている。

その十二月のセッションで録音された最も重要な曲は、ジミー・ジュフリーがバンドのために初めて書いた『フォア・ブラザーズ』だ。このどこまでも独創的なサウンドは、マロウィッツが抜けたサックス・セクションで作られる。スタンがリードするメロディーを吹き、チャーロフがそのオクターブ下の音を吹く。シムズとスチュワードはその中間でハーモニーをつける。技能の劣るミュージシャンであれば、三本のテナーと一本のバリトンのミックスは、濁った重い音になってしまう。しかしこの四人は、ジュフリーの作曲したプレス風の曲を演奏しながら、とても軽快でリリカルな音色を産み出す。メロディーの提示のあとに、シムズ、チャーロフ、スチュワード、ゲッツの順番で素晴らしいソロが繰り広げられる。それから各自が二小節ずつブレークを吹き、最後にバンド全体の合奏で終わる。

彼らの創り出したものはほどなく「フォア・ブラザーズ」サウンドと呼ばれるようになった。それは広く模倣され、「フォア・ブラザーズ・バンド」という呼び名は、このハーマンの楽団を語るときに、「セカンド・ハード」と同じくらい頻繁に用いられるようになった。

セカンド・ハードは『フォア・ブラザーズ』を録音したのと同じ日に、『サマー・シークエンス』の四番目にして最終のパートを録音している。そこにはスタンの短いがぴったりはまったソロが入っている。ラルフ・バーンズは最初の三楽章をファースト・ハードのために書いてから一年以上あとに、この最終章を書き上げた。その二曲はハードの曲では最もよくリクエストされるものとなり、世間の耳目が初めてスタンに集まるようになった。

『キーン・アンド・ピーチー』と『フォア・ブラザーズ』と『サマー・シークエンス　第四楽章』において、我々は初めてスタンの十全に形成されたスタイルを耳にすることができる。彼はもうレスター・ヤングやチャーリー・パーカーやデクスター・ゴードンのような音を出してはいない。彼は自分の音を出している。ジャック・ティーガーデンのバンドに始まる、ほぼ五年にわたる彼の修業時代はそこで終わりを告げ、弱冠二十歳にして彼は一人立ちする成熟したミュージシャンとなった。

最初に我々の注意を引くのはスタンのサウンドだ。サックス奏者は自分のサウンドを、いくつかの要素を組み合わせてこしらえる。まず歯と舌と顔の筋肉（いわゆるアンブシュール）を使ってどのようにマウスピースをグリップし、操るか、どのようなリードとマウスピースを選ぶか、どれくらいの強度とボリュームでもって息を楽器の中に吹き込むか。すべてのジャズマンは自分だけの独自の音を創り上げる。マイルズ・デイヴィスもレスター・ヤングも、ベン・ウェブスターも、一連の音を少し聴いただけで、我々はそれを吹いているのが誰かを言い当てられる。

スタンのサウンドはその後歳月を経てより幅広くなり、より深くなっていく。しかし一九四七年の後半には、既に独自の音色を獲得していた。彼はまだプレスのふわりと浮かぶ軽快さを保ってはいたが、そこにざらついたものや、ユダヤ人固有の痛みなどが上塗りされ、彼が演奏するものすべてに紛れのない鋭さが加わり、それは聴くものの骨髄にまっすぐ染み込んだ。また感情の広い幅を表現するために、彼はダイナミックスを用いる名手となった。今では囁きから咆哮へと、ひとつのフレーズの中で自由に行き来できるようになっていた。

これらの「セカンド・ハード」のレコーディングを聴けば、メロディーに対するプレス流の強調がスタンの美学の礎石となっていることがわかる。大きく膨らんだビバップの語彙を習得することにより、その演奏の表現領域を更に押し広げることができたものの、それでも彼はその語彙の役割を、あくまで「メロディーに奉仕するもの」という位置に留めておいたし、この指針が揺らぐことは決してなかった。

スタンはレスター・ヤングとソニー・スティットの話を好んでした。スティットはスタンの親しい友人だったが、ビバップのサックス奏者で、入り組んだコード・チェンジを電光石火のスピードで吹き抜けられることを何より誇りにしていた。一九五〇年代の半ばに、彼とスタンとプレスとが一緒にバスでツアーに出ていたことがある。スティットはコーラスからコーラスへときらびやかに吹きまくり、その技能を見せびらかしていた。そしてソロを終えたとき、プレスに尋ねた。「どう思いますかね、プレス？」と。ヤングは答えた。「ずいぶん見事だよ、レディー・スティット。しかしできれば、私のために歌をうたってくれないだろうか？」と。スタンは常に歌をうたっていた。

十二月のレコーディング・セッションの一ヶ月前、アルとゴールディーはどうしてもカリフォルニアに馴染むことができず、ボブを伴ってニューヨークに帰った。カリフォルニア滞在中、三人はとうとう最後まで、簡易ベッド付きのハリウッドの一寝室のアパートメントから離れることはなかった。クイーンズに短く足を止めたあと、彼らはまっすぐイースト・ブロンクスの見知った地域に戻り、かつての住居から二ブロックしか離れていないホー・アヴェニューの共同住宅に居を定めた。

愛するカリフォルニアから連れ戻されたボブはすっかり落ち込んでしまった。彼は一九四八年にジェームズ・モンロー高校に編入したが、そこであまり長い時間は過ごさなかった。通常ホッケーをして、それから地下鉄に乗って四十二丁目に出かけ、そこで低予算のアクション映画を観て午後をつぶした。

一月にジミー・レイニーがハードに加わった。素晴らしいギタリストだ。そしてアル・コーンがハーブ・スチュワードの後釜に座った。コーンの加入はフォア・ブラザーズにとっては朗報だった。彼の演奏はスチュワードと同じくらい革新的だったが、より逞(たくま)しかった。レッド・ロドニーの語るところによれば、ウディーは最初のうちあまり彼のことが気に入らなかったようだ。

アル・コーンはウディーのことが大好きだったが、ウディーが彼を好きになるには少し時間がかかった。彼はズートとスタンを手元に抱えており、そこに急にアルが飛び込んできた。そして彼の音は、その二人のように華やかではない。でも音楽的に言えば、アルがソロをとるたびに、トランペット・セクションやトロンボーン・セクションはみんな前のめりになって耳を傾けた。ウディーがアルの素晴らしさを認識するのに、それほど時間はかからなかったね。

コーンがセカンド・ハードに加入してから、彼とシムズの繋がりが生まれ、それは三十七年間にわたって継続した。コーンとズートは一九五七年から、一九八五年にシムズが亡くなるまでの間、何度も素晴らしい双頭バンドを組んだ。

コーンは気の利いた警句を口にすることで知られている。彼は紳士というものをこのように定義している。「紳士とは、アコーディオンの弾き方を知っているが、それを弾かない人間のことだ」。彼はエレファントという名前のデンマーク・ビールをすすめられて、断ったことがある。「私は忘れるために飲むんだ」と言って（象は記憶力の良い動物とされている）。イタリアにいるとき、ある朝二日酔いに苦しんでいる彼に仲間のミュージシャンが、具合はどうだいと尋ねた。「百万リラくらいの気分だ」と彼は答えた（feel like a million dollarというのは「最高の気分さ」という成句。リラはドルに比べてずっと価値が低い）。ひとりの友人が彼に、ユダヤ人の歴史を学ぶために大学に戻ることにしたと言ったとき、彼は尋ねた、「君はいったい何を知りたいというんだ？」。ある夜バーテンダーが彼に尋ねた、「何を差し上げましょう？」。彼は答えた、「余分の一杯だ」（one too manyは「それさえなければ」という後悔の対象になるとどめのひとつのこと）。二十四人のマンドリン奏者と一緒のレコーディングを終えたあとで、一人の友人が彼に尋ねた、「いったいどこであれだけの人数を見つけることができたんだろう？」。「そうだな」とアル、「今日いちにち、ジャージー・シティーで君がヘアカットをすることはできなかっただろうね」（ジャージー・シティーはマンハッタンの対岸にあり、イタリア系移民が多い。イタリア人はマンドリンを好み、理髪店の店主にはイタリア人が多い）。

ハーブ・スチュワードがセカンド・ハードを辞めたのは、バンド内でのドラッグの蔓延に嫌気が差したからだった。楽団メンバーのおおよそ半数が麻薬中毒だったし、アル・コーンがハーブの去った穴を埋めたとき、フォア・ブラザーズの全員が麻薬使用者になった。そしてきわめて危険な状況が作り出された。スタンが語る。

ウディーのバンドで、ある午後にコンサートで演奏したときのことを覚えている。ヴォードヴィルが九つの演し物をやって、芸をする熊がいた。

熊が一匹出てくるんだが、その熊は体長が三メートル近くあったと思う。そしてバンドが登場する。アルト・サックスのリード・プレイヤーであるサム・マロウィッツは、ドラッグもアルコールも一切やらない超真面目人間だが、その隣に二人ずつ控えているのが、サージ・チャーロフとズート・シムズ、アル・コーンと僕だ。四人とも完全に飛んじまっている。熊は訓練士と一緒に芸をしているんだが、ある時点でこちらにやってきて、サックス・セクションの頭上に、腕をぐいと伸ばした。熊はそこで我々五人全員をなぎ倒すこともできたはずだ。でもそのとき身を低くしてよけたのはサム・マロウィッツ一人だけだった。あとの四人はばっちりラリっていて、熊が目の前に来たことすら気がつかなかったのさ。

一九四八年にはヘロイン使用は、若いミュージシャンにとってほとんど通過儀礼のようなものになっていた。そのひとつの理由は、チャーリー・パーカーという先例にあった。チャーリー・パーカーの偉大な才能は、すべてのジャズ・ミュージシャンたちにとって誘導灯のような役目を果たしていたが、彼が筋金入りのヘロイン中毒であったという事実は、ミュージシャンたちを麻薬使用へと走らせる強い要因となった。もしアンリ・マティスがヘロインの常用者だったら、多くの若い画家たちはそれに手を伸ばしていたことだろう。

麻薬の売買を内部で取り仕切り、中心人物となっていたのはサージ・チャーロフだった。彼はＷ・Ｃ・フィールズが酒浸りだったのと同じくらい、ヘロインに浸かりきっていた。ウディーが語る。

セカンド・ハードの中にジャンキーが数多くいたのは公然の事実だった。それがステージの上でシリアスな問題になったことはなかったが、ときどき誰かがバスに乗り遅れたり、時刻通りにギグに姿を見せなかったり、というようなことはあった。しかしドラッグのせいで、彼らの演奏能力が落ちたりはしなかったと思う。だからこそ私はできる限りそれについては我慢していたんだ……。

バスの中では、麻薬をやっている連中は彼らだけで固まっていた。サージ・チャーロフは毛布を垂らして車内を二つに区切り、バンドの他の連中から見えないようにして、奥の方で薬物を配っていた。

　麻薬の問題に私は頭を悩ませていたが、私にとってより重要なのは良い音楽を作り出すことだった……『おまえはドラッグをやっているな。うちの楽団からとっとと出て行け』と言って、それでものごとが解決したり改善されたりという例を私はひとつとして知らない。もし誰かが優れた能力を持っているのなら、彼にはその能力を示すチャンスが与えられなくちゃならない。

　一度、ドラッグのせいでサージの演奏がだらけていたとき、ウディーが彼を怒鳴りつけたことがある。そのあと彼らはアフターアワーズのバーに行った。そこで起こったことをウディーが語る。

　みんなそのバーでぐでんぐでんに酔っていた……そして最後には私も二杯ばかり飲んだ。そこは暑くて、私は汗をかいていた。誰かが私の身体に両手を置き、こう言うのが聞こえた。『よう、ウディー、ベイビー、あんたなんでおれにそんなひどい口をきくんだ？　おれはストレートだぜ、ベイビー、おれはストレートだ』、そしてそれはミスタ・チャーロフだった……我々はそこでぎゅうぎゅうに押し込まれていた。そして私は……サージの脚に小便をかけていた。

　ウディーはとうとうサージに愛想が尽きて、彼をクビにしようとした。バンドがチャールズ川を見おろすボストンのダンス・ホールで仕事をしているときのことだ。休憩時間にサージはウディーを、川を一望できる窓際に連れて行って、言った。「あそこに何が見えるね、ウディー？」

「たくさんの水だ」

「もっとよく見ろよ」

「そうだな」とウディーは言った。「ゴミがいくらか浮かんでいるようだ」

「あのゴミはね」とサージは言った。「アレンジメントのバリトン・パートなんだよ。だからあんたにはおれをクビにできないのさ。あの譜面をそっくり暗記しているのは、なにしろこの世界におれ一人しかいないからね」。そうしてサージはクビになることを免れた。

一九五五年にサージはようやく麻薬中毒から抜け出し、彼の将来はとても明るくなったように見えた。しかし一九五六年に見事なＬＰのレコーディングをおこなったあと、不治の癌に冒されてしまった。一九五七年七月に三十三歳の若さで亡くなる直前まで、彼は果敢にも車椅子の上から演奏を続けた。


一九四八年の初頭、バンドは西海岸に留まった。ユニヴァーサルで短い映画を撮ったあと、〈パラディウム〉で六週間にわたって演奏をしたのだ。演奏契約は三月十五日に終了したが、ＣＢＳがラジオ中継したおかげで聴衆の層がぐっと広がった。そのあとバンドは東部に向かい、そこに七ヶ月のあいだ腰を据えた。

スタンとベヴァリーはロサンジェルス近辺に住んでいるあいだ、一つの場所に数週間以上滞在したことは一度もなかった。しかしベヴァリーは妊娠していたし、二人は安定した住居を見つけようと決心した。ベヴァリーが妊娠している期間を二人は一緒に過したかった。だから二人はハードと共に東海岸に戻ってきて、ニューヨークのクイーンズにあるカンブリア・ハイツに小さなアパートメントを借りた。

四月二十日に、セカンド・ハードがニューヨーク〈ホテル・コモドア〉での演奏の幕開けをおこなったとき、〈ダウンビート〉は、それを報じる記事に「ウディー・ハーマン、見事な成功と共にニューヨークに帰還」という見出しをつけた。このときもずっと録音ストライキは続いていたので、この長期契約演奏のあいだバンドがどんな演奏をしていたのか、四度にわたる米軍放送出演のエアチェックを聴く以外に、我々がそれを知る手だてはない。そのひとつにおいては、ジェリー・マリガンの作曲した『エレベーション』で、スタンが実に絶妙な、流れるような二コーラスのソロをとる様子が捉えられている。

ハードは〈コモドア〉からそのままブロードウェイの〈キャピトル・シアター〉へと移った。そこでバンドは、ヴァン・ジョンソンとジューン・アリソン主演のお気楽なコメディー映画『逃げた花嫁』との組み合わせで、五月二十日から六月十七日まで演奏をすることになった。このステージではヴォードヴィルのちょっとした演芸があった。それはミュージシャンがハチャトゥリアンの『剣の舞』を編曲した音楽を演奏し、ボール紙で作ったナイフを振り回し、それぞれの背中に突き立てるというところで終わった。〈キャピトル・シアター〉でのギグの期間、ビル・ハリスがトロンボーン・セクションに復帰し、七月半ばにはベースのチャビー・ジャクソンが戻って、バンドは更に強力なものになった。

ボブ・ゲッツはイースト・ブロンクスから逃げ出してきて、楽屋でバンドの連中と仲良くしていた。そしてその興行の終わり近くになって、スタンは弟のために〈キャピトル・シアター〉の案内人の仕事をみつけてやった。彼はその仕事を数ヶ月続けた。ボブ・ゲッツは回想する。

僕は小さなぴたりとした制服に身を包み、「いちばん良いお席におつきになるには、正面の広い階段を上って行かれるのがよろしいかと存じます」みたいなことを言うんだ。何度も何度も何度も。それが僕の仕事だった。あの手の劇場は宮殿のように豪華だったね。

そのしばらくあとで、ボブはサージ・チャーロフとスタンからドラッグを教えられる。

僕は彼らが演奏するのに同行して、アシュベリー・パーク（ニュージャージー州）に行った。ある日の午後、スタンは忙しくしていて、たまたま出会ったサージが僕を映画に連れて行ってくれた。バルコニー席に座ると、彼はパイプを出してマリファナを吸い出した。それが何なのか僕は知らなかった。しかし二口ほど吸って、それが何か普通ではないものだということがわかった。

僕は怖くなった。急いで帰って、スタンにそのことを話した。彼はベヴを見て言った。『なあ、ボブ、そろそろおまえに人生の事実を教える時期がやってきた（子供に性的な知識を与えることを意味する慣用的表現）』、そして僕をターンオンさせた。それが僕にとっての最初のマリファナ体験だった。そしてその数ヶ月後に最初のヘロインの味を覚えたが、それはスタンから教えられたわけではなかった。

ベヴァリーの妹のボビー・バーンは六月に高校を卒業すると、カンブリア・ハイツのスタンとベヴァリーのところにやってきて、一緒に住むようになった。そしてすぐにマンハッタンに仕事を見つけた。夕方になると彼女はしばしばスタンを車に乗せて、マンハッタンの仕事場まで送っていったり、迎えにいったりした。スタンが麻薬のせいで、車を運転しながら眠り込んでしまうのではないかとベヴァリーが心配したからだ。

　東部と中西部での一連のワンナイターのあとで、セカンド・ハードは十月二十四日にニューヨークに戻ってきた。ブロードウェイの四十七丁目と四十八丁目の間にある〈ロイヤル・ルースト〉という騒がしい地下のクラブでの長期契約公演があったからだ。〈ロイヤル・ルースト〉はもともとはフライド・チキンを売る店として始まったのだが、一九四八年春にビバップの殿堂に生まれ変わった。プロモーターのモンテ・ケイと、ＤＪの「シンフォニー・シド」・トーリンが毎週コンサートを催し、バードやマイルズ・デイヴィスやデクスター・ゴードンを出演させたからだ。コンサートはとても人気を博したので、オーナーは店を、週に七日ジャズを演奏するクラブに変えることにした。

　シンフォニー・シドは疲れを知らぬビバップの布教者であり、自らを「オール・ナイトで狂いまくる」男と名付けていた。彼は毎週金曜日のクラブにおける一時間のライブを、ＷＭＣＡ放送局での自分のディスクジョッキー番組に組み入れていた。リモート・マイクを店に据え付け、シド自身はスタジオにいて、そこからすべての演奏を中継放送したのだ。一九四八年四月から、彼らがもっと大きな〈バップ・シティー〉という店に引っ越す一九四九年四月までのあいだ、彼とケイは〈ロイヤル・ルースト〉に、バード、ディジー、プレス、マイルズ・デイヴィス、ケニー・クラーク、マックス・ローチ、カウント・ベイシー楽団、デクスター・ゴードン、フリップ・フィリップス、ダイナ・ワシントン、エラ・フィッツジェラルドといったスターを送り込み続けた。

　シドはニューヨーク訛りの深いバリトンの声を持っていた。そして彼の放送にはあちこちにイディッシュの語法がちりばめられていた。ダイナ・ワシントンは彼にとっての「ぶっとび」な人であり、また彼は「気をつけてくれよ。おれはセファルディ人みたいに凶暴になっちゃうからな（セファルディはスペイン・ポルトガルに住むユダヤ人）」と言ってルールを守らない聴衆を脅した。彼のコマーシャルはどこまでもヒップなものだった。「もし運命が君に引導を渡すようなことがあったなら、迷うことなくサンシャイン葬儀店にいらっしゃい。君の遺体はとても丁寧に敬意をもって扱われます。そしてサンシャインのキャットたちは、びっくりするような請求書を君に送りつけたりはしませんよ」

　彼はいつもアーティストたちを、プレスが彼のために書いた『ジャンピン・ウィズ・シンフォニー・シド』という曲の旋律に合わせて紹介した。そしてこんな風にしゃべった。「我々はマイクロフォンを、バップが立てたおうち〈ロイヤル・ルースト〉に降ろします。そう、そこはメトロポリタン・ボペラ(Bopera)ハウスであります。そこでは音楽は、心底ノックアウト的にご機嫌であり、あなたは朝の四時まで広々と羽を伸ばし、純粋にススンだ音楽の、ぶっちぎりのサウンドをしっかりディグできちゃうのです。まず最初はウディー・ハーマン、かの高名なるセカンド・ハードの演奏する『グーフ・アンド・アイ』だ」

　ジャズの世界におけるハーマン楽団の評判は高まる一方だった。そしてオープニング・ナイトの〈ロイヤル・ルースト〉はミュージシャンたちで混み合っていた。ハードのエンゲージメントはディジーのビッグバンドのあとを引き継いでいたので、ディジーとスタン・ケントンと、ケントン楽団のほとんどのメンバーが観客の中にいた。それらの大物の混じった観客を前に、ハードは派手に火花を散らし、その創造性はまさにピークに達した。〈ダウンビート〉の見出しはこうだ。「ハーマン・ハードに弱点なし。見事きわまりないパフォーマンス」。評者はこのように記している。

　このバンドを聴くにあたって最も感嘆すべきことは、ひとつのバンドがこれほどパーソナルな熱烈さを聴衆に向けて差し出すとき、それに匹敵する例を見つけようと思ったら、一九三八年のニューヨークの〈フェイマス・ドア〉におけるカウント・ベイシー楽団のオープニング・ナイトまで遡らなくてはならないということである……何といっても目を引くのは、ワシントン出身のドン・ラモンドの見事なドラミングだ。若いバップ・ヴァイブラフォン奏者テリー・ギブスは、そのアイデアとテクニックの、まさに髪の毛が逆立つような展開を見せ、高い前評判を裏切ることは決してない。ビル・ハリスはいつもながら見事なトロンボーン演奏を聴かせる……サックス・セクションはサージ・チャーロフのバリトンと、スタン・ゲッツのハードな音質のスタッカートを活かしたアイデア溢れるテナー演奏がペースを設定するが、それはアイデアに満ちているというだけではなく、コンセプションの統一性を保持しており、それが彼らの演奏にリズミックな風味を与えている。

セカンド・ハードは、一九四八年十一月二十四日までの四週間半にわたる〈ルースト〉でのギグの期間に、その芸術的頂点に達した。バンドは批評の絶賛に加えて、三人の優れたソロイストを獲得していた。九月にはヴァイブラフォンのテリー・ギブスと、ピアニストのルー・レヴィーを、そして十月にはトランペッターのレッド・ロドニーを。そして一年にわたって一緒にプレイしてきたことで、グループの結束力は固いものになり、演奏するすべての曲に「どうだ！」という自信が満ちていた。ロドニーは回想する。

　どの団員をとりあげても、それは実に偉大なバンドだった。ひとつひとつのセクションが文句なしに見事だった。ソロイストも、その精神性もね。バンドにはスピリットが溢れていた……そして連帯感があった。友情もね……音楽的には、我々は他のみんなを楽にカットできた（打ち負かせた）。我々の近くに寄ったどんなバンドだってね。我々は自分たちに誇りを持っていた。うちはウディー・ハーマン・バンドなんだぜ。おれたちに比べられるものなんてありゃしないってね。

録音ストライキはなおも続いており、我々がこのバンドの創造性の例証として耳にできるのは、五度のシンフォニー・シドの番組と、三度のＣＢＳの番組のエアチェックだけだ。

　スタンはゆっくりした曲でも速い曲でも、成熟したリリカルなソロを聴かせ、衆に抜きんでている。ウディーは全員に自由に演奏する機会を与えている。というのは録音スタジオにいるときのように、七十八回転ＳＰの演奏時間三分という制約に囚われずに済んだからだ。『キーパー・オブ・ザ・フレイム』のあるヴァージョンでは、なんと十二人の異なったミュージシャンに十三回のソロの機会を与えている。

　〈ルースト〉のオープニングのあとのある日、彼は〈シッティン・イン・ウィズ〉というほとんど無名のレーベルで、クインテットのもぐりのレコーディングをおこなっている。サイドメンにはパーカーのピアニストであるアル・ヘイグ（スタンは彼をこの世界でいちばんの伴奏者と呼んだ）とギタリストのジミー・レイニーが入っている。彼らが吹き込んだ曲のひとつに『ダイアパー・ピン（おむつどめのピン）』がある。最初の子供がすぐにでも生まれそうなその時期にスタンが書いた曲だ。その三日後の一九四八年十月二十八日にスティーヴン・ポール・ゲッツが、マンハッタン・イーストサイドのミセリコーディア病院で誕生した。

　ベヴァリーとスティーヴンは病院からカンブリア・ハイツに戻ってきたが、そこにはボビー・バーンとボブ・ゲッツが住み込みのベビー・シッターのようなかたちで待機していた。ボブは高校をドロップアウトして、三年半に及ぶヘロイン中毒の生活に入ったところだった。そして一九四七年と四八年のあいだに、ベヴァリーもまた麻薬を用いるようになった。ボブはその情景を語る。

　子供が戻ってきたとき、僕はスタンを待っていた。というのは、彼はロードに出ているか、あるいはクラブで夜遅くまで仕事をしているか、どちらかだったからだ。僕はよくそこで暮らしていた。どこだってかまわない、ブロンクスから抜け出して、母親や父親の手の届かないところにいたかったからさ……

　僕らは麻薬を共有していた……僕はなにしろ童顔だったから、よくハーレムに、みんなの分の麻薬を買いに行かされたよ。僕はジッパー付きの赤いクラブ・ジャケットを着て、まるで聖歌隊の少年みたいに見えたよ……

うちの両親はスタンが麻薬をやっていることをまったく知らなかった。だから僕ひとりが矢面に立たされることになった。ある夜、眼の玉を膨らませて家に帰ると、母親に思い切りぶたれた。母は言った、「おまえ、クスリをやっているね、このやくざもの」。そして僕のことをぶったんだ。「お兄さんを見なさい。あの子のまわりには、クスリをやっている連中がうようよしているけど、そんなものには手を出さないじゃないか」

ベヴァリーは僕のいちばんの友だちだった。彼女のことは好きだったな。


ボブと両親との間の問題は、アルの仕事が自滅的に駄目になったせいで、余計に面倒なことになった。一年前のことだが、アルがカリフォルニアから戻ってきたあと、アルは弟のベニーともう一人の人物と共同で、小さな印刷会社を立ち上げていた。商売はうまく行かず、一九四八年の末にかけて売り上げはどんどん落ち込んでいった。ベニーは一日に十時間、必死に注文をとってまわるような人間だったから、他の二人が力を尽くして真剣に働かないことに対して、常々不満を抱いていた。とりわけ忙しかったある日、彼がくたびれ果てて事務所に戻ると、アルともう一人の共同経営者は昼日中からカード・ゲームをして遊んでいた。そこですべては終わった。ベニーはかんかんに怒って、会社を即刻解散する手続きをとった。そうしてアルは時間給で働く一介の労働者に逆戻りせざるを得なくなった。

アルとボブのおかげで生じた心労のために、ゴールディーの上半身がときどき硬化した。ボブ・ゲッツはその出来事を記憶している。


神経がひどく高ぶると母はそういう状態になることがあった。一度こんなことがあった。僕が十六歳の頃だったと思うけど、僕らはそのときキャッツキルに出かけていた。医者がやってきて、母の様子を見てこう言った。「もうよしなさい、ゲッツさん。もうよしなさい、ゲッツさん」と。僕は思った、「何を言っているんだ、この男はいったい」と。すると母はそれをよした。そのとき僕には初めてわかったんだ。母は精神的なストレス障害に陥っていたんだと。それまでは、高血圧のせいだと思っていたんだけど。

〈ルースト〉でのエンゲージメントが十一月後半に終了したとき、ハードがツアーに出たので、スタンも家族と数ヶ月のあいだ離ればなれになった。バンドの最初の落ち着き先はハリウッドの〈エンパイア・ルーム〉、それはウディーのためにつくられたクラブだった。というのは、〈パラディウム〉を初めとする南カリフォルニアの他の会場は、ホリデー・シーズンのためにすべて既にブッキングが決まってしまっていたからだ。ウディーのマネージャーは、ディスクジョッキーでありプロモーターでもあるジーン・ノーマン（スタンはその前年に彼のために演奏をしたことがあった）と協議をして、ヴァイン・ストリートにひとつ場所を見つけた。それまで〈ハリウッド・ブレクファースト・クラブ〉として営業していたところだ。彼らはその店をきれいに改装し、〈エンパイア・ルーム〉と名前を変え、十二月七日にオープンした。ジーン・ノーマンの回想。

まるで息を引き取って、天国に召されたような気分だった。そのバンドが毎晩目の前で聴けるなんてね……大晦日の夜の演奏はアメリカ全土に放送されたよ。そりゃ、実にスリリングだったね。私はそのときまだ二十代の半ばだった。なのに自分のナイトクラブを構えて、そこにウディー・ハーマンのバンドが出演しているんだ。

エヴァ・ガードナーは少し前にアーティー・ショーと離婚しており、既に有名女優になっていたが、セカンド・ハードの大ファンになった。彼女はスタンに気があったのだが、彼は麻薬の調達に忙しすぎて、彼女に目をくれているような暇はなかった。テリー・ギブスが語る。

エヴァ・ガードナーはスタンの追っかけをしていた。スタンは〈エンパイア・ルーム〉ではいつも彼女から逃げ回っていたよ。彼女は毎晩のようにやってきて、スタンをつかまえようとした。彼は彼女の方にやってきて「ヘロー」と言うんだが、目の端の方では友だちの姿を捉えると、すぐにその友だちの方に行っちゃうんだ。エヴァをあっさり置き去りにしてね。

芸術的には成功を収めていたものの、セカンド・ハードは商業的にはぱっとしなかった。それには三つの主要な理由があった。まずだいいちに、これまでビッグバンドを支えていたマーケットの基盤が崩れ始めていた。音楽を聴いていた人口の多くが郊外へと移住し、テレビを観るようになり、新車に乗ってアメリカの田舎を探索するようになった。ベニー・グッドマンは彼にとって最後の常設バンドを率いていたし、トミー・ドーシーやハリー・ジェームズやジーン・クルーパや、他の多くの有名なリーダーたちは既に楽団を解散していた。もうひとつは録音ストライキだ。そのおかげで、ハーマン楽団の団員たちはもう一年近くスタジオ入りをしておらず、聴衆にアピールする機会は限られていた。そして最後に、ニューヨークのようなヒップな一部都市を別にして、一般大衆にはビバップを全面的に受け入れる用意はまだできていなかった。ウディーが説明する。

『アップル・ハニー』を理解できたオーディエンスも、『レモン・ドロップ』や『フォア・ブラザーズ』は理解できなかった。音楽的にはビバップ路線は素晴らしい成果をあげたが、ビジネス的にはこれまでで最悪だった。それらの曲はあまり受けなかったんだ。リスナーのほんの僅かの部分を別にしてね。一九五〇年代の半ばまでは、ということだが。

〈エンパイア・ルーム〉のバンドの幕開けは盛大だったが、エンゲージメントが終わりに近づくにつれて、売り上げは尻すぼみになっていた。

録音ストライキは十二月十四日に解除され、ストライキの前にコロムビアで録音していたウディーは、もっと条件の良いキャピトルとすぐさま録音契約を結んだ。それを祝うべくセカンド・ハードは、クリスマスの日にハリウッドのＹＭＣＡで、キャピトル・オールスターズを相手にバスケット・ボールの試合をおこなった。ハードは四十九対三十一で敗れたが、スタンはゴールを三つ決めた。

一年にわたってレコーディングから干されていたハードは、待ちきれない思いで十二月二十九日と三十日にキャピトル・スタジオに入った。彼らは六曲を録音し、そのうちの三曲はヴォーカル入りだった。バーンズが実に美しくアレンジしたエリントンの『アイ・ガット・イット・バッド』では、メアリ・アン・マッコールのハスキーでいかにも繊細な声に焦点があてられている。ウディーの歌うコミカルな曲、『もう若くはなれない（I Ain't Gettin' Any Younger）』、そして火の出るようなビバップ・ナンバー『レモン・ドロップ』には、ギブスとジャクソンとロジャーズがトリオで、歌詞のないヴォーカルをつけている。

ショーティー・ロジャーズの作曲した、二つのシャウトするアップテンポの器楽曲で、スタンは卓越したソロをとっている。ラモンドとジャクソンによって、バンドはぐいぐいと否応なく前に引っ張られていく。ブルーズ曲『ザッツ・ライト』と、古い曲『新しい恋人をみつけた（I Found a New Baby）』のコード進行で書かれた新曲『キーパー・オブ・ザ・フレイム』だ。

そのセッションの六曲目で、スタンはジャズの不滅の名作を産み出し、それはあっという間に大ヒットした。『初秋（Early Autumn）』だ。数ヶ月前からスタンはウディーに頼み込んでいた。自分のバラードの技量を存分に発揮できるショーケースのような新しい曲がほしいのだと。そしてウディーはラルフ・バーンズにその作曲の役目を与えていた。一年ばかり前、『サマー・シークエンス　第四楽章』の終わり近くでのスタンのソロが録音されたあと、ラルフはフォア・ブラザーズに、みんなの心に貼り付いて残るような、艶やかで美しい一連のメロディーを演奏させていた。それが『初秋』の主要旋律になった。AABA形式のAの部分だ。その曲がフォア・ブラザーズによって提示されたあと、ウディーとテリー・ギブスが短い即興のソロをとった。

それからスタンが進み出て、これまでのアメリカのポピュラー音楽において、ロマンティックな憧れが最も美しいかたちで表現された演奏のひとつを、そこに繰り広げた。すべてが完全にひとつに収まった。彼の愛撫するようなサウンド、いつまでも耳について離れない即興メロディーの創造、彼のリラックスした見事なリズムのあしらい。そのソロは、戦後アメリカのロマンティックな幻想と力強く結びつき、スタンをスターダムへとのし上げていくことになった。

『初秋』はライブの聴衆のあいだであっという間に人気を呼んだが、レコードは数ヶ月あとまでリリースされず、それまでスタンの即興ソロは幅広い聴衆の耳には届かなかった。

その後ずっと人々はスタンに尋ね続けた。あの有名なソロを創り上げたとき、何か特別な霊感みたいなものを感じたのですかと。しかし彼にとってそれはごく当たり前の通常営業に過ぎなかった。


『サマー・シークエンス』第四楽章は我々の前にぽんと放り投げられた、ラルフ・バーンズの書き上げた付け足しだ……そしてぼくのパートにはソロがあった。それから別のレコーディング・デートに『初秋』があった……ラルフはぼくがそこでソロを吹くように指定していた。だからソロを吹いた。ごく普通のレコーディング・デートだよ。

それが何かすごいことだなんて思いもしなかったね。

実を言えば、『サマー・シークエンス』での自分のソロなんて、全人生の中で三度くらいしか聴いたことがない。というのは、自分のレコードを持っていないからさ。そこでどんな演奏をしたか、ぜんぜん覚えちゃいない。

『初秋』は聴いたよ。しょっちゅうラジオでかかっていたからさ。いやでも耳に入る。あれは悪くない。良いソロだ。でもさっぱりわからないな。あれがそんなに世間を騒がすことになったなんてね。ぼくにしてみればいつもと同じバラードのソロだ……ぼくの音楽は演奏され、そして忘れられていくものなんだ。


オーディエンスはそれを愛した。そして彼らはそのハンサムな若いテナー奏者の音楽をもっと聴きたがった。スタンはすぐにハードのソロイストの中で、「ひとつ抜きんでた」存在になった。テリー・ギブスの回想。

ウディーは頭の良い男だ。そして適材を適所に置くのが、頭の良いやり方だ。誰がオーディエンスを沸かせられるか。スタンにはそれができた……誰を指名するかというのは、ウディーにとってむずかしい仕事だった。さて誰にソロをとらせるか？　テナー・サキソフォンで誰かにソロをとらせるかとなると、実に迷うところだ。でもとにかく誰か一人を指名して、ソロをとらせなくちゃならない。スタン・ゲッツはヒットを飛ばしていた……だから彼はスタンを指名した。

〈エンパイア・ルーム〉でのエンゲージメントの間にチャビー・ジャクソンが結婚した。そして間もなく一月三日にその仕事が終了すると、彼はバンドを離れ、ロサンジェルスに定住することにした。後釜として、以前エリントン楽団にいた辣腕のベーシスト、オスカー・ペティフォードが入ってきた。一月にジミー・ジュフリーがとうとうブラザーズの一員になった。ズート・シムズが退団してバディー・リッチの楽団に移ったからだ。ジュフリーが加わって間もなく、彼とブラザーたちはディジー・ガレスピーと初めて共演することになった。ディジーとハードは雪嵐のためにソルトレイク・シティーに足止めされていた。そしてディジーのグループはデンヴァーに釘付けになっていた。ディジーはうちのバンドを使わないかというウディーの申し出を受け、二人は共同でバンドを指揮した。そのようにして仕事の穴をあけずに済んだ。

〈メトロノーム〉の一九四八年度の人気投票の結果は一月に発表され、スタンは初めてそこに名を連ねた。十位だった。ズート・シムズとアル・コーンはそれぞれ十七位と二十七位だった。ホーキンズ派のテナーで、ジーン・クルーパの楽団で名を上げたチャーリー・ヴェンチュラが首位に輝いた。バンドはケントンとガレスピーのユニットに次いで三位だったが、楽団メンバーの二人、サージ・チャーロフとビル・ハリスは首位に輝いた。ウディーは「今年度のカムバック賞」をとった。

二月の半ばで、スタンはもう十八ヶ月近くハードと行動を共にしていることになった。他のどのバンドにいたより長い期間だ。彼は巡業続きの生活に疲れていた。そしてヴァレンタイン・デーに彼はすさまじい交通事故を目にして、震え上がってしまった。それもあって彼はハードを退団しようと決心した。スタンは何年もあとでその事故のことを回想している。

妻は最初の子供を産んでいて、ぼくはロード生活をやめたかった。ウディーと一緒にもう二十一ヶ月も旅行して回っているんだ。妻と一緒に生活し、ニューヨークで仕事をしたかった。他にまあいろいろ。

しかしぼくをそういう気持ちにさせたのは、シカゴを出たすぐあとに起きたことだった。我々はイリノイ大学アーバナ・シャンペーン校で演奏をすることになっていたんだ。それはナット・コールと組んだツアーの最初の夜だった。寒い寒い日で、そこまで行く道路は方々で凍りついていた。みんなはバスで移動していたが、ラルフ・バーンズは黄色いフォード・コンバーティブルの新車を持っていて、彼とサージ・チャーロフとぼくはそれに一緒に乗っていこうということになった。

しかしフォードは凍結した道路をうまく進めなかったので、我々は小さな町で車を停め、バンドのマネージャーに電話をかけなくてはならなかった。彼は、セント・ルイス行きの急行列車がその小さな駅に臨時停車するように手はずを整えてくれた。そうすれば仕事に遅れずに済む。

列車は停止するのに半マイルばかりを要した。そしてその列車に乗車したとき、車内の全員が我々のことをすごく嫌な目で見ていることに気づいた。ラルフが少しあとで聞き込んできたのだが、どうして列車が停止したのかブレーキ係が不審に思って下車したとき、氷で足を滑らせて転倒し、普通列車の車輪に轢かれてしまったのだ。首が切断された。彼はあと二週間で退職することになっていた、というような話だった。

うん、その話を聞いたとき、ぼくの中で何かが持ち上がった気配があった。ひどく気分が悪くなり、気持ちが落ち込み、もうこんな暮らしは辞めようと心を決めた。

スタンは一九四九年三月末にハードを退団し、ニューヨーク近辺でフリーランスの仕事をするようになった。彼はスモール・グループを組み、何枚かの素晴らしいレコードを録音した。ギブスやロジャーズやシムズやコーンやレイニーといった、ハーマン楽団時代の同僚が一緒だった。そしてカルテットやセクステット編成では、ピアニストにアル・ヘイグを用いた。そのほとんどを、若い熱心なジャズ・ファンであるボブ・ワインストックがプロデュースし、うちの一曲『ロング・アイランド・サウンド』がヒットした。シンフォニー・シドが自分のDJ番組で強力にプッシュしてくれたおかげもあった。

批評家のロレン・シェーンバーグとダン・モーゲンスターンとの間のこの対話が示しているように、『ロング・アイランド・サウンド』セッションにおけるスタンの演奏はことのほか見事なものだった。

シェーンバーグ　　サキソフォンの名人芸というのがどういうものか、君はきっと頭の中にイメージを持っているだろう。しかしこういう「重量級ではない名人芸」というのは、初めて目にするんじゃないかな。どうだというような、これ見よがしな名人芸じゃないんだ。見ての通り、彼はとてもふわりとして軽い。それでいて速いパッセージなんかになると、ぴしっときつく鞭がきいている。驚くべきことだよ。

モーゲンスターン　　彼はとてもリラックスしている。なのにその楽器を隅々まで、驚くほど強固に統率している。真の名人と言うべきだろう。またそれと同時に、彼は常に物語を語っている。そして常にスウィングしている。メロディーをプレイしながら、歌っているんだ。

録音の機会は潤沢にあったが、クラブでの安定した仕事を見つけるのは難しかった。スタンはメイデー・パレードのバンドの仕事まで引き受けた。それはタフなギグだった。というのはグループは右翼の連中にそしられたからだ。スタンは語る。

ぼくは十ドルを必要としていた。人々はぼくらに木ぎれを投げつけ、唾を吐きかけた。バンドは三十四丁目通りをやってきて、右折して八番街を進まなくちゃならなかったんだが、そのときまでにバンドはずいぶんひどい仕打ちを受けていたもので、トランペット奏者は、他のみんなが右に曲がったのに、一人だけそのまままっすぐ進んでいった。「もう十ドルなんていてるもんか」と言ってね。

スタンはエキサイティングなオールスター・ビッグバンドを組織した。ズート・シムズ、ジェリー・マリガン、トミー・ポッター、ロイ・ヘインズ、傑出したトロンボーン奏者で作曲家のジョニー・マンデル、パワフルなビバップのピアニストであるビリー・テイラーなどがそこに含まれていた。しかし彼らが手にできたまっとうな出演契約といえば、八月一週間のニューヨーク〈アポロ・シアター〉出演だけだった。このグループをリードできたことを、スタンはいつも特別な栄誉として語っていた。

経済状態に恵まれなかったために、それ以来二度とビッグバンドを組織できなかったが、彼にとってそれはきわめて心残りなことだった。生涯を通して、スタンがなにより好きだったのは、スウィンギングなリズム・セクションに後押しされ、突撃するトランペットやトロンボーンに取り巻かれ、サックス・セクションの一員として思い切りブロウすることだった。どこかでビッグバンドと遭遇するたびにスタンはバンドリーダーに、飛び入りで吹かせてくれないかと頼み込んだものだった。亡くなる二年ほど前に、もしひとつだけ夢が叶えられるとしたら、どんなことを願いたいかと尋ねられたとき、彼は答えた。「自分のビッグバンドを持って、ファースト・クラスで巡業したいね」

スタンの困窮の時代は、ハーマン時代に録音した『初秋』が七月にレコード発売されたときに終わりを告げた。そのレコードは急速に人気を集め、八月の末には大ヒットとなった。ディスクジョッキーはひっきりなしにその曲をかけ、人々はレコードを買うために店に押し寄せた。全国の恋人たちがそのメロディーにあわせてスロー・ダンスを踊り、シヴォレーやフォードの車中での愛撫を楽しんだ。

スタンはあっという間にスターダムにのし上がった。スタンのもとには出演依頼がどっと舞い込み、実入りの良いギグが続けざまにブッキングされた。彼が選んだフォーマットは馴れたカルテット——ホーンのソロイスト、ピアノ、ベース、ドラムのリズム・セクションという構成だった。

ほどなく彼はレヴィットタウンに最初の家を買った。典型的な戦後の郊外住宅だった。引っ越しのあとも、弟のボブはイースト・ブロンクスから脱出し、しばしば兄夫妻の家に泊まりに来た。しかしベヴァリーの妹のボビーはそこを出てマンハッタンにアパートメントを借りた。

ウディーが財政的損失を出して、オクラホマ・シティーでの十二月四日のコンサートを最後に、セカンド・ハードを解散しなくてはならなかったという知らせを聞いて、スタンは悲しみを覚えた。それは二年間にわたる生命を終え、総額十八万ドルの損失を計上した。

ウディーは新しいエキサイティングなビッグバンドをもう一度立ち上げた。そして一九八七年に亡くなる数ヶ月前まで、それを維持した。第二次大戦期に雨後の筍(たけのこ)のごとく登場した、おおよそ百五十にのぼるビッグバンドの中で、ただ三つのバンドだけが今でも安定した巡業を続けている。ハーマン楽団、エリントン楽団、ベイシー楽団だ。それらの楽団の創始者たちはもう亡くなってしまったが、後進のミュージシャンたちがあとを引き継いでいる。ケントン楽団は彼が亡くなった一九七九年まで続いた。ケントンは遺言で、自分の死後楽団は存続させないように言い渡した。

スタンは常にウディーと、自分がその楽団に在籍していた日々のことを懐かしく思い出していた。

ウディーはぼくらにずいぶんよくしてくれた。ぼくがその下で働いたバンマスの中では、たぶんいちばん公正な人だったな。エゴを持たず、民主的だった……人をまとめることにかけてはとても優れていた。そしていったんまとめ上げると、それぞれのミュージシャンの音楽的パーソナリティーをどうやって伸ばしていけばいいか、そのへんをちゃんと心得ていた……彼はそこに立って、優秀なミュージシャンがプレイするのをうっとりと聴いているのが好きだった……あれはぼくがプレイした中では最高のバンドだったね。驚くほど高い音楽性を持ち、そしてまた文字通り抑えのきかない若い雄馬たちの群れ(ハード)だった。そんな馬たちの手綱をとってコントロールするなんて、ウディーの手には余ることだった。

ニューヨークの〈バードランド・クラブ〉の、十二月十五日のオープニングで演奏するように招待されたことは、スタンがジャズ界のエリート入りしたことを示すひとつの証拠となっている。レスター・ヤングとチャーリー・パーカーが出演しているショーに彼も参加したのだ。パーカーの名を冠した、〈バードランド〉は、自らを〈ジャズ・コーナー・オブ・ザ・ワールド〉と称し、もともとは八月に店を開く予定だったのだが、オーナー（〈ロイヤル・ルースト〉、後には〈バップ・シティー〉の経営者と同じ人物）が酒類販売許可をなかなかとれず、そのためにお披露目は十二月まで延びてしまった。〈バードランド〉はブロードウェイの五十二丁目と五十三丁目の通りの間にある、地下の広い店だった。今ではそこは小洒落たストリップ劇場になっている。そこは〈ロイヤル・ルースト〉や〈バップ・シティー〉よりも大きく、法定の収容人員は二百七十三人だったが、混んだ夜にはずっとたくさんの客を詰め込んだ。

階段を半分ほど降りたところにある切符売り場で、観客はまず九十八セントを払って店に入り、それから懐具合と相談して、三つに分かれたセクションのどこに行くかを決める。左手の壁に沿ったバーに行くなら、少なくとも一杯の飲み物を注文しなくてはならない。部屋の反対側にはテーブルとブース席が並び、そこに座ればカバー・チャージが付いて、飲み物のほかに南部の田舎風（ダウンホーム）に調理された、上等とは言いがたい料理を注文することができる。リブとかチキンとか、その手のものだ。真ん中にステージがあり、ステージとバーとの間は「ブリーチャーズ（簡易観覧スタンド席）」になっており、そこでは最初に払った九十八セントだけで、一晩中音楽を聴いていられる。しかしその数少ない席を確保するには、早いうちにやって来る必要がある。たいていの「ブリーチャー客」は立って音楽を聴いている。

店の壁はジャズの巨人たちの、人目を引く等身大の白黒写真で覆われている。パーカーやガレスピーや、そんな人々だ。そしてオープニングの夜には、いくつものかごに入れられたカナリアたちがバーの背後にいた。立ち込める煙草の煙のせいで、鳥たちは数週間しか生き延びられなかったが。

クラブの奥の方にあるガラス張りのブースにはシンフォニー・シドが陣取り、真夜中から明け方の四時までそっくり、〈バードランド〉からのWJZ局のために放送をおこなった。三時間はレコードをかけ、残りの一時間はステージの模様を中継した。〈バードランド〉の司会者は、ピー・ウィー・マーケットという名前のアラバマ出身のこびとで、特別に広いラペルをつけた緑色のビロードのスーツと、テールつきの真っ白な礼服を好んで着用した。彼はそのシガレット・ライターでよく知られていた。ベーシストで作家のビル・クロウが語る。

ピー・ウィーは当時売り出されたばかりの、ブタンガス・ライターを持っていた。炎が調整できるやつだ。彼はときどきそれを使って、これみよがしに自分の大きな葉巻に火をつけていた。しかし彼がそれをいつも持ち歩いていたのは、主に店の客の便宜をはかるためだった。身長の差をカバーするために、彼は炎の長さを最大限にセットしていた。暗いナイトクラブで口に煙草をくわえたら、腰のあたりから突然六十センチくらいの長さの炎がぼっと立ち上がってくるわけで、これはなにしろ肝を冷やす体験だった。下に目をやると、そこにはピー・ウィーがいて、いかがですかとばかりににやりと笑っている。

ピー・ウィーはガラスが割れそうなくらいきんきんした声の持ち主だった。そして彼は心付けをくれない演奏者の名前を、よく言い間違えたものだった。あるときレスター・ヤングは彼のしつこいせびりに頭にきて、「半分のマザー・ファッカー（half a mother fucker）」と呼んだことがあった。

十二月十五日の野心的なオープニング・ショーは、人気のあるディスクジョッキーのウィリアム・B・ウィリアムズが、聴衆を「ジャズの歴史の旅」に誘うという趣向だった。四つのバンドと三人のソロイストが、それぞれの時代の主要なジャズ・スタイルを披露した。マックス・カミンスキーのディキシーランド・グループがまず先陣を切った。それから最初のソロイスト、カンザス・シティー・ブルーズのシャウターであり、トランペッターでもあるオラン・「ホット・リップス」・ペイジが登場し、カミンスキーのバンドがそのバックをつとめた。そのあとにレスター・ヤング・カルテットが続き、そこにはカミンスキーのバンドのピアニスト、ディック・ハイマンと、ベイシー楽団の名ドラマー、ジョー・ジョーンズが含まれていた。

その次のソロイストはハリー・ベラフォンテだった。まだカリプソ音楽をやり始める前の、ジャズ歌手時代のベラフォンテだ。そのあとに火の出るようなチャーリー・パーカーの演奏が続く。そのクインテットの他のメンバーはトランペットのレッド・ロドニー、ピアノのアル・ヘイグ、ベースのトミー・ポッター、ドラムのロイ・ヘインズだ。

スタンはヘイグ、ポッター、ヘインズを従えて、三人目のソロイストとなった。ハイマンによれば、彼は十分に本領を発揮した。

自分が何をやりたいか、彼にはちゃんとわかっていた。和声の組み立てもまさに完璧で、その長いフレーズは実にゴージャスだった。それもただすらすら並べるだけではなく、常にパッションがたっぷり込められていた。

スタンのあとに登場したのは、その夜最後のグループだった。盲目のピアニスト、レニー・トリスターノの率いるセクステットで、若きサックス奏者のスター、リー・コニッツとウォーン・マーシュがフィーチャーされていた。トリスターノの音楽は濃密な、ビバップの個人的傍流とも言うべきものであり、〈バードランド〉はそれを「一九五〇年代の音楽」と謳っていた。

「ジャズの歴史の旅」は営業的にも批評的にも成功を収め、一九五〇年の元旦まで続けられた。

スタンがジャズ界のトップ・クラスに躍り出たことを示すもうひとつの確かな例証は、クリスマス・イブにカーネギー・ホールで催されたオールスター・コンサートで演奏するように求められたことだった。聴衆はそのまえに口にしたであろう豪勢な食事に引けをとらない、見事な音楽的ご馳走をふんだんに与えられた。シンフォニー・シドと、モンテ・ケイと、評論家のレナード・フェザーによってプロモートされ、シドが司会をつとめたそのコンサートは、きら星のごとき才能をずらりと並べていた。マイルズ・デイヴィス、サージ・チャーロフ、ソニー・スティット、トロンボーンのベニー・グリーン、マックス・ローチ、ベースのカーリー・ラッセル、そして最高のビバップ・ピアニスト、至宝バド・パウエルを揃えたセプテット。スタンはカイ・ウィンディング、アル・ヘイグ、トミー・ポッター、ロイ・ヘインズと組んで演奏した。サラ・ヴォーンと彼女のトリオ。レニー・トリスターノのセクステット。そしてチャーリー・パーカーは自己のクインテットを率いて、彼自身にとっても最高レベルの演奏を繰り広げた。

その音楽は一九八九年に、ばらばらに散逸したテープからようやく一枚のディスクにまとめられたが(Jass-CD-16)、若々しさと大胆さを充満させている。その夜にステージに立ったいちばん年上のミュージシャンであるトリスターノでさえ、まだ三十歳だった。

ゲイリー・ギディンズが一九八九年にこのように記している。

> 一九四九年のクリスマスの夜にカーネギー・ホールから出てきた人々は、いったい何を考えていただろう？　彼らの脚は本当に地面を踏んでいただろうか？　こういうのが永遠に続くと彼らは考えていたのだろうか？

一九五〇年一月の人気投票で、スタンが新しく手にしたスターダムはあらためて確認された。〈メトロノーム〉は彼を一九四九年度の最高のテナー奏者に選出した。そしてリー・コニッツと共に「ミュージシャン・オブ・ザ・イヤー」に選んだ。その雑誌の筆者は熱意を隠すことができない。

> 昨年度のスタン・ゲッツに対する賞賛は圧倒的なものであり、またこの特別号が刊行される本年に至っても、評判は上がるばかりだ。コールマン・ホーキンズの全盛時、そしてそれに続くレスター・ヤングの成功以来、これほど周囲のミュージシャンたちに衝撃を与え、ジャズ・ファンたち

の心と頭にしっかり入り込んだテナー奏者がいただろうか……彼の音楽家としての成長にとって、また仲間のミュージシャンたちやファンたちの彼に対する評価の上昇にとって幸運なことに、彼がリーダーやソロイストをつとめた小編成バンドのレコーディングは、どれも小さなレコード会社でありながら優れた音質を維持し、『初秋』の録音が残した見事な印象を更に推し進めた。

〈ダウンビート〉の人気投票では、前年の十位から一足飛びに二位に上がった。そして彼と、首位のフリップ・フィリップスは、雑誌の主催するオールスターズの二人のテナーに選ばれた。

スタンは二十二歳にしてテナー奏者としてトップの位置に上り詰め、郊外の新築の住宅に住み、美しい若妻と健康な一歳の息子を手にしていた。しかし日々、彼の頭にまず浮かぶのはヘロインの入手先を確保することだった。

## 第七章

# 素敵な一群の人々

一九五〇年代を通して、スタンはフリーランスのミュージシャンとして成功を収めた。数多くのミュージシャンと次々に共演し、様々なフォーマットを試した。リーダーとしても演奏し、ビッグバンドや、リーダーを立てないスモールバンドや、カルテットやクインテットやセクステットのサイドマンとしても演奏した。

一九五〇年には東海岸北部の至るところで演奏したが、再三出演したことのある〈バードランド〉が活動の本拠地となった。そのクラブの持ち主であるモリス・レヴィーは、スタンには客を呼べる力があると確信し、一月六日、自らの新しい会社「バードランド・レコード」のスタジオに彼を連れて行った。レヴィーは他の二人の男たちとそのレコード会社を共同所有していた。

スタンは一月六日にそこで、当時の彼のお気に入りの伴奏者たちと共に録音した。アル・ヘイグ、トミー・ポッター、ロイ・ヘインズというリズム・セクションだ。三人はひとつのユニットとして活動し、チャーリー・パーカーやハリー・ベラフォンテやテナーの新星ワーデル・グレイといったソロイストの伴奏を務めていた。カルテットはアップテンポのビバップ・ナンバーを一曲と、四曲のロマンティックなスタンダード曲を録音した。スタンは一貫してフレッシュでセンシティブな演奏をしたが、『初秋』をかくも思いのこもった切迫したものにした切れ味が、そこには欠けていた。カルテットはまたジュニア・パーカー（本名はアーサー・ダニエルズ）のバックを二曲のバラードでつとめている。彼はパーカーの愛弟子であり、豊かなバリトンの声を持ち、ビリー・エクスタインのような歌い方をした。

四日後にスタンはメトロノーム・オールスターズの一員として、二つのトラックを録音した。その雑誌は人気投票を始めた一九四一年からずっと毎年、ポール・ウィナーを集めたバンドの録音を続けてきた。そしてそのレコードで得た収益は音楽家組合に寄贈され、職を失ったミュージシャンのための基金や、その他のチャリティーにまわされた。ミュージシャンたちはノーギャラで演奏した。

一九四九年度のウィナーたち——そこにはガレスピーとカイ・ウィンディングとリー・コニッツとサージ・チャーロフとレニー・トリスターノとマックス・ローチが含まれていた——は二曲を演奏し、うちの一曲『ダブル・デート』にはスタンがフィーチャーされていた。そのレコードはライバル誌〈ダウンビート〉で最高点を獲得し、評者はこう書いている。「おおかたのオールスター・バンドによる録音とは違って、この二つのトラックは音楽的な意味を持っている。彼らにやる気を出させたことで、〈メトロノーム〉におめでとうと言いたい」

予想に違わず、メトロノームの共編者であるバリー・ウラノフはスタンの演奏について熱烈な筆をふるっている。

これに添えて……達成と進歩の継続する例証についてのコメント。

事項：バードランドにおける、また数週間前のコロムビア（レコード）での我々のオールスター・セッションにおけるスタン・ゲッツの演奏。この何シーズンか、スタンが実に美しいサウンドを出してきたことは、また所属したあらゆるグループを彩り豊かに膨らませてきたことは、誰の目にも明らかだろう。『初秋』における、また『サマー・シークエンス』の最終楽章における彼のソロは、そのタッチがいかに感動的になり得るかを示している。最近の彼はその表現にアイデアを付け加えた。クラブにおける彼のステージと、我々の録音に対する彼の貢献は、耳慣れたメロディー・ラインのありきたりさから離れたところで機能している。一流ミュージシャンを並べたあなたの短いリストに、スタンの名を加えておいていただきたい。

スタンがオールスター・バンドで録音をおこなっている一方で、義兄のバディー・スチュアートは困窮していた。一九四九年夏にバディーはチャーリー・バーネットのバンドを去り、それに続く何ヶ月かを東海岸で一人でなんとか生き延びた。一月の後半に彼はカリフォルニアでギグの予定を入れた。カリフォルニアには妻と息子が暮らしていたが、そこに戻るための旅費がまかなえなかった。

友人であるディック・ザルードは、ニューヨークの〈チャーリーズ・タヴァーン〉で彼に会ったときのことを覚えている。

私がバーでビールを飲んでいると、彼がこっそり忍び寄ってきた。
「なあ、カリフォルニアに戻らなくちゃならないんだ。助けてくれないか。二ドルばかりでいいんだよ。なあ、わかるだろう、ほんの少しで……」と彼は言った。
私は言った、「おいおい、おれだってオケラなんだよ、バディー。とても……」
次の日の夜、私はまた彼の姿をチャーリーズで見かけた。彼は言った。「すべてうまくいったよ。車に乗せていってもらえることになった。万事解決した。また会おうぜ」
我々はみんなで彼にさよならを言った。それが最後だった

数日後の二月二日、ニューメキシコ州デミングの外れで、乗っていた車が道路から飛び出して、彼は命を落とした。同乗者は怪我をしたが、命に別状はなかった。チャーリー・バーネットはすぐにバディーの家族のために基金を立ち上げ、〈ダウンビート〉や他の雑誌に次のような電報を送った。

バディー・スチュアートが今日、ニューメキシ

コで悲劇的な交通事故に巻き込まれ、命を落とした。あとには奥さんのジェリーと、幼い息子のショーンが遺された。頼るものもなく、困窮している。ショー・ビジネスの社会に身を置き、バディーを知り、彼を愛し、その見事な才能に愉しまされたものであれば、葬儀を出し、彼の奥さんと赤ん坊が置かれた切迫した問題を解決するために、基金に力を貸さないわけにはいかないだろう。できるだけでよろしいから、小切手か電信為替ですぐにでもお金を送っていただきたい。宛先はカリフォルニア州ノース・ハリウッド、ジェントリー・アヴェニュー4342、ミセス・ジェリー・スチュアート。

ニューヨークのジャズ・コミュニティーはバーネットの訴えにすぐさま反応した。バードランドで慈善コンサートが催され、スチュアート一家がその入場料のすべてと、飲み物の売り上げの歩合を受け取れるようにされた。チャーリー・パーカーや、ディジー・ガレスピーや、レスター・ヤングや、エラ・フィッツジェラルドや、ハリー・ベラフォンテや、レニー・トリスターノや、チャーリー・ヴェンチュラや、アル・コーンや、スタンや、当時はまだほとんど無名だった二十三歳のジョン・コルトレーン、その他多くのミュージシャンが、六時間にわたるイヴェントに参加した。

ベヴァリー・ゲッツは兄の死の報を受けて打ちひしがれた。妹のボビーがそのときのことを語る。

バディーは姉よりも五つ年上で、彼女にとっての背骨のような役割を果たしていました。一九五〇年に兄が亡くなったとき、彼女は導きの魂をなくしてしまったのです。心底打ちのめされていました。ベヴはいつも誰かのあとをついていく人なんです。だからこそバディーの死は彼女にとって深刻な意味を持っていました。兄は彼女を強く導いていましたから。

バディーの存命中は、ベヴァリーにもスタン以外にすがれる、相談のできる相手がいた。しかし今では彼女はそっくり夫の圏内に含まれてしまった。そして彼女はより深くドラッグにのめり込むようになった。

バド・パウエルとマイルズ・デイヴィス、マックス・ローチ、ベースのカーリー・ラッセル、トロンボーンのJ・J・ジョンソンのリーダーなしの合議バンドは、一九五〇年初めにスタンが一緒に仕事をしたグループのひとつである。二月十八日の〈バードランド〉におけるこのユニットの放送録音が残されている(タッド・ダメロンがパウエルの代わりに、ジーン・レイミーがラッセルの代わりに演奏している)。五曲のうち四曲が複雑なアレンジメントを持つ長尺ものだ。ちょうどこの時期にマイルズが「クールの誕生」九重奏団(ノネット)で演奏している曲に似ている。五曲目が『ザット・オールド・ブラック・マジック』で、これはスタンのためのバラードのショーケースとなり、他の二人のホーン奏者、マイルズとジョンソンが抜ける。マイルズの伝記作家であるジャック・チェンバーズによれば、その合議バンドは投票をして、バラードの名匠として世に名高いスタンに、一人でこの一曲のソロをとる「リーダーとしての特権」を与えたと書いている。

チェンバーズはまた、スタンとマイルズとのあいだの関係についてこのように記している。

デイヴィスとゲッツが同じ合議バンドで仕事をするとなると、ジャズ歴史家の想像力に火がついてしまうかもしれない。というのはどちらも、頭に血が上りやすいことで悪名高い人物だからだ。何かつまらないことを言われたりされたりすると、それがただの思い込みであれ現実のものであれ、相手が誰であれ、抑えがきかなくなる。それだけでも、二人の関係がうまくいかないことは保証されたようなものだが、彼らは常にお互いに対してきわめて高い敬意を払っていたようだ。おそらくそれは二人が共にメロディックな才能を持ち合わせていたからだろう。その面では、彼らにはほとんどライヴァルがいなかった。デイヴィスはこう言っている、「私がスタンを好きなのは、メロディーを演奏するにあたって、どこまでも我慢強いからだ。他の連中はひとつの歌から何も引き出せないが、彼にはそれができる。そうするには豊かな想像力が必要なんだ。彼にはそれがあるし、他の多くの連中にはない」。二人の互いに対する敬意は、一九五〇年に彼らが一緒に仕事をしたときに残したいくつかの数少ない録音にはっきりとうかがえる。

それはちょうど批評家たちがスタンとマイルズを、いわゆる「クール派」ジャズのリーダーの座に据えた時期にあたる。マイルズは一九四八年九月には既にそのコンセプトの先駆者として、自らの「クールの誕生」九重奏団を率いて、〈ロイヤル・ルースト〉と二週間の出演契約を結んでいた。そのときの相方バンドはカウント・ベイシー楽団で、ベイシーは、他の何人かのミュージシャンや批評家と並んで、そのグループに好意を抱いていた。しかし営業的には失敗に終わった。そのノネットは他にひとつのクラブの契約しかとれなかった。しかしマイルズは屈することなく録音スタジオに入って、SP十二面分の録音をおこなった。一九四九年一月二十一日と四月二十一日、そして一九五〇年三月九日だ。それぞれのセッションでメンバーは違ってくるが、マイルズとリー・コニッツとジェリー・マリガンと、チューバのビル・バーバーだけは三日間すべての録音に顔を出している。マックス・ローチはそのうちの二日のセッションに参加している。

マイルズが語っているように、彼のグループが目指していたのは、ハミングできるメロディーに回帰することだった。

「クールの誕生」は、バードとディズの音楽に対する反動として、コレクターズ・アイテムになったのだと思う。バードとディズはそのヒップな、やたら速いテンポの曲を演奏した。もしリスナーが速い理解力を持ちあわせていなかったら、その音楽に込められたユーモアやフィーリングは聴き逃されてしまう。彼らの音楽のサウンドはスウィートではないし、和声的なメロディーも持ってはいない。ガールフレンドと通りを歩いていて、キスをしようかといったときに口ずさめるものじゃないんだ。ビバップはエリントンの音楽のような人間性を持たなかった。そういう手で摑めるものを持たなかったんだ。バードとディズは素晴らしい存在だよ。実に見事で、挑戦的だ。しかし彼らはスウィートではなかった。「クールの誕生」は違う。人はすべてを聴き取れるし、口ずさむこともできる。

スタンにはマイルズのような明確な芸術的方針はなかった。しかし彼のメロディーを生み出す希有な才能、透きとおるようなサウンド、そして肩に力の入らない見事な技巧は、批評家たちに彼こそはクール派の中心人物であると思わせた。バリー・ウラノフが〈メトロノーム〉の一九五〇年六月号に書いているように。

……テナーでまともな音を出しているのはスタンと、彼のようなトーンの流儀を追求するものたちだけだということに関して、今日のジャズ愛好者たちの間には疑念はほとんど存在しない。

「クール」というのは、そのサウンドを表現するのにまさにうってつけの形容詞である。「クール」、それはほとんど言語化できないものごとのぴたりとした言語化であるが故に、避けがたく過度に使い回されることになる。この二年ほどのあいだにもたらされたジャズにおける大きな変化が、熱力学の革命となり、熱と音楽を作り出す力学との関係性の新しい概念となってきた。その変化、その概念、その革命。それらのすべてがこの若者の演奏にもっとも明瞭に描き出されている……今年、彼の楽器の磨き抜かれた強力さが、クール・ジャズの打ち消しがたく、またきわめてアトラクティブな中心になる。

クール・ジャズという呼び名は批評家たちにとっては都合の良いものであり、それは数年にわたってスタンについてまわることになったが、しかし彼の仕事にとってあまり良い方向には働かなかった。彼は報道を通して、そのクールというラベルと戦ったし、音楽を通して、それが間違った名称であることを示そうとした。彼は一九五〇年の秋の〈メトロノーム〉で語っている。

ぼくはいろんな異なったスタイルで演奏できるし、様々なスタイルが気に入っている。ぼくはいかなるスタイルも、いかなるサウンドも、それを人々の喉に無理に押し込もうとは思っていない。

スウィングするのはとても楽しいし、クールになろうとするかわりに、ときには「ホットに」なるのもいいものだ。だるくなるのは僕の好むところじゃない。ぼくはとことんストンプするテナーマンにもなれるんだ。

スタンはその音楽の中で、感情のどこまでも広い領域を表現した——凍りつくような冷ややかさから焼けつくような熱さまで。そして彼の魂のホットな側面は、その時代に彼が残したレコーディングの多くに明瞭にうかがえる。一九五〇年八月十七日に彼がビッグバンドを従えてニューヨークの〈アポロ・シアター〉に出演したときにとったソロの録音が、また十二月十日にスタジオ録音されたカルテットでの演奏が、その例証となるはずだ。

後者はルースト・レコードで、テディー・リーグのプロデュースのもとに行われた最初のレコーディングになった。リーグは一九四六年のスタンがリーダーとしておこなった最初のギグを、またチャーリー・パーカーの『ココ』セッションをも取り仕切ったヴェテラン制作者である。その十二月十日のセッションはまた、ピアニストのホレース・シルヴァーにとってのレコーディング・デビューともなった。スタンはシルヴァーをその二ヶ月ばかり前に「発見」していた。彼はその後、バンドリーダーとしてソロイストとして作曲家として、輝かしいキャリアを築いていくことになる。スタンは〈サンダウン・クラブ〉という店で演奏するために、コネティカット州ハートフォードに一人で出かけた。店のオーナーは地元のリズム・セクションをつけてくれた。シルヴァーのピアノ、ウォルター・ボールデンのドラム、ジョー・キャロウェイのベースというトリオだ。スタンはシルヴァーのきびきびとした、革新的な演奏にすっかり感心して、即座にそのトリオを丸ごと雇い入れた。ホレースの回想。

僕はニューヨークに出て行こうと思って、ずっと金を貯めていた。そして実際に二度ばかり、もうちょっとでそうしかけたんだ。でも出て行く度胸がなかった。うまくいきそうに思えなかったからね。スタンは僕の演奏を気に入ってくれて、トリオを丸ごと雇うという約束までしてくれた。僕がジャズの世界に入って行けたのはひとえに、彼が導いてくれたおかげだよ。そのときも、また以来ずっと、僕は心打たれないわけにはいかなかった。スタンがどれほど深く音楽を愛しているかということにね。巨匠といわれるミュージシャンたちは、スタンにしてもディズにしてもマイルズにしても、みんなとことん音楽を愛していて、そういうところはまったく子供みたいなものなんだ。みんな一体になって、音楽に対するエネルギーを分かち合うときなんかはね。

一九五〇年の後半にスタンが雇い入れたもう一人の傑出したミュージシャンは、ギターのジミー・レイニーだ。一九四五年にシカゴのジャム・セッションで顔を合わせて以来ずっと、スタンは彼に特別な親近感を抱いていた。スタンは当時ベニー・グッドマン楽団に属していた。最初から彼は、自分のグループにはギタリストを加えたいと考えていた。スタンの熱心な口添えがあって、レイニーは一九四八年にセカンド・ハードの一員となることができた。そして一九四八年と四九年に行われた何度かのスモール・グループでの録音セッションでは、二人は一緒に心地良く演奏することができた。

　しかし二人がワーキング・グループ（固定されたメンバーで仕事をするバンド）を組む機会はなかなか訪れなかった。スタンが〈バップ・シティー〉で安定した仕事をとれるようになってようやく、彼はホレース・シルヴァーのトリオとのカルテットに、レイニーを加えることができた。スタンとレイニーはそのエンゲージメントを心から楽しんだので、こういう仕事を必ずやどこかでまた見つけようと互いに強く心に誓った。スタンのキャリアの中で最も実りあるパートナーシップのひとつが、かくして生まれた。

　スタンは一九五〇年度も〈メトロノーム〉人気投票の首位をとった。〈ダウンビート〉の投票でも初めて首位をとった。一九五一年一月二十三日にもう一度、メトロノーム・オールスターズの一員として録音をおこなった。共演したのはお馴染みの顔ぶれだ。デイヴィス、ローチ、ウィンディング、チャーロフ、コニッツ、テリー・ギブス。見事に新しくピアノの首位をとったのはジョージ・シェアリングだった。アルト・サックスの首位はチャーリー・パーカーだったが、マネージャーのノーマン・グランツは彼をそのバンドに参加させなかった。ただで演奏することはパーカーの利益にならないとグランツは考えたからだ。たとえその録音の収益がそっくりチャリティーに回されるとしても、〈メトロノーム〉にとっては素晴らしい無料の宣伝になるわけだし、そのセッションから雑誌が受ける恩恵は、ミュージシャンたちが受ける恩恵よりも遥かに大きいというのがグランツの言い分だ。今回のオールスターズの演奏したトラックは今ひとつぱっとしない。一九五〇年のそれに比べると、ソロイストの誰にも、何か大事なことが語れるだけの十分なスペースが与えられなかったためだ。

グランツは一九五一年には既にジャズ界では一流の興行主になっていたが、三月に彼にとって初めてのヨーロッパ・ツアーを行おうと計画していた。しかし最後の最後になって、ヨーロッパのプロモーターたちとのあいだに金銭面のごたごたが生じ、企画はキャンセルに追い込まれた。しかしツアーのスウェーデンの部分を担当していたプロモーターは、スタンのレコードに深い感銘を受けており、大西洋を越えて連絡を寄越し、キャンセルされたスウェーデンでの公演の穴を埋めてもらいたいと、スタンに持ちかけてきた。そのプロモーターはまた、ニューオーリンズのヴェテラン・クラリネット奏者、そしてソプラノ・サックス奏者のシドニー・ベシェをパリから呼び寄せることにした。ベシェはパリでは大衆的人気を誇っており、その地に定住するようになっていたのだ。コンサートの予定されている一週間、スウェーデンのリズム・セクションがその二人の訪問者のために用意された。

スタンが三月十八日にスウェーデンに到着したとき、彼の地の温かい歓迎は深く彼の心を打った。彼はそのことを後年に至るまでしばしば語っていた。十六時間にわたるフライトのあと、目を赤くし、髪もぼさぼさのまま飛行機から降りてくると、駐機場にけっこう大きな人混みがあり、人々が歓声をあげていた。そのグループを率いているのはホンブルグ帽をかぶり、チューリップの花束を手に持った、見るからに威厳のある人物だった。スタンはひょっとして映画スターでもいるのかと背後を見たが、誰もいない。それは彼に対する歓迎だったのだ。長い間どこに行っても冷ややかなあしらいしか受けたことがなかった彼が、生まれて初めてセレブリティーのような扱いを受けているのだ。最初に感じたその戸惑いと喜びの気持ちは、スウェーデンに滞在した一週間、ずっと続いた。彼は一流の芸術家として敬意を払われ、丁重に扱われた。

　それは気楽な一週間というわけではなかった。彼はヘロインを切らせ、禁断症状に苦しんだ。スウェーデンで撮られた写真では、彼は消耗し尽くし痩せこけて、まるで死体のように見える。しかしそんな苦しみに耐えながらも、演奏旅行は音楽的にも営業的にも成功裏に終わった。スウェーデンのミュージシャンたちと八曲の録音をする時間を見つけることさえできた。彼らはみんな高い技術を持ったプロフェッショナルだったし、中でもピアニストのベンクト・ハルベルクは即興演奏家として高い将来性を示した。それらの才能ある、ドラッグとは無縁の若いスウェーデン人たちを見て、スタンは初めて、自分もそろそろ麻薬中毒から抜け出す努力をすべきなのかなと考えるようになった。しかし三月二十六日にアメリカに戻ると、彼はすぐさま麻薬注射を再開した。

　スタンが麻薬の虜になっている一方、弟のボブは一九五一年の春に、三年間にわたるヘロイン中毒に終止符を打った。その三年のあいだボブは友人たちや、スタンやベヴァリーと一緒に、ハイになりながら生活を続けてきた。高校に戻ったり、またドロップアウトしたりしていたが、結局十一年生を修了することはなかった。またもう少しで犯罪歴を背負い込むところだった。彼は肝を冷やした手入れについて語る。

　僕と、十五歳のガールフレンドは、たまり場にいるときに、警察に踏み込まれたんだ。サザン・ブールヴァードにある「テディーのたまり場」と呼ばれるところだ。何ドルか払うと、そこで注射を打てるんだよ。手入れを受けて、僕は連邦警察の一人に袋だたきにされた。やつらが彼女のハンドバッグを調べるのを僕がとめようとしたのが、気に入らなかったんだ。

　彼らはその場所全体の写真を撮った。その写真には、血と涙を顔からだらだら流している僕の姿も写っていた。僕の両手は手錠をかけられていた。リンっていう女の子はとても大きな青く美しい目をしていた。まるで鹿のような目なんだ。雌鹿みたいなくるりとした……

そのあとで連中は僕を解放してくれた。だから犯罪歴はつかなかった。

何ヶ月かあとで、〈ライフ〉の編集者がやってきて、その写真を表紙に載せる許可を両親に求めた。僕の両親はそういう場合にどう対処すればいいのか、判断ができない人たちなんだ。だから彼らは父の弟のところにどうしたものか相談に行った。叔父は「絶対に駄目だ」と言った。危ういところだったよ。

ボブは何度か習慣を断とうと試みたことがあったが、薬物に永遠に背を向けるための十分なモチベーションを持ち合わせていなかった。しかしふとしたきっかけでコネティカットで役者の見習いをするようになり、それが彼にハイになる以外の人生の目的を与えてくれた。またアルとゴールディーがようやくサザン・ブールヴァードの犯罪の多い地域を離れ、クイーンズの下流中産階級が住む住宅地、ユニオン・ターンパイクに小さなアパートメントを見つけたことで、彼が麻薬と縁を切ることはより容易くなった。ボブの両親はまた、そういう状況下でいちばんの良策だと彼らが考えることをした。大量のアルコールを息子に与えたのだ。彼は回想する。

役者の仕事が順調に行き始めたとき、うちの両親は冷蔵庫をビールでいっぱいにし、クローゼットの中にシュナップス(アルコール度の高い蒸留酒)を積み上げた。そして初めてテレビというものを買った……僕を家にいさせるためだ。そしてさあ飲め、さあ飲め、というわけだ。ドラッグとアルコールのあいだに相似性とか相関関係があるなんて、その頃は考えもしなかった。そして僕はドラッグからアルコールに乗り換え、おかげで比較的まともに行動ができるようになった。しかしハイになることなく人生を過ごす術を、長いあいだ知らないままだった。

ボブがヘロイン中毒から脱しようとしている一方、

スタンは〈バードランド〉やその他のクラブの出演に忙しく、またジミー・レイニーを含んだグループでのエンゲージメントも、満足のいくものになっていた。彼は一九五一年八月十五日にジミー・レイニーを連れて、ルースト・レコードのテディー・リーグのための録音に出向き、五つのトラックをカットした。ピアノはホレース・シルヴァー、ドラムはロイ・ヘインズ、ベースはレナード・ガスキンだ。

レイニーはケンタッキーの出身で、ひょろりとした体軀、骨張った長い顔は、写真家ウォーカー・エヴァンズが農業安定局のために撮影した、不況時代の南部の農夫のようだった。スタンと同じように、どんなに速い曲であっても、しなやかでリラックスした即興演奏ができるメロディストだった。そして彼はスタンがどのような音楽的アイデアを持っているかを予期できる、不可思議な能力を持ち合わせていた。スタンはレイニーのギターの音調に合わせて、マウスピースと、マウスピースへの唇の当て方を調整した。そして二人はユニゾンで、また対位法的にラインを演奏した。まるで同じ心臓の鼓動の裏表両側のように。

八月十五日に録音された五つのトラックは七十八回転でもLP（三十三回転）でも、両方でリリースできるように、三分間の余裕しか与えられなかった。しかしミュージシャンたちはそこで与えられたソロの機会を最大限にいかすようにがんばった。彼らはスタンダードを一曲録音した。ジェローム・カーンの『ソング・イズ・ユー』だ。そして四曲の新曲をとりあげた。一曲はホレース・シルヴァーの手になるものだ。どれもロイ・ヘインズの揺るぎない快適なテンポに支えられ、スタンとシルヴァーとレイニーは実にエネルギッシュに演奏する。スタンのプレイはとりわけホットでアグレッシブだ。そして彼とレイニーは『ソング・イズ・ユー』でとても生き生きした対位法を楽しんでいる。それらのトラックは「チェンバー・ミュージック・バイ・ザ・スタン・ゲッツ・クインテット」というアルバムに収められている。

その数週間後にシルヴァーはバンドから抜けた。彼はニューヨークに留まって、その活発なジャズ・シーンに加わりたかったのだ。引く手あまたで、単独の仕事をすぐに見つけることができたし、テリー・ギブス、アート・ブレイキー、コールマン・ホーキンズといったバンドから誘われた。彼の抜けた穴は、ジミー・レイニーの大親友であるアル・ヘイグが埋めた。ヘインズとガスキンも別のバンドに移ることになり、そのあとにそれぞれタイニー・カーンとカーリー・ラッセルが入った。

九月九日、ベヴァリーがニューヨークのミセリコーディア病院で二人目の息子、デイヴィッド・アレンを出産しているとき、スタンと彼のクインテットはシカゴの〈ブルーノート・クラブ〉で絶賛を浴びながら演奏をしていた。〈ダウンビート〉の見出しはこうだ。「新鮮なアイデア、名手揃いの見事な新しいスタン・ゲッツ5」。そして記者はこのように書いている。

二週間〈ブルーノート〉に出演するスタン・ゲッツ・クインテットは、素晴らしいサウンドを聴かせた。ジミー・レイニー、カーリー・ラッセル、アル・ヘイグ、タイニー・カーンは、今日のジャズ界で最高峰とも言えるリズム・セクションを形成しており、スタンはこのようなスウィンギングなサポートを得て、実に易々と彼にとって最高レベルの演奏を繰り広げた。

ホーン楽器のように使用され、ゲッツのテナーから通常三度離れてユニゾンで演奏されるジミーのギターを得て、グループは大きな、結合力のあるサウンドを獲得した。そしてまたこのグループは今、何か新たな実験をおこなうポジションにいる。たとえば『チェロキー』のコード進行に乗せて、レイニーはカノンのような旋律を書いた……タイニーもまた見事な曲作りを見せる。

このコンボはいくつかのブッキングを先に控えている……だから仕事がなくてバンドが解散の憂き目を見る可能性は少なそうだし、それは我々にとっても実に喜ばしいことだ。なぜならスタンはようやく、自らの幅を大きく広げてくれる伴奏者たちを手に入れたのだから。結論：この何ヶ月かのあいだに我々が耳にした中では、最高のスモール・グループのひとつだ。

次はこのクインテットのライブを録音しようとテディー・リーグは心を決めた。そしてその場所としてボストンの〈ストーリーヴィル・クラブ〉を選んだ。その店の経営者ジョージ・ウィーンは、ニューポート・ジャズ・フェスティヴァルと、それを継承する音楽祭で一山当てるまでは、ボストン一帯で〈ストーリーヴィル〉という名の一連のナイトスポットを経営しており、その名前を引き継いでいた。彼はスタン・ゲッツ・クインテットを、ビリー・ホリデーと彼女のトリオとの組み合わせでブッキングしており、彼とリーグは一九五一年十月二十八日に店に録音機器を運び込んだ。その結果生まれたLPは「アット・ストーリーヴィル　vol.1 & 2」としてリリースされた。

　ジャズの制作者たちは、最近になって開発されたLPレコードにおける、長時間の即興演奏の芸術的可能性に目をとめるようになり、リーグは——七十八回転SPのマーケットは切り捨てて——ソロイストたちに、それぞれの曲で五コーラスか六コーラスのソロをとるように命じていた。彼らはその夜、十三曲六十七分ぶんを録音した。一曲あたり五分以上の計算になる。いちばん長い曲は七分を優に超えていた。

　ストーリーヴィルでの録音はスタンのキャリアにおいて、彼の創造性が達したピークのひとつの姿を捉えている。彼は逞しい集中力を発揮している。そして演奏仲間たちに対して抱く共感に終始後押しされて、霊感に満ちたメロディーを紡ぎ出している。レイニーもその緩みない独創性とリリシズムをもって、スタンのペースにしっかりと合わせている。

　十三曲中の十曲は速いテンポの曲だ。ほどほどに速い曲から、火花の出るように猛烈に速い曲まである。『パーカー51』はレイニーが作曲したもので、友人であるレイ・パーカーから名前がとられている。この曲は一分間に三百四十四ビートの速さで演奏されるが、これはチャーリー・パーカーの『ココ』よりも更に速いテンポだ。この曲でスタンとジミーが絡み合った旋律を演奏することによって示される連繋は、あまりにもぴたりと正確であり、二人はまるで翼と翼をくっつけるようにして、時速六百マイルでバレル・ロール（樽型横転）している海軍の曲芸飛行チーム、「ブルー・エンジェルズ」のパイロットみたいだ。彼らのパフォーマンスは批評家スタンリー・クラウチがおこなった指摘をそのまま具現している。

彼はこう書いた。

ジャズはどの程度まで脳と、身体の動的領域の関連性について教えてくれるのだろう。稼働している環境の中で良質なアイデアを抱き、それを有効に働かせること——現在に秩序を与えていくこと——はおそらく、人間の潜在的可能性を理解するためにジャズがなしている最大の貢献だろう。

ドラマーのタイニー・カーンはその百四十キロ近い巨体にもかかわらず、きわめて流動的で精緻なドラミングを聴かせ、終始素晴らしい。彼は権威を持って、ユニットを前へ前へと推し進めていく。想像力溢れたソロをとりながらも、そのタイムが揺らぐことは決してない。ヘイグとコティックは堅実なサポートをしている。ただヘイグは速いテンポの曲になると、ときどき指がついていけず、思うように自分のアイデアを示せないことがある。

ビリー・ホリデーとの組み合わせで〈ストーリーヴィル〉に出演している間、スタンは毎晩彼女のバンドに入って吹いた。一九五一年十月二十九日のラジオ放送のエアチェックでは、スタンがとても優美に彼女に伴奏をつけているのを聴くことができる。

一九五二年の初頭に、ギタリストであり、またニューヨークのNBCラジオ・テレビ局スタジオで働いている、スタンの友人ジョニー・スミスが、そこで安定した仕事に就く可能性があるかどうか問い合わせてきた。ロード生活を少し休み、バッテリーを充電する良い機会かもしれないとスタンは思い、仕事を引き受けた。その仕事に就くことは収入の減少を意味したが、NBCでは様々なセッティングで仕事をすることを楽しんだと、彼は〈ダウンビート〉の記者に語っている。また一方で彼はジャズの仕事も引き受けていた。

こういう種類の仕事は退屈だと言う人たちもきっといることだろう。でもぼくには面白いんだ。たとえば「ケイト・スミス・ショー」、そこでぼくはバリトンとテナーとクラリネットとバス・クラリネットを吹かなくちゃならなかった。「ジェーン・ピッケンズ・ショー」ではクラリネットだけを吹く。一度なんて、実にジャズ・クラリネットを吹いたよ。

この前「カメオ・テレビジョン・シアター・ショー」をやったんだが、そこではぼくが唯一のミュージシャンだった。だからたった一人でバス・クラリネットを持ってそこにいて、テーマ曲みたいなものから、場面を繋ぐためのムード音楽までこしらえなくちゃならなかった……

この仕事をしていてありがたいことのひとつは、NBC交響楽団を現場で聴けることだ。できれば交響楽団でバスーンを吹いてみたいな。もう少し練習を積みさえすればだが、ポップス・プログラムでバスーンを吹いてみたいよ……

ジャズの演奏も自由にやることができる。一年のうち六ヶ月〈バードランド〉に出る取り決めもしている。もしフレンチ・リヴィエラでひと夏仕事をしないかという誘いが来たら、NBCから長期休暇を取ることはできるだろうし。


一九五二年三月十一日にスタンは、ジョニー・スミスの率いるクインテットに入って、ルーストでレコード録音をしている。ドン・ラモンドがドラムを叩いた。四曲の録音がおこなわれたが、そのうちの一曲、タイトル・トラックの『ヴァーモントの月』は『初秋』以来の、スタンにとっての最大のヒットとなった。彼はここでもう一度、愛撫するようなメロディーを創り出した。そこにはアメリカ人大衆のロマンティックな憧憬にしっかりと結びついた、胸に食い込むトーンが刻み込まれていた。曲はゆっくりとしたテンポで演奏される。スミスがソロ・スペースの大部分を引き受け、スタンのコーラスのための心地良い和声セッティングを提供する。

NBCの仕事の明るい見通しは急速に色褪せ、『ヴァーモントの月』セッションの二ヶ月後には、スタンはそのネットワークの仕事を辞めた。何年かあとで彼は〈ダウンビート〉の記者に語っている。


あれはまったくひどい仕事だったね。ぼくはミュージシャンというよりは技術者だった。然るべき時に然るべきボタンを押すだけだ。それだけ。ぼくはあらゆるところで兼業をしていた。クラリネットを吹き、バスクラリネットを吹き、アルトとテナーとバリトンを吹いた。その仕事を三ヶ月続けたあと、ぼくはクインテットの仕事をブッキングし始めた。そのときはジミー・レイニーがバンドにいたと思うな。

十二時から五時まで「ケイト・スミス・ショー」という午後のテレビのにぎやかなショー番組をやり、そのあと飛行機に飛び乗ってロチェスターだかどこかに行くんだ。そんな風にして、昼間は週に五日、夜は週に七晩みっちり働いた。毎日飛行機で往復さ。あるいはもしぼくが、たとえばアトランティック・シティーに仕事を入れていたとしたら、飛行機便はないから、車を運転していかなくちゃならない。行って帰ってくるのに四時間はかかる。そのうちにもうへとへとになって、それでスタジオの仕事はあきらめたよ。

一九五二年の夏のあいだ『ヴァーモントの月』のレコードは飛ぶように売れ、スタンの日々はブッキングで埋まった。週に千ドル以上稼ぐようになったものの、毎週父親の新しい事業（小さな特製印刷物を扱う会社）を援助するために送る少額の金を除くと、あとに大して金は残らなかった。彼とベヴァリーの麻薬中毒はずいぶん金のかかるものになっており、彼らは安いヘロインを求めて、ロング・アイランドのレヴィットタウンとフィラデルフィアとの間を、六時間かけて車で往復しなくてはならなかった。人気の絶頂にありながら、実際にはスタンは深い財政的な穴をあけていた。自分のミュージシャンたちの代わりに納めるべき税金を、国税局に支払っていなかったのだ。

クラブのオーナーたちは毎晩一度は『ヴァーモントの月』を演奏するように求めたが、それ以外は何を演奏しようと彼の自由だった。彼のブッキングのほとんどはジミー・レイニーの入ったクインテットで、お気に入りのスタンダード曲、『ジーズ・フーリッシュ・シングズ』や『ストライク・アップ・ザ・バンド』や『星影のステラ』なんかを演奏しないときには、ジミーやホレース・シルヴァー、あるいはジョニー・マンデル、ジジ・グライスといった若手作曲家の書いた曲を演奏した。

一九五二年の八月の半ばから十月の半ばまで、スタンは単身カリフォルニアに出向いて仕事をした。そして一週間ジェリー・マリガンの代役をつとめた。

その時期マリガンは麻薬中毒を断つべく苦闘していた。マリガンのグループはピアノレス・カルテットで、トランペッターはチェト・ベイカーだった。ピアノがないことはスタンを魅了した。その方がホーンのソノリティーがより明確になったからだ。

十月の後半にスタンは東海岸に戻り、三人の新しいミュージシャンを雇い入れた。ベースのビル・クロウ、ドラムのフランク・イソラ、ピアノのデューク・ジョーダン。それはレイニーが入った彼にとっての最後の常設バンドになる。

クロウはスタンのパーソナリティーに二面性があることを知って、仰天したことを覚えている。女遊びの激しさと麻薬中毒だ。

彼にはいつも五人か六人の女がいた。ボストンでスタンとの最初の仕事をしたとき、彼が女たちを扱う手際の良さを目にして、信じられない思いがした。彼がボストンで前から知っていた女たちがいた。彼に会うためにニューヨークからわざわざ飛行機に乗ってやってきた娘が一人いた。そしてその週の半ばに奥さんのベヴァリーが姿を見せた。

彼は女たちをそれぞれ同じホテルの別の部屋に泊めていた。ある夜なんて、彼女たちは全員、スタンが演奏しているステージの正面の、同じテーブルについていた。そして女たちはみんな、自分が彼の相手なのだと思っていた。どうしてそんなことができたのか、さっぱりわからない。私はただただ呆然としていたよ。

そしてクロウは、ヘロインが彼を気むずかしいボスにしていることを知った。

ヘロインはスタンに、僕の知っている大方のジャンキーとは違う効果を及ぼしていた。大抵の連中はハイになると、受け身になり、ぼんやりしてくる。スタンは素面のときには愉快な性格なんだが、ドラッグをやると人が変わる。今までやたらめそめそしていたかと思うと、次の瞬間には冷たく疑り深く、残酷な性格になるんだ。あるとき〈ジム・アンド・アンディーズ・バー〉で友人たちと彼について話していたとき、ズート・シムズが言った。「ああ、スタンってとても素敵な人たちだよな！」と。

麻薬中毒のせいでスタンがもう少しで死にかけたことが二回ほどあったとクロウは言う。最初の出来事は警官とのもみ合いの結果起こされた。

スタンは〈バードランド〉から出てきた。そして百十丁目まで車で行って、街角で売っている麻薬を買おうとした。そこでよく買っていたんだよ。手早く一発打って、それから急いで戻って〈バードランド〉のファースト・セットをつとめるつもりでね。

彼は通りに出た。車は〈バードランド〉からそれほど遠くないブロードウェイに駐めてあった。すると麻薬課の刑事が二人、彼をつかまえて車の中に連れ込んだ。スタンは警官に取り入るのがすごくうまいんだ。童顔だし、泣きついたりすがったりするのが得意だし、話を聞いていると本当に罪のない人みたいに聞こえるんだ。ただただ悪い友だちに陥れられたとか、そんな具合にね。そして車のミラーには赤ん坊の靴がぶらさがっている。

彼が二人の男に取り押さえられるところを多くの人が見ていた。車の中に連れて行かれたところもね。彼は収監されるだろうとみんなは思った。十五分のあいだにその噂は地下の〈バードランド〉に広がった。そういう話って広まるのが早いから。

実際には、彼は警官たちをうまく説き伏せて釈放してもらったのさ。自分はあくまで初犯で、家庭を大事にする夫であり、こんなことが妻に知れたら大変なことになるし、可愛い子供たちがなんたらかんたら……とか言ってね。それで警官たちは彼を気の毒に思って、きついお説教をしただけで放免してやったんだ。

スタンはすぐに車に乗って、改めて百十丁目通りに行った。しかしそこに着くより前に、彼が捕まったという話は既に広まっていた。そして彼がそんなに簡単に釈放されたのは、売人のルートをばらしたからに違いないとみんなは思った。

そういう場合には普通、売人たちはその口の軽い客に毒入りのヘロインを売りつける。それが懲罰になる。それは「ホット・ショット」と呼ばれる。私にその話をしてくれた男は、百十丁目の連中がそれをしなかったのは、ある人物が「それはよせ。スタンは大丈夫だ」と仲介に入ってくれたからだと言った。おかげで彼は殺されずに済んだのだ。

スタンが危うく死にかけた二度目の出来事は、彼とビルが、スタンの古い学校友だちであるブラッキーという男と一緒に、あるパーティーに顔を出したときに起こった。ビルがそろそろ帰ろうと思ったとき、彼は地下の遊戯室でスタンが四、五人の他の男たちと一緒にいるのを目にした。ビルが語る。

彼は玉撞き台にもたれかかって、腕を縛り、ヘロインを打つ用意をしているところだった。私は言った。「やめろよ、スタン。もううちに帰る時間だよ」

「すぐに終わるから」と彼は言ってしかめ面をした。「もう一服、軽く打っていきたいだけなんだ」

彼は薬物を注射し、縛っていた紐を緩めたが、それから顔が真っ青になり、よろよろと床に倒れた。ブラッキーはすぐに彼を仰向けにした。

「息をしてないぞ」

「なんてこった」とその家の主人が言った。「すぐにここから運び出してくれ。うちで死人を出したくない」

「肋骨の上を押すんだ！」と私が叫んだ。「人工呼吸だ。顔色がどんどん失せていくぞ！」

ブラッキーが彼の胸をぐいぐいと押し、私は口をこじ開けて舌を奥から引っ張り出した。緊張したいっときがあって、それからスタンはもがくような音を出し、ふうっと空気を吸い込んだ。顔色も戻ってきた。呼吸も通常に戻った。

両目を開けると、彼はブラッキーを怒鳴りつけた。「おれの上からどけよ。スーツが駄目になるだろう！」

「ふざけるな。おまえは死にかけていたんだぞ！」とブラッキーは跳んで立ち上がり言った。「おれが人工呼吸して助けてやったんだ。おまえ、顔色もなくなって、一時は死んでいたんだぞ！」

スタンは立ち上がって、服の埃を払った。そしてすねたような目でみんなを見渡した。「ああ、おれは間違いなく、あんたらの誰よりハイになっていたさ」

そんな麻薬漬けの状態にもかかわらず、スタンのクインテットは北東部のクラブで数多くの仕事を見つけられたし、時折コンサートにもブッキングされた。一九五二年十一月十四日にカーネギー・ホールで催された、デューク・エリントン楽団二十五周年記念コンサートにも参加した。このコンサートにはチャーリー・パーカーと弦楽奏者たち、アーマッド・ジャマル・トリオ、またゲスト・ソロイストとしてディジー・ガレスピーとビリー・ホリデーが参加していた。

切符はあっという間に売り切れ、強い要望にこたえて真夜中のコンサートが追加された。二つのショーに合わせて五千を超える数の聴衆が詰めかけ、そのひとつが録音された。それぞれのショーで、スタンのクインテットはたっぷり四十分の演奏時間を与えられた。彼らのセカンド・セット——それは録音されて「スタン・ゲッツ・クインテット・アット・カーネギー・ホール」というタイトルでリリースされた——では避けがたく『ヴァーモントの月』が演奏されている。ルーストのレコードではジョニー・スミスのギターが中心になっていたが、こちらのヴァージョンでは全編スタン・ゲッツであり、テンポも速くスウィンギングになっている。彼らはまたガーシュインの『ストライク・アップ・ザ・バンド』の活発にストンプするヴァージョンと、レイニーの『パーカー51』を演奏している。スタンは後者をベン・ウェブスターに捧げている。ウェブスターはエリントン楽団で名を上げた人であり、また当夜の聴衆の中にいた。彼はその曲を『チェロキー』とコールしている。『パーカー51』の旋律は基本的に『チェロキー』のコード進行を借用して作られていたから。

長い目で見て、『ヴァーモントの月』というレコードがスタンにもたらしたもっとも重要な結果は、それがノーマン・グランツとの契約に結びついたことだった。グランツはスタンの演奏のエモーショナルな力と、そのレコードの驚くべき売れ行きに感心し、ルーストとの契約が切れた十二月十日に、彼とクレフ・レーベルとの間の専属契約を結んだ。

スタンはグランツの傘下に入ることに興奮を覚えた。クレフはルーストよりも遥かに広い販売経路を持っていたし、プロモーションのためにより潤沢な資金を使えたからだ。それに加えて、グランツにくっついていれば、彼が主宰する豪勢なツアーに、超一流のミュージシャンたちと共に参加することを約束されたようなものだった。たとえば一九五一年の秋のツアーには、エラ・フィッツジェラルド、ジーン・クルーパ、レスター・ヤング、ロイ・エルドリッジ、フリップ・フィリップス、ビル・ハリス、イリノイ・ジャッケー、レイ・ブラウン、オスカー・ピーターソン、ハンク・ジョーンズが参加していた。

ノーマン・グランツはひょろりとした、どこまでもエネルギッシュな人物であり、骨の髄までリベラルでありながら、同時に容赦を知らぬ功利的な資本家だった。そもそもの最初から、彼の第一のモチベーションは人種的公正の達成だった。〈ダウンビート〉一九五一年十二月号で彼はこう語っている。

私の目指すものごとはこのような順番になっている。第一は社会的なものだ。人種的差別をより寛容なものにし、消滅させること。第二は純粋にビジネス的なもの。あっさり砕いていえば、金儲けだ。そして第三には——いいかね、これが最後にくるわけだが——ジャズを売り込むことだ。

グランツとジャズの関わりは一九四三年に遡る。当時まだ二十四歳で、MGMのフィルム編集者として働いていた。彼はロサンジェルスのジャズ・クラブが白人の客しか入れないことに猛烈に腹を立てていた。そして仕事のない夜にクラブを借り切り、人種混合の聴衆のためのジャム・セッションを催した。その信念は、一九四四年七月二日に彼が〈ロサンジェルス・フィルハーモニック・オーディトリアム（公会堂）〉で、スリーピー・ラグーン弁護基金のための慈善コンサートを開催し、それが成功裏に終わったとき、より確固としたものになった。その基金はいわゆる「ズート・スーツ」暴動で誰かが殺害されたあと、サン・クエンティン刑務所に送られた若いメキシコ人たちのグループの弁護費用を捻出するために設けられたものだった。

コンサートは二千人もの聴衆を集め、ナット・キング・コールと、サキソフォン奏者イリノイ・ジャッケー、ギタリストのレス・ポール、ピアニストのジョー・サリヴァンとミード・ラックス・ルイス、クラリネットのバーニー・ビガードなどが出演した。〈ダウンビート〉によれば、中でもいちばん聴衆の関心を集めたのはイリノイ・ジャッケーだった。彼は「テナー・サックスのその泣き叫ぶようなハイ・ノートでみんなを熱狂させた」のだ。〈ロサンジェルス・タイムズ〉の音楽評論家は強くクラシック音楽に傾いている人で、グランツから個人的な招待を受けたにもかかわらず、そのような催しを取り上げることは「威厳を損なう」という見解を表明し、誘いを断った。

スリーピー・ラグーンの催しが成功したことで意を強くしたグランツは、その四週間後、やはりフィルハーモニック・オーディトリアムで、別のコンサートをプロモートしたが、今回は純粋に商業的娯楽を目的としたもので、カウント・ベイシー楽団とジョー・サリヴァンが出演していた。そしてそれはかなりの収益をもたらした。やがてグランツは毎月定期的にそのコンサートを催すようになり、それに「ジャズ・アット・ザ・フィルハーモニック」という名を冠した。略してＪＡＴＰだ。

それから彼は、それらのコンサートを録音すれば、更に利益が上がるのではないかと思いついた。しかし大手のレコード会社は、歓声や拍手が入った録音など問題外だと考えていた。そして初期のＪＡＴＰのレコーディングに興味を示したのは、モー・アッシュというどこまでも無名のレコード業者だった。しかし最初のディスクは十五万枚を売り上げ、続編は更に多くを売った。アッシュはＪＡＴＰとは無関係の分野で判断を誤って破産したが、グランツのつきは続いた。

レコーディングの幅広い人気は彼を勇気づけ、彼は自分のアーティストたちを全国ツアーにブッキングした。一九四五年に少しばかり最初の躓きはあったものの、一九四六年の初めには素晴らしい成功を収めていた。彼が選んだミュージシャンたちは、率直にエモーショナルな、感情剝き出しの演奏をした。

グランツは記者にこう語っている。

　私のコンサートはまず何よりエモーショナルな音楽なんだ……もしお望みなら、もっと内省的なコンサートを催すこともできる。でも私はどちらかといえば、エモーショナルな方を選びたい。そして、いいかい、大衆の好みも私のそれと一致している。私が生涯で最も大きくこけたのは、デイブ・ブルーベックやジェリー・マリガンといった内省的なミュージシャンを、何人かツアーに加えたときだった。

　ジャズはとても生き生きしたものであり、それは人を生き生きさせる……人を幸福にしなくちゃならないと私は思っている。そいつはエネルギーを、たくさんのエネルギーを持っていなくてはならない。オスカー・ピーターソンやロイ・エルドリッジやディジーやベニー・カーターを聴くとき、私はエネルギーやグッド・フィーリングの見事な噴出に身を包まれる。

　ロイ（エルドリッジ）はすべてにおいて熱烈な男で、彼にとっては安全な演奏をするより、たとえ失敗に終わったとしても、何かしらの頂点に達するべく、敢えて挑戦することの方が大事なんだ。それこそがジャズだよ。

　グランツはミュージシャンたちに高額のギャラを払った。そして社会的問題については痛烈な姿勢をとった。

　ステージに立っているときのミュージシャンを、曲がりなりにも敬意と尊厳をもって扱い、でもステージを終えたら裏口にまわってくれみたいなことは、許されるべきじゃない。我々は黒人に対する差別と闘うだけではなく、すべてのジャズ・ミュージシャンに対する差別と闘っているんだ。私は主張する。私のミュージシャンたちは、レナード・バーンスタインやハイフェッツと同じ扱いを受けてしかるべきだと。なぜなら彼らは同じくらい優れているからだ。人間としても、音楽家としてもね……

　あちこちにはびこる偏見に対して、我々はまだいくらかの譲歩をしなくてはならない。しかしながらそのような譲歩は、徐々に少なくなりつつある。ゆくゆくは我々はみんな一緒に、アトランタの最高級ホテルに部屋をとれるようになるだろう。そしてそのことについて、誰もなんとも思わなくなるだろう。

そしてミュージシャンたちは彼を愛した。ディジー・ガレスピーが述べるように。

ＪＡＴＰの大事なところは、それがジャズ・ミュージシャンを最初に「ファースト・クラス」扱いしてくれたことだ。ノーマンと一緒だと、ファースト・クラスで旅行し、ファースト・クラスのホテルに泊まれるんだ。そして座席が人種別になっている場所では何があろうと演奏しなかった。

グランツは一刻も早くスタンを録音スタジオ入りさせたかった。そして一九五二年十二月十二日に彼は、自分のレーベルのためにクインテットの録音をおこなった。ルーストとの契約が切れた実に二日後のことだ。彼はバラード・プレイヤーとしてのスタンにスポットライトをあてたかったし、しっかりとその成果を手にした。

その録音にグランツが用意したよく知られた八つのロマンティックな曲のうち、少なくとも四曲で、スタンは宝石のごとき美しい演奏を見せている。レイニーは純粋な伴奏者の位置に退いている。五曲のスロー・ナンバーにおいて、スタンは艶やかなサウンドの連なりを紡ぎ出し、とりわけ『身も心も』と『アラバマに星落ちて』においては、傷心と喪失の胸打つ物語を語る。その演奏は、ギャツビーとデイジーがロングアイランド・サウンドを見おろすテラスで踊るときに、人々がその音楽として思い描きそうなものになっている。二曲は速いテンポで演奏される。『今宵の君は』と『恋人よ我に帰れ』だ。その生き生きとした演奏は、スタンとレイニーとの間でなされた最良の仕事として成立している。

クインテットはテディー・リーグとルースト・レコードに、もう一回分の録音の義務を負っていたが、事態はいささか厄介なことになっていた。というのは十二月十九日より前にセッションは実現できなかったし、そうなるとグランツとの契約上の衝突を避けることができない。その九日前には既にグランツとの契約を結んでしまっていたからだ。しかしリーグはその録音の、ユニオン向けの日付を十二月五日とごまかして書き込むことで問題を解決した。日付の件はともかく、それはリーグにとっては心痛む展開だった。というのはスタンは比類なきベスト・セリング・アーティストであり、『ヴァーモントの月』はリーグが手にした唯一のスマッシュ・ヒットだったからだ。

『ヴァーモントの月』の成功にあやかるべく、リーグはスタンに三曲のバラードを演奏させ、また〈バードランド〉の宣伝のために、シンフォニー・シドが放送でレコードをかけてくれることを期待して、ジョージ・シェアリングの『バードランドの子守歌』を四曲目として選んだ。レイニーはスタンとユニゾンで素晴らしい旋律を演奏し、スタンのために際立った伴奏を提供した。しかし彼はソロのスペースをほとんど与えられなかった。スタンのバラード演奏は完璧無比だった。

一九五二年十二月二十九日。ルーストの録音セッションの十二日後に、グランツは再びクインテットをレコーディング・スタジオに連れて入った。四曲ぶんの録音をするためだ。三曲のロマンティックなスタンダードと、ジジ・グライスの新曲、活発な曲調の『オリエントの賛歌（Hymn of the Orient）』だ。クインテットはグランツのために最初に演奏したときと同様、高い水準を保っている。

十二月十二日、十二月二十九日合わせて十二曲が録音され、最初にSPで発売され、後にLP「スタン・ゲッツ・プレイズ」にまとめて収録された。

十二月二十九日のセッションの終わり頃、レイニーはスタンを洗面所に連れて行き、自分はもう一緒に仕事をしていけそうにないと言った。麻薬とは無縁のレイニーは、スタンが密売人や取り巻きと絡んでいる現場や、麻薬の確保に日々やきもきしている姿や、警官に関する彼のパラノイアを目にすることに嫌気がさしたのだ。レイニーが去ったことで、スタンは深く落胆した。そして何とか戻ってくれないかと熱心に懇願した。彼はまた一九五三年四月二十三日のレイニー名義の録音セッションに、「スヴェン・クールソン」という偽名で違法に参加することで、グランツとの関係を面倒なものにした。スタンはもともと、彼の敬愛する亡くなったテナー奏者チュー・ベリーにちなんで「ジュー・ベリ」という偽名を使いたがったのだが、プロデューサーは「スヴェン・クールソン」がいいと言い張り、説き伏せられたのだ。

もうクリーンになったし、これからは麻薬がらみのごたごたも起こさないからと言って、バンドに復帰するようにスタンに求められたときのことを、レイニーは回想する。


私は街に着くとホテルに行って、スタンの部屋のドアをノックした。出てきた彼はしっかりヤクがまわっていた。私は言った、「おい、スタン、もうそういうことはしないと、あんたこの前言ったばかりじゃないか」

すると彼は言った、「よしてくれよ。おれは何にもしちゃいないぜ。ひどい頭痛がするんで、処方薬をいくらか飲んだだけさ……それにおれは一晩ずっと起きていたもので、とても疲れているんだよ」

私は言った、「なあスタン、そんないい加減なことは言うな。あんたがヤクを打ったことくらいちゃんとわかるんだから」

「いや、それは違う、ジミー」と彼は言って、それから延々とあれこれ言い訳を続けた。私はもううんざりして言った。「スタン、この部屋に入ったときにちゃんと見たんだ。あんたが麻薬の道具一式を、そこにある雑誌の下にさっと隠したのをな」

するとスタンは真剣に腹を立てて言った。「それならなんで最初にそうと言わないんだ？　おかげで一時間も無駄な言い訳をさせられたぜ」


「スヴェン・クールソン」のセッションはレイニーの作った三曲と、セロニアス・モンクの『ラウンド・ミッドナイト』にスポットライトが当てられている。そしてそれらは「アーリー・スタン」というタイトルでLPに収録された。〈ストーリーヴィル〉での録音以来初めて、クインテットは七十八回転盤の三分間という時間の制約から解き放たれ、その自由をたっぷり享受している。グランツのための二度のセッションや、ルーストのための最後のセッションとは違って、スタンはそこでは主役ではなかった。スタンとレイニーは再び同等のパートナーになった。二人とも長いソロをとり、楽しげなユニゾンや対位法的なパッセージにあらためて没頭している。

一九九〇年に〈モザイク・レコード〉が、すべてのゲッツ＝レイニー・クインテットの録音を集めた三枚組CDボックスをリイシューした。ルーストとグランツのために吹き込まれた演奏だ。CDと共に、ビル・クロウが書いた素晴らしいエッセイも添えられている。

レイニーがグループを離れたあとも、スタンはクインテット形式でバンドを続けたかったが、今までとは異なったサウンドを求めていた。ドラムのフランク・イソラが、ヴァルヴ・トロンボーンのボブ・ブルックマイヤーはどうだろうと提案したとき、スタンはそのアイデアに飛びついた。ブルックマイヤーの流れるような長い即興演奏は、スタンの演奏とぴったりうまが合いそうだった。またボブは作曲家としてもアレンジャーとしても優れていた。彼は一九五三年一月初めの一週間、グループに加わって演奏した。それから残りの六週間の契約を果たすために、ウディー・ハーマンのところに戻っていった。

ブルックマイヤーが三月初めに戻ってくるまでのあいだ、スタンは代役として作曲家でありトロンボーン奏者でもあるジョニー・マンデルを雇った。スタンはそのマンデルとの幕間の期間を利用して、トロンボーンの音質に自分の演奏を合わせるための調整を行った。レイニーのギターと組んだときにそうしたのと同じく、自分のサックスのサウンドと、相方の楽器のサウンドがうまく一体化するように、マウスピースを変え、唇の使い方を変えた。

彼はブルックマイヤーの復帰を心待ちにしていた。二月の初めに彼は〈ダウンビート〉に語っている。自分とブルックマイヤーが、チェト・ベイカーを擁するジェリー・マリガンのピアノレス・カルテットに合流することで、新たなセクステットを形成することを考えていると。スタンは記者に向かって、このドリーム・バンドについて熱意を込めて詳しく話している。

僕は西海岸に行くつもりなんだが、二月にこちらに戻るときには、ジェリー・マリガンとチェト・ベイカーを連れてきたいと思っている……ジェリーやチェトやボブみたいなブロウできる連中と一緒だと、それこそもう言うことなしのバンドになる。作曲ができる人間が三人もいるわけだしね。

スタンはマリガンに相談もなくそんな発言をしたので、マリガンはその記事を読んで驚き、すぐに意見を表明した。〈ダウンビート〉は翌月号にその発言を掲載した。その部分を引用すると、

チェトと私を彼のコンボに加えるとか、私のグループに参加するとか、そんなような発言をするなんて、スタンが何を考えているのか、私にはよくわからない。しかしとにかくそれはないね……長年私は裏方にいて、たくさんのバンドのためにアレンジメントを書いてきた。現在は自分のカルテットを持っていて、そこで自分のやりたいことをやっている。それを誰かと分かち合う理由は見当たらない。

スタンはその次の号の〈ダウンビート〉で意見を述べ、このややこしいやりとりにけりをつけた。自分としてはただ「楽しい想像をしていた」だけなのに、インタビューをした記者がそれに「ちょっと色づけをした」のだと。スタンは発言をこのように締めくくっている。

このアイデアの大事な部分は、そこに築かれるであろう音楽的ストラクチャーと、ぼくならブッキングと大手レコード会社にコネクションを持っているし、それはジェリーにとって有利に作用するだろうというところにあった。そして彼の音楽的オリジナリティーは、一緒に仕事をすることでぼくに良い刺激を与えてくれるはずだ。

要するにそれだけのことなんだ。以上おしまい。だから君たちの持っている、若い才能に邪な企みを押しつけるリーダーたちのリストから、ぼくを外しておいてくれ。

スタンのドリーム・バンドはそこで消滅した。しかし三年後に、マリガンはブルックマイヤーと、ズ

ート・シムズと、トランペットのジョン・アードレイを入れたピアノレス・セクステットを編成した。そのサウンドはスタンが思い描いていたのに近いものだった。

スタンは彼の新しいクインテットを一九五三年五月十六日に、グランツのスタジオに入れた。以前のグランツのセッションと同じメンバーはビル・クロウ一人だけだった。ブルックマイヤーに加えて新メンバーとして、ピアノのジョン・ウィリアムズ、ドラムのアル・レヴィットが加わった。彼らは二人とも一月にスタンと契約を交わしていた。それぞれのトラックは七十八回転のフォーマットのために、三分の時間の制約があった。グランツはロジャーズ＆ハートのショー・チューン『ジョーンズ嬢に会ったかい？』を選んだ。それに加えてブルックマイヤーのオリジナルを三曲。しかしコントロール・ブースで采配をふるっていたグランツは、ブルックマイヤーのつけた曲のタイトルを横柄に一蹴した。

最初の曲の録音が終わると、彼は声をかけた。

「今の曲はなんていうんだね？」

『ラスティック・ダンス（田舎風のダンス）』

「いいね。そいつは『ラスティック・ホップ』にしよう」

二曲目のあとで、グランツはまたタイトルを尋ねた。

『トロリー・カー』とボブは答えた。

「こいつはなかなかうまくミックスができた」とノーマンは言った。「『クール・ミックス』と呼ぶことにしよう」

ブルックマイヤーはまだ二十三歳だったし、そのひょろりとした興行主に強く出られて、ただ苦笑して新しい曲名を受け入れるしかなかった。

ブルックマイヤーはレイニーのようなリリカルな即興演奏はしなかった。そしてレイニーが示したような神秘的というに近い共感を、スタンとの間に持つこともできなかった。しかし彼はより楽しい演奏をした。その四曲において、スタンは楽しく賑やかな音楽的会話を満喫している。対位法的に演奏し、互いのソロの裏で思わず口ずさみたくなるような印象的なリフ（繰り返される短いフレーズ）をつけている。四つのトラックは七十八回転で発売され、『ラスティック・ホップ』は今のところ「アーティストリー・オブ・スタン・ゲッツ」というCDに収録され、リリースされている。

　五月十六日のグランツとのセッションのあと、スタンはブルックマイヤー、イソラ、ウィリアムズ、テディー・コティックを含んだクインテットと共にカリフォルニアに行った。ウィリアムズはスタンとコティックと共に、スタンの車で大陸横断をしたときのことを覚えている。


　金曜日に三千マイル離れた場所で演奏するには、月曜日には出発しなくてはならないと僕は思っていた。しかしながらスタンは例によって、月曜日にはもっと大事な用件を持っていた。用件とはつまりどこかの若くてきれいな女性のことだ。とにかくどの街で演奏しても、必ず同じことが持ち上がるんだ……

　火曜日の五時頃になって、ようやく我々はワシントンを出発した。幸いなことに、ワシントンには熱烈なジャズ・ファンの、小柄でフレンドリーな薬剤師がいて――とりわけルイ・アームストロングのファンだったと記憶しているけれど――彼がアンフェタミンを調達してくれたので、我々はおおよそ六十時間運転しまくったあと、なんとか間に合うようにLAに到着できた。


　スタンと彼のバンドには十分なブッキングが入っていたので、彼らは九月までそこで自活していくことができた。ユニットとしての仕事がなくなると、それぞれにフリーランスで仕事をした。スタンはジミー・ジュフリーとシェリー・マンと共に仕事をする機会を得た。そして六月十二日にはジェリー・マリガン・カルテットと共にライブ録音をおこなっている。チェト・ベイカーのトランペット、ジョー・モンドラゴンのベース、ラリー・バンカーのドラムに彼が加わるというかたちで。今回もまたスタンは、麻薬を断つべく苦闘しているジェリーの代役をつとめたわけだ。しかしその努力も残念ながら実を結ばず、そのすぐあとにジェリーは麻薬絡みで刑務所入りすることになる。

　スタンは再びカリフォルニアと恋に落ちた。そして七月にはベヴァリーと二人の息子たちを、ハリウッドの北のローレル・キャニオンに借りた家に呼び寄せた。それは文字通り渓谷のわきにしがみついているような家だった。そして通りからは六十八段もの急な階段を上らなくてはならなかった。

ベヴァリーと子供たちが家に落ち着いた頃、クインテットは〈ザーディズ〉というクラブと、七月二十一日から七週間にわたる出演契約を結ぶことができた。〈ザーディズ〉はマネージャーのベン・アーキンが店の方針をディキシーランド・ジャズからモダン・ジャズに変更して以来、あっという間にロサンジェルスでナンバー・ワンのジャズ・クラブにのし上がっていた。

グランツはスタンのクインテットを、一九五三年七月三十日、そして八月十五日と二十二日に録音スタジオに入れた。彼らは「インタープリテーションズ」と呼ばれるアルバムのために十一曲を録音した。五月十六日の前回の録音のときとは違って、今回は三十三回転LPのための録音だったので、ミュージシャンたちは全部で七十分の時間を使って、のびのびと演奏することができた。長時間のフォーマットのおかげで、スタンとブルックマイヤーは二人の間のハッピーな対位法的会話をより膨らませ、音楽的な友情を深めた。スタンはそれをこのように説明している。

我々は同じ音楽的、人間的波長の上にいるみたいだ。お互いを自然に補完している。ぼくのテナーと彼のヴァルヴ・トロンボーンが同じ音域で、同じ音色であるにもかかわらずだ。我々は新鮮でまとまりのある、メロディックな即興演奏に対する同じ熱い思いを共有している。

一九五三年八月三日、グランツは彼のオールスター・ラインナップに初めてスタンを加えた。そこにはカウント・ベイシー、バディー・リッチ、ワーデル・グレイ、そして〈ダウンビート〉のクラリネット部門のポール・ウィナーであるバディー・デフランコ、そしてヴェテランのアルト・サックス奏者ベニー・カーターとウィリー・スミスが名を連ねていた。グランツはミュージシャンたちを揃えてジャム・セッションをさせた。彼はそのフォーマットをしばしば好んだが、それは彼が自分のソロイストたちに心ゆくまで自由に演奏をさせたいからだった。

ミュージシャンたちは『レディー・ビー・グッド』を二十分間にわたって吹き続けたし、二曲のブルーズ演奏にそれぞれ十五分と十二分かけた。ホーン奏者はロマンティック・メドレーで銘々、好きなバラード曲を選んだ。スタンは『ウィロー・ウィープ・フォー・ミー』を選んだ。スタンはこの豪華な顔ぶれの中で寸分もひるむことなく。四曲すべての中で新鮮で逞しい即興演奏を繰り広げている。それらのトラックは「ノーマン・グランツ・ジャムセッション#3、#4」というアルバムにまとめられている。

八月二十日に、タイニー・カーンがその前日に休暇旅行中のマーサズ・ヴィンヤードで、心臓発作のために亡くなったという報を受け、スタンは深く悲しんだ。カーンはドラッグも酒も一切やらなかったが、二ヶ月前に軽い発作を二度経験していた。肥満のせいで体調を崩しており、食事療法を取り入れているところだった。心臓手術が可能になる以前の時代だったから、それが回復への唯一の方法だと思われていた。スタンや、タイニーの友人たちや、テリー・ギブスや、他の同時代の人々はタイニーの作曲家、編曲家としての才能は、彼がドラム演奏に持ち込んだものに匹敵すると考えていた。スタンは彼に対して賞賛を惜しまない。

彼はぼくが常に変らず素晴らしいと思うドラマーの一人だった……タイニーは音楽的に君の下に潜り込んで、そして持ち上げてくれるんだ。大抵のドラマーは上の方で補強しようとするんだが。また彼はその演奏と同じくらい素敵な曲を書いた。「善人は若死にする」というが、彼の場合がまさにそれだな。本当にベストなやつだった。

クインテットの音楽的結束は高まっていったが、九月七日に〈ザーディズ〉の契約が終了すると、そのあと仕事は尻すぼみになっていった。スタンはスタン・ケントン楽団（及び専属歌手のジューン・クリスティー）のスペシャル・ソロイストとしてツアーに出た。ウィリアムズとコティックは東海岸に戻った。ブルックマイヤーとイソラはカリフォルニアに残ってフリーランスの仕事をした。

十月にケントンとのツアーから戻ると、スタンは主にカリフォルニアでチェト・ベイカーのグループに入って仕事をした。しかし十二月の初めにはボストンの〈ハイ・ハット〉で、ブルックマイヤー、コティック、デューク・ジョーダン、ロイ・ヘインズとバンドを組んで、一週間演奏した。

一九五三年十二月九日、スタンがカリフォルニアに戻ったまさにその日に、グランツは彼とディジー・ガレスピーを組み合わせた録音をおこなった。リズム・セクションはオスカー・ピーターソンのピアノ、ハーブ・エリスのギター、レイ・ブラウンのベース、マックス・ローチのドラム、アルバムのタイトルは「ディズ・アンド・ゲッツ」。

スタンの演奏に見られるすさまじい集中力は、ディジーというまさに大物中の大物と、五分と五分で渡り合うセッションに、彼が特別な気合いを込めて臨んだことを示している。〈ダウンビート〉は二人の出会いを「お互いを極限まで押し出していく、二人の名人の白熱の正面対決」と評している。これは最初の曲『スウィングがなければ意味はない』を聴けばすぐにわかる。この曲はスタンの表現を借りれば「これ以上ないほど猛烈な」ペースで演奏される。ディジーがまず火の出るようなソロで火蓋を切る。しかしスタンは全力でその高温を維持する。そこにある熱情は並外れた逞しさをほとばしらせる。そしてその曲の最後にあるフォー・バーズ（四小節）交換では、戻ってきたスタンは一対一の鋭い応酬を繰り広げる。その日のセッションでは彼らは三曲のバラードを演奏した。『街の噂』ではスタンは痛切なまでのリリシズムで最高点をきわめ、さすがのディジーもそこには追いつけない。その日のセッションでスタンはグランツに、そして世界に、彼が見事に完成されたサキソフォン奏者であることを確信させた。アップテンポの痛烈な曲でも、ロマンティックなバラードでも、同じくらい熟達した演奏が彼にはできるのだ。

ブルックマイヤーとのクインテットが解散したあと、スタンは新たなグループを組んで、十二月半ばの〈ザーディズ〉のエンゲージメントと、実入りの良いデトロイトでのクリスマス・シーズンのブッキングを手にすることができた。最新の彼のクインテットはトランペットにチェト・ベイカー、ピアノにジミー・ロウルズを配していた。

家族をカリフォルニアに呼び戻せたことを、スタンは喜んでいた。とりわけベヴァリーがまた妊娠しているこ とが十月に明らかになったあとでは。彼らはまた子供たちの着ているスノー・スーツを、Tシャツとショート・パンツに替えられたことを、十二月でもシャツ一枚で、裏庭でバーベキューができることを幸福に感じていた。ノーマン・グランツはスタンをジャズ界のエリートたちと組ませて、次々にレコーディングした。条件の良い出演契約もどんどん入ってきた。二人は共に麻薬中毒である夫婦としては、最高に満ち足りた暮らしをしていた。二人の年収は、一九九六年の水準に換算すれば、十六万ドルにも達していた。確かなヘロイン・コネクションを確保し、一日中ハイな状態で暮らすことができた。家の隣にある林の中で、あるいは太平洋の砂と波のあいだで、子供たちが飛び跳ねているのを眺めているあいだにもだ。

## 第八章

# 手入れ

一九五三年十二月十八日の〈ザーディズ〉には麻薬取締官がごっそり集まっていた。その時代のロサンジェルスではヘロイン使用は、裕福なベル・エアやベヴァリー・ヒルズや中産階級の住む郊外まではまだ広がっておらず、ジャズ・コミュニティーか、あるいは少数の悪名高いスラムのエリアに限られていた。だから麻薬取締官たちの目も、黒人かメキシコ人たちの居住する地域の四つか五つの街角か、一握りのジャズ・クラブに集中して注がれていた。サンセット・ブールヴァードに位置する〈ザーディズ〉も目をつけられている店のうちのひとつだった。〈ザーディズ〉のマネージャー、ベン・アーキンは、クリスマスの前の週にスタン・ゲッツをブッキングできたことを喜んでいたはずだ。ベイカーとロウルズの入った彼のクインテットは連日店を満員にしていた。グループの中ではロウルズが唯一、ヘロインとは無縁のメンバーだった。

九年間もヘロインを用いながら一度も逮捕されなかったため、スタンは取締官に対して次第に注意を怠るようになっていた。ロウルズが語る。

あるとき僕は彼らに裏手に呼ばれた。そしてスタンが言った、「さあ、これを持っていてくれ。手を出せよ。ちっとばかり持っていてもらいたいものがあるんだ」。僕が手を出すと、彼はヘロインの入った袋の束をその上にどっさり置いた。そのあたりはなにしろ警官がうようよしてるんだ。なのに僕は証拠品をどっさり抱えて、そこにぼっと突っ立っていたわけさ。そして連中は僕の前で、誰がどれだけ麻薬をとるかで争いを始めた。それで僕はベース奏者に言った。「おい、あんたの帽子を貸してくれ」って。僕はその帽子の中に麻薬を放り込み、そこを離れた。

スタンは注意不足だったかもしれないが、クラブの中で注射を打つほど厚かましくはなかった。ロウルズが回想する。

スタンはセットとセットの合間に、どこかのガソリン・スタンドまでよく僕に車を運転させた。彼は注射道具一式の入った小さな箱をそこに隠していたんだ。僕が自分の車の中に座っていると、スタンはハリウッドのそのへんのシェル・ステーションの裏手の茂みを探し回り、それから洗面所に入ってロックし、クスリを打ち、そして戻ってくる。それから僕が車を運転し、またどこかに立ち寄って、そこに小さな箱を隠すんだ。僕はその隠し場所を覚えていなくちゃならなかった。彼がまたそこに戻り、箱を回収できるようにね。

スタンが最終セットを終えて車に乗り込んだのは、十二月十九日の午前三時だった。サンセット・ブールヴァードをすぐに右折し、ローレル・キャニオンの狭くて曲がりくねった、急な坂道を上がっていった。パラノイアに近い本能も、疲労のために鈍くなっており、あとをつけてくるセダンに気がつかなかった。

十分後にはローレル・パスの自宅の前に車を駐めて、玄関まで六十八段の階段を上っていた。そして家の中に入った。上着をまだ脱ぐか脱がないかのうちに、玄関のドアがノックされ、男の声が聞こえた。「助けが必要なんです。車を駐めようとして、おたくの車の後ろにぶつかってしまい、バンパーが絡まってしまいました」。スタンは弾丸を装塡してある三十二口径のリヴォルヴァーを手に取り、ドアを開け、そこに立っている三人の男たちに銃口を突きつけた。LAPD〈ロサンジェルス警察〉のジョン・オグレイディー刑事が、自分たちは麻薬課の取締官だと名乗り、拳銃を抜いた。スタンはすぐに三十二口径を床に落とした。

ベヴァリーは半ば眠っていたが、それでも「麻薬課の取締官だ」という言葉は耳に届いた。刑事たちがそのまま家の中に踏み込むと、何か――ヘロインの小さな包みのように見えたと後日刑事たちは語った――を手にバスルームに走っていって、止まれと命令されたにもかかわらず、それを便器に捨てて流した。

両腕についた注射針のあとをむき出しにされ、スタンはその夜麻薬注射をしたことを認め、そのまま警察署に連行された。一九五三年のカリフォルニア州では、麻薬を使用しただけで罪に問われたのだ。「浮浪罪、薬物中毒」と記録され、千ドルの保釈金で釈放された。警察は彼を「銃器を携行した薬物中毒者」としては起訴しなかったし、またベヴァリーを公務執行妨害で起訴することもなかった。

翌日の〈ロサンジェルス・タイムズ〉紙にはこのような見出しが躍った。「ミュージシャン、スタン・ゲッツ、二十七歳、麻薬容疑で収監」。その上にはスタンの三十二口径を調べている、彼を逮捕した取締官の一人の写真が載り、その隣でスタンはまるで死人のように見えた。〈ロサンジェルス・ヘラルド・エクスプレス〉紙の見出しには「有名ジャズ・ミュージシャン、麻薬使用容疑、ハリウッドの自宅で逮捕――両腕の注射跡が語る」とある。〈ハリウッド・シチズン・ニューズ〉紙はとりわけ大きな活字で「麻薬課刑事、ハリウッドのバンドリーダーの武装を解除」と書いた。

スタンはノーマン・グランツのヨーロッパ・ツアーがあることを理由に、審理の延期を申請したが拒否され、そこで一九五四年一月二十日、自らの有罪を認めた。二月十七日に判決を下すので、裁判所に出頭するようにと判事は申し渡した。そして「このような場合、通常最低九十日の刑期が科せられる」と付け加えた。判決が下されてすぐに刑期が開始される。

このような不祥事にもかかわらず、ファンが自分を愛してくれていることを知って、スタンは慰められた。〈メトロノーム〉〈ダウンビート〉両誌は一月に、スタンが再び人気投票の首位を獲得したことを報じている。

一月二十三日にグランツは、スタンのために四曲のスタンダード・ソングを選び、イージーでリラックスした演奏をさせ、それを録音している。それは前回のディィジーとの白熱したセッションとはまさに対極にあるものだった。伴奏のピアノのジミー・ロウルズはいくらか冴えたところを見せるが、ドラマーのマックス・ローチとベースのボブ・ホワイトロックは、リズムを刻む以上のことはほとんど何もしていない。これらのトラックは最初七十八回転盤で発売されたが、一九八八年にCD「スタン・ゲッツ・プレイズ」に組み込まれて再発されている。

収監される前の最後のギグとして、スタンは八日間の西海岸ツアーに参加する契約を、ジーン・ノーマンとの間に交わしていた。二月五日金曜日夜の、二度のロサンジェルスでのコンサートが皮切りで、どちらも切符は完売だった。ノーマンはスタンの仕事ぶりをよく知っていた。彼は一九四八年のコンサートでのスタンを録音していたし、一九四九年にウディー・ハーマンのセカンド・ハードがハリウッドの〈エンパイア・ルーム〉で演奏したとき、そのマネージメントを引き受けていた。また五年間にわたって自分のディスクジョッキー番組を持っていて、そこでスタンのレコードをしょっちゅうかけていた。彼は二つのグループを組み合わせてツアーをおこなうことに決めた。ひとつは盲目の人気ピアニスト、ジョージ・シェアリングの率いるクインテットであり、もうひとつはレスター・ヤングを崇拝する三人のテナー・サックス奏者——スタンと、ズート・シムズと、ワーデル・グレイ——からなるコンボだった。グレイはがりがりに痩せた黒人で、淀みなくブルージーなスタイルの即興演奏をした。ノーマンはそれぞれの公演地で地元のプロモーターに、三人のテナー奏者のためにピアノ、ベース、ドラムのリズム・セクションを調達してもらう契約を結び、そのぶん経費を節約した。

スタンとシェアリングがツアーの顔をつとめており、新聞の広告もそれを反映したものだった。二人の名前は、シムズやグレイの名前の四倍くらいの大きさの活字で印刷されていた。

ワーデル・グレイはデクスター・ゴードンとアッ

プテンポの激しい「テナー決闘（デュエル）」を行い、音楽的な刃（やいば）を交わすことで勇名を馳せていた。そしてノーマンは三人のテナー奏者が毎夜、『インディアナ』を取り上げ、十五分にわたる熾烈な三つどもえのバトルを繰り広げると宣告していた。彼らはその挑戦に応じ、お互いを刺激し合い、オリジナリティーの高さをどんどん押し上げ、聴衆はそれを喜んだ。

　スタンは刑務所の中でコールド・ターキー（麻薬の禁断症状）を迎えたくなかったので、ツアーのあいだにその習慣を断つことにした。禁断症状の苦しみはバルビツール剤によって緩和されると彼は信じており、ツアーの三日目にあたる二月八日の月曜日から、ヘロインをこの薬品に切り換えた。

　スタンはかなりの重度のヘロイン中毒者として九年にわたって、競争の熾烈なその業界で、創造性の水準を見事に高く保ってきたし、日々必要とする三つのものを確保するべく全力を尽くしてきた。金と、コネクションと、注射だ。そしてそのような日々の営為に関しては常に警戒を怠らなかった。

　ヘロインはジャンキーを両腕にしっかり抱きしめ、様々な苦悩から解き放ってくれる。自分自身であることの痛みから、すべての落胆と罪悪感から、自己不信から。そしてそのような痛みの忘却は、ドラッグがもたらしてくれることの半分に過ぎない。それはまた彼に、自分が力強く自信に溢れ、自己をしっかり制御しているように感じさせてくれる。彼の楽器は完璧であり、髪はぴったり決まっているし、あの娘は今夜自分のものになるだろうと。ヘロインは九年にわたってスタンの友人であり、家族であり、恋人であった。そして今や彼は独りぼっちだった。それは去ってしまい、あとを埋めるものはどこにもなかった。彼が長年にわたってそこから逃げまくってきた苦悩のほかには。

　ありがたいことに、スタンはヘロインの抱擁から唐突に放り出されることはなかった。ヘロインは彼の身体の組成の中にまだしばらくは残っていたし、バルビツール剤は彼の心と身体に起こっていることの実態を覆い隠す手伝いをしてくれた。しかし日にちが経過するにつれて彼の苦しみは増し、バルビツール剤は良い方よりは悪い方に作用するようになった。

　ジャンキーが注射を打ったあとに訪れる陶酔の瞬

間と、すぐそのあとに続く「こっくり」の短い時期を別にすれば、彼は自分のまわりで起こっていることに細心の注意を払い、自分をそれにぴったり合わせている。バルビツール剤は彼を怯えさせ方向を見失わせる。というのはその薬は作用の過程において、注意深さや自己制御からはほど遠い、ぼんやりとした黄昏地帯（トワイライト・ゾーン）に彼を連れ込むからだ。そしてバルビツール剤は活発な注意力を失わせ、それにあわせて肉体は猛烈に反乱を開始した。

　麻薬を断ってから三日目の水曜日、身体症状がまるで鍛冶屋の大槌のように激しく彼を打った。胃がきりきりと絞りあげられ、肌が焼けるように熱くなり、すべての骨と筋肉が痛みに脈打った。スタンは更に多くのバルビツール剤を飲み、それにウィスキーを加え、前にも増して必死にトワイライト・ゾーンに逃げ込もうとすることで、それに対応した。

　麻薬を断って四日目、彼はオレゴン州ポートランドのバーで、酒を飲み、バルビツール剤を次々に飲み込んでいた。ポートランドはツアーの最後から二番目の都市だった。翌日のワシントン州シアトルが最終公演の地になる。

　ポートランドでの公演が終わると、ドライバーはすぐさまジョージ・シェアリングを車でシアトルに運んだ。スタンのせいで他の人々の出発は遅れてしまった。人々は彼らのためにチャーターされた小さなバスのまわりで、いらいらしながらうろうろ歩き回っていた。スタンは激しい胃の差し込みが引くまで、二十分ばかり横になっていなくてはならなかったのだ。バスが出発したのは夜の十一時三十分だった。

　バスに乗り込むとそのままスタンは寝てしまった。しかしすぐに目覚めた。そしてバスの通路を激しく行き来し、一人の罪のない犠牲者に向かって激しい言葉の攻撃を浴びせかけた。その犠牲者は、ジョージ・シェアリングのグループに入っているベルギー人のトゥーツ・シールマンズだった。彼はハーモニカをジャズの楽器として認めさせた唯一の人物だが、同時に優れたギタリストでもあり、シェアリングのグループでは両方の楽器を演奏していた。

　スタンが自分の方によろめきながらやって来て、つかみかかってきたとき、トゥーツはただ静かにそこに座っていた。スタンは叫んだ、「ミュージシャンにとってのいちばんの侮蔑的なことは、おまえは鈍感だと言われることだ。それでだな、おまえは実に鈍感なやつだよ、トゥーツ」。ズート・シムズがすぐに割って入り、スタンを彼の席に戻した。スタンはわめき続けていた。「おまえだってそうだぜ、ズート。おまえだって鈍感そのものだ」。ズートはスタンを保護する兄貴分のような存在になっており、ツアーの最後までそのような立場を維持した。バスに乗っている全員は何が起こっているかを承知しており、ズートの行動はみんなを落ち着かせた。

スタンはそれから、途中で一服して何かを食べて一杯やろうと言い張った。彼らはワシントン州との州境の少し南あたりで、中華料理店をひとつ見つけた。スタンは何かを食べ、ウィスキーのダブルを二杯ぐいと飲み干し、水のグラスにウィスキーをなみなみと入れたものを手に、バスに戻った。彼はそれを飲み、アル・マッキボンと正面から向き合った。マッキボンはシェアリングのグループに属している、巨軀のベーシストだ。スタンはマッキボンの顔を見上げてわめいた。「あんたは黒人だよな。それなのに、リズムのなんたるかをまったくわかってない」。スタンより二十キロ以上体格の良いマッキボンは、温厚で学究的な人柄だった。彼は両手で相手を押しとどめて言った。「やめろよ、スタン。もうよせ。いい加減にしろ」

またもやズートが仲裁に入り、スタンを自席に連れ戻した。スタンは頭上の棚から枕を見つけ、それでズートを激しく叩き、その枕はとうとう破れて、バスの狭い車内に羽根が滝のように舞うことになった。それから彼は座席にずるずると沈み込み、金曜日の朝七時二十分頃にシアトルのオリンピック・ホテルに着くまで、断続的にではあるが四時間眠った。

目が覚めたとき、スタンは激しい嘔吐を伴う発作に襲われ、身体中がぶるぶる震えた。頭が痛み、背中が痛み、何もかもが痛みを訴えていた。今日の、そして明日のこんな何時間かをどうやって堪え忍べばいいのか？　彼は自分が、弱さと痛みの息の詰まる蜘蛛の巣に搦め捕られてしまったように感じた。

バスからなんとか降り立つと、ホテルから通りを隔てた向かい側に一軒のドラッグ・ストアが開いているのが見えた。そして彼は心を決めた。そこでモルヒネを手に入れるのだ。モルヒネはヘロインの近親にあたり、同種の効果を及ぼす。それを一服打てば苦痛も惨めさも消え去り、幸福の頂点に上り詰め、再び自分がどこまでもビューティフルで、王侯のごとく立派に思えることだろう。

他の人々は自分の荷物を集めるために、歩道に立ってうろうろしていた。しかしスタンはさっさと先にホテルのフロントに行って、チェックインし、エレベーターで自分の部屋に上がった。

そしてまた同じくらい素速く、また下に降りてきた。そして七時四十分に通りを横切り、ドラッグ・ストアに入った。ミセス・メアリ・ブリュースターは四十四歳のレジ係で、店では最も信頼されている従業員だった。彼女は午前七時に店を開け、ソーダ・ファウンテンの四人の女性従業員を中に入れ、食べ物の用意を始めさせた。そして自分は半時間後に店を開ける用意を始めた。スタンが彼女の最初の客だった。

彼は右手をウィンドブレーカーのポケットに入れ、人差し指を銃口のように見せかけて、彼女に言った。「モルヒネのカプセルを一つくれ。叫んだりするな。もし騒いだら、脳味噌を吹き飛ばすからな」。二人の客が店に入ってきて、メアリが彼らの応対をするのを、スタンはそばで居心地悪そうに待っていた。メアリは彼らの一人に「強盗よ」と耳打ちした。その男は店を出て警察を呼んだ。それから彼女はスタンを見て言った。「あなたの銃を見せてちょうだい」。そう言われて彼はすっかり怖じ気づいてしまい、店を出て行った。彼が通りを横切ってホテルに入っていくのを、メアリは見届けた。

ホテルの部屋に戻ると、スタンはメアリに電話をかけて謝った。このときにはパトロール警官アール・フィッシャーは、「武装強盗が発生」という無線の緊急連絡を受け、乗っていたパトカーからそれに応答し、ドラッグ・ストアの店内に既に入っていた。彼は内線電話をとって、その会話を聞いていた。

スタンはメアリに言った。「馬鹿な真似をして申し訳なかった。こんなことをするのは初めてなんだ。ぼくは強盗なんかじゃない。ぼくはきちんとした家庭の出だ。水曜日になったら出頭するよ」

「どうして出頭するのが今日じゃ駄目なの?」とメアリは尋ねた。

「ぼくにはできない。ドラッグが手に入らなければ、死んでしまう」
メアリはスタンに、店には医師が一人いて、彼と話をしたがっていると言った。そしてフィッシャー巡査に合図を送った。彼は語る。

もし私がスミスとか、そんな偽名を使ったらきっと相手は疑うだろうと思いました。だから私は言いました。「こちらはドクター・フィッシュベインです。私に何かお手伝いできることがあれば」と。彼は私に向かって長々と身の上話を始めたので、私は言いました。「部屋番号を教えてくだされば、こちらからうかがいます」。彼は教えてくれました。そのときには他の警官も店に駆けつけていましたから、私は手で受話器を押さえて、彼らにその部屋に行って、中にいる人間を捕まえろと言いました。

このときには既に一ダースばかりの警官がホテルのまわりをうろうろしており、二人の警官が上にあがってスタンを逮捕した。

電話を切ったあと、スタンは胸骨の裏側からどっと湧き出てくる激痛に襲われ、それは彼の全身を責め苛んだ。死にたいと彼は思った。自分が汚らしい虫けらのように思えた。自分は家族みんなの顔に泥を塗り、もう取り返しがつかない。彼はゴールディーを深く傷つけてしまった。彼女はただでさえずいぶん苦労をしてきたのに。困難な、飢えた、みすぼらしい日々にもずっと自分を守って育ててきてくれたのに。自分は生きるに値しない。残っていたバルビツール剤を彼は残らず飲んでしまった。ひとつかみ——恐ろしい量だ。
警察は部屋の外の廊下を歩いていたスタンを見つけた。彼らは彼の両手首に背中で手錠をかけ、通りに連れて降ろした。そこで新聞社のカメラマンたちが写真を撮った。一枚の写真には、パトカーの窓からじっとこちらを見ているスタンの顔が写っている。その目は大きく見開かれ、恐怖に満ちている。写真はAP（連合通信社）によって全国の新聞社に送られ、掲載された。
警察署の留置場に腰を下ろし、静かな声で質問に答えているあいだ、スタンの脚はゼリーのようにふにゃふにゃしていた。麻薬の習慣にはまったのは六ヶ月前からだと彼が言うと、刑事たちは笑った。両腕に残った深い注射針の傷あとは、彼が長年にわたる中毒者であることを示していたからだ。しかし彼はもごもごと言い訳を続けた。

私は悪い人間じゃない。家庭的な人間です。妻は三人目の子供を産もうとしており、二人の息子を私は愛しています。浮浪者じゃないし、強盗の常習犯でもない。部屋に戻るとすぐに私はあの女性に電話をかけて、自分のやったおこないについて謝罪しました。強盗がこんなことをしますか？

愚かしい、軽率なことをしてしまったことは認めます。しかし私は泥棒でも強盗でもありません。私は良き家庭人であり、そんな犯罪を起こすような人間ではありません。ヘロインを断とうと闘っており、バルビツール剤が効かなくなって、理性を失なっていたのです。来週にはLAに戻って刑期をつとめることになっており、そのあとはクリーンな人生を送るつもりです。

刑事たちは午前十時四十分には聴き取りを終え、彼は収監された。強盗未遂事件が起こってから三時間後のことだ。

看守が三十分後に定時の点検にまわってきたとき、スタンは簡易寝台の上に丸まって意識を失っていた。留置場の医師は、その呼吸と脈拍が危険なほど浅くなっていることを見てとり、彼を即刻ハーバービュー郡立病院の緊急治療室に移送した。

最後に飲んだ一握りのバルビツール剤が、彼の呼吸システムを遮断状態に近いところまで追い込んだのだ。言い換えれば喉を詰まらせて死にかけていたわけだ。医師たちは緊急の気管切開手術をおこなった。スタンの喉に穴を開け、そこから気管にチューブを差し込み、肺に酸素を送り込み、そこから唾液や痰を取り除いた。それらの処置によってスタンは死を免れた。短い縦の傷跡が彼の喉ぼとけの下に残った。その騒動の消えることのない記念品として。

病院は混み合っており、スタンは廊下に置かれたベッドに寝かされていた。しかし二日のあいだ彼にはそんなこともわからなかった。日曜日の午後になるまで、彼がその昏睡に似た睡眠から目覚めることはなかった。目を覚ましたとき、喉にチューブが突っ込まれていることに彼は気がついた。片腕には栄養液と、麻薬を断つことによってもたらされる激痛を和らげる薬剤を注入するための、点滴の針が差されていた。そして警官が一人、脇に立っていた。彼は疲弊の極にあった。その日彼を訪れたのは、巡回している病院付きのラビ一人だけだった。ラビが彼の手を取り、二人で一緒に古いヘブライ語の、馴染みあるお祈りの文句をいくつか唱えているとき、彼は心の平穏を感じた。一人の看護師が彼のところに、励ましの電報や、電話の伝言や、手紙の束をどっさり持ってきてくれたとき、心は更に浮き立った。APが写真を全国に配信したことで、彼に対する同情的な反応が広く呼び起こされたのだ。

翌日、スタンは記者に向かって話ができるくらい回復していた。彼は頬に涙を流し、すすり泣きながら、もうこれからは「妻と息子たちだけのためではなく、父と母のためにも」麻薬にはいっさい手を出さないと語った。そして言った。

何年か前に薬物に手を出すようになった。でもそれが習慣になってしまったのは、一年くらい前のことだ。どうしてそんなものをやるようになったのか、説明するのはむずかしい……他の人間を外に閉めだして、ぼくひとりだけになれるような気がした。そして自分の音楽にもっと集中できるみたいに。

ぼくは五年連続で〈メトロノーム〉と〈ダウンビート〉の人気投票の首位に輝いた。トップ・ミュージシャンたちのところで演奏してきた――ウディー・ハーマン、ベニー・グッドマン、ジミー・ドーシー、スタン・ケントン……週におおよそ千二百五十ドルは稼いでいた。クスリを買うのに一日七十ドル必要だった。それはぼくの手にしているすべてを奪っていった。もちろんぼくは父親を援助していた。創造的な小さな印刷会社を彼のためにニューヨークに立ち上げた。妻の親戚も援助している。

なんとか立ち直れると思う。できるはずだ。それは妻と子供たちのためにもやらなくちゃならないことだからね。妻はもう今にも出産する予定なんだ。

スタンが記者たちにあえて言わなかったのは、妻もまた自分に負けないくらいどっぷり麻薬漬けになっているということだった。

その日の午後、地方検事補が枕元にやってきて、彼に良い知らせを伝えた。検事補が言うには、スタンは「麻薬の常用者」として調書をとられたが、強盗未遂みたいなより重い罪には問われないということだった。翌日保釈金千五百ドルを支払えばスタンは釈放され、飛行機でロサンジェルスに戻って、そちらで刑期をつとめることになると聞かされたあと、彼はシアトルに後日、自らの費用持ちで自発的に戻ってきて、当地で起訴されるという書類に署名した。

その二日後、ロサンジェルスの判事は裁判長席からスタンを見おろし、口頭で厳しく説諭した。彼のお説教は、麻薬中毒になる人間はそもそも道徳心が不足しているからだという、一九五〇年代の一般的見解を反映したものだった。十年ばかりあとになって、それは疾病だという正式な医学的証明がなされ、当局の姿勢も変化を見せるようになったのだが。その判事は言った。

あなたは才能を持ち、家族を持ち、立派なバックグラウンドを持っている。しかし週に千ドルの収入があったにもかかわらず、破産状態にあり、家族は惨めな状態に置かれている。あなたが贅沢な旅行をし、金を使いまくり、無考えに好き放題をしている一方で、彼らは床で寝ている。

それは人間として恥ずかしい限りだ。もし自らを律せないようであれば、他の誰かがあなたの世話をしなくてはならない。そのような性根をたたき直すのは簡単なことではない。あなたは大人として成長するべきときに来ている。

判事はスタンに六ヶ月の服役に加え、三年の保護観察という判決をくだした。そしてこう付け加えた。「百八十日以下の刑期では何の役にも立たない」と。

シアトルの検事局は、ロサンジェルス裁判所の与えた刑期の長さを知って、スタンの告訴を取り下げることにした。

幸いなことに、スタンは刑期の最初の部分を、ロサンジェルス総合病院の服役者病棟で過ごせることになった。そこで彼は医師の介助を受けつつ、麻薬中毒から抜け出すことになる。

スタンが収監されて三日目、二月十九日にベヴァリー・ゲッツはロサンジェルス総合病院に急行し、娘のベヴァリー・パトリシアを出産した。彼女は八階の病室に入れられたが、そこはスタンが武装した看守の監視下に置かれている服役者病棟の五階下だった。

# 第九章

# 奈落

　スタンが病院からロサンジェルス郡立刑務所に移されたとき、看守たちがまず最初におこなったのは、彼を素っ裸にすることだった。それから薄汚いシャワー室に放り込んで、壁や床の掃除のために使うざらざらした黄色い石鹸で身体を洗わせた。そしてタオルで拭く暇も与えず、刺激の強い消毒液をスプレー・ガンで彼の身体に吹き付けた。すべての毛穴が焼けつくようにひりひりした。苦痛のために彼がうずくまっていると、看守が彼にタオルを与え、サイズの合わない衣服と枕と、小便と嘔吐の匂いのする汚れたマットレスと、ぼろぼろの毛布を与えた。

　服を着終わると、スタンは監房に連れて行かれた。監房は「ハイプ・タンク」と呼ばれる、「ハイプ」ばかり集めた一画にあった。ハイプというのは麻薬中毒者のことだ。そこは二人の「模範囚」の鉄拳によって取り仕切られていた。二人は看守たちに袖の下を渡すことで権力を維持していた。彼らはその一画をコントロールし、食事を含めてすべてのものから利益を得ていた。週に一度シチューが出されると、配給された一日ぶんのパンを独り占めし、シチューの中の肉を全部抜き取った。そして自分たちが食べたいだけ食べたあと、パンと肉でサンドイッチをつくり、他の囚人たちにひとつ五十セントで売りつけた。所内では煙草や書籍やキャンディーなどの販売が許可されていた。模範囚たちはひとつ五セントのキャンディー・バーを残らず買い占め、他の囚人たちに十五セントから二十セントで売った。

スタンは判事が彼をまず最初に病棟に回してくれたことを、そこで医師たちに注意深く穏やかに麻薬から遠ざけてもらえたことを、神に感謝した。というのは刑務所の中で彼は、じめじめした監房の中で無援のうちに中毒を断とうと苦痛に喘いでいる受刑者たちの姿を目にすることになったからだ。その監房の明かりが消されることはなかった。彼らは哀れきわまりない一群だった。肌は焼けつくように熱く、身体は激しく震え、何か食べようとしてもすべて嘔吐した。

模範囚たちは、自分たちに逆らったと思うものたちを誰彼かまわず殴打した。あるいは制裁を科した。床掃除を仕事として与えられたスタンは、できる限り彼らの目に付かないようにつとめ、何を命じられても文句を言わず、黙々とそれに従った。姿勢を低くしていたおかげで、彼らの怒りを買うことはほとんどなく、数度の殴打を受けただけですんだ。

ローレル・キャニオンの自宅では、ベヴァリーは家具を売り、彼女とスタンがとっておいた少額の金をかき集め、それを麻薬と食品を買うためだけに使った。ベヴァリーの親友のパット・キャメロンは、ベヴァリーを一九四六年にランディー・ブルックス楽団に紹介した女性歌手だが、このように語っている。

彼女は骨の髄までクスリ漬けになっていました……中毒になりやすい性格だったのね……私は彼女と連絡がとれなくなっていました……そしてスタンは刑務所に入り、私は新聞で彼女が娘のベヴァリーを抱いている写真を目にしたのです……「これは大変」と私は思って、彼女の連絡先を調べました。彼女はそれはもうひどい有り様だったわ……

一九五四年に私はハリウッドに行きました。私の結婚生活は既に破綻してしまっていたし……そのときは私自身ずいぶんひどいことになっていたんです。心も家庭も崩壊した状態でうろうろしていました。彼女は私を助けてくれ、私は彼女を助けました。スタンリーが刑務所に入っているあいだ、私たちは言うなれば、互いを支え合っていたわけ。私は傷心を抱え、彼女は赤ん坊を抱えていた。
　四ヶ月ほど、彼女と一緒に生活しました。三月、四月、五月、六月……三人の子供たちがいて、その面倒を見て、グラハム・クラッカーにマシュマロ・ホイップをつけたものをいやというほど食べた。すごかったな、あれは。三日続けてそればかり食べていたこともあったわ。食料品を買うお金もなかったから。私たちは本当に困窮していたのです――仕事もぜんぜんなかったし。
　お金がなくなって、電気も切られてしまいました。私のボーイフレンドが氷をたくさん運んできてくれて、それでなんとかミルクを冷やしておくことができた。大量の氷を抱えて、階段を六十八段上がってくれたわけ。最後にノーマン・グランツが手を差し伸べてくれました。

　ベヴァリーはグランツのところに行って窮状を訴え、スタンが釈放されるまで彼が毎週手当を給付することになった。

　刑期がおおよそ四ヶ月を越した頃、スタンは自分が楽園に送り込まれたような気持ちになった。当局は彼を「ハイプ・タンク」から出して、ロサンジェルスの北、サン・フェルナンド渓谷のソウガスという町にある、警備の緩い囚人農場（ファーム）に移すことにしたのだ。ロサンジェルス郡立刑務所は混み合ってきたので、暴力犯ではない初犯者たちをできるだけ早く、ソウガスのような施設に移していた。スタンはそこで体重を増やし、屋外農作業のおかげで日焼けもし、一九五四年八月十六日、収監されてからちょうど六ヶ月後に釈放されたときには、健康そうに見えた。

刑務所に入っているとき、彼は〈ダウンビート〉に自らの中毒に関する手紙を書いた。それはシアトルの高校二年生からの手紙に対する返事として書かれていた。その手紙の一部を引用する。

　僕はいつかプロのミュージシャンになりたいと心から願っています。僕は他のどんな種類の音楽よりも、ジャズが好きなのです。僕はいつも考えてきました。音楽の世界にはいったい何人くらいのスタン・ゲッツがいるのだろうと。彼はとても素晴らしいミュージシャンだと思います。でもそんな人が、どうして麻薬などに手を出すのでしょう？　麻薬を売るような人間は見つかり次第殺されてもいいと、僕は思います。

　麻薬中毒になるというのはおそろしいことに違いありません。そういう人たちに僕は同情します。そして同時に彼らをミュージシャンとして恥ずかしく思います……誰かが音楽ビジネスを浄化するべきなのです。とりわけジャズの世界を。

　彼ら（麻薬をやっているミュージシャン）の数は僅かなのでしょうか、それともそういう人たちはたくさんいるのでしょうか？　僕はどうしてもミュージシャンになりたいと思っています。でも麻薬中毒者の隣でプレイしたいとは思いません。この問題にどのように対処すればいいのでしょう？


スタンはその高校生の手紙に対して返事を書き、それは一九五四年四月二十一日号の〈ダウンビート〉に掲載された。彼に判決を下したロサンジェルスの判事の説諭と同じく、彼の意見もまた、麻薬中毒になるのはモラルが不足しているからだという一九五〇年代の一般的な見解を反映している。彼は自分の犯した強盗未遂事件や、自殺の試みなどについて述べたあと、このように書いている。


　神は私を殺すことを望まれなかった。これは神からの警告だったのです。この次には、私は死を免れないでしょう。私はそこにじっと横になっていました。愛する人々や、私を助けようとしてくれた人々に対して自分がなしたことを思うと、もうこれ以上生きていたくないと思いながら。するとそのとき、一人の看護師が本当にたくさんの手紙や、電報や、電話のメッセージを持ってきてくれました。どれにも同じことが書いてありました。あなたは自分に絶望してはいけない、私はあなたの音楽を深く愛しています、自分たちがあなたのために祈っているように、あなたも祈ってください、そう書いてありました。そして何より重要なのは、彼らが私を許してくれたことでした。

　私は信心深い人間であったことはありません。

せいぜいバル・ミツバを受けたくらいのものです。バル・ミツバというのはユダヤ教の成人儀式です。しかしそれらの人々は私に、神が存在していることを示してくれました。それも天上にではなく、この地上に、人々の温かい心の中に神は存在していることを。

自分のおこないがジャズという音楽一般を傷つけてしまったことを、私は認識しています。謝ったところで、取り返しのつくものではないでしょう。自分のおこなったことを、この国で音楽を創造していくことのプレッシャーのせいにすることはできません。このシアトルの高校生に言ってあげてください。それはただ単に、どこまでも精神の堕落の故であり、モラルの欠如と、性格の弱さの故なのだと。私はそのような人間であり、彼はそうではないのです。彼に言ってあげてください。本当に優れたミュージシャンは、麻薬に手を出すような馬鹿な真似はしないし、またそんなことをする必要もないのだと。

私にはもっと多く書くべきことがあります……しかし我々には一日三ページ以上書くことが許されていません。

敬具

スタン・ゲッツ

刑務所で送った数ヶ月は、二十七歳のスタンにとって、大人になって初めての、まったくの素面で過ごした歳月だった。母方の祖父と、母方の叔父のルイスのアルコール中毒は、彼の血の中に薬物濫用の遺伝的傾向が流れていることを示している。そして彼は十五歳にしてアルコール中毒になり、十七歳にしてヘロイン中毒になった。同じ年代の少年たちが地元の体育館でバスケット・ボールに興じている頃に、彼は巡業旅行を続けながらヘロイン注射を打っていたのだ。

スタンの青春時代と、大人になってからしばらくの期間は、ほとんど麻痺に近い状態で送られ、そこでは健全な感情的成長は不可能だった。彼が自分の真の感情と触れ合うことはまったくなかった。というのは、酒とヘロインが感情にマスクをかけ、それを彼の目から隠していたからだ。そして彼には、人が誰しも十五歳から二十七歳までのあいだに直面する感情的危機に際して、手を差し伸べてくれるような精神的導き手がいなかった。両親はそのような問題を扱うには力不足だったし、彼らは十五歳のスタンをアルコール中毒の人物の手に委ね、ヘロインとアルコール中毒が疫病のように蔓延する業界に放置したのだ。

刑務所でスタンにわかったのは、素面でいると、ほとんど耐えがたいほどの痛みを伴う精神的落ち込みに自分が襲われるということだった。釈放された彼はその苦しみの手早い中断を求めた。そして自分にとってのお馴染みの世界に戻っていった。ヘロインあるいはアルコールによる麻痺状態だ。

彼は好きなだけ酒を飲んだ。しかしヘロインの使用に関してはとても注意深くなった。再逮捕につながる、注射針の新しい跡を両腕に残さないために、注射器は用いず、吸引だけに留めた。また中毒になることを避けるため、「チッピング」に徹した。チッピングというのは、三日か四日間に限り、好きなだけクスリを楽しむことを意味する。十一日か十二日連続して摂取しなければ通常、身体が麻薬の隷属下に置かれることはない。

スタンの精神的落胆は、家庭生活が混乱状態にあることによってより痛切なものになった。麻薬注射を休みなく打ちながら、ベヴァリーは三人の小さな、騒がしい子供たちの世話に明け暮れていた。おおかたの日々、ベヴァリーは子供たちを居間に押し込んでいた。子供たちはそこで汚れた服を着て、ジャンク・フードを食べ、何時間もテレビを観ていた。家にいるあいだは、スタンは彼女をいくらかでも助けることができた。しかしそういうのがたまにしかできないことは、自分でもよくわかっていた。生活費を稼がなくてはならず、そのためには何ヶ月も続けてロードに出る必要があったからだ。

スタンの感情的成長が阻害された経緯について言えることは、ひとつ残らずベヴァリーに関しても当てはまった。ただし中毒になりやすい遺伝的傾向に関しては、おそらくスタンよりも彼女の方が強かっただろう。両親二人とも、また三人の兄弟姉妹も全員が薬物中毒だったから。そして彼女とスタンは三人の子供たちと共に、ドラッグのせいで混乱を極める家庭で生活しながら、外部の助けが得られる見込みもほとんどないまま、手さぐりでよろよろと試行錯誤していた。その時代には、彼らの抱えた問題にほんの基本的な理解でも示してくれるような機関は、ほとんど存在しなかった。現在では薬物濫用患者は、その疾患に関する何十年にもわたる大がかりな調査の恩恵を受けることができる。アメリカ人の十人に一人がその疾患に関わっていることが、現在では判明している。そしてその彼なり彼女なりは、治療センターとその技術の庇護を求めることもできる。しかし一九五四年にあっては、薬物濫用患者が求めることのできる慰めの形態といえば、謹厳な顔をしたお説教屋くらいで、彼らはすべての問題の原因をモラルの退廃に押しつけていた。あるいは僅かな数の専門家やアルコール及び麻薬中毒者更生会（アノニマス）が、その疾患の実態を見極めようと手探りの努力をおこなっている最中だった。それに加えてスタンは保護観察中の身であり、もし外部に助けを求めたりしたら、裁判所命令で子供を取り上げられるのではないかと、ベヴァリーとスタンは怖れた。

　囚人農場から解放されると、スタンはすぐさまステージに復帰した。釈放の三十六時間後にはもう、ロサンジェルスの〈ティファニー・クラブ〉でチェト・ベイカーのクインテットに加わっていた。三日後にはチェト・ベイカーのグループをバックにして、オールスター・コンサートに出演していた。そこにはマックス・ローチやズート・シムズやバディー・デフランコやレッド・ノーヴォやキャブ・キャロウェイなんかも登場していた。その催しはロサンジェルスの〈シュライン・オーディトリアム〉に六千人以上の観客を集めた。そしてスタンは万雷の拍手を浴びた。他のどのミュージシャンよりも遥かに大きく、そして長く拍手は続いた。彼のファンは、何があろうと自分たちは彼のことを許すし、戻ってきてくれて嬉しいと告げていた。

　九月の初めにスタンはカルテット編成で、〈ザーディズ〉と二週間の出演契約を結んだ。そして十月にはクインテットを率いて、初めてノーマン・グランツのツアーに参加した。それは「モダン・ジャズ・コンサート」と呼ばれた。そのフォーマットは、個々のスターを中心に緩やかなかたちでのジャム・セッションが繰り広げられるグランツのＪＡＴＰの派手な趣向とは、内容を異にしていた。「モダン・ジャズ・コンサート」は、それぞれ普段のレパートリーを演奏する、四つのグループにスポットライトを当てており、ジャム・セッションはおこなわれなかった。

スタンのグループ以外には、デューク・エリントン楽団、デイブ・ブルーベック・カルテット、ジェリー・マリガン・カルテットが、その人気者たちの華やかな興行の出演者たちだった。クインテットを組むにあたって、スタンは再びボブ・ブルックマイヤーを雇い入れ、二人は音楽的には十ヶ月前に中断していたところから、そのまま活動を再開した。ツアーは興行的には大成功を収め、同じ夜にニュージャージー州ニューアークと、ニューヨークのカーネギー・ホールで続けて演奏したのだが、どちらの切符も完売になった。そしてその催しの最終夜、一九五四年十一月八日の〈シュライン・オーディトリアム〉では、七千人の観衆を前にコンサートが行われた。

シュラインでのクインテットの演奏は録音され、それはアルバム一枚半ぶんの量になった。二枚組アルバム「スタン・ゲッツ・アット・ザ・シュライン」をリリースするためには追加のトラックが必要だったので、グランツはグループを翌日スタジオに連れて行った。ドラムはシュラインのコンサートではアート・マディガンがつとめたのだが、スタジオでは契約の関係で、フランク・イソラを使わざるを得なかった。スタンとブルックマイヤーのパートナーとしての関係は、自然体でお互いをそのまま受け入れ合うというところまで達していた。そして彼らは、優れた想像力と軽やかなスウィングによって導かれる音楽的対話で聴衆を沸かせた。

グランツのツアーが終了すると、ブルックマイヤーは再び自分自身の道を歩みたがったので、スタンは空白になった金管楽器の座に、トランペットのトニー・フルッセラを据えた。フルッセラは切なく叙情的な演奏をする、チェト・ベイカーに近いタイプのトランペッターで、スタンの演奏スタイルには問題なく適合した。クインテットは東海岸に向かい、十一月十五日から一九五五年二月十日まで、バッファロー、ボルティモア、ボストン、そしてニューヨークと演奏してまわった。そしてそこでバンドは一ヶ月の休みをとり、そのあいだスタンは単身、〈バードランド〉のオーナーであるモリス・レヴィーの主宰するツアーに参加した。そのあと三月と四月には〈バードランド〉で三週間、〈ストーリーヴィル〉で二週間の出演契約が控えていた。

一九四九年に〈バードランド〉が店開きしたとき、ショー・ビジネス業界の事情通たちはその店の寿命は、平均的なナイトスポットの例に漏れず、せいぜい三年くらいのものだろうと踏んでいた。しかし一九五四年十二月十五日にそのクラブはめでたく開店五周年を迎え、しかもしっかり意気軒昂だった。〈ダウンビート〉の指摘によれば、「その多調性を持つ鳥小屋は、過去五年間にわたって週に平均五千人の客を収容し、そこを訪れた愛鳥家たちの数は一九四九年に開店して以来、総計百三十万を超えている」ということである。

クラブは祝賀のショーとして、サラ・ヴォーンと彼女のトリオ、ジョージ・シェアリング・クインテット、レスター・ヤングをフィーチャーしたカウント・ベイシー楽団にハイライトを当てていた。アーク灯がブロードウェイのファサードを眩しく輝かせ、スティーヴ・アレンは彼のテレビ番組「トゥナイト・ショー」の一部を、煙の充満した満席の地下から放送し、ＭＢＳ（共同ラジオ放送、一九三四年から一九九九年まで存続した）は一部始終を全国ネットで中継した。それぞれのグループは店の宣伝のために、シェアリングの作曲した『バードランドの子守歌』をその夜、少なくとも一度は演奏することを求められた。

その五周年の祝賀ショーは、モリス・レヴィーが主宰する一ヶ月にわたる「バードランド・スターズ一九五五」ツアーの前奏曲に過ぎなかった。全国二十四都市を巡る予定で、そのツアーのためにレヴィーは、スタンとエロール・ガーナー・トリオに、祝賀ショーの三つのバンドに加わるかたちで参加してくれないかと声をかけた。レヴィーはスタンに、単身でカウント・ベイシー楽団をバックに演奏してほしいと考えていた。そして開店記念パーティーの翌日の十二月十六日、スタンは自分のクインテットを離れ、クラブのバンドに加わって、ツアーのためのアレンジメントに取り組んだ。

ベイシーと共演できることに、彼は興奮していた。ベイシー楽団はスタンと同じくらい頻繁に〈バードランド〉に出演していた。カウントは一九五〇年の短期間、バンドを七人のコンボにまで縮小していた。

その時期にはとても多くのビッグバンドが危機に瀕していたのだ。しかしほどなく彼はフル編成のバンドを組んで攻勢に転じた。それにはかつてウディ・ハーマンの協力者だったニール・ヘフティーの、作編曲家としての功績が大だった。一九五四年にはベイシーは再び頂点をきわめており、批評家たちの大半は、一九五四年から五九年にかけてのバンドは、これまで最高とされてきた一九三六年から四二年にかけてのカウントのバンドに匹敵すると見なしていた。一九五五年のそのグループはどこまでも威勢良くスウィングしたし、いやしくもジャズ・ソロイストであれば、その逞しく咆哮する軍団をバックに演奏できるなら、どのような代償だって支払ったに違いない。スタンは記者に語っている。「ジャズマンにとってベイシー楽団と共演するというのは、クラシックの演奏家がトスカニーニのもとで演奏できるのと同じ意味を持っている……ぼくがどんな気持ちでいるかきっとわかってもらえるだろう」。そしてその催しにおける、ベイシー楽団のもう一人のゲスト・ソロイストが、彼の敬愛するプレジデント、レスター・ヤングであることを知り、スタンの喜びは一層高まった。

一九五四年十二月十六日のセッションは、「ベイシー、ゲッツ、サラ・ヴォーン・アット・バードランド」としてレコーディングされた。スタンがいかにも幸福そうに、バラード『イージー・リビング』を、ニール・ヘフティーのアップテンポの曲『リトル・ポニー』を、そしてブルーズ曲のアレンジメントをすらすらとこなしていく様子を、我々は耳にすることができる。それから十週間後の二月二十五日、カンザス州トピーカでのコンサートで、彼と楽団は同じレパートリーを演奏し、そちらも録音された。それは「スターズ・オブ・バードランド・オン・ツアー」としてリリースされたが、そのときの演奏は予想されるとおり、前回より遥かに引き締まったものになっている。スタンとベイシーの楽団員たちは、きわめて緊密な音のやりとりをしている。そしてバンドはスタンをインスパイアし、そのソロを熱い情熱とエネルギーに満ちたものにしている。司会のピー・ウィー・マーケットはスタンを「すべての時代を通して最高のテナー・マンの一人」と紹介している。

〈ダウンビート〉一九五四年十二月号は、スタンが再び人気投票の首位に立ったことを告げている。彼はそれを受けて、心を打つ写真を大きくあしらった一ページ全面の広告を同誌に掲載した。彼がテナーを両手に持って座り、六歳の息子からの頰へのキスを受けるために身を屈めている写真だ。その下にはこんな文章が添えられている。「すべての〈ダウンビート〉の読者のみなさんに。スティーヴィーと私は、みなさんが私を五年連続で、年間の最も優れたテナー奏者に選んでくださったことに感謝します」。一月には〈メトロノーム〉の読者たちが彼を六年連続で首位に選出したが、そちらには広告は載らなかった。

グランツは一月二十三日に〈バードランド〉で、その八日後にスタジオで、クインテットの録音をおこなったが、それはスタンがフルッセラと一緒に吹き込んだ唯一の演奏になった。それを聴くと、二人が短かい間にリラックスした親密な音楽的関係を急速につくりあげていたことがうかがえる。しかしながらそんな親密な関係も、個人的な領域までは及ばなかったらしく、数日後に喧嘩の末にスタンがフルッセラの顔面にパンチを食らわせたとき、そのトランペッターの在任期間はあえなく終了した。現在のところ、フルッセラの入ったスタンのグループの演奏は、『ラウンド・アップ・タイム』一曲しか聴くことができない。それはCD「アーティストリー・オブ・スタン・ゲッツ」に収められている。

「バードランド・スターズ一九五五」は一九五五年二月十一日金曜日に、ボストンでツアーの幕を切って落とした。翌日の土曜日の夜はニューアークの〈モスク・シアター〉とニューヨークのカーネギー・ホールのダブルヘッダー、その翌日はワシントンDCの〈ナショナル・ガード・アーモリー〉に出演した。

モニカ・シルファースキオルドは二十歳のスウェーデン人女性で、ジョージタウン大学で外交関係の勉強をしていた。彼女は二人の仲間の学生たちと一緒にコンサートを聴きに行った。彼女は豊満で長身で、人目を惹いた——品格のあるマリリン・モンローというところだ。艶やかな目、形の良い頰骨、たっぷりとした肉感的な唇、古典的な北欧人種の顔立ちだ。彼女はそれまでスタンの演奏を聴いたことがなかったし、彼が刑務所暮らしのあとカムバックしたことも知らなかった。だからその夜、彼がまだ音も出さないうちから、観客たちが他の誰に対するより熱烈な拍手を送る様子を目にして、びっくりしてしまった。

コンサートのあと、友人たちは彼女を楽屋に連れて行った。学生向けのラジオ番組のために、スタンのインタビューをすることになっていたのだ。彼女がスウェーデン人だと聞かされると、スタンは彼女に一九五一年にスウェーデンを訪れたときの話をした。ホンブルグ帽をかぶって、チューリップの花束を手に駐機場に立っていた男の描写をし、彼女の同国人たちがいかに自分を芸術家として丁重にもてなしてくれたか、生まれて初めてそのような扱いを受け、それが自分にとってどれほど嬉しい体験だったかを語るとき、スタンの声は感情の高ぶりに震えた。

モニカと友人たちはそこを辞去してタクシーに乗ろうとした。彼らのあとからスタンが走ってきた。

「一緒に乗っけていってくれないか」と彼は言った。「同じ方向に行くから」

なんだか変な話だなとモニカは思った。というのは、自分たちがどこに行こうとしているのか、彼は知らないはずだから。彼は楽器を抱えて助手席に乗り込んだ。そして後ろを向いて言った。「君たち、ジャム・セッションに来ないか？　サラ・ヴォーンが来るし、カウント・ベイシーと楽団の連中の何人かも来るし、シェアリングも来る」

二人の男たちは言った。「それはすごいや」と。しかしモニカは異議を唱えた。

「私は行けそうにない。住まいにしているＹＭＣＡに戻らなくてはならないの。門限の十時はもう過ぎてしまっているし、申し訳ないけれど」

彼女を降ろしてしまうと、スタンはずいぶんがっかりしたみたいだった。彼はその美しい娘にジャム・セッションの興奮ぶりを見せたかったのだ。しかし彼はとくに興味もない二人の男と共に、あとに残されてしまった。だいいちジャム・セッションが行われる予定など最初からなかったのだ。彼はその場を取り繕うために電話のあるところに行って、モニカの友人たちを連れて行くためのセッションをなんとかこしらえなくてはならなかった。そして彼は電話機に小銭を入れながら心に誓った。必ずや近いうちにモニカに連絡を取らなくてはと。

　スタンは十月の初め以来、カリフォルニアには一週間も滞在していなかった。そして四月後半のボストンでのギグより前に、そこに帰る予定もなかった。ベヴァリーは孤独で、麻薬中毒と三人の子供たちを抱えて生活していくことに、次第に困難を覚えるようになっていった。またその冬の初めに起こった恐ろしい出来事のおかげで、ローレル・キャニオンでの暮らしにも嫌気が差してきた。ある日、二人の小さな男の子たちと一緒に、家の近所の人気のない小径を歩いているとき、精神に障害を負った男が彼女に襲いかかり、首を絞めようとしたのだ。子供たちは大声で叫びながら道を走っていって、それを聞きつけた警官が男を取り押さえた。しかしベヴァリーの喉はひどく傷つけられ、心にも深い傷が残った。

　少しあとで、ベヴァリーとスタンは話し合って、彼女はニューヨークに戻ってきた方がよかろうということになった。ニューヨークに来れば、ゴールディーとアルに子供の面倒をみてもらえるし、スタンの仕事も今では東部が中心になっている。費用を節約するために、彼女はトム・キーロウという若い男と一緒に自動車で移動することになった。彼はガールフレンドと結婚するため、ミズーリ州カンザス・シティーまで行かなくてはならなかったのだ。キーロウはベヴァリーの麻薬コネクションの一人と目される、いささか問題ある人物だった。

　二月二十六日、土曜日の夜のネブラスカ州オマハでのコンサートのあと、スタンはバードランド・ツアーから離れる計画を立てていた。その翌日、二百マイル離れたカンザス・シティーまで出向き、ベヴァリーと子供たちと合流し、一緒にそこからニューヨークに向かうつもりだった。

　キーロウとベヴァリーはその土曜日、オクラホマ州を北東に向けて横切り、午後六時にはタルサに到着する予定だった。そこで一泊し、翌日二百五十マイル離れたカンザス・シティーに向かう。彼らは最近開通したばかりのターナー・ターンパイクを利用することにした。定規のようにまっすぐな有料道路で、時速七十マイル（百十二キロ）が制限スピードになっているために、それがいちばん速い行き方だった。ターンパイクと並行して走っているルート66、古いオザーク・トレイルは無料だが、道中たくさんの町を通り抜けていくので時間がかかってしまう。

　三歳になるデイヴィッド・ゲッツは母親とキーロウの間に座っていた。キーロウはハンドルを握り、タルサとオクラホマ・シティーを結ぶ、緩やかなうねりのある、草の茂った単調な平原を、時速八十マイル（百二十八キロ）で飛ばしていた。六歳のスティーヴィーは一歳の妹と一緒に後部席に座っていた。家族が「リトル・ベヴ」と呼ぶようになっていたその女の子は、赤ん坊用のかごベッドの中に寝かされていた。気温は摂氏二十度に近く、二月にしては暖かく、春のような陽気だった。キーロウは夕刻近くのぼんやりとした陽光の中、車を運転しながら懸命に眠気と闘っていた。しかしタルサの西八十キロにあるストラウドの町の北を抜けているとき、とうとう目を閉じてしまい、車は道路を逸れて草の茂った路肩に乗り上げてしまった。車は垂直に立った鉄骨にぶつかり、千分の一秒ほどの間にエンジンは真っ二つに裂けた。北に向かう別の道路がターンパイクをまたぐブリッジを支えている柱だった。

　一九五五年にはシートベルトはまだ存在していなかった。キーロウとデイヴィッドとベヴァリーはすごい勢いでフロント・ガラスに衝突し、ガラスは粉々に割れた。すぐあとにハイウェイ・パトロールの警官が駆けつけたとき、デイヴィッドはボンネットの上に、割れたガラスに囲まれて意識不明で横たわっていた。キーロウも意識不明でハンドルの上にぐったりもたれ込んでいた。ベヴァリーはフロント・シートとダッシュボードの間に挟み込まれ、苦痛に悶えていた。スティーヴは右目の上を出血していた。リトル・ベヴは見たところ外傷はなかったが、後部席で大声で泣き叫んでいた。

　五人の負傷者はストラウドの町（人口二千五百人）の総合病院に運び込まれ、そこで緊急治療を受け、予備的診断を下された。キーロウとデイヴィッドは頭蓋骨折で昏睡状態、命が助かる見込みは薄い。デイヴィッドの左半身は麻痺状態にあり、左の鎖骨も骨折していた。母親のベヴァリーは、腰のあたりの脊椎骨の二つにひびが入り、うち一つは大きくずれてしまっていた。右の前腕が折れ、頭部と身体には無数の打ち身、切り傷があり、右の脚と足部は麻痺していた。それでもベヴァリーはある意味では幸運だった。もし脊椎骨の損傷とずれがあと僅かでも大きかったら、対麻痺患者になっていただろう。リトル・ベヴは入っていたかごベッドが二つに割れていたことを別にすれば、まったく無傷だった。スティーヴは右腕を骨折し（ストラウドの病院で添え木をあててもらった）、軽い脳震盪を起こし、おでこに切り傷を作っていた。

ストラウドの医師たちはオマハにいるスタンに、午後七時ごろにようやく連絡を取ることができた。その知らせを受けた後、泣き崩れる前に彼はもう少しで電話機を壁からもぎとってしまうところだった。その日のうちに飛行機でタルサまで行こうと必死で試みたが、当日の便はひとつもなく、翌朝まで待たなくてはならなかった。気持ちはひどく高ぶった状態にあったが、バードランドのコンサートで演奏することで、二時間ばかり少しでも気持ちが紛れるだろうと思い、あえてステージに上がった。もともと寝付きが良い方ではない彼は横になったまま一睡もせず、煙草を次々に吸いながら天井をじっと見ていた。

ストラウドの病院は規模が小さく、そのような重傷患者を扱う設備も十分ではなかったので、ベヴァリーとキーロウは救急車でタルサの聖ヨハネ医療センターに搬送され、午後十時二十分にそこに受け入れられた。聖ヨハネはタルサではいちばん古い病院で、規模では二番目だったが、ローマ・カトリックの〈悲しみの聖母姉妹団〉によって運営され、設備は一流だった。スティーヴとリトル・ベヴもその病院に送られたが、彼らは患者としては扱われなかった。二人は尼さんの手に委ねられ、夜になるとベッドに寝かせられた。ストラウドの医師たちはできればデイヴィッドもタルサに送りたかったのだが、状態が重篤だったので、少なくとも朝になるまでは動かさないことにした。彼は昏睡を続けていた。

聖ヨハネにおけるベヴァリーの診療記録によると、入院時の彼女の健康状態は「劣悪」で、「腎臓に膿があり」とされている。栄養状態はまずまず。痛みを和らげるためにモルヒネの代用品であるデメロールを投与したあとで、医師たちは彼女の右腕に添え木をあて、脊椎骨が損傷を受けた腰のあたりにギプス包帯をはめた。

二月二十八日、日曜日の昼頃にスタンが聖ヨハネ病院に到着したとき、ベヴァリーはデメロールの影響下にあり、うつらうつらしたり、うっすら目覚めたりというのを繰り返していた。彼女はその腫れて血の気を失った顔を夫の方に向けることができなかった。というのは、身体はしっかり固定されて、胴体を動かすことができなくなっていたからだ。彼女はまっすぐ天井を見上げたまま、夫の手をしっかりと握り、その災難について弱々しく語るだけだった。彼女が深い眠りに落ちたとき、彼はスティーヴの様子を見に行った。子供はうたた寝から目覚めて、意識を取り戻し、父親の姿を認めることができた。リトル・ベヴは子供用ベッドの中で幸福そうに、わけのわからない声を上げていた。

　デイヴィッドの容態は今ではかなり安定し、聖ヨハネ病院に搬送することができるようになったと、スタンは告げられた。しかし父親の方は午後二時五十五分に、ほとんど生命のしるしの見えない青白く小さな肉体が、救急車から車輪付きベッドで運び出されてきたとき、その姿を直視するだけの感情的準備がまだできていなかった。息子を見たとき、彼の両脚は力を失い、胃がむかついた。デイヴィッドの左側の身体は麻痺硬直の状態にあり、右側はだらりとしたままだった。包帯がまるでターバンのように頭に巻かれていた。顔は紫色の打ち身の跡だらけで、折れた鎖骨を固定するために、胸には包帯が8の字に巻かれていた。入院時の診断書には、その少年は「半ば昏睡状態にあり、生命が危ぶまれる」とある。彼は、母親を治療したのと同じ医師の手に委ねられた。そしてスタンは医師に告げられた。デイヴィッドが助かる唯一の希望は、脳にかかった圧迫を手術で取り除けるかどうかにかかっているのだと。スタンはその手術を認める書類に即刻署名した。

　スタンはスティーヴとリトル・ベヴが飛行機でニューヨークに行けるように準備を整えた。ニューヨークに着けば、ゴールディーとアルが迎えに来てくれる。スタンは二人の子供たちを夕方の飛行機に乗せ、それから聖ヨハネ病院のデイヴィッドの枕元に戻った。

　後日自ら記者に語ったところでは、彼は一晩中、そのひどい損傷を受けた息子のそばに付き添っていた。栄養補給も排泄もすべてチューブを通しておこなわれ、ようやく命を取り留めていた。彼は祈り、こんなことになったのもすべて自分のせいだと己を責めた。心の深い部分でスタンは怯えていた。彼は自分に確信の持てない、一人の未熟な男に過ぎなかった。楽器を吹いているときを別にすれば、自分とうまく折り合っていくことができず、ヘロインかアルコールだけが不安と恐れを忘れさせ、自信満々でパワフルな人間にしてくれた。しかしその夜は、ドラッグも絶望と苦悩を和らげてはくれなかった。彼はただすすり泣き、祈った。

彼は記者に語った。自分の弱さと罪深さを神が罰しておられるのだと、自分はそこで確信したと。東部に向かうにあたってキーロウの運転に自分の家族を委ねてしまったことで、自らとベヴァリーをヘロインと酒の奴隷にしてしまったことで、三人の子供たちをドラッグで乱れきった家庭で、ほとんど放ったらかしで育ててきたことで、その結果、妻や息子の身体がひどく損われてしまったことで、彼は自分を呪った。もし神がデイヴィッドの命を奪ったとしても、文句は言えない。何もかも自分のせいなのだとスタンは思った。深淵の底にあって彼は自らを見失っていた。そこから這い上がれるものかどうか、自分でもわからなかった。

第十章

# 赦しの天使

デイヴィッドが手術の苦行に耐えられるだけの力を取り戻すために、医師たちは一昼夜を置いたが、そのあいだスタンは息子の枕元に徹夜で付き添っていた。彼が息子の病室を離れるのは煙草を吸うときと、外の廊下を歩き回るときだけだった。

一九五五年三月一日の火曜日の朝、外科医たちは手術を執り行っても大丈夫だろうという結論に達した。脳の内部の様子を見るために、打ち砕かれたデイヴィッドの頭蓋骨に穴が開けられた。脳と左側の骨との間に「巨大な硬膜下滑液嚢水腫」(膜に包まれたショットグラス二杯分の血液やその他の液)が楔のようにはまっていることがわかった。右側に医師たちは子供の麻痺をもたらしている原因を見いだした。骨の破片が「脳の運動野に食い込んでいた」のだ。彼らはその破片を抜き、滑液嚢水腫やもろもろの残骸を取り除いたあとで、頭蓋骨を元通りにし、頭を縫合した。前もって予測された通り、体温が摂氏三十九度まで上がった以外は、生体徴候は安定を保っていた。

デイヴィッドが二日後にようやく目を開き、数滴の水をすするようになるまで、スタンは息子のそばから離れなかった。スタンがベヴァリーのところに走って行って、その良い知らせを伝えようとしたとき、廊下で看護師に呼び止められ、ついさっきトム・キーロウが亡くなったことを告げられた。脳の圧力を下げる手術が行われたのだが、彼は事故のあと一度も意識を取り戻さないまま息を引き取った。

三月六日の日曜日には、デイヴィッドは小麦の重湯を少しばかり飲み込めるようになっていた。しかし麻痺は引かず、しゃべることができなかった。それに続く一週間のうちに、彼は左腕と左脚で少しずついろんな動きができるようになり、単語をいくつか口にできるようになったが、文章をつくることができなかった。

外科医たちはベヴァリーの脊椎を安定させ、破砕からの回復を高めるために、いくつかの椎骨をくっつけ合わせられればと思っていた。今日の外科的、理学療法をもってすれば、このような手術のあと三週間程度で患者は帰宅し、動き回ることができる。しかし一九五五年にあっては、患者はほとんど不動の状態のまま、病院で五、六ヶ月も回復時期を過ごさなくてはならなかった。当り前の話だが、ベヴァリーを家から千三百マイルも離れた、見知らぬ環境に一人で放り出しておくわけにはいかない。スタンはニューヨークの「関節疾患専門病院」で彼女に手術を受けさせる手配をした。彼女が旅をする準備のために、聖ヨハネ病院の外科医たちは三月十一日に彼女の身体を、脇の下から恥骨まですっぽりと収めるギプス包帯の中に入れ、新しいギプスを右の前腕にあてた。

二日後、チャーリー・パーカーがその前日にニューヨークで亡くなったことをラジオで知って、スタンは深い哀しみを感じた。潰瘍と肝硬変を伴った大葉性肺炎というのが死因だった。二十年間にわたる乱脈きわまりない生活が、重い取り分を取っていったのだ。バードはまだ三十五歳だったが、死亡を宣告した医師は彼の身体を見て五十歳だと思った。パーカーはテレビの「トミー・ドーシー・ショー」に出ているジャグラーを見て、笑いながら死んだ。彼は五番街にあるパノニカ・ド・ケーニグズワーター男爵夫人——ロスチャイルド家の女性相続人にしてビバップの高名な擁護者——のアパートメントに滞在していた。セロニアス・モンクもまた一九八二年に、彼女の別の家で亡くなった。

スタンはバードの才能に感服していた。そして彼のことを笑うことが大好きな、知的でウィットに富んだ気持ちの良い相手だと思っていた。二人は何度も一緒に時を過ごしたし、麻薬を手に入れて、一緒に打つこともあった。クリント・イーストウッドが一九八八年に撮ったパーカーの伝記的映画『バード』は、ほとんどパーカーの人格の陰鬱な、自己破壊的側面にだけ焦点をあてた、きわめて一面的な作品だとスタンは感じていた。

スタンはベヴァリーとデイヴィッドを三月十四日の月曜日に飛行機でニューヨークに送り、彼らの身をクイーンズにあるゴールディーとアルのアパートメントに預けた。その夜、彼はガンサー・シュラーの「モダンジャズ・ソサエティー」と共に二曲を録音した。それは新しい「サード・ストリーム」の一部をなす、異色のグループだった。「サード・ストリーム」の人々は、ジャズの最も優れた部分とクラシック音楽のイディオムを結婚させ、第三のフォームを創造したいと願っていた。彼らはなかなか興味深いいくつかの作業をおこなったものの、強い芸術的影響を及ぼすことはできなかった。というのは、彼らが創り出したものは漠然とした室内楽の傾向を持ち、ジャズの持つ本来的なパンチを欠いていたからだ。

シュラーのグループは混成的な楽器編成だった。フレンチ・ホルン（彼自身が演奏した）やバスーンやハープと、ジャズではより一般的な楽器——たとえばサキソフォンやトラップ・ドラムやトロンボーンとを組み合わせていた。『クイーン組曲』においてスタンは、十七世紀風ファンファーレや対位法をバックに、スウィングするソロをうまく生み出している。そしてゆっくりとして哀調に満ちた『夏至祭（ミッドソマー）』では、耳に残る美しいソロを二コーラスとっている。シュラーのアルバムは「コンサート・オブ・コンテンポラリー・ミュージック」という題がつけられている。

スタンは長いあいだ延び延びになっていた〈バードランド〉の出演契約に取りかかり、翌日の夜から二週間にわたって、ふたつのホーンを加えたセクステットで演奏を開始した。ブルックマイヤーがトロンボーン、フィル・サンケルがトランペットだ（彼は演奏家としてよりは作曲家として有名だが）。

デイヴィッドが昏睡から脱し、オクラホマでの事故のトラウマも薄れてくると、スタンの心には、モニカ・シルファースキオルドの面影が避けがたく蘇ってきた。彼がワシントンＤＣで出会った、ジョージタウン大学で学んでいる美しいスウェーデン娘だ。〈バードランド〉で演奏しているとき、スタンは彼女に電話をかけた。そして彼女が大学の診療センターに入院していることを知った。そして自分は隔離病棟に入っているから、面会は許可されないだろうと彼女が止めたにもかかわらず、スタンは彼女に会いに行った。医師たちはその病名をうまく特定できなかったので、彼女をそこに入れていたのだ。後に麻疹（はしか）だと判明するのだが。モニカは語る。

　……病院のその一画はひとりの鬼のような看護婦によって、誰一人通すまいと堅牢に警護されていました。でもどうやったのか未だにわかりませんが、そこをスタンは通り抜けてきたのです……

　彼はお花とかプレゼントとか、そういうものは一切持ってこなかった。だから雑誌売店でいろんな雑誌をどっさり買い込んできました……私が百万年たってもまず読まないだろう類いの雑誌です。彼もまたそんな雑誌には興味を持っていませんでした。でもとにかく彼はそんな雑誌を両手にいっぱい抱えていました。その彼の姿がガラス窓の向こうに見えました。それはすごくシュールレアルな光景でした。

　私はその前に、私を担当してくれている医師に――彼はニューヨークのブロンクスの出身だったのですが――スタン・ゲッツという人を知っているかと尋ねました。その人のコンサートに行ったことがあるんだけど、と言って。すると彼は言いました。「ああ、知っているよ。良くないニュースだ。とても良くない。彼は恐ろしい男で、ちょっと前に逮捕されて刑務所に入っている」。そこで初めて私は知ったのです。まだ演奏を始める前から、みんなが彼に盛大な拍手を送っていた理由を。

　私はその二つをうまく結びつけることができませんでした。お医者さんの言ったことと、私の前にいるどこまでもイノセントで、優しくて知的なスタンとを。

　それから彼はその病院の中で私に語ってくれました。彼の人生のすべてを――ベヴァリーのことも、刑務所のことも。彼はどこまでもオープンで開けっぴろげで……ここまで開けっぴろげになれる人を私は目にしたことがありませんでした。スウェーデン人は自分の悪い面は決して口にしません。自分の良い面しか語らないのです。

モニカの人生は彼の人生とはまったく趣を異にしていた。彼女は貴族の出だった。エリック・フォン・ローゼン伯爵の孫にあたり、戦後ヨーロッパの栄誉ある「黄金の若者たち」のメンバーにも選ばれている。

彼女の母親のメアリはフォン・ローゼンの領地で育った。数千エーカーの農地と森林といくつかの湖がロッケルシュタッドを囲んでいた。ロッケルシュタッドは一六四〇年頃に建てられた、数十の部屋を持つ城だ。城は中世の外見を残していた。というのはエリック伯爵は狩猟家であり探検家であり、またロマンティックな傾向を持っており、絵本に出てくるような堂々たる塔をそこにつけて、それらしく見せかけたからだ。メアリは十八歳年上のハンサムな整形外科医、ドクター・ニルス・シルファースキオルドと一九三二年に結婚した。それはニルスにとっては三度目の、彼女にとっては最初の結婚だった。モニカが一九三四年に、一九三七年には弟のニルス・ペーターが生まれた。

モニカの家族は、政治関係において色彩豊かな歴史を持っている。彼女の父親は母親と結婚したときは活動的な共産主義者であり、祖父のエリックはナチ政権下のドイツに旅行をしたとき、スワスティカ(逆卍)を掲げていたことで名を馳せた。それは一九二〇年二月のある雪の日に、伯爵がロッケルシュタッドまで飛行機をチャーターしたことに端を発している。その飛行機を操縦していたのは、第一次世界大戦の空の勇士として数多くの勲章を受けた若者、今では民間のパイロットをしているヘルマン・ゲーリングだった。この未来のナチ指導者の伝記を書いたデイヴィッド・アーヴィングは、そのときの情景をこのように描写している。

激しく揺れる、胃の締め付けられるような飛行の後、ゲーリングは城の隣にある凍った湖の上にこともなく着陸し、一晩そこに泊まっていかないかという伯爵の誘いを受けた。彼は城というものに目がなかった。コニャックの大ぶりなグラスを手に、ヘルマンとエリックはその壮大な建物の中を歩いて回った……偶然のことだが、この城の中にはいくつかのスワスティカの印が装飾されていた……ヘルマンはそんなものを目にしたのは初めてだった。エリック伯爵はゴットランドのルーン文字を刻んだ石にその印を発見し、太陽を表すその北欧民族の無害なシンボルをロッケルシュタッドの至る所に持ち込んだのだ――暖炉の床にも、火格子にも、敷地内の狩小屋の壁にも。

ゲーリングは一九二〇年のその夜、ロッケルシュタッドにおいて、スワスティカよりも彼にとって遥かに重要なものを見いだした。彼が生涯にわたって愛した女性、フォン・フォック伯爵夫人、カーリンだ。彼女はエリック伯爵の妻の妹だった。三十一歳の伯爵夫人はゲーリングより五つ年上で、スウェーデン陸軍将校の退屈した妻であり、一人の小さな男の子の母であった。

紹介を受けたあとすぐにカーリンはヘルマンを、フォン・ローゼンの私的なエーデルワイス修道会のチャペルに連れて行った。それは城の陰になったところにあった。その静かで冷ややかな暗闇の中で瞑想しているとき、二人はほとんど神秘的な結びつきを体験した。数日後、彼はそのひとときについて彼女にこのように書き送っている。

そこはとても静かで、とても美しく、地上の騒音も、心の煩いも、すべて忘れてしまいました。そして違う世界に入ったように感じたのです……私は孤島で疲れを癒やしている泳ぎ手のような気持ちでした。そこで静かに体力を蓄え、それからもう一度荒れ狂う人生の流れに飛び込もうとしている人のように。

二人はほどなく恋愛関係を結び、それは一九二〇年代初期の、堅苦しいスウェーデンの上流社会にスキャンダルを巻き起こした。しかし二人の愛はとても強いもので、それはカーリンが父に勘当されたことや、スウェーデン社交界からの誹謗や、経済的苦境をも乗り越えた。

そのカップルの人生は、一九二二年秋に二人がアドルフ・ヒトラーに出会ったときに大きく変貌を遂げた。二人はヒトラーにすっかり魅せられ、熱烈なナチ党員になった。カーリンは一九二二年十二月に離婚を勝ち取り、二三年二月三日にゲーリングと結婚した。そしてヘルマンは急速にヒトラーにとってかけがえのない存在になっていった。彼は軍隊時代の経験をいかして、ただの寄せ集め集団に過ぎなかった総統の突撃隊（SA）を機能的な私設軍隊に作り変えていった。一九二三年四月十五日、何千という数の規律正しい突撃隊部隊のパレードがあり、ヒトラーが彼らの敬礼を受けたあと、カーリンは息子に書き送っている。

　式典が終わったあと、総統は我が愛する人（夫のこと）を抱擁し、私に言った。もし私が彼のなした達成を心底どのように思っているかを知ったら、あなたのご主人の頭はきっと大きく膨れあがることでしょう、と。

　私は言いました。私の頭は既に誇りで膨れあがっておりますよ、と。すると彼は私の手にキスをして言いました。「あなたのような美しい頭が膨れあがることなどあり得ませんね」と。

　ナチが権力に向けて闘争を続けているあいだ、カーリンは積極的に夫の手助けをした。一九二三年十一月の失敗に終わった「一揆（プッチ）」で傷を負った夫をオーストリアで看病し一九二八年にドイツに帰国してからは、ベルリンで政治的なホステスの役を演じた。「ユダヤ人の反乱者たち」を非難し、ヒトラーの使者としてイタリアのファシストたちのもとに赴いた。

　カーリンは一九三一年に亡くなった。結核と肺炎と心臓疾患に長く悩まされていたのだ。しかし彼女は夫が権力の座にまさにのぼろうとしているところを、なんとか生きて目にすることができた。

　ゲーリングはエリック伯爵とは友好的な関係を維持したが、その娘婿であるドクター・ニルス・シルファースキオルドとは、ニルスがモニカの母親と結婚してほどなく、衝突することになった。一九三三年六月にはゲーリングはドイツ政府内で、ヒトラーに次いで最も大きな権力を持つ人物になっていたが、ロッケルシュタッド城での夕食の席でニルスに向かって、ナチスはこれからドイツ共産党を段階的に破壊していくだろうと断言した。当時熱心な共産主義者であったニルスは激昂し、反撃の機会を見つけた。一九二七年にゲーリングがスウェーデンの病院で、モルヒネ中毒の治療を秘密裏に受けていたという資料を手に入れ、それを公表することで、ナチに政治的打撃を与えたのだ。

　四ヶ月後に更なる問題がゲーリングに降りかかった。デイヴィッド・アーヴィングによると、

> 　ゲーリングはカーリンの墓参りをし、親戚を訪ねるべく、飛行機でストックホルムに飛び、四日間そこに滞在した。彼女の死から二年が経っていた。フォン・ローゼン伯爵の城で「ナチの盛大な集まり」が開かれるとして、共産主義者たちは怒りに震えた。共産党の日刊紙〈フォルケッツ・ダグブラド〉が報じるところでは、彼は「スウェーデンのナチ党がいかに行動するべきか指示を与え……ナチの独裁制をこの国に広めるべく」やってきたのだということだった。ストックホルムのとある劇場から出てきた彼はデモ隊に野次られた。彼らは「くたばれゲーリング。労働者殺し！」と叫んでいた。
>
> 　時宜を得たおこないとは言いがたいが、彼はカーリンの墓にスワスティカの形をした花輪を置いていった……共産主義者たちはその花輪を踏みにじり、墓石にこのようなメッセージを書いた。「スウェーデン人の中には、ドイツ人ゲーリング氏が墓地を汚したことに怒りを感じているものがいる。彼の亡き妻が安らかに眠ることを願う。しかしドイツのプロパガンダを墓標に飾ることは許さない」

　それはゲーリングにはまことに耐え難いことであり、彼はカーリンの棺をスウェーデンからプロシアに移す計画を立てた。亡き妻の遺骸を受け入れるための花崗岩の壮麗な墓を建て、その隣に「カーリンホール」という神殿を建立した。それはフォン・ローゼンの領地にある猟小屋をモデルにしたもので、エリック・フォン・ローゼンは建築を手伝い、ゲーリングに短刀をプレゼントした。鍔（つば）と柄頭（つかがしら）には宝石がたっぷりちりばめられ、握りは象牙でできており、鞘には猟をする光景が精妙に彫られていた。その武

器には「エリックからヘルマンにナイフを」と刻まれていた。
その後十二年をかけて、ゲーリングはカーリンホールをとりとめなく低俗な、バロック的宮殿のように変形させていったのだが、一九三四年六月二十日、カーリンの棺が運ばれてきたときには、そこにはまだ簡素な威厳がそなわっていた。埋め替えのセレモニーは簡素からはほど遠いものだったが。

これより荘重な儀式でもって葬られたものは、ファラオの妻の中にも、ほとんどいないはずだ。特別仕立ての列車がその白目細工の石棺を、スウェーデンのフェリーから北プロシアを越えて運んできた。駅にはゲーリングとヒトラーが帽子を取り、謹厳な面持ちで彼女の到来を待っていた。ゲーリングの指示により、列車の通り過ぎる都市や町はすべて深い喪に服した……
カーリンホール自体の光景はまるでバイロイトのオペラの舞台のようだった……リヒアルト・ワグナーの豊かな葬儀の音楽が、靄のかかった針葉樹の間を鼓動を打つように低く流れていた。

ゲーリングはカーリンの親族の他に、何百という数の外交官や政治家を招待していた。自分がどれほど彼女の思い出を大事にしているか、その感動的な証拠をみんなに目撃してもらいたかったのだ。響き渡る狩の角笛とトランペットと、それにこたえる森の中で草を食んでいるヘルマンの未来のトロフィーたち（鹿のこと）の声に合わせて、十人あまりの屈強な男たちがうなり声をあげ、力を振り絞って石棺を花崗岩造りの霊廟に降ろした。そのあと、ゲーリングとヒトラーは二人だけでその階段を降りていった。

カーリンホールでその夜、ゲーリングはヒトラーを説得した。自分たちの主要な敵を——そのほとんどは同じナチ党員だが——排除する必要があると。そして十日後、かの悪名高い「長いナイフの夜」に、彼と総統は対立するものたちを組織的に殺戮することになる。この作戦で八十四名が「処刑部隊」によって殺害され、結果としてゲーリングがヒトラーに次ぐナンバー・ツーであることが明確になった。その地位は一九四五年に第三帝国が崩壊するまで保持された。

ゲーリングは第二次世界大戦の間も、エリック・フォン・ローゼンと親交を保ち続けた。一九三九年十二月、戦争が勃発してから三ヶ月後、ゲーリングはエリックを通じて英国政府に平和交渉に応ずる意思があるかどうか探りを入れている。そして一九四〇年十一月にはエリックへの手紙を通して、スウェーデンが中立を守るように警告し、そしてソ連を相手に戦うフィンランド人にはドイツが援助を与え続けることを保証した。エリックの息子であり、モニカの叔父にあたるカール・グスタフ・フォン・ローゼン伯爵は、第三帝国が崩壊の兆しを見せ始めた一九四四年八月にドイツに飛んでゲーリングに会おうとしたが、ゲーリングの側近によって会見を阻止された。

カール・グスタフ伯爵の訪問の意図は定かではない。何しろ彼は一九三五年にはエチオピアで反ファシストの側に立ち、イタリアを相手に戦っていた人だったから。彼は自らを政治的には「自立した社会主義者」と称していた。そして戦後には飛行士として、アフリカにおいて彩り豊かな活動をおこなっている。一九四六年から五六年にかけて、エチオピア空軍の教官を務め、一九六八年にはナイジェリアから分離しようという、絶望的な企てをおこなっているビアフラに、人道的なそして軍事的な使命を帯びて飛んだ。彼は一九七四年から七七年にかけて再びエチオピアに滞在した。そして何万という人々が餓死しかけている地域に、飛行機で食料を届けた。そこでは飛行機の着陸は許可されなかったので、彼は積み荷を空から落とす、いわゆる「食料品爆撃」をしなくてはならなかった。カール・グスタフは一九七七年、エチオピア滞在中にゲリラの襲撃に遭い、手榴弾で殺害された。

モニカの両親の結婚生活は第二次大戦を生き延びることはできなかった。二人は一九四三年に離婚し、その決裂後数ヶ月のあいだ、メアリは感情的にひどく傷つけられていたが、やがて精神の均衡を取り戻し、一九四五年にはルンドに住む病理学者の大学教授、ヨハン・アールグレンとの円満な結婚生活に入った。その街はモニカにとっての故郷となった。ルンドにはスウェーデンでいちばん名高い二つの大学のうちの一つがあり、デンマークの首都であるコペンハーゲンまでは一時間もかからない。一九四七年には、アールグレン夫婦のあいだに男の子のヤンが生まれた。前夫のニルス・シルファースキオルドもまた、メアリよりもかなり若い女性と再婚し、二人の娘をもうけた。

モニカは十八歳にして見事な成績で大学の入学資格を得たが、自分の故国に留まるのは馬鹿馬鹿しく思えた。

スウェーデンはすごくつまらなくて、そして寒かった。その時代にはいやに堅苦しくて、学生たちは学業のことしか頭になく、長い音節を持つ言葉ばかり口にしていました……私はそういう環境に辛抱できなかったのです。

彼女はまた、スウェーデンの大学生の間では普通のことになっている過度の飲酒にも我慢できなかった。事実を言えば、その二年ほど前にフランスの寄宿学校でアルコールとの不快な邂逅を体験したせいで、彼女は禁酒主義者になっていた。

ある夜、私は煙草を吸ってワインを飲もうとしていました……私たちは二本のワインを買い、持てる限りのチョコレート・クロワッサンを買い込みました。そしてそのあと、私の人生でこれ以上ひどくなったことはないというくらいひどい状態になってしまいました。

翌朝私はベッドに横になっていましたが、ベッドは動いているみたいでした。そしてこう思いました。「どうして人々はお酒を飲むんだろう？　お金を使って、わざわざこんなひどい目にあうなんて」と。そして心を決めたのです。これからは煙草も吸うまい、お酒も飲むまいと……おかげで私は常にお高くとまっていると思われてきました。まったくお酒を口にしないことで。

自分が疎外されているという思いのために、彼女は一九五〇年代半ばのヨーロッパの大学生としては、革命的な真似に及んだ。スウェーデンの大学から飛び出して、学部生としての生活をアメリカで送ることにしたのだ。その時代、ヨーロッパの大学生でそんなことをする人間はまずいなかった。というのは、ヨーロッパの大学で学部生としての資格をとることは、仕事で出世するための必須条件とされていたからだ。

彼女は外交の研究をすることと、医学を勉強することとのどちらを選ぶかで迷っていたが、結局後者を選んだ。父親の友人が、アルバカーキにあるニューメキシコ大学の航空医学の奨学金を、一九五三年の秋から彼女がとれるように計らってくれたからだ。彼はランディー・ラヴレス博士、航空医学の第一人者で、後にＮＡＳＡの宇宙医学の局長になる人だ。ラヴレスはアルバカーキで高名な診療所を運営していた。それは基礎研究、ヘルス・ケア、教育をひとつに合わせた施設だった。診療所は彼の叔父によって設立され、家族の名前を冠せられていた。

モニカは彼の家族のところに移り住み、スウェーデンでは味わえなかった幸福をたっぷり味わった。「そこに行くことで、私は解放感というものをやっと得ることができました。私はそこで初めてあるがままの自分になり、取り繕わなくていいようになれました」。彼女は多くの面で成長を遂げた。彼女は飛行機の操縦を覚え、ロデオもできるようになった。南西部の砂漠や山地の探検もした。航空医学のコースの他に、文化人類学や、ラテン・アメリカ情勢や、スペイン語、ポルトガル語の勉強もした。

しかし数ヶ月の後に、自分が医学には向いていないことがモニカにはわかった。そしてもう一つの学問的な興味の対象である外交問題に集中することに決めた。彼女の指導教授たちは、その分野ではジョージタウン大学が傑出していると口を揃えて言った。彼女はすぐに奨学金を取得し、一九五四年秋の学年からそこで学ぶことになった。そしてその七ヶ月後、彼女は大学病院に入院しており、そこでスタンの身の上話に耳を傾けていた。彼女はまだ二十一歳にもなっていなかった。

麻薬中毒の妻に比べれば、スタンにとってモニカはまるで信じられない贈り物だった。落ち込んだ奈落の底から自分を引っ張り上げてくれる美しい赦しの天使だ。彼女は知的で、理想主義的で、洗練されており、若いエネルギーに満ちていた。おまけに禁酒主義者だ。彼の頭はぼうっとしてしまった。彼女の枕元から去るとき、すぐにでもまた会おうと彼は言った。

まず彼は負傷したベヴァリーの手当をしなくてはならなかった。一九五五年三月二十三日、彼は妻を関節治療を専門にするニューヨークの病院に入院させた。翌日外科医が彼女の椎骨下部を一つに繋ぎ合わせ、骨盤から骨のかけらをいくつか除去し、その身体を体幹ギプスの中に入れた。そして折れた右腕を繋ぎなおし、それをまたギプスで固めなおした。完治するまで彼女はこの病院に、体幹ギプスをつけたままの状態で数ヶ月留まることになると医師は告げた。

四月二日の夜、スタンはカーネギー・ホールで行われたチャーリー・パーカー追悼コンサート（立ち見席のみ）に出演した。その催しは三時間続き、六十人を越すアーティストたちが参加した。ディジー・ガレスピー、セロニアス・モンク、レスター・ヤング、ケニー・クラーク、ビリー・ホリデー、ダイナ・ワシントン、パール・ベイリー、サミー・デイヴィス・ジュニア、レニー・トリスターノ、ホレース・シルヴァー、J・J・ジョンソン、アル・コーン、ジェリー・マリガン、ボブ・ブルックマイヤー、リー・コニッツ、チャーリー・シェイヴァーズ、カイ・ウィンディングなどだ。

スタンが次にモニカに会いにワシントンを訪れたとき、彼女は既に麻痺から回復していた。彼がそこにいるあいだ——ほんの数時間だったのだが——彼女は、スタンが忘れることのできないことを二つおこなった。スタンは彼女と一緒に田舎をドライブしていた。そして瓶から酒を口飲みしていた。彼が瓶を下に置くと、彼女はそれを取り上げて、中身を窓の外にそっくりこぼした。その日の更にあとで、彼は友人の家に行って、そこでその友人と一緒に飲みまくっていた。彼女はその瓶を取り上げて、中身をトイレットにすべてこぼし、二人を愕然とさせた。

それからほどなくボストンにいるスタンを訪れたとき、モニカは別の中毒性の薬物に遭遇することになる。彼はそこでボブ・ブルックマイヤーを入れたクインテットで演奏していた。

私はそこにある状況を目にして、彼らの生活ぶりを見て、ようやく理解できたのです。彼は違う惑星からやってきた人なのだということが。ボブ・ブルックマイヤーにはとても感銘を受けたことを覚えています……知的で、ドライなユーモア感覚を持っていて、聡明な人でした。しかし彼らが堂々とマリファナを吸っているのを目にして、もうびっくりしてしまいました。それは違法なものだし、スタンはまだ保護観察中の身だったのです……

彼らのやっていることは私にしてみれば、まさにとんでもないことでした。みんなとても若々しく、無垢そのものに見えるのに、私にはとても理解しがたい生活を送っているのです。

モニカには彼らの生活がとても理解できなかったかもしれないが、彼女はそれでもそこに心を惹かれ続けた。それから数週間後の五月のある週末、彼女はスタンと共にニューヨークとフィラデルフィアに行って、スタンの家族に会った。

ゴールディーの異母妹、シェインデル・ブレシュマンは三月の終わり近くにゴールディーを訪ねて、フィラデルフィアから来ていたのだが、少し様子を見ただけですぐに、三人の子供たちの面倒をみることで、ゴールディーが疲労困憊していることがわかった。

「あなたはそろそろ五十歳なのよ、ゴールディー。三人の子供の世話なんかしていたら、早死にしてしまうわ」とシェインデルは言った。「私が一人引き受けてあげるわ」

ゴールディーは答えた。「誰でも連れて行っていいけど、赤ん坊とスティーヴンは駄目よ」。そしてシェインデルはその日の午後に、デイヴィッドを連れて車で帰っていった。

デイヴィッドの回復は緩慢で困難なものだった。彼はすべてをもう一度学び直さなくてはならなかった。しゃべり方、歩き方、服の着方、トイレのやり方。そしてすぐに自分がどこにいるかわからなくなってしまった。彼はしょっちゅうシェインデルの家からふらふらと出て行ってしまったので、彼らはすべてのドアを内側からロックしなくてはならなかった。シェインデルの夫のチャーリーは協力的だったし、彼らの二人の子供、十二歳のマイヤーと十九歳のレノーアはデイヴィッドのことをとてもかわいがって、助力を惜しまなかった。デイヴィッドはレノーアの部屋で眠り、彼女と弟はデイヴィッドを大事に扱い、時間をかけて基礎的な技能の回復を助けてやった。

モニカは、ゴールディーの騒がしく芝居がかった所作にはいささかひるんだが、シェインデルにはうまく馴染めた。彼女には気取らないユーモアの感覚があり、人柄はのんびりしていた。モニカはスタンの子供たちばかりか、マイヤーやレノーアまでも味方につけてしまった。彼らにとってモニカは光り輝く存在だったが、皿を洗ったり、子供たちと何時間も遊んだり、そういう雑事を進んで引き受けた。スタンにはとても信じられなかった。こんな上流階級のゴージャスな、そして清潔そのものの生活を送ってきた女性が、自分の生活に足を踏み入れ、その不潔きわまりない混乱状態から抜け出すための道を照らし出してくれているように見えることが。

彼はモニカに言った。僕は君のことを愛しているし、ベヴァリーとの仲はすっかり終わってしまったのだと。数日のうちにジョージタウン大学における彼女の学期は終了した。そしてスウェーデンに飛ぶ前に二人は約束し合った。彼女が九月にワシントンに戻る前に、スウェーデンでなんとか落ち合うことができるように努めようと。

それから彼は病院に行き、全身ギプスの中で身動きがとれずにいるベヴァリーに向かって、自分は離婚を望んでいる、それなりの経済的な手当はすると告げた。自分はこの夏カリフォルニアに行って、映画に出演することになっているので、今度は九月に会うことになるだろうと。ベヴァリーはそれを聞いて打ちのめされた。

ユニヴァーサル・スタジオは一九五四年に、ジェームズ・スチュアート主演の『グレン・ミラー物語』で大当たりをとっていた。制作者はアーロン・ローゼンバーグ、脚本はヴァレンティン・デイヴィーズだ。その成功の流れに乗って、会社はベニー・グッドマンに、彼の半生を映画化できないかと問い合わせた。一九四二年当時に時代をさかのぼるその企画にベニーは興味を示し、ユニヴァーサルはローゼンバーグとデイヴィーズに映画制作を依頼し、音楽的な内容に関してはベニーに全権を与えた。ベニーはトニー・カーティスに主役を演じてもらいたかったのだが、ユニヴァーサルはテレビの「トゥナイト・ショー」の司会者であり、ジャズ・マニアでもあるスティーヴ・アレンを選んで、彼を驚かせた。

ベニーは一九三〇年代後半の、あの見事な楽団の呼び物を再現するため、ジーン・クルーパとライオネル・ハンプトンとテディー・ウィルソンとハリー・ジェームズとジギー・エルマンとマーサ・ティルトンを招集した。またそれに加えてソロイストとして、スタンと、トロンボーンのアービー・グリーン、ベイシー楽団のトランペッターのバック・クレイトンを選んだ。スタンは映画の中では、台詞のない端役として二場面に出演し、二度ソロをとっているだけだ。音楽は素晴らしく、サウンドトラック・アルバムはよく売れた。

映画は一九五〇年代の伝記映画のクリシェと、ぎこちない台詞と、下手な演技の混ぜ物で、興行成績はまずまずというところだった。プロットはベニーとワスプ（新教徒のアングロサクソン白人）のフィアンセとの間のロマンスに焦点があてられている。相手の女性はうら若く純潔なヴァンダービルト家の相続人で、ドナ・リードが演じている。ドラマティックな緊張は、ベニーの母親がその結婚に反対することから生じる。二人の恋人たちの間にある社会的な、そして宗教的な溝はあまりに大きく、そこに橋を架けることはできないと彼の母親は信じていた。あれこれと葛藤があった末、母親は考えをあらため、カップルは一九三八年のカーネギー・ホール・コンサートでもう一度結ばれることになる。実際の人生においては、ベニーの母親は結婚に反対しなかったし、もし反対していたとしてもベニーは気にもかけなかっただろう。そして彼のフィアンセは三人の子持ちの離婚経験者だった。

スタンはカリフォルニアに飛んで、一九五五年六月十七日に開かれた裁判所の聴聞会に出席し、罰金二百五十ドルを支払った。保護観察の担当官に報告書を提出するのを一度怠った罰金だ。七月一日にユニヴァーサル・スタジオに到着し、それが彼にとってのグッドマンの映画撮影の初日になった。撮影の速度はきわめてのんびりしたものだったので、夜に演奏するためのエネルギーはたっぷり残されていた。彼は〈ザーディズ〉で演奏し、またグランツのところで録音するためのクインテットを立ち上げた。スタンはこのように回想している。

ぼくらは忌々しい朝の時刻に映画の撮影をした。ハリウッドはその時刻に作品をごそごそと絞り出すんだ。そして夜になると、ルー・レヴィーとシェリー・マンとルロイ・ヴィネガーとコンテ・カンドリとぼくは、〈ザーディズ〉で演奏した。その音楽は映画撮影なんかより圧倒的に満足のいくものだった（映画のためにやった演奏なんて、どうせほとんどはカットされて床に捨てられるんだ）。そしてぼくらはそれを録音することにした。このクインテットは――全員が東海岸の出身者で、音楽に東海岸的逞しさを与えていたんだが――西海岸でたまたまこの録音をおこなったので、ぼくらはそれを「ウェスト・コースト・ジャズ」と呼んだ。冗談でね。


スタンの演奏はとりわけアップテンポの曲『シャイン』で勇壮に輝いている。ここで彼はすっかりのめり込んで、思いもよらず十八コーラスを熱く吹いている。彼は後日、記者に「あれは丸太から落ちるよりも簡単だったね」と語っている。この『シャイン』における向こう見ずなエネルギーは、ＬＰにおいては内省的で、暗い色合いを帯びた『サマータイム』の解釈と並べられることで、うまく釣り合いをとっている。スタンはまたカンドリの抜けたカルテット編成で四曲を録音しており、これは「スタン・ゲッツ・アンド・ザ・クール・サウンド」という別のアルバムに収録されている。ここでは『セレナーデ・イン・ブルー』のリラックスした演奏が見事だ。

グランツはライオネル・ハンプトンがベニー・グッドマンの映画撮影のためにカリフォルニアにいることを利用して、彼とスタンとレヴィーとマンとヴィネガーでグループを組み、「ハンプ・アンド・ゲッツ」の録音をおこなった。スタンとハンプはお互いを刺激して、とりわけ『チェロキー』と『ジャンピン・アット・ザ・ウッドサイド』における独創的にして激しい演奏へと導き、また『ニューヨークの秋』や『グラディス』においては滑らかにしてエレガントな解釈へと落ち着かせた。その日の後刻、グランツはハンプトンとアート・テイタムとバディ・リッチを組み合わせて別の素晴らしいＬＰを制作した。

この多忙な夏の間にスタンは一度ヘロインの多量摂取に耽り、おかげで再び中毒の身に戻ってしまった。八月の終わり近くにグッドマンの映画撮影が終了し、それから一九五五年九月十六日にコネティカット州ハートフォードで行われる、彼にとっての最初のJATPツアーまでの数週間が待望の休暇になった。彼は飛行機で東部に戻り、それから衝動的にスウェーデン行きの飛行機に乗った。モニカはその夏の間に当地でスタンに会えるかもしれないと予期はしていたのだが、事前に連絡くらいあるだろうと思っていたし、ノヴァ・スコシアの航空機給油ステーションからスタンが打った「数時間後にストックホルムに到着」という電報を受け取ったときにはびっくりしてしまった。

飛行機から降りてきたスタンの姿を見て、彼女は言葉を失った。肥満して顔がむくみ、麻薬が切れた最初のおぞましい段階を迎えていたからだ。彼女の抗議にもかかわらず、彼は医師のところに行って、薬物——スウェーデンにおいては違法な薬物——の処方箋を書いてもらわなくてはならないと言い張った。モニカは彼を従兄弟の神経科医のところに連れて行った。麻薬の処方箋を求められると、従兄弟の医師は笑って彼を診療室から追い出した。

彼はモニカの助けなしに、なんとかストックホルムで麻薬を入手することができた。二人がロッケルシュタッドを数日訪れたときにも、そこから南西の方向にあるヨーテボリに移動したときにも、彼はその薬物を使用し続けていた。ヨーテボリで彼は、九月五日に個人宅で開かれたジャム・セッションに参加した。その翌日の夜、スウェーデン最南端の都市マルメでのコンサートで彼は演奏した。

マルメからモニカの母親、メアリ・アールグレンが夫と一人の息子と共に暮らしているルンドまではすぐだった。コンサートのあと、モニカはアールグレン家に滞在した。スタンはルンドのホテルに宿泊した。翌日、モニカとメアリが彼と昼食を共にするために迎えに来たとき、ホテルのロビーから部屋に電話をかけても誰も応えなかった。二人はポーターに頼んでドアを開けてもらった。きっとスタンは麻薬を過剰摂取したのだろうと考えて。そして彼が意識を失って倒れているのを目にしたとき、二人の危惧は確信に変わった。

モニカは彼をルンドの病院に入院させた。その病院の精神科の主任医師をしている、彼女のべつの従兄弟の助力を得て。スタンの危険なまでの高い熱と血球数を見て、その症状は麻薬の過剰摂取によるものではなく、感染症によるものだと医師たちは判断した。そして程なく彼らは、それがブドウ球菌による重度の肺炎であるという結論に達した。スタンはペニシリンのアレルギーだったので、命を取り留めるために別の抗生物質が大量に投与された。医師たちはまた彼にモルヒネを与え続けた。彼の肉体が感染症と闘っているあいだ、その身体システムが麻薬切れに苦しむようなことになってほしくなかったからだ。その病院では看護師が不足していたので、モニカと母親は、彼がうなされてうわごとを言い、生死の境を彷徨っているそばで必死に看病をした。

その苦難の最中に、モニカのもう一人の交際相手であるアメリカ人のローズ奨学生が彼女を訪ねてやってきた。彼女は回想する。「私は彼をどこか別のところに追いやりました。それはとてもつらいことだったけれど」。彼はモニカがスタンの看病に全力を注いでいることを知り、その近くで切なく数日を過ごしたあと、去って行った。

とりあえずモニカは、スタンが重い病気を患っていることをノーマン・グランツに伝えた。グランツは九月十六日に開始するＪＡＴＰツアーのスタンの代役として、レスター・ヤングを雇った。

譫妄状態の中でスタンは、ユダヤ式の特効薬であるゴールディーの豆スープを求め続けていた。そしてモニカはそのことで彼女に電話をかけた。ゴールディーはたっぷりとスープをつくり、それをスウェーデンまで腐らせずに輸送できるだけのドライアイスを、息子のボブに買い集めさせた。ずいぶん探し回ったあげく、ボブはクイーンズの高架鉄道下の薄暗い店でなんとかいくらかを見つけ、スープの周りをドライアイスでしっかりくるみ、それを航空便で送った。残念ながらドライアイスは飛行中にすべて蒸発してしまい、スウェーデンに到着したときにはスープは駄目になっていた。しかし誰もそのことをゴールディーには伝えなかった。死ぬときまで彼女は、自分のスープがスタンの命を救ったのだとみんなに言い回っていた。

二週間ばかりあとで、高熱は引き、感染症の症状も収まっていった。しかし医師たちは退院を許可する前に、モルヒネの中毒を除去するためにスタンを、モニカの従兄弟の管轄する部門に送り込まなくてはならなかった。モニカは語る。

当時は、それにどのように対処すればいいのか、医師たちにもよくわかっていなかったんだと思います。というのは彼らはスタンに拘禁服を着せなくてはならなかったからです。彼はすごく荒れました。危険なくらい。もう正気を失ったみたいで……

彼は患者としては実にどうしようもなく、手に負えない人でした。ところがある朝目が覚めると、彼は私が初めて出会ったときの、そこで覚えているままの彼に戻っていたのです。顔のむくみはすべて消え、物静かでユーモアに溢れていました。

そのときに私ははっと思ったのです。この人が、私がこれからの一生を共にする相手になるのかもしれないと。というのは、彼はそのときとてもロマンティックだったからです。彼が病院で過ごしていたひとときは、ただただ素晴らしいものでした。

彼女はレコード・プレイヤーと、彼の好きなシナトラのレコードを一抱え買い込んだ。

私は菫（すみれ）のことを覚えています。『コートにすみれを』。彼はそういうロマンティックな曲がみんな大好きでした。そして私たちは手を繋いで、公園を散歩したものです……私はジョージタウン大学の学期を休まなくてはならず、そのことで両親はとても困惑しました……。

退院したスタンを彼女はロッケルシュタッドに連れて行った。そしてそこで彼は健康を回復させた。

私が恋に落ちたのはまさにそのときでした。私はとても他人に気を遣う性格でした。スタンは一心不乱に何かを追い求める人でした……私は他の誰も傷つけたくなかったのです。父と母は離婚していましたし、私としては誰かの結婚生活を脅かすような立場に立ちたくありませんでした。(ベヴァリーとの)関係がもう長いあいだうまく行っていなかったことはわかっていましたが、私は自分できちんと確かめたかったのです。つまり、そこには三人の子供たちがいましたし、私はまだ二十歳か二十一でしたし……

スウェーデンにおいて、私はとても多くのものを与えられてきました。素晴らしい両親のもとで、幸福な子供時代を送ってきました。言うなれば、神様は進路を妨げる障害物として、スタンを私にお与えになったのではないかと思ったのです。私以外の誰にもこのような状況を救うことはできないのではないかと。おそらくそのときの私は、自分の存在を過大に考えすぎていたのでしょう。でも私は心から彼を愛していました。彼が私を愛していることもわかっていました……私にわかっていなかったのは、薬物に依存するという要素の巨大さでした。私は、その当時の人々の多くと同じようにこう思っていたのです。愛はすべてを治癒すると。

ロッケルシュタッドを離れられるくらい体力が回復したとわかると、スタンは待ちかねたように音楽シーンに全面的に舞い戻った。まずコペンハーゲンに飛んでノーマン・グランツと会い、一九五五年十二月十六日にスウェーデンのミュージシャンたちと、ストックホルムで録音をする手配をした。スウェーデンに戻り、ストックホルムでコンサートを開き、フィリップス・レコードがコロムビア・レコードのプロデューサー、ジョージ・アヴァキアンのために催したパーティーで演奏した。英国の音楽雑誌〈メロディー・メイカー〉はフィリップス社のパーティーで、うっとりした目でスタンを眺めているモニカの写真を大きく掲載した。キャプションには彼女は「スウェーデンのスタン崇拝者」と書かれていた。

十二月十六日のセッションでは、スタンは肺に問題のある人のような音を出している。そのときの録音は「スタン・ゲッツ・イン・ストックホルム」というアルバムに収められた。カリフォルニアでの八月のセッションにおける逞しいサウンドとは対照的に、彼のトーンは弱々しく、息切れしている。また力量不足のリズム・セクションにも足を引っ張られている。スタンはドラマーについてこう言っている。「少なくとも彼はぼくの邪魔はしなかったよ。リズム・セクション、とくにドラマーはアメリカのミュージシャンたちにとって、ヨーロッパ中どこでも厄介な問題になる」。またピアニストのベンクト・ハルベルクに関してももうひとつ満足していなかった。「彼はジャズを演奏しているというのに、あまり熱く燃えないんだ」とスタンは語っている。「自分を解き放つことを恐れているみたいだ。自分が傷つくのが怖いのだろう」

そんなにめいっぱい演奏スケジュールを詰め込んだら、傷ついた肺が取り返しつかなく損なわれてしまうかもしれないと医師たちは案じた。そして彼らはスタンに、完全に回復する唯一のチャンスは、どこか気候の温暖なところに行って三、四ヶ月ゆっくり静養することだと説き伏せた。アメリカのサン・ベルトにあるいくつかの都市は論外だった。そんなところに行けば、スタンはあっという間に麻薬中毒に戻ってしまうだろう。モニカの母方の祖父であるエリック伯爵は一九四八年に亡くなっていたが、東アフリカに強いコネクションを築いており、フォン・ローゼンの一家はそれをそのまま維持していた。そんなわけで、モニカはスタンを連れてマリンディに行くことになった。マリンディはインド洋に面したケニアのリゾート地だ。体面を保つために、モニカの両親はカップルが別々のホテルにチェックインするように手配した。そこには二軒のホテルしかなかったのだが。

ケニアの首都であるナイロビに到着したあと、二人が原始的な乗り物と、手で鎖を引いて川を渡るフェリーに乗って三百六十キロを移動し、二日かけてマリンディに到着した。いったんそこに着くと、二人は日光浴をし、インド洋でシュノーケルを楽しみ、またジャングルで野生動物を観察するといった、普通の観光客がやることをやった。

ある日、二人がジープでジャングルを抜け、ブルー・ラグーンと呼ばれている場所に行こうとしていたとき、映画の撮影隊に出くわした。一人の女性が「あら、スタン」と叫んだ。それはドナ・リードだった。『ベニイ・グッドマン物語』の撮影現場で出会った女優だ。彼女は『豹の爪』という映画で、コーネル・ワイルドと共演していたのだ。それは秘密のウラン鉱と一群の殺し屋たちが出てくる、どう見てもB級のアクション映画だった。ドナと、彼女の夫で映画会社の重役であるトニー・オーエンはすぐに、スタンとモニカと共にマリンディでほとんどの夜を過ごすようになり、二組のカップルは親しい友人になった。ドナはモニカより十三歳年上で、彼らの関係が深まるにつれて、やがては母親のような、そしてまた相談役のような存在になった。

そのアフリカのリゾート地で、モニカはスタンについて多くのことを発見していった。

スタンと共にマリンディで過ごしたその年の大晦日のことを、よく覚えています。それは最もロマンティックな体験でした——美しいホテル、月と椰子の木、そんなすべてのものが……

最初のうち彼は麻薬と縁を切っていました。そして私たちは素晴らしい時を過ごしました……ある夜、彼はホテル付きの医師をつかまえて、睡眠薬としてバルビツールをもらえないかと頼みました……

覚えている最初の事件は、私の泊まっているホテル〈シンバド〉の階下に私たちがいて、彼が酒を飲み始めたことです。それから睡眠薬を飲みました。私はそのとき、とてもいっぱいいろんな小さなボタンがついた赤いドレスを着ていました。ボタンを留めたり外したりするのにすごく時間のかかるドレスです。彼は私のドレスを持って、それをこんな風にさっと引きちぎりました。ボタンがあたりに飛び散りました。

私は言いました。「いったい何をするの?」。彼は誰かが、私のことを意味ありげな目で見ていると思い込んだのです。そして私もその人のことを意味ありげな目で見ていたと。それで嫉妬に狂って頭がおかしくなったのです。彼は上の階に行って、剃刀を手にとり、私が持っていた服をひとつ残らずずたずたに切り裂いてしまいました。丹念に細かい端切れのようにしてしまいました。

死んでしまいたくなりました。どうしていいか、見当もつかなかった……どうしてそんなことになるのか、まるで理解できなかったのです。わかるでしょう? だって、私がいったい何をしたっていうの? 私がそれを引き起こしたのでしょうか？　私はただただ打ちのめされていました。

そのホテルを経営していたのはとても素敵なご夫婦で、彼らは言いました。「あの男を追い出すのよ。そして二度と彼のそばに近寄ってはいけない。あなたがなんとか安全にスウェーデンまで帰れるように、私たちが取りはからってあげるから」と。

しかし翌日になるとスタンはすっかり落ち込んでいて、とてもしおらしくてチャーミングだった……何がなんだかわけがわかりませんでした。

モニカとスタンはそれからキリマンジャロ山に旅をした。そこである裕福なアメリカ人の石油長者が二人を自宅に招いてくれた。家は山頂近くにあった。ウィスキーがふんだんにあり、スタンはそれをずいぶん飲んで、再び暴力的になった。モニカは回想する。

彼が最初にやったのは、サキソフォンを手にとり、それを木に叩きつけることでした。お気に入りの楽器をです。それが大荒れの一夜になるだろうということが私にもわかりました。とても怯えたことを覚えています。こんなところにはもういたくないと私は思いました。朝になるとその家の主人は、何かひどくまずいことが持ち上がっていると気づきました。そして自家用飛行機で私たちをナイロビまで送ってくれました。

私たちはホテルにチェックインしました……それからスタンが姿を消しました。彼は薬局に行ってあらゆる種類の薬剤を買い込み、ジンの瓶も買って戻ってきました。私は片手で錠剤をとって全部トイレットに流し、もう一方の手でジンを流しました。その次の瞬間、私が目にしたのは飛んでくる拳でした。そして骨のかけらやら、血やらがあたり一面に飛び散りました。

意識が戻ったとき、私は病院に入院しており、スタンは収監されていました。スウェーデン大使がやってきて、私に尋ねました。「我々は彼を外に出すべきでしょうか？　何があったのですか？」。私は言いました。「本当に何があったのか、私も覚えていないのです」と……言うまでもなく、正気に戻ったスタンは釈放され、すっかり打ちのめられていました。
　私は顔全体を石膏で固められたかっこうでスウェーデンに戻りました。私たちは交通事故に遭ったという話をでっちあげました。彼の楽器が全損してしまった経緯も説明しなくてはならなかったからです。

スウェーデンに戻ってほどなく、モニカとスタンは婚約を発表した。

# 第十一章

# 新しい方向

一九五六年三月にスタンと共にヨーロッパからニューヨークに戻ると、モニカは時を移さずゲッツ・ファミリーの再編成に取りかかった。その一家は未だに広範囲に四散していたのだ。ベヴァリーは何人かの友人たちと一緒にマンハッタンで暮らしており、デイヴィッドはフィラデルフィアのシェインデルの家に引き取られ、スティーヴとリトル・ベヴはクイーンズのゴールディーとアルの家に厄介になっていた。モニカがまず最初に手をつけたのは、ベヴァリーのリハビリだった。ベヴァリーのために落ち着ける家を見つけ、子供たちと一緒に暮らせるようにしてやれば、彼女とスタンはカリフォルニアに移って、二人だけの新生活を送ることができる。

ベヴァリーは数ヶ月前に病院を退院し、負傷からめざましい回復を遂げていた。背中の柔軟性はいくらか失われていたものの（とりわけ前に屈むときに）、それ以外に後遺症は残らなかったし、痛みを感じることもなかった。腕の回復にはそれより少し時間がかかった。腕をまったく不自由なく使えるようになるにはあと数ヶ月が必要だった。モニカの記憶するところではベヴァリーの場合、身体的な傷害よりは、麻薬中毒の方がより大きな問題になっていた。

アメリカに帰ってきたとき、私にとっての課題のひとつは、ものすごく責任重大なことですが、ベヴァリーを援助することでした……私としては正しいことをしたかったのです。すべての状況と、すべての人々を、良い方向に戻したいと思っていました。それが私の人生の使命でした……

　私は心を固めていました。彼女は子供たちと一緒になり、スタンは彼女と正式に離婚し、しかるべき慰謝料を支払い、彼女の面倒をみなくてはならないと。それがまずなすべきことです。私はまたベヴァリーが歌手として再出発できるように手を貸そうと思いました。それが彼女にとっていちばん良いことだから……

　彼女はそれまで紙袋からデキセドリンをぼりぼりと貪り食べていました。おかげで歯がなくなっていました。腐った根っこみたいになっていたのです……だから私は歯医者に予約を入れました……それから彼女を美しくするために〈エリザベス・アーデン〉（化粧品メーカー）に予約を入れました。彼女のために歌う仕事も見つけてきました……なんとかベヴァリーが独り立ちできるよう、熱心に努めました。彼女と私はとても良い友人になれました。


　ベヴァリーは不安定な生活を送っていたために、歯科医の予約や、ステージに立つ約束をすっぽかすことが多く、しばしばモニカを苛立たせた。子供たちの世話をするために自分がしっかりしなくてはならないということは、ベヴァリーにもわかっていたのだが、麻薬への渇望に抗する孤独な闘いは長く、また厳しいものだった。彼女が素面でいる期間はしばしばデキセドリンの大量服用によって分断された。彼女は午後三時半に目を覚まし、うまく自分を支えるためにデキセドリンを飲み、そのまま夜遅くまで飲み続けた。それから眠りに就くために酒に切り替え、とことん飲んだ。

　ベヴァリーはまっとうな姿で子供たちに会いたかったので、夏のあいだに生活を立て直すから、子供たちとの再会は新学年の始まる九月まで延期してほしいと言ってきた。おかげでスタンとモニカは子供たちとしばらく共に過ごす機会を手にすることができた。残念ながらニューヨークの他に類を見ない規則のせいで、彼らはその期間を旅先で過ごさなくてはならなかった。

一九五〇年代の半ば、ニューヨークの酒類を提供する娯楽施設に出演するためには、エンターテーナーたちは当局の発行するカードを持たなくてはならなかった。それは市の「キャバレー法」という恣意的で、根拠の希薄な法律によって定められていた。ロサンジェルスで有罪判決を受けていたために、スタンは五月に〈ベイズン・ストリート〉で演奏したのを最後に、そのカード資格を取り消されていた。おかげで彼は長いロードに出なくてはならず、夏のほとんどをロサンジェルスとサンフランシスコで過ごすことになった。六月の終わりにモニカは子供たちをシェインデルのところや、ゴールディーのところから引き取って、カリフォルニアに連れてきた。そして子供たちは、彼女や父親と楽しい数週間をそこで過ごすことができた。

夏の終わりに彼らはニューヨークに戻ってきた。そしてモニカは次なる作業に取りかかった。ベヴァリーに住居を提供することだ。彼女はこう語る。

私はゴールディーとアルのためにフォレスト・ヒルズに素敵なアパートメントを見つけました。そして彼らはユニオン・ターンパイクのアパートメントを、ベヴァリーと子供たちに明け渡しました。それはとても素敵な小ぢんまりしたアパートメントでした。家具やら寝具やらはそっくりそのまま残して。というのは、ベヴァリーは何ひとつ持っていなかったから……というわけで、まったく不足のない環境が整ったわけです。

夏のあいだ辛うじて素面の状態を保っていたベヴァリーは、モニカがユニオン・ターンパイクの住まいを訪れることで、しばしば神経を乱された。スティーヴ・ゲッツは語る。

父さんはモニカと一緒にやって来た。そしてベヴァリーは、母さんは、それを喜ばなかった……彼女はそのことで父さんに腹を立てていた。つまり、どきっとするような美女が僕らの前に現れるわけだからさ……グレース・ケリーそこのけの人がね。ほんとうにグレース・ケリーと同じ部屋にいるような感じなんだ……僕らはみんな彼女を見て、こう言ったものさ。『ワオ、なんてすごいんだ』って。

スティーヴはまた、モニカのコンバーティブルで、彼女と二人でどこかに出かけ、遅くなって帰宅したときのことを覚えている。


映画スター、コンバーティブル、アイスクリーム、ホットドッグ……その日の午後、僕らは遠出をして、それから家に帰ってきた。母さんがブラインドの隙間から僕らの姿を見ているのが見えた。それから彼女は怒って外に飛び出てきた。階段を駆け下り、ドアを勢いよく開け、モニカに言った。「いったいどこに行ってたのよ？　うちの子供をどこに連れて行ったの？」

で、わかるだろう、僕は五時間か六時間グレース・ケリーと一緒にいたんだ。そして僕はそういうことを楽しく思うようになっていた。母さんがモニカに激しく文句を言っていたことを覚えている。モニカはただ詫びていた。「ほんとうにすみませんでした……」。さっぱりと邪気もなく。「すみません。知らないうちに時間が過ぎてしまって」とかなんとか、そんなことを。母さんは急に僕の手を摑み、ぐいと引っ張り、無理矢理連れて行った。そしてモニカが僕のもう片方の手を握った。まるで綱引きでもしているみたいな格好で……

でも結局は僕は家の中に引っ張って連れて行かれた。モニカとそんな風に別れるのを悲しく思ったことを覚えている。混乱して、わけのわからない気持ちだった。そのときのことはありありと覚えている。


スティーヴの混乱は、九月の半ばにスタンとモニカが、二人の新居を探すために南カリフォルニアに向かって発ったときにはもう収まっていた。そしてスタンは彼にとって最初のＪＡＴＰツアーに参加した。そして一ヶ月後、ロサンジェルスのシュライン・オーディトリアムでその最後のコンサートを終えたとき、またモニカと一緒になった。

そのツアーは、スタンとモダンジャズ・カルテットにとってのJATPデビューとなったことで記憶されている。スタンの部分でいえば、グランツはMJQの四分の三（ジョン・ルイスのピアノ、パーシー・ヒースのベース、コニー・ケイのドラム）とゲッツを組み合わせ、そこにディジー・ガレスピーとサックスのソニー・スティットを加えた。その饗宴には他に、エラ・フィッツジェラルド、ロイ・エルドリッジ、オスカー・ピーターソン、ジーン・クルーパ、フリップ・フィリップス、イリノイ・ジャッケー、レイ・ブラウン、ハーブ・エリス、ジョー・ジョーンズなどが参加していた。すべてのコンサートは豪華なジャム・セッション版『レディー・ビー・グッド』で締めくくられ、そこにはスタン、ガレスピー、スティット、エルドリッジ、フィリップス、ジャッケーが参加し、エラのバックを務めた。

グランツは毎夜熱く盛り上がる、スタンとガレスピーとスティットの果たし合いに興奮を覚え、ツアーが終了した直後、一九五六年十月十六日にロサンジェルスのスタジオに彼らを入れた。そしてアルバム「フォー・ミュージシャンズ・オンリー」の録音が行われた。リズム・セクションは極上だった。ジョン・ルイスのピアノ、ハーブ・エリスのギター、レイ・ブラウンのベース、スタン・リーヴィーのドラム――彼らは三人のホーン奏者（彼らがすべてのソロをとった）に、力強くスウィングするサポートを提供した。ホーン奏者たちはたっぷり余裕をもって長いソロを繰り広げることができた。というのは一曲あたり八分半から十三分の時間が割かれていたからだ。

三年前にスタンがディジーと最初の共演レコーディングをしたときと同じく、その場には強烈な対抗意識がみなぎっていた。スティットはその空気をより熱くかき立てている。彼のサウンドは、自分こそが西部でいちばんの早撃ちであると証明したがっているかのようだ。スタンは後日、その演奏にはずいぶん気合いを入れなくてはならなかったと述懐している。

スティットと共演すると、ただでは済まない。彼と一緒にやっていると、気を抜く暇がまったくないんだ。本気で気合いを入れないと、出発ゲートでそのまま置いて行かれてしまう。

スティットはマッハ2のスピードで展開される二曲『ビバップ』と『ウィー』において、その鋭気を発揮する機会を与えられている。しかしスタンもディジーも負けじと、火を噴くような高速ソロを繰り広げる。

ほかの曲はそこそこの速いテンポで演奏される。『恋人よ我に帰れ』と、ロシア民謡の『黒い瞳』だ。それらの曲において、スタンは快調に飛ばし、彼のキャリアの中でもベストにあげられる演奏をおこなっている。まるでユダヤ教の独唱者のように泣き叫ぶかと思えば、すぐさま変化して今度は恐ろしいほど冷笑的になり、そっと優しくロマンティックになり、またぐっと熱くリリカルになる。そのような感情を彼は、サキソフォンが出せる限りの広い音域を貪欲に探求しつつ表出するのだ――高音域の刺すような叫び、楽器の最低音のぼそぼそというゲップにも似た音、中音域の絹のように滑らかな嘆き。

そのセッションで、演奏に集中してのめり込むことで、スタンは幸福な気持ちになれた。彼はその前に、ベヴァリーと子供たちについての気の滅入るような知らせを、ゴールディーから受け取っていたからだ。彼らの状況は急速に悪化していた。というのは、トニー・フルッセラ（一九五五年一月にスタンと喧嘩をしてグループから離れていったトランペッターだ）がユニオン・ターンパイクのアパートメントで、彼らと同居するようになったからだ。

フルッセラの音楽は傾聴に値するものだが、私生活の方はどこまでも出鱈目で、ドラッグと酒に溺れきっていた。彼は孤児院で育ち、短かい期間モーガナ・キング（『ゴッドファザー』でマーロン・ブランドの妻を演じた歌手だ）と結婚していたが、成人してからの人生の大半を安宿や病院や監獄で過ごしてきた。一九六九年に四十二歳の若さで肝硬変のために亡くなったとき、死亡記事にはこのように書かれていた。「彼のおなじみの背景には、二人の奥さん、数え切れないほどの若い娘たち、バルビツール剤の容器、空の酒瓶などが見られる」と。フルッセラは重度の麻薬中毒者であり、ベヴァリーを再び中毒状態に戻してしまった。そして彼はまた、そのアパートメントを麻薬取引の場に変えていた。

スティーヴによれば、ベヴァリーとフルッセラはしばしば子供たちに食べ物も与えず、放ったらかしにして外出した。

　冷蔵庫はまったく空っぽだった。僕は下に行って、近所のうちのドアをノックしてまわり、スープの缶詰をひとつ分けてくださいと頼んだものだった。そしてそれを兄妹三人で分けて食べた。その頃、僕らはただテレビを見ているだけで、学校にも行かなくなってしまった。

　スタンとモニカは、ＪＡＴＰのツアーの予定に合わせて、春にロッケルシュタッドで盛大な結婚式を挙げようと計画していた。二人はエラ・フィッツジェラルドが結婚式で歌ってくれることを希望していた。しかしフルッセラの登場と、子供たちが放置されているという知らせのおかげで、その計画を変更しなくてはならなかった。子供たちをベヴァリーから取り上げる算段をした方がいいかもしれないと、ゴールディーは二人に向かって説いた。とはいえ保護観察中の元服役囚に養育権を与えてくれるような判事がどこにもいないであろうことは、彼らにも容易に推測できた。しかし犯罪歴のないまったくクリーンな相手と結婚していれば、そのチャンスはずっと膨らむだろう。
　スタンは急いでベヴァリーと慰謝料の取り決めをし、メキシコ式離婚の書類にサインをさせた。その時期メキシコは、夫婦どちらかの現地への出頭と、もう片方が署名した同意書しか要求していなかった。そしてスタンは一九五六年十月三十日に、必要書類を携えてフアレスへと飛び、翌日には離婚を成立させた。
　モニカがドナ・リードとご主人のトニーにその次第を話すと、二人はラス・ヴェガスで結婚式の用意を整え、花嫁付き添い婦人と花婿付添人の役をつとめてあげようと言った。スタンとモニカは喜んで申し出を受け容れた。スタンとモニカが十一月二日にネヴァダに飛んだとき、ドナとトニーは既に二人のために指輪を買って用意しておいてくれた。ドナはモニカがウェディング・ドレスを選ぶのを手伝ってくれた。そして翌日、四人は結婚式のための、小さなルター派教会に向かった。セレモニーは幸福な気分のうちに進行し、指輪が入れ違いになり、モニカの結婚指輪がスタンの太い指に収まらなくて、みんなで大笑いすることになった。結婚式のあと、スタンとモニカはベヴァリー・ヒルズのウィルシャー・ブールヴァードの、小さなアパートメントに居を構えた。

十一月二十四日にスタンは素晴らしいカルテットのアルバム、「ザ・スティーマー」を録音した。セカンド・ハード時代の仲間であるルー・レヴィーがピアノ、ルロイ・ヴィネガーがベース、スタン・リーヴィーがドラムというメンバーだ。彼の演奏は、その前の月に行われたガレスピーとスティットとのセッションにほとんど匹敵する素晴らしいものだ。彼は再び音楽的知性と情熱とを合体させ、目も眩むような一連のトラックを造り上げている。

スタンの結婚はベヴァリーを刺激し、彼女は自己を回復するための作業に真剣に取り組むようになった。十二月には彼女は中毒から抜け出し、冷蔵庫を食品で一杯にし、まともに食事を作り、子供たちのためにクリスマス・プレゼントを用意し、ツリーの飾り付けをした。しかし一月になるとドラッグと酒の誘惑に屈し、再び中毒の身に舞い戻った。

ゴールディーはベヴァリー・ヒルズのスタンとモニカにメッセージを送った。それは電話回線を通さなくてもしっかり聞き取れるくらいの明瞭なメッセージだった。「そんなところでのんびり日光浴をしているような場合じゃないよ。あんたの子供たちは暗いところで今にも飢え死にしかけているんだよ。なんとか手を打ちなさい」と。スタンは即座に行動に移った。飛行機に飛び乗り、ニューヨークに着くとタクシーを捕まえて、そのままユニオン・ターンパイクのアパートメントに向かった。

午後の五時だったが、ドアをノックしてもなかなか返事はなかった。やっと下着姿の女性が出てきて、彼を中に入れてくれた。スタンが部屋の中に入ると、フルッセラとベヴァリーは意識をなくしており、子供たちは汚れた服を着て、床に座ってテレビを見ていた。スタンは子供たちをきれいにし、食べ物をいくらか与えた。しかし彼はとてつもないほどのフラストレーションを抱えたまま、そのアパートメントをあとにせざるを得なかった。というのは、どれほど腹が立っていたにせよ、彼にはわかっていたからだ。裁判所は母親の手から子供たちを取り上げることを、よほどのことがない限り認めてはくれないだろうことが。

スタンはニューヨークに留まって、子供たちを見張っていようと心を決めた。そしてマンハッタンのアッパー・ブロードウェイのホテルにチェックインした。そこにいるあいだに彼は腕の良い弁護士を雇い、酒類を供するクラブで彼が演奏することをニューヨーク市が禁じたことに対して上訴をおこなった。彼は「この人物が再び中毒者になることはないだろう」という医師と神経科医の宣誓供述書を提出し、長い公聴会にも出廷した。ニューヨーク市の手強い官僚主義とも戦った。そのあいだモニカはカリフォルニアで国税局を相手にしていた。

スタンはそれまで一風変わったやり方で財務処理をおこなっていた。彼はすべての請求書を父親のところに送りつけ、父親はそれらを鞄の中にそのまま放り込んでおいた。債権者がうるさく請求してくると、スタンはアルに電話をし、父親はその請求書を鞄の中から見つけ出し、小切手を書いて先方に送った。しかしながらスタンがほとんど完全に無視していたきわめて重要な債権者が存在した。国税局だ。スタンは自分のグループのミュージシャンたちから源泉徴収を集めておきながら、それを国税局に一度も納めてこなかったのだ。また自らの税金も滞納していた。モニカはナイーブに、それはそんなに大した金額ではないだろうと考えていた。容易に解決のつく問題だろうと。そして滞納ぶんを解消しようと、軽い気持ちで国税局に乗り込んでいった。しかし請求総額が二万一千ドルだと判明したとき、彼女は青ざめた。一九九六年の物価に換算すると、約七万ドルに相当する。

彼女はドナ・リードに助けを求め、ドナは彼女とスタンのために超一流の法律事務所を見つけてきてくれた。弁護士たちは国税局の滞納金を調査し、スタンのその他の借金を調べ上げ、それ以外にも二万一千ドルの債務が存在することを発見した。ニューヨークで破産申告を専門とする弁護士を探した方がいいと、彼らは言った。ニューヨークの弁護士の忠告に従い、スタンは一九五七年三月七日に破産申告をおこなった。彼の資産は八十六ドル五十九セントで、債務は四万二千三百九十八ドル十一セントだった。国税局以外のスタンの債務者はノーマン・グランツであり、病院であり、救急車サービスであり、医師たちであり、オクラホマとニューヨークの看護サービスであり、カリフォルニアで逮捕された際の保釈保証人だった。

あらゆる破産申告がそうであるように、借金はすべて帳消しにされたが、税金の滞納分だけは残った。そして国税局はその二万一千ドルを、無慈悲にスタンから取り立てていった。彼らは給与を差し押さえ、支払日にあわせてクラブに定期的に顔を出し、経営者からじかにその収入の大半を取り立てていった。

スタンは支出を抑えるために、才能はあるが無名のミュージシャンたちを自分のカルテットのメンバーに雇った。そのような次第で、彼はユニークな才能を持つ歌手兼ピアニスト、モーズ・アリソンを見つけてきた。アリソンはミシシッピ・デルタのフォーク・ブルーズとビバップ・ジャズを合体させることで、風変わりだが説得力のあるスタイルを造りあげていた。彼は一九五七年の冬にスタンのバンドに加わり、二月十六日にはカルテットの一員としてレコード・デビューした。アリソンはすべてのクラブでのセットでフィーチャーされ、彼の作曲した二十部構成の『バック・カントリー組曲』の中から何曲かを演奏した。その夏の終わりまで彼はスタンと一緒に演奏したが、三月に録音した彼自身の『バック・カントリー組曲』のレコードがヒットすると、その成功に乗るためにバンドを離れた。

トニー・フルッセラが麻薬取引をしているという内報を受けて、麻薬課の刑事たちは一九五七年四月九日に、ベヴァリー・ゲッツのアパートメントに踏み込み、麻薬所持の容疑で彼を逮捕した。新聞の報じるところによれば、「見目麗しいベヴァリー・ゲッツはショートパンツにホルターというかっこうでドアを開けた」ということだ。刑事たちはフルッセラのポケットに百四十四錠のデキセドリンを発見した。それはどこかのパーティーで知らない人からもらったと彼は主張した。夜遅くのギグのときなんかに、眠気をさますためにそれを飲んでいたのだと。誰一人としてその言い分を信じず、彼は麻薬所持の罪で六ヶ月の実刑をくらった。その逮捕のあと、ベヴァリーはどこかに姿を消した。警察はスタンに連絡をとり、翌日スタンとモニカは飛行機でニューヨークに向かった。

ユニオン・ターンパイクの部屋はひどい有様だった。クローゼットには天井まで空の酒瓶が詰め込まれ、壁にはいくつかの大きな裂け目ができて、台所のカウンターには汚れた皿が積み上げられていた。リトル・ベヴがテレビの漫画を見ているあいだ、スティーヴとスタンは腕まくりをして皿を洗い、デイヴィッドはモニカを手伝って床をごしごしこすり、モップをかけた。スタンは大人になって以来、皿洗いなんて一度もやったことがなかった。王子様は家事のような卑しいことをして威厳を損なってはならないというゴールディーの指令を守っていたのだ。

その夜、彼とモニカはぐったり疲れ切って、居間のカウチで眠った。三人の子供たちは唯ひとつの寝室で、アルとゴールディーが使っていたベッドで眠った。子供たちとは離れたところで二人だけの生活を始めるというスタンとモニカの夢は、そこで永遠に砕け散ってしまった。その小さなアパートメントは、以後何十年にもわたって五人が生活を共にすることになる住まいの、最初のひとつになった。

一九五七年四月十五日、彼らがユニオン・ターンパイクに越してきた五日後に、スタンとモニカは朗報を受け取った。六十日間限定の仮のキャバレー・カードが発行され、スタンはまたニューヨークのクラブで演奏できるようになったのだ。そのおかげで、スタンはいたるところで出演者(パフォーマー)たちにヒーローとして迎えられた。というのは当局は、彼の動向を観察し、それによってキャバレー・カードのシステムの運用をより寛容なものにするかどうかを決めることにしていたのだ。そして彼が問題を起こさないことが判明すると、手綱はかなり大幅に緩められた。またその十年後には、キャバレー・カードという制度そのものが廃止された。

数週間後にゴールディーとスタンとモニカは、三人の子供たちが里子に出されないようにするべく、法廷で争っていた。ゴールディーとソーシャル・ワーカーの強い懇願を受けて、判事は養育権をゴールディーに与えた。彼女は時を移さず、母親としての責任をモニカに委譲した。モニカはそのときやっと二十三歳になったばかりだったのだが。

ユニオン・ターンパイクの狭苦しい環境は、家族全員の忍耐を試すものだったが、子供たちは次第に、誰かにきちんと面倒を見てもらう、秩序正しい生活に順応していった。三ヶ月後にようやく新居に移ったとき、一家全員がほっと一息つくことができた。新しい家は八マイルほど離れた郊外のグレートネックにある、裏庭のついた一軒家だった。

アルとゴールディーはしばしばその家を訪れたが、スタンがモニカの指示に従って楽しそうに家事をこなしているのを目にして、ゴールディーは身震いした。息子が靴下を洗濯しているのを見て、彼女はたまらず涙を流した。「いったいどうなっているの?」と彼女は叫んだ。「私は自分の靴下を洗わせるために息子を育て上げたわけじゃない。スタンリー、そんなことはしないで。たのむからやめてちょうだい」。自分で靴下を洗濯するのは、お金を節約するためだ。ロードのあいだホテルで靴下を洗濯に出すと、しょっちゅう紛失されちゃうからねとスタンがいくら説明しても、母親はなかなか納得しなかった。

モニカの母親のメアリもスウェーデンからやって来た。彼女はアルとゴールディーとも会い、三人の元気いっぱいの子供たちが産み出す喧噪の中で暮らした。そして彼女はすぐに、娘の顔に疲労とストレスの影を見いだした。親切な彼女はスウェーデンに帰国すると、娘の負担を軽減するために、家事を引き受けてくれる女性を見つけ、「オペア（主として外国語の勉強を目的として海外の家庭に住み込み、家事を手伝う人）」として送り込んだ。

グレートネックの静寂はある日の午後、ベヴァリーによって破られた。彼女はモニカと子供たちの前に突然現れ、怒鳴り声をあげた。「子供たちを私に返して。子供たちがほしい。もっとお金を渡して」「子供たちについてはもう決着がついています。子供たちはここに留まります」とモニカは怒鳴り返した。「それにスタンはあなたに十分な慰謝料を支払っているはずよ」。ベヴァリーはハンドバッグをふるってモニカを叩き、モニカも自分のバッグを握って叩き返した。

そのときデイヴィッドは六歳で、ベヴァリーは三歳だったが、二人とも——大人になった今でも——その光景を鮮明に記憶している。大柄の金髪の女性と、小柄な黒髪の女性が向かい合って、ハンドバッグでお互いを叩き合っている光景を。それが、子供たちが実の母親を目にした最後になった。

モニカはその邂逅を、それとは違った風に記憶している。ハンドバッグで叩き合ったことは覚えていないが、台所でベヴァリーに包丁で脅されたときに感じた恐怖ははっきり記憶している。

スティーヴは近所の家まで走って行って、警察を呼んでもらった。警官がやって来るとベヴァリーはおとなしくなり、「私はただここを訪ねていただけよ」と言って立ち去って行った。

そのような恐ろしい出来事があったせいで、スタンは月々の慰謝料を支払う代わりに、まとまった額の和解金をベヴァリーに与えることにした。まとまった現金が手に入りそうなことに心を惹かれ、彼女は取り引きを受け入れ、それ以降ゲッツ家とは関わりを持たないことに同意した。

一九五〇年代の半ばに夏の屋外ジャズ祭が誕生し、きわめて重要なジャズの催しとして、その後成長を遂げていった。七月にスタンは初めてそのような催しに登場した。ジョージ・ウィーンの主催するジャズ祭の元祖、ニューポート・ジャズ祭の第四回だ。そして八月にはマサチューセッツのノース・ショア・フェスティヴァルと、ニューヨークで行われたニューヨーク・フェスティヴァルに出演した。

一九五七年のＪＡＴＰは、九月十四日のカーネギー・ホールでのコンサートで幕を開けた。今回ノーマン・グランツは信じがたいほど豪華なサキソフォン奏者たちをフロントに並べた。レスター・ヤング、コールマン・ホーキンズ、ソニー・スティット、イリノイ・ジャッケー、フリップ・フィリップス、そしてスタンだ。そしてそのサキソフォン集団に、独創的なビバップ・トロンボーン奏者のＪ・Ｊ・ジョンソン、トランペッターのロイ・エルドリッジ、モダンジャズ・カルテット、オスカー・ピーターソン・トリオ、そしてエラ・フィッツジェラルドを加えた。

スタンは自分のコンサート・セットでは、常にＪ・Ｊ・ジョンソンとチームを組んだ。彼らは以前にも一緒に仕事をしたことがあった。一九五〇年にマイルズ・デイヴィスの共同バンドで、そして一九五五年にはガンサー・シュラーの「サード・ストリーム」の録音で。スタンはＪＪの才能をとても高く評価していた。彼らのＪＡＴＰにおけるリズム・セクションは、ＭＪＱのドラマーであるコニー・ケイと、オスカー・ピーターソン・トリオ（オスカーのピアノ、ハーブ・エリスのギター、レイ・ブラウンのベース）の混成部隊だった。

ツアーの進行にあわせて、グランツはスタンをフルに活用した。一九五七年十月十日から同月二十八日までにかけて、彼はスタンになんと八回もの吹込みをさせた。ピーターソン・トリオにロイ・エルドリッジを加えたかたちのハーブ・エリス・クインテットのメンバーとして、そしてジェリー・マリガン・カルテットと共に、またエラの伴奏を務める大編成のオーケストラの一員として、スタンはスタジオで録音をおこなった。また三度にわたってライブ録音をもおこなった。そのうち二度はJ・J・ジョンソンとの共演セッションであり、一度はエラとのセッティングだった。それに加えて、スタンはJATPの選抜メンバーとして、十月十五日に放映されたNBCテレビの「ナット・キング・コール・ショー」に出演し、そのときの模様も音声記録された。

十月には、スタンは色合いを異にする超一流の、手強いミュージシャンたちが勢揃いした雑多な組み合わせの中に放り込まれ、与えられた仕事を実に鮮やかにこなしていった。その慌ただしい僅か十九日のあいだにスタンが産み出したような、多くの目覚ましい成果をキャリアの中に残せたなら、そのことを誇りに思わないミュージシャンはまずいないはずだ。

ピーターソンとのセッション（「スタン・ゲッツ・ウィズ・ザ・オスカー・ピーターソン・トリオ」というアルバムになった）には気楽でリラックスした空気が横溢（おういつ）している。昔なじみの友人たちが集まって、アフターアワーズに楽屋でジャムをしているような雰囲気だ。オスカーとスタンがどこまでもこなれた融通無碍（ゆうずうむげ）なプレイでコーラスを重ねている背後で、ハーブ・エリスとレイ・ブラウンは、まさに非の打ち所のないバッキングを提供している。スタンは後日回想している。


ここには素晴らしい雰囲気が満ちている。ぼくがこれまでおこなった中ではいちばん楽しめる録音だったね。一流のプロと演奏するのは、実に心地の良いものだ。ドラムは入っていないが、そんなものは不要だった。ぜんぜん気にならなかった。

エリスとのレコーディングはピアノレスだった。

曲はすべてブルーズで、アルバムには「ナッシング・バット・ザ・ブルーズ」というタイトルがつけられた。北テキサス州立大学在学中、ジミー・ジュフリーとジーン・ローランドと寄宿舎が一緒だったエリスは、南西部独特の土着的なブルーズ感覚を身につけていた。またエルドリッジはいつもの派手な高音の叫びを、喉に詰まったようなしゃがれ声で代行することによって、セッションにしっかりと「路地裏感覚」を賦与している。スタンもビバップの面倒な理屈は抜きで、トラディショナルなブルーズ・モードに身を委ね、ひたすらウェイルする（泣き叫ぶように感情吐露して吹く）ことで、見事にそこに同調している。

「マリガン・ミーツ・ゲッツ」のセッションには、いくつかの楽しく賑やかなトラックが収められている。そこでは二人のホーン奏者は、お互いをつつき合うようにして、楽しく独創的な妙技を繰り広げている。六トラックのうちの半分で、二人は楽器を交換しているが——ジェリーがテナーを吹き、スタンがバリトンを吹いている——この仕掛け（ギミック）がセッションの質を高めているとは言いがたいだろう。というのは、それぞれが相手の楽器を手にして、僅かに居心地悪そうにしている、という風にしか聞こえないからだ。

　スタンとＪＪのコンサートでのライブ録音は、まさにグランツが常日頃求めてきたものだった。新鮮で、何ものにも束縛されない感情が、豊かな想像力をもって表出されること。心に迫る二曲のバラード演奏を別にすれば、セッションは溢れんばかりの喜悦に満ちており、スタンとＪＪの熱い躍動ぶりをどこまでも見事に捉えている。それはピーターソンとのリラックスしたセッションよりは、ディジー・ガレスピーとの火を噴く白熱のセッションを彷彿させるものだ。

　後になって発売されたＣＤ、「オペラハウスのスタン・ゲッツとＪ・Ｊ・ジョンソン」には、シカゴ・オペラハウスでの十月十九日のコンサートと（これはモノラルで録音された）、ロサンジェルスのシュライン・オーディトリアムでの十月二十五日の演奏（こちらはステレオで録音された）が両方収録されている。シカゴの演奏からは六曲がこのＣＤに収録され、そのうちの四曲がロサンジェルスのセッションでも繰り返されている。繰り返された四曲についていえば、スタンとJJは二回目のコンサートではテンポを変えているし、即興演奏部分になると同じことを二度は繰り返さない。彼らは二曲のブルーズと、『クレイジー・リズム』の最速版と、『マイ・ファニー・ヴァレンタイン』のご機嫌なスウィング・ヴァージョンを吹きまくるが、その旋律的アイデアの資源は無尽蔵であるようだ。

シカゴで演奏されたバラード曲『イット・ネヴァー・エンタード・マイ・マインド』のスタンの演奏を聴くと、スタンのロマンティックな感性は、『初秋』や『ヴァーモントの月』の時代から更に深められているようだ。英国の筆者リチャード・パーマーはスタンのその演奏解釈を、このようにきわめて的確に記述している。

> ゲッツはここで、彼の最も偉大なバラード演奏のひとつを繰り広げている。決してセンチメンタルに堕することなく、そのパトスにおいて感涙を呼ぶ。それはまたどこまでも優しいテンポでそっとスウィングする。まさに名匠にしかできない妙技だ。

スタンのロマンティックな側面はその九日後、エラ・フィッツジェラルドのバックを四曲つとめたときに発揮されることになる。この「ライク・サムワン・イン・ラヴ」というアルバムは、ストリングズを入れた大きなオーケストラが伴奏を受け持っているのだが、スタンはそこでの唯一のソロイストだった。とりわけ『ユー・アー・ブラーゼ』と『私の心になんと言おう (What Will I Tell My Heart)』の二曲で、彼は特筆に値する見事なサポートを提供している。

ナット・キング・コールは十月十五日のテレビ番組において、JATPのミュージシャンたちを迎えて、とてもリラックスしている。彼らとジャムをすることを見るからに楽しんでいるようだ。グランツは、オスカー・ピーターソン・トリオにジョー・ジョーンズを加えたリズム・セクションを連れて行った。そしてスタン、コールマン・ホーキンズ、フリップ・フィリップス、イリノイ・ジャッケー、ロイ・エルドリッジといったホーン奏者にスポットライトをあてた。スタンは『幸福になりたい (I

Want to Be Happy）』においてはエルドリッジと、『サヴォイでストンプ（Stompin' at the Savoy）』ではホーキンズと闊達なソロを分けあい、他の二曲ではコールのバックをつとめた。彼は痩せて、身体は引き締まっており、カメラを前にして僅かに緊張しているように見える。

十一月に西海岸から帰宅したとき、彼はモニカが妊娠しているという嬉しい知らせを受けた。その知らせには、家庭内が落ち着きを見せているという背景があった。スティーヴとデイヴィッドは毎日きちんと学校に通うようになり、リトル・ベヴは規則正しく日課をこなし、清潔な服を着ることにも慣れた。そしてオペアは様々な家事をこなし、モニカを助けていた。

妊娠したモニカの幸福は、父親のニルスが亡くなったことを、友人からの手紙の中でたまたま知ったことで、いささか水を差された格好になった。ニルスはその三ヶ月前の一九五七年八月十八日にストックホルムで亡くなっていた。享年六十九、卒中で倒れたのだ。モニカが正式に通知を受け取らなかったのは、ニルスの四度目にして最後の奥さんと、モニカの母親であるメアリとの間に生まれた子供たちとの関係が、いささか険悪になっていたためだった。

モニカとスタンは話し合って、彼女はスウェーデンに戻り、ルンドで出産をした方がよかろうということになった。なぜなら彼らは保険に入っていなかったし、蓄えにまわせそうな金は一銭残らず国税局に持っていかれ、合衆国で適切な産婦人科医療と、産後医療を受けられる金銭的余裕はなさそうだったからだ。それに比べてスウェーデンでは国の運営する医療プログラムが完備しており、当時としては世界で最も寛大な医療、産後医療を受けることができた。そしてまたモニカと生まれてくる赤ん坊は、ルンドの病院で特別に手厚い扱いを受けられそうだった。というのは彼女の一族は、その病院と強い繋がりを持っていたからだ。

スタンはグレートネックで、家族と共にゆっくり一ヶ月を過ごした。というのも十二月の半ばから二月の半ばにかけて、一連の実入りの良いロードの仕事が入っていたからだ。旅の途中で彼は、自分が〈ダウンビート〉と〈メトロノーム〉で人気投票の首位をとったことを知らされた（毎年連続で八回目と九回目)。彼の勝利は今ではもう年末の恒例行事のようになっていた。

サンフランシスコでのエンゲージメントの締めくくりとして、スタンは素晴らしい一枚のLPを制作した。一九五八年二月八日にヴァイブラフォン奏者カル・ジェイダーと共に吹き込んだ「カル・ジェイダー=スタン・ゲッツ・セクステット」だ。ジェイダーはスタンがホールドアップ未遂事件を起こした朝、ジョージ・シェアリング・クインテットの一員として、スタンと同じあのおぞましいポートランド-シアトル間の長距離バスに乗り合わせていた。そしてまた彼はラテン・ジャズを専門とするスウェーデン系アメリカ人という、かなりの変わり種だった。

ジェイダーがこの録音のリーダーをつとめた。というのは、きわめて珍しいことなのだが、グランツは料金をとって、スタンをジェイダーのレーベルに貸し出したからだ。しかしながらスタンは、楽器を用いておこなう以上の貢献をおこなった。非常に優れた才能を持つ二人の若い逸材を見いだし、連れてきたのである。ドラムのビリー・ヒギンズと、ベースのスコット・ラファロだ。どちらも当時二十一歳だった。ヒギンズはそれまでにセロニアス・モンクやオーネット・コールマンやジョン・コルトレーンやソニー・ロリンズやデクスター・ゴードンといった巨人たちと共演していた。素晴らしい経歴だ。ラファロはスタンのグループのメンバーであった一九六一年に、自動車事故で亡くなってしまったが、その直前に、ほんの僅かな数のジャズ・ベーシストしかたどり着けなかった最高の頂(いただき)に手を触れることができた。

アルバムはジェイダーのラテン路線と、彼の感受性の中にある憂愁を帯びたリリカルな要素に敬意を払っている。メンバーはサンバをかなりたっぷり演奏しているが、三曲の美しいバラードにおいては、粛々とロマンティシズムに浸っている。ラファロとヒギンズは終始豊穣な、推進力のあるサポートを提供している。

スタンは東海岸への帰り道シカゴに立ち寄り、二月十六日にグランツのために吹き込みをおこなった。チェト・ベイカーと組んだ初めての録音「スタン・ミーツ・チェト」だ。それは二人にとってベスト・レコーディングのひとつとはならなかった。スタンのプレイは彼の標準に達しているが、チェトの方にはエネルギーが感じられない。そして寄せ集めのリズム・セクションはまとまりを欠いている。

スタンはロードから家に戻ってきて、そこでようやく一息つくことができた。四月までニューヨーク近辺のあちこちで仕事をとり、その後ヨーロッパに飛んで、JATPの一九五八年のヨーロッパ・ツアーに参加した。構成メンバーはディジー・ガレスピー、ソニー・スティット、コールマン・ホーキンズ、ロイ・エルドリッジ、オスカー・ピーターソン・トリオ、ジョー・ジョーンズ、ルー・レヴィー、そしてエラ・フィッツジェラルドという面々だ。スタンは五月一日にパリで、ガレスピー、エルドリッジ、ピーターソン・トリオと共に映画『危険な曲がり角(Les Tricheurs)』(マルセル・カルネ監督)のサウンドトラックのための吹き込みをおこなった。そしてその翌日、JATPのメンバー全員が揃って、最初のコンサートが開催された。それからノーマン・グランツは、エラとジョー・ジョーンズとオスカー・ピーターソン・トリオだけを切り離し、別の行程にまわした。その二つのグループは六月十六日にブリュッセルの世界博におけるコンサートで再び合流した。

モニカは六月にグレートネックの家を引き払い、三人の子供たちとオペアを連れて、ロッケルシュタッドとルンドに向かった。ブリュッセル世界博でJATPツアーの全日程が終了すると、スタンはそのあとヨーロッパ各地のクラブやフェスティヴァルでの仕事を容易に見つけることができた。七月十三日にカンヌ・フェスティヴァルで彼がステージに立っているあいだに、モニカはルンドの病院で女児を出産した。パメラ・メアリ・ポーリーン・ゲッツだ。しかしそれに続く五日か六日のあいだ、スタンは赤ん坊の顔を見ることができなかった。そしてようやく赤ん坊に面会できたとき、彼の体調は万全とは言えなかった。途中で立ち寄った英国では医師が麻薬に類する薬品の処方箋を書くことが合法化されており、スタンは物わかりの良い医師を見つけ、しばしハイになることができたのだ。

## 第十二章

# 挑戦と応答

パメラが生まれたあと、ゲッツ一家はロッケルシュタッドに四、五週間滞在した。真夜中になっても日の沈まない夏の夜を、スタンはのんびりあてもなく過ごした。何時間も続けて泳いだり、日光浴をしたりした。松林を抜けて散策し、スティーヴやデイヴィッドと共に釣りをし、小さな娘たちと遊んだ。五年にわたる混乱の後に彼は、ようやく静寂を見いだすことができた。そして自分たちはスカンジナヴィアに居を構えるべきだという、徐々に固まりつつあるモニカの確信に同意するようにもなってきた。そのような彼の気持ちは、演奏に出かけるたびに強いものになった。彼はヨーロッパの聴衆が好きだった。人々は敬愛に近い念を持って、彼を温かくもてなしてくれた。そして毎週のようにやってきて、ギャラを掠め取っていく国税局の役人たちと顔を合わせなくてよくなったことに、ほっとしていた。合衆国の税金は収めなくてはならなかったが、もう少し穏やかなやり方でそうできた。彼は収入を郵便でニューヨークに送った。そしてまた角を曲がるごとに麻薬の密売人と顔を合わせなくていいことで、安らかな気持ちになれた。一九五八年のスカンジナヴィアは麻薬とはまったく無縁の場所だった。

一九五八年八月十六日にパメラはロッケルシュタッドの教会で洗礼を受けたが、そのときにはもうスタンはスカンジナヴィアに留まる決心をしていた。落ち着くのにいちばんふさわしい場所はコペンハーゲンだった。モニカの故郷であるルンドからは、車とフェリーで一時間ほどの距離にあり、人口は一五〇万人近く、商業的にも芸術的にも繁栄している。もっと小さなスカンジナヴィアの諸都市は、コペンハーゲンに比べるとどれも田舎じみて見える。そしてそこはヨーロッパで最も成功を収めているジャズの興行主、アナス・デュルップの住む街でもあった。

学術上の知りあいを通じて、モニカの母はコンゲンス・リュンビューというコペンハーゲンの郊外にある町に、ゲッツ一家のために美しいヴィラを見つけてやった。もともとそれは王室の住居の別館だったのだが、静かな公園の中にあり、白鳥の群れの泳ぐ池が目の前にあった。その場所の静寂が破られるのは、デイヴィッドが白鳥たちをからかい、元気の良い鳥たちが芝生に上がってきて、大きな声で鳴きながら子供たちを追い回すときだけだった。しかしスタンが姿を見せ、白鳥たちに向かってサキソフォンでロマンティックな曲を吹くと、彼らはいつもすぐに大人しくなった。

コンゲンス・リュンビューに落ち着くと、スタンとモニカは再び郊外人種になった。彼はすぐに国営のコペンハーゲン・ラジオ放送局に定まった仕事を見つけ、新しく買った小さなドイツ車と自転車でそこに通勤するようになった。年上の子供たちは地元の学校に通い、あっという間にデンマーク語を片言で話すようになり、スタンを驚かせた。彼はその言葉にとても歯が立たなかったが、大多数のデンマーク人は英語を話したので、深刻な不自由を感じることはなかった。

スタンは他のヨーロッパの都市で演奏をすることで、収入の不足を埋めた。そこでは契約を潤沢にとることができた。そんなよその街での演奏のひとつは、一九五九年一月におこなったパリのクラブ〈ル・ブルーノート〉でのギグだった。そこでは彼のあとをレスター・ヤングが引き継ぐことになっていた。レスターはスタンの最後のステージを聴き、スタンが舞台から降りてくると、大きな笑みを浮かべて彼を迎えた。そして言った、「あんたは俺のシンガーだよ」と。スタンはそのあともずっと、自分はこれまでそれに勝る賛辞をもらったことはないと言い続けていた。それがプレスに会った最後になった。長年にわたる深酒が彼を疲弊させていた。その二ヶ月後にニューヨークで亡くなったとき、まだ四十九歳だった。

スタンがレスターに会って間もなくモニカは、コペンハーゲンの一流ホテルでアナス・デュルップと会って昼食を共にする約束をとった。スタンが彼の傘下で演奏する可能性について話し合うためだ。

デュルップは建築家であり、裕福な塗料製造業者の息子であり、まだ三十歳になったばかりだったが、十年間にわたってリサーチャーとして、レコード・プロデューサーとして、マネージャーとして、ジャズ・クラブのオーナーとしてジャズ界で意欲的に活動していた。彼は数年間ルイジアナに滞在し、研究者であるウィリアム・ラッセルに協力して、ニューオーリンズやデルタ地帯の、老齢を迎えたジャズの草分けともいうべきミュージシャンたちの録音をおこなった。ジョージ・ルイス、ジム・ロビンソン、スヌークス・イーグリンといった人々だ。また彼はニューオーリンズの演奏会場〈プリザヴェーション・ホール〉の設立者、三人のうちの一人でもあった。そのホールは今日においてもなお、正統的なディキシーランド音楽の本拠地として盛んに活動を続けている。

デュルップの音楽的な情熱はトラディショナル・ジャズのみに留まらなかった。彼は二つのレコード・レーベルを所有しており、ディキシーランド・ジャズを〈ストーリーヴィル〉レーベルで、モダン・ジャズを〈ソネット〉レーベルでプロデュースしていた。一九五四年にアメリカからデンマークに戻ると彼は、〈クラブ・モンマルトル〉という名の非営利のジャズ協会を立ち上げる広告を出したが、それに対して一万人もの反応が返ってきたことに驚き、また喜びを覚えた。協会はコンサートやその他のイヴェントを主催し、会誌を発行した。

コペンハーゲンのあちこちで、四年にわたって成功裏に活動をおこなったあと、彼は思いきって〈モンマルトル〉の名を用いて、市の中心近くに購入した小さく魅力的なスペースで、営利目的のビジネスを始めることにした。新しい場所に近づいていくと、ビルディングの壁から、巨大なカウント・ベイシーの写真がじっとこちらを見下ろしているのが見える。

そのアイコンの他には、デュルップは店の存在を示すものを何ひとつ出さなかった。

客はデュルップの奥さんのロッテに迎えられる。彼女はまた腕の良い料理人でもある。モンマルトルの座席は百二十人ぶんしかない。客は荒っぽくたたき切られたような木のテーブルの前のベンチ席に座った。立ち見席の客たちは、空いているスペースに互い違いに押し合うように位置を占め、二倍の数の客が入れるようにした。部屋は暗く、食べ物やビールやシュナップスや煙草や蠟燭の煙の匂いでむせていた。蠟燭が唯一の照明で、それは歪められた影を壁に投げかけていた。壁はデュルップの友人たちである、「シックス・プラス・ツー」という名の画家と彫刻家のグループのメンバーによって、鮮やかな色合いの装飾を与えられていた。

客の大半は、当時ヒップなヨーロッパ人たちがみんな着ていた流行の服に身を包んでいた。フード付きのローデン（厚手の防水純毛地）のコートだ。女性たちはブリジット・バルドーの髪型にタイト・スカートという格好が多く、男性たちは顎髭とパイプとコーデュロイを好んだ。聴衆はジャズに対してきわめて真剣で、ミュージシャンが演奏しているときにしゃべったりするものがいれば、じろりと睨みつけられた。

モニカがデュルップとのランチの席に腰を下ろしたとき、彼は新しく開店したクラブのめざましい成功を祝っているところだった。クラリネット奏者ジョージ・ルイスの率いる、トロンボーン奏者ジム・ロビンソンを加えたトラディショナル・ニューオーリンズ・ジャズバンドが、二週間にわたって「立ち見席のみ」の公演を続けていた。スタンはとても手頃なギャラで、彼のところで演奏してもいいと考えているとモニカが言うと、デュルップはとても驚いた。彼女は説明した。スタンは今では高い収入よりはむしろ、静かで落ち着きのある生活を求めているのだと。

デュルップはそれを聞いて喜び、すぐにスタンをモーズ・アリソンと組み合わせて演奏スケジュールに入れた。アリソンはちょうどスウェーデンで演奏しているところだった。ベースとドラムはデンマーク人が受け持ったが、その組み合わせはワン・セットしかもたなかった。というのはデンマーク人たちが力量不足だったからだ。彼らはその場で即刻解雇され、スタンとモーズは二人だけのデュオで、それから一ヶ月のエンゲージメントを見事成功裏に終えた。

ほどなくスタンは〈モンマルトル〉で月曜日から木曜日までのギグをこなし、ヨーロッパの他の都市で公演するために週末をあけておくようになった。生まれて初めて、彼は定職というものを持った。そして生活のために忙しく走り回る必要がなくなった。スタンは記者に語った。この心地よい日常生活を自分は満喫しているのだと。

ぼくは競争することに疲れた……ここでは家族とともにいる時間をゆっくりとれる。アメリカにいるときほど高い収入は得られないが、こちらの生活費は安いからね。またあくせくする必要もない。ヨーロッパでのリラックスした生活を楽しんでいるよ。心の平穏のようなものをぼくは求めていたんだ。それはアメリカではなかなか得がたいものだからね。

また彼はデンマークに人種差別がないことを賞賛する。

ぼくの意見ではこちらの人々はより啓かれているし、人種的問題みたいなものは存在しない。できることならあと五百年くらい生きて、みんながひとつの人種になっていくところを目撃したいと思っている。ぼくは人種差別が大嫌いなんだ。

スタンの〈モンマルトル〉における喫緊の課題は、優秀なバックアップ・ミュージシャンを見つけることだった。だから超一流のアメリカ人ベーシスト、オスカー・ペティフォードが最近ヨーロッパに逃れてきて、落ち着き先を探していることを知って、スタンは驚喜した。以前、スタンがウディー・ハーマン楽団に在籍しているとき、わずか数週間ではあるが二人は共に演奏したことがあった。また一九五六年にニューヨークでカルテットとして共演したこともあった。二人はお互いの仕事をとても高く評価していた。

ペティフォードがアメリカを離れたいちばんの理由は、自分の子供たちのためにより寛容な人種的環境を求めたからだった。そして彼はデンマークで巡り会った人々の姿勢を大いに嬉しく思った。彼は一九二二年にオクラホマのインディアン居留地に生まれた。母親は純粋なチョクトウ族であり、父親はチェロキーと黒人の混血だった。そのために彼は合衆国にあっては二重の差別を受けた。そしてまた白人の女性と結婚したことで、先住民の偏狭な人々の怒りをも買うことになった。

ペティフォードは一九四〇年代の初め、その少し前に亡くなったジャズ・ベースの草分けともいうべきジミー・ブラントンのやりかけていた仕事を引き継ぎ、それを完成させた。つまり、以前はただのタイムキープの役しか果たしていなかったベースを、即興演奏のできる旋律楽器に変えることだ。彼はビバップ革命における先駆者となり、〈ミントンズ〉でセロニアス・モンクと演奏し、一九四四年にディジー・ガレスピーと共同で、五十二丁目通りにおける最初のビバップ・バンドのリーダーとなった。四年間にわたってデューク・エリントン楽団とウディ・ハーマン楽団に在籍して素晴らしい演奏をし（一九四五―一九四九）、一九五〇年代にはスモール・グループを率いて、ステージにおいてもスタジオにおいても成功を収めた。彼はまたモンクやアート・ブレイキーと重要なレコーディングをおこなっている。

スタンにとってペティフォードはまさに天の恵みだった。彼はすべてを具えていた。驚異的なテクニック、完璧なイントネーション、非の打ち所のないタイム感覚、そして幅広いメロディックな想像力。二人はほどなく〈モンマルトル〉に出演するカルテットを形成するための、二人の有能なミュージシャンを見つけてきた。やはりアメリカからやってきたドラマーのジョー・ハリスは、ストックホルムでラジオの仕事をしていた。そしてスウェーデン人のピアニスト、ヤン・ヨハンソンだ。一九五九年十月二十五日のカルテットの演奏をエアチェックしたものが――「スタン・ゲッツ　スカンジナヴィアン・デイズ」というアルバムに収められている――スタンがペティフォードと共演した証拠として、我々が唯一耳にできる音源になっている。二人の名人が火花散るソロを繰り広げ、互いを高めあう喜びの精神がそこにみなぎっている。

〈モンマルトル〉はヨーロッパに演奏しにやってくるアメリカのジャズ・ミュージシャンたちの溜まり場になった。ＪＡＴＰのツアー・メンバーたちだけに留まらず、アート・ブレイキーやリー・コニッツやケニー・クラークなどもそこに立ち寄った。ほとんど毎晩、店は満員になった。モニカとペティフォードの奥さんのジャッキーは、店がすっかり気に入って、しょっちゅう顔を出して、宣伝や経営の面でデュルップ夫妻の手助けをした。

　一九五九年春のＪＡＴＰヨーロッパ・ツアーでは、スタンは英国における演奏メンバーから外された。前年の夏、パメラが生まれた翌週にスタンがドラッグを不正入手した証拠を英国政府が手に入れ、彼を入国禁止にしたからだ。

　スタンはグランツに口をきいてくれるように頼み込んだが、グランツは拒否した。「君がこれからもハイになり続けるようなら、君のために戦うことはできない」と彼はスウェーデンでスタンに会ったときに言った。「君はそういうくだらないことをやって、我々全員に迷惑をかけた。ツアー全体を混乱に陥れたんだ。もっとまともに行動できないのか」。スタンは汚い言葉を使い、半時間ばかりグランツを怒鳴りつけた。しかしグランツは動じなかった。だからスタンはかつてキャバレー・カードを取り戻してくれたニューヨークの弁護士に助けを求めざるを得なくなった。弁護士は英国の弁護士と協力して再び勝訴し、その年の後半にはまた英国でも演奏ができるようになった。

　グランツは英国でのスタンの穴埋めにソニー・スティットを呼んだ。それからツアーの残りを、スタンとソニーとディジー・ガレスピーとでチームを組み、コンサート・ユニットとして活動させた。

　一九五九年八月、〈メトロノーム〉の主催した「オールタイム、オールスター、ジャズ人気投票」で七位を獲得したことで、スタンのエゴは更なる満足を得ることになった。前の六人は順位はチャーリー・パーカー、マイルズ・デイヴィス、ジェリー・マリガン、レスター・ヤング、ルイ・アームストロング、ディジー・ガレスピーで、スタンのあとにはベニー・グッドマン、セロニアス・モンク、デイブ・ブルーベックが八位、九位、十位として続いた。

　同じ月に、スタンとモニカはスティーヴをスイスの厳格な寄宿学校「エグロン」に入れた。英国のパブリック・スクールに範を取った学校だ。スティーヴは家を離れるのが嫌でたまらなかった。というのは、ゲッツ一家は夏の週末を過ごすための素晴らしい別荘を借りたからだ。デンマークとスウェーデンを分けるエーレスンド海峡に面した、ハムレット王子で有名なヘルシンゲルにある大きな家だった。スティーヴとデイヴィッドは父親と一緒に広い芝生の庭を駆け抜け、ひやりとした水の中で泳ぐのが好きだった。そして広い家屋の中で、あちこちの片隅に身を潜め、必死にかくれんぼ遊びをした。

アナス・デュルップによれば、その場所は訪れるジャズマンたちのメッカのようになった。

スタンとモニカはコペンハーゲンにおけるアメリカ・ジャズの大使のようだった。アメリカのミュージシャンたちがやってくると、いつだってヘルシンゲルにある彼らの家でパーティーが開かれた。小さな塔のついた二十も部屋のある屋敷で、音楽室は一千六百平方フィート（百五十平米）の広さがあった。

モニカは素晴らしいホステスだった。ミュージシャンたちはスタンのところに行って夕食を共にし、泊めてもらい、リラックスしてコンサートに臨むことができた。我々は常に遅れてコンサートに行った。私は小型のモーガン・プラス4のスポーツカーを持っていて、それをすっ飛ばさなくてはならなかった。ノーマン・グランツは私たちを嫌うようになった。というのは私たちはいつも、時速百九十キロで車を飛ばして、ぎりぎりの時刻に会場にたどり着いたからだ。

コンサートが終わると、彼らは〈モンマルトル〉にどっと押し寄せた。デンマークでおこなわれたアメリカのジャズ・ミュージシャンによるコンサートで、〈モンマルトル〉のジャム・セッションで終わらなかったものはひとつもなかったと思う。

そして〈モンマルトル〉のあと、しばしば彼らはヘルシンゲルに戻った。その頃私はヨットを一艘持っていた。そしてスタンの家の三十キロほど南に、海に面した家を一軒持っていた。我々はヨットのところまで行って帆を上げ、早朝の陽光の中、彼の家に向かった。そして時々は海で泳いだ。楽器はすべてタクシーで運ばれてきた。
ある朝のことを覚えている。ジム・ホールがギターを弾き、スタンとジェリーが楽器を持ち替えていた。つまりスタンがバリトンを吹き、ジェリーがテナーを吹いていた。その早朝、彼らは四時間か五時間、演奏していた。我々はそこでずいぶんと素晴らしい体験をしたよ。

こうして安定した仕事と安定した家庭を新たに手にし、注射針の暴虐からようやく逃れることができて、美しい環境に囲まれていたにもかかわらず、スタンは昔ながらの精神的同行者を振り切ることはできなかった。苦痛と鬱病だ。デュルップは語る。

スタンは常に幸福というわけではなかった。彼はずっと通して幸福でいるようにはできていないんだ……彼が落ち込んでいるとき、いくつか事件が持ち上がった。そしてモニカと私は腰を据えて、一晩彼をなだめなくちゃならなかった。彼は周りの誰かを傷つけたりはしなかったが、ときとして自らを傷つけた。機嫌が悪くなると、扱いにくい人物になった。

ドラッグが手に入らないせいで、スタンはしばしば襲ってくる苦痛を紛らわせるために、酒を飲むようになった。一家はコンゲンス・リュンビューからロームステッドという町の借家に移ったのだが、そこにゴールディーとアルを迎えたことが引き金になって、とりわけおぞましい泥酔のエピソードが生まれることになった。ゴールディーの存在が、彼が少年時代に感じていた母に対する感情的葛藤をそっくり呼び覚ましたのだ。彼が死ぬ少し前にかかっていた精神科医は、それについて以下のような所見を述べている。

ゴールディーは鬱病の傾向を持っており、まだ小さなうちから、スタンに習慣的に強いシグナルを送り続けていた。私を鬱から救ってくれるのはおまえしかいないのだ、というシグナルを。彼は母親の鬱をなんとか解消しようと努力したが、それは不可能だった。小さな子供の手に負えることではないからだ。その結果彼は「自分はもっとも愛するものに対してさえ、十分なことをしてやれないのだ」という罪悪感と悔恨を、大人になってからも抱き続けることになった。そのような感覚は、彼が試みるあらゆる営為に影響を及ぼした。

　彼が酔っ払ったときに振るう暴力は、常に変わらぬ同行者である罪悪感と悔恨から「自由になる」ためのものなのだ。

　ある夜、モニカと子供たちと、モニカの母親と、彼の両親と夕食をともにしたあと、スタンは哀しみと怒りが入り混じった感情に圧倒された。頭蓋骨が打ち砕かれてしまいそうに思えた。彼はその怒りをおさめるために、スコッチをぐいぐいと飲んだ。しかし怒りは彼の中でどんどん高まっていった。そして外に出てレンガの山を見つけ、それを投げて家の窓ガラスをすべて割ってしまった。それから家の中に入り、暖炉の火かき棒を手に取って、家主が収集した、名高いロイヤル・コペンハーゲンの皿を残らずたたき割った。

　モニカが警察を呼ぶあいだ、他の全員は寝室に鍵をかけて閉じこもっていた。恐ろしい見かけの犬二匹を連れて警察が駆けつけたとき、スタンは静かに居間に立って、自分がしでかしたことについてじっと考え込んでいた。

　警察は彼の症状について、モニカよりは精通しており、彼をアルコール中毒治療を専門とする医師のところに連れて行った。医師はアンタビューズを処方した。それを飲んで三日以内にアルコールを口にしたら、激しい不快感を感じる薬だ。しかしスタンはすぐにその薬を飲むのをやめてしまった。自分はアルコール中毒ではないから、そんなものを飲む必要はないと言って。

　一九六〇年三月に、グランツは二つのＪＡＴＰのユニットをヨーロッパに送り出した。最初のユニットにはエラ・フィッツジェラルドと、シェリー・マン・クインテットと、ジミー・ジュフリー・トリオと、ロイ・エルドリッジが含まれ、二番目のユニットにはスタンのカルテットと、彼がとても高く評価する二人の人物が入った、革命的なグループとが組み合わされていた。テナー・サックス奏者ジョン・コルトレーンを擁するマイルズ・デイヴィス・クインテットだ。それがスタンにとって、一九五九年初め以来アメリカのジャズ界を揺るがせてきた音楽をじかに耳にする最初の機会になった。

その年、ジャズ・コミュニティーの表面下でずっとくすぶり続けていた革命的なアイデアが、すさまじい勢いで爆発した。その十五年前にはビバップの洗練された和声的美学が、それまであったものをきれいに一掃してしまったわけだが、冒険心豊かな何人かのミュージシャンたちは、和音（コード）を即興演奏の基盤として用いていては、自分たちのイマジネーションはもう十分な刺激を受けられないと感じるようになった。

彼らにとってコードは、うんざりするほど行き来した道路の、あまりに見慣れた交通標識みたいなものになっていた。マイルズ・デイヴィスのようなヴェテラン・ミュージシャンであれば、一九五九年までにおそらく『オール・オブ・ミー』を三百回くらい演奏してきただろうし、そのたびにその曲のハーモニー進行がまったく変わらないことを痛感してきただろう。ご存じのように、その最初の六小節は、二小節ごとに三つのコードで規定されている。つまりその二小節は、ひとつのコードによって独裁支配されているわけだ。そこではどの音が「心地よく」て、どの音が「心地よくない」かがはっきり決まっている。曲のあとの部分も、ハーモニー的にはやはり同じようにしっかりと、定められたコードで支配されている。こんな決まり切ったコード進行に三百回も出会わされていると、ミュージシャンの中には退屈を覚え、自分が束縛されていると感じるものも出てくる。

一九五〇年代後半にあって、このような想像力の活性減退に問題意識を抱いていた最も重要なミュージシャンとしては、チャールズ・ミンガス、ギル・エヴァンズ、セシル・テイラー、レニー・トリスターノ、マイルズ・デイヴィス、ジョン・コルトレーン、そしてオーネット・コールマンなどがあげられよう。コルトレーンとコールマンが最も大きな直接的衝撃を与えたが、「フリー・ジャズ」と呼ばれるコールマンのアプローチはいちばんラディカルなものだった。

コールマンは和声構造をそっくり捨て去ってしま

ったのだ。一九五九年二月十日と二十二日に録音された彼の最初のレコード「サムシング・エルス!!!!」ではまだその域までは達していないものの、それでも従来のコードの規範からは十分に離れ、その時代にあっては注目を引くサウンドを作り出している。

　コールマンは時々、調性的中心(トーナル・センター)を――それはただの一音か、ちょっとした音の連なり程度のものなのだが――提供することにより、「ストラクチャー」という概念に対して小さな是認のしるしを送っている。そして眼識のあるリスナーには、それがその作品の重力の中心をなすものだと見て取れる。そうしておいてから、彼の即興演奏は和声的前提を離れ、モチーフからモチーフへの連なりと化していく。評論家のエッケハルト・ヨーストはそれを、このように表現している。

> コールマンは進むにつれて、テーマとは無縁にモチーフを創り上げ、それを発展させ続けていった。そのようにして――大事なことだが、コード進行から独立したところで――内的な結束性が創り出された。それはジョイスにおける「意識の流れ」や、シュールレアリストの「自動筆記」に相当するものだった。別のアイデアから育ったアイデアが再構築され、また別の新しいアイデアへと繋がっていくのだ。

　コールマンのコンセプトは即興演奏者たちに挑戦した。どのようなジャズの形態も――それ以前もそれ以降も――そこまで激しい挑戦をおこなったことはなかった。コールマンの音楽においては、即興演奏者たちは自らの創造能力の他に、依って立つべきものを持たなかった。何しろ次から次へと、真空に近い空気の中から新しいメロディーを紡ぎ出さなくてはならないのだから。コールマンはその作業にまさに適役だった。彼は驚異的に歌作りに長けており、自分の音楽に胸を切り裂くブルーズ的感覚(ブルージネス)を持ち込むことができたし、それは焼けつく感情的インパクトを産んだ。自ら選んだアルト・サックスという楽器を用いて、独特のつまずきのあるメロディーに、刺し貫くユニークな人間的サウンドを賦与することができた。

ガンサー・シュラーとジョン・ルイスは、コールマンが最初のレコードで追求していることに深く感心し、彼らがマサチューセッツ州レノックスで一九五九年の夏に開催していたジャズ・スクールに招聘した。そこでおこなった活動のおかげで、コールマンは十一月十七日にカルテット編成で〈ファイブ・スポット〉に出演することになった。ニューヨークの場末ともいうべき、イースト・ヴィレッジのバワリーにあるみすぼらしいジャズ・クラブだ。

　コールマンは三人のミュージシャンを伴っていた。トランペットのドン・チェリー、ベースのチャーリー・ヘイドン、ドラムのビリー・ヒギンズだ。三人ともコールマンの方針にすっかり心酔していた。彼らのラディカルな音楽はジャズ界に衝撃を与え、意見を真っ二つに分断した。その音楽を最も痛烈に誹謗するものでさえ、そこにある生々しいパワーを否定することはできなかったし、その後数年にわたってそれは論議の的であり続けた。一九六〇年にコールマンは何枚かのLPを制作したが、その頂点は十二月二十一日に吹き込まれた、ダブル・カルテットのための「フリー・ジャズ」だった。ヘイドンとスコット・ラファロがベース、ヒギンズとエド・ブラックウェルがドラム、チェリーとフレディー・ハバードがトランペット、彼自身とエリック・ドルフィーがリード楽器を受け持った。そのアルバムは、彼が音楽の世界において間違いなく大きな力を発揮するミュージシャンであることをあらためて証明し、また彼の芸術形態に名前を与えることになった。

　同じ時期にマイルズ・デイヴィスとジョン・コルトレーンは、コールマンが採用したような和声構造からの完全な自由という大胆なところまではいかないが、やはり即興演奏における解放的なアプローチを切り拓いていた。彼らはコード進行よりは束縛の少ないモード奏法を、自分たちのシステムの基盤に据えることによって、いわば中間地点に立ち位置を定めたのだ。

　モードとはただ単にスケール（音階）のことである。音符（ノート）の一セットが連続的に演奏される。たとえばピアノの鍵盤の五つの黒鍵（ド・レ・ファ・ソ・ラのシャープ）が。モードは何世紀にもわたって西洋音楽において使用され、グレゴリオ聖歌のような形式に構造を与えてきたが、それをジャズの即興演奏の基盤にすることは既に一九五三年あたりから、作曲家にして打楽器奏者のジョージ・ラッセルによって示されてきた。

ラッセルのコンセプトの肝要な点は、モードなりスケールなりの音符群がより長い楽節にわたり——たとえば十六小節にわたって——和声を支配するところにある。もし即興演奏者が五つの黒鍵を自分のモードに選べば、彼は十六小節の間、そのモードの音を用いて好きなメロディーを作り出すことができる。八つか十六か、あるいはそれ以上の数のコードの連なりに選択を絞られるかわりに、彼は五つの黒鍵で作られた、実質的にはひとつの広いコードに、即興演奏の基盤を据えられるのだ。

マイルズ・デイヴィスは、ラッセルのアイデアに影響を受けた最初の主要ジャズ・ミュージシャンになった。そして一九五八年に三十二小節の曲『マイルズトーンズ』を作曲した。それは二つのモードで成り立っている。最初のものが十六小節を支配し、二つ目が八小節を、そして最初のものがまた八小節を支配する。一九五八年四月三日、彼はコルトレーンと共に『マイルズトーンズ』を録音している。そして両者はその新しい和声原理に解放感を感じている。その数ヶ月後にデイヴィスは、自分がスケールに（あるいはモードに）夢中になっていることを語っている。

ギル・エヴァンズが『アイ・ラブ・ユー・ポーギー』のアレンジを書いたとき、彼はただそのスケールを教えてくれた。コードはなし……そういう風にすると、とにかく永遠にプレイできるんだ。コード・チェンジに気を遣うことなく、よりメロディーに寄り添うことができる。メロディー的にどれほど創意を尽くせるかということが、ひとつの挑戦になってくる。もしコードに基づいてやっていると、三十二小節が終わればそこでコードが尽きて、さっきやったのと同じことをまた繰り返すしかない——むろん多少ヴァリエーションをつけてだけどね。ジャズのムーヴメントは旧来のコードの繋がりから次第に離れていくだろうと思う。そして和声的ヴァリエーションよりはむしろ、メロディックなところに重点が置かれるようになるだろうと。コードの数はより少なくなるが、それ

を使ってできることの可能性は無限に広がってい
くんだ。

デイヴィスはラッセルのコンセプトに従って作業を推し進め、三月二日と四月二十二日に――オーネット・コールマンが「サムシング・エルス!!!!」を録音したまさに数週間後だ――すべてモード奏法で統一した最初のアルバム「カインド・オブ・ブルー」のために五つの作品を創出した。収録曲は五つのモードでできている。どのモードもソロイストが演奏したいだけ長く演奏できる。二曲目は十小節ごとにひとつのモードが割り振られている。三曲目は『マイルズトーンズ』のパターンを踏襲し、二つのモードが三十二小節を仕切っている。四曲目と五曲目はブルーズのスケールに基づいている。

マイルズはアルバム「カインド・オブ・ブルー」をセクステットで録音した。コルトレーンのテナー、キャノンボール・アダレーのアルト・サックス、ポール・チェンバーズのベース、ジミー・コブのドラム、ビル・エヴァンズが四曲ピアノを弾き、ウィントン・ケリーが一曲を弾いている。モードの形式にアダレーとケリーはもうひとつ居心地よくなさそうだが、それはマイルズとコルトレーンとエヴァンズを刺激し、実に見事な、メロディックな一連のステートメントを引き出している。「カインド・オブ・ブルー」の新鮮さと美しさはジャズ世界に、即時に大きな衝撃を与え、多くの優れた若いミュージシャンたちは、その新しいクリエイティブなアプローチをこぞって学び取ろうとした。それはコールマンのフリー・ジャズよりも数多くの信奉者を産み出した。というのは若いアーティストたちは、自分たちの即興演奏を下支えしてくれるストラクチャーのようなものが、ある程度は必要だと感じていたからだ。

デイヴィスはジャズのイノヴェーターの中にあっても、最も知的で、留まることを知らない人であり、彼にとってのモード奏法は、一九六〇年代と一九七〇年代における和声と形式と楽器奏法の更なる変化に行き着くためのひとつの通過点に過ぎなかった。しかしコルトレーンにとっては、モード奏法は先例を見ない、創造的な力を解き放ってくれるものであり、それから数年の間に彼を歴史的重要性を持つ存在にまで押し上げることになった。

「カインド・オブ・ブルー」の僅か二年前、初期のデイヴィスのグループを解雇されたとき、コルトレーンのキャリアはすっかり行き詰まっていた。彼の解雇は、麻薬の常用と飲酒のために信頼性が欠けるとされたためだが、それはタイミング的には実に不運なことだった。というのは、デイヴィスのグループの中にあって、彼は傑出した即興演奏家としてようやく花開きつつあったからだ。それまでの彼はディジー・ガレスピーや、アール・ボスティクや、エリントン楽団のヴェテランであるジョニー・ホッジズのバンドで、あまりぱっとしない修業時代を過ごしていたのだ。一九五七年の初頭、コルトレーンは三十一歳になっていたが、まだ一枚のリーダー・アルバムも出したことがなかった。そしてニューヨークやフィラデルフィアのスタジオやクラブで散発的な仕事をすることで、辛うじて生活を支えていた。

それから三つの出来事が矢継ぎ早に起こって、彼の人生を変えた。まず第一に、一九五七年三月に彼は、ヘロインとアルコールの中毒を絶つために、母親の家でコールド・ターキーに入った。そしてその両者に同時に、永遠に別れを告げた。第二に、身体がクリーンになると、彼は宗教的啓示を得て、深い精神性に支配された。その精神性は終生彼から去ることはなかった。彼は一九六四年にこのように記している。

一九五七年に私は、神の恩寵によって精神的覚醒を経験した。それは私をより豊かでより充実し、より生産的な人生へと導いてくれた。そのとき感謝の念に満ちて、私は謙虚に願ったのだ。音楽を通じて他の人々を幸福にする手だてと恩典を、私にお与えくださいと。そしてそれは恩寵として私に授けられた。神を讃えよ……

嵐の中にあっても、雨降りののちには、我々の人生は陽光のもとにあるのだと忘れぬことを。すべては神の御業(みわざ)であり、それはあまねく永遠(とわ)のものである。

神を讃えよ

その変身ぶりを完成させるべく、四月に彼は音楽的知性の中心人物というべき、作曲家にしてピアニスト、セロニアス・モンクの呪縛下に入った。

四月十六日のモンクのユニットとのレコーディングは、コルトレーンを大いに刺激し、彼はモンクに頼み込んで弟子のようにしてもらった。彼はすぐにモンクの雑然とした住居を頻繁に訪れる客となった。そのアパートメントはマンハッタンの、現在はリンカーン・センターとなっている場所の裏にあった。コルトレーンはそれらのセッションについて、このように語っている。

彼は自分の作った曲をひとつ弾いて、私の方をじっと見た。私は自分の楽器を取り出し、彼が演奏したものを見いだそうと試みた。我々は何度も何度もそれを続けて、最後にはおおむねうまく演奏できるようになった。私がひどく苦労する部分があると、彼はポートフォリオを出してきて、譜面に書かれたものを見せてくれた。しかし彼は譜面抜きで覚えることを好むようだった。その方がうまく感じ取れるし、結局は近道だからだ。ときにはひとつの曲に丸一日をかけることもあった。

モンクは彼の弟子からとても強い印象を受けたので、〈ファイブ・スポット〉での演奏のための、自分のカルテットに加えた。それは期限を持たない演奏契約で、一九五七年七月に始まり、結局五ヶ月近く続いた。コルトレーンが回想しているように、〈ファイブ・スポット〉では、毎晩がモンクに教わる授業のようなものだった。

モンクは私に完全な自由を与えてくれた……彼はまた私に、彼の曲で長いソロをとる習慣をつけてくれた。ソロのための新しいコンセプトを見つけようと、同じ曲を長いあいだ演奏するんだ。おかげで最後にはアイデアが尽きて、ひとつのフレーズを繰り返すことしかできなくなった。和声は私にとって強迫観念のようなものになった。ときどき自分が、拡大鏡の間違った側を通して音楽を作っているような気がしたものだ。

モンクと働くことは私にとって、超一級の音楽建築家に近づくことだった。あらゆる面で——感覚的なところで、理論的なところで、技術的なところで——私は彼から学んだ。モンクに音楽的な問題について質問すると、彼はピアノの前に座り、その解答を与えてくれた。ただピアノを弾くだけでね。私は彼が演奏するのを目で見て、自分が知りたかったことを知った。私はまた、それまでまったく知ることのなかった多くのものごとを目にした。

モンクはすべての時代を通じて、真に偉大な人物の一人だと私は思う……もし誰かちょっとしたスパークとか、ブーストを必要としているとか、そういう人がいれば、モンクの近くに寄ればいい。モンクがそれをきっと与えてくれるだろう。

コルトレーンはキャリアの最初から、マラソン的に長い練習と、勉強のためのセッションによって知られていた。そして彼のそのような熱意あふれる作業は、〈ファイブ・スポット〉での演奏期間中によりり集中的なものになった。毎日彼は、前の夜に行った演奏のテープを分析し、何時間もかけて音楽的問題点を解決し、それから地下鉄に乗ってイースト・ヴィレッジまでやってきた。

一九五七年十二月に〈ファイブ・スポット〉のギグが終わったとき、モンクはとりあえずバンドを解散することにし、デイヴィスがもう一度コルトレーンを雇った。一年前に比べると格段に優れたミュージシャンになっていたその男を。デイヴィスのグループにいた一九五八年と一九五九年を通して、彼は更に成長していった。そしてモンクと共に築いた理論的基礎のおかげで彼は、マイルズが「カインド・オブ・ブルー」で結実させたモード奏法のコンセプトにしっかりついて行くことができた。

コルトレーンは自分自身の力で、重要なモードの探求をおこなう準備もできていた。しかしその前に、コード奏法を用いた傑作アルバムを作りたいという衝動に駆られた。「ジャイアント・ステップス」だ。それは六曲のコード進行の曲で構成されており、一九五九年五月四日と五日に録音された。そしてモード奏法の一曲が、ＬＰの演奏時間を満たすために、七ヶ月近くあとの十二月二日に吹き込まれた。

「ジャイアント・ステップス」を聴くと、コルトレーンが「サウンドを純粋な情動に変身させたい」という欲望に取り憑かれていたことがわかる。彼はとにかく絶え間なく練習することによって、やっかいな作業に挑むための身体的力量を身につけていたし、モンクやデイヴィスと共に勉強することによって、それに必要な知的ツールを与えられていた。また彼は自らのメロディーにマッシブで、情熱的なサウンドをつけ加えることができた。コールマン・ホーキンズの荒っぽいパーソナルな叫びの、より痛切なヴァージョンだ。

コルトレーンは「ジャイアント・ステップス」の中に収められた七曲すべてを書いた。コード進行の曲は二曲の洗練されたブルーズと、四曲の和声的に込み入ったテンポの速い曲。ただ一つのモードで書かれた曲は、優しい、夢見るようなバラードだ。すさまじいスピードで録音されたタイトル曲は、和声的濃密さの権化ともいうべきもので、一小節あたり二度のコード・チェンジがある。そしてコルトレーンはそれらすべての言外の意味を探るかのように、あらん限りの音符を吹きまくる。そのような休むことを知らぬ探求を前にして、評論家のアイラ・ギトラーはコルトレーンの為している行為を「シーツ・オブ・サウンド（音のシーツ）」と命名した。

　私は彼の音楽を「シーツ・オブ・サウンド」と呼んだ。彼の用いるテクスチャーはきわめて緻密だったからだ。無数の音を用いる彼の即興演奏はとても分厚く込み入っており、それらはまるで楽器から勝手にぼろぼろとこぼれ落ちてくるみたいだった。そのことは実に私を驚嘆させた。かくも多くのアイデアが、休むことなく溢れ出続けることが。それはほとんど超人的であり、彼が用いているエネルギーの総量は、おそらく宇宙船を飛ばすことだってできただろう。

マイルズ・デイヴィスは「ジャイアント・ステップス」のおこなったことを、それとは違う風に表現している。

　彼がやっているのは、ひとつのコードの五つの音を吹くことだ。そしてそれを変化させ続ける。それがいくつくらい違ったサウンドに聞こえるかを試すためにね。それは何かを説明するのに、五通りの方法でやるようなものだ。

一九五九年五月に「ジャイアント・ステップス」

によって、コード進行を用いた演奏のひとつの頂点をきわめた後、その年の後半から翌一九六〇年にかけて、コルトレーンはモード演奏のハーモニーの徹底した探求に取り組んだ。デイヴィスのクインテットが、一九六〇年三月、ＪＡＴＰのヨーロッパ・ツアーでスタンのクインテットと合流する頃には、コルトレーンは目を見張る新鮮さと美しさとパワーを込めて、モーダルな音楽を演奏できるまでになっていた。

スタンは毎晩毎晩それを耳にした。そして初めて、デンマークでの心地よい生活を捨てて、アメリカの喧噪の中に戻りたいという切実な思いを抱いた。音楽的完璧さを求める彼の飽くなき真摯な探究心は、常に挑戦を必要としていた。それは要求の多いベニー・グッドマンのアレンジメントであったり、ソウルフルなラルフ・バーンズの曲の解釈であったり、ビバップの複雑さの習得であったり、ガレスピーとスティットを相手にした超アップテンポの果たし合いであったりした。一九五九年と一九六〇年の革命的な音楽は、彼に正面から挑戦していた。考えてみれば、コールマンやデイヴィスやコルトレーンがその前年にアメリカにおいて画期的なステートメント——「サムシング・エルス!!!!」と「カインド・オブ・ブルー」——を発していたとき、彼はベント・アクセンやエリック・モルバクやオレ・ヨルゲンセンといった連中とコペンハーゲンで録音を行っていたわけだ。アメリカにおける彼の同僚たちが、その新しい発見の上に建物を築き、芸術的な成長を遂げている一方で、彼はスカンジナヴィアのミュージシャンたちがスウィングとビバップの原理を学ぶ手伝いをすることに、大方の時間を費やしてきたのだ。

オスカー・ペティフォードは、スタンがアメリカの革新的なものを共に真摯に探求することのできる唯一の音楽的知性だった。自分が芸術的に取り残されているという彼の思いは、ペティフォードが彼の前から突然姿を消してしまったとき、劇的なまでに高まった。一九六〇年九月四日、コペンハーゲンのアート・ギャラリーで演奏したあと、オスカーは喉の激しい痛みを訴えた。医師は、伝染性の強い連鎖球菌に感染したのではないかと疑い、オスカーの三人の小さな子供たちを守るために彼を入院させたが、容態はそこで急速に悪化し、九月六日にはほとんど全身が麻痺してしまった。その二日後に、原因不明のウィルス性髄膜炎のために彼は息を引き取った。まだ三十七歳の若さだった。

　再びスタンは怒りと苦痛で満たされた。そしてまた酒を飲み出した。その後何日かのあいだ、彼は世間に顔を出せない状態になり、十月一日になるまで、まともに自分を保つことができなかった。その日に彼は、ペティフォードの遺族のための慈善コンサートで演奏し、四千六百ドルの収益をあげた。

　ペティフォードがいなくなると、スタンはアメリカにいるジャズ仲間たちがどんなことをやっているのか、気になってたまらなくなった。とりわけコルトレーンのことが。コルトレーンは一九六〇年四月のJATPツアーから帰国すると、独り立ちをした。スタンの不安感は、コルトレーンが十月二十四日に吹き込んだアルバム「マイ・フェイヴァリット・シングズ」を聴いたとき、新たなピークに達した。アルバムにはタイトル曲のモード版の演奏が収められていた。

『マイ・フェイヴァリット・シングズ』はミュージカル『サウンド・オブ・ミュージック』の中に入っている、リチャード・ロジャーズ作曲のシンプルでセンチメンタルな曲だ。コルトレーンはそれを更に単純化し、和声の構成を二つのモードにまで減らした。最近になって自分の持ち楽器に加えたソプラノ・サックスで、コルトレーンは二つのモードの間を行き来して、勢いよく噴出する、燃えさかるメロディーの奔流を創り出した。

「マイ・フェイヴァリット・シングズ」の催眠的なメロディー・ラインは一般聴衆をもうっとりさせ、それは史上最もよく売れたジャズLPのひとつになった。コルトレーンはビッグな存在になったのだ。そのことは〈ダウンビート〉でも〈メトロノーム〉でも、スタンが人気投票の首位から滑り落ちたことによって確実になった。スタンは〈ダウンビート〉では十年間、〈メトロノーム〉では十一年間、首位を保ち続けていたのだが。

　敗北は、アメリカに戻らなくてはならないという彼の思いをより強固なものにした。そしてモニカの反対を押し切って、彼女と彼自身と二人の娘のために、アメリカ行きのスウェーデン船「クングスホルム」号の船室を予約した。スティーヴはデイヴィッドと一緒にスイスのエグロン寄宿学校に残った。デイヴィッドもその前年の八月にそこに入学していたのだ。

　自分の演奏がヨーロッパ滞在中に成熟し、より豊かになったことをスタンは知っていた。そして大西洋を船で横切っている間に彼は、自分の未だに進歩している才能を、アメリカの大衆に示すための三つのプロジェクトを企画した。まず第一級の常設カルテットを組むこと、音楽的な盟友というべきボブ・ブルックマイヤーと再び録音をすること、そしてエディー・ソーター（一九四五年、ベニー・グッドマン楽団時代に仲が良かった、才能溢れる作曲家だ）に委託して、自分のためにまとまった曲を書いてもらうことだ。

　一家は一九六一年一月十九日にアメリカに到着したが、幸先はまるで良くなかった。そこには雪嵐が吹き荒れており、港に出迎えに来た記者はたった一人だった。前もって手配しておいた、仮住まいのマンハッタンのアパートメントは不首尾に終わり、スタンのマネージャーのジャック・ホイットモアが電話をかけてきて、とりあえずの仕事はないと告げた。予定していた仕事が残らずキャンセルされてしまったのだ。

　スタンの現金の蓄えはとても乏しかったので、彼は小さなホテルの部屋にモニカと二人の娘を押し込み、電話をかけまくってカルテットのメンバーをなんとかかき集め、仕事を見つけるようにホイットモアの尻をひっぱたいた。

　ホイットモアが見つけてきた最初の仕事は、「メイシーズ＆オール・ザット・ジャズ」という催しだった。一月の終わりに開かれるメイシーズ百貨店のプロモーションで、ライオネル・ハンプトンが主宰しており、そのマンハッタンの有名店の催す五時間に及ぶ無料コンサートは、四、五千人の観客を集めた。参加したミュージシャンは、スタンの他に、ベニー・グッドマン・カルテット（ベニー、ハンプトン、ジーン・クルーパ、テディー・ウィルソン）、ベイシー楽団の専属歌手ジミー・ラッシング、ホレース・シルヴァー、ディジー・ガレスピー、J・J・ジョンソン、ジェリー・マリガン、バンジョーを弾くアーサー・ゴッドフリー、バディー・リッチ、ジョー・ジョーンズという面々だった。スタンはシルヴァーとハンプトンとクルーパと組み、また『十二番街のラグ』と一曲のブルーズではゴッドフリーの伴奏を務めた。自分が未だ健在であることをみんなに示すべく、彼はしっかり身を入れて演奏した。

一九六一年二月の初め、ノーマン・グランツが、〈ヴァーヴ〉レーベルの元に統合されていた自分のレコード会社を、MGMに二百五十万ドルで売却したことを知って、ジャズ界は衝撃を受けた。一九五八年にスイスに移住していたグランツは組織の中に留まり、そのヨーロッパ支部となって、自ら選んだいくつかの録音を差配することで合意した。

彼はスイスから、スタンのために三つの録音セッションを手配した。最初のものはボブ・ブルックマイヤーを含めたウォームアップのためのセッションで、それは二月十三日に行われた。彼らはいくつかの新しいアイデアを試してみたが、レコードとしてリリースするには、自分たちの力がまだ十分出し切れていないと感じて、数ヶ月のうちに再び顔を合わせることを約束した。二番目と三番目はカルテットでのセッションだった。まず二月二十日にシカゴで地元のミュージシャンたちとの録音が行われ、それから二月二十一日にはニューヨークで、スタンの常設グループでのセッションが行われた。ただしドラムだけは代理がつとめていた。

スタンは新しいグループのドラムに、旧知のロイ・ヘインズを選んでいた。スティーヴ・キューンは才能ある若いピアニストで、コルトレーンとも共演したことがあった。そしてベースはスコット・ラファロだ。ラファロは二十五歳で、限りないポテンシャルを秘めているようだった。彼の演奏技術は傑出したもので、まるでギターを弾くみたいにベースを弾いた。精妙で推進力のあるビートのヴァリエーションを創出することができたし、彼に続くベーシストたちはみんなそのコピーをすることになった。また彼は三種類のジャズ・イディオムをマスターしていた。コード奏法、モード奏法、フリーの三つだ。ラファロは一九六〇年十二月に、アルバム「フリー・ジャズ」の録音セッションでオーネット・コールマンと共演していた。その一ヶ月後のカルテットでのセッションでは、ジョン・ルイスとガンサー・シュラーの「サード・ストリーム」音楽のいくつか

映画『ベニイ・グッドマン物語』のレコーディング・セッション
ユニヴァーサル・スタジオにて　1955年頃
Photo/ Bob Willoughby/ Michael Ochs Archives /Getty Images

1964年8月19日、ニューヨークの〈バードランド〉でのステージ
アストラッド・ジルベルト(ヴォーカル)、ゲイリー・バートン(ヴァイブラフォン)、
ジーン・チェリコ(ベース)、スタン・ゲッツ(サックス)
Photo/ Donaldson Collection / Michael Ochs Archives /Getty Images

子猫にじゃれつかれて困り顔のスタン・ゲッツ　1967年頃
Photo/ Genevieve Naylor/ Corbis Historical/Getty Images

1970年頃のスタン・ゲッツ
Photo/ Michael Ochs Archives /Getty Images

の録音に参加し、一九五九年初頭からはピアニストのビル・エヴァンズのトリオで演奏し、ジャズ史に残る何枚かの名盤を作り出すことになる。

二月二十一日のレコーディングにはロイ・ヘインズは参加できなかったので、スタンは代わりにエネルギー溢れる若いドラマー、ピート・ラロカを採用した。そのセッションで最もエキサイティングなのは速いテンポの『エアジン』だ。ピアニストのキューンは、何コーラスもソロを吹くスタンのために伴奏をつけることに概ね終始し、スタンとラファロのヴォイスは、才知溢れる共感をもって絡み合い、それは十年前にスタンがギタリストのジミー・レイニーとの間に創りあげた関係に匹敵するものだった。『エアジン』は一九八四年にリイシューされたアルバム「スタン・ザ・マン」に収められている。

以前と同じようにアメリカの聴衆に受け入れられるだろうかというスタンの不安は、ホイットモアがニューヨークでのこれぞというブッキングを見つけてくるまで、胸のうちでくすぶり続けていた。午後の早いうちからスコッチの瓶を空け、煙草をひっきりなしに吸い、自宅の部屋をせかせかと歩き回った。

彼とモニカはニューヨーク市北部の、ウェストチェスター郊外に小さな家を借りていた。

三月の初めにスタンはフィラデルフィアとシカゴのクラブで演奏したが、それらのエンゲージメントはファンの間では、メイン・イヴェントの前の肩慣らしのようなものだと受け止められていた。本番は一九六一年三月二十三日の、アメリカ最古のジャズ・クラブ、〈ヴィレッジ・ヴァンガード〉での演奏だった。聴衆はくさび形をした由緒ある地下室を埋めつくし、地上に通じる狭い階段にまで溢れだしていた。ミュージシャンたちも、ファンたちも、批評家たちも、彼の復帰の挑戦がうまく成功を収めるかどうか、興味津々で見守っていた。〈ダウンビート〉誌のビル・コスはスタンの対応をこのように描写している。

ゲッツのニューヨークでの再デビューに際して、〈ヴィレッジ・ヴァンガード〉に詰めかけていたのは音楽愛好家ばかりではなかった。聴衆の中には彼を——音楽的にせよ他の面においてにせよ——嫌うものもいた。ずっと昔、当時既に伝説化していた、非正当派のレスター・ヤングの音節を発展させ、自家薬籠中のものとした一人の若い白人の男が、今ある新しいジャズの流れに、少なくともそこから起こってきた革命に、どのように立ち向かえるかを、彼らは見守っていたのだ。

その若い男にはそれができるし、それを実行するし——これから先もずっとそれが続くだろうと思わせるし——それに合格する。

今でもやはり肩幅が広く、青い目の、無表情なこの若い男は、楽屋でミュージシャンたちと顔を合わせ、彼らは挨拶をしてインディアン式の握手を交わす。疑わしい平和と、疑いの余地のない戦争を意味する握手だ。その若い男は舞台に上がり、臆することなくベストを尽くす。過去からの引用があり、またそれ以上に力強く、彼流の新しいサウンドの挿入があり、それは聴衆の心をぐっと捉える……

クラブの中はしんと静まりかえった。ゲッツのヴォイスはあまりに雄弁であり、どんな言葉もその前では力を失わざるを得ないのだ。


〈ニューヨーク・タイムズ〉紙のジョン・ウィルソンは言葉を失わなかった。彼はこのように書いた。

ゲッツは過去においで彼がおこなってきたより、遥かに深みのある演奏を聴かせる。ひとたびソロに入り込むと、そのサキソフォンの用い方において、より多くを探求し模索する……

ミスタ・ゲッツは彼の楽器を隅から隅まで活用する。時折そのアイデアを、楽器のいちばん低い音から、推進力のあるアクセントをつけて勢いよく吹き上げ、スタッカートのフレーズをつけて滑らかに流れるような長い音節を残し、そしてしばしば焼け付くようなしゃがれた音を出して、彼の基本的にリリカルなスタイルを荒々しく崩す。

彼は、最後にこの国で演奏したときより、遥かに冒険心に富んだミュージシャンに成長している。

批評家の評判は良かったものの、ヴァンガードのエンゲージメントのあとの数ヶ月、スタンはまばらな聴衆しか集めることができなかった。二年半も留守をすれば、あっという間にファンに忘れられてしまう。マイルズ・デイヴィスのグループのあとを受けて、ハリウッドのクラブに入ったのだが（マイルズはそこで録音をおこなった）、スタンのグループは客の入りが悪く、オーナーは平日のステージをキャンセルし、週末だけの演奏に変更した。そしてサンフランシスコのライヴァルのクラブで、コルトレーンと同じ時に演奏したのだが、スタンはコルトレーンに大きく水をあけられた。

　それでスタンは二重に落ち込むことになった。自分の新しいカルテットが、これまでに組んだグループの中では最良のもののひとつだと、彼は確信していたからだ。ラファロとキューンという二人の若者は、コールマンとコルトレーンと仕事をしたばかりで、その新しいアイデアと優れた技術で彼を刺激してくれたし、ヴェテランのヘインズは、彼がジャズにおける最も想像力に富んだ打楽器奏者の一人であることを、日々証明していた。

　ホイットモアはスタンと同じようにコルトレーンをもマネージしていた。そして彼は、ニューヨークや他のどこかで、二人を組み合わせてブッキングすることで、スタンの運を上向かせようと試みた。コルトレーンが喝采をほとんど独り占めし、そのことはスタンにフラストレーションを抱かせたが、彼はライヴァルに対して決して悪意を抱いたりはしなかった。二人の男は互いに対して敬意を抱いていた。人間的にも職業的にも。コルトレーンは記者たちに言った。「もしそうできるものなら、我々はみんなスタン・ゲッツみたいに吹いていることだろう」。そしてスタンはこのようにコメントした。

> 　ぼくは早い時間に来て、ジョンのセットを聴いていた。そして彼は彼のスタイルでとても素晴らしい演奏をしていたので、ぼくは刺激を受けて、自分の番がやってきたとき、すごく気合いを入れて演奏をすることになった。そこにはカッティング・コンテスト（果たし合い）みたいな要素はない。中にはそんな風に考える批評家やファンもいるかもしれないけれどね。オーディエンスがぼくらの両方を、二つの違うテナーのスタイルを、楽しんでくれるといいなと心から思う。だって音楽というのはそういうものだからね。たくさんの連中がそれぞれ違うスタイルで、それぞれ違うことを語っ

ているんだ。耳を傾けるだけの価値のある何かをね。

スタンは生活費をまかなえるだけの仕事を手にできるようになった。しかしヴァーヴに新しく出向してきたMGMの重役たちは、彼がかつての集客力を回復できないことに強い不安を覚えた。彼らはスタンに、ロマンティックなバラードばかり集めたどこまでもコマーシャルなアルバムを作るように圧力をかけた。しかしスタンはそれを一蹴した。彼は芸術的な見地から、エディー・ソーターと協力したアルバムを作りたいと強く望んでいたからだ。それは「フォーカス」という名前で呼ばれるようになっていた。MGMの人々はソーターとのプロジェクトが商業的に成功するとはほとんど考えていなかったが、スタンの希望に渋々ながら応じた。スタンの語るところによれば、彼はソーターに白紙委任状を与えたということだ。

アルバム「フォーカス」ができたのは、ぼくがずいぶん昔からエディー・ソーターの作る曲を高く評価してきたからだった。一九四五年にベニー・グッドマンの楽団にいるとき、ぼくは彼のアレンジメントを演奏していたが、彼はずいぶん過小評価されているようだった。ラジオ番組のジングルとか、テレビ番組の音楽とか、そんなものを書いていた。ぼくはこう思ったよ。「どうしてこんな優れた人物が、こんなつまらないことをやらなくちゃならないんだ？」ってね。

で、彼に尋ねたんだ。ぼくのために何か書いてくれないかって。

彼は言った。「何だって？」

ぼくは言った。「スタンダード曲やら、ポップ・ソングやら、ジャズの古い有名曲やら、そんなもののアレンジメントを求めちゃいない。君自身のオリジナル曲が欲しいんだ。君が本気になって取り組んだものがね」

スタンとソーターは何度か顔を合わせ、ソーターは七つのパートに分かれた組曲というアイデアを発展させた。音楽は高名なボザール弦楽四重奏団を核とする、小さな弦楽オーケストラのために書かれていた。弦楽のためのパートはしっかりと固定されたものだったが、ソーターはスタンのために、心の赴くまま即興の楽節を自由に付け加えられるスペースを残していた。録音セッションは一九六一年七月十四日と二十八日に予定されていた。プロデューサーはクリード・テイラー、MGMがグランツからヴァーヴ・レーベルを買い取るのと同時に、ABCから引き抜いて雇った人材だ。ABCで彼は、ジャズ・レーベル〈インパルス！〉を立ち上げて成功を収めていた。

スタンは六月二十五日（日曜日）に、ラファロに休暇を与えた。〈ヴィレッジ・ヴァンガード〉で、ビル・エヴァンズ・トリオでの録音があったからだ。彼らはそこで見事なレコードを作り上げた。ラファロは二年前から、そのピアニストと組んで演奏をしてきたが、それはまさにその頂点とも言うべきものだった。七月三日に〈ニューポート／ニューヨーク・ジャズ・フェスティヴァル〉で、スタンのカルテットが見事な成功を収めたあと、スタンは再びラファロに休暇を与えた。今回ラファロは車を運転し、ニューヨーク州中央の北部にあるジェニーヴァという街に向かった。母親を訪ねるためだ。しかしスタンがそのあと彼に会うことはなかった。ラファロは無謀運転をすることで知られており、一九六一年七月六日にジェニーヴァ市内で樹木に衝突し、即死した。二十五歳の若さだった。

スタンはジェニーヴァに車で行って、葬儀に参列した。そして帰り道、彼はより愉しい集まりを心待ちにしていた。七月十三日に娘のパメラの三度目の誕生パーティーがあったのだ。

パーティーに参加するために、アルをフォレスト・ヒルズのアパートメントに残し、一人でスタンの家に行こうとして、ゴールディーはほどなく身体の不調を覚えた。家に到着したときには、左目を開けておくことができなくなっていたし、左脚には力が入らなくなっていた。彼女の顔つきと、足を引きずっている様子を見たときのスタンの取り乱した反応を目にして、彼女はその不調をできるだけ表に出さないようにつとめた。パーティーを台無しにしたくなかったからだ。彼女は言った。「少しだけ横にならせてもらえないかね。そうすれば良くなるから。ちょっとふらふらしたんだ。それだけのことだよ」。

彼女はカウチに横になった。そのまわりを子供たちが叫び声をあげ、アイスクリームやソーダをこぼしながら、うるさく走り回っていた。彼女は少ししてスタンに、洗面所に連れて行ってもらえないかと頼んだ。

彼がそこまで運んだところで、ゴールディーは意識を失って床に倒れた。彼は恐怖に駆られ、すぐに電話で救急車を呼んだ。彼女は担架に乗せられ、救急車で運ばれた。スタンもそこに同乗し、近隣の病院まで震えながら母親の隣に付いていた。ゴールディーはすぐに緊急治療室に運び込まれたが、脳内の大量出血のために息を引き取った。五十四歳だった。数週間前にタクシーに乗っているときに事故に遭い、脳震盪を起こしたのがひとつの原因になっていたかもしれない。しかし致命傷となったのはたぶん間違いなく持病の高血圧のせいだろう。

スタンはモニカに電話をかけ、その恐ろしい知らせを伝えた。そして、アルをフォレスト・ヒルズから病院まで連れてきてくれという指示を与えて、受話器を医師に渡した。スタンは医師に、父親が「成人期発症糖尿病」を患っていることを事前に伝えていた。医師はモニカに言った。「あなたはお父さんに、糖尿病のための薬物投与をしなくてはならない。彼はショックを受けやすくなっています。だから奥さんが亡くなったことは言わない方がいい」

「じゃあ、どう言えばいいのですか?」

「とにかくここまで連れてきてください。そうすればその知らせを受けて何かあっても、医学的処置を施すことができます。ただ重体だと言っておいてください」

ゴールディーは重体だとモニカに告げられて、アルはひどく取り乱し、崩れ落ちんばかりだった。彼女は義父に薬を飲ませ、ウェストチェスターまで連れて行ったのだが、それは一時間以上を要するほとんど悪夢のような旅路だった。アルは車が完全に停まる前にそこから走り出ようとした。そして車を駐めているとき、ゴールディーの死を知らされたアルが発する悲痛な叫び声を、モニカは開いた窓から耳にした。

自らの苦痛と悔悟に直面することができず、スタンはゴールディーの死に、酒を痛飲し、ほとんど意識を失うことで対応した。彼は葬儀の間、そして

「シッティング・シヴァ」として知られる八日間の服喪の期間ずっと、哀しみを先延ばしにし、スコッチによって自らを麻痺させていた。酔っ払って哀悼のお祈りに参加しようとして、何人かの親族たちとあやうく殴り合いの喧嘩になるところだった。

とげとげしさはスタンの弟のボブをも取り巻いていた。彼はシヴァの儀式に参加することができなかったために、アルと年長の親族を怒らせた。ボブはロサンジェルスの自宅から東部まで飛行機で飛んできたのだが、葬儀の間しかそこにいることはできなかった。役者としてのこれまでにない大きな仕事が控えていたからだ。彼が自らプロデュースし、監督している即興ミュージカル・ショーだった。そのリハーサルが最終週に入っているところだった。

スティーヴとデイヴィッドは、エグロンの学期を終えて帰宅したのだが、シヴァの期間が終わる二日前に空港で出迎えられるまで、ゴールディーの死を知らされなかった。スティーヴはそのときのことを覚えている。

モニカとスタンとお祖父さんが、三人で飛行機を出迎えた。僕らはその近辺にゴールディーの姿を探し求めた。ほら、「おばあちゃんはどこにいるの？」みたいに。お祖父さんが僕を脇に連れて行って、小さな声でそっと教えてくれた。僕らはたった一週間の違いで、おばあちゃんに会えなかったんだ。

スタンは二週間後、酒を痛飲することをやめた。七月二十八日に「フォーカス」の録音のためにスタジオ入りしなくてはならなかったからだ。もともと彼は七月十四日に七つのパートを持つ組曲の四つのパートを、弦楽オーケストラ付きで録音することになっていた。そして残りの三つのパートを二十八日に録音する予定だった。しかしゴールディーが七月十三日に亡くなったために、最初のセッションには加われなかった。他のミュージシャンたちは予定を変更できなかったので、最初の四つのセクションはスタン抜きで先に録音された。

そのようなわけで、七月二十八日にスタジオに入ったとき、スタンは二つのハンディキャップを背負っていた。まず三十八分の長さを持つ組曲の七つのパートを、一日のうちに吹き込まなくてはならない上に、最初の四つのパートを、イヤフォンをつけて、他の人たちが前もって吹き込んだトラックを聴きながら演奏しなくてはならなかった。イヤフォンをつけることは著しい困難を産み出した。スタンは自分の演奏を聴けなくなったからだ。

スタンはクリード・テイラーに、自分はこれまでまったくの素面で録音をおこなったことが一度もないのだと言った。そしてプロデューサーに、アルカセルツァーとスコッチをスタジオに用意してくれるように頼んだ。薬品で胃の補強をしたあと、その消耗を極めるセッションを、彼はウィスキーをすすりながらこなしていった。

「フォーカス」の七つの楽章はただ単にテナー・サキソフォンのための背景アレンジメントというだけではなく、自立した曲集として、優れた構造秩序を持つ物語的作品として一体化するべく作られている。ソーターは語る。

私はそれらの曲を七つの違った童話を書くように書いた。まさにそうなんだ。もしハンス・クリスチャン・アンデルセンが音楽家であったら、こうするだろうというようにね。それは曲というよりはむしろ短編小説なんだ。私はそういうやり方をとった。スタンはなにしろ物語を語るのがとてもうまいからね。彼は音楽的な詩人なんだよ。

組曲はきわめてパーカッシブで、鮮やかな旋律を持つ『遅れた、遅れた (I'm Late, I'm Late)』から始まる。ロイ・ヘインズがアンサンブルに加わる唯一のトラックだ。それから組曲は三つの憂愁を帯びたロマンティックなセクションを通過し、深く思案しつつも明確にスウィングする五つ目と六つ目の楽章に入り、クライマックスへと向けて盛り上がっていく。そしてそのテンションを、第七楽章の安らかな静けさのうちへと解き放つ。

スタンは何度かリハーサルに立ち会い、音楽的ロードマップの大まかなアウトラインを頭に入れたが、この「フォーカス」セッションのために、それ以上の準備はしなかった。それは彼がそもそも計画していたことだった。というのは、その場での即応の表現こそが良いジャズに不可欠なものだと信じていたからだ。何年か後に彼は記者にこのように語っている。

できるだけリハーサルは少なくし、できるだけ音楽に気持ちを集中しないようにすること。その方が良い結果が生まれる。なんだか馬鹿げて聞こえるだろうが、君は「アルファ状態」という言葉を聞いたことがあるかな？　何かをクリエイトする最良の方法はこのアルファ状態に入ることなんだ。アルファとは「リラックスした集中」と呼ばれるものだ。たとえば、会計士はアルファを用いたりしない。彼はただ集中するだけだ。

ジャズ音楽においては、あるいは大抵の音楽においては、肉体的にも精神的にも、肩に力が入れば入るほど、音楽は良くないものになっていく。ファースト・テイクが多くの場合いちばん出来が良いのはそのためなんだ。だからリハーサルはできるだけ少なくした方がいい。

君はその音楽と恋仲でなくてはならない。新しい娘に恋をするみたいにね。そして今録音がされているという事実に、できるだけ目を向けないようにするんだ。テープを回させておいて、あとは自由にやるんだ。

一九六一年七月二十八日にスタンは深いアルファ状態に入っていた。そしてソーターの作曲した布地に、見事な線（ライン）を直感的に縫い込んでいった。彼はこのように回想する。

彼が書いた譜面をぼくは目にした。でも彼がどんなものを望んだのか視覚化することができなかった。でも演奏にかかるや否や……ぼくにはそれがわかった。素晴らしいのは、それがまさにぼくが長年探し求めていた乗り物（ヴィークル）であったということだ。新しいサウンド、新しい自由。そしてぼくはまだ自分自身でいられるということだ。

スタンはコード進行よりは、ソーターの楽想（モチーフ）に沿って自由に即興演奏をすることで、オーネット・コールマンの手法を借り受けている。そして彼はその音楽のエモーショナルな内容を深めるために、自らのダイナミックスとリズムを次々に変化させていくことで、見事な鋭敏さを示している。

『遅れた、遅れた』の二つのテイクにおける即興演奏では、同じテーマがきわめてエキサイティングに異なった形に解釈されており、ソーターはその両者を継ぎ合わせて、楽章の長さを二倍にすることにした。二番目のセグメントの『彼女に(Her)』でのスタンの温かく、胸が痛むようなステートメントは——それはゴールディーに捧げられているのだが——彼がそれまでにクリエイトしたどんなものより深く心を打つ。そして最終楽章における彼の演奏は、そのゆったりとした美しさで、アンリ・マチスの絵の「豪奢、静寂、逸楽(Luxe, calme, et volupté)」というタイトルを思い起こさせる。

スタンは時代の挑戦に対して立ち上がり、革新的な音楽を産み出した。それはユニークなまでに彼の音楽であり、同時にまたあとに続く人々のために、ジャズの地平を押し広げるものであった。モチーフを中心に即興演奏をするという点で、彼は自らの地平においてコールマンと邂逅したわけだし、また彼とソーターのそもそも意図するところではなかったにせよ、彼らは数ある「サード・ストリーム」のレコードの中でも、最も内容が充実したものを創造することになった。

リリースされたアルバム「フォーカス」は、すぐさま見事な達成として認められた。その音楽は時間の試練にもしっかりと生き残っている。批評家リチャード・パーマーは一九八七年にこのようにコメントしている。

今、私を感心させるのは……エディー・ソーターの作曲の大胆さと、それに対するゲッツの反応の見事さだ。

一九八四年に私は、「フォーカス」はバルトークやシェーンベルクやストラヴィンスキーと同じレベルで心を打つと書いた。それから何年かが経過したが、私の意見は寸分も変わらない。そこにプロコフィエフの名前を付け加えたいと思う以外は……。

私が思うに、まったく妥協がないという点において、「フォーカス」は特筆に値する。(ソーターは)一貫した思考と形とテーマ的な力強さを有する作品群を書こうと決意している。本質において、それはまさにクラシック音楽の書法であり、ジャズ・ソロイストに対していかなる形の譲歩もせず、あとは自由に対応してくれという姿勢で臨んでいる。ソーターのこの果敢さと、ゲッツの素晴らしさの結果として、アルバム「フォーカス」は今までのところ、ジャズがクラシック音楽に出会い、そこで何かしらユニークにして、圧倒的な成功が達成された唯一の例として、名を留めている。

そしてスタン自身についていえば、「フォーカス」は彼の作品群の中でも特別な位置を占めている。彼は死の前年に記者にこう語っている。

ぼくが誇りに思っているレコードは「フォーカス」だ。あれは大変な努力を要した。音楽がまったく書かれていない、ただぼくのキーに楽譜が移調されているだけのストリングズに合わせて、演奏するというのはね。あのレコードを聴くと、ぼくは自分に誇りを覚えるよ。

「フォーカス」という革新的なマテリアルにおける成功も、自分はこれからもコード奏法の中で、最もクリエイティブな表現を追求していくだろうという事実を、スタンに見失わせることはなかった。彼はコールマンやコルトレーンのように、コード進行による演奏には活力が欠けていると感じるタイプの即興演奏家ではなかった。そしてそのことに関しては、彼は決して孤立した存在ではなかった。一九六〇年代初頭以降も、とても数多くのミュージシャンたちが和声システムを保持し続け、また新たに採用した。

砂塵が収まったとき、一九五〇年代終わりと、一九六〇年代初めにおける芸術的闘争の最終結果として、即興演奏家が手にできる手段は劇的なまでに幅広いものになっていた。それ以来ジャズ・ミュージシャンたちは、魂と想像力が命じるままに、コード奏法、モード奏法、フリーのうちから好きなものを選べるようになったのだ。ナイトクラブの一晩の演奏で、その三つをすべて用いるものだってきっといることだろう。

大方の批評家が、現存する最も偉大な即興演奏家と見なしているソニー・ロリンズは、ほとんどまったくコード奏法だけで演奏している。ソニーの王座を継ぐと多くの人がみなしているジョー・ロヴァーノは三つの奏法をすべて易々とこなしているが、演奏の中心をなしているのはやはりコード奏法である。ジャズにおける若きスターたち——マルサリス兄弟やジョシュア・レッドマン、ジェームズ・カーター、テレンス・ブランチャード、ジャッキー・テラソン、スティーヴン・スコットなど——についても同じことが言えよう。

「フォーカス」においてスタンは、時代の革新的挑戦者たちと対等に肩を並べていることを示した。彼は自分の才能を今一度、世間に認証させた。そしてほどなく彼の芸術の地平線は、更に広がっていくことになる。

# 第十三章

# スタンのボサ

一九六一年九月十二日と十三日の、スタンとボブ・ブルックマイヤーの録音セッションに、クリード・テイラーは必須の備品であるアルカセルツァーとスコッチの瓶を持ってきた。その発泡性の液体と、あとに続く茶色の透明な液体のおかげでスタンは、自分にとって主要な音楽的インスピレーションであるトロンボーン奏者と再びチームを組むにあたっての不安を、すぐさま解消することができた。彼はセッションをとても心待ちにしていた。というのは、その年の一月に大西洋を横断するクングスホルム号の中でなした三つの芸術的決意が、それですべて果たされたことになるからだ。二人のホーン奏者をバックアップするのは、スタンのワーキング・リズム・セクションだ。スティーヴ・キューン、ロイ・ヘインズ、そしてスコット・ラファロの後釜に座ったベースのジョン・ニーヴス。アルバムには「ゲッツ＝ブルックマイヤー61」というタイトルがつけられた。

スタンとブルックマイヤーが一緒に録音するのは六年半ぶりのことだったが、トラックを聴くと、二人はもう何ヶ月も毎晩一緒に演奏していたというように聞こえる。ブルックマイヤーが一九六一年の初頭に記者に語ったように、彼の即興に対するアプローチは、エモーショナルな率直さにおいて、スタンのそれに近く寄り添ったものだった。

君がつくり出すものは、人声のサウンドに近いものでなくてはならない。金属製の楽器は、ただ用いる道具に過ぎない……一人のジャズマンは自分の感じることをそのまま語るべきなのだ。彼は他の人々に話しかける、物語を語る一人の人間なのだ。それが意味するのはユーモアと、悲しみと、喜びだ。人間が有しているすべてだ。

このアルバムを通して、二人の男はまったく照れることなく、フィーリングのコミュニケーションに終始する。そして二人は、ブルックマイヤーの書いた『フー・クッド・ケア』というバラードにおいて、とりわけ心を打つ対話を聞かせる。

その一ヶ月後、ノーマン・グランツは再びスタンの人生に関わりを持ってくる。彼は記者会見を開くために、スイスの自宅からニューヨークに飛行機で飛んできたのだ。そこで彼は、すべてのジャズ・アーティストの契約は、人種隔離をされた聴衆の前での演奏を禁止するという条項を入れるべきだと要求した。グランツは組合を見下してこう言った。「アメリカ音楽家連盟がこのような要求をおこなうとはとても思えない。なぜなら彼らの地方支部そのものが人種隔離されているからだ」と。そして彼はミュージシャンのマネージャーたちが行動を起こすことを期待した。記者会見が終わると、プロデューサーたちや作家たちの委員会が形成され、有力なマネージャーたちに会うことになった。彼らが最初に集まったとき、スタンのマネージャーであるジャック・ホイットモアも同席して、大いに助力を提供した。一九六〇年代半ばに公民権法が成立するまで、聴衆の人種隔離は完全には終わらなかったが、グランツの働きかけは結果的に目覚ましい進歩をもたらした。

一九六一年の残りの部分、スタンはほとんど家族に会わなかった。彼は頻繁にツアーに出ていたし、モニカは二人目の子供を産むために十二月にルンドに里帰りしていたからだ。出産予定は三月だった。スティーヴとデイヴィッドはエグロン校に戻り、ベヴァリーとパメラはモニカと行動を共にしていた。

スタンは十二月に、自分が再びファンを取り戻すのは厄介な作業であることを、改めて思い知らされていた。一九六一年度の〈ダウンビート〉人気投票では、彼はジョン・コルトレーンに二対一以上の大差をつけられ、首位を奪われた。〈メトロノーム〉はその年の末に発行をやめており、人気投票の結果は発表されなかった。

十二月のある夜、ワシントンDCのクラブで演奏していると、その近所に住んでいたギタリストのチャーリー・バードと、奥さんのジニーが彼のところにやってきた。「新しいラテン音楽を見つけたんだが、君にも聴いてもらいたいんだ」と彼は言った。「ジニーも僕も、君が吹けば、実に素晴らしいサウンドになるだろうと考えているんだ。明日、うちに昼食を食べにこないか。そこでその音楽を聴こう」。スタンは彼らの招待を受けた。

バードは一九四〇年代終わり頃にジャズ・ミュージシャンとしての活動を始めたのだが、一九五〇年から五六年にかけては、クラシック音楽をほとんど専門に演奏し、一九五四年には巨匠アンドレス・セゴビアに学んだ。バードは音楽の分野を合体させることを好まず、演奏をするときはセットを二つの違うセグメントに分割した。まず最初に『どれだけこれが続いてきたのか（How Long Has This Been Going On）』とか『イン・ナ・メロートーン』といった曲のスウィングするヴァージョンを、ジャズの部分として演奏し、それからサイドメンを下がらせ、バッハやパガニーニやビラ・ロボスといった作曲家たちの作品を独奏用に正確に編曲したものを演奏した。彼はワシントンにある〈ショーボート・ラウンジ〉という賑やかな地下のクラブと、ほとんど永続的な出演契約を結んでいた。〈ダウンビート〉は彼のことを「小さな池の中の大きな魚」と呼んだ。奥さんのジニーは彼の仕事を助けて取り仕切り、ときにはそのトリオをバックに歌った。

一九六一年の三月から六月にかけて、バードとジニーと彼のトリオは、十二週間にわたる国務省主宰の南米ツアーに参加した。音楽的好奇心の旺盛なバードは、ベネズエラ、ブラジル、チリ、パラグアイ、ペルー、アルゼンチンで、それぞれ固有の音楽のテープやレコードや楽譜を収集した。そしてとりわけ、最近になってブラジルで人気が高まっている「ボサノヴァ」という、ジャズとサンバの混合音楽に心を惹かれた。彼はナイトスポットで何度かボサノヴァを耳にしたことがあり、そこに飛び入りで参加し、現地のミュージシャンたちと共演することを楽しんだ。

合衆国に戻ると、彼はいくつかのボサノヴァ曲をアレンジし、実際にステージで演奏したが、そのブラジル音楽をレコード化するようにレコード会社を――彼の所属レーベルのリヴァーサイドをも含めて――説得することができなかった。バードはテープに録音したボサノヴァ音楽を、スタンに一刻も早く聴かせたくてたまらなかった。というのはその温かくメロディックな音楽は、彼の叙情的なスタイルに実にぴったりだと確信できたし、また自分よりはスタンの方がレコード会社に対してずっと大きな影響力を持っていると知っていたからだ。

昼食のあとでバードは自分のギターで何曲かのブラジル音楽を演奏し、それから二人のボサノヴァ音楽の立役者の音楽を録音したテープを聴かせた。ギタリストのジョアン・ジルベルトは自分の曲と、アントニオ・カルロス・ジョビンの曲を歌っていた。スタンは即座にその音楽に参ってしまった。アレンジメントの単純さにもかかわらず、澄み切った曲調と、リラックスはしているが、揺るぎなく強固なリズムに魅せられた。それは彼の血液に危ういまでに容易く入ってきた。この音楽にかぶせて即興演奏をするのは楽しいかもしれない。そのリズムの脈動は、まるで優しい波のように、抗しがたく彼を前に推し進めた。

スタンはクリード・テイラーにボサノヴァの素晴らしさを説いた。そしてバードと一緒にレコードを作らせてくれと頼んだ。そういう企画には商業的な価値はあまりないとテイラーは思ったが、それでも了承した。しかし最初から彼らは音楽的困難さに直面させられた。ニューヨークのミュージシャンたちとのセッションは不毛に終わった。彼らはブラジルのリズムをマスターできなかったからだ。バードは、彼がブラジルから連れてきた人々を使って、あらためて録音しなおすことにした。バードは彼らを徹底的に仕込み、二月の初めまでには録音できる態勢に持って行った。

一九六二年二月十三日、スタンとクリードはシャトル便に乗って、ニューヨークからワシントンに飛び、音響の素晴らしさの故にバードが選択した場所に向かった。市の北西にある〈全霊ユニタリアン教会 ピアース・ホール〉だ。スタンは楽譜をうまく摑めなかったが、あっという間に曲を覚え、二時間のうちにバードと、二人のベーシストと、二人のドラマーと共に七曲の録音を終えた。それはカジュアルなセッションだった。ソーターやブルックマイヤーとの緊張を伴った顔合わせに比べれば、実にリラックスしたものだった。彼とクリードは早々に教会を出た。夕食に間に合うように、飛行機に乗ってニューヨークに戻りたかったからだ。そして実際に間に合った。

　ジョビンが説明しているように、ボサノヴァとは彼の母国語で「新しい感覚」のことだ。

> 　ポルトガル語ではボサ（bossa）というのは突起物のことだ。つまり、こぶ・でっぱりのことだ。そして人の頭脳というのはそういう突起物を持っているものなんだ。人の頭の中にはそういうでっぱりがあるんだよ……だからもし誰かが何かにボサを感じたなら、それは実際に頭脳にどすんと来ているということなんだ――つまり何かに対する才能があるということだ。「彼はギターのボサを持っている」と言えば、それは「彼にはギターの才能がある」ということになる。それは何かに対する「天性の感覚」を意味している。だからボサノヴァとはつまり、新しい感覚のことなんだ。

　ジョビンとジョアン・ジルベルトと彼らの仲間たちは、激しいストリート・ダンス音楽であるサンバを取り上げ、それを二つの異なった方向に変形させることによって、彼らの「新しい感覚」を創出した。彼らは洗練されたジャズのハーモニーをそこに加え、シンプルで対称的（シンメトリカル）なリズムを、精妙で非対称的（アシンメトリカル）なものに、うっとりする流れを持つものに、再編成した。そうした彼らの作業は、デューク・エリントンがフォーク・ブルーズを取り上げ、複雑にしてリリカルな作品を作り上げていった作業に比べられよう。

　彼らが影響を受けたジャズは主に「クール・スクール」だった。一九五〇年代のブラジルのポピュラー音楽の大半は、彼らの耳にはうるさく、いかにも見え透いたものとして響いた。そして一九五〇年代初期のマイルズ・デイヴィスの「クールの誕生」九重奏団の和声や、スタンのカルテットや、ジェリー・マリガンのピアノレス・グループなどの和声が、彼らが既存のブラジル音楽のスタイルに対抗する、精妙で刺激的な新しい様式を創出する作業の手助けをした。

サンバは対称形の三連符のリズムで成り立っている。だ・ダ・だ、という感じだ。それがひとつの曲の中で一貫して繰り返される。ボサノヴァはそこに三つの休止が入った非対称形のリズムになっており、音楽に前のめりの心地よい推進力を与える。ビートは、「だ・ダ（休止）だ・ダ（休止）だ（休止）だ」という感じになる。サンバの三連符が三度繰り返され、はじめの二度は弱ビート（だ）に代えて休止が置かれ、最後のは強ビート（ダ）が休止に置き換えられる。

ジョビンはそのリズムの革新をジルベルトの功績としている。

我々にそのビートをもたらしてくれたのはジョアン・ジルベルトだ。ボサノヴァには数多くの人々が関わっているが、ジョアン・ジルベルトは天与の明かりとして、天空の巨大な星として登場した。彼が中心人物となった。彼はギターをこっちの方向に引っ張り、歌唱をあっちの方向に引っ張った。そしてそこに三つ目の深いものが産み出された……ボサノヴァというのはサンバから抽出されたものだと僕は思っている。サンバの洗練された派生物であると。

ジルベルトがリズム面での革新者であるとすれば、メロディー・メイカーとしての素晴らしい才能を持ち合わせたジョビンは、その形式を他の誰よりも見事に定型化し、大衆化した。楽譜出版社によれば、彼の作曲した七曲は、それぞれにラジオとテレビで百万回以上放送された。

ジョビンとジルベルトが名を上げ始めたのは、一九五八年からだ。その年にジルベルトは彼自身の作曲した『ビン・ボン』と、ジョビンの曲『シェガ・ジ・サウダージ』のレコードをリリースし、それと時を同じくしてジョビンと仲間のブラジル人、ルイス・ボンファが作曲を手がけた映画『黒いオルフェ』が公開され、世界的に大きな成功を収めた。ブラジルの中産階級の白人青年たちのジルベルトに対する反応は、その数年前にアメリカの同種の人々の間で巻き起こったエルヴィス・プレスリーに対する反応に匹敵するものだった。ジルベルトとジョビンはカウンター・カルチャーの英雄となり、伝統主義者たちがその新しい音楽に腹を立てるのを見て、若者たちは快哉を叫んだ。ジョビンは回想する。

当然のことながら、純粋主義者たちは僕らに対して怒り狂った。彼らにとってサンバとは一種の信仰だったんだ。彼らは言った。「これはサンバじゃない。これはジャズだ」って。連中は頭から受け付けなかったね。

ゲッツ＝バードのアルバムに「ジャズ・サンバ」というタイトルをつけたとき、クリード・テイラーはブラジルにおける、そのような名称に関する論議に注意を払ったわけではなかった。彼はこう語る。

営業の連中は発売を少しばかり遅らせようとした。アルバムのタイトルを変更させたかったからだ。私は断った。実にぴったりそのままのタイトルだったからね。ジャズ・サンバ、それはジャズとサンバの結婚なんだ。アメリカのオーディエンスは、ボサノヴァが何かなんて知るまい。しかしこのような字義通りの説明なら理解するはずだ。

「ジャズ・サンバ」には五つのハッピーでスウィンギングな曲と、二つの哀しげな曲が収められている。スタンはその両方の曲調に、エネルギーと知性を投げかけている。ハッピーな曲でいちばん出来が良いのはジョビンの『デサフィナード』と『ワン・ノート・サンバ』だ。それはスタンのたくましく、リズム感溢れる魅力的な解釈に負うところが大きい。もっと暗みを帯びた『サンバ・トリステ』や『バイア』といった曲では、彼は焼けつくような、切望に満ちた憂愁を表現するべく、そのホーンから悲嘆の叫びを発している。それは「フォーカス」における、最も心を揺さぶられるパッセージを思い出させるものだ。バードは手堅く彼を背後から支え、『鵞鳥のサンバ』や『ワン・ノート・サンバ』においては生命感溢れるソロを聴かせる。そして『サンバ・トリステ』におけるソロには、深く沈潜するパワーが感じられる。

「ジャズ・サンバ」セッションの六週間後の、一九六二年三月二十一日にスタンは嬉しいニュースを受け取った。モニカがルンドで健康な男の子を出産したのだ。ニコラウス・ジョージ・ピーター・リチャード・ゲッツだ。

その八日後にアルバム「フォーカス」を絶賛する評が、〈ダウンビート〉誌に載ったとき、ゲッツはますます幸福な気持ちになった。二ヶ月の間に、彼の出したアルバムが、その雑誌の最高点である五つ星を二度受けたことになったからだ。前月にはアルバム「ゲッツ＝ブルックマイヤー61」もまた同じ栄誉を得ていたのだ。

「フォーカス」の評に続いて、一九六二年六月二十一日にアルバム「ジャズ・サンバ」が四つ星半の評価を受けたことにスタンは驚いた。バードと共に吹き込んだその音楽を気に入ってはいたが、「フォーカス」における高度な音楽的達成に比べれば、セッションの出来はまずまずというところだと考えていたからだ。「ジャズ・サンバ」が夏の間ラジオ番組で頻繁にかかり、八月に入って火がついたように売れ出したことに彼は更に驚かされた。

モニカはその月にアメリカに戻り、スタンが見つけておいた新しい賃貸住宅に移る手伝いをした。その家はそれまで住んでいたウェストチェスター郊外の家の近くにあり、前の家よりも大きかった。というのは、そこに家族全員を収容しなくてはならなかったからだ。家族には新しい赤ん坊や、エグロン校での勉学を修了したスティーヴとデイヴィッドも含まれていた。生まれたばかりの息子の世話をしながら大がかりな引っ越しを行うのは、モニカには負担が大きすぎた。だから彼女は、今では八歳になったベヴァリーをルンドの自分の母親（メアリ）のところに預けてきた。しかし二人はうまくいかず、ベヴァリーはほどなくメアリとモニカの合意のもとに、近所の家に寄宿することになった。そして十二月に合衆国の家族と合流した。

モニカがまだスウェーデンにいるとき、スタンは弟のボブと再び顔を合わせ、父親のせいで作り出されている危機に対処することを余儀なくされた。

カリフォルニアにおける八日間の交際期間を経て、

ボブは少し前にパット・ウィラートと結婚していた。長身の金髪のモデルで、美しさにおいてはモニカと良い勝負だった。そしてボブはブロードウェイの芝居『プレッツェル工場の上には住むな』に出演するために、ロサンジェルスからニューヨークに戻ってきていた。パットはニューヨークでたくさん仕事が見つかったので、二人はニュージャージーの近郊住宅地に腰を落ち着けることにした。

アルも再婚していたが、結果は惨憺たるものだった。ゴールディーが亡くなったあと、彼はアッパー・ブロードウェイにあるホテルのシングル・ルームに暮らしていた。そして彼に興味を示した最初の女性と結婚した。結婚の二週間後、妻が電話で他の男と密会の約束をしているのを耳にして、アルは彼女の元を離れた。女は彼のなけなしの貯金を持って去って行った。スタンは父の救援に駆けつけ、素早く婚姻の無効手続きをおこなった。

クリード・テイラーは才能あるビッグバンドの作曲家にしてリーダー、ゲイリー・マクファーランドのアルバムをそれまでに何枚か制作しており、彼とスタンはきっと一緒に良い仕事ができると確信していた。マクファーランドのテープをいくつか聴いたあと、スタンはすっかり乗り気になった。一九六二年八月二十七日と二十八日に彼はスタジオに入り、マクファーランド・オーケストラと演奏をおこなった。そうして生まれたのが「ビッグバンド・ボサノヴァ」というアルバムだった。二十八歳のマクファーランドはジョン・ルイスの愛弟子であり、早くからジョアン・ジルベルトに夢中になっていた。彼はボサノヴァに自然に馴染んでおり、ぴりりとした不協和音と、鮮やかに変化するダイナミックスをちりばめた、力強いアレンジメントを書いた。

マクファーランドはスタンのために実力者ぞろいのグループを集めた。トロンボーンにブルックマイヤー、トランペットにドク・セヴァリンセン、ギターにジム・ホール、ピアノにハンク・ジョーンズといった面々だ。アルバムにはジョビンの曲が二つ、ジルベルトとボンファの曲が一つずつ、そしてまったくブラジル風に聞こえるマクファーランドのオリジナルが四曲収められている。マクファーランドの『メランコリコ』とボンファの『黒いオルフェ』のテーマ曲『カーニヴァルの朝』において、スタンの叙情性はピークに達している。しかしこのアルバムの最高点は、やはりジョビンの『シェガ・ジ・サウダージ』の演奏に与えられよう。この曲はまずセヴァリンセンの心に残るソロに始まり、それからブルックマイヤーとスタンとの間の、ソウルフルで創意に富んだ対話へと移っていく。

〈ビルボード〉誌のレコード売り上げチャートは、一九五八年以来、音楽業界のバイブルとなっており、一九六二年九月十五日号のポップ・アルバム部門に「ジャズ・サンバ」が初めて顔を出したことを、スタンは大いに喜んだ。またその二週後に『デサフィナード』がポップ・シングルのチャートに登場した。ジャズのレコードが広く一般に売れて、ポップ・チャートに顔を出すというのはきわめて希なことだ。

スタンは九月二十一日にカリフォルニアのモンタレージャズ祭に、昔の仲間ジミー・レイニーのギターを加えたクインテットで出演して、「ジャズ・サンバ」のアルバムの中から何曲かを演奏し、会場の聴衆の大きな喝采を浴びた。スタンがもう違法薬物とは縁を切っていたので、レイニーはグループに入ることを承諾したのだ。翌月、ホイットモアはスタンとチャーリー・バードをNBCテレビの「ペリー・コモ・ショー」に出演させた。そしてそれに続く二週間のニューヨーク〈ヴィレッジ・ゲート〉でのエンゲージメントは、すべて売り切れになった。

ポップ部門での成功によって、スタンは裕福になっていった。そしてほとんど誰も彼もがその成功にあやかろうとした。ショーティー・ロジャーズ、ハービー・マン、ソニー・ロリンズ、コールマン・ホーキンズ、カル・ジェイダーを始めとする二ダースほどの数のミュージシャンが、一九六二年十月ひと月のうちにボサノヴァ・アルバムを出した。

スタンは彼にとっての次の大きな出演契約である、十一月二十一日のカーネギー・ホールでのコンサートを心待ちにしていた。それが彼にとってジョビンとジルベルトと顔を合わせる最初の機会であり、そこでおそらく彼らと共にプレイできるはずだったからだ。その催しは雑誌〈ショー・マガジン〉とレコード会社〈オーディオ・フィデリティー〉がジョイント・スポンサーになっていた。彼らはボサノヴァの、多くの重要な曲の版権を取得しており、ブラジル外務省と、ヴァリグ航空の助力を得て、そのコンサートのために二十人を超えるアーティストを呼ぶ契約を結んでいた。

ジョビンとジルベルトはアメリカに行くことにもうひとつ気乗りしなかった。というのは全体的に手配が杜撰であり、出演料も安かったからだ。しかしブラジル政府とメディアからの圧力もあり、ぎりぎりになって折れて、ニューヨークにやってきたのだが、そこで彼らの最も恐れていたことが起こった。

コンサートは悲惨な結果に終わった。スタンはブラジルのミュージシャンたちと共演する機会を持てず、あまりに多くの凡庸なグループがステージに上がった。ステージはしばしば混沌状態に陥り、サウンドは最悪だった。マイクロフォンは〈オーディオ・フィデリティー〉の録音を重視してセットされていたために、音楽はホールにいる観客の耳にはろくに届かなかった。人々は音楽を聴き取るのにかなり苦労したものの、その夜のハイライトはなんといってもジョビンとジルベルトの演奏だった。その一年以上後に発売されたオーディオ・フィデリティーのレコードは、彼らが特別な温かさと新鮮さと優美さをもって演奏していることを明瞭に示している。

スタンの演奏の録音は残されていない。ヴァーヴはオーディオ・フィデリティーに、スタンの演奏を彼らのレコードに収めることを許可しなかったからだ。しかし批評家たちは彼が見事な演奏をしたと書いている。マクファーランドのビッグバンドをバックにブルックマイヤーと共にソロをとり、またカルテットで演奏した。

ブラジル政府はカーネギー・ホールでの失態を大いに恥じ、二週間後に今度は彼ら自身がスポンサーとなって、ニューヨークの大きなナイトクラブ〈ヴィレッジ・ゲート〉で入念に準備されたコンサートを開いた。ジョビンとジルベルトはようやく、心地よいまともな舞台に立ち、アメリカの聴衆に彼らの芸術を発表することができたのだ。彼らは見事なステージを見せた。スタンは中西部のツアーに出ていて、そこに参加できなかったことをとても残念に思った。しかし彼は自分の演奏を聴きにやって来る数多くの熱心な人々を前にして、ほとんど圧倒されてしまった。

一九六二年の最後の何週間か、全米にボサノヴァ・ブームが吹き荒れた。人々はナイトクラブに詰めかけてそのビートに身体を揺らせ、ほとんどすべてのラジオのダイアルがそのサウンドに脈打ち、「ボサノヴァ」という魔法の名前がついたレコードは、たとえどんなものでも飛ぶように売れた。そしてノヴェルティー業者たちは「ボサノヴァTシャツ」とか、「踊るボサノヴァ人形」とか、「ボサノヴァ蛍光ポスター」とかいったものを片端から売りまくった。すべてのブームに付きもののわけのわからなさは人々の要求に更に火をつけた。少しばかり憂愁の香りを漂わせる、概ねハッピーな音楽とその伝染性のあるリズムは、キャメロットに住む見栄えの良い夫婦（ケネディー大統領夫妻のこと）に率いられたアメリカは無敵であるという、世間のうきうきした楽観論を反映するものだった。

　スタンがこのブームに火をつけたとしてもおかしくはないだろう。なぜなら彼はまさにボサノヴァ向きのボサ（資質）を持っていたからだ。ジョビンやジルベルトや、その他のボサノヴァの創始者たちは、彼にとって音楽的同胞のようなものだった。彼らは別の大陸にあって、スタンのレコードに耳を澄ませ、その「クール」の感覚を自分たち風に発展させてきたのだ。そしてスタンはメロディーに対する彼らの偏愛ぶりに、また彼らがその芸術の前面に心を動かす洗練された曲作りを据えたことに、強く反応した。彼はまた心理的苦痛にしばしば囚われる人間として――『初秋』や「フォーカス」の胸痛む吐息の叫びを創り出した演奏者として――それらの曲を貫く憂愁の味わいに鋭く反応した。ブラジル人たちがなすほとんどすべてのものごとには憂愁が漂っていた。アメリカの大衆はボサノヴァのハッピーな側面に夢中になったが、ジョビンが述べているように、その音楽には哀しみの糸が深く縫い込まれているのだ。

　それは僕らの音楽の中にあるんだ。アフリカ人たちの、ポルトガル人たちの、インディオたちの哀しみがね。人間の特性を理解している三つの人種だ。これは決してネガティブな哲学じゃない。人生に哀しみが含まれていることを理解しないのは、魂のない人間だけだ。僕らの音楽が美しいのは、哀しみというのは幸福よりももともと美しいものだからだ……

　スタンがこの時代の他の演奏者たちと比べてか

くも傑出しているのは、彼が魂を持っているからだよ……そう、偉大な魂を。

そしてスタンは――これまで常に力強くスウィングすることを目指してきたのだが――即座にそのしなやかなビートに魅了されてしまった。それを耳にすると、脚と腰が勝手に動いてしまうのだ。

幸運なことに、彼がブラジル人の兄弟たちと一緒にプレイするまでに、それほど長く待つ必要はなかった。彼らはオーディオ・フィデリティーと正式な契約は結んでいなかったので、クリード・テイラーが急いで契約を交わし、彼らはヴァーヴ・レーベルでスタンと共演することになった。テイラーは一刻も早く全員をスタジオに集めたがった。というのは、アルバム「ジャズ・サンバ」はポップ・チャートを急速に駆け上がり、一九六三年初頭には二位に輝いたからだ。ジャズ・レコードとしては前例を見ないことだ。その他にもテイラーを喜ばせる二つの進展があった。まず「ビッグバンド・ボサノヴァ」が一九六二年十二月二十二日のポップ・チャートに登場したこと。そしてボサノヴァにおける勝利が、スタンを〈ダウンビート〉の人気投票の首位に返り咲かせたことだ。彼はその前の二年間はコルトレーンに首位を譲っていたのだが、一九六二年の投票では一パーセントにも及ばない僅差ではあったが、なんとかそのライヴァルを振り切ることができた。

テイラーはスタンと、主要なブラジルのミュージシャンたちとを、それぞれ別個のアルバムで組み合わせることにした。ルイス・ボンファ、ジョアン・ジルベルト、そしてローリンド・アルメイダだ。それらのセッションを差配するにあたってテイラーを大いに助けたジョビンは、すべてのセッションで演奏し、自作の九曲を提供した。

ボンファとのアルバム「ジャズ・サンバ・アンコール」は二月に録音され、彼の作曲とギター演奏にスポットライトが当てられた。そこにはまた、彼の盲目のガールフレンド、マリア・トレドの歌も入っていた。彼女はハスキーな温かみと、しなやかなスウィング感を具えた優れた歌手だった。ジョビンはこのアルバムの中で最も素晴らしい曲を書いた。心に残る『インセンサテス（ハウ・インセンシティブ）』と粗く苦味を含んだ『オ・モロ・ナオ・テン・ベス（スラムにチャンスはない）』だ。ブラジルのミュージシャンたちは、チャーリー・バードの伴奏者たちよりも、遥かに強固なリズムの基盤を提供してくれたので、スタンはより深くマテリアルを掘り下げることができた。スタンの演奏は実に見事なもので、それはアルバム「フォーカス」を傑出した作品にした、高い知性と生の感情の結合の域にしばしば達している。

二月二十八日にスタンは〈ダウンビート〉のカバー・ストーリーに取り上げられた。タイトルは「スタン・ゲッツの復活」だった。記事はスタンがヨーロッパから戻ってきて一年以上、集客においてもレコードの売り上げにおいても、かなり苦況にあったというところから始まっていた。それから「ジャズ・サンバ」の成功で事態は一挙に好転した。

ヴァーヴ・レコードは『デサフィナード』のシングル盤売り上げが五十万枚を突破したと発表した。そしてLP自体の売り上げも「数十万枚」に達しており、ほどなく五十万枚に届くだろうと。この記事を書いている段階で、このアルバムは二十週続けて業界誌のチャートに顔を出している……

それが彼（ゲッツ）にとって持つ意味は、今はなんだって、自分のやりたい音楽が自由にプロデュースできるという点にある。彼には聴衆がついているのだ。そして彼が『デサフィナード』を演奏すると告げるとき（彼はそれを「Dis here finado」と呼ぶ）、彼は「この曲のおかげで、うちの五人の子供たちを全員大学にやることができそうです」と言う。

ゲッツは今では一晩に四桁のギャラをとっており、アルバムから受け取る印税は最終的には六桁に達するだろう。そしてたった一年前には絶望的なまでに手の届かなかった、終生にわたる保証のようなものをも、今は手にしている。しかしながら一年前だって、彼は今と同じようにとても見事な、とてもソウルフルな、とてもスウィンギーな、そしてとても感受性に富んだ演奏をしていた。違っているところは、彼は今成功しているということだけだ——それがショー・ビジネスなのだ。

最後のボンファとのセッションが終わって三週間もしないうちに、テイラーはスタンとジョアン・ジルベルトの共演セッションをスケジュールした。そのアルバムは「ゲッツ／ジルベルト」というシンプルなタイトルを与えられた。ジョビンがピアノを受け持ち、八曲のうち六曲を提供した。そしてこのセッションのために、お気に入りのドラマー、ミルトン・バナナをブラジルから連れてきた。

ある日、リハーサルをしているとき、スタンはジルベルトの妻のアストラッドに――ブラジル人たちの中で英語を話せるのは彼女だけだった――英語で歌詞を歌ってみてくれないかと頼んだ。スタンはその場で、彼女の無防備なまでの官能性に強く打たれ、アルバムのために歌ってくれるように要請した。アストラッドはパーティーなんかで、夫と一緒に歌ったことはあったが、プロとして歌ったことは一度もなかった。彼女の声はマリア・トレドなんかに比べれば、ずっとか細いものだったし、一貫して音程を保つのも難しかった。しかし彼女は哀調に満ちた熱っぽさと、クールな身の引き方の絶妙なコンビネーションで、聴くものの心を摑み寄せることができた。

スタンの回想によれば、その録音にアストラッドを加えるにあたっては、相当な抵抗を乗り越えなくてはならなかった。

> ジルベルトとジョビンは、アストラッドを加えることには反対だった。アストラッドはプロの歌手ではない。ただの主婦だ。しかしぼくがいったいどういう内容なのか翻訳を求めたとき、彼女は『イパネマ』と『コルコヴァド（静かな夜）』を歌ってくれて、ぼくはその英語の歌詞はとても素敵だと思ったんだ……そしてアストラッドの歌唱は録音するに十分足るものだった。

アストラッドの歌のためのスペースを作ろうと、アレンジをやり直しているとき、グループは「ジャズ・サンバ」が一九六三年三月九日付けで、ポップ・チャートの一位をとったというニュースを受け取り、沸き立った。ジャズ・レコードとしては前例のない快挙だった。

録音の当日、モニカがグループを災難から救った。一九六三年三月十八日、閉じこもりがちで、病的なまでにシャイなジョアン・ジルベルトが、セッションを行うためにホテルの部屋を出るのを拒否したのだ。ポルトガル語がいくらか話せるモニカが自ら志願し、彼をなだめて連れ出すために、その部屋に行った。

モニカは三時間半もかけて懇願し、議論し、甘い言葉を囁いた。そしてジルベルトも、遂にはほとんどくたびれ果てて態度を軟化させ、二人はホテルの部屋を出て、タクシーに乗ってスタジオにやってきた。ジョアンのひと騒ぎのおかげで、アルバムを完成させるために、グループは翌日もまたスタジオに足を運ばなくてはならなかった。

そのセッションにおけるジルベルトの演奏は、マイルズ・デイヴィスが彼について述べた賛辞をまさに裏付けるものだった。「ジルベルトはな、たとえ新聞を読んだって素敵なサウンドになるんだ」とマイルズは言った。彼は深みのある声に、精妙なコードを奏でるギターのリズムを付け、類を見ない親密な空気をつくり出した。その暗さを帯びた声は、妻と共演した『コルコヴァド』と『イパネマの娘』というジョビンの作曲した二曲において、アストラッドのエロティックな無垢さの投射を受け、甘美なテンションを産み出している。

スタンの演奏は、ジョアンとの間につくられた親密な共感によって、ひときわ高められている。二人のコミュニケーションは、彼が他のブラジル人の共演者との間に築いたよりも、ずっと深いものだった。ジョアンが長年にわたってスタンの演奏を聴き込んできたことも、それに関係しているかもしれない。彼はこのように語る。

何年か前、まだ若くて、自分の国で模索していた頃、私はスタンを知った。向こうは私のことなど知らなかったがね。彼の音楽を私に紹介してくれたのはドナートだった。私の友達でピアニストだ。我々は何度も彼の演奏を聴いて、心を揺さぶられた……私の国の音楽を演奏しているのを聴きたいと思うアメリカ人は、彼の他にはいないね。

スタンはまた、彼女のヴォーカルをなまめかしく、愛撫するような音列で包み込むことで、別の種類の親密な共感をアストラッドとの間にも築いた。ジョビンとバナナと、ブラジル人のベーシスト、セバスチャンは終始、確かで精妙なサポートを提供し続けている。

「ゲッツ／ジルベルト」にうかがえるメロウな感覚は、ジョアンとアストラッドの結婚生活を危ういものにしていた緊張とは、まるでそぐわないものだった。この録音セッションのあとほどなく、二人は離婚した。

「ゲッツ／ジルベルト」の録音の二日後、スタンはスタジオに戻り、今度は「ゲッツ／アルメイダ」の録音を行った。ギタリストのローリンド・アルメイダは、一九四七年に彼の曲『ジョニー・ペドラー』がアメリカでヒットしたとき、合衆国に住むようになっていた。そしてスタン・ケントン楽団で三年間仕事した後、ハリウッドのスタジオで実入りの良い職歴を積んでいた。それまでに彼は何枚かのレコードを出していた。チャーリー・バードの場合と同じように、ジャズとクラシックの要素を組み合わせたものだった。その中では、一九五二年に出した「ブラジリアンス」というアルバムが有名で、それはボサノヴァの走りのような音楽だった。ジョビンやボンファとは違って、アルメイダは即興演奏がそれほど達者ではなかったし、また歌も入っていなかったので、ほとんどすべての関心はスタンの演奏に絞られていた。対応力のあまりないアーティストなら自分のフォームを狂わせてしまうような、心痛む出来事が起こっても、彼が聴くものを失望させたりすることはない。スタンは回想する。

　このセッションの最中に、外に出て何か食べようということになった。ぼくの楽器はトランクに入れて鍵をかけてあったんだが、戻ってきたとき、それは盗まれていた。それでがっくりして落ち込んでしまった。その楽器を愛していたからというだけではない。何年もかけてそのマウスピースを、ぴったり自分に合うものにしてきたんだ。ぼくは残りのセッションを、借り物の楽器とマウスピースを使って終わらせなくてはならなかった。六年と一日後に、一人のニューヨークの警官から電話をもらった。彼はぼくのファンで、その楽器をずっと探してくれていたんだが、ある貧相な質屋でようやく見つけたということだった。しかしマウスピースはついていなかった。

このLPの中で傑出したスタンのソロは、『マラカトゥ・トゥー』という曲の熱く焼け付くような演奏と、『ウィンター・ムーン』の清く澄み渡った解釈に聴くことができる。

一九六三年五月十五日にグラミー賞のセレモニーが開かれたが、それはスタンにとってはまさにローラーコースターのようなものだった。彼は「オリジナル・ジャズ作曲賞」が「フォーカス」ではなく、ヴィンス・ガラルディの『運命を風に任せて(Cast Your Fate to the Winds)』に与えられたことにとてもがっかりしたが、アルバム「ジャズ・サンバ」の中の『デサフィナード』に「ベスト・ジャズ・ソロ・パフォーマンス賞」が与えられたことで元気を取り戻した。彼が獲得した最初のグラミー賞だった。彼はその受賞像をクリード・テイラーに譲り、テイラーはまだそれを所有している。その年のトップ・シングルはトニー・ベネットの『霧のサンフランシスコ』で、ヴォーン・ミーダーがケネディー家をからかった「ファースト・ファミリー」が人気投票のベスト・アルバムに選ばれた。

グラミー賞の翌日、スタンはモニカとベヴァリーとパメラと共にプエルト・リコに飛んだ。〈コンダード・ビーチ・ホテル〉で三日間の演奏契約があったのだ。彼らはレコード・プレイヤーと一緒に、スタンがブラジル人たちと録音した最初のアセテート盤だかテスト盤だかを携えていった。

ホテルに宿泊した最後の夜、真夜中にベヴァリーはスタンの声に目を覚ました。彼は酔っ払って激高し、隣の部屋でモニカをひどく殴りつけていた。彼女は叫んでいた。「私は殺される。私は殺される。助けて、ベヴァリー、ベヴァリー、お医者を呼んで」

パメラは眠り続けていたので、ベヴァリーは隣の部屋に向かったが、父親に行く手を阻まれた。父親の青い瞳はぎらぎらと燃えていた。

「ベッドに戻るんだ」と彼は言った。娘は後退した。

ベヴァリーはそれに続く悲鳴を耳にした。それから父親が足音も高く歩いて行って、ドアがばたんと閉まる音を耳にした。彼女はモニカのところに行った。モニカは耳から血を流していた。

「ママ、ここを出ようよ」とベヴァリーは懇願した。「あの男が戻ってこないうちに、どこかに行こう」

　モニカは啜り泣きながら立ち上がり、ターンテーブルに一枚のレコードを置いた。それは『イパネマの娘』のテスト盤だった。

「もういいの。大丈夫よ」、音楽が部屋に流れ、彼女は啜り泣きながらそう言った。「これを聴いて。これがパパを大スターにするのよ。美しいでしょう。まさに天才だわね」

「お願い。ここから出ていこうよ」

「だめよ、聞いてちょうだい。あの人は天才であり、立派な人なの。悪いのはお酒なのよ。アルコールがひどいことをさせるの」

　ベヴァリーはベッドに戻り、困惑した頭で眠りに就いた。

　翌朝のスタンは上機嫌で、彼もモニカも前夜に激しい喧嘩をしたことなどおくびにも出さなかった。モニカは娘たちを家に連れ帰り、スタンは飛行機で単身シカゴに向かった。そこで彼は、シカゴ交響楽団のための二つの慈善コンサートに出演することになっていた。ゲイリー・マクファーランドが集めた十四名編成のオーケストラをバックにした、またカルテット編成でのスタンの演奏について、〈ダウンビート〉の評者はこのように記している。「ゲッツはまさに絶好調だ。叙情性を込めて淀みなく演奏し、なんという見事な想像力だろうという感嘆の念があとに残される」

　スタンはシカゴで、実に様々な演奏家たちとプログラムを分け合った。マディー・ウォーターズ、テディー・ウィルソン・トリオ、カウント・ベイシー楽団、カーメン・マックレー、そしてジャック・ティーガーデン・セクステットなんかと。彼はその最初の師匠と共に、昔ながらに酒を飲みまくった。ティーガーデンは、何度か気乗り薄の禁酒生活を繰り返したあと、再び盛大な飲酒生活に復帰していた。それがスタンがビッグ・ティーを目にした最後になった。彼は一九六四年一月十五日にニューオーリンズで亡くなった。五十八歳、死因は肝硬変がもたらした肺炎だった。顔はアルコールのためにひどくやつれていたので、家族は棺の蓋を閉じたままの葬儀を選んだ。

　チャーリー・バードの件さえなければ、そのスタンの夏はどこまでも愉しいものになっていただろう。二人は七月の後半に、エラ・フィッツジェラルドの相方バンドとしてワシントンで一緒に演奏をしたのだが、バードはそのあいだずっと、『デサフィナード』の受けたグラミー賞を自分と分け合わなかったことに関して、スタンに文句を言い続けていた。彼はまた「ジャズ・サンバ」の録音セッションでの謝礼が少なかったことについても不満を口にした。彼と奥さんのジニーは、八月二十九日の〈ダウンビート〉で夫婦合同のインタビューを行い、世間に向けて不平を申し立てた。彼はこう言う。

　私は間違いを犯した。録音のときに条件を明らかにしておかなかったことでね。気がついたとき、私はのけ者にされていた。つまり印税は一銭も入ってこないんだ。まったくのゼロだ。ただリーダーの規定謝礼と、アレンジメントに対する規定謝礼だけさ。アレンジメントはすべて私が書いた。スタンはただそこにふらりとやってきて、楽器を吹いただけさ。リズム・セクションとアイデアを提供したのは私だ。

ジニーはそれに付け加えた。

　もし逆の立場で同じことが起こったなら、チャーリーは、スタンにもそれなりの権利を与えるべきだと主張したと思うわ。そしてもしレコードが売れ出したら、「なあ、スタン、こんなヒットになるなんて思いもしなかったよな。ほら、半分は君のものだ」って言ったはずよ。

〈ダウンビート〉の同じ号の特集で、クリード・テイラーはグラミー賞についてのバードの要求に反論を行っている。

　『デサフィナード』は二つのカテゴリーでノミネートされた。「レコード・オブ・ザ・イヤー」と「ベスト・ジャズ・ソロ・パフォーマンス賞」だ。そしてそれは「ベスト・ジャズ・ソロ・パフォーマンス賞」を獲得した。もし「レコード・オブ・ザ・イヤー」を獲得していたなら、その賞はスタン・ゲッツとチャーリー・バードの二人に対して手渡されていただろう。

編集された『デサフィナード』からは、残念ながらバードのソロは一切除かれており、それ故に「ベスト・ジャズ・ソロ・パフォーマンス賞」はゲッツに与えられたものである。


バードの行った非難はスタンとモニカの心を乱し、二人はヴァーヴの重役たちを説き伏せて、チャーリーによる訴訟を受けたときにスタンを保護する条項を契約に付け加えさせた。

スタンとモニカはまた、一九六三年の最後の数ヶ月間、ヴァーヴの経営方針に対して不満を抱いていた。というのは会社は、「ゲッツ／ジルベルト」と「ゲッツ／アルメイダ」という二つのアルバムを発売させずにとっていたからだ。ブラジル人たちと作った三枚のアルバムのうちレコード店に実際に並んでいるのは、ボンファとのアルバムだけだった。重役たちは自社の「ジャズ・サンバ」がまだ順調に売れているのに、そこに新しい二枚のレコードが加わって競争になることを恐れ、出し惜しみをしていたのだ。一九六三年十二月になっても、発売後十九ヶ月を経てもなお、そのレコードはポップ・チャートに着実に顔を出し続けていた。

スタンとモニカは強く主張した。それらが競う相手は「ブギウギ・ボサノヴァ」だとか「ニュー・ビート・ボサノヴァ第二集」みたいな安っぽい代物であり、それに比べてジョビンの参加したジルベルトやアルメイダとのアルバムは、正統的で質の高い作品であり、人々はみんなそれに飛びつくはずだ。そしてまたスタンはジャズ・ファンの心の中ではいまだ第一人者であり、一九六三年の〈ダウンビート〉人気投票では鼻の差で、再びコルトレーンを制したではないか。

しかしヴァーヴの重役たちは耳を貸さなかった。彼らは自分たちの戦略に固執し、「ゲッツ／ジルベルト」は一九六四年三月まで発売されなかった。クリード・テイラーの回想によれば、「我々はそのレコードを、会社にとって何よりも重要な案件として扱った」ということだ。アルメイダのレコードに関しては、とりあえずそのまま手つかずで放っておかれた。一九六六年十月までずっとそれはお蔵入りの状態に置かれていた。

一九六四年一月にスタンはクインテット編成で、三週間のカナダ・ツアーをすることになっていたのだが、ピアニストが見つからずに苦労していた。スタンのレギュラー・グループにジョアン・ジルベルトが帯同することになっていた。スタンの旧友であるピアニストのルー・レヴィーが、ピアニストではなく、二十一歳の気鋭のヴァイブラフォン奏者ゲイリー・バートンを採用してはどうかと進言した。バートンは少し前にジョージ・シェアリングのグループを辞めたばかりだった。

バートンは四本のマレットを使うヴァイブラフォン奏法のパイオニアだった。それまでは二本マレットが標準だった。それによって、彼はその楽器で四音のコードを演奏できるようになった。そのようなコードを用いて、彼はピアノに負けない豊かな音を持つ伴奏をつけられるんだと、レヴィーは言った。そして「その若者に思いきって賭けてみてはどうか」と、スタンを強く説得した。

バートンが才能あるミュージシャンであることはスタンも承知していたが、それでも彼は躊躇した。ピアノの音色が深く豊かであるのに比べて、ヴァイブラフォンのそれは高く薄い。ヴァイブラフォンが入ることで、カルテットとしての適切なバランスが失われるのではないかと案じたのだ。しかし最後の最後までピアニストが見つからなかったので、思い切ってバートンを採用した。スタンの記憶するところによれば、初めのうちは困難に遭遇した。

最初のうち、しばらくはどうもうまくいかなかった。というのはヴァイブは、スウィングする伴奏楽器ではないからだ。しかしぼくが何を求めているかをいったん理解すると、彼はなすべきことをしっかり身につけていった。

バートンもまたその学習時期のことを覚えている。

最初の二週間ほど、僕らはお互いにとてもうんざりしていた。でもやがて僕は彼の演奏を、違う光の下で聴き取れるようになってきた。スタンはその曲のメロディーを演奏するんだが、それはまるで彼がその場でさらさらと書き下ろした曲みたいに聞こえる……彼がソロをとると、彼がこしらえたそのメロディーは、オリジナルのメロディーよりも、むしろずっと生き生きと響いたりする。そして彼の音楽に対するあの集中力。彼は毎晩、まるでそれが自分にとっての最後の夜であるかのように演奏していた。

バートンはそのきわめて傑出したキャリアの出発点にあって、新しい和声やリズムのコンセプトで頭がいっぱいになっていたのだが、優れた若き弟子であった初期のホレース・シルヴァーやスコット・ラファロと同じように、スタンの想像力にうまくついていくことができた。スタンはそのことを喜んだ。

ぼくは彼のことを人間としてミュージシャンとして、深く信頼している。そばにいるだけで良き刺激を受ける男だ。あんな素晴らしい人間はまたといない。とても深みのある音楽家であり、それは年を追うごとに明らかになっている。彼はとにかく音楽というものを生涯かけて探求している。常に自分を磨き上げているんだ。

彼らがニューヨークに戻ってくる頃には、バートンはスタンのグループには欠かせないメンバーになっていた。しかしジルベルトはそうではなかった。彼は寒気厳しいカナダにあって孤独で不幸だった。演奏するとき以外は一人でホテルの部屋にこもりきりだった。そしてツアーの途中で脱けてしまった。

スタンはバートンの演奏がすっかり気に入って、一九六四年三月四日にそのカルテットを録音スタジオに入れた。カナダから戻ってきて、僅か三日後のことだ。それは「ノーバディー・エルス・バット・ミー」というタイトルのアルバムになった。

スタンはボサノヴァの成功を喜んではいたが、ゲイリー・バートンはこのように語っている。「彼はボサノヴァによって、自分のジャズのアイデンティティーが埋もれてしまうのではないかと心配していた」。スタンは『デサフィナード』や『ワン・ノート・サンバ』や『インセンサテス（ハウ・インセンシティブ）』ばかり演奏させられることにいささかうんざりして、ストレートなジャズ楽曲に再び取り組む必要性を感じており、「ノーバディー・エルス・バット・ミー」はその必要性を満たすものだった。アルバムの内容は、ガーシュインとポーターとロジャーズとカーンとヴァン・ヒューゼンのスタンダード曲に、四曲のフレッシュなジャズ楽曲をプラスしたものだった（うちの二曲はバートンが作曲した）。

スタンのボサノヴァ・レコードが順調に売れ続けていたので、ヴァーヴの重役たちは「ノーバディー・エルス・バット・ミー」のテープを、後日発売しようと思って脇にどけておいた。しかしどういうわけかそれはニュージャージーの倉庫に埋もれ、そのまま忘れられてしまった。テープが発見され商品化されたのは実にその三十年後、一九九四年のことである。

しかし音楽愛好家にとって、それは長く待つだけの価値のあるものだった。スタンは曲によってロマンティックになったり、瑞々しく気持ちを高揚させたり、熱っぽくなったり、ただ純粋にメロディックになったりする。最初のトラックの『サマータイム』はまさに至宝と言うべきものだ。ジョージ・ガーシュインの曲のジャズ解釈として、マイルズ・デイヴィスとジョン・コルトレーンのヴァージョンの向こうを張って、ひとつの範となり得ている。彼はまずうっとりするような気怠いメロディーを提示し、それから即興演奏にとりかかり、徐々に隙なく強度を高め、やがてその突き刺すような音色は聴くものを、深南部の八月昼下がりの熱気の中へと運び込んでいく。

『リトル・ガール・ブルー』や『ヒアズ・ザット・レイニー・デイ』においては、彼はダイナミックスを絶妙にシフトさせることによって、ロマンティックな反応を呼び起こす。そして『恋とはなんでしょう（What Is This Thing Called Love）』の荒々しく速いヴァージョンに切り込んでいくとき、そのムードをがらりと一変させる。そして『アウト・オブ・フォーカス』（アルバム「フォーカス」に収められたエディー・ソーターの『遅れた、遅れた』のテーマのバートン版だ）において、彼はメロウに、また同時に熾烈にもなる。バートンはその三週間にスタンから多くを学び取ったようだ。彼はリーダーのそのような飛翔に、ソフトな入り組んだコードを使って、柔軟なクッションをそっと提供していく。また彼の即興演奏は、最初から最後まで緊張感に満ちて知性的だ。

スタンは引っ越しになんとか間に合うようにカナダから帰ってきた。一家はウェストチェスターのずっと高級な地域に越すことになったのだ。新しい経済的地位に相応しい、大きくて広々とした家屋に。

モニカは「ゲッツ／ジルベルト」に対して熱い期待を抱いていたので、引っ越しのごたごたをなんとか片付けてしまうと、ヴァーヴの重役たちを説き伏せ、自分をそのアルバムのプロモーション担当役に就かせた。彼女はヴァーヴ社にオフィスを確保し、主要なラジオ局のプログラム・ディレクターに、アルバムのキーとなるシングル盤を盛大にオンエアしてもらうように頼み込む作業を手伝った。彼女は語る。


私は受話器をとって、サンフランシスコの男性を呼び出し、こう言いました。「あなたがポピュラー・プログラムのために選曲していることはよく承知しています。そしてこれはジャズ・レコードです。でも是非、一度聴いてみてください。ちょっと聴くだけでいいんです」。そして私たちはレコードを送りました……そしてそう、彼らはその曲を選んでくれました。次に私たちはロサンジェルスに攻撃を仕掛けました。そうです、ロサンジェルスでも、他のいくつかの地域でも、それはしっかりヒットしました。


レコードは急速に勢いをつけていった。シングル盤の『イパネマの娘』もアルバム「ゲッツ／ジルベルト」も四月と五月に入ってよく売れ、一九六四年六月六日には双方同時にチャート入りをした。

モニカがヴァーヴのオフィスで頑張っている頃、クリード・テイラーはスタンをスタジオに連れて行き、同僚のピアノの名手、ビル・エヴァンズを入れたカルテットで演奏させた。ベースの役は二人のパワフルなプレイヤーが分け合った。マイルズ・デイヴィス・クインテットのロン・カーターと、リチャード・デイヴィスだ。そして最後に、ドラマーはコルトレーンの炸裂するドラマー、エルヴィン・ジョーンズだ。しかし結果は失望に終わった。スタンは終始心地よく演奏したが、エヴァンズの方はためらいがちで、こわばっていた。ジョーンズとカーターとデイヴィスの演奏のヴォリュームと複雑性がエヴァンズの神経を乱したらしく、彼はいつものあの特徴的なリリカルなラインを紡ぎ出すための霊感を、どうしても見いだすことができなかった。そのレコード「スタン・ゲッツ&ビル・エヴァンズ」は十年後まで発売されなかった。アルバムが世間に公表されたことをとても残念に思っていると、エヴァンズはある記者に語った。

> セッションが終わったとき、我々はどちらも、その演奏は自分たちの求めていたレベルに達していないと感じた。スタンは契約の中に、自分が気に入らないレコードはどんなものでもリリースを拒否できるという項目を保持していた。だからレコードはお蔵入りになった。しかしながらヴァーヴは後になって、許可を得ることなくそれを発売したんだ。

エヴァンズとの録音のすぐ後に、テイラーはコロムビア・レコードと取り引きし、ボブ・ブルックマイヤー・セクステットのアルバム「ボブ・ブルックマイヤー・アンド・フレンズ」の録音に、スタンとバートンの参加を許可した。ブルックマイヤーは友人たちを適切に選び、その結果はあまねく見事なものになった。彼は文句のつけようのないリズム・セクションを借り受けてきた。コルトレーンのところからエルヴィン・ジョーンズを、デイヴィスのところからロン・カーターとハービー・ハンコックを。そして彼らは生き生きとして創意に富んだサポートを僚友たちのために提供し、また見事なソロを繰り広げた。スタンは二つのアップ・テンポのトラックで燃え上がり、三つのバラード（『スカイラーク』『あなたの顔に慣れてしまった』『ミスティー』）で繊細なプレイを聴かせた。ブルックマイヤーはいつものように、熱意と知性を込めた演奏をしている。新人のバートンは、この錚々（そうそう）たるメンバーの中で「持ちこたえる」という以上のことを成し遂げている。

　ブルックマイヤーのレコーディングに続いて、そして「ゲッツ／ジルベルト」と『イパネマの娘』の目を見張る売れ行きに応えて、スタンはレギュラー・ツアー・グループにアストラッド・ジルベルトを加えた。『イパネマの娘』が幅広い人気を呼んで、熱心なファンが押しかけ、コンサートはすぐにすべて「立ち見席のみ」となった。『イパネマの娘』の人気たるや、『デサフィナード』のそれとは比べものにならないくらい強力なものだった。

アストラッド・ジルベルトはあっという間にポップ・アイコンとなり、プロ歌手として活動を始めたのだが、そのキャリアは三十年以上を経た今でも立派に継続している。ジョビンが目にした、浜辺を歩いて行く一人の十代の娘が発するセックスとロマンスの若々しいオーラを、アストラッドは数百万の人々のために具現化していたのだ。


僕のパートナーであるヴィニシウス・ヂ・モライスが、その曲のためにポルトガル語の歌詞を書いてくれたんだが、僕と彼はリオのバーでよく一緒に飲んでいた。フランス風のバーで、歩道に椅子を出していた。そしてそこはビーチから一ブロックしか離れていなかった。

彼女は緑の瞳で、とても美しかった。僕らは彼女に声をかけたりしなかった。彼女は学校に行くか、ビーチに行くかするところだったんだろうし、僕らはただじっと彼女を眺めていた。彼女は金髪で、肌が浅黒く、その組み合わせが見事に美しかった。神が創り出した美の権化だった……

その娘は何かの――愛とか安逸とかの――象徴だったんだ。まるで夢のようだった。


現実のそのイパネマ出身の娘はエロイーザ・エネイダ・ピニェイロといって、ジョビンとモラエスはやがて彼女と友だちになり、結婚式にも列席した。彼女は今ではテレビのトークショーの司会者であり、女優であり、四人の子供の母となっている。

アストラッドは大衆にとってだけではなく、スタンにとってもまた、セックスとロマンスを体現する存在になった。そしてサラリーやレコードの印税のことでしょっちゅう口論をしていたにもかかわらず、一九六四年のツアーのあいだに二人は関係を持つようになった。そのようにして、モニカと結婚して以来もっとも悪名高い不倫関係が始まった。二人の関係については何も知らなかったとモニカは主張している。

『イパネマの娘』はその月のポップ・シングルのチャートで五位に上がり、アルバム売り上げで、最高位の二位に達した。「ジャズ・サンバ」に続いて首位はとれなかったが、それはただ単にビートルズの「ア・ハード・デイズ・ナイト」と正面からぶつかり合ったからだ。そのLPは「ジャズ・サンバ」より遥かに数多く売れた。

「ゲッツ／ジルベルト」と『イパネマの娘』におけるスタンの成功は、ボサノヴァがただの一時的な流行ではなかったことを証明していた。売れ残った数万個の踊るボサノヴァ人形がゴミ溜めに捨てられたあとでも、数多くの便乗レコードが九十九セント均一のバーゲン・コーナーに追いやられたあとでも、その音楽が芸術の領域にしっかりと座を確保していることを、スタンは示したのだ。スタンの成功はまた、ボサノヴァという、それまでほとんど知られていなかったブラジルの地域的芸術フォームが脚光を浴び、世界中の数百万の人々の心を揺さぶるものにまで高められたことについては、他のどんなミュージシャンよりも、彼の貢献が大であったという事実をはっきり示していた。彼はまた妥協ということを一切しなかった。真性のブラジル的イディオムの中で、その音楽の紛うことなき創造者たちと共に、彼にとってのランドマークともなる何枚かのレコードを創り上げたのだ。

スタンは一九六四年のその目覚ましい夏を、チャーリー・バードがヴァーヴの親会社であるMGMに対して九月十日に、「ジャズ・サンバ」関連の訴訟を起こしたことを別にすれば、概ね心乱されることなく過ごした。バードは自分がLPの共同リーダーとして記されていることを理由に、印税の割り当てを受け取る権利があると主張した。しかしながらそのことを書面にした契約書がないことが、彼の不利なところだった。訴訟は一九六七年八月まで長々と続いたが、法廷外での示談の結果、バードがおおよそ五万ドルと、それにプラスしてMGMから将来の印税の一部を受け取ることで決着を見た。

一九六四年におけるスタンの最も幸福な思い出は、彼が制作を援助し、全席完売した十月九日のカーネギー・ホール・コンサートだった。フィーチャーされたのはアストラッド・ジルベルトを含む彼のカルテットと、ジョアン・ジルベルトと彼のバックアップ・グループだった。スタンのバンドと、ジルベルトのアンサンブルは別々のセットで演奏した（それはアルバム「ゲッツ／ジルベルト#2」で聴くことができる）。それから最後の三曲で、二つのグループが一緒になった（それらは「スタン・ゲッツ・ボサノヴァ・イヤーズ」というコンピレーションCDに収録されている）。そこには発火しそうな熱い瞬間はほとんど見当たらない。あるのは、台所に集まった旧友たちが、ワインとビールを飲みながらリラックスして音楽を演奏しているような趣だ。ここでの聴きものは『スタンズ・ブルーズ』におけるバートンの飛びはねるような活発なソロと、『ヒアズ・ザット・レイニー・デイ』におけるスタンの雄弁な解釈、そしてアストラッドとジョアンの歌う『コルコヴァド（静かな夜）』の裏につけるそのしなやかな伴奏だ。

一九六四年のクリスマスの前の週に、アストラッドはスタンのバンドとベッドから去って行った。彼女の報酬をめぐる口論が、最後には激しい罵り合いになったのだ。

一九六四年度の〈ダウンビート〉人気投票では、コルトレーンが七パーセントの差をつけて首位に返り咲いた。スタンはその年に数多くの達成を遂げたものの、彼が競った相手は、そのキャリアのまさに頂点を迎えていたコルトレーンだった。コルトレーンはエルヴィン・ジョーンズとマッコイ・タイナーとジミー・ギャリソンを擁する最強のカルテットを率い、「クレッセント」や「至上の愛」といった重量級の録音を行っていた。

スタンのバンドにおけるバートンの見事な達成の例は、一九六五年一月三十日のヴァンクーヴァーでの演奏の録音（「カナディアン・コンサート」というタイトルがつけられている）に聴くことができる。バートンはスタンの演奏の裏に素晴らしい音楽を構築していくが、それがスタンの邪魔をすることは決してない。そして両者のソロは共に活気に満ち、鋭さを込めている。バートンは『マイ・ファニー・ヴァレンタイン』において頂点をきわめ、スタンは『マイ・ロマンス』においてきわめて雄弁に熱を放つ。

一九六五年四月十三日、スタンがデューク大学のコンサートで演奏しているあいだに、モニカとクリード・テイラーとアストラッド・ジルベルトは、ニューヨークのアスター・ホテルのボールルームに詰めかけた八百にのぼる人々の中にいた。それは全国四ヶ所で同時に開かれた、グラミー賞授賞式ディナーのうちの一つだった。後の三箇所はナッシュヴィルとシカゴとロサンジェルスだ。

「ゲッツ／ジルベルト」は「アルバム・オブ・ザ・イヤー」に輝き、『イパネマの娘』は投票でベスト・シングルに選ばれた。ジャズ・レコードとしては例を見ないことだった。競争相手にはバーブラ・ストレイザンドの『ピープル』、ビートルズの『ア・ハードデイズ・ナイト』、ルイ・アームストロングの『ハロー・ドーリー！』、ヘンリー・マンシーニの『ピンク・パンサーのテーマ』などが並んでいたのだ。「ゲッツ／ジルベルト」のチームはその他に二つのグラミー賞を獲得した。ヴァーヴの傘下にある〈A&Rレコーディング〉のフィル・ラモーンが「最優秀録音賞」を受け、スタンが「最優秀器楽ジャズ演奏者賞」を受けた。二年前に「フォーカス」が賞を取れなかったことに対してまだ腹を立てているスタンは、その小さな受賞像をエディー・ソーターに与えた。

鬱はスタンの人生における絶え間のない、苦痛に満ちた宿痾だった。成功していようが挫折していようが、それとは無関係に。精神の苦痛はきわめてしばしば彼を襲い、それを紛らわせるための、彼の知る唯一の手段は飲酒だった。グラミー賞受賞の少しあとのある夜、家族と何人かのゲストと共に夕食をとっているとき、彼は思わず跳び上がりたくなるほどの激しい苦痛に襲われた。スコッチを立て続けに五、六杯あおり、それで苦痛は和らいだが、かわりに激しい怒りが解き放たれた。

更に酒が入るにつれて、怒りはますます強まり、彼はモニカに摑みかかり、罵りの言葉を叫びながら、彼女の髪を持って引きずり回した。それから彼女を放し、いろんなものを投げつけ始めた。電気スタンドを投げ、窓を割った。モニカはみんなを連れて二階に逃れ、そこで全員が固まって震えていた。

スタンは半時間ばかりものを壊しまくり、さんざん毒づいたあとで、ようやく腰を下ろした。彼には自分がどこまでも情けなく感じられた。妻や子供たちを傷つけることがやめられず、家の中を破壊することがやめられないのだ。しばし彼はすべての感情を抜き取られたような状態になったが、そのうちにまた苦痛が戻ってきた。みぞおちから吐き気がじわじわと広がり、やがてはすべての細胞が苦悶に脈打つのだ。これほどひどい苦しみはないと彼は思った。終わりなくそれが続くのだ。出口はどこにも見当たらない。こんなことにはもう耐えられない。

彼はガス・レンジのところに行って、ガス栓をひねり、ひざまずいて頭をオーヴンの中に突っ込んだ。息を吸い込むと、その臭いが鼻腔を満たした。そしてゆっくりと、深い平穏な眠りの中へと引き込まれていった。

階下が静まりかえると、モニカは十六歳になっていたスティーヴに言った。「下に行ってお父さんの様子を見てきてちょうだい。お願い。あなたはいちばん年上なんだから」

スティーヴが台所のドアを開けると、ガスの臭いがした。そして父親が意識を失い、ぐったりとそこに横たわっているのが見えた。少しのあいだ彼の気持ちは二つの方向に引き裂かれた。一方で彼はとても腹を立てており、こんなやつはそのまま死なせてしまえばいいと思った。でももう一方の気持ちが彼をオーヴンに向けて走らせた。そしてオーヴンから父親を引きずり出して、床に仰向けに寝かせた。ガス栓を閉め、父親の脈を測り、窓をいくつか開け、それから二階に駆け戻った。モニカは一家の主治医であるジョン・フォスター医師を呼んだ。医師はスタンを診察して、もう心配はないと宣告し、彼をベッドまで運ぶのを手伝った。

第十四章

# 混乱をきわめる

自殺をはかったとき、スタンはエディー・ソーターと協力して、骨の折れる仕事に取り組んでいた。アーサー・ペンがウォーレン・ベイティー主演で監督した『ミッキー・ワン』という映画のための音楽を制作していたのだ。主人公はナイトクラブに出演する売れないコメディアンだが、わけあってギャングに追われることになる。スティーヴは当時のことを回想する。

あれほどすさまじい混乱の中にありながら、あれほどすごい音楽を作れたというのは、まさに信じがたいことだよ。僕の記憶では、父は『ミッキー・ワン』についてはずいぶん頭を悩ませていた……

彼は制作途中のテープを家に持って帰ってきた。父はあの映画の中で、ありとあらゆるタイプの音楽を演奏している。ポーランドのポルカから、一九五〇年代のロックンロールまで。彼はウォーレン・ベイティーの別人格（オルターエゴ）を演奏していたんだ。彼がコメディアンとして必死で働いている店で流れている、あらゆる種類の音楽をね。その音楽には実にノックアウトさせられる。そこにはあまりに多くの情熱が注ぎ込まれている。父は本当にその音楽作りに苦慮していたよ。

『ミッキー・ワン』はアーサー・ペンの映画にしては珍しくこけた。彼は『奇跡の人』とか『アリスのレストラン』とか『俺たちに明日はない』とかを監督してきた。しかし批評家たちはそれを、都会におけるパラノイアの、想像力に満ちた興味深いポートレイトだと評している。ペンはスタンの貢献をきわめて高く評価している。

恐怖のサウンドとはいかなるものか？　孤独のサウンドとは？　都市における不安のサウンドとは？　それがつまり現代のサウンドなのだ。『ミッキー・ワン』にあっては、それは主人公を表現するサウンドでなくてはならなかった。また彼の内面の生活を反映するものでなくてはならなかった。

この映画のそういうフェイズに対する私の回答は、とてもシンプルなものだった。エディー・ソーターの手になるオリジナル・スコアを、スタン・ゲッツが演奏することに尽きる。スタン・ゲッツはエディー・ソーターの書き下ろしたスコアに、即興演奏を通して雰囲気をするすると縫い込んでいく。その見事きわまりない芸術性は、聴くものにとって感動的体験となる……スタンの楽器統御の見事さ、求められているサウンドを形にし、物語に投影されているドラマティックな表現のひとつひとつの感覚を露わにしていく能力、それは私にとってただただ喜びでしかなかった。

スタンの創造力がどんどん開花していく一方で、彼の鬱、彼の飲酒、彼の怒りはますます激しさを増していった。一九六〇年代後半は、彼の家庭にとって「戦争の年月」であったとスティーヴは表現する。

なにしろ荒れた時代だったよ……その時期、父は毎日一クォート（一リットル弱）は飲んでいた。そして手のつけられない状態になっていた。家庭内には暴力がはびこり、彼は正気を失っていた。僕らはよくあの時代を乗り切ったものだよ。

ゲッツ家の子供たちにとって、「戦争の年月」の恐怖に満ちた象徴は銀のマグカップだった。スタンはそれでスコッチを飲んだ。ロッケルシュタッドからもたらされたカップで、もともとはモニカの祖父にあたるエリック・フォン・ローゼン伯爵のために作られたものだ。伯爵はグラスで牛乳を飲むことに嫌悪感を持っていた。牛乳を飲んだあとにグラスの上の方に、細かい泡が輪のようになって残るのを目にするのがいやだったのだ。だから牛乳を飲むために、銀のマグカップをワンセット注文して作らせた。カップの片側には彼のイニシャルが、もう片側にはフォン・ローゼン家の紋章がついていた。

　デイヴィッドは父親のためにスコッチを用意したことを覚えている。

　僕はそれが憎かった。その小さなものが……そこにはふたつの頭文字がついていた。E・Rだ。エリック・フォン・ローゼン……それに関するすべてが恐怖を象徴していた。腹の底からすさまじい恐怖がわき起こった。父は言った、「グランツ（スコッチ・ウィスキーの銘柄）を持ってこい」と。僕はとても怖かったから、懸命に走ってグランツの瓶を取りに行った。そしてすぐさま姿を消した。

スティーヴはまた、自分が父親のためのバーテンダーであるのを辞めたときのことを覚えている。

　もうつくづくうんざりしていたんだ。父のために銀の杯と、スコッチの瓶と、アイスペールを運んでいくことにね。そんな勇気がどこから出てきたのかよくわからないけど、僕はあるときトレイを置いて、こう言ったことを覚えている。「あんたのためにバーテンダーの役をつとめるのは、もうこれが最後だからね」と。彼はかんかんに怒って、僕を家から叩き出したよ。

〈タイム〉誌の一九六五年九月三日号にはスタンのプロフィール記事が載ったが、記者はスタンの家で何が起こっていたかを見逃したか、あるいはそれに触れることをあえて避けたか、そのどちらかだ。記者はスタンの家庭を平穏に満ちたものとして描き、一九六五年の彼の収入は二十五万ドルに及ぶだろうと書いた。「ゲッツ／ジルベルト」の印税があり、『ミッキー・ワン』の報酬があり、全席完売の合衆国内における演奏契約があり、大成功に終わった日本と南米とヨーロッパのツアーがあった。

一九六五年十二月十八日のスタンの家において、家庭内の平穏も板ガラスのドアも、どちらも見事に砕け散った。彼は酔っ払って、自動車のキーを巡ってモニカと争いになり、右足でドアを突き破ってしまったのだ。何本かの腱が損なわれ、動脈が切れて、血があたり一面に飛び散った。近隣にある病院の外科医たちが全力で傷の治療にあたり、片足とくるぶしにギプスをあてた。しかし彼は右足の親指以外の四指の動きを、永久に失うことになった。〈ダウンビート〉は慎重に言葉を選び、スタンは「家の中をうろついているあいだに」怪我をしたと記事に書いた。

病院から戻ってくると、スタンはまた乱暴な真似を始めた。松葉杖で鏡と家具を叩き壊し、モニカと五人の子供たちは難を避けてモーテルに逃げた。

翌日の夜、鎮痛剤で痛みを散らし、車椅子に座って、ディオンヌ・ワーウィックとジョー・ムーニー（自らオルガンを弾いて歌う盲目の歌手）と共にカーネギー・ホールのステージで演奏をした。モニカは子供たちと共に翌日帰宅し、割れたガラスやその他の残骸を片付けた。スタンはまるで何ごともなかったかのように振る舞った。彼とモニカが新居を探しているあいだ、居心地の悪い静寂が一家を包んでいた。

ゲッツ一家は一九六五年の後半には引っ越しの準備が整っていた。土地開発業者が、彼らの家のまわりの美しい野原を開発し、小規模住宅をたくさん建てていくことを、彼らは快く思わなかったし、もっと高級な場所に移るだけの経済的余裕ができていたからだ。モニカは五万二千ドルを相続しており、申し分なく豪華な家を購入するための資金にそれを加えたいと強く望んでいた。スタンはすでに自由に使える現金をたっぷり手にしていたのだが。

シャドウブルックの地所にやってきて、二十三室ある母屋に立ち、青々とした芝生の上に並ぶ巨樹の間から壮大なハドソン川を見下ろしたとき、二人は大いに歓びを覚えた。川はそこから一キロも離れておらず、その地点における川幅は三キロほどあった。川は陽光をまぶしく受けながら、二十四キロ南方にあるニューヨーク・シティーへと悠々と流れていった。シャドウブルックはロッケルシュタッドとまではいかずとも、その宮殿的な雰囲気を少なからずそなえていた。九エーカー（約一万一千坪）の土地には、四棟のしっかりした家屋が建っていた。

母屋は十九世紀に建てられたもので、外枠の柱がむき出しになったチューダー朝様式の建築で、ひとつひとつの部屋が豪華に内装されていた。いくつかの部屋の壁には磨き上げられたマホガニーの板が張られ、すべての備え付け品と建築的細部は貴族趣味を反映していた。モザイク・タイル張りの玄関の通路には、豪華な手彫りの革の天井が奢られ、丸天井の音楽室はティファニー・ガラスの窓で周りを囲まれ、九つある暖炉は切り出された大理石でできていた。キッチンは広大で、寝室の数は九つ、そして問題なく作動するエレベーターがついていた。

付属する建物としては馬小屋と、四千平方フィート（約百十坪）の広さを持つ馬車置き場（どちらにも二階に居住設備がついている）と、五室をそなえた庭師のコテージがあった。

ゲッツ夫妻はシャドウブルックの屋敷を共同名義で十二万五千ドルで購入し、モニカの五万二千ドルが手付金として支払われた。一九六六年の春に一家はここに引っ越した。

新居にまだ十分落ち着かないうちに、彼らはそれにも増して豪勢な屋敷から招待を受けた。ホワイトハウスだ。ワシントン在住外交官のトップ百十三人を集める、五月五日のレセプションに招かれたのだ。ビッグバンドを目にしたらそこに参加せずにはいられないスタンは、海兵隊ダンス・オーケストラに飛び入り参加し、緋色の上着を着たメンバーに混じって数曲を吹き、〈ダウンビート〉の報ずるところによれば「満場を沸かせた」ということだ。彼は前にもそれと同じことをやっていた。前年の十月に彼のカルテットは、リンドン・ジョンソン大統領がホストをつとめた、全国の成績優秀な大学生を集めた集会で、熱烈に彼を歓迎する人々の前で演奏をしていた。

スタンは一九六六年六月七日にもう一度ホワイトハウスに戻ってきて、サウス・ローンで演奏をした。一九六六年度の大統領特待生に選ばれた、百四十人の優れた高校生を集めたレセプションだった。大統領の娘のルーシーがホステスをつとめた。スティーヴも高校を卒業したばかりだったが、モニカと共にそこに出席した。
スタンは今や絶頂にあり、世界的に有名なアーティストになっていた。しかし彼は今でもまだ、恐怖と不安に取り憑かれていた。ハーモニカのリサイタルで小便を漏らした、ブロンクスの十二歳の少年のままだった。ゲイリー・バートンは一九六六年には、カルテットに参加して三年目になっていたが、〈ダウンビート〉でこのように語っている。

彼は自分の演奏に、そもそもありもしない不備をみつけて、必要以上に頭を悩ませている。それでくよくよ気に病んでいるんだ……彼は自分をちやほや持ち上げる連中が大嫌いだ。スター扱いする連中がね。でも同時にカーネギー・ホールで演奏したり、テレビ番組に出たり、映画やレコードを作ることを楽しんでいる。彼は他のみんなと同じように、重要人物扱いされるのが好きだ。しかしその緊張はとても強い。自分のやることはすべて最上でなくてはならない、前よりも優れたものでなくてはならないと、これまで以上に強く感じるようになっている……

自分がどんな音楽を演奏するか、そんなことはまるで気にかけていない。良い音楽であるか悪い音楽であるか、そこだけが問題なんだ。演奏がうまくいかない夜があるとひどく動揺する。自分がみんなを失望させてしまったように感じるんだ。

そのようなスタンの演奏に関する不安も、いくつかの野心的なコンサートを企画する妨げにはならなかった。そこには三人の主要な作曲家（エディー・ソーターとアレック・ワイルダーとデイヴィッド・ラクシン）と、一人の第一級のアレンジャー（マニー・アルバム）と、自身の固定されたカルテット（ヴァイブのバートン、ベースのスティーヴ・スワロウ、ドラムのロイ・ヘインズ）と、それに加えてギターのジム・ホール、そしてアーサー・フィードラーの指揮するボストン・ポップス・オーケストラが含まれていた。三人の作曲家はスタンのために特別に曲を書き下ろした。ソーターは四ヶ月を費やして、サキソフォンとオーケストラのための『タングルウッド・コンチェルト』を作曲した。ワイルダーは彼の心に残る曲『君はどこに行くのか？（Where Do You Go ?）』のアレンジメントを提供し、新しい三曲のバラードを作った。ラクシンは彼の自作二曲のために、瑞々しいシンフォニックなセッティングを作り上げた。

スタンはブロンクスで十代の頃から知っているアルバムを招き、コンサートのために二曲をアレンジしてもらった。アルバムはそのプロジェクトの打ち合わせのためにスタンの新しい屋敷を訪ね、まさに仰天してしまった。

僕はシャドウブルックを訪ねて、実に言葉を失ったよ。まるでお城なんだもの。僕の友だちは誰ひとりそんなところに住んではいなかった。自分の目が信じられなかったね。それはスノウデン伯爵とか、そういう人たちが住んでいる屋敷のように見えた。

スタンはユダヤの哀歌『イーライ、イーライ』のためにアルバムがおこなった、和声的に豊かな設定に大いに感銘を受けた。アルバムはまた、『イパネマの娘』のためにフレッシュでアップテンポで、きわめてパーカッシブな新しいアレンジメントを書いた。そこではロイ・ヘインズにスポットライトが当てられていた。

コンサートは一九六六年八月三日に予定されていた。場所はボストン・ポップスの夏の本拠地、マサチューセッツ州レノックスにあるタングルウッドの野外劇場だ。しかしコンサートは思いも寄らぬ災難に遭遇した。アルバムがそれについて語る。

僕らが音楽を書き、それがコピーされ配送されたわけだが、タングルウッドに到着するまでに、すべてが紛失してしまったんだ。何もかもがそっくり消えてしまった。たぶん配送係が郵送費を少しばかりけちって普通小包で送ることにして、おかげでどこかに紛れてしまったんだろう。

リハーサルは月曜日にやることになっていたんだが、紛失したことが判明したのは土曜日の午後だった。彼らはあわててニューヨークで複写係を雇って、楽譜をコピーさせた。ずいぶん費用がかかったと思うが、それでもすべてのコピーは間に合わなかった。おかげで『イーライ、イーライ』は演奏されなかった。それはスタンがすごくやりたがっていたものなんだが。
紛失した楽譜は結局コネティカットの、どこかの貨車の中で見つかったそうだが。

コンサートは一万五千近くの観客を呼び、タングルウッドの記録となり、スタンは見事な演奏をおこない、幸運なことにそのパフォーマンスは録音された。〈ダウンビート〉の評者はこのアルバム「ソング・アフター・サンダウン」に五つ星を与え、このように書いた。

ゲッツのプレイは歳月を経るに従って、よりリリカルになっていくようだ。これらのセレクションのそれぞれを、彼は彼にしか醸し出せない甘さを込めて見事に吹ききっている。それはサッカリン的な甘さではなく、まっとうな中身を持つ、喜悦を呼ぶ甘さだ。彼と、マエストロ・フィードラー指揮下のボストン・ポップスは完璧な信頼関係のもとに、温かく素晴らしいセッションを繰り広げた……このアルバムはまさに純粋な至福である。

英国の評論家リチャード・パーマーの評はほとんど絶賛に近い。

ここにおけるスタンの演奏は……いつもながらの精妙さと逞しさの、優しさと熱烈さの混合である。『タングルウッド・コンチェルト』が形式として最も野心的で、最も永続的なパフォーマンスであるとしても、それによってワイルダーのバラード群の楽しさが減じられるものではない……オーケストラは名うてのプロとして、その責務を十分に果たしている……詰まるところ、彼らの役目は今回に関していえばおおむねサポートをすることであり、すべての賞賛はゲッツに向かうべきものだ。

スタンの次なる主要なコンサートは御前演奏だった。その演奏はジョンソン大統領に命じられ、地球の裏側のタイのバンコックでおこなわれた。ヴェトナム戦争に対する東南アジアの支援を得るための彼らの努力の一部として、大統領夫妻は一九六六年十月下旬にタイのプミポン国王とシリキット王妃を公式訪問することになっていた。補佐官たちはＬＢＪにアドバイスした。プミポンはジャズ愛好家で、アマチュアのサキソフォン奏者でもあり、ベニー・グッドマンとジャック・ティーガーデンの楽団に飛び入り演奏したこともあるのだと。そして大統領は即座にスタンと彼のカルテットを招聘し、十月二十九日にアメリカ主催の夕食会で、国王夫妻の前で演奏させることにした。

ＬＢＪの要請により、スタンと彼のグループは夕食会の一週間前に現地に到着し、宮殿で毎晩のように、国王を交えてジャム・セッションをおこなった。プミポンはその音楽を楽しみ、スタンとサキソフォンのテクニックについて語り合うことを楽しんだ。ところが滞在の五日目にスタンとモニカは凄まじい喧嘩をし、彼はモニカをあとに残して、ニューヨーク行きの次の飛行機に乗って帰国してしまった。二十時間かけて帰途に就いているうちに彼は、自分が大統領を失望させるであろうことに後悔の念を覚え、ニューヨークに到着すると即刻、帰りの飛行機の予約を入れた。そしてＪＦＫ空港を出ることもなく、服も着替えずにとって返し、アメリカ大統領主催夕食会の一時間前にバンコックに姿を見せた。

カルテットの演奏は成功裏に終わった。そしてジョンソン大統領夫妻が休むために退出したあと、プミポンはグループを宮殿に連れ帰って、最後のジャム・セッションを楽しんだ。その後間もなく、アメリカ大使はワシントンの国務省宛てにこのような電信を送った。「ゲッツと王宮との間に生まれた親密な関係は、我々にとってきわめて有益なものであると大使館は考える」

タイとヴェトナムに駐留するアメリカ軍兵士のために五ヶ所所の軍事施設で演奏したあと、スタンとグループは一九六六年十一月四日にヨーロッパに飛んだ。そして十五日間にドイツ、デンマーク、スウェーデン、フィンランド、オランダ、フランス、スペイン、英国、アイルランドと、まさに疾風のようなツアーをこなした。

ヨーロッパの聴衆は今でもボサノヴァを熱心に求めていたので、プロモーターは興行を盛り上げるために、アストラッド・ジルベルトを再びスタンのグループに加えた。一九六四年十二月にスタンと決裂したあと、既にジョアンと離婚していた彼女は、あるアメリカ人と結婚した。その夫は彼女に付き添ってヨーロッパに来ていた。最初の二、三度のコンサートはうまくいった。しかしツアーが始まって一週間も経たぬうちに彼女とスタンとのあいだの怨恨が再燃し、彼女は自分のために別のバック・グループをつけることを要求した。プロモーターはしぶしぶそれに従い、その結果二人の主役アーティストが別々のセットで演奏するのを目にして、聴衆は失望した。

英国の評論家アラン・モーガンは、ロンドンのコンサートでアストラッドのセットを聴いて、このような感想を持った。

ゲッツの魔術は、その不在によって明らかになった。彼女のトリオにはとくに不満はなく、ミス・ジルベルトも音程を維持していた。しかしながら彼女のベストのセッティングは、数年前のゲッツ・グループとの共演にあったと思う。

それとは対照的に、スタンと彼の配下のミュージシャンたち――バートン、スワロウ、ヘインズ――はまさに最高の状態にあるとモーガンは思った。

ゲッツは今や音楽家として、信じがたいくらい高いピークに達しており、誰かが彼を凌駕することなど、ちょっと考えられない。彼にできないことなど何ひとつなさそうだ。そして彼の率いるカルテットは、これまでに彼が率いた中では最高のバンドである……スタンは誰にも配慮をしない。より速い曲を豪快に吹き抜け、彼はただきれいな曲をきれいに吹くだけだという悪意ある風評の名残を、あっさりと一蹴してしまう。彼の演奏は今では、以前より遥かに大柄な緊迫感を持っている。

一九六六年十二月に帰米したスタンを待っていたのは、二つの失望だった。〈ダウンビート〉の人気投票で、ジョン・コルトレーンは三年連続でスタンを僅差で破っていた。そしてバートンは三年近く在籍したあと、カルテットを離れる決心をした。

バートンが去って行くことをスタンは惜しんだが、

その若い同僚が才能を伸ばしてきて、自立する時期を迎えていることを理解していた。バートンは〈ダウンビート〉の記者にこのように語っている。

僕は自立したかった。こうしたいというアイデアがはっきりあるのに、それを表現できず、他の誰かのために仕事をしていることに、だんだんフラストレーションが溜まってきたんだ。

しかしながら彼は、スタンと一緒に長く仕事をしたことは有益であったと考えていた。何年かあとで、彼はこう書いている。

これまでの人生で、真に偉大なミュージシャンに巡り会ったり、一緒に演奏したりしたことは数えるほどしかないが、スタンは間違いなくその筆頭に来る。僕が彼のグループに真にふさわしい存在であったかどうか、今も自信はない。その後何年ものあいだ彼は、僕自身の演奏に影響を及ぼしていた。僕は彼のことを決して忘れないだろう。

一九六七年のバートンの予定表はぎっしり詰まっていた。リーダーとしてのレコーディングがいくつも控えており、教則本を書く契約を結んでおり、金になるフリーランスの仕事がたっぷり待っていた。

スタンは常に挑戦的な仲間を求めていた。そして彼はバートンの後釜に、想像力溢れる若いピアニスト兼作曲家、アーマンド・「チック」・コリアを据えた。チックは一九四一年にマサチューセッツ州チェルシーで、アーマンド・シニアの子供として生まれた。シニアは自分のダンス・オーケストラを持ち、そこでトランペットとベースを演奏していた。そのグループはボストン・エリアとケープ・コッドに多くの支持者を持っていた。チックは父親の所有していたディジーやバードのレコードを聴いて育った。彼が最初に強い影響を受けたのは、ホレース・シルヴァーとビル・エヴァンズだった。十代のときに父親のところで演奏したあと、コロンビア大学で正式な音楽の勉強をしようと志したが、すぐにドロップアウトしてしまった。彼は語る。

マンハッタンに行った二日目の夜に、僕は〈バードランド〉に行って、マイルズ・デイヴィスのグループを聴いた。ジョン・コルトレーンとウィントン・ケリーの入ったバンドだよ……そのあともう頭がいっぱいになって、とても授業どころじゃなかったよ。だからコロンビアには二ヶ月いただけで、ボストンに戻り、ジュリアードのオーディションを受けるために八ヶ月勉強した。受かることは受かったんだけど、二ヶ月後にそこにも飽きてしまった。高校を出たあと一年半かけてやっと悟ったんだ。僕がやりたいのは（お勉強なんかじゃなく）ただ演奏することなんだって。

コリアはジュリアードを離れたあと、五年間に四つの有名バンドで演奏し、それからスタンのバンドに採用された。彼が経てきたのは、熱気あるアフロ・キューバン音楽を演奏するモンゴ・サンタマリアとウィリー・ボボのコンボ、アフロ・キューバンとブラジル音楽の要素を含んだストレート・ジャズのハービー・マン・グループ、トランペッターのブルー・ミッチェルが率いるビバップ・クインテットというところだ。それらの歳月の間にコリアは即興演奏に対する印象派的アプローチを磨き上げてきた。そこで強調されているのは、ドビュッシー的な色彩処理である。大胆で、甘くほろ苦い不協和音、そして唐突なテンポの変化。

スタンが、コリアのコンセプトをカルテットのスタイルに組み込んでいく様子は、一九六七年三月三十日に録音されたアルバム「スウィート・レイン」に聴き取ることができる。ベースはロン・カーター、ドラムはグラディー・テイトだ。このLPはスタンがクリード・テイラーと共に制作した最後の、そして最良の作品のひとつとなった。そのすぐあとにテイラーはヴァーヴを離れ、A&Mに移籍した。

スタンはコリアの印象派的な演奏に呼応して、自由な、そして予測を超えたプレイを繰り広げた。それは「フォーカス」における演奏を彷彿させるものだった。彼は和声と韻律の外枠の限界を突き詰め、そこではすべてが鮮やかな響きをもって創成されていった。彼はそのアルバムのためにコリアの曲をふたつ採用した。『リーザ』においては、おっとりした田園的なテーマと、緊迫した都会的テーマを交互に繰り返すことによって、リスナーを熾烈なまでの和声的冒険に連れ込む。そしてバラード『ウィンドウズ』においては、不協和音を用いることで、曲のリリシズムに深みある痛切さを縫い込むように賦与している。

　マイク・ギブズの作曲したタイトル曲『スウィート・レイン』は暗い色合いの作品であり、そこでスタンは不穏な哀しみの旋律を苦もなく作り上げていく。他の二曲、ディジー・ガレスピーの『コン・アルマ』とジョビンの『オ・グランジ・アモール』はより幸福な気分を反映しているものの、しかしそこにおいてもスタンは、そのホットな即興演奏にはっとするような厳しい苦みを添えている。コリアはすべてのものに洗練されたリリシズムを吹き込み、カーターとテイトはソロイストたちを熱意を込めて、かつ柔軟にサポートしている。

「スウィート・レイン」はゲッツの作品群の中でもひときわ輝いている。〈ダウンビート〉の評者は五つ星を与え、「傑出したアルバム」と呼んでいる。英国の評論家リチャード・パーマーは「文句なしに必須のもの」と持ち上げた。

「スウィート・レイン」のセッションの数週間前に、スタンはヴァーヴのために、いささか異例のプロジェクトを引き受けた。ギタリストのウェス・モンゴメリーの即興演奏のバックグラウンドとするために、大編成オーケストラとコーラスのトラックが前もって録音されていたのだが、彼をスタジオに迎える前に、モンゴメリーはその会社を離れてA&Mに移籍してしまった。

　ヴァーヴのおこなった投資を回収するために、スタンはヘッドフォンを耳につけて、モンゴメリーの代役を務めることに同意した。その結果できあがったアルバム「ヴォイセズ」はよく売れたが、評価はふたつに分かれた。ダン・モーゲンスターンは〈ダウンビート〉で五つ星を与え、「見事なムード・アルバム」と評し、リチャード・パーマーはこのように書いた。


　評者は「ヴォイセズ」をゲッツの最高作アルバムの一つとしたい。その歌いっぷりは静かで精妙で、クラウス・オーガーマンの編曲は卓越している。

しかし彼の同国人であるスティーヴ・ヴォースはそれに同意しない。

「フォーカス」にはエディー・ソーターの譜面という強い味方がついていた。「ヴォイセズ」はクラウス・オーガーマンの編曲を用いているが、それは凡庸で、的外れなものだ。今回のゲッツは今ひとつ冴えない。

一九六七年の春にアメリカ全土を広く演奏旅行したあと、六月二十七日にスタンはタイの国王夫妻と再会した。彼とモニカは、ホワイトハウスで行われた国王夫妻歓迎会のコンサートに招かれたのだ。他の出席者はジョン・ウェイン夫妻と、アラン・ジェイ・ラーナー夫妻と、デューク・エリントンだった。

ジョンソン大統領はそのエンターテインメントが、自らの出身地である州から、北テキサス州立大学ビッグバンドというかたちでやって来たことに、鼻高々だった。OBにジミー・ジュフリー、ジーン・ローランド、ハーブ・エリスを持つ北テキサス州立大学はジャズ教育の草分けであり、そのパワフルなバンドは、傑出した何人かのソロイストを誇っていた。スタンとデュークがそのバンドに飛び入り演奏したことで、プミポン国王はとても喜んだ。彼らはバンドと共にアンサンブルを奏でてスウィングし、そして素晴らしいソロを聴かせた。スタンはそれまでにも、舞台で何度かデュークの楽団と共演したことはあったが、二人が共演したのはそれが最初で最後だった。

ジョン・コルトレーンが一九六七年七月十七日に肝臓癌のために、ニューヨーク州ロング・アイランドのハンティントンで、四十歳の若さで亡くなったとき、スタンは驚きと悲しみに打たれた。彼は一年前から病に苦しんでいたのだ。七月二十一日にニューヨーク市の聖ペテロ教会で行われた葬儀に彼は参列できなかったが、エリントン、マックス・ローチ、ホレース・シルヴァー、歌手のニーナ・シモンなどと共に大きな花を供えた。六百五十人しか座れない教会に、千人の弔問客がやってきて、オーネット・コールマンと、テナー・サックス奏者アルバート・アイラーが演奏するオリジナル曲を聴いた。頌徳の言葉を述べる代わりに、コルトレーンの友人であるカルヴィン・マッセーが宗教的な詩『至上の愛』を朗読した。それはコルトレーンが同名のアルバムのジャケットに書いたものだ。それはこのように終わる。

神よ　感謝いたします
喜び――優雅――高まり
すべては神の御業(みわざ)
神よ　感謝いたします　アーメン

コルトレーンの死後ほどないある夜、スタンはマンハッタンの〈レインボウ・グリル〉で演奏しながら、腹立たしく考え込んでいた。その日の早く、家族の友人である人物が、電話での気楽な世間話のあいだにふと口にしたことに、彼は動転していたのだ。二十九歳になる義理の弟、精神分析医のドクター・ニルス・シルファースキオルドが、十三歳になるベヴァリーを、口論の最中に軽く叩いたというのだ。スタンがツアーに出ている間の出来事だった。敵意が彼の中でどんどん高まっていき、モニカとベヴァリーが車で彼を迎えに来たときには激怒に達していた。


　スタンは車をシャドウブルックに向けて走らせながら、ベヴァリーを叱責した。

「ニルス・ペーターがおまえを殴ったことをどうして言わなかったんだ？」

「大したことじゃなかったのよ、お父さん。いちいち言い立てるほどのことじゃなかった」

「今度会ったら、あのちび野郎をぶっ殺してやる。タマを潰してやる。誰であれ、おまえにそんな勝手な真似をさせるもんか」

「お父さん、落ち着いてよ。もう何ヶ月も前のことだし、ちょっとしたはずみみたいなものだったんだから」

「落ち着けだと？　おれに向かって小生意気な口をきくんじゃない。やつの肩をもつのはよせ」

　スタンはバーの前で突然車を停め、中に入っていった。スコッチのストレートを十杯注文し、それをずらりと並べ、順番にぐいと一息で飲んでいった。そして酒の匂いをぷんぷんさせながら運転席に戻り、家に着くまでずっとニルス・ペーターを大声で罵り続けた。

シャドウブルックの家に帰ると、スタンはブイヨンが飲みたいと言い出した。モニカはベヴァリーに、アンタビューズの錠剤を砕いて、こっそりスープの中に入れるようにと命じた。スタンの飲酒と闘う長い過程において、モニカはアンタビューズをうまく入手できるようになっていた。アルコールと一緒に服用すると気分が悪くなる処方薬だ。一九五九年の終わり頃に、デンマークのロームステッドの自宅で、スタンが酔って乱暴を働いたときに医師が処方してくれて、そのときに彼女はその薬を知った。

スタンはそのスープを一口飲んで、激しく吐き出した。そしてベヴァリーに向かって叫んだ。「おまえはブイヨンのひとつもまともにつくれないのか？これはひどい。いったいどうしたっていうんだ？」

「お父さん、べつに悪くないわよ。私に一口飲ませて」

ベヴァリーはスープを一口飲んで、これはあまりにひどい味だと思った。これまでに飲んだことがないくらい、おそろしく苦い液体だった。でも彼女は言った。「私にはおいしいけどな」と。スタンはそれをもう一口我慢して飲み込み、それからベッドに向かった。そしてあとに残された娘はひどくやましい思いをした。モニカはアンタビューズがどういうものなのか、ほとんど知識を持たなかった。それは冷たい液体に溶かすと無味だが、温かい液体に溶かすと実に不快な味になるのだ。

一時間後、両親の寝室から聞こえる激しい物音に目覚めた。そして全速力でそちらに駆けていった。彼女は記憶している。

私は両親の部屋に文字通り駆け込みました。父は彼女にその場に凍りついてしまいました。父は彼女に馬乗りになり、彼女の頭はベッドの端から垂れていました。父は彼女の首を絞め、彼女の顔は紫色になっていました。私が「お父さん！」と叫ぶと、彼は飛び上がり、彼女から離れました。文字通りぱっと宙に飛び上がったのです。それからベッドに座り込んで、自分の両手をじっと見つめました。その手はぶるぶると震え、顔はまるで幽霊みたいに真っ白でした。ひどく取り乱していました。そして言いました。「おれは頭がどうかしてしまったんだ。自分が何をしているかわからなかった。どうして彼女を傷つけてしまったんだろう？　なんでこんなことをしてしまったんだ？」

モニカは一家の主治医であるフォスター医師を呼び、医師はスタンに鎮静剤を与えた。そして彼はようやく平和な眠りに就いた。翌日の朝、彼はひどく落ち込んでいて、全員に詫びた。モニカは子供たちにお父さんを許してあげるように頼んだ。彼女の首を絞めたとき、彼は泥酔しており、自分が何をしているのかわからなかったのだと、彼女は説明した。

しかしその出来事はモニカをひどく動揺させ、そのせいで彼女はほどなく、ニューヨーク州北部のハンブルトニアン・スパに一週間ばかり、静養と黙考のために籠もることにした。彼女はそこで裕福な年長の婦人と親しくなった。とても堂々として、揺るぎなく見える人だった。だからその女性がある夜、取り乱して泣きながら、慰めを求めて彼女の部屋にやって来たとき、モニカは仰天してしまった。

彼女がモニカに語ったところによれば、彼女の夫はあるとても大きな会社の重役を退職したあと、深酒をし、彼女を殴るようになった。彼女はミネソタ州にあるヘイゼルデンというアルコール中毒矯正施設から夫が送ってきた何通かの手紙を読んでもらいたいと、モニカに頼んだ。モニカの語るところによれば、それらの手紙は彼女を大いに啓発してくれた。

そこには率直さと正直さがうかがえました。彼が言うには、彼は今では自らをまったく違う観点から眺められるようになり、自分はアルコール中毒なのだと認識できるようになりました。彼にはわかったのです。その施設には聡明な人や、愉快な人や、善良な人や、信頼できる人もいるけれど、彼らはみんなアルコール中毒であり、自分がアルコール中毒だと言うことを恥じてはいないのだと。それらの手紙はとても素晴らしいものでした。そして私は思ったのです。私は自分がアルコール中毒患者と結婚したことを認めようとしなかったのだと。でも心の底ではちゃんとわかっていたんです……

私は精一杯力を蓄えて家に戻り、思い切ってこう言いました。「スタン、あなたはヘイゼルデンに行かなくてはならない」……しかし彼は終始その話題を避けようとしました。説得するのに一ヶ月ばかりかかりました。

モニカは一九六七年九月七日にスタンと共にヘイゼルデンまで出向いた。九週間のリハビリ・プログラムを申し込むためだ。その施設は一九四九年に設立され、ミネアポリス＝セント・ポール地域から北東に六十二キロ離れたセンターシティーにあり、アルコール中毒を疾患として治療する草分け的な存在だった。そして「アルコール中毒者更生会（アルコホリック・アノニマス）（ＡＡ）」の十二段階の哲学にしっかり基づいたプログラムを基礎としていた。

　そこに到着すると、スタンはまっすぐ受付に行って、すぐにボスに会いたいと言った。そこの管理者であるダン・アンダーソン医師が現れると、スタンは彼に言った。「私がここに入所するための、ただひとつの条件があります。妻も一緒にここに入ることです」

「彼女も酒を飲むのですか？」とアンダーソンは尋ねた。

「いいえ。それが問題なのです」

「いいでしょう。あなたは男性のユニットに入り、彼女は女性のユニットに入ってもらいます」

　そのようにしてモニカは、今ではヘイゼルデンにおいて「ファミリー」プログラムとして知られるようになった企画の、最初の参加者となった。アンダーソンはスタンを参加させるために、臨機応変の対応をしたのだ。そしてモニカはアルコール中毒患者ばかりの人々の中に入れられた。

　モニカは管理者に尋ねた。「私は何をすればいいのですか？　私もアルコール中毒患者のふりをすればいいのですか？　みんなが気を悪くしないように？」

「本当のことを言えばいいのです。このプログラムの意味は正直になることにあります。それが何より重要なのです」

　アンダーソンの言葉でモニカはほっとした。

　それで肩の荷が下りた気持ちになれました。私はもう彼のことを気にしなくてもいいのです。彼が自分のことを気にするのです。

しかし彼女はすぐに事態がそれほど簡単ではないことに気づく。

スタンは錯乱状態に陥ったのです。彼と一緒にいた人に話を聞いたのですが、彼らはスタンを連れてセンターシティーのダウンタウンに行き、静かにさせるために、彼に酒を与えました。そんなことをされたのは彼の他にはいないということです。それくらい取り乱し、乱暴になったのです。もちろんそんなことをしてもうまく行かず、彼はそこを去りました。

スタンは四週間しかそこにいなかった。彼はシャドウブルックに戻り、モニカはあとに残って九週間のプログラムを終了した。

彼女が家に戻ってすぐに、彼はカルテットを率いて短いロンドン・ツアーを行い、成功を収めた。十一月二十五日のコンサートを聴いて、スティーヴ・ヴォースは、スタンがチック・コリアと共に探索する表現の新たな深さに感銘を受けた。

メロディックな装飾性はまだ残っているが、用いられるマテリアルがより重要なものになっている。それがどのように美しくなれるかよりは、むしろそれがどのように発展させられるかが重要なのだ。精妙なメロディックな即興演奏はまだ残っているものの、それはただ芸術的創造の付属物としてあるに過ぎない。アナロジーを用いるなら、ゲッツのメロディックな即興演奏は、今では作家の用いる言葉のようになっている。それはそこでただ言葉として留まるのではなく、思考を表現することを唯一の目的とするものなのだ。過去においては、まず最初に来るのは言葉の美しさであったのだが……

コリアはその新しい体制における要(かなめ)となりそうである。

英国から帰ったスタンは、自分がソニー・ロリンズに大差をつけて〈ダウンビート〉の首位を奪還したことを知ったが、そのニュースはスタンにとってほろ苦いものだった。彼が容易く首位をとれたのは、主としてジョン・コルトレーンが亡くなったせいだとわかっていたからだ。スタンにとっての偉大なその同時代人は、過去七年のうちで五回、彼を打ち負かしていたのだ。

その勝利も、スタンの苦痛と怒りを鎮めてはくれなかった。一九六七年十二月十九日のシャドウブルックにおける平穏なクリスマス夕食会の席で、彼の怒りは再び噴出した。そこにはモニカと二人のゲストが同席していた。クリスマスの休暇を利用して訪れていたモニカの弟のニルス・ペーターと、スタンの会計士だった。食事のあとでスタンは酔いが回り、会計士との口論が殴り合いの喧嘩に発展した。コロラド大学から休暇で戻ってきていたスティーヴとニルス・ペーターが、雄牛のように激しく襲いかかるスタンから、その男を救おうと試みたのだが、うまくいかなかった。午前〇時二十三分にモニカが警察を呼んだ。警察がやってくるとスタンは、襲われたのは自分であり、他の三人の男たちを逮捕してくれと言った。

警察はいったん引き上げたが、その夜と翌日にかけて、四度も呼び出されることになった。スタンはその間ずっと激しく暴れ回ったのだ。最後の呼び出しを受けたのは午後五時二十四分だったが、その時点で警察はスタンを逮捕した。モニカを助けるために駆けつけたフォスター医師が、スタンを制御するには警察の助力が必要だと訴えたのだ。

フォスターの勧めに従って、警官はスタンを近くの病院の精神科病棟に連れて行った。そこで研修医が彼を診察したが、病院に強制収容するだけの理由が見つけられなかったので、スタンはシャドウブルックに連れ戻され、フォスターの手に委ねられた。そのときにはスタンはもうくたびれ果てて、眠り込んでしまった。

モニカとニルス・ペーターは子供たちを、近隣のキャッツキル山地のホテルに移し、ホリデー・シーズンの残りの日々をそこで過ごさせた。そして帰宅すると、家庭裁判所のアルバート・フィオリロ判事に、スタンの暴力から家族を保護するための保護令状を出してもらった。スタンがシャドウブルックで酔っ払うようなことがあったらいつでも――家族を保護するべく――彼に対して強制的措置がとられるという内容のものだ。

スタンは自らの常軌を逸した破壊的乱行に驚愕し、

一九六七年十二月二十九日にニューヨークで、アルコール中毒の治療を専門にする精神科医、ルース・フォックス医師のもとを訪れた。彼女は、モニカも面談に参加した方がいいだろうと言った。少しあとで彼はモニカを伴って次の面談に臨んだ。

フォックス医師はアンタビューズの信奉者だった。そして——処方箋がなければ薬局で売ってもらえない薬物であるにもかかわらず——診察室のそこら中にアンタビューズ錠剤を入れたキャンディー・ジャーを置き、好きなだけとってポケットに詰めていくように患者たちに勧めていた。モニカの回想によれば、彼女はスタンとモニカにリハビリの筋道として、スタンに関しては、デトックスのための入院と、心理療法と、アンタビューズ服用と、アルコール中毒者更生会の組み合わせをとることを推奨した。そしてモニカにもまた心理療法を受け、アルコール中毒者更生会に入り、アルコール中毒患者家族のためのプログラムに参加するように勧めた。

フォックス医師のアプローチはヘイゼルデンのそれとは、重要な一点だけで異なっていた。ヘイゼルデン診療所は一貫してアンタビューズに反対の立場をとっていたのだ。診療所は、自らの内にある精神的力量に頼って飲酒から遠ざかることのみが、アルコール中毒患者がその病と闘う唯一の効果的な方法である、という基本方針を掲げていた。その姿勢は今に至るまで変化していない。

スタンが毎日アンタビューズを服用することが必須であると、フォックス医師は言った。そしてもしスタンがそれを怠るようなことがあれば、モニカは錠剤を砕いて、オレンジジュースに入れなくてはならないと、彼女は二人に言った。問題はよく理解できた、これからは自ら進んでアンタビューズを服用するようにすると、スタンは言った。夫妻が診療室を出る前に、フォックス医師は自分のデスクに置かれたジャーから錠剤をひとつかみ取って、二人に与えた。

スタンは一九六八年一月十六日に再びヘイゼルデンに入所し、二月三日までそこに滞在した。カルテットのツアーがあったので、一時中断を許可されたのだ。三月三日にまた戻ってきて、三月十四日まで滞在した。どちらの滞在も逆効果を招くことになった。鬱と飲酒と破壊的怒りというサイクルに縛りつけられていながら、彼はいまだに酒を断とうという意思を持てずにいたからだ。

当時のヘイゼルデンは監視が緩く、スタンは錠剤と、飛行機で出してくれるウォッカの小瓶を施設の中に持ち込むことができた。彼とトルーマン・カポーティは錠剤と小瓶を隠し持つことで悪名を馳せた。彼らは雪の中に小瓶を隠し、茂みの中に錠剤を隠した。そして運動のために「ぴりっとした散歩」をすると言って外に出て、それらを回収した。

三月十五日にスタンが酔っ払ってシャドウブルックに帰ってきたとき、フィオリロ判事は強制的措置をとり、スタンを「ミネソタ州センターシティーにあるヘイゼルデン財団施設」に戻すように命じた。スタンはその施設に四度目の入所をし、四月七日に出所した。

アンダーソン医師はスタンの最後の逗留は、前の三回よりは生産的であったと考え、フィオリロ判事あての四月九日付けの手紙の中でこのように述べている。

ゲッツ氏は週に二十回の、アルコール中毒とその症状に関する治療レクチャーに出席し、また週に五回のグループ・ミーティングに出席するように要請されました。それに加えて当施設のスタッフから度々、系統的にして個人的なカウンセリングを受けました……また逗留の最後の頃には、精神的な指導を受けるために、ラビ（ユダヤ教の牧師）との面談が手配されました……

今回の入所時の治療に対する彼の態度は、これまでの入所時における態度に比べると、大いに進歩を見せていることが明らかです。

後日このときの体験を振り返って、スタンはアンダーソン医師とは異なった見解を抱いている。

ぼくには治療してもらおうというつもりはなかった。なぜなら自分の意思に反してそこに送られたからだ。ぼくはただそれをやり過ごしていただけだ……やろうという自発的な気持ちを持たない限り、そんなプログラムがうまく働くわけはない。強制されてできることじゃないんだ。ぼくはそんなことは望まなかったし、ごめんだと思っていた。

いやいやそこに行ったんだ。

　仕事を続けなくてはならなかった。あの大きな家を維持し、家族を養い、休暇に出かけたり、そんな何もかもがぼくの双肩にかかっていた。当時のぼくは本当に愚かで、そのとき送られてきたメッセージを聞き取ることができなかったんだ。自分はアルコール中毒患者なんだというメッセージをね。ぼくにできるのはただ仕事をこなし続けることだけだった……仕事を終えたあとにああしろこうしろなんて、誰にも指図してもらいたくなかった。


四月七日にヘイゼルデンをあとにして、すぐにまたスタンは酒を飲み出した。そして二日後にフォックス医師と面談したとき、彼はそのことを打ち明けた。それを受けて医師は一九六八年四月十二日に、フィオリロ判事あてに手紙を書いた。自分が推奨するプログラムについて述べ、ペンシルヴェニアにある施設に彼を送るように判事に勧めた。

　モニカはスタンの飲酒にしばらくは耐えたが、四月十三日にとうとう警察を呼び、彼を再び逮捕させた。二日後にスタンはフィオリロ判事の前に出た。判事はそのときにはフォックス医師からの手紙を受け取っており、今回はヘイゼルデンの、スタンに対する再度のリハビリ処置が効果を発揮するだろうとは考えていなかった。そしてただこのように命令を下した。「ルース・フォックス医師の治療処置に従うように」と。

　フォックス医師は六月六日に再び判事に手紙を書き、スタンに対する処置がうまく運ばなかったことを告白している。彼女によれば、スタンは四月以来何度となく酔っ払っていた。そして彼女は、日本と西海岸のツアーから戻ってきた時点で、シャドウブルックから五十キロほど離れたところにあるファルカーク病院にスタンを入院させることを勧めていた。

　八月六日までスタンはほどほどに飲酒していたが、それから荒れ始め、モニカは彼を再び逮捕させなくてはならなかった。これで三度目だ。彼は監房で一夜を過ごし、翌日フィオリロ判事の命令に従ってファルカーク病院に入ることに同意した。

　病院にやってきたとき、スタンの息は酒臭く、たっぷり汗をかいていた。彼はデトックス・ユニットに入れられ、一連のテストと面談を受けさせられた。入院時の面談を受け持った医師は、彼がこのように語ったと記している。

彼は酒を飲むと、自己制御能力を大幅に失ってしまう。妻との間に多くの問題を抱えていることがその理由である……自分は仕事では成功を収めているし、幸福であるべきだと考えるのだが、実際にはそうではない。なぜなら彼は家庭内での理解をほとんど得られていないからだ……自分が愛情を何より必要としているときに、妻がそれを与えてはくれないことを、彼は不満に思っている。

翌日彼は別の医師に対して、話のトーンを変化させている。医師は「彼は妻についてとても温かく語った。彼女の美しさを、また自分がどれほど彼女を愛しているかを、強く語った。彼女もまた同じように自分のことを愛しているはずだ。だからこそ彼女は、自分から離れもしないし、離婚の訴えも起こしていないのだと」と記している。

医師たちは彼は「中毒になりやすい体質」であり、「根深い人格障害の兆候を示している」と結論づけた。彼らはまた、スタンが協力的な患者であり、「ファルカーク病院に入院している間、身体的にも、また彼の生来の快活さと多幸感の点においても、大いに回復を見せた。そして退院するとき、将来の見通しについてきわめて楽観的だった……しかしながら先行きは予断を許さない」と記している。八月十六日に退院許可を与える際に、医師たちはフォックス医師が彼のその後のケアをすることを推奨した。そこにはまた病院における心理療法も含まれていた。そしてもし彼がプログラムを履行できないようであれば、再びファルカーク病院に入院することを勧めていた。そしてまた彼らはモニカにも、心理療法を受けることを勧めた。

チック・コリアはファルカーク病院でのどたばた騒ぎにうんざりして、スタンの元を離れ、ゲイリー・バートンのカルテットに加わった。このバートンのグループは今では、ゲッツの旧メンバーの集まりになっていた。他のメンバーはスティーヴ・スワロウとロイ・ヘインズだ。スタンはコリアと円満に別れ、将来また一緒に演奏しようと約束した。一九六八年の感謝祭の週末、バートンのグループはニューヨークの〈ヴィレッジ・ゲート〉で、スタンのグループとステージを分け合った。スタンの新しいバンドはミロスラフ・ヴィトウスのベース、ジャック・ディジョネットのドラム、ジェーン・ゲッツ（縁戚関係はない）のピアノという顔ぶれだった。

スタンは再びソニー・ロリンズを破って〈ダウンビート〉の人気投票の首位に輝き、ゲイリー・バートンは「ジャズマン・オブ・ザ・イヤー」に選ばれた。スタンの勝利はちょっとした驚きだった。というのは私生活の混乱のおかげで、彼はあまり人前に姿を見せないようになっていたし、もう十五ヶ月以上も新しいアルバムを出していなかったからだ。実際のところ一九六八年は、彼が一九四三年に十五歳でジャック・ティーガーデンと共にロードに出て以来、録音をまったくおこなわなかった唯一の年になった。一九六七年八月三十一日に彼が終えた最後の録音は、大編成のオーケストラをバックにバート・バカラックの作品を演奏したものだった。イージー・リスニングのリスナーを対象にしたもので、タイトルは「世界は愛を求めている（What the World Needs Now）」だった。スタンは終始美しく吹いているものの、アルバムにはジャズ的な要素が不足している。

一九六九年一月と二月に英国、フランス、スカンジナヴィアを巡る短いツアーを行っている間も、スタンの個人的な悪霊は彼を苦しめ続けた。演奏は突飛なものになり、それは聴衆をも批評家をも混乱させた。ロンドン〈オブザーバー〉のベニー・グリーンは、スタンがそれまでは常に間違いのない演奏を聴かせてくれていたのに、今では一つの様式の極から別の極へと危なっかしくぶれていくことに戸惑いを感じていた。ロンドン〈サンデー・タイムズ〉のデレク・ジュウェルは〈ロニー・スコッツ・ナイトクラブ〉での一夜についてこう書いている。

彼の演奏は荒々しいまでに不揃いだった。ありがたいことにそれはやがて改善され、とても出来の良いセカンド・セットでは、困惑した聴衆から大きな喝采を引き出していた。しかしファースト・セットはそれとはまったく別物だった。ファースト・セットでのゲッツは、心ここにあらずというところだった。聴衆との間に心地良さを見いだせず、長く続けては演奏できず、長々と中断をとり、ぶつぶつ呟きながらステージから姿を消した。その音楽は重々しく、浮世離れしていた。まるで彼の内側から無理に引きずり出されたもののように。ヴィブラートは重々しく発せられ、ストラクチャーは混濁したものになった。それは感動的で美しくもあったが、同時にまたみっともなくて醜くもあった。引きこもりに入った天才とでもいうべきか。

スタンはファルカーク病院のプログラムにはまったく従わなかった。心理療法の予約をすべてすっぽかし、自分でアンタビューズを服用することをやめ、酒を飲み続けた。酒が入ると相変わらず暴力的になった。そしてモニカは相変わらず彼の行為を赦し続けていた。娘のパメラは、一九六八年から六九年にかけての冬の、両親の喧嘩のひとつを記憶している。

父は母の髪をつかんで食品室から引きずり出し、母は髪が頭から引き抜かれないよう、しっかりとそれを握っていました。父はただ叫んでいました。「このくそ女。畜生め。痛い目にあわせてやる」と。

母は悲鳴を上げていました。「警察を呼んでちょうだい。お願い。誰かを呼んで、パム。助けを呼んで」

私が電話のところに行くと、父は私のことをじっと見ました。まるでおまえを殺してやりたいというような目で。私はただ走って逃げました……

私は怖かったのです。二階に駆け上がると、少しあとで母がやって来て言いました。「お父さんのことで怒らないで。ああなるのはお酒を飲んだときだけなんだから。正気でやっているんじゃないのよ」と。

一九六九年三月後半のスタンの振る舞いはあまりにもすさまじいものだったので、モニカでさえもうそれを赦すことはできなくなった。彼は二日以上にわたって酒を飲み続け、暴力をふるった。モニカは子供たちを連れてモーテルに逃れ、そこからフィオリロ判事に電話をかけ、スタンの四度目の逮捕を要請した。三月二十二日に逮捕されたとき、彼は泥酔しており、そのまま監房に放り込まれた。その二日後に出廷したあと、彼は何着かの服を鞄に詰め、楽器を手に取り、家族をあとに残して英国に向かった。

# 第十五章

## 再びヨーロッパに

ある夜、げっそりと痩せこけたジュディー・ガーランドが、ロニー・スコットの経営するロンドンのクラブに姿を見せた。そこではスタンが、四週間にわたる四月のエンゲージメントをこなしていた。スタンは二曲を彼女に捧げた。そして彼女がそれを喜ぶと、彼は言葉巧みに彼女をステージにひっぱり上げた。しかし彼女が近づいてきたとき、それは間違いだったと彼は思った。彼女は足もともおぼつかなく、よろよろと歩いていた。彼女が最近、ナイトクラブでのエンゲージメントでひどいしくじりをしていたことを彼は耳にしていた。酒とドラッグで頭がぼんやりして、自分の歌の歌詞がまったく思い出せず、客席からスティック・パンや吸い殻を投げつけられたのだ。しかしスタンに指名されると、彼女の顔に張りが戻った。そしてステージのストゥールに腰掛け、ふわふわと大きく膨らんだスカートがおそろしくやつれた身体をうまく包み込むようになおした。スタンは彼女を大スターとして扱った。彼女が素敵な声で二曲を歌い、スタンはその後ろに立ち、静かなオブリガートをつけた。

ロニーと彼の奥さんはそのあとジュディーの一行と、スタンと彼のミュージシャンたちを、とある中華料理店に連れて行ったが、ジュディーの最大の関心はあくまで、ロニーがジンとライムの一リットル瓶を持参してきたかどうかにあった。ジュディーはほとんど食事は口にせず、瓶を空にしてしまった。二ヶ月後、一九六九年六月二十二日に、ロンドンの自室で死んでいる彼女が発見された。バルビツール剤の過剰摂取だった。享年四十七。

スタンはその春、ロンドンのドーチェスター・ホテルに滞在し、そこを活動の本拠地としていた。彼はいくつかのエンゲージメントをこなすためにアメリカに戻ったが、家族と連絡が取れなかった。スティーヴとデイヴィッドとベヴァリーは国内の学校で勉強を続けていたが、モニカはパメラとニッキーを連れてスウェーデンに帰ってしまったのだ。

ある夜ドーチェスターで、友人の二人のコメディアン、ピーター・セラーズとスパイク・ミリガンと一緒に何リットルもワインを飲んで酔っ払ったとき、スタンは自分の水泳の腕を自慢し始めた。

「テームズ河を泳ぎ渡るなんて朝飯前だ」と彼は言った。「ちっとも怖かない」

「あれは油断ならない河だぞ、スタン。おまけにすごく冷たい」とミリガンは言った。「横断できないという方に二百ポンド賭けるね」

「乗った」

「できない方におれも二百賭けよう」とセラーズが話に加わった。

「それも受けた」

五分後に三人はドーチェスターのロビーを歩いて横切っていた。スタンは水泳用トランクスにバスローブという格好だった。そしてタクシーを呼んで、近くにあるテームズ河の橋に向かった。スタンはすぐにテームズ河に飛び込んで、力強く泳ぎだした。しかしミリガンはパニックを起こして警察に電話をかけた。

「こちらはスパイク・ミリガンです」

「誰だって?」

「スパイク・ミリガン。テレビの『グーン・ショー』のミリガンです。今、河のところにいるんだけど、親友のスタン・ゲッツが河を泳ぎ渡ろうとしているんです。でもそんなことできないと思う。助けが必要なんだ」

「たとえもし仮にあんたが本物のスパイク・ミリガンだとしても、声からしてずいぶん酔っ払っているようだ。あんたが誰と一緒にいるかは知らんが、さっさと家に帰って寝ちまうんだね」

警官は電話を切った。ミリガンとセラーズは待たせておいたタクシーに飛び乗り、橋の向こう側まで行くように運転手に命じた。彼らが向こう岸に着いたとき、スタンは何ごともなかったように岸辺に座っていた。

「君たち、なんでそんなに時間がかかったんだ？」と彼は尋ねた。

五月一日にロサンジェルスで、アルバム「ディドント・ウィー」が録音された。彼にとって二十ヶ月ぶりの録音だった。前作のバート・バカラックのアルバムと同じく、これも「イージー・リスニング」音楽のリスナーを対象とした作品だった。用いられている音楽的コンセプトも同じだ。華麗なオーケストラをバックにロマンティックな曲が演奏される。

スタンは相変わらず派手に酒を飲みまくっていた。一九六九年の夏には演奏活動を休止してスペインのリゾート地、コスタ・デル・ソルにふらりと出かけ、マラガ市の東にある、地中海に面したアルムニェカルという町に、小さなアパートメントを借りた。そこで彼は自分の鬱がますますその強度を増し、健康状態が悪化していることに恐怖を覚えるようになった。絶望的な気持ちに襲われた彼は、九月にモニカに電話をかけて懇願した。また一緒になって、酒を断つことを手伝ってくれと。

彼女はわかったと言った。スティーヴはコロラド大学に戻り、デイヴィッドはシャドウブルックに残って高校の最終学年を終えようとしていた。ベヴァリーはペンシルヴェニアの寄宿学校に入学していた。ニッキーをスウェーデンの親戚の家に残して、モニカと十一歳のパメラはスペインに向かった。モニカはスタンと再会したときのことを覚えている。


彼は精神的にも肉体的にも、どん底の状態でした……文字通り痩せ衰えていたんです。身なりも汚らしく、おいおい泣いていました……助けが必要なんだと彼は言いました。

モニカは、夫を素面で健康な状態に戻すために、いくつかのステップを進めた。滋養のある食べ物を与え、英国にあるリハビリ施設に入れる手配をした。そして彼の食べ物にこっそりとアンタビューズを混ぜた。

フォックス医師はフィオリロ判事にあてた一九六八年四月十二日の手紙の中で、このように述べていた。

> これまでの事例によれば、これ（アンタビューズ）は本人の自由意思により、夫人の手で与えられるのが最良です。しかしながら将来において、もしゲッツ氏がそれを飲むことを怠るようであれば、夫人が錠剤を砕いて、オレンジジュースに混ぜるようになることでしょう。

フォックスは正確にはここで、薬剤を秘密裏に飲ませることを推奨しているわけではない。しかしモニカはこの文面から、本人には告げることなくその薬をスタンに投与する権限を、自分はその医師から与えられたと考えた。

こっそりアンタビューズを飲ませるのは、ひとつの方便ではあるものの、危険性をも含んでいる。その薬剤は医師の適切な指示のもとに、患者の同意を得て投与されるべきものなのだ。何故ならそれは体内でアルコールと一緒になると、強力な毒素を発生させかねず、服用者に危険をもたらし、死に至らしめることもあるからだ。その薬剤の主要製造元であるワイエス・エイアースト研究所（ラボラトリーズ）は「アンタビューズ服用に関するご案内」の中でこのように警告している。

> アルコールと併用することによって、アンタビューズが人体にもたらす最も一般的な症状としては、紅潮、頭と首における動悸、動悸を伴う頭痛、呼吸器障害、吐き気、大量の嘔吐、発汗、喉の渇き、胸の痛み、心悸亢進、呼吸困難、過呼吸、頻脈、低血圧、失神、過度の心痛、落ち込み、目まい、視野の霞み、錯乱などが上げられます。深刻な場合には、呼吸の減衰、心臓血管虚脱、不整脈、心筋梗塞、急性鬱血心臓疾患、意識喪失、痙攣、そして死亡などがもたらされることもあります。

モニカとパメラがアルムニェカルに到着して以来、スタンはその薬剤による激しい症状のいくつかを訴えるようになった。アンタビューズが自分の体内に入っているとは知らず、彼はアパートメントの建物の一階にある労働者相手のバーで、赤ワインをグラスに二杯飲んだ。そして通りを横切って海岸まで歩いた。それからすぐに吐き気を感じた。彼は回想する。

あれは二度と忘れられないな。とにかくすさまじい身体反応だった。あんな思いをしたのは生まれて初めてだった。自分はもう死ぬんだと思った。なにしろひどい気分だった……地中海に向けて無茶苦茶に吐きまくった。心臓がばくばくしていた。身体は耐えがたい状態になっていた。死にかけているんだと思ったよ。

そのことをモニカに話すと、彼女は言った。あなたはアルコールに対するアレルギー症状が出てきたのかもしれない、と。

少し後でスタンとモニカとパメラは英国に向かった。スタンはそこでリハビリ施設に入って身体をクリーンにした。彼とモニカはロンドンの高級住宅地メイフェア地区に小さなフラットを借りた。それからすぐにまたコスタ・デル・ソルに戻った。彼らはそこに別の住まいを借りていた。ジブラルタルのすぐ背後、プンタ・デ・ロス・モノスにある一軒家だ。晴れた日にはその家から、海峡の彼方にアフリカを望むことができた。

それからの二年間、ロンドンとコスタ・デル・ソルが彼らの生活の二つの極になった。アルムニェカル近くの海辺にも土地を買ったものの、そこに家を建てることはなかった。一九七〇年に彼らはマラガの近く、フエンヒローラにある別の借家に移った。ヨーロッパに滞在している間、シャドウブルックの家が財政的に彼らの負担になるようなことはなかった。というのは彼らは、三つある付属の建物をアパートメントに改装しており、そこからあがる家賃収入で税金や、ローンの支払いや、その他の経費の大部分をまかなえたからだ。

スタンは「マラケシュ・エクスプレス」というレコードを吹き込むために単身ロンドンに向かったとき、再び激しいアンタビューズの副作用に見舞われた。アルバムにはグラハム・ナッシュのタイトル曲の他、ポール・サイモンの『セシリア』やバート・

バカラックの『雨に濡れても』といった当時のポピュラー・ソングが収められており、前の二枚のアルバムと同じように、ロマンティックなオーケストラのアレンジメントをバックに、彼のソロが繰り広げられた。彼はその日に生じた困難を回想する。

録音にかかるために二階に上がる直前に、強い英国ビールを一パイント飲んだ。そして階上に行った。そこで身体の反応が始まったんだ。ぼくは洗面所に行って、誰にもその様子は見られなかった。ようやくそこから出てきて、なんとか録音を済ませることができた……本当に気分が悪かった……あれはこれまでに作った最悪のレコードだ……あのレコードを聴くと、ぼくがアンタビューズの副作用に苦しんでいる様子が聴き取れるはずだ。

その秋、ベヴァリーは彼女自身の健康上のいくつかの問題に苦しんでいた。そしてその問題は、ペンシルヴェニアの寄宿学校の管理者たちの怠慢のせいで更に深刻なものになった。彼女は語る。

私は虫垂炎になったのです。でも学校は私の言うことを信じてくれなかった。彼らは私を三日間そこに寝かせたままにしておいたのです。私のことを気にかけてくれる人は誰もいなかった。私は吐きました。本当に具合が悪く、私の部屋は建物の三階にありました。やっとの思いで階段を這って降りて、ドティー・フォスターに電話をかけました。彼女はナースだったから。その次に私が記憶しているのは、目が覚めたら病院にいて、手術を受けていたということです。

ドティー・フォスターはゲッツ家の主治医である、ジョン・フォスター医師の奥さんだが、車で学校まで駆けつけ、ベヴァリーの膨らんだお腹を一目見て、急いで病院に連れて行った。医師は時を置かず手術をおこない、破裂した虫垂をすぐに除去した。ベヴァリーは学校を引き払い、フォスター夫人は彼女を病院からそのまま自分の家に連れて行った。

健康の回復を待っているあいだ、ベヴァリーはスタンからの手紙を受け取った。彼女とデイヴィッドに向けて書かれた手紙だった。内容はこうだ。

　元気かい、大きくなった子供たち？
　お父さんはもう一ヶ月お酒を口にしていない。希望を失わないように。私は失っていない！　私は酒瓶よりはおまえたちの方を愛しているから。百万倍もな。おまえたちも知ってのとおり、お父さんは手紙を書くのが大の苦手だ。他にもいっぱい苦手なものはあるけどね。まともにできるのはサックスを吹くくらいのものだ——たまにはね。まだお父さんのことを愛してくれていると嬉しい。

愛を込めて
父より

　お父さんのサインをほしくないか？　仕方ないな。それではひとつ、大サービスをしよう！

　クリスマスの休暇まで、ベヴァリーはフォスター家の世話になっていた。休暇になると、彼女とニッキーはスペインにいる両親とパメラのところに行った。
　スタンとモニカは一人の隣人と仲良くなった。ギターの名匠、アンドレス・セゴビアだ。そして彼に頼み込んで、ベヴァリーにギターを教えてもらうことになった。彼女はその段取りにもうひとつ気が進まなかった。というのは、セゴビアはとても気むずかしくて厳しい人だったから。しかしもう一度身体の具合を悪くしたとき、彼女はその苦行から逃れることができた。今度は流感にかかってしまったのだ。病気から回復すると、モニカは彼女に白いアンタビューズの錠剤を砕いて粉にし、いろんな食品に混ぜ込む方法を教えた。そして言った。「お父さんに言ってはだめよ。そんなことしたら、みんな殺されちゃうから」。休暇が終わると、ベヴァリーはフォスター医師の家に戻った。そのあいだスタンとモニカは彼女のために英国で学校探しをした。
　ベヴァリーが帰国してほどなく、スタンは酔っ払って怒りにまかせ、モニカを追い回しているときに、

家の階段から落ちて踵（かかと）を骨折し、手を痛めた。誤った診断のせいで数週間の遅延があったが、医師たちは彼の脚にギプスをあてた。スタンはその二日後に、ひどい痛みを味わいつつロンドンに飛んだ。スタンは一人の医師に頼み込んでモルヒネを処方してもらい、モニカの在宅中にそれを過剰摂取した。モニカは医師を呼び、医師はスタンを蘇生させた。

一九七〇年二月の最初の週、スタンは松葉杖をつきながらロンドンを出て、短いスカンジナヴィアのツアーのためにオスロに向かった。しかしすぐに両側肺炎にかかって倒れてしまった。その病気にかかるのは二度目だったが、一九五五年にストックホルムで最初にかかったときよりも、回復はずっと速かった。そしてその月の終わりにはロニー・スコットのクラブで演奏できるようになっていた。ロンドン〈オブザーヴァー〉の批評家ベニー・グリーンは、その演奏ぶりを「脚は不自由だが、演奏は見事」と評し、スタンの芸術性は彼の味わっている苦難を凌駕していると記した。

前回スタン・ゲッツがロンドンにやって来たとき、彼のスタイルには不安定さが見受けられた。それは彼にはとても珍しいことなので、人々はずいぶん首をひねったものだ……しかしその危機は過ぎ去ったように見受けられる。今回彼が〈ロニー・スコッツ・クラブ〉に持ち込んだハンディキャップは、骨折した足と、半ば麻痺した三本の指と、肺炎の後遺症だけであり、音楽的成果は遥かに素晴らしいものだった……ほとんどの人々がゲッツの演奏からまず思い浮かべるのは、目もくらむような思考の動きの速さであり、そして完璧なまでの正確さをもってそれについていく指の動きである。そして『ツアーズ・エンド』というテーマにおいては、彼が今でもその技量をしっかり保持しているという十分な証拠を、我々は目にすることができた。フレーズはコードからコードへと実に甘美に移りゆき、思考と指の動きの誤差など、まったく消え失せているように見える……彼はジャズの歴史における主要人物の一人であり、表現の巧みさにかけては、おそらくはすべてのサキソフォン奏者の中で最高であり、その即興演奏の技量があらゆる様式や流派を超越しているという、希有な例のひとつとなっている。

ロニー・スコットのクラブに出演しているあいだ、モニカはパメラとスタンを二人で残して、週末を過ごすためにロンドンからスウェーデンに飛んだ。パメラはスタンが怒りっぽく、いらいらしていることに気づいて、不安を感じた。というのは、そういうときには酒を飲んで荒れることが多かったからだ。彼女はキッチン・キャビネットに隠してあったアンタビューズを取り出して細かく砕き、自分でつくったパンケーキの上に振りかけ、その上をバターと砂糖で覆った。スタンはそれを食べ、そのあとでアルコールをいくらか口にして、少しばかり気分が悪くなった。彼はモニカに電話をかけて言った。「素晴らしいことが起こった。本当にアルコールに対するアレルギーが出てきたかもしれない」

モニカは大喜びした。というのは彼女はそれを聞いて、適量のアンタビューズを注意深く、こっそり与えることで、今ではスタンの飲酒をコントロールできるようになったと考えたから。それまで彼女は、どちらかといえば場当たり的にその薬を彼に与えていた。これからは規則的に与えるようにしようと彼女は決心した。最初のうち、アンタビューズの投与に関していえば、ベヴァリーとパメラだけが彼女の協力者だった。最終的に彼女はスティーヴとデイヴィッドをも引き込んで、二人を協力的な同志とした。全員が秘密を守ることを誓った。その結果はモニカを喜ばせた。その時代として振り返る。彼女は一九七〇年代初期を黄金の時代として振り返る。彼女は後日こう語っている。「彼は初めて、お酒を飲まなくても暮らしていけることを示したのです。その期間は次第により長いものになっていきました」

一九七〇年代に躁鬱症の治療の標準的な薬として用いられたリチウムが、ロンドンの医師によってスタンのために処方され、それもあってその時期、彼が酒を飲まないでいる期間はより長くなった。鬱がスタンに酒を飲ませる主要な原因であり、アルコールが彼の躁的な怒りを解き放つのだが、リチウムは、彼のそのような破壊的感情の状態の深刻さを、双方共に軽減する働きをした。その薬はスタンの鬱を全面的に抑えることはできなかったが、一九七〇年代の半ばにエラヴィルという新しい薬が登場した。それは効果を発揮することがわかって、常備薬のひとつになった。彼は一九八〇年まで二つの薬を併せて服用していた。

スタンとモニカは、ベヴァリーのために全寮制の女子校をオクスフォードシャーに見つけた。ベヴァリーはそこに入学するために、三月に英国にやってきた。

一九七〇年五月にスタンとモニカは、南アフリカに三週間の演奏旅行をした。それはアパルトヘイトが最も厳しく施行されている時期だった。そこに着いたときスタンは激怒した。というのはプロモーターは、すべての人種の聴衆の前で演奏できると前もって約束していたのに、現地の宣伝はまったく逆のことを謳っていたからだ。スタンは記者会見で、自分は「分け隔てなくあらゆる人々」のために演奏すると広言した。そしてプロモーターに、黒人地区で演奏する許可をとってくるように執拗に迫った。

プロモーターは許可を手に入れたが、コンサートを手配する仕事からは手を引いた。もし黒人のために演奏をしたなら、この国での彼の仕事はもう二度と引き受けられないと言って。スタンは独力でヨハネスブルグの〈バンツー・メンズ・ソーシャル・センター〉で演奏する手配をした。彼は黒人のコンボと演奏し、それから自らの全員白人のグループで演奏した。そして最後に全員をステージに上げて、ジャム・セッションを行った。コンサートが終わったとき、聴衆は熱狂して彼のもとに押し寄せた。彼が人々をかきわけて会場の外に出るのに一時間を要した。「ヨハネスブルグの聴衆は、これまでで最高の聴衆だった」とスタンはあとでベヴァリーに語った。「ぼくは自分がそこでやったことを誇りに思っている」

ベヴァリーは新しい寄宿学校で寂しい思いをしていた。学年の途中で新しいカリキュラムに適応していくのは、簡単ではなかったからだ。そしてスタンが南アフリカ・ツアーをしているとき、彼女はある夜そこから逃げ出した。でもすぐに気持ちがくじけて、こっそりと部屋に戻り、姿を消していたことは誰にも気づかれなかった。学期が終わると、彼女はアメリカに戻り、夏の間はフォスター家に滞在した。

一九七〇年六月にデイヴィッドは高校を卒業し、大西洋を逆の方向に横断した。スペインに飛んで、フエンヒローラの家で、ニッキー〈スウェーデンからやってきていた〉と、両親と、パメラと共に夏を過ごしたのだ。到着してすぐにデイヴィッドは、モニカとパメラが彼の父親にこっそりとアンタビューズを投与していることを教えられた。

スタンはパリから戻ってきたばかりだった。素晴らしいフランス人のグループを見つけて、彼は興奮していた。彼らと共にレコーディングをしたいという思いで頭がいっぱいになっていた。彼は回想する。


ぼくらはテニスの選手権試合を観るために、六月にパリにやってきた。そしてまるで犯罪者がいつも犯行現場に戻るみたいに、懐しい〈ブルーノート〉を覗いてみた。ぼくは一九五九年から一九六一年にかけて、年に三回ずつそこで演奏をしていたんだ。フランスのジャズはもう死んでしまったと聞かされていた。そして実際そのクラブはがらがらだった。

ぼくはそこに入っていって、呆然としてしまった。ぼくが耳にしたのはハードコアなスウィングするジャズだった。みんながノっていた。演奏も実にしっかりしたものだった。エディー・ルイスのオルガン、ルネ・トーマのギター、ベルナール・ルバのドラム……聴衆が、その音楽の質がどうであれ、アメリカの名のあるミュージシャンにしか関心を示さないというのは哀しいことだ……これらのミュージシャンには、無関心なパリジャンの前でゆっくりと息を引き取っていくより、もっとましな運命が与えられていいはずだ。ぼくはそのとき決心したんだ。このミュージシャンたちを広く世界に紹介してやろうと。


スタンは彼らに約束した。秋になったら戻ってきて、君たちとカルテットを編成し、録音のためのリハーサルを始めようと。

その夏、スタンは新しいスポーツにのめり込んだ。熱心なジャズ・ファンであるルウ・ホードからテニスのレッスンを受けるようになったのだ。場所はフエンヒローラから少し行ったところにあるマルベラの、ホードの所有する施設だった。ホードはオーストラリア生まれの超一流テニス選手だったのだが、二十代半ばに背中を痛め、若くして選手生命を絶たれてしまった。彼のパワフルで攻撃的なスタイルは観衆を熱狂させ、スポーツキャスターのバド・コリンズにこのような文章を書かせた。

彼はボールに火ぶくれをつくり、ラリーが続くといらいらして、一発で決めたがった。それは見るからに派手なスタイルだった。そして調子が乗らないときにはひどい失敗をした。しかしそのパワーと集中力が合致したときには、ホードはまるで津波のような勢いを発揮した。

試合がオープン形式になる前の時代には、メジャーのトーナメントではアマチュアしか出場することができず、彼は五年の間に、シングルズで六個、ダブルズで七個のグランドスラムのタイトルを獲得した。彼の最良の年は一九五六年で、そのとき二十二歳だったが、四つのシングルズのグランドスラムのうちの三つを獲得した。落としたのはアメリカのタイトルだけだった。一九五七年にウィンブルドンで優勝したあと、彼はプロに転向した。しかし背骨の不調に翌年から悩まされるようになり、一九六〇年代の初めにはキャリアも先細りになった。一九六四年に彼と奥さんのジェニー（彼女は一九五四年のオーストラリアのシングルズ戦で決勝まで進んだ）は、マルベラでテニスの養成所を開き、それは今でも繁盛している。ホードは一九九四年に白血病のために亡くなったが、ジェニーはまだ健在だ。

八歳のニッキーはある朝、スタンが汗を流してレッスンに励んでいるのを、サイドラインから見物していた。そして父親のプレイを批判した。スタンは「もしおまえがテニスについてそんなによく知っているなら、自分でやってみればどうだ」と言って、息子にラケットを渡した。それはリトルリーグ野球のようなものなのだろうと思って、ニッキーは何球かをコートの外に打ち返した。そこでホードがテニスのルールを説明すると、彼はすぐにパワフルなショットを打ち返せるようになった。それも正確なコースに。そのときはわからなかったが、ニッキーはそこで自分のライフワークを発見したのだ。彼はこのように語る。

ラケットでテニスボールを打つ感覚がただただ

楽しかった。そしてそれは野球に比べたら簡単だった。そのときから、僕はテニスに夢中になってしまった。そこにあるバックボードで、一日に五時間くらい練習したものだよ。

両親は僕をクラブまで車で送ってくれて、そこに置いていった。そして僕はずっとバックボードで練習していた。五時間後に彼らは僕をピックアップしに戻ってきたが、僕はそのときもまだバックボード相手にボールを打っていた。あっという間にかなり上手な選手になったと思うね。


ニッキーにはずいぶん将来性がありそうだったので、その夏が終わったとき、両親はその才能をよりしっかり伸ばすために、彼をホードの家に預けることにした。翌年の六月までマルベラの地元の学校に通っていたせいで、彼のスペイン語は急速に上達した。

デイヴィッドはアメリカに戻り、一九七〇年から一九七一年にかけてロレット・ハイツ・カレッジで学ぶことになった。それはデンヴァーにある小さなリベラル・アーツ系の大学で、兄のスティーヴが学んでいるコロラド大学のあるボールダーからほど近いところにあった。ベヴァリーは両親とパメラにロンドンで再会し、市の郊外にある教養学校（フィニッシング・スクール）に入った。全寮制の学校で、彼女はそこでコルドン・ブルーの調理法や、速記法や、洋裁や、フラワー・アレンジメントの技術などを習った。パメラは英国の片田舎にある伝統的な全寮制の女子校に送られた。

秋のあいだスタンはヨーロッパ各地を回って、現地のミュージシャンたちと演奏する傍ら、機会を見つけてはエディー・ルイスのトリオとリハーサルをおこなった。彼は十二月にそのグループと〈ル・シャ・キ・ペッシュ〉というクラブで初めて共演し、〈ダウンビート〉によれば、演奏は成功を収めた。


サキソフォン奏者は情熱と真摯さとイマジネーションを注ぎ込んで演奏した。それはLP「ゲッツ・アット・ストーリーヴィル」における、ジミー・レイニーを伴った演奏を彷彿させた……大柄で威厳に満ちた（スタンの）リリシズムは、その発露にあたって、もはや表面的可憐さを必要としないものになっている。音は実に朗々と鳴り響き、フレーズのリズミックな側面が拡張され、速いテンポはしばしば挑発的である。エディー・ルイスのトリオから、彼は極上仕立てのサポートを受け取っている……オルガン奏者についていえば、彼は類い希なオリジナリティーを、留まるところを知らない創意を、鮮やかな炎を、演奏することへの渇望を、そして揺らぐことのない音楽への愛を持ち合わせている。

スタンはパリで、自分が再びソニー・ロリンズを押さえて、〈ダウンビート〉の一九七〇年度の人気投票の首位に輝いたことを知った。そしてマイルズ・デイヴィスがその年の「ジャズマン・オブ・ザ・イヤー」に輝いた。

一九七〇年にはスタンは一枚のレコードも作らなかったが、一九七一年一月三日に、ルイスとトーマとルバと共にロンドンのスタジオに入ったときに、その空白状態は解消された。ベヴァリーは一月六日に、祖父のアルに手紙を書いたときのことを覚えている。

私は郵便ボックスのところに行って、手紙をボックスに突っ込み、階段を上って部屋に戻りました。部屋に入ると電話のベルが鳴っていました。モニカが受話器を取り、「ベニー」と言うのが聞こえました。ベニーはアルの弟です。そして私にはわかりました。モニカが彼の名前を口にした直後に私は言いました。「おじいちゃんは死んだのね？」と。彼女は頷きました。「そうよ」。心臓発作でした。とても不思議な感じだった。

スタンが帰宅したとき、モニカはそのことを告げた。スタンはそこに座り込んで、長いあいだ啜り泣いていた。翌日彼は葬儀に出るため、飛行機で単身ニューヨークに飛んだ。その何年か、アルの健康状態は悪化していた。何度か心臓発作を経験し、糖尿病のために足の一部を切断していた。彼は三度目の結婚をしていて、新しい奥さんが葬儀を取り仕切り、スタンと弟のボブを冷ややかに扱った。彼女がアルの墓石に二人の名前を彫らせなかったとき、二人は激怒した。そこには「妻と義理の息子たちによって愛された」と彫られているだけだった。スタンは八日間の服喪には加わらず、一月九日にロンドンに戻った。

ルイス・トリオと共にあと一日スタジオに入ったあと、三月の〈ロニー・スコッツ・クラブ〉でのライブの聴衆の前で、アルバムのためのトラックの大半を録音することにしようと、スタンは心を決めた。

ベヴァリーは、一月後半の週末を父親と一緒に過ごすために、学校の寮からロンドンに戻ってきた。モニカはどこかに行っていた。メイフェアにある一家の小さな、二階のフラットに入ろうとしたとき、ドアベルが壊れていることがわかった。

通りの公衆電話から父に電話をかけました。彼は言いました。「窓から鍵を投げてやるよ」と。それから十分が経ったけど、何も起こりません。もう一度電話をかけてみましたが、誰も出ません。やっとお巡りさんをつかまえて、ドアをこじ開けてもらいました。私が先に立って中に入っていきました。何かまずいことが起こっているんじゃないかと恐れたからです。それをお巡りさんに見てほしくなかった。彼はテーブルにだらんともたれかかっており、腕から注射針が垂れていました。

私は警官を中に入れまいとしましたが、彼らは中に入ってきました。そして父をなんとか助け起こしました。ありがたいことに父は意識を取り戻し、彼らは父をベッドに寝かせました。二人の若いお巡りさんたちでした。スタンは私の顔を見て、泣き出しました。それから警官たちを目にして取り乱しました。何年か前にドラッグがらみの事件で英国から追放されたことがあったからです。

警官の一人が尋ねました。「あなたの名前は?」と。「スタンリー」と彼は答えました。警官は言いました。「オーケー、スタンリーさん、私たちは引き上げます。私たちは何も見なかった」

スタンは泣きながら言いました。「もう二十年間、こんなことは一度もやらなかったんです」と。私は父の口を手で押さえて言いました。「いいから黙っていて。何も言わなくていいから」と。

警官たちは出て行きましたが、翌日戻ってきて、父がその話を誰にもしなかったことを確かめました。そんなことが公になったら、彼らはきっと職を失っていたでしょうから。

お医者に電話して来てもらいました。スタンが目を覚ましたら、これを飲ませるようにと、お医者は錠剤を二錠置いていきました。モニカが電話をかけてきました。私は父が目を覚ますのを待っているところでした。起きたらすぐその錠剤を飲ませようと思って。「なんていう名前の薬?」とモニカは尋ねました。それは睡眠薬でした。彼女は言いました。「彼に睡眠薬を飲ませてはだめよ」と。そのとおりでした。彼は既に低下状態にあったし、もし薬を飲ませていたら、死んでいたかもしれません。というのは父は過剰摂取状態を出たり入ったりしているところでしたから。

英国は常にスタンに特別な誘惑を提供してきた。そこでは、物わかりの良い医師が処方箋を書けば、ドラッグ常用者は合法的に薬物を手に入れることができたからだ。

大成功を収めた二週間にわたるメキシコ・ツアーを終えて、スタンと彼のグループは、一九七一年三月一日から始まる〈ロニー・スコッツ・クラブ〉での三週間の演奏に取りかかった。彼はフランス人の記者に語っている。自分は十三ヶ月前にこのクラブで行った実に不出来な演奏(と彼が考えるもの)の埋め合わせをしたいと真剣に思っていると。

あれはまさに災厄だった……ぼくはその前の八ヶ月、まったく演奏をしていなかった。サキソフォンを満足に口にあてることもできなかった。筋肉も衰え、唇もできていなかった。演奏するべきではなかったんだ。ぼくはその五ヶ月前から禁酒をしていて気持ちが落ち着かず、また体調を崩していた。アルコールの毒を抜くには一年は必要なんだ。なにしろ十年間にわたって、毎日二瓶は空けていたからね。ディラン・トーマスのサキソフォン版さ……グランツの「スタンドファスト」か、グランツの十二年ものか、あるいはデュワーズの「ホワイト・ラベル」か……

妻がぼくにその悪習を忘れさせてくれた。彼女がいなかったら、ぼくはとても立ち直れなかっただろう。彼女はずっとぼくのそばについていてくれたんだ。

ベニー・グリーンはその一九七〇年の演奏について、少し違った見方をしている。彼はそれをゲッツのめざましいカムバックの一部として見ていた。彼はそれについて〈ダウンビート〉に長い記事を書いた。

ゲッツはこの三年のあいだに三度、〈ロニー・スコッツ・クラブ〉に出演している。そしてその期間に彼はどうやら、ヴィクトリア時代の人々がかつて「魂の危機」と呼んでいたものを通過してきたようだ……

一九六九年にこの〈ロニー・スコッツ・クラブ〉のステージに立ったとき、ゲッツは四十二歳になっており、私が思うに、数多くのクリエイターたちが四十代半ばを迎える頃にしばしば陥った、「芸術的更年期」とも呼ぶべきものを初めて体験していた。そしてそれは聴衆をずいぶん面食らわせることになった……あのゲッツが、即興演奏における至高の達人の一人が、フォームを欠いた深い泥水の中で溺れ、必死にもがいているというのは、この十年のあいだに私が目にしたジャズの出来事の中で、最も心の痛む光景のひとつだった……

一九七〇年にここに戻ってきたとき、ゲッツは肺炎の後遺症をまだ引きずり、足を折り、二本の指が半ば麻痺して……唇の型（アンブシュール）は一時的にせよ消えてしまっていたのだが……彼の演奏自体は人々を大いにほっとさせるものだった……肉体的な葛藤は見受けられたものの、それより遥かに重要なものが、彼の演奏に新たに入り込んできたことに、疑いの余地はなかったからだ。

ロンドンのジャズ界において、これほどの見事なカムバックはかつてなかったということはさておき、一九七一年のゲッツの来訪は、ジャズは結局のところひとつの芸術形態であるという説を、間違いなく裏付けるものになった……私の意見を述べさせていただくなら、現在の彼は過去のいかなる時期の彼をも上回る演奏をしている。

ファンは世界中あらゆる場所において、三月十五日、十六日、十七日に〈ロニー・スコッツ・クラブ〉において新しいピークを迎えたスタンの演奏を、ライブ録音で聴けるという幸運を手にした。一月にスタジオで始まったセッションが、そこで完結を見たからだ。できあがったアルバムのタイトルは「ダイナスティー」だった。

「ダイナスティー」はスタンの前回の本格的ジャズ・アルバム「スウィート・レイン」で見られた、あの焼け付くような情熱とエネルギーを備えている一方で、よりリスナーに受け容れられやすいものになっている。それは更にハードにスウィングしているし、和声はしっかり今日的ではあるものの、スタンがチック・コリア相手に繰り広げた耳障りな不協和音は除かれている。

　スタンの新しいリズム・セクションは激しい集中力を示し、彼を即興の飛翔へと容赦なく駆り立てる。ギタリストのトーマはソニー・ロリンズのグループにも参加したことのあるヴェテランであり、スタンのかつての盟友ジミー・レイニーの弟子でもある。彼のソロはレイニー風の敏速な知性と、ジプシーの悲哀の音調を精妙に組み合わせたものだ。オルガンのルイスはその気になれば、他の全員の音をそっくり呑み込んでしまうこともできるが、正しい抑制を発揮し、適切な音量でコーラスからコーラスへと演奏を繰り広げる。ドラムのルバは仲間たちを力強く前に進めようと奮闘しているが、決して出過ぎることはない。

　このアルバムに収められた九つの曲はスタンに、彼の才能を余すところなく展開するための幅広いセッティングを提供している。二曲のバラード、きびきびしたボサノヴァ、二つのアップテンポのスウィングする曲、亡き父アル・ゲッツのための哀歌（エレジー）、アーシーなファンク調の曲、そして思わず踊り出したくなる二つのラテン・ナンバー。うちの七曲はルイスかトーマの作曲したものだ。

　スタンは見事に的を外すことなく、いつもながら正しい響きと、正しい和声的色調と、正しいリズム的ニュアンスを選び取り、情感の万華鏡に潑剌とした生命を賦与していく。そしておおかたの場合、そこには苦悩の色がうっすらと染みついている。二十二年前の『初秋』において彼は、若者の胸を刺すようなメランコリーを、美しく透き通るトーンで描き出した。そして苦難をくぐり抜けてきた、成熟した男の哀しみを彼が表そうとするとき、「ダイナスティー」のトーンは豊かにして逞しい。ほとんどすべての音が、熾烈さと共に送り出される。まるでその焦げつかんばかりの叫びによって、人生の苦しみをそっくり焼き払おうとするかのように。

スタンの友人であるスパイク・ミリガンも、スタンの精神のこのような側面を正確に捉えている。そしてライナーノートにこのように書いている。

> もしあなたがいやしくも感受性を具えた人であるなら、あなたは彼の演奏の中に哀しみを感じ取るはずだ。それはあるいは、この録音セッションの途中でもたらされた彼の父親の突然の訃報のためであったかもしれない。またそれに加えて、彼の持つ生来の哀しみがあり、苦悩する感覚もあっただろう。それらは感覚と知性とテクニックが三位一体をなす、終わることなき音楽の疾風、一時的中断、また滝のごとき落下によって、彼という存在から解放され、あるいはむしろ放出されていく。もしそのような優れた音楽的才能を持ち合わせていなかったら、彼は自死に向かっていたのではあるまいかと感じてしまうほどだ。「ああ、苦悩よ、そこから美は生まれる」、それこそがスタン・ゲッツの本質ではあるまいかと私は考える。ファン・ゴッホと同じように——彼は苦悩する。しかしああ、なんと素晴らしきものを彼は我々に与えてくれたことだろう。

ミリガンは知らなかったが、その時点でスタンは既に二度、自殺を図っていた。

ルウ・ホードはスタンとモニカに、ニッキーにはテニスのチャンピオンになれる資質があると告げていた。彼にはアスリートとしての優れた能力と、鋼鉄のような強い競争心が具わっていると。ホードは自分が預かっていた有望な子供が、一九七一年八月に英国の全寮制学校に送られてしまったことで、ずいぶんがっかりした。その前の一年で見事なまでの進歩を見せたというのに。そしてその新しい学校にテニスのプログラムがないことを知って、ニッキーもすっかり落ち込んでしまった。しかし彼の両親は、九歳の子供にとって、運動選手としての有望性よりは、まともな教育を受けることの方が大事だと考えていた。

一九七一年の末まで、スタンは「ダイナスティー」のグループを率いて、ヨーロッパ中をツアーして回った。クラブでの演奏もフェスティヴァルでの演奏も、切符はすべて売り切れになった。十一月に彼はミシェル・ルグランと組んで、「コミュニケーション'72」というレコードを吹き込んだ。スタンはそこにエディー・ルイスを組み込んだ。ルグランはスタンとエディーの背後に、大編成の弦楽オーケストラと、十七人編成のヴォーカル・グループ「スイングル・シンガーズ」を配した。「スイングル・シンガーズ」にはミシェルの姉であるクリスティアンヌが入っていた。ルグランの手になる十曲が演奏され、〈ニューヨーカー〉の評者が書いたように、それらは幅広い様式のパレットを反映したものだった。

そこにはすべての種類の空気と音楽がある。調子の良い熱烈なミディアム・テンポのブルーズ曲、そこでゲッツは実に十二コーラス近くを吹きまくる。バルトーク風の作品、そこで彼は困難な、ほとんど辛辣といってもいいメロディーを実にすらすらと吹く。二曲の賛美歌風バラード、その一曲の中で、彼はオーケストラ及びコーラスと、バッハの音型のやりとりをおこなう。オーケストレーションは実に精妙だが、いささかこれ見よがしなところがあるかもしれない。しかしゲッツは終始一貫して素晴らしい。叙情的にして雄弁、見事に敏捷、それらが次々に転換していき、すべてがオリジナルだ。

十二月の初めにモニカと共にパリにいたとき、ベヴァリーはモニカがうっかり出したままにしておいた、母親のベヴァリーからの手紙を目に留めた。スタンとモニカは、お母さんはどこかに消えてしまったんだとベヴァリーに告げていた。ベヴァリーはその手紙を読んだとき、ほとんど息が止まりそうになったことを覚えている。

彼女（母のベヴ）はどこかのゴシップ雑誌で、スタンが離婚をしたという記事を目にした。離婚についてはとても気の毒に思うし、子供たちのことでもし何か自分にできることがあったら、どうか連絡をしてもらいたい。彼女は子供に会えなくてとても淋しいし、子供たちのことを愛しているし、子供たちのために何かをしたいと思っている、と書いていた。

ベヴァリーはその手紙を持ってモニカのところに飛んでいった。そして言った。「これを見つけたわ。私のお母さんは生きていたのよ。どうして黙っていたの？」と。

「その手紙は私にとっても大きな驚きだったのよ、ダーリン。彼女はもう亡くなったと思い込んでいたものだから」

どうすればいいのか、ベヴァリーにもわからなかった。

なんとか彼女に手紙を書こうとしたことを覚えています。でも「ディア」という言葉のあとを続けることができませんでした。彼女のことをなんて呼べばいいのか、わからなかったから。どうしていいか、まるでわからなかった。何をどう言えばいいのか、わからなかった。その手紙を書かなかったことを私は後悔しています。心から悔やんでいます。その翌年に彼女は亡くなってしまったから。

一九七一年の末には、スタンの酒量は適度なレベルに落ち着いていた。モニカはアンタビューズの処方にも慣れてきて、スペインの労働者向け酒場や、ロンドンの録音スタジオでスタンが体験したような深刻な副作用が起こらないように気を配った。スタンは一連の軽度の副作用を味わったが、それは新しく自分に生じたアルコールに対するアレルギー体質のせいだろうと考えた。彼は一九六九年の末の危機から、肉体的にも芸術的にも回復を遂げていたので、彼とモニカは、そろそろシャドウブルックに戻る時期が来たと考えた。ニューヨークの〈レインボウ・グリル〉とのあいだで実入りの良い契約が結ばれ、それは一九七二年一月三日から開始されることになっていた。そのためには早急に移動を行わなくてはならない。

ルイスとトーマとルバのためにユニオンの許可がとれなかったことで、彼らはがっかりしてしまった。しかしまことに幸運なことに、彼らはロンドンでばったりチック・コリアに出会った。彼はたまたま一時的に仕事にあぶれていた。コリアは今自分が作曲中のいくつかの曲について熱っぽく語り、一緒に演奏したいと考えている二人ばかりのニューヨークの素晴らしいミュージシャンたちのことを語った。彼の熱っぽさはスタンの心を動かした。新曲を完成させるようにと、スタンはチックに金を渡し、十二月の後半には仲間たちを連れてシャドウブルックに来るように言った。そこでリハーサルをしようと。

ヨーロッパを離れる前に、自分が五年連続でソニー・ロリンズを破って〈ダウンビート〉人気投票の首位に輝いたことを知って、スタンは喜んだ。

ベヴァリーとパメラとニッキーは学業を続けるために英国に留まった。スタンとモニカは寒波の中に帰郷した。前回、十一年前にヨーロッパ滞在から戻ったときに遭遇した、凍てつく気候のことがふと思い出された。

## 第十六章

# アンタビューズの歳月

チック・コリアがリハーサルのためにシャドウブルックに連れてきたのは、スタンリー・クラークとアイアート・モレイラだった。クラークは二十歳になるベースの神童で、一九七〇年にホレース・シルヴァーのバンドで演奏しているとき、人々に強い衝撃を与えた。モレイラは三十歳になるブラジル人のパーカッショニストで、同じ年にマイルズ・デイヴィスのバンドで一緒に仕事をして、チックと知り合った。モレイラの奥さんである、歌手のフローラ・プリムもリハーサルにやってきて、モニカと一緒に心のこもったブラジル料理をつくり、寒さに震えるミュージシャンたちを励ました。

スタンはコリアが作った曲を気に入った。そしてまたクラークの才能に感心した。しかしモレイラにはそれほど満足できなかった。パーカッショニストとしての即興演奏には問題ないのだが、伴奏に関しては今ひとつ弱く、密度が足りなかった。スタンはバンドにトニー・ウィリアムズ――多くの人が一九六〇年代と一九七〇年代における最も傑出したドラマーと見なす人物――を加え、モレイラをグループのパーカッシブな領域を広げる役に回すことで、その問題を解決した。ウィリアムズは一九六三年に十七歳の若さでマイルズ・デイヴィスのバンドに身を投じ、一九六九年までそこに在籍し、ジャズの歴史に残る最も優れたいくつかのスモール・グループに力強さを賦与した。彼はいつもチック・コリアの才能を高く評価し、一九六八年にはチック・コリアをメンバーに加えるようにデイヴィスを説得した。ウィリアムズは一九七〇年と一九七一年に自分のグループを率いたが、まずまずの成功しか収められなかった。

クインテットの〈レインボウ・グリル〉におけるエンゲージメントは、一九七二年一月三日に、ジョアン・ジルベルトとステージを分け合う格好で始まった。ジルベルトはスタンのグループと共に演奏して歌い、また彼の同国人であるモレイラとのデュエットもおこなった。〈ニューヨーク・タイムズ〉のジョン・S・ウィルソンはその演奏にいたく感心している。

> 〈レインボウ・グリル〉で現在演奏をしているリズム・セクションは、この種のものとしては、まず類を見ないほど卓越したグループで、それはおおむねのところ、マイルズ・デイヴィス学校の卒業生たちで成り立っている……
>
> 最近のミスタ・ゲッツは、一九六〇年代初期の彼の「ボサノヴァ時代」の温かみのあるロマンティシズムと、六〇年代後半に進展させた、爆発的にダイナミックなアタックとを混ぜ合わせ、ミスタ・コリアのいくつかの曲や、ビリー・ストレイホーンの『ラッシュ・ライフ』や、いくつかのボサノヴァ曲においては、じわじわと素材を煮詰めていく集中力を見せている。
>
> ミスタ・ゲッツの経験を積んだ高度な名人芸と、刮目（かつもく）すべきリズム・セクションとの組み合わせは、比類なく洗練されたレベルのジャズを作りだしている。

そのエンゲージメントは、店のそれまでのすべての記録を塗り替えた。RCAビルの六十五階にあるグリルに行くエレベーターに乗るために、群衆はロビーに長い列を作った。その店から人々は音楽とマンハッタンの息を呑むような夜景を同時に楽しむことができた。スタンの成功はジャズ界にとっての福音となった。ジャズは当時ロック革命の猛攻を受け、周期的に巡ってくる凋落のひとつの最中にあったからだ。

クインテットは一九七二年三月三日にスタジオに入り、「キャプテン・マーヴェル」と呼ばれることになるアルバムの録音を行った。アルバムにはコリアの作曲した五曲が収録され、彼はそこでエレクトリック・ピアノのみを演奏した。それにビリー・ストレイホーンの『ラッシュ・ライフ』の短い演奏が付け加えられた。以前「スウィート・レイン」のために書いた曲とは違って、コリアの新しい曲はすべて、彼が母方から引き継いだスペインの血を反映したものだった（父親はイタリア人である）。

二分半の『ラッシュ・ライフ』を別にすれば、「キャプテン・マーヴェル」にはリスナーをリラックスさせる要素はない。タフな、まったく容赦のない音楽である。そしてその原因となっているのはスタンと、彼のドラマーである。スタンはまさに快調であり、ウィリアムズの集中力はリーダーのすべての足取りを、どこまでもぴったりと追いかけている。ウィリアムズの並外れた技法は、催眠的なパルスを維持しつつ、それを驚くべき種類のおかずで埋め尽くしていくところにある——シンバルのクラッシュ、鋭いリム・ショット、バスドラムの深い響き、轟くロール。モレイラはひょうたんやら、タンバリンやら、ベルやら、ボンゴやらを駆使して、ウィリアムズの発する集中砲火を補強し彩る、精緻なカウンターリズムを送り出し、その騒ぎに加わった。クラークとコリアは脈打ちうねる音型を、音楽的シチューに付け加えた。

コリアはまた二つばかり目覚ましいソロをとっているが、スタンは情熱を込めてマテリアルにぐいぐい食い込むことで、その上を行っている。『ラ・フィエスタ』において祝祭的な四コーラスにリスナーを引きずり込むとき、彼はまさに火のついた状態になっている。そして他の二曲で——『キャプテン・マーヴェル』と『デイ・ウェイヴズ』——彼はそれとほとんど同じピークに再び達している。「スウィート・レイン」と「キャプテン・マーヴェル」という二枚のコリアが参加したアルバムと、間に挟まれたアルバム「ダイナスティー」は、若い同僚たちからアスレチックな挑戦を受けて、迎え撃つべく立ち上がる中年男の姿を捉えている。彼は若者のエネルギーと、成熟したアーティストの技術をもってそれを行っているのだ。

「キャプテン・マーヴェル」の時期、スタンは二十年間連れ添ってきたヴァーヴ・レコードを離れ、より条件の良いコロムビア・レコードに移籍するべく交渉を行っており、その結果アルバムの発売は三年遅れることになった。また発売権も分割されてしまった。アメリカ国内市場ではコロムビアが、それ以外の海外市場ではヴァーヴが発売権を持つことになったのだ。

一九七二年六月には、スタンは誰とでも好きな相手と録音できるようになった。その月の二日にスタンは、自らの新しいレーベル〈パブロ〉を立ち上げたノーマン・グランツと共に、一回限りの録音を行った。グランツは昔と同じく、お馴染みのＪＡＴＰのセッティングにゲッツを配した。そうして出来上がったアルバム「ジャズ・アット・ザ・サンタモニカ・シビック」は、スタンが旧知の人々と幸福そうにジャムっている様子が収められている。ロイ・エルドリッジ、エラ・フィッツジェラルド、カウント・ベイシー、トランペットのハリー・「スウィーツ」・エディソン、トロンボーンのアル・グレイ、サキソフォンのエディー・「ロックジョー」・デイヴィス。そしてそのバックには申し分のないリズム・セクションが配されていた。ベースにレイ・ブラウン、ギターにフレディー・グリーン、ドラムにエド・シグペンだ。スタンは憂愁に満ちた『ブルー・アンド・センチメンタル』と、エラとカウントと共演したむせび泣くようなヴァージョンの『Ｃジャム・ブルーズ』において、傑出した演奏を見せている。

スタンは自分の新しいクインテットを束縛することはしなかったので、六月の末にコリアとクラークとモレイラは、自分たちのグループを作りたいのだと切り出した。彼らはフローラ・プリムをヴォーカルに、ジョー・ファレルをサキソフォン奏者に迎え、「リターン・トゥー・フォーエヴァー」を立ち上げた。そしてそれは一九七〇年代において最も成功したジャズ・グループのひとつになった。ウィリアムズはもう一度自分のグループを持ちたいと言って、やはり離れていった。

スタンはクラークとモレイラに頼んで、七月一日のニューポート／ニューヨーク・ジャズ祭のコンサートまでは残ってもらった。そしてその日のクインテット編成のために、ハンク・ジョーンズとゲイリー・バートンに出演を依頼した。二日後のフェスティヴァルでスタンは、ズート・シムズとアル・コーンとフリップ・フィリップスとレッド・ノーヴォとチャビー・ジャクソンと共に、ウディー・ハーマン楽団のゲストとして演奏した。スタン、アル、ズートはウディー・ハーマン楽団のバリトン奏者と組んで、『フォア・ブラザーズ』を楽々とやってのけ、スタンは一人で『初秋』を吹いた。それからかつてのメンバーたちも参加して、全員で速いテンポのハッピーなブルーズを、フィナーレに合奏した。ブラザーズの中でアルとズートは、ネクタイとしわのよったビジネス・スーツを着用していたが、スタンは目映い白のコスチュームに身を包み、その胸にはコミック・ブックのヒーロー「キャプテン・マーヴェル」の字が縫い付けてあった。

一九七二年の残りを、スタンはカルテット編成で活発にツアーをしてまわった。メンバーはマイルズ・デイヴィスのグループで演奏していた優れたベーシストのデイブ・ホランド、ドラムのジェフ・ウィリアムズ、ピアノのリッチー・バイラークだった。

十二月にソニー・ロリンズは、〈ダウンビート〉の人気投票で五年連続して続いたスタンの首位の座を奪い取った。スタンの一九七一年の勝利は二十二年間で十七回目のことで、それが結局最後になった。その後の二十年間に、スタンは二位を十回、三位を七回とり、ソニー・ロリンズが十二回、デクスター・ゴードンが五回、マイケル・ブレッカーが三回首位に輝いた。ロリンズはスタンより二歳半年下で、その芸術性は人生の後半になって成熟した。スタンと同世代のジャズ・ミュージシャンで、キャリアにおいて、スタンがたどり着いたような高みに到達できたものはほんの僅かしかいないが、彼はその一人だった。

十二月十日に、ビッグ・ベヴ（母親の方のベヴァリー）が脳出血のために、カリフォルニア州テハチャピの自宅で亡くなった。四十五歳だった。六年連れ添った夫のデイヴィッド・ベドナーはカイロプラクター（脊柱指圧師）で、サンバーナディノのローマ・カトリック教会の墓地に彼女を葬った。墓碑には「ベヴァリー・バーン・ベドナー。我々の心に永遠に残る」と彫られた。何年かの荒れた生活（そこには窃盗の罪で服役した年月も含まれている）を送ったあと、一九六〇年代の初めに、ビッグ・ベヴはようやく麻薬中毒を克服することができた。一九六五年にサンタ・モニカのナイトクラブで歌っているときに、彼女はベドナーと知り合った。彼と共に、ロサンジエルスの北百マイルの山間にあるテハチャピの町に引っ越したとき、彼女はプロとして歌うことをやめ、夫のオフィスの事務を担当した。ベドナーは回想する。

> みんなが彼女を愛した。患者はみんな彼女のことが好きだった。私が前妻との間にもうけた子供たちも彼女を愛した。彼女はとてもきびきびと動く可愛い女性で、いつも歌を歌っていた。他人に尽くす人だったが、ちょっとしたことで傷ついて、引っ込みがちになった。
>
> 　妻はいつまでもスタンに愛情を抱いていたし、彼のことを決して悪く言わなかった。彼は彼女をまっとうに扱わなかったが、ひどく叩くようなことはなかった。話によれば、二度目の奥さんに対してはずいぶん暴力を振るったみたいだがね。

　子供たちを失ったのは、彼女の人生において何よりこたえることだった。ドラッグの問題を克服したあと、子供たちを取り戻すために必要な感情的、経済的余裕を、彼女は持ち合わせなかった。

　ビッグ・ベヴはマントルピースの上に、アルバム・カバーから切り取ったゲッツ一家の写真をフレームに入れて飾っていた。スタンとモニカと子供たちの写真だ。ベドナー医師が一年以上後に手紙を書いて知らせるまで、ゲッツ一家は彼女が死んだことを知らなかった。

　スタンは一九七三年一月に再び三週間〈レインボウ・グリル〉に戻った。メンバーはホランド、ジェフ・ウィリアムズ、バイラーク、そこに歌手のイヴォンヌ・エリマンが加わった。彼女はブロードウェイのヒット・ミュージカル『ジーザス・クライスト・スーパースター』のメアリ・マグダレン（マグダラのマリア）役で華々しく売り出した新人の歌手だった。エリマンをスタンに紹介したのは娘のベヴァリーだったが、彼女は暗く喉にこもった声で、堂々とひるむことなく歌った。スタンの伴奏は彼女の歌唱を助け、そこにくっきりと形を与えた。彼女は『ジーザス・クライスト・スーパースター』の中で彼女が歌ってヒットした『私はイエスがわからない（I Don't Know How to Love Him）』をいつも最後に歌った。エンゲージメントは商業的には成功したものの、エリマンのポップ・スタイルの歌唱と、それとは対照的なカルテットの妥協のない、洗練されたジャズ演奏をどうやって結びつければいいのか、聴衆の多くはずいぶん首をひねらされることになった。

〈レインボウ・グリル〉のエンゲージメントの最後の週に、ジャック・ディジョネットがジェフ・ウィリアムズに代わってドラマーの位置に着いた。そしてカルテットのメンバーはそれから一九七三年九月まで、八ヶ月にわたって変わることはなかった。ディジョネットはホランドと同じく、マイルズ・デイヴィスのグループの出身で、創造的なパーカッショニストであると同時に、盛んに作曲も行った。ほどなくカルテットのレパートリーはその大半を、ディジョネットやホランドやバイラークの作った曲で占められるようになった。バイラークはジュリアードで教育を受けたミュージシャンで、独特の濃密な和声スタイルを持っていた。バイラークは九月にカルテットを離れ、そのあとをアルバート・デイリーが引き継いだ。デイリーはよりメインストリーム寄りで、驚異的なテクニックと、ロマンティックな感受性と、ビバップのルーツを具え持ったピアニストだ。

スタンはそのキャリアの中で頻繁にピアニストを取り替えている。カルテット編成において彼は、ベースとドラムはリズムの土台作りに専念することを求めたし、彼らがソロをとることは希だった。ピアニストがより重要な役割を担った。ピアニストは欠かすことのできないハーモニーと色づけを提供し、スタンに負けないソロをとらなくてはならない。スタンはピアニストが自分に挑戦し、リフレッシュしてくれることを求めた。スタンがしょっちゅうピアニストを取り替えたのは、彼らが自分のインスピレーションを新たなものにしてくれることを求めたからだ。ピアニストたちはスタンのグループに迎えられたとき、そこにある基本原則（グラウンドルール）をよく承知していた。だから自分が他のピアニストと取り替えられたときも、さして苦い思いはせずに済んだ。デイリー、コリア、ルー・レヴィーなど、後日改めてスタンに雇用されたピアニストもいる。

一九七三年はスタンにとっていささか後味の悪い形で終わった。クリスマスの休暇でバハマにいるとき、背中の下部に椎間板ヘルニアを患ったのだ。ほとんど動くことができず、床で寝ることを余儀なくされた。モニカは彼を車椅子に乗せ、オハイオに直行する飛行機便に二人で搭乗した。そして彼はクリーヴランド・クリニックで手術を受けた。麻酔医が間違えた薬物を身体に投与したために、スタンの顔から血の気が失せた一瞬を別にすれば、手術は成功裏に終了した。痛み止めのために投与されたモルヒネから、スタンは注意深く引き離されなくてはならなかった。

一九七四年六月に二年間にわたる交渉の末に、スタンはコロムビア・レコードに移ることになった。彼は移籍を歓迎した。その条件はそれまで在籍したヴァーヴ・レコードより遥かに有利なものだったし、LPのパッケージングについても比較的自由に意見を言えるようになったし、要求される録音セッションの数も少なくなったからだ。仕事量が減るのは、スタンにとってありがたいことだった。というのは、「ゲッツ／ジルベルト」を始めとするポピュラーなボサノヴァ音楽を別にすれば、レコードから入ってくる収入は知れたものだったからだ。収入の大部分は聴衆を前にした生演奏からもたらされた。

彼は意気込んでコロムビアに移籍したのだが、その会社の官僚的な能率の悪さや、彼の本領であるストレートなジャズからは離れたところにある、つまらない仕掛けをほどこしたレコーディングを好む体質までは予測していなかった。モニカは回想する。


コロムビアと交渉するのはおそろしく手間がかかりました。話が通じるのはブルース・ランドヴァル一人だけで、スタンが何をしようとしているか、彼らはほとんど理解していませんでした。何をするにもひどく時間がかかりました。しかしそれがわかったときには、私たちは既にコロムビアとの関係に深くはまり込んでしまっていました。

スタンとコロムビアとの契約によれば、彼は他のレーベルからアルバムを出してもいいことになっていた。そして彼はツアーをしているあいだに、フリーランスの仕事としていくつかの優れたレコードを制作した。モニカはできるだけ彼のロードに同行し、一緒にいるときにはアンタビューズを飲ませ続けた。シャドウブルックで自分が留守をするときにはおおむね、秘密を守ることを誓わせた使用人にその役を任せていた。

一九七二年にアメリカに帰ってからしばらく、アンタビューズが体内にあるときには、酒を飲むと定期的に気分が悪くなった。彼の経験する副作用は普通の場合、厄介だが短いものだった。顔と胸が赤らみ、脈拍が急激に速まり、よく嘔吐した。惨めな、弱々しい気分になった。一時間ほど休息をとり、冷たい水をグラスに何杯か飲むと、少し気分が良くなった。それから一時間ほどで、また起き上がって動けるようになった。しかしときどき何かがまずい方向に流れ、食べたり眠ったりすることがほとんどできず、あるいは酒を大量に飲んだりすると、アンタビューズが引き出す毒が、彼の身体をほとんどばらばらに引き裂きそうになった。かつてスペインの労働者向きの酒場で引き起こされた症状と同じだ。

合衆国における最初のこのような激しい副作用は、一九七四年七月三日に、〈ニューポート／ニューヨーク・ジャズ・フェスティヴァル〉の、アメリカン・ソングを賞賛するコンサートで、ジョニー・マチスとメイベル・マーサーの伴奏をしている夜に起こった。酒を口にしたあと、彼は吐き気に襲われ、体調不良で演奏をキャンセルした。それからシャドウブルックに戻り、ひどく苦しんだ。

激しく身体を震わせ、吐こうとしたが、うまく吐けなかった。スタンはモニカと、フィンランド人の使用人に世話をされた。フィンランド人はスタンに、喉の奥に指を突っ込めばうまく吐けると教えた。彼の症状は徐々におさまっていった。

その夜はぐっすりと眠り、翌日の夕方までには十分に回復していた。そして盛り上がりに欠けたそのフェスティヴァルのコンサートに、大いに活気を与えることができた。〈ニューヨーク・タイムズ〉のジョン・S・ウィルソンはこのように報告している。

食中毒による発作が彼の出演（ジョニー・マチスとメイベル・マーサーの伴奏だ）を妨げ、ジャズとソング・プログラムに大きな穴を空けた。しかしながら、木曜日の夜までには彼は回復し、自らのカルテットを率いてエイヴリー・フィッシャー・ホールのステージに立ち、プログラムに参加することができた。プログラムにはジェリー・マリガン・クインテットと、ビル・エヴァンズ・トリオも含まれていた。彼が回復したのはまことに慶賀すべきことだった……というのは、その催しに何らかの活気をもたらしたのは、ミスタ・ゲッツのグループだけだったからだ……

　ミスタ・ゲッツがステージに現れたときには、ありきたりの演目の単調さが舞台にじわじわ腰を据えつつあった。しかし彼のテナー・サキソフォンが奏でる、力あるいくつかの音符がミディアムテンポのブルーズに食い込んだとき、ごく控えめに言って、そこに溜まっていた無気力な空気のいくらかがきれいに吹き飛ばされた。ミスタ・ゲッツは劇場（シアター）というものについて——自分の演奏のみならず、自分の含まれているプログラムの演劇的枠組みや、その展開について——きわめて優れたセンスを持ち合わせている。そして彼はその感覚を用いて、その夜の残りの部分を大いに盛り上げたのだ。

　そのような営為を果たすにあたって、彼はグループのピアニスト、アルバート・デイリーから大いなる支援を受けた。『ラヴァー・マン』におけるミスタ・ゲッツのソフトに誘いかける、いかにも軽やかなソロを受けて、彼は電流が走るようなきりりとした一連の素速いパッセージを用いて（それはミスタ・エヴァンズが既に手放してしまったものだ）、見事な無伴奏のソロを築き上げた。

　一九七四年に、スタンは他にも二度、深刻なアンタビューズの副作用を体験した。一度はサンフランシスコで。それはモニカが焼いたペイストリーを食べたせいではないかと、後日スタンは疑った。箱に入ったそのペイストリーは、歌手のジョン・ヘンドリックスが託されて運んできたものだった。そしてもう一度はローマで。

　ベヴァリーは一九七四年六月にショービジネスの世界に入った。ヘンドリックスの娘のミシェルと、バディー・リッチの娘のキャシーと一緒に〈ヘンドリックス・ゲッツ・リッチ〉というヴォーカル・グループを結成したのだ。そのグループはバディー・リッチのバンドと一緒にツアーをした。三人の若い娘はそのバンドと断続的に四年間活動した。ベヴァリーはそのときのことについて語る。

私は音楽が大好きだったし、その世界に惹かれました。しかしスタン・ゲッツの娘であるというのは、すごいプレッシャーがかかることでした。それはあくまで楽しみでやっていたことで、ぜんぜん真剣なものではありませんでした。私たちはあんまりうまくなかったけど、それでもヨーロッパ中をツアーして回りました。父と一緒にカーネギー・ホールで共演し、〈ジョニー・カーソン・ショー〉にも出演しました。

最終的にはグループは解散しました。そして私は結局、バディー・リッチ楽団のロード・マネージャーのアシスタントになったのです。

スティーヴ・ゲッツもまたドラマー兼リーダーとして、ジャズ・ロック・グループを率いて職業的音楽家になり、主にコロラド近辺で演奏活動を行った。高校時代の恋人と一九六九年に結婚し、一九七〇年にクリストファーという男の子をもうけた。しかし一九七四年の夏にはその結婚は破綻し、離婚の手続きをした。そしてその春になんとか単位を取得し、政治学の学位を受けてコロラド大学を卒業した。

スティーヴの弟のデイヴィッドは、四年のあいだに三つの大学を転々とし、結局卒業はできず、一九七四年には立ち往生してしまった。彼は前からスウェーデンが性に合うと思っていて、一九七四年五月にそこに移住し、五年にわたって工場で働いたり、病院の用務員をしたりして過ごした。

ゲッツの一番年下の息子のニッキーは、一九七四年六月に三年間にわたる英国での寄宿学校――そこでは思うようにテニスができなかった――での生活を終え、アメリカに落ち着くことにした。そしてシャドウブルックの近郊にある〈ハックリー・スクール〉に、通学生（寮に入らず自宅から通う学生）として入学した。そして集中してテニスに打ち込み、あっという間に学校のテニス・チームのスターになった。ほどなく彼の両親はシャドウブルックの敷地にテニスコートを作り、ニッキーはそこで技術に磨きをかけ、他の家族はゲームを楽しんだ。

　ニッキーの姉のパメラは一九七二年の夏の間、英国の寄宿学校から戻ってきて、シャドウブルックから数マイルのところにある〈マスターズ・スクール〉に、やはり通学生として通うことになった。

　一九七四年八月十六日にベルギーのアントワープで、スタンとビル・エヴァンズ・トリオはコンサートで共演したが、その録音は不明瞭な経緯を辿り、「バット・ビューティフル」というタイトルで、〈ジャズ・ドア〉という名もないレーベルから十八年後に発売された。スタンもエヴァンズも、前回一九六四年五月に共演したときよりは——二人ともその出来には不満足で、なんとかそのアルバムが発売されないように努めた——遥かにましな演奏をしている。

　エヴァンズは一九六四年のセッションでは、慣れない伴奏者（リチャード・デイヴィス、あるいはロン・カーターのベース、エルヴィン・ジョーンズのドラム）と共演させられて気後れしてしまったのだが、一九七四年のセッションでは、ベースのエディー・ゴメス、ドラムのマーティー・モレルというレギュラー・メンバーが一緒だったので、とてもリラックスして演奏できたようだ。スタンはゴメスとモレルと直感的に融け合い、エヴァンズの古典的なリリシズムには深い共感を抱いた。ジャズの歴史において、メランコリーを表現することに関して、ゲッツとエヴァンズの右に出るものはまずいない。そして彼らは決して聴くものを失望させなかった。『ピーコック』や『エミリー』や『ラヴァー・マン』において、彼らは美しくぞくぞくするような哀しみの音節を紡ぎ出す。また『ファンカレロ』のような陽気なアップテンポの曲では、共にハッピーにスウィングできることを二人は示している。

　一九七四年十月にホランドとディジョネットは自分たちのグループを結成するために、スタンのもとを離れた。スタンはドラムのビリー・ハートと、ベースのジョージ・ムラーツを代わりに入れた。ハートは精妙で繊細なパーカッショニストであり、サラ・ヴォーンやハービー・ハンコックやスタンリー・タレンタインやウェス・モンゴメリーのグループで演奏しており、スタンとの間にすぐに親密な関係を築くことができた。彼はスタンの元に四年間在籍することになった。ムラーツは一九四四年にチェコスロヴァキアに生まれ、一九六〇年代の終わり頃にアメリカにやってきて、ディジー・ガレスピーやオスカー・ピーターソンやエラ・フィッツジェラルドやサド・ジョーンズ＝メル・ルイス・ビッグバンドなどで仕事をした。精緻な和声感覚を持っており、そのソロは豊かにメロディックだった。彼は一九七五年までスタンのバンドで演奏し、その後も何度かバンドに復帰した。

一九七五年五月二十一日にスタンはコロムビアでの最初の吹き込みを行った。その会社と契約を結んでから既に一年近くが過ぎていた。それは三十九ヶ月ぶりのスタジオ録音でもあり、彼のキャリアにおいては最大の中断だった。アルバムは「ザ・ベスト・オブ・ツー・ワールズ」というタイトルで、スタンとジョアン・ジルベルトを再会させたものだった。アレンジメントはオスカー・ネヴェスで、彼はまたギターも受け持った。他のバックアップ・ミュージシャンはアイアート・モレイラとアルバート・デイリーとビリー・ハートとスティーヴ・スワロウだった。

前回の彼のスタジオ録音「キャプテン・マーヴェル」の熱っぽい興奮のあとでは、新しいアルバムは期待外れのものだった。ほとんどのトラックはジルベルトと、彼の同国人であるエロイザ・ブアルキ・ジ・オランダに仕切られていたので、スタンの出番はほとんどなかった。エロイザの力強い声は、ジルベルトのより静かな声と鋭い対象をなしていた。スタンのまとまったソロが聴けるのは『リジア』一曲だけである。あとはただオブリガートをつけたり、繋ぎ部分を吹いたりして、歌手たちをサポートするくらいしかやることがなかった。

一九七五年七月の、その次のコロムビアのスタジオにおけるセッションでは、ますます出番がなかった。彼は傑出した同僚であるリー・コニッツやアル・コーンと共にボビー・スコットのオーケストラに参加し、今ではもう忘れられてしまった日本人歌手、笠井紀美子の伴奏を務めた。このアルバムには「ジス・イズ・マイ・ラブ」というタイトルがつけられた。

彼が次にスタジオを訪問したのは十月で、それは遥かに生産的な作業になった。そこで生まれたのは、スタンのウディー・ハーマン（セカンド・ハード）

在籍中の同僚であるジミー・ロウルズをいくつかのセッティングでフィーチャーした、「ピーコックス」というアルバムだった。その後、彼の当時活動中のリズム・セクション（アルバート・デイリーのピアノ、ビリー・ハートのドラム、クリント・ヒューストンのベース）を用いた「ザ・マスター」という力強いセッションがあった。

　七月初旬のある夜、〈ニューポート／ニューヨーク・ジャズ・フェスティヴァル〉で演奏した後、スタンとズート・シムズはグリニッジ・ヴィレッジにあるジャズ・クラブ〈ブラッドリーズ〉に立ち寄り、そこのレジデント・デュオであるジミー・ロウルズとジョージ・ムラーツと共に、夜明け近くまでジャム・セッションをおこなった。ロウルズは語る。

　スタンとズートがそこにやってきて、二人はまるで嵐のように吹きまくった。実際、ホイットニー・バリエットが〈ニューヨーカー〉にこう書いたくらいだ。フェスティヴァル全体でいちばん素晴らしかったのは、その夜の〈ブラッドリーズ〉におけるズートとスタンだったってね。彼らは実に乗りに乗っていたね。

スタンはすっかりそれが気に入って、その場でロウルズに「君と一緒にアルバムを作りたい」と言った。そのすぐあと、ある日の午後にシャドウブルックで二人は、どんなアルバムを作るかプランを練り、いくつかの変化のあるフォーマットを決めた。

　アルバム「ピーコックス」は、ロウルズのいろんな側面にスポットライトを当てている。彼は作曲家であり、歌手でありピアノのソロイストであり、スタンとデュエットをし、スタンと、ドラムのエルヴィン・ジョーンズ、ベースのバスター・ウィリアムズからなるカルテットで演奏し、また同じカルテットのバックに四人の歌手をつけたりもする。それらすべての役柄（ロールズ）でロウルズは輝いている（駄洒落ではなく）。彼とスタンは感動的で、実に心温まる音楽的体験をそこに作り出している。

　何人ものピアニストがスタンに挑戦してきた。コリア、バイラーク、デイリー。しかしロウルズはスタンにすんなり溶け込んで、二つの絡み合ったヴォイスを持つ単一の魂となった。ロウルズはその経歴の多くの部分を、偉大なジャズやポップスの歌手——ビリー・ホリデー、エラ・フィッツジェラルド、サラ・ヴォーン、カーメン・マックレー、ペギー・リーなど——のお気に入りの伴奏者として過ごしてきた。そして彼はスタンのメロディックなパッセージを、彼がこれまで歌手たちに対してそうしてきたように、より豊かに肉付けした。スタンはそのお返しに、ロウルズの表情豊かなハスキー・ヴォーカルに美しいオブリガートをつけた。二人の男たちは時に応じて、憂愁に沈んだり、ユーモラスになったり、物思いに耽ったり、悲しみを湛えたりした。『スカイラーク』やロウルズの作曲した『ピーコックス』『ジ・アワー・オブ・パーティング』における二人のデュエットは、ロマンティックな感情の純粋な発露となっている。そしてそこにジョーンズとウィリアムズが加わると、二人は気軽で愉悦に満ちたスウィングへと導かれていった。

　ロウルズとのセッションのすぐ後、ある日の午後にジョン・ヘンドリックスがシャドウブルックにふらりと立ち寄った。そしてスタンは彼にそのテープを聴かせた。ヘンドリックスはインスピレーションを得て、カルテットの曲のひとつ、アップテンポの『チェス・プレイヤーズ』にその場で歌詞をつけた。スタンのソロにそのまま言葉をつけたのだ。スタンはそれを気に入り、数日後にヘンドリックスと、彼の奥さんのジュディーと、娘のミシェルと、ベヴァリー・ゲッツをスタジオに招き、ヴォーカルをオーバーダブした。四人は曲に合わせて歌い、ヘンドリックスだけがスタンのソロを追った。曲がりくねったサキソフォンの即興演奏のニュアンスを彼は上手に捉え、見事な手腕を見せつける。

　一九七五年十月の、スタンにとっての二度目のスタジオ入りは、「ザ・マスター」のセッションだった。当日の彼はリラックスしてパワフルで、リチャード・パーマーが「優しさと、逞しさと、メロディックな創造性と、ストラクチャーに対する透徹した直観、そしてリズミックな名人芸の、息を呑むような統合」と呼んだところのものを展開した。デイリーのインスピレーションは終始、スタンのそれにほとんど匹敵するばかりであり、ピアニストは『ラヴァー・マン』において頂点に達する。曲の最後にある伴奏なしのソロから、彼は瞑想に耽るような滋味豊かなミニ協奏曲を作り上げていく。
コロムビアは、スタンの純粋なジャズ・アルバムはマーケットに受け入れられにくいと考えており、その種のアルバムを多く発売することに乗り気ではなかった。そしてそのレコードは一九八三年まで、八年間にわたってお蔵入りになっていた。彼らは、よりコマーシャルなボサノヴァ音楽のリリースを優先させ、一九六四年に吹き込まれたスタンのメインストリーム・ジャズのLP「ノーバディー・エルス・バット・ミー」を、一九九四年まで三十年にわたって倉庫に入れっぱなしにしていたヴァーヴ・レコードと同じ道を辿ったわけだ。
アルバート・デイリーは「ザ・マスター」の録音中から既に、バンドを離れたいという意思をスタンに伝えていた。その後釜に誰を据えるか、スタンには心づもりがあった。ジョアン・ブラッキーンだ。彼女は素晴らしくパワフルなピアニストで、サキソフォンの名手ジョー・ヘンダーソンのバンドで三年間演奏をしていた。スタンから電話がかかってきたとき、彼女はまだヘンダーソンのバンドで仕事をしていた。彼女は語る。

その話があったとき、私たちはシカゴの〈ラッツォズ〉で仕事をしていた。私はスタンに言ったの。「ジョーに対する責務があるから」って。でも巡り合わせっていうか、スタンが私の加入を求めていたツアーは、その同じクラブが出発点になっていた。更におかしな巡り合わせは、ジョーが後に予定していた仕事がぽしゃっちゃったってことね。というわけで、私はスタンと仕事をすることになった。

一九七五年十月三十一日に〈ヴィレッジ・ゲート〉で、ブラッキーンはスタンのバンドに合流した。彼女はビリー・ハートとクリント・ヒューストンとの相性も良く、その証拠に一九七七年の自身の録音でも、彼女は二人を登用している。彼女とスタンとの職業的な関係は、健康的な創造的テンションによって特徴付けられている。そのカルテットについて、彼女は次のように記者に語っている。

今では私は彼らと共に演奏している。そしてすべてを一度に聴くというのがどういうことか、わかってきた。私はクリントを聴かないし、スタンを聴かないし、コードも聴かない。すべては一体になっているの……

レコードとか、他のあれこれで、私がスタンと一緒にやっていることはみんなストラクチャーを持っている。そこには決まった数の小節がある。スタンと演奏するときにはまた、和声のストラクチャーにしがみついていなくちゃならない。私自身はストラクチャーがあまりしっかりしていない方が好きね。私の次のアルバムはもっとフリーなものになるでしょうね……私は音楽をできるだけぶっ飛んだものにしたい。しかしそれと同時に、彼のサウンドを素敵なものにしようともしている。彼の感覚とイントネーションは、それはもう信じがたいものよ。

スタンはブラッキーンの演奏にインスピレーションを見いだしているし、彼女が自由に演奏することを嬉しく思っている。彼は記者に語っている。

ぼくはサイドマンたちに、常に自由に動ける余地を与えてきた。もしそこに才能があるなら、それはみんなに聴いてもらわなくてはならない。ぼくはサイドマンたちに自分を見つけてもらいたいんだ。それはグループ全体に益をもたらすからね。自分がサイドマンであった時代のことを、ぼくは忘れるわけにはいかない……彼女（ジョアン）は行く先ごとに信奉者を増やしている。ファンは彼女に夢中になるし、ぼくもまた彼女に夢中になっている。

スタンは一九七六年にはコロムビアで一度も吹き込みを行わなかった。スタジオ入りしたのは一度きりで、五月に〈インナー・シティー〉レーベルのためのセッションで、スモール・バンドに入って力強い演奏を行った。女優、シビル・シェパードの心地よい、しかしそれほど傑出しているとは言えないヴォーカルのバックを務めたのだ。そのアルバムは「マッド・アバウト・ザ・ボーイ」というタイトルをつけられている。

カルテットは夏のあいだヨーロッパをツアーして

回った。彼らが出発する前に、モニカはジョアン・ブラッキーンに、旅行中にスタンにこっそりアンタビューズを飲ませてもらいたいと頼んだ。彼女はそれをきっぱり断った。それはスタンの人権を侵害することになるからと言って。

七月の二週間にわたる〈ロニー・スコッツ・クラブ〉でのエンゲージメントの真ん中あたりで、英国の法律の許す範囲内で、スタンはヘロインの合法的処方箋を手に入れた。彼はすぐに過剰摂取に陥り、ギグの二週目をまっとうすることができない状態になった。スコットは別のバンドを入れようとしたが、スタンはブラッキーンとハートとヒューストンのトリオでそのままステージを続けさせるように、彼を説得した。ブラッキーンはその機会をうまく捉え、エキサイティングな演奏を繰り広げ、批評家やファンを強く印象づけることで、キャリアを大きく発展させることができた。

ヨーロッパから戻ってきて数週間後、カルテットは九月の南米ツアーに出発した。二十三日間に十八回のコンサートをこなすという、実に慌ただしい日程だった。旅行にはスティーヴが同行し、プロとして初めて父親と共演した。彼はその前の六年間をほとんど両親から離れて、カリフォルニアとコロラドで過ごしており、スタンと共に演奏できることを、そして三週間以上ずっと父と一緒に過ごせることを、心から喜んでいた。しかし父親にこっそりとアンタビューズを飲ませるようにとモニカに説得されたとき、気持ちが動揺した。

> そのとき、アンタビューズがどういうものなのか、僕にはわからなかった。でも僕はツアーに同行するのだから、彼にその薬を与えるのはとても大事なことなのだとモニカは言った。父にアンタビューズを飲ませたのは二回か、せいぜい三回くらいだった。良心にいろいろ照らし合わせた末に、そんなことをするのはやめようと思った。まっとうな行いだとは思えなかったから……
>
> アンタビューズが作用すると、父は気分が悪くなった。赤カブのような顔色になり、蕁麻疹が出て、動悸がすごく激しくなった。

ビリー・ハートと交代でドラムやら、コンガのセットを叩くことによって、スティーヴは経験を積み、音楽を集中的に学ぶことができた。「僕はビリーのそばについていることによって、その三週のあいだに音楽について、他の場所でなら三年はかかっただろうことを学べた」と彼は後年語っている。

スタンも、スティーヴがそばにいてくれることを嬉しく思った。しかし彼は自分の長男が、移動に明け暮れるミュージシャンの生活に入ることを望まなかった。その心情は一九七六年九月十九日に、彼がブラジルのサンパウロからモニカにあてて書いた手紙ににじみ出ている。

我が最愛のレディーに

とくに伝えるべきことはない。僕がこの手紙を書いているのは、君の近くにいたいと思うからだ……

スティーヴは二度具合が悪くなった。この生活はとても厳しいと感じているようだ。ぼくは何があっても彼にわかってもらいたいのだ。このような根なし草的な生活は、生活とも呼べないものなのだということを。成功した生活というのは平穏と規則正しさであり、そういう生活はそれ自体が芸術なのだということを。

君がぼくのために何かプレゼントを買っているという噂を耳にした。囲われものとして言わせてもらえれば、それはもっと金持ちの恋人にぼくを盗られないようにするには、有効なことだと思う……

愛している。君はぼくのヴァレンタインになってくれるだろうか?

スタン

南米のツアーから戻ってすぐ、カルテットは米国内を回る多忙なスケジュールに突入した。予定が空いている夜は十一月二十日だけだった。その夜、スタンはカーネギー・ホールでウディー・ハーマンのバンドと、何人かの傑出したかつての楽団員たちと共に演奏することになっていたのだ。それはウディーがリーダーとなって四十周年を迎えるのを祝う催しだった。

そのときベヴァリー・ゲッツはバディー・リッチのバンドで働いていたのだが、そのコンサートを聴き逃すわけにはいかないと、バディーが決心したことを彼女は覚えている。

　彼はそのコンサートに私たちが行けるように、四、五千ドルのペナルティーを支払って仕事をキャンセルしました。彼と奥さんと娘と、そして私は、バスに乗って家に帰り、コンサートに行けたんです。それはとても素晴らしいことだった。バディーはそんな風にとても広い心を持った人でした。

　コンサートはとても愉快な、心温まる催しになった。そして幸運なことに、その模様はＲＣＡによって録音された。スタンはジミー・ジュフリー、アル・コーン、ズート・シムズと共に『フォア・ブラザーズ』を、ラルフ・バーンズと共に『初秋』を、ジミー・ロウルズと共に『カズンズ』を、ドン・ラモンドと一九七六年のハーマン楽団と共に『ブルー・サージ』と『ブルー・ゲッツ・ブルー（スタンズ・ブルーズ）』を演奏した。スタンは終始素晴らしかったが、『スタンズ・ブルーズ』において個人的最高点をマークした。伴奏なしのホットなツー・コーラスを吹いたあとで、今でもまだビッグバンドのイディオムを自在に駆使できることを示すべく、アンサンブルの部分ではグループを熱く駆り立て、ソロにおいてはその音像を切り裂くように絶妙の飛翔をおこなった。

　一九七六年のクリスマス・ホリデーの間に、スタンはかつての悪習に立ち返った。シャドウブルックの夕食の席で泥酔したのだ。そこにはモニカとパメラとベヴァリーとミシェル・ヘンドリックスとオスカー・ネヴェス（一九七五年のスタンのアルバム「ザ・ベスト・オブ・ツー・ワールズ」で共演したブラジル人のギタリストだ）も同席していた。パメラはそのとき高校の最上級生だったが、騒ぎの発端はベヴァリーが飼っていた犬の「ホィペット」が、廊下のテレビのアンテナを囓りながら耳ざわりな音を立てていたことだと記憶している。

　父は立ち上がり、廊下に出て行って、犬を蹴りつけました。犬はくんくん情けない声を出していました……私は二階に上がって、ベッドに座ってしくしく泣いていました。そのたぶん一分くらいあとに、廊下に足音が聞こえました。大きな足音です。父が私を追いかけてきたのだとわかりました。

父は部屋に入ってくるとこう言い出しました。「このビッチ、ああしろこうしろなんて、おれに向かって偉そうに言うんじゃない」、そして私を平手打ちし、殴り始めました。私はベッドに倒れ、両足を上げて身を守りました。だって彼は私をぶち続けていたから……

それからオスカーがやってきて、父を私から引き離してくれました。そのあと母がやってきて言いました。「お父さんのことを怒ってはだめよ。こうなるのはお酒が入ったときだけなんだから。自分が何をしているのかわかってないのよ」。私はただこう言いました。「このことは絶対に許さないから」と。

一九七七年一月下旬にスタンは〈モンマルトル〉で一連の演奏をするために、コペンハーゲンを訪れた。モニカとブラッキーンとハートと、新しく入ったベースのマイク・リッチモンドが一緒だった。その演奏の一部はスティープル・チェース・レコードによって録音されることになっていた。〈モンマルトル〉はオリジナルの店より新しくなり、遥かに広くなっていた。アナス・デュルップによって創設されたその店は、後になって売却されたのだ。一月二十七、二十八、二十九日にはデンマーク人の優れたベーシスト、ニールス＝ヘニング・エルステッド・ペデルセンがリッチモンドに代わってベースを受け持ち、カルテットのセッションがライブ録音された。一月二十九日にはスタンとペデルセンは、デンマーク・ラジオ・ビッグバンドと共演して、それも録音された。

カルテットのセッションはアメリカでは〈インナー・シティー〉レーベルから二枚組レコード「スタン・ゲッツ・ゴールド」として発売され、一様に高い評価を受けた。〈ケイデンス・マガジン〉はスタンは「見事」であり、ブラッキーンは「素晴らしく」、エルステッド・ペデルセンは「驚異的」であり、ハートは「忘れがたい」と書いた。そして一九七〇年代になってから、発売されるゲッツのレコードがあまりに少ないことを公然と非難した。〈ステレオ・レヴュー〉の評者はこのように書いた。「ジョアン・ブラッキーン（印象深い過去のキャリアを積んできた素晴らしいピアニスト）に率いられるリズム・セクションは熱っぽい嵐を創出し、その上をゲッツは例のごとく易々と、きびきびと乗り越えていく。彼は見るからに、このグループで実に気持ちよく寛いでいる。そしてまったくひるむところがない」。また〈ダウンビート〉は惜しみない賞賛を与えた。

「スタン・ゲッツ・ゴールド」はゲッツのアプローチの完璧な醸成である……特別な喜び、即興音楽の祭典の祝福……現代最高の巨匠の一人の、そのキャリアにおけるひとつのランドマーク。一聴されたし！

デュルップは今では、コペンハーゲンにおける最もエレガントなレストラン〈モナスタリー〉の経営者になっていたが、一九七七年二月二日の、スタンの五十回目の誕生日を祝福したいと思った。彼は回想する。

彼の誕生日をどう祝うか、とくに計画みたいなものはなかった。だから私が案配した。みんなで私のレストランに集まれるようにね。人数はそんなに多くなくて、二十人から二十五人というところだったな。私がホストをつとめた。

どうやってスタンを祝福すればいいのか、なかなかうまい案が浮かばなかった。彼のために何をどうやって盛り上げればいいのか。そこで私の妻が、二人目の妻なんだが、良いアイデアを出してくれた。デンマーク中のサキソフォン奏者を集め、〈モナスタリー〉での夕食が終わった頃に、〈モンマルトル〉に来てもらうようにするんだ。

コペンハーゲンとその近郊で集められるだけのジャズ・サキソフォン奏者を駆り集め、またそれ以外の楽器の奏者も数多くやってきた。スタンは通常のギグを〈モンマルトル〉でやることになっていたんだが、演奏しようとステージに上がると、すべての照明がぱっと消え、そこでみんながライターの火をつけた。そして二十人のサキソフォン奏者が一斉に立ち上がり、「ハッピー・バースデイ」を演奏したってわけだ。

スタンと彼のカルテットはコペンハーゲンのエンゲージメントを終えたあと、ほとんど息つく暇もなく急いでとって返し、モントリオールのステージに立った。新聞〈ル・ドゥヴォワール〉の評者は、その慌ただしい到着も彼らの士気を挫くことはなかったと報じている。

ミスタ・テナー・サックスと、彼のカルテットのメンバーたちは、コペンハーゲン発の飛行機から降り立ったあと、最初のステージを迎えるまでに、せいぜい服を着替えてシャワーを浴びるほどの余裕しかなかっただろう。なんとか夕食くらいは口にできたかもしれないが……

ゲッツ……はこれまでになく快調だった。彼のテクニックは成熟し、どのような思いをも、彼が長年にわたって磨き上げてきた素晴らしい色づけと共に、すらすらと苦もなく表出できる境地に達している。

彼の現在のピアニストはジョアン・ブラッキーンだが、彼女は私を完全に打ちのめした。彼女はキーボード全体に対して、きわめてパーカッシブなアプローチをとるが、それでいながら、そのパッセージはどこまでも精緻な透かし模様を織り上げていく。そこには新しいアイデアがふんだんに溢れ、揺らぎない確信がある……ベースのマイク・リッチモンドもまた多くの新しいアイデアに満ちている。そして現代最高のドラマーの一人、ビリー・ハートは、炎とユーモアがまさにこぼれ落ちんばかりの演奏をする。

その少し後で、スタンは〈ニューヨーク・タイムズ〉の記者に、リッチモンドについて雄弁に語っている。

ミスタ・ゲッツはミスタ・リッチモンドの存在について興奮を隠しきれないようだった……「ぼくは変化していくミュージシャンが好きなんだ。最近ではぼくはボン・ボン……と四拍子で律儀にリズムを刻むベーシストがあまり好きじゃない。

ベースは、ジャズの世界ではいちばん大きく進歩を遂げてきた楽器だ。その進歩は特定の誰かの功績ってわけじゃない。誰かが何かを急に始めたわけじゃない。それはジミー・ブラントンからオスカー・ペティフォードに、そしてチャールズ・ミンガスへと向かう、自然な進化だったんだよ。それがぼくにとって、ジャズが世界でいちばん素晴らしいものである理由だ」。

四月のあいだカルテットは休みなく移動を続けていた。再びヨーロッパを訪れたあと、キューバに画期的なツアーをおこなった。一九七七年一月、ジミー・カーターが大統領職に就くとすぐ、長いあいだ続いていたアメリカ人のキューバへの渡航禁止令が解除された。プロモーターはすかさずスタンのグループと、ディジー・ガレスピーとアール・ハインズのグループとの間に、クルーズ船とカストロの領土の両方で演奏をする契約を結んだ。クルーズ船のチケットは完売し、彼らはキューバの熱烈な大観衆の前で演奏をした。彼らはまた、パキート・デリベラやアルトゥーロ・サンドバルなどを含む素晴らしい現地のミュージシャンたちとジャム・セッションを行った。二人は後日、合衆国に亡命した。スタンは毎日水泳をし、健康に日焼けした。

ブラッキーンは一九七七年七月に、ワシントンDCの〈ブルーズ・アレイ〉での契約をあと三日残したまま、突然カルテットから退団した。病気がひどく悪化した父親の世話をしなくてはならないというのがその理由だったが、父親の看病をしているあいだに彼女は、これからは自分のグループを持って、もうスタンの元には戻るまいと心を決めた。マイク・リッチモンドの推薦で、スタンはその後釜にアンディー・ラヴァーンを据えた。二十九歳になるピアニストで、ウディー・ハーマン楽団に二年半在籍した経験を持つ。

ワシントンを後にすると、カルテットは三ヶ月半に及ぶヨーロッパ・ツアーの途に就いた。彼らはヨーロッパを回り、それからイスラエルに行き、またヨーロッパに戻ることになっていた。最初のヨーロッパの日程での主要な立ち寄り地は、スイスのモントルーでのジャズ・フェスティヴァルだった。スタンはそこで、メイナード・ファーガソンやデクスター・ゴードンを含むオールスター・ビッグバンドと共にレコーディングを行った。彼はまたいくつかのフリー・ブロウイングのトラック録音を行い、それはコロムビアから発売された二枚組アルバム「モントルー・サミット第一集、第二集」に収められている。

イスラエル楽旅は撮影され、「イスラエルのスタン・ゲッツ、ある音楽的オデッセイ」というドキュメントとなった。スタンとモニカはどちらも日焼けして、すらりとして、様々な場所を訪れる。安息日の食事をとり、混雑したエルサレムの市場で買い物をし、シナゴーグで礼拝をし、足の不自由な子供たちのための慈善活動をした。

しかしその映像のほとんどはスタンの演奏にあてられている。彼のカルテットでの演奏と、現地のミュージシャンたちとの共演だ。クルディスタン・パイプとドラムのグループや、ヴァイオリン奏者を含むアラブ人のカルテットや、イエメンのコーラス・アンサンブルや、ヨーロッパ生まれの離散（ディアスポラ）ユダヤ人たちからなるクレズマー・バンド（東欧のユダヤ音楽を演奏する楽団）、その国におけるいくつかの民族的伝統を組み合わせて音楽化しようと試みるジャズロック・グループなどだ。彼はその最後のバンド（ピアメンタ一家の四人のメンバーが中心になって構成されている）と、エルサレムにおける大きなコンサートで共演した。

まさに電光石火の早業で、スタンは民族音楽風のリズムとハーモニーにすっと溶け込み、現地のミュージシャンたちと共に大いに盛り上がって演奏した。突然クラリネットを吹き始めたりもした。もう二十五年もその楽器を手にしたことはなかったというのに、そこから美しく芳醇な音色を引き出し、クレズマー音楽のクラリネット奏者と生き生きとしたデュエットを行った。

ピアメンタ・ファミリーの一人であるヨッシはその翌年、数ヶ月のあいだシャドウブルックのゲッツ家の客となった。彼はその後ブルックリンに落ち着き、一九九四年には「ハシディック・ニュー・ウェイブ」というバンドのリーダーになり（彼はそれを〈ハシッド・ロック〉と呼んだ）、大いに注目を集めることになった（ハシディズムはユダヤ教の敬虔主義のこと。アシッド・ロックとかけている）。

イスラエルでスタンは、高名なマッサージ師であるシガ・ワイスフィッシュと会って、深い親交を結んだ。逞しい体格で、ぶっきらぼうな話し方をするイスラエル人のシガは、テル・アビブとニューヨーク・シティー郊外にそれぞれ家を持っていた。そしてスタンを、レナード・バーンスタインやズビン・メータなどと共に、有名人クライアントの一人に加えてくれた。彼はスタンの首と肩の筋肉（それは重さ五キロ近いサキソフォンをずっと支えてきたのだ）をほぐし、背中の下部を柔らかくし、スタンにとって心を許せる父親的な存在になった。

イスラエル訪問はスタンに、ユダヤ人としてのルーツを実感させたし、またそこには、彼の世俗的魂の中にある深い情感に触れるものがあった。彼は後に記者にこのように語っている。

数ヶ月前にエルサレムに行った。そして友人の助言に従って、古代の嘆きの壁を訪れた。ぼくはたまたまユダヤ人であり、そのことを誇りに思っているけれど、まず思ったのは、「ああ、こんなものただのセンチメンタルな遺跡じゃないか」ということだった。でもとにかくそこに行って、壁の前に立ってみた。そして何が起こったか？　ぼくは泣き出してしまったんだ。ヒステリカルに泣きじゃくったわけじゃない。ただ本物の涙がこぼれたんだ。

八月の終わりにスタンと仲間たちはイスラエルからヨーロッパに戻り、バンドはクインテット編成になった。エフリアン・トロという、プエルトリコ出身の若いパーカッショニストが加わったのだ。彼はビリー・ハートの友人だった。トロはその数ヶ月前のボストンでのエンゲージメントで、飛び入り演奏をしてスタンをいたく感心させたのだ。

一九七七年九月十五日、クインテットはスイスのモントルーで、ハイテク電子製品を備えたスタジオに入り、コロムビア・レコードのためのセッションを行った。スタンは実験をしてみたい気分になり、ピアニストのラヴァーンは電子楽器の演奏についてはとても詳しい人間だった。スタンはモントルーの環境についてこのように語る。

アンディーはバンドに入ったときから、電気ピアノとアコースティック・ピアノの両方を弾いた。

ジョアンがそうしていたようにね。彼女は最初の内はアコースティックだけを弾いていたんだが、最後の数ヶ月は両方弾くようになった。ぼくは電気楽器もいいかもなと思った。というのは、曲によってはそのパーカッシブな効果が面白かったからだ。新しいレコードを作るまで、ぼくらが用いるのはその二つの楽器だけに留まっていた。スタジオに置いてある他のいろんな楽器を自由にいじれるようになるまではね。そこでぼくらはオーバーダビングの実験を始めた。それが始まりだったんだ。それからエコープレックスを使った実験になった。それまでそんなものに触ったこともなかったんだが。たまたまそれがスタジオに置いてあったんだよ。

エコープレックスは主にロック・バンドが愛好する機器だが、ミュージシャンはそれを使ってフレーズを何度も反復させることができる。そしてその一方で、別のフレーズをそこに付け加えていける。スタンはそれを自分自身のフレーズに、対位法的なフレーズを重ねていくために使用した。そしてラヴァーンにアープ・ストリング・シンセサイザーやローズ・エレクトリック・ピアノやモーグ・シンセサイザー（あらゆる楽器に、また多くの自然の創造物に似せた音を出すことができる）を自由に使用させた。

クインテットはモントルーで二日の間に、二枚組のアルバム「アナザー・ワールド」を録音した。演奏時間の約半分が、電子楽器を使った作品にあてられている。電子的効果の大半は穏やかな範囲に留まっているが、アープ・ストリング・シンセサイザーはアレンジメントを濁ったものにしているし、響きをほとんど持たない。そしてシンセサイザーによる鳥の声はいささかやり過ぎだ。スタンはタイトル曲において無伴奏で、エコープレックスの効果を試しているが、これは名人芸だ。ブラストやエコーやスタッブやホンクなどを織り交ぜながら、曲を熱っぽいクライマックスへと導いていく。

ハイテクの工夫がいちばん生きているのは『プリティー・シティー』だ。焼け付くようなラテン・ナンバーで、耳に残る旋律を持っている。『クラブ7』では、電子機器が勢いのあるリフを送りだしている。ストレートなアコースティックのトラックはどれも素晴らしい。そしてスタンは『柳よ泣いておくれ』、『サブラ』という編曲を施されたブルーズ曲、そして『ブルー・サージ』において、最良の表現を見せてくれる。

一九七七年十月下旬まで、クインテットはヨーロッパに留まった。そして十一月の初めにワシントンの〈ブルーズ・アレイ〉に出演した。

ベヴァリーは父親の演奏を聴くためにワシントンにやって来ていた。クラブの後ろの方で立って音楽を聴いていると、見知らぬ男が話しかけてきた。

「君は、ベヴァリー・バーンとスタンの間に生まれた娘さんじゃないかね?」と男は尋ねた。

「そうですが」

「そうだと思った。お母さんにそっくりだから」と彼は言った。「僕は君の叔父にあたる。僕の名前はボブ・メア、君のお母さんの妹であるボビーと結婚している。そこのテーブルに座っているよ」

「とても信じられない。こんなことってあるのかしら」

ボブはベヴァリーを奥さんのところに連れて行って、こう言った。「彼女がベヴァリーの娘だよ」。二人の女性は抱擁しあった。そして一歩身を引き、喜びの微笑みを浮かべた。

ベヴァリーはそこに腰を下ろし、ボビーは説明した。彼女と夫は仕事の用件で北ヴァージニアにいたのだが、ワシントンの新聞で〈ブルーズ・アレイ〉の広告を見て、スタンの演奏を聴くためにここにやってきたのだと。

「どうしてあなたがた子供たちは、お母さんが手紙を書いても返事ひとつ寄越さなかったの?」とボビーは尋ねた。「そしてお母さんがあなたがたに送ったお金は、いったいどうなったのかしら? クリスマスの前後に少しでも余裕ができたら、あなたがたのところに送金していたはずだけど」

「お金は一度も受け取らなかったわ。でも手紙は一度だけ受け取った――一九七一年のことだけど」

あとになって、ベヴァリーがスタンとモニカにそれについて問いただしたとき、ビッグ・ベヴから彼らのところに届いた手紙は、一九七一年、パリにいたときに彼女が発見したあの一通だけだったと、彼らは言い張った。

モニカもクラブにやってきて、スタンがそのセットを終えたあと、二人はベヴとボビーとボブの座ったテーブルに合流した。二人はメア夫婦に「こうして会えて本当に嬉しい」と言った。そしてスタンはじっとボビーの目を見て言った。「わかってもらえるだろうか。君のお姉さんとはいろいろむずかしいことはあったが、ぼくは常に彼女を愛していた」と。モニカの表情はまったく変わらなかった。

メア夫婦はベヴァリーを、川の向こうのヴァージニアまで訪ねて来るように招待した。モニカは自分も一緒にお邪魔したいと主張した。翌日、モニカとベヴァリーは車を運転してそこに出向いた。そして四人はお茶を飲み、ケーキを食べながら愉しい会話を交わした。

スタンは一九七八年二月に多くの電子機器と、一人のエクストラのバンド・メンバーと共に、サンフランシスコの〈キーストン・コーナー〉にやってきた。新しく加えられたメンバーは旧友のボブ・ブルックマイヤーで、彼とは四ヶ月限定の契約が結ばれていた。二人が共演するのは一九六四年以来だったが、それはブルックマイヤーがその期間、アルコール依存症と闘っていて、また作曲家・アレンジャーとしてのキャリアを追求したいと考えていたからだった。ブルックマイヤーはいつも通りウィットと優雅さに富んだ演奏をしたが、ときどき騒々しい電子音に調子を乱すことがあった。そのような機器について記者に語るとき、スタンは妙に弁護的な口調になった。「これはあくまで実験であり、はっきり確定した表現フォームというわけじゃない。しばらくはこういうのを試してみようと思う。ところどころで用いてね。それを精妙に使いこなしたいと思っているんだ」

〈ニューヨーク・ポスト〉の評者は翌月の評で、それらの電子機器には精妙さなど見当たらなかったと書いた。

ゲッツとブルックマイヤーという二人の優れたメロディストの再会だが、今回はただただ失敗に終わった。音が多すぎて、うるさすぎた。とにかく音が休む暇もなく、やかましく鳴り響いているのだ。二人のジェントルな演奏を、それらは助けるというよりはむしろ、ぼやけさせてしまっている。今のところは、コペンハーゲンで録音された最新LP「スタン・ゲッツ・ゴールド」を聴いていた方が賢明だろう。そこではすべてがクリアであり、精妙である。

一九七七年にパメラの恋人であるスコット・レイナーが、シャドウブルックで彼女と生活を共にするようになった。彼は近くの大学に在学中だった。一九七八年の初頭のある日、屋根裏部屋を漁っているときに、装塡された拳銃と弾丸を一箱、スコットが見つけた。マリファナとハシッシュとおぼしきものが入った袋もあった。

パメラがスタンにその銃について尋ねると、あるカリフォルニアの女性から借りたものだと彼は答えた。その前の年に彼はサンディエゴでひったくり強盗に遭っていたのだ。早い機会に彼女に返さなくてはな、とスタンは付け加えた。しかし数ヶ月後に、スタンとモニカとの間に声高な騒ぎが持ち上がり、モニカが部屋に走り込んできたとき、スタンがまだその銃を手元に置いていたことをパメラは知った。パメラはそのときのことを覚えている。

母は真っ青になっていました。そして言いました。「彼は銃を持っている。私の頭に銃を突きつけたのよ」

私は言いました。「ここを出ましょう。一緒に来て。こんなところにはいられないわ。ここにお母さんを残していくわけにはいかない」

彼女は言いました。「私たちのことは放っておいて。いいから、行ってちょうだい。フォスター先生に電話をかけて、彼に鎮静剤を与えてもらうわ。そうすれば何もかもうまく収まるから。あなたたちはモーテルに行って一晩そこにいなさい」

パムとスコットは車の中で一夜を過ごした。モーテルの空き部屋が見つからなかったからだ。家に戻ったときパメラは父親に向かって、自分たちがピストルを処分してくると言った。短い口論があったが、スタンは結局娘に武器を渡した。彼女はそれを持ってハドソン川まで行き、水の中に投げ込んだ。

一九七八年六月十八日、焼け付くような日曜日の午後、ホワイトハウスはジャズで盛り上がっていた。ジミー・カーター大統領が、〈ニューポート／ニューヨーク・ジャズ・フェスティヴァル〉の二十五周年を祝うべく、彼のお気に入りのミュージシャンをたくさん招待していたのだ。ニューオーリンズ料理が振る舞われ、ホワイトハウスの庭の芝生の上でコンサートが催された。カーターは音楽好きで、とくにジャズが好みだった。毎晩、彼は六時間に及ぶ録音を命じ、翌日にそれを大統領執務室に付属した小さな書斎で仕事をしながら聴いたものだ。コンサートのホストを務めるのが何よりの喜びで、没頭して音楽に耳を澄ませた。

観客たちは小さなテーブルに就くか、あるいは芝生に寝そべるかして、湯気の立つジャンバラヤを食べ、これほどの顔ぶれはまず望めないであろうジャズの巨匠たちの演奏を心ゆくまで楽しんだ。ベージュのサファリ・スーツにぱりっと身を包んだスタンは、チック・コリア、ズート・シムズ、ジョージ・ベンソン、レイ・ブラウン、ルイ・ベルソン、ライオネル・ハンプトンとグループを組んで、溌剌とした演奏をおこなった。その日そこで他に演奏をしたのは、ディジー・ガレスピー、ソニー・ロリンズ、オーネット・コールマン、マックス・ローチ、ジョー・ジョーンズ、ユービー・ブレイク、デクスター・ゴードン、セシル・テイラー、ジェリー・マリガン、ハービー・ハンコック、メアリ・ルウ・ウィリアムズ、テディー・ウィルソン、ベニー・カーター、ロイ・エルドリッジ、トニー・ウィリアムズなどの面々だった。その長い午後のハイライトには、大統領とガレスピーとローチによる『ソルト・ピーナッツ』の即興演奏と、カーターとチャールズ・ミンガスの涙ながらの抱擁が含まれていた。ミンガスはルー・ゲーリッグ病のために車椅子生活を余儀なくされていた。それから七ヶ月を経ずして、彼は帰らぬ人となる。

フェスティヴァル自体はそのあと、六月後半にニューヨークで開かれ、音響装置の不備にもかかわらず（他の何人かのアーティストは、そのおかげでずいぶん被害を被ったのだが）、スタンとアルバート・デイリーはそこで輝かしい勝利を収めた。彼らはあっさりとアンプリファイアのスイッチを切り、生の音だけで演奏をしたのだ。〈ニューヨーク・ポスト〉の記者がその模様をこのように伝えている。

彼らは音楽をあるがままに演奏した。優しく、高貴に。『我が不満の冬』は、切ないほどささやかな提示から立ち上がり、大きな苦悩の叫びへと盛り上がり、ホールの二階席の隅々にまで響き渡った。ゲッツによって「世界でも最高のピアノ奏者の一人」と紹介されたデイリーは、ワイルダーの『エレン』の澄み渡った解釈によって、それが事実であることを証明したと言えるだろう。

そして最後の『チャイルド・イズ・ボーン』は恍惚とした聴衆を後に残していった。彼らは今耳にしたばかりの、赤裸の人間の傷つきやすさに打たれて、まさに陶然としていたのだ。

スタンは八月に〈キーストン・コーナー〉に戻った。今度は電子装置はなしで。〈サンフランシスコ・エグザミナー〉の評者はそのことにほっとしている。

マイクはそこにある。しかしゲッツは接点（コンタクト）や、電子機器や、電線や、コントロール装置をすっかり外してしまった。それらの機器のおかげで、昨年の冬の〈キーストン・コーナー〉でのライブは台無しにされてしまったのだ……ゲッツはこれまで以上にたっぷりと豊かにブロウし、その中身は密に詰まっている。彼はバラードにおいては、悲嘆の呻きを上げ、泣き叫び、苦悶の声を発することができる。それでいてしばしば、家畜の群れを鞭をふるって追い立てる隊長のように、一連の耳障りな音をぴしりと飛ばすことで、自分のバンドを厳しく駆り立てる。

スタンはある夜、〈キーストン・コーナー〉に集まった人々を総毛立たせた。ソロをとっている途中で、ぎょろりと白目をむいて、そのまま卒倒してしまったのだ。クラブのオーナー、トッド・バーカンはすぐにスタンをステージから下ろし、救急隊を呼んだ。救急隊員が注射を打つと、彼は即座に蘇生した。

スタンは意識を取り戻すと、説明を始めた。常用している医師の処方した睡眠薬を、間違って多量に飲み過ぎたのだと。薬の名前は「ヒドロモルフォン塩酸塩」だと彼は付け加えたが、医師がそのような薬を睡眠薬として処方するとはまず考えられなかった。それは通常、鈍い痛みに対して与えられるモルヒネの派生物であったからだ。翌日の夜、スタンはステージに上がって、何事もなかったように元気いっぱいプレイをした。

一九七八年十月のある夜、一人の魅力的な二十五歳の女性が、ワシントンの〈ブルーズ・アレイ〉でのセットを終えたスタンのところに歩み寄ってきた。そして三年前にニューヨーク州ロチェスターで彼が演奏したときに、彼と少し話をしたことがあると言った。彼女の名前はジェーン・ウォルシュといい、スタンをパーティーに誘った。その翌日が、彼女の従兄弟が振り付けをしている新しい芝居の初日で、舞台がはねたあとにキャスト・パーティーが開かれることになっていた。スタンは招待を受けた。彼女はニューヨーク州オーバーンから、初日の舞台を観るためにワシントンを訪れていたのだ。

そのパーティーでスタンは、ジェーンの活力と、知性と、黒髪の素敵な容姿に心惹かれた。彼女はプロの歌手であり、音楽について豊富な知識も持っていた。自分は六年間酒浸りになっていたのだが、一年前に酒を断って素面に戻れたと彼女が打ち明けたとき、何かがスタンの心を打った。また彼女に会わなくてはとスタンは心を決めた。

ジェーンがオーバーンに戻ったあと、スタンは毎週二回ほど、ロードの先から電話をかけた。そしてその度に、ぼくらはまたどこかで会わなくてはと迫った。十二月に彼女は渋々ながらそれに同意し、彼に会うためにコロラドの山地リゾートに飛行機でやってきた。彼はそこで演奏をしていたのだ。

一九七九年初頭に父親が死んだあと、彼女はマイアミに引っ越すことを選んだ。そこには彼女の兄とその家族が住んでいたのだ。スタンはその間もずっと彼女と連絡を取り続けていた。

どこかにロードで出ているとき、彼はよくこちらに来たがりました。そしてマイアミで束の間の休息をとったのです。彼が飛行機から降りると、私たちはすぐにビーチまで駆けていったものです。そして心ゆくまで海の水に浸かりました。彼はいつも海の近くで、あるいは海の上で暮らしたがっていました。

一九七九年三月、スタンはコロムビアにおける最後のアルバムを吹き込んだ。編曲者であり作曲家のラロ・シフリンとの共同制作で、タイトルは「チルドレン・オブ・ザ・ワールド」といった。エコープレックスはまばらにしか使用されなかったが、シンセサイザーは遠慮なく用いられた。少なくともすべての曲でその二つは顔を見せており、それらはエレクトリックのピアノやベースやギターによって補強されている。最初のトラックはアンドリュー・ロイド・ウェバーの作曲した『アルゼンチンよ、泣かないで』で、残りの十のトラックはシフリンの曲で占められている。スタンはそこで、一九八〇年代にグローヴァー・ワシントンのようなポップ・ジャズ・アーティストたちの背景音楽としてポピュラーになった類いのものに、表情豊かなソロをつけ、そのアルバムにおける即興的部分のほとんどすべてを引き受けている。

LPは耳に心地よいが、中身はあまり濃くない。まず第一にシフリンの作曲力が弱いためだ。彼の作った十曲は月並みな出来で、それらはコリアの『ラ・フィエスタ』や、ルイスの『ダイナスティー』や、ロウルズの『ピーコックス』といった曲にスタンが見いだしたような挑戦的要素を提供してはくれなかった。実際のところ、そのアルバムにおいてスタンの美質がいちばんよく出ているのは、アンドリュー・ロイド・ウェバーの作品を取り上げたトラックだ。

一九七九年九月にスタンは〈モンタレー・ジャズ・フェスティヴァル〉で、ディジー・ガレスピーと共にステージに上がった。そのトランペッターは、アリゾナから来たダイアン・シュアという二十五歳の無名の盲目の女性歌手を、なだめすかしてステージに引っ張り上げ、予定にはなかった演奏をさせた。彼女はハロルド・アーレンの『ダウン・ウィズ・ラヴ』と、ジョニ・ミッチェルがチャールズ・ミンガスに捧げた『チェア・イン・ザ・スカイ』を歌った。そしてスタンも聴衆も、自分が耳にしたものにすっかり圧倒されてしまった。彼は回想する。

ぼくはまさに然るべき時に、然るべき場所にいたということになる……ぼくはそれまでダイアンの歌を耳にしたことがなかった……彼女はたった一人でステージに上がり、一曲をアコースティック・ピアノで、一曲をエレクトリック・ピアノで自ら伴奏をつけて歌った。そして七千の観客を立ち上がらせ、大声を上げさせたのだ。そのへんはまあ、ぼくにとっての評価基準にはならない。人気なんてまあ、あてにならないものだからね……しかし彼女の音楽性と情熱と哀感（パトス）、そして彼女の魂は、その場でぼくの心を打った……

それは本当にビューティフルだった。ミュージシャンは歌手に対して厳しい目を向けるものだ。でもその娘はまさに、ぼくがずっと探し求めていた歌手だった。彼女が耳にするものは、すべて彼女の中に入っていくんだ。そしてそこから出てくるものは、何もかもが彼女自身の創案となり、彼女自身による伝統の拡張となる。


スタンは楽屋でダイアンの袖を摑み、君には素晴らしい才能がある、ぼくは君のために何かをしたいんだと告げた。この先数ヶ月の間、どこに行っても、君が出演できる機会を探してみるし、クラブのオーナーや、音楽祭の主催者や、レコード会社の重役たちに、君がいかに素晴らしいかを伝えておくと。

一九八〇年一月十二日にスタンとアルバート・デイリーは、シャドウブルックの「馬車小屋（キャリッジ・ハウス）」に設置されたスタジオで、モニカと、ゲストのマートル・アン・フランクリンが見守る中、デュエット・アルバムを録音した。ミュージシャンたちが演奏を終え、ビールを飲んでいるとき、女性たちは母屋のキッチンに戻って、サンドイッチを作った。モニカはスタンのサンドイッチにアンタビューズを粉末にしたものをいくらか振りかけ、そのわけをゲストに説明した。

モニカの口にしたことを聞いてマートルは動転し、そのままスタジオに駆け込んで、大声で叫んだ。

「このクレイジーな家から私を連れ出してちょうだい。あの女は頭がどうかしている……彼女はあなたの食事にアンタビューズを混ぜているのよ。私を駅まで送ってちょうだい……」

その日、スタンはそれ以上演奏をしなかった。彼は自分の部屋に戻り、マートル・アンがぶちまけたことについて思案した。デイリーはそのあいだスタジオで、ソロのトラックを二つ録音した。

モニカが後刻スタンの前に現れたとき、彼は堰を切ったように言った。「君はぼくを殺すつもりなのか？ ぼくも同席しているところで医者が言ったことを、君も覚えているはずだ。本人に知らせずにこのアンタビューズを与えて、その人物が酒を飲んだりしたら、副作用が起きるかもしれず、場合によっては命さえも失いかねないと」、また彼は続けた。「もし死には至らなかったとしても、ひどく具合が悪くなるし、不快な目にあうことになる。この結婚にかなり問題があることが、ぼくにもようやくわかってきた。どうやら君は、もしぼくが素面にならないのなら、死んでもかまわないと思っているようだ」

モニカは説明した。アンタビューズの投与は、あくまでスタンを救済するためのものだったのだと。そしてこれからは、もうその薬を与えることはやめると約束した。

一九六九年にモニカがスペインで彼を救ったとき、スタンはそれまでにないほど深く、感情的にも身体的にも落ち込んでいた。ほとんど崩壊状態にあった。だからそこでこっそりと、日常的にアンタビューズを投与するようになったのだ。それからの歳月の間に、およそ二百回くらい気分が悪くなることがあったかもしれない。しかしそれはスタンが当然払ってしかるべき代価だった。もしその薬がなかったら、スタンは過度の飲酒できっと命を落としていただろうから。また一九七〇年代を通して、彼が酔っ払う回数が減り、暴力を振るう回数が減ったことで、家族全体がどれほど安堵したかについて語った。しかしながらアンタビューズ絡みの裏工作は、大きな代価を徴収していった。それによって、二十三年に及ぶ波乱に富んだ、困難続きの二人の結婚生活を支えてきた信頼感が、土台から損なわれてしまったのだ。

# 第十七章

# 破局

マートル・アン・フランクリンによって秘密が暴かれた十日後、スタンと彼のクインテットは、フロリダ州フォート・ローダーデイルでのエンゲージメントを中断することになった。というのは、フランスのカンヌで開かれるレコード産業会議で、七十二時間にわたって演奏する仕事が飛び込んできたからだ。モニカもその旅に参加した。グループは一九八〇年一月二十三日のコンサートで演奏し、一万五百ドルとすべての経費が支払われた。

アメリカへの帰りのフライトで起こったある出来事が、スタンのモニカに対する不信感をより高めることになった。離陸後すぐにスタンは少しシャンパンを飲み、立ち上がってギタリストのところに行った。自分のシートに戻ると、客室乗務員が彼に言った。グラスに残っていたシャンパンが濁っていたので、新しいものに取り替えておきましたと。スタンがモニカのハンドバッグの中身を探ってみると、そこにはアンタビューズの錠剤と覚しきものがあり、彼はそれをトイレットに流して捨てた。モニカはシャンパンに混ぜ物をしたことを否定したが、そのことで二人は口論になり、スタンは帰りの旅のあいだずっと怒り狂っていた。

フォート・ローダーデイルに戻ったスタンは、娘のベヴァリーが一月二十五日にボーイフレンドのマイク・マクガヴァーンと家を出て、治安判事の下で結婚したことを知って驚かされた。彼女はその二年前、バディー・リッチ楽団でアシスタント・ロード・マネージャーをやっているときに、首席トランペッターのマイクと知り合った。そして二人はシャドウブルックのガレージの上にあるアパートメントで、数ヶ月生活を共にしていた。二人は静かな結婚式を望んでおり、カウント・ベイシーとローズマリー・クルーニーを呼んだ豪華な婚礼をシャドウブルックで催そうという話をモニカが持ち出したとき、とても居心地が悪くなった。そしてフランスからの帰りの飛行機における両親の言い争いの話を聞いたとき、二人の感じていた居心地の悪さは、不安へと変わった。二人はその場の思いつきで、いちばんストレスのない解決法は駆け落ちすることだと心を決めた。

二人の結婚立会人はデイヴィッド・ゲッツと、彼のスウェーデン人の奥さんのレナだった。二人は一九七七年八月十二日にスウェーデンで結婚し、一九七九年八月に合衆国に戻っていたのだ。そしてデイヴィッドはニュー・ハンプシャーの小さな大学に入学していた。二組の夫婦はシャドウブルックに戻り、マクガヴァーンのアパートメントで、地所の管理人であるベティー・アンとハロルドのフリード夫妻を加えてささやかな祝宴を開いた。

数日後、ベティー・アンとハロルド、デイヴィッドとレナ、パメラとボーイフレンドのスコット・レイナー、そしてモニカと彼女の母親は、スタンと彼のバンドと、西アフリカのセネガルのダカールにある〈クラブ・メッド〉で合流した。ミュージシャンたちはそこで二週間の演奏契約を結んでいたが、出演料は支払われなかった。そのかわり彼らはそこで無料で休暇を過ごし、かなりの数のゲストを同伴することができた。「出演料がわり」方式は、クラブのマネージャーであるバーニー・ポラックが思いついたものだった。ポラックは彼自身サキソフォン奏者であり、熱心なジャズ・ファンでもあった。その前の年にもスタンは、当時カリブ海のグアドループの〈クラブ・メッド〉でマネージャーをしていたポラックとの間に、同様の取り決めを結んでいた。

スタンはダカールの空港で飛行機から降りたときから、かなり喧嘩腰になっていた。モニカはまだ自分にこっそりとアンタビューズを与え続けるつもりでいると思い込んで、そのことで腹を立てていたのだ。彼らが現地に着いたとき、スタンはかなり喧嘩腰になっていたので、モニカは彼と一緒の部屋になるのを避け、母親と同室になった。

スタンは〈クラブ・メッド〉でひどく酔っ払った。そのまま痛飲し続けるのではないかと恐れたモニカは、かつての方便に再び頼ることになった。彼女はデイヴィッドをスタンの部屋にやって、小さな冷蔵庫に彼がしまっているヨーグルトの容器に、薬の粉末を混ぜるように言いつけた。デイヴィッドはその秘密の任務を無事にやり終えたが、それは彼が父親にアンタビューズを与えた最初で唯一の体験になった。モニカはまたバーニー・ポラックにもその薬を渡し、スタンに投与してくれるように頼んだが、彼がそれを実行したとは彼女は考えていない。

盛ったのが誰であれ、スタンはアンタビューズの副作用に苦しんだ。彼の表現を借りれば、「流感の千倍くらいひどい」症状である。嘔吐があり、心臓が早鐘を打ち、頭が割れるように痛くなる。モニカに対する彼の怒りはますます高まった。もうアンタビューズは投与しないと約束しておきながら、そのわずか三週間後に、こんな風に彼を酷い目にあわせたのだ。そのことにスタンは怒り狂っていた。症状が収まると、彼はニューヨークから一人の女性をダカールに呼び寄せた。彼女は翌日そこにやってきて、スタンと同じ部屋に落ち着いた。

この残酷な仕打ちを目にして、モニカと彼女の母親、フリード夫妻と、スコット・レイナーとパメラは荷物をまとめ、飛行機でアメリカに戻った。帰国してすぐ、一九八〇年二月六日にモニカは、その十一年間で初めてのことだが、もしスタンがシャドウブルックで暴力を振るったり泥酔したりしたら、即刻逮捕されるようにする保護命令を、家庭裁判所の判事に出してもらった。四週間足らずのあいだに、二度の手際の悪い内密のアンタビューズ投与があり――マートル・アン・フランクリンのシャドウブルック来訪時と、ダカール滞在時――もうひとつフランスからの帰りの飛行機便でのそれらしき出来事があり、それによってゲッツ夫妻の結婚という生地は深刻な裂け目を得ることになった。

モニカはシャドウブルックに「介入治療（インターヴェンション）」を導

入することで事態の収拾を図ろうとした。依存症によってもたらされる問題を解決するのに用いられる古典的な方法だ。「介入治療」では、即刻の助けを必要としているアルコールやドラッグの依存患者と、家族たちや、友人たちや、職場の同僚たちとを強制的に、直接向き合わせる会合がもたれる。「介入治療」は専門家の手を借りて、注意深く準備されねばならないとエキスパートは主張している。参加者たちは専門家によってしかるべき訓練を受け、予行演習を行い、もし必要であれば、専門家も介入治療そのものに加わることになる。公式の案内書はこのように注意を与えている。

これはアルコール／ドラッグ依存者を糾弾するための、あるいは罰したり、仕返ししたりするための集まりではありません。その目的は、愛と気遣いによって人を援助することにあります……日頃アルコール／ドラッグ依存者の怒りの直接の引き金になっている人物は、そこから除外しておかなくてはなりません。そうしないと介入治療が進み始める前に、すべてが吹き飛んでしまいかねないからです。

二月初めの会合に、モニカは彼女の母親と、スタンのエージェントであるジャック・ホイットモアと、親しい友人シガ・ワイスフィッシュと、主治医エイヴラム・クーパーマン医師と、管理人のベティー・アンとハロルドのフリード夫妻と、スティーヴ・ゲッツと、デイヴィッド・ゲッツとレナ・ゲッツ、ベヴァリーとマイク・マクガヴァーンを招いていた。誰も前もって準備をしておらず、彼らが来ることをスタンはまったく知らされていなかった。

クーパーマン医師がその場をリードした。しかし彼はスタンに向かってとくに踏み込んだことは言わなかった。ベヴァリーの記憶によれば、その会合はすぐにひどい有様になった。

父は自宅にいました。ロードから戻ってきたばかりで、疲れていたんです。ローブ姿で図書室に入ってきて、みんなの顔を目にしました。そしてみんなが彼に文句を言い立て始めました。スティーヴは父と喧嘩を始めたと思います。父は全員に対してひどく腹を立て、こう言いました。「おまえらは他人の家に勝手に入り込んできて、ああしろこうしろと偉そうに命令するのか」と。彼は酒を飲み、更に怒り出しました。

全員が父の元から逃げ出していきました。管理人夫婦とモニカの母親だけを別にして。彼女は父と一緒に、その家で二日か三日暮らしました。父は料理を作ってやることはできなかったので、彼女にほとんどアイスクリームだけを食べさせていました。

モニカはとてもおびえていて、私の夫のマイクに頼みました。裏の窓を登って、スタンの手から母親を助け出してくれないかと……しかし誰かが家を訪ねて、モニカの母親と話をし、彼女は問題なくうまくやっていることを確かめてきました。

管理人のフリード夫婦が覚えているところによれば、父はモニカの母親に対して腹を立てたり、取り入ったりするのを交互にやっていたそうです。彼はこんな風に怒鳴りました。「どうしておれの生活にいちいち干渉しなくちゃならないんだ？　人のことに余計な鼻を突っ込みやがって。おとなしく引っ込んでろ、お節介婆さん」みたいなことを。それからがらりと口調を変えて言いました。「何か欲しいものはありますか？　何か持ってきてあげましょうか？　アイスクリームを少しいかがですか？」と。

そのような会話を聞きながら、フリード夫妻はそのたびにこう思ったそうです。「彼は相手を叩こうとしている。彼は相手にキスしようとしている。彼は相手を叩こうとしているし、彼は相手にキスしようとしている」、みたいなことを。モニカの母親はその日たくさんアイスクリームを食べました。それに続く日々も。

「介入治療」の参加者は前もって指導を受けなくてはならないということを、モニカは学んだ。しかし彼女はそのときの失敗を、主にクーパーマン医師の責任にした。彼があまりに遠慮がちにスタンに話をしたせいだと。しかしクーパーマン医師にしてみれば、自分がそこで適切に振る舞うことなど、そもそもほとんど不可能な話だった。スタンに、彼のアルコール中毒問題を正面から突きつけなくてはならないとわかってはいたが、それと同時に、長い歳月にわたってこっそりアンタビューズを盛られていたことに対する、彼の心の傷と不信感がきわめて深いものであることも承知していた。そして医師はそのような彼の心情に対してかなり同情的だった。その日のスタンの怒りが、裏切られたという底深い感覚から発していることを、彼は確信していた。

　モニカはスティーヴが父親に対してそれなりに強硬な態度をとっていると信じていた。そして一九七九年にフロリダでスタンがコカインをやっているのを目にしたと、スティーヴが打ち明けたことに、彼女は衝撃を覚えた。彼女はそれについて語る。

> 　スティーヴンは本当に勇気があったと思います。コカインの話が出てきたのは、そのときが最初でした。スタンはスティーヴンにつかみかかりました。「このタレコミ野郎が」と怒鳴りつけました。スティーヴンはすっかり気を高ぶらせて、そこから出て行きました。

モニカは後に、結婚生活がうまくいかなくなった原因は、主にスタンの薬物リストにコカインが加わったことにあると見なすようになった。

　スティーヴは、市内でも有数の高級ジャズ・クラブ〈ファット・チューズデイ〉のマネージャーになるために、ニューヨーク近郊に移ってきたばかりだった。そしてシャドウブルックの近くの町に、一人暮らしのための小さなフラットを借りていた。〈ファット・チューズデイ〉のオーナーは、その前の二年ばかり彼がマネージメント・エージェンシーで働いて、そこでメイナード・ファーガソン、マッコイ・タイナー、エルヴィン・ジョーンズ、アーマッド・ジャマル、ステファン・グラッペリといったジャズの大物ミュージシャンを扱っていた経歴を評価し、彼を雇うことにしたのだ。

　失敗に終わった介入治療のあと、スタンはグループを率いてオーストラリアとインドに短いツアーに出た。〈ダウンビート〉によれば、スタンはボンベイの第二回インドジャズ祭において、「飛び抜けたスター」だった。それから彼らはイースト・コーストで実入りの良い仕事をいくつかこなした。スティーヴのクラブ〈ファット・チューズデイ〉に出演して、二週間で一万ドルを受け取り、ワシントンＤＣの〈ブルーズ・アレイ〉では一週間で七千ドルを受け取った。スタンは実りある年を迎えようとしていた。彼の一九八〇年度の総収入は二十二万二千ドル以上に達していた。

五月三日のシャドウブルックでのリハーサルで数杯の酒を飲んだあと、スタンは彼のミュージシャンたち——アンディー・ラヴァーン、ブライアン・ブロンバーグ、ヴィクター・ジョーンズ、チャック・レーブ——と怒鳴りあいの喧嘩を始めた。そして全員をくびにしてしまった。彼らはすぐにそこを去り、その少しあとで彼は車を運転してどこかに行った。それから酔っ払って帰宅し、夜中の三時頃にモニカの寝室に怒鳴り込んできた。電話のコードを摑み、それを投げ縄のようにぐるぐる宙に振り回した。モニカはぶつかるのを避けて身をくねらせたが、電話機が膝にあたって、そのためにナイトテーブルで頭を打った。傷はひどかったが、彼女は一人で車を運転して近郊の病院まで行った。そしてフォスター医師に緊急治療室まで来てもらった。受付の医師は以下のような記録を残している。

患者は緊急治療室から私の担当に回された。そこではフォスター医師が午前四時から彼女の容態を診ていた。頭蓋骨打撲に伴い脳震盪があった模様。緊急治療室での記録によれば、他の車との衝突を避けようとして、急ブレーキを踏み、左脚をステアリング・コラムかダッシュボードにぶつけた。またそのときに頭を打ってもいる。彼女は緊急治療室で八時半か九時頃まで看護されていたが、頭がまだ多少くらくらし、視野も霞んでいると言う。私は呼ばれ、しばらく入院することを勧めた。

モニカは後日このように語っている。自分が交通事故の話をでっち上げたのは、「新聞記事になってスタンが傷つくのを恐れたからです。新聞記者やら何やらが、あれこれ書き立てるのではないかと」。

四日後の一九八〇年五月七日のモニカの退院報告書は、このように記している。「神経科医の診察は……脳震盪と、おそらくは頸部の捻挫の症状を確認している。入院中、彼女は目覚ましい回復を見せ、ほとんど後遺症を残すことなく帰宅することができた」と。

五月十一日にスタンはシャドウブルックで再び泥酔した。翌日の朝、モニカはその二月に取得した保護命令に従って、スタンを逮捕させた。そして彼は家庭裁判所に送られた。判事は治療のためにヘイゼルデンに入所することを彼に命じた。ただ演奏契約が入っていたので、それを果たすために一週間の猶予期間が与えられた。

スタンが施設内にアヘン錠剤とコカインを持ち込んでハイになっているのを発見したとき、ヘイゼルデンの管理者はモニカに連絡した。モニカはすぐに飛んできて、ファミリー・プログラムに参加した。一九六七年にアンダーソン医師が、彼女のために即席のプログラムを開始して以来、ファミリー・セラピーはヘイゼルデンの治療方式の、ひとつの定まった部門になっていた。そこでのスタンの滞在には短い中断があった。カーター大統領がスタンに、五月二十九日にボストンの〈大型帆船フェスティヴァル〉で演奏してくれるように要請したのだ。彼はヘイゼルデンに戻ってきたが、治療のコースを終了することなく、モニカより先にそこを離れた。

ヘイゼルデンに入るのは五回目だったが、それはスタンの依存症にほとんど影響を及ぼさなかった。それから間もなく、モニカと共にヨーロッパを旅しているとき、彼はまた深酒をした。パリのホテルの部屋で喧嘩をしたあと、彼女はそこから出て行ったが、フランスを離れることに問題が生じた。口論しているときに、スタンが彼女のパスポートを投げ捨ててしまったのだ。そんなわけで彼女は影響力を持つ縁者の助けを借りて、書類なしでデンマークとスウェーデンに入国させてもらわざるを得なくなった。

スタンが何の予告もなくシャドウブルックに現れて妻を驚かせたとき、スタンと彼女はもう一ヶ月以上連絡を取り合っていなかった。彼は近郊のダブズ・フェリー（ニューヨーク州）にあるマーシー・カレッジで名誉博士号を授与されることになり、そのために戻ってきたのだ。一九八〇年八月十八日に行われた授与式にはモニカも同伴した。

スタンはダイアン・シュアと共演することを熱心に求め続け、九月の初めにその機会を得た。場所はサンフランシスコの〈キーストン・コーナー〉だ。

ダイアンはそのとき父親と同居していたシアトルから飛行機でやってきた。彼女はアリゾナで厳しい三年間を送った後、破産状態で父親の家に戻っていたのだ。彼女は当時コカインとアルコールの依存症に苦しんでいた。彼女がサンフランシスコにやってきたとき、スタンは彼女と自分のために依存物質の補給をしっかりおこなった。彼女は語る。

私はスタンのホテルの部屋に入っていきました。私のためにリムジンとかそういうものが用意されていたので、私はすっかり大物気分になっていました。そしてスタンは私をハグして、頬にキスしてくれました。「お祈りを唱えないか」と彼は言って、「いいわよ。もちろん」と私は言いました。そして私たちはお祈りを唱えました。それから私たちは羽目を外して、そのあと私は彼のために性的なサービスをしました。私はすっかりハイになっていたものだから……

もし私が今のような状態でいたら——すっかり素面でクリーンになって、自分の人生の規範みたいなものを打ち立てられていたら——たぶんノーと言えたと思います。でもその当時の私の心理状態からすれば、「これだけドラッグをもらったんだもの、なんでもやってあげよう」みたいなことになったんです。

その夜、彼と一緒に演奏しました……彼もまたアルコールとドラッグに深くはまっていました。だから彼は私にとってしっかり頼れる人になったのです……一緒に演奏したあと、私は自分がその人にとってとても大切な存在になったような気がしました。私はいつも権威的な存在を求めてきました。そしてスタンは間違いなく身を任せられそうな相手に思えたのです。ほとんど父親みたいな存在というか……

翌日の夜、彼と演奏したときのことを覚えています。彼は言いました。「おいおい、君はすっかりハイになっているな。半分意識が飛んでいるみたいだぜ」と。それに対して「あなたはどうなのよ？　そんなこと言える立場なの？」とか言い返すことさえできませんでした。ドラッグから醒めて家に帰ったとき、私は少しばかり幻滅していました。

サンフランシスコのエンゲージメントが終わると、スタンはモニカを伴って四週間の南米ツアーに出た。しかし彼女は顔と胸の形成外科手術を受けるために先に合衆国に戻った。クリスマスの休暇までには彼女は回復した。

一九八〇年九月、ニッキー・ゲッツはテニスの奨学金を得て、カリフォルニアのサンディエゴ州立大学に入った。そして十二月の後半にあるフロリダ州マイアミで開かれる世界ジュニア・テニス選手権試合に出場するために、東部に戻ってくることを楽しみにしていた。たまたまスタンはその近くのフォート・ローダーデイルで、ホリデー・シーズンに仕事をすることになっていた。彼はそこの同じビルの中に、部屋を二つ借りることにした。ひとつはニッキーのため、ひとつは自分とモニカのためだ。

ニッキーはそのトーナメント(「ジュニアのウィンブルドン」と呼ばれている)のために熱心に準備をしていた。そして予選では素晴らしい健闘を見せたのだが、途中で膝をひどく傷めてしまい、関節鏡視下手術を受けざるを得なくなった。二日後に彼は松葉杖をついて、両親の部屋に夕食をとりにやってきた。そしてスタンがアルコールの匂いをさせ、喧嘩腰になっているのを見て取った。ニッキーはそのときのことを語る。

父は僕に向かって怒鳴りつけた。腹を立てる原因は何でもよかったんだ——僕が母さんに対して敬意を払っていないとかね。というのは僕らは車の中で手術のことで口論していたから……次に僕が覚えているのは、彼が僕の首を摑んでいたことだ。そしてキッチンのドアに僕を押しつけていた。なにしろすごい力でさ。そして僕を殴ろうとしていた。

母は彼に向かって金切り声を上げ、怒鳴っていた。僕は死ぬほど怯えていた。なぜなら僕はそのとき、自分の身を護ることができなかったから。何しろ脚が痛くって……でもなんとかそこから逃げ出して、階下に行った。そしてドアをロックした。

スタンが仕事に出たあと、モニカがニッキーに会うために、急いで下に降りてきた。そしてそこを出るように息子を説得した。フォート・ローダーデイルを北に数時間行ったところにある町にガールフレンドがいて、ニッキーはグレイハウンド・バスに乗ってそこに向かった。そして数日後に飛行機でサンディエゴに戻った。

スタンとモニカがフロリダから帰宅したとき、二人の仲はますます険悪なものになっていたので、モニカはシャドウブルックを出てホテルに部屋を取り、そこに滞在した。結婚生活が重大な危機に瀕していることがモニカにはわかっていたし、それを救う最良の方法は、二度目の介入治療を試みることだというのが彼女の出した結論だった。今度は入念に準備をして、スタンを再びセラピーに参加させなくてはならない。

一九八一年一月二十日から二十五日にかけての〈キーストン・コーナー〉での出演契約をこなすために、スタンがサンフランシスコに出かけたとき、モニカは介入治療の準備を始めた。そのギグのためにスタンは共演者として、ピアノにルー・レヴィー、ベースにチップ・ジャクソン、ドラムにシェリー・マンを選んだ。〈サンフランシスコ・クロニクル〉の評者はその演奏を絶賛している。

そのサウンドに負けず引き締まった見かけのゲッツは、火曜日のオープニング・セットにおいて、ここ数年のうちで最も霊感に満ちた演奏のひとつを繰り広げてくれた……ゲッツの磨きのかかった淡い琥珀の音色は、その角(かど)を繊細に丸められ、彼が演奏するすべてのものに、たまたま耳には届かない歌詞がそこにあるような感覚を与えていく……彼の音楽は優しいビター・スウィートなメランコリーに満ちて、それは時折、内気な断定や、晴れやかな情感に席を譲る……ルー・レヴィーとチップ・ジャクソンは、ゲッツの醸し出す詩的な陰影や、微妙に変化する気分に完璧なまでにぴたりと寄り添い……そしてシェリー・マンはまさに見事と言うしかない。

スタンがカリフォルニアから帰ってきたとき、モニカは二度目の介入治療のための準備を入念に整えていた。参加者を指導し、リハーサルも積んでいた。

彼女はキース・シンプソン医師を選んでいた。彼はカリフォルニア在住の医師で、二度ばかりスタンを助けたことがあり、全米アルコール依存症評議会の会長を当時つとめており、過去十年間に、三千人を超すアルコールとドラッグ依存症患者の治療にあたっていた。

モニカとシンプソンは介入治療に誰を呼ぶかを決めた。スティーヴ、ベヴァリー、ジャック・ホイットモア、エレン・ブエンテーロ（新しいシャドウブルックの管理人）、スタンの弁護士のバディー・モナッシュ、彼の会計士マーヴィン・ゾルト、そして介入治療の専門家であるシンプソンのアシスタント。彼とシンプソンは少し前にカリフォルニアから飛行機でやってきて、ニューヨークで何度かセッションをおこない、他の参加者たちに介入治療のカリキュラムを徹底的にたたき込んでいた。その会合はモナッシュのオフィスの会議室で行われることになっており、スタンはそのことは前もって知らされていなかった。法律上のいくつかの問題について話し合いたいという口実で、モナッシュがスタンをそこに誘い出すことになっていた。

グループはモナッシュのオフィスの会議用テーブルのまわりに座り、スタンは今日はもう現れないとわかるまで、四十五分間じりじりしながら彼が来るのを待っていた。スタンはホイットモアの秘書からこっそり情報を与えられ、飛行機に乗って西海岸に行ってしまったのだ。数日後、二月の初めに、スタンはシャドウブルックに姿を見せ、バッグに必要な身の回りのものを詰め込み、また出て行った。彼の結婚生活と妻に対する信頼感を根底から損なうことになった、マートル・アン・フランクリンの事件が起きてから、一年と少しが経過していた。

結婚生活が崩壊していくにつれ、スタンはジェーン・ウォルシュ——二年前に出会って、彼の心を惹きつけた若い女性だ——と会話をしたり、時折彼女を訪れたりすることに慰めを見いだすようになっていった。スタンは彼女に電話をかけ、自分がシャドウブルックを去ったことを知らせた。そしてこれから五人のミュージシャンたちと、二月九日から始まる六週間のヨーロッパ・ツアーに出るが、帰国したら連絡を取りたいと言った。

ツアーのマネージメントをしたのはビリー・ホー

フストラーテンだった。二十四歳のオランダ人の学生で、やがてスタンの信頼する仕事仲間になり、最も親しい友人の一人になる。ビリーはウィム・ウィフト（やはりオランダ人で、ツアーのプロモーターをつとめていた）のもとでパートタイムの仕事をしながら、農業の博士号を取るための勉強をしていた。前年の夏のヨーロッパ・ツアーはウィフトの旗印の下におこなわれており、ビリーとスタンはそこで短く顔を合わせていた。

ホーフストラーテンは英語では「ハイ・ストリート」にあたる。そして一九八一年三月三日に、スタンはセクステットを率いてパリのスタジオに入り、一枚のアルバムを制作したが、アルバムが一九九〇年にリリースされたとき、そのタイトルは「ビリー・ハイストリート・サンバ」となった。発売が遅れたのは著作権を巡ってごたごたがあったからだ。スタンはその件を一九八九年までクリアすることができなかった。スタンのバンドのメンバー（キーボードのミッチェル・フォーマン、ギターのチャック・レーブ、ベースのマーク・イーガン、ドラムのヴィクター・ルイス、パーカッションのボビー・トーマス）はみんな元気いっぱいで、全員が三十歳以下だった。そしてスタンは彼らにその才能を全開させる余地を与えた。八曲のうち五曲はレーブが、二曲はフォーマンが作曲したもので、全員に長いソロをとる機会が与えられた。

音楽はチック・コリアに強い影響を受けたものだった。複雑なラテン・リズムが展開され、刺激的な電気ピアノのフレーズがあり、ハーモニーには鋭い差し込みがある。スタンはアップテンポの三曲で情熱的に燃え上がる。タイトル曲と、『ページ・ツー（Page Two）』と『チューズデイ・ネクスト（Tuesday Next）』だ。そして三曲のバラードではロマンティックなタペストリーを織りなしていく。スタンダード曲の『ボディー・アンド・ソウル』と『ビー・ゼア・ゼン（Be There Then）』と『ザ・ダージ（The Dirge）』だ。最後の二曲で彼はソプラノ・サックスを吹く。彼が長いキャリアの中で、その楽器を使って録音したのは、それが最初で最後だった。ソプラノ・サックスでピッチを維持するのは、テナー・サックスの時よりずっと困難を伴う。しかしスタンはひるむことなくその楽器から、テナー・

サックスの高音部を用いるときと同様の、芳醇な音色を引き出している。

三月の後半にヨーロッパ・ツアーが終了したとき、スタンはサンフランシスコに住居を持った。ファンキーなノース・ビーチの、ファイファー・ストリートにアパートメントを見つけた。そこでは酒もドラッグも簡単に手に入る。二度ばかり一泊したことはあったが、それを別にすれば、彼はもう二度とシャドウブルックには滞在しなかった。

スタンのお気に入りの店のひとつである〈キーストン・コーナー〉も、やはりノース・ビーチにあった。一九八一年五月十二日に彼はそこで、コンコード・レコードのためにライブ・レコーディングをおこなった。そのアルバムには「ザ・ドルフィン」というタイトルがつけられた。スタンはコロムビア・レコードには不満を持っていた。その会社はコマーシャルな面にばかり目を向け、電子楽器を使わせたり、ジルベルトとの共演の焼き直しをさせたり、冴えない出来のラロ・シフリンをバックにつけたりした。だからコンコードとの仕事は歓迎するところだった。小さな独立系のレーベルで、オーナーでプロデューサーのカール・ジェファーソンは純粋なジャズを熱心に追求していた。この「ドルフィン」のライナーノートを書いたレナード・フェザーに、スタンはこのように語っている。

ぼくの哲学はどこまでも単純なものだ。偉大なジャズマンに必須な資質が四つある。テイスト、勇気、個人性、そして不遜さだ。それらはぼくが自分の音楽において護っていきたいと考えている資質でもある。

現在どんなことが起こっているか、その感覚をつかむために、いろいろ試してみることもできる。ぼくもやってみたが、自分の中にしっくりとは根付かなかった。それはジャズという芸術形態の本質ではなかったんだ。レコード会社の圧力にはもう二度と屈したくないね。

「ドルフィン」はこれ以上シンプルに、またピュアにはなれないというくらい、ストレートなカルテット編成のジャズ・アルバムになっている。電子楽器は一切使われていない。スタンはそのセッションのために、つい最近終えたばかりのヨーロッパ・ツアーから一人のミュージシャンを連れてきた。若いドラマー、ヴィクター・ルイスだ。そして彼を二人のヴェテラン・ミュージシャンと組ませた。ベースのモンティー・バドウィグと、ピアノのルー・レヴィーだ。レヴィーはスタンと共演したその一週間について、敬虔な面持ちで〈サンフランシスコ・クロニクル〉の記者に語る。

　彼は完全無欠なプレイヤーだ。完璧なイントネーションとテクニックを身につけ、類い希な耳を持っている。僕が彼に向かって代理コードを――つまり上下を逆にしたり、裏表を逆にしたり、あるいはまったく間違ったコードを――放り込むと、彼は即座に反応し、それに合った音を出してくる。彼の楽器は彼の頭脳とじかに繋がっているんだ。まさにテナー・サックスのヤッシャ・ハイフェッツだ。もしスタンに何か欠点があるとしたら、それは欠点がないということだね。

一九九一年にスタンは〈キーストン・コーナー〉に出演中に録音されたオーディオ・テープを見つけた。それは商品化の価値はないとスタンが判断したものだった。でもテープに収められている音楽は見事な出来だった。自分の音楽に対して誰より厳しい判断を下すスタンは、その内容に過剰反応したのだ。ビリー・ホーフストラーテンはその話を聞いても、ちっとも驚かなかった。

　スタンはなにしろ、コンサートで本当に素晴らしい演奏をしても、楽屋に戻ってきて、「今日はクソみたいな演奏しかできなかった。おれって最低だよ。みんなよくやった。おれはまともな音はひとつも出せなかったけどな」みたいなことを口にする人だから。

ボツにされたテープは、一九九二年にコンコード・レコードから「スプリング・イズ・ヒア」というタイトルでリリースされた。ジャケットには、共同プロデューサーとしてスティーヴ・ゲッツとジェファーソン、そしてアシスタント・プロデューサーとして、一九九二年当時二十歳だったスティーヴの息子クリストファーの名前が記されている。
「ザ・ドルフィン」と「スプリング・イズ・ヒア」の二枚のＬＰには十三曲が収められている。ひとつの優しいサンバ、五つのアップ・テンポの曲、七つのバラードだ。スタンは〈キーストン・コーナー〉の雰囲気と、カルテット編成で演奏できる機会を得たことの両方から、大いに啓発を受けている。

人々はまるで教会にいるときのような反応を見せた。演奏の後、それほどささやかな数の聴衆から、それほど大きな熱烈な賞賛の表現を耳にしたことは、たぶん誰にもないだろう。

そのバンドはまるでクラシック音楽の弦楽四重奏団みたいなものだった。もしそこにもう一本ホーンを加えたら、それはたぶん余分な存在になっていただろう。そしてぼくはほとんど、決まった譜面を吹かされているような気持ちになっていただろうな。カルテットではぼくは、毎晩まったく違う風にフレーズを吹くことができる。ステージに立ち、そこでなんだって自分のやりたいことができる。そしてカルテットは規模が小さいから、全員がソロがとれるだけの余地がある。ぼくは自分のバンドの全員がソロをとるのを聴くのが好きなんだ。それが古典的なジャズの、音楽に対するそもそものアプローチなんだ……

ぼくの好みを言わせてもらうと、この世界に、調子が乗っているアコースティックのリズム・セクションくらい素晴らしいものはないね。それは身体の中でぶるぶるヴァイブレートするみたいに思える。そういう体験はそうしょっちゅうできるものじゃない。しかし起こったときには、はっきりと感じ取れる。そいつは簡単に達成できることじゃない。君は然るべきプレイヤーたちを、然るべき雰囲気に運び込まなくちゃならない。エレクトリックな音楽を聴いているとぼくは大方の場合、なんだかショック療法を受けているような気分になってしまうんだ。

そのような環境の中から、刮目（かつもく）すべき作品が生まれた。一九七五年十月という記憶すべき月に、「ピーコックス」と「ザ・マスター」という二枚のアルバム――コロムビアに在籍した五年を通して最良の作品――が制作されたわけだが、それ以来、実に久方ぶりのことだった。

スタンはアップテンポの軽快な曲に、荒々しく、しゃがれ気味の、沸き立つ活力を運び込む。『ハウ・アバウト・ユー』や『ザット・オールド・デヴィル・ムーン』や『ジョイ・スプリング』や『夜は千の目を持つ』といった曲に。そしてカルテット全体に、その喜びに満ちたフィーリングが感染していく。レヴィーとバドウィグはいくつかの気分が浮き立つようなコーラスを聴かせてくれる。ルイスはガッツのあるスウィングと、デリケートなタッチを展開する。それは彼に、以降八年間にわたるゲッツのドラマーとしての地位を約束するものとなった。

一九七九年にスタンはあるライターに語っている。

バラードはなかなかむずかしい。ぼくはその曲が求めるムードに身を任せることにしている。あしようこうしようと、前もって決めたりしない。曲が指し示す通りに流れが作られていく。演奏中に目を閉じたりはしないが、でもぼくの心は音楽にしっかり浸りきっている。すべては心の内側から出てくるんだ。イメージは目で見たものから生まれたりはしない。バラードによっては、メロディー以外の音は一切吹かないこともある……そのメロディーはあまりに素晴らしくて、それだけでぼくにはもう十分なんだ。

『マイ・オールド・フレイム』『イージー・リビング』『スプリング・イズ・ヒア』、そしてジョニー・マンデルの『クロース・イナフ・フォア・ラヴ』といったバラード曲に対し、古典的にして、強く心を動かされる読み込みをおこなうことで、スタンはそれらのアルバムにメロディーの美しさと、またそれ以上のものを与えていく。

それらのアルバムは大西洋の両側で、ファンからも批評家たちからも絶賛を浴びた。「スプリング・イズ・ヒア」は英国の雑誌〈ジャズ・ジャーナル〉で一九九二年度の「レコード・オブ・ザ・イヤー」を獲得した。

一九八一年五月の後半、〈キーストン・コーナー〉での二週間の出演を終了したあと、スタンのノースビーチでのご近所づきあいに、デイヴィッド・ゲッツとレナの夫婦が加わった。デイヴィッドはそのとき二十九歳、ニュー・ハンプシャーの大学を卒業したばかりだが、サンフランシスコまでやって来たのは、「これまで父親と共に、楽しくゆっくり暮らす機会を一度も持てなかったから」だった。彼はサンフランシスコ空港のハーツ・レンタカーに仕事を見つけた。

スタンはサンフランシスコでの単身生活を楽しんでいたが、モニカを相手どって離婚訴訟に入ることを真剣に考えていた。十二年にわたってこっそりアンタビユーズを飲まされていたことは、「残酷で非人間的な措置」にあたるし、ニューヨーク州においては確実な勝訴の基盤となるだろうという意見を弁護士から聞かされたとき、彼のその決意はより強いものになった。スタンは六月二十五日に再びヨーロッパ・ツアーに発つことになっていたが、出発前に弁護士に、離婚訴訟の書類の準備を始めてくれと告げた。

彼はツアーにジェーン・ウォルシュを連れて行った。その慌ただしい旅行を彼女は懐かしく思い出す。「とても楽しかったわ。私にとっては初めてのヨーロッパ旅行だったし、主要な国をだいたいまわりました。なにしろ四十五日間に三十のワンナイターをこなしたのよ」。スタンはルー・レヴィーとヴィクター・ルイスを連れて行ったが、モンティー・バドウィグは西海岸のスタジオの仕事が入っていたので、マーク・ジョンソンがその代役を務めた。ジョンソンは二十七歳の気鋭のベーシストで、ビル・エヴァンズとの共演で名を高めた。

ツアーのハイライトは、七月の十七日から二十一日にかけて、フランスのニースで催された大きなジャズ・フェスティヴァルだった。スティーヴ・ヴォースが伝えるように、スタンはディジー・ガレスピーや、テリー・ギブス、デクスター・ゴードン、アート・ペッパー、ジョン・ルイス、エルヴィン・ジョーンズ、リー・コニッツといったスターたちを圧倒した。

スタンリーはそのフェスティヴァルにおける驚嘆すべき存在であり、彼の人柄はまた終始、彼の音楽と同じくらい魅惑的だったと言っておく必要があるだろう。彼がフレンドリーで協力的な人であることをみんなが認めたし、参加したすべてのジャム・セッションにおいて、彼はその音楽的触媒の役を務めた。フェスティヴァルの後半、彼は十一の違うセッションに参加し、熱を込めた演奏を行った……

ゲッツは彼の完璧さの追求の、あるいはそこへの接近の、途上に現れたものすべてをつかみ取る。もしあるバラードを、ルー・レヴィーのピアノ・ソロで終わらせるのが正しいと思えば、彼はそうする。ルー・レヴィーは「モン・ヴュー（旧友）」であり、マーク・ジョンソンは「モン・ヌーヴォー・アミ（新しい友人）」であり、ドラマーのヴィクター・ルイスは「モン・ティーグル（私の虎）」である。

そのバンドは「モン・ファヴォリト（私のお気に入り）」であり、どこに行こうと、そこには間違いなくジャズのインスピレーションの高波が持ち上がった。アート・ファーマーとリー・コニッツが飛び入り出演したとき、その即興演奏はスーパーナチュラルなものになった。アートの『春のごとく』とスタンの『ウィール・ビー・トゥゲザー・アゲイン』が、リーの作品の両側をしっかり擁護していた。マーク・ジョンソンのベース・ラインは全員を刺激し、そのソロはまことに見事だった。

ヨーロッパから帰国したとき、スタンとジェーンは、フロリダからのニュースに大きな衝撃を受けた。彼女がそのときのことを語る。

私たちはニューヨークに戻ってきました。そして私はフロリダに帰ろうとしました。そのときに、サンフランシスコに移ってこないかという話になったのです。

私は家族に電話をかけようとしました。しかし誰もつかまりません。そこで兄のジョンの秘書に電話をかけました。すると彼女は言いました。「あなたの甥のアダムが行方不明になっているんです」と。それは七月三十一日のことだったと思います。アダムは二十七日に誘拐されたのです……

私はすぐにフロリダに向かいました。スタンはニューヨークに一週間滞在しましたが、そのあとこちらにやって来ました。彼は地元のラジオ局に出演し、アダムの捜索を手伝ってくれるように人々に呼びかけてくれました。

私はそこに残って家族を助けました。そしてそのおよそ二週間後に、私の甥の死体が発見されたのです。私たちは出資者を見つけ、義理の姉が〈行方不明の子供たちのためのアダム・ウォルシュ・センター〉をフロリダに設立しました。私は彼女と兄のジョンと共に、八一年のクリスマスから八二年の一月にかけて活動しました……アダムを殺害した犯人は結局見つかりませんでした。

ウォルシュ夫妻はそのセンターを、行方不明の子供たちについての情報基地とし、それは全国規模の施設として今日もなお活発な活動を続けている。ジョン・ウォルシュは決意をもってその活動に全力を傾注し、ヒーローとなった。彼は現在フォックス・ネットワークで〈アメリカズ・モースト・ウォンテッド〉という人気番組のホストを務めている。

スタンはジェーンに合流するためにフロリダに向かう前に、ニューヨークで弁護士に会い、「残酷で非人間的な措置」を受けたことを理由に、モニカに対して離婚訴訟を起こすように指示をした。訴訟がなされたことを通知する、一九八一年八月五日付けの召喚状はモニカに手渡されたが、それは簡単な作業ではなかった。

スタンの弁護士のアシスタントであるマーヴィン・ポタッシュは、八月六日にモニカの弁護士のオフィスでその召喚状を渡そうと試みたのだが、入り口で足止めを食らった。オフィスの裏の駐車場に彼女の車があるのを目にとめ、そこに腰を据えて待つことにした。おおよそ二時間後に彼は、モニカと彼女の弁護士が裏の非常階段を使って、こっそり建物から出て来るのを目にした。彼は語る。

一階まで降りたとき、弁護士とモニカ・ゲッツは私の姿を目にしました。そこで私は走って行って、モニカ・ゲッツに召喚状を手渡そうとしました。弁護士は身体を張ってそれを阻止しようとしました。私は彼を肩で押しのけて、モニカ・ゲッツを追いかけました。そして彼女に召喚状を手渡そうとしました。彼女は受け取りを拒否しました。だから私はそれを彼女に投げつけ、歩き去りました。午後四時四十分のことでした。

その四日後の八月十日、スタンとモニカは家庭裁判所において、財務問題に関して合意に達した。彼女とニッキーに対する扶養料支払い（年間おおよそ八万ドルになった）、クレジット・カード類、弁護士費用、シャドウブルックの評価額などをどのように処理するか、そういう取り決めがそこには含まれていた。スタンは自分の負担分をかなり楽に支払うことができた。一九八一年度の彼の年収は三十三万五千ドルを超えようとしていたからだ。

スタンとの間の問題はあくまでアルコールがらみのものであって、夫婦関係そのものにはないと、モニカは思い込んでいた。もし彼が、家族を含めた治療プログラムを真剣に長期的に受けたなら、彼は自分のもとに戻り、離婚訴訟は取り下げられるはずだと。一九八一年十一月三日に、ニューヨークの彼女の弁護士のオフィスで、スタンとモニカの話し合いがもたれたとき、彼女はその提案をおこなった。彼と子供たちと共に、進んでその治療に参加するつもりがあると。スタンはそれに同意はしなかったが、リチャード・ショア医師とおこなっているセッションにモニカを招待した。ショアは、彼がサンフランシスコにいるとき、週に三回その治療を受けている精神科医だ。

モニカは数週間後にサンフランシスコに飛んだ。彼女はスタンのアパートメントに同居して、そこでセックスもしたいと言い張った。彼はどちらの要求も拒絶した。そして一九八〇年以降、二人は性的関係を持たないままになった。クリスマスには、スティーヴと息子のクリスがサンフランシスコを訪れ、ハイアット・ホテルに宿泊した。〈ファット・チューズデイ〉から休暇をとってやって来たスティーヴは、そのホテルが新しく開いたジャズ・クラブ〈リフレクションズ〉に演し物をブッキングしたいという申し出を、ハイアットに対しておこなった。偶然だが、一九八二年一月十八日の〈リフレクションズ〉のオープニングに、スタンはカルテットを率いて出演していた。

モニカがスタンを、サンフランシスコから自分の元に恒久的に引き戻したがっていることが、スティーヴにはわかっていた。しかしスタンにそんなつもりがないこともわかっていた。スティーヴの推測はどうやら当たっていたようだ。というのはスタンは当時、フロリダのジェーン・ウォルシュに電話をかけまくっていたからだ。彼女がフロリダを引き払って、ノース・ビーチで自分と一緒に暮らすようにずっと口説いていたのだ。スティーヴの回想によれば、「モニカは夫にまとわりついて、おおむねうるさがられていた。スタンはいらいらして、きまり悪く感じてもいた」ということだ。

モニカとスタンは三度か四度、ショア医師とのセッションに二人で参加した。そして医師の示唆に従って、お互いの調停人を見つけることにした。調停人は二人の別離の財務的細部を、本人たちに納得させた。その内訳は八月に話し合ったときよりも更に細かく明確になっており、正式に文書化されなくてはならなかった。

弁護士たちは「和解に向けての合意書」と呼ばれるそのような文書を用意していた。しかしその名称は誤解を招きそうだ。というのは、そこには和解に向けた段取りなど何もなかったからだ。そこで扱われているのは、モニカとニッキーに対する扶養料であり、スペインのアルムニェカル近郊の土地の売却であり、シャドウブルックの地所にコンドミニアムを建設するための区域設定の変更であり、弁護費用の支払いであり、国税局とニューヨーク州およびカリフォルニア州への債務であり、スタンの一九七七年型メルセデスのサンフランシスコへの移送についてだった。その合意書にはまた、スタンは今後六ヶ月間に、係争中の離婚訴訟に関して正式な不服申し立てができると記されていた。

クラブ〈リフレクションズ〉のオープニングのために準備をしながら、彼はピアニストを取り替えたいという、定期的な欲求に襲われた。彼はマーク・ジョンソンに相談をした。ルー・レヴィーよりもっと革新的な和声のイディオムを持つプレイヤーがほしいのだと。ジョンソンはサド・ジョーンズ＝メル・ルイス・ビッグバンド時代の同僚のジム・マクニーリーを推薦した。スタンはマクニーリーの演奏を聴いて、即刻採用を決めた。

〈リフレクションズ〉はユニオン・スクエアの三十

六階にあり、ハイアットのマネージメントによって、派手なディスコから上品なサパークラブへと変えられていた。そしてスタンはその店がうまく船出できるように、割引料金で出演することを了承した。その店は残念ながら、ジャズ・クラブにはいささか不向きな形をしていた。というのは、客の大半はステージから横向きに細長く広がった席に着かなくてはならなかったからだ。しかしスタンとそのカルテットは、二週間のエンゲージメントのあいだずっと店を満席にした。〈エグザミナー〉の評者はこのように報じている。

〈リフレクションズ〉の見事な眺望は、ジャズの最高に美しいサウンドに何より相応しいものだった。ゲッツは拡声装置を一切使わず、小さなステージからこぼれるように聞こえてくる『四月の思い出』や『スプリング・イズ・ヒア』のたおやかなメロディーは、眼下に見えるサンフランシスコの街のきらめく明かりと、この上なくマッチしていた。

〈サンフランシスコ・クロニクル〉の記者はこのように書いている。

ゲッツのバンドは実に素晴らしい。新任のピアニスト、ジム・マクニーリーは思慮深く、そしてスウィングする。それより更に印象的なのが、ベースのマーク・ジョンソン（今は亡きビル・エヴァンズの元でかつてプレイしていた）だ。彼はゴージャスでロマンティックな自作曲『アンティグナ』を提供している。ヴィクター・ルイスの代役を務める、ドラマーのビリー・ハートはジャズ界で最も過小評価されているミュージシャンの一人だ。

ジェーン・ウォルシュはスタンの熱心な口説きに屈して、彼と同居するためにフロリダからサンフランシスコに越してきた。スタンが〈リフレクションズ〉に出演しているときのことだ。彼が酔っ払って空港に迎えに来たのを見て、彼女は動揺した。そして翌日、飲み過ぎて乱れたあとにやってくる鬱状態の中、ピストルを自分の頭にあて、自殺をしてやると脅す彼の姿に言葉を失った。彼女はまたノース・ビーチにたむろする大勢のドラッグ・ディーラーや、軒を連ねる多くの酒屋や酒場を目にして、あきれかえってしまった。それから一週間を経ずして、二人はもっと穏やかな、ミドルクラス的環境を持つザ・マリーナに引っ越した。そこはサンフランシスコ湾に面して、周りをヨットハーバーに囲まれていた。〈リフレクションズ〉での出演契約の最後の日に、カール・ジェファーソンはカルテットをコンコードの録音スタジオに招いた。一月三十日のことで、彼らはそこで「ピュア・ゲッツ」という名前がつくことになるLPの制作を開始した。しかし完成には至らなかった。スタンとマクニーリーとジョンソンは、その翌日ニューヨークに発ってしまったからだ。彼らはそこでヴィクター・ルイスと合流し、彼がビリー・ハートの代わりに再びドラマーの席に座って、〈ファット・チューズデイ〉に出演することになっていた。

そのためにジェファーソンは、スティーヴ・ゲッツを責任者にして、ドラマーをルイスに代え、東海岸でアルバムの残りを仕上げることにした。スティーヴは〈リフレクションズ〉の先行きはあてにならないと踏んで、一月半ばに古巣の〈ファット・チューズデイ〉に復帰していたのだ。彼の予測は正しかった。二年を経ずして〈リフレクションズ〉は店仕舞いしてしまったからだ。

〈ファット・チューズデイ〉でのスタンのステージの相方は、旧友のおちゃらかコメディアン、「プロフェッサー」・アーウィン・コリイだった。スタンとモニカは別々に彼から招待を受け、出演期間の最初の数日を、コリイのマンハッタンのアパートメントで一緒に過ごすことになった。コリイのところで、モニカはセックスをしようとスタンを誘ったが、スタンはきっぱりと拒否した。

〈ファット・チューズデイ〉のオープニングの夜は、たまたまスタンの五十五回目の誕生日にあたっていた。叔父のベニー・ゲッツもやってきて、スティーヴとモニカと、スタンの弁護士の十六歳の娘とともに、誕生日を祝った。〈ニューヨーク・タイムズ〉の記者もオープニングの夜に居合わせて、このように書いている。

もし努力を続ければ、いつの日にかスタン・ゲッツはテナー・サックスをマスターできるかもしれない。しかし四十年後にもまだ、彼が完璧さの追求をはばかることなく続けているであろうことを、彼のファンはあてにして良さそうだ。「ぼくはまだ学び続けているんだ」とミスタ・ゲッツは、逃げ水を追うごとく理想を追い続けるセッションをまたひとつ終えたあとで語った……
「日々何かを学んでいる。自分を改訂するためにね」と彼は言った。「余計なものを取り除き、フォームとロジックと内容をより強いものにするために。ぼくは少しでも美しい音楽をプレイしたいんだ」

「ピュア・ゲッツ」において共同プロデューサーとしてクレジットされたスティーヴは、父親のニューヨークにおけるレコーディングを差配する作業を楽しんだ。

　僕らはスタジオでお互いを読み合った。まるでテレパシーみたいにね。それは素晴らしかったな。僕は演奏に深く耳を傾けた——良いテイクかどうかを判断するためにね。そして二人ともすぐにやり方を覚えた。僕は彼が何を好むかがわかったし、彼は僕が何を好むかがわかった。それは僕らの関係の新しい側面だったね。

「ピュア・ゲッツ」におけるマクニーリーのソロは、スタンのそれまでのコンコードの二枚のレコードにおけるルー・レヴィーのソロのように、精緻なものではなかったが、和声はより刺激的だった。それはスタンをインスパイアし、彼のソロはより強い食い込みを獲得した。「ピュア・ゲッツ」においてスタンは、より高いアーティスティックな台地に登りついたように見える。その頃、彼はAP通信の記者を相手にこのように語っている。

　長い間ずっと同じことをやっていると、だんだん飽きてきて、自分が進歩していないみたいに思えてくる。それがもっと続くと、退屈で不幸な気持ちになる。ところがそのあとに状況が急に上向いて、前にいたところをひょいと跳び越えていくんだ。

　音楽をやっていてよかったと思うのは、そういうときだね。それはなんていうか、フィジカルな感覚なんだよ。さして苦労もなく無駄もなく、出し抜けにより豊かなフォームが、ロジックが、内容が、勝手に出来上がっていくんだ。


　スタンのこうした喜びはアルバムの二つの傑出したトラック——バド・パウエルのビバップの古典『テンパス・フュジット（時は逃げる）』と、ビリー・ストレイホーンが死の床で作曲した『ブラッド・カウント（血球算定）』——において彼が奏でる、キャリアにおいて最も優れた二つのソロに、ありありと聴き取ることができる。

　スタンの『テンパス・フュジット』における火を噴くようなソロは、ほとんど狂気を含むまでに激しく人生を肯定するが、同時にまた命の短さについての強い痛みを感じさせる。彼のホーンから爆発的に盛り上がる叫びは、彼がある友人に語った言葉が何を意味するかを示している。彼は言った、「ぼくが暗い音楽を演奏しようとするたびに、それは自然にユダヤ的なサウンドになってしまうんだ」と。

　デューク・エリントンの、二十八年間にわたる兄弟同然の協力者であったビリー・ストレイホーンは、一九六七年にニューヨークの病院で、癌のために死にかけていた。彼はデュークの素晴らしいアルト・サキソフォン奏者、ジョニー・ホッジズのために『ブラッド・カウント』を書いた。ストレイホーンの死の三ヶ月後に、エリントンとホッジズは『ブラッド・カウント』の吹き込みをおこない、その曲の決定盤と見なされた——「ピュア・ゲッツ」が出るまでのことだが。

　スタンがその曲の譜面を読んだのは、当日のセッションが最初で、エリントンとホッジズの録音のことは知らなかった。


　ピアニストのジム・マクニーリーがそれをぼくのところに持ってきたんだ……レコードに入っているのは、ぼくがその曲を最初に吹いたテイクだよ。ときには第一印象が最良なんだ。

批評家のゲイリー・ギディンズはこう書いている。

「ゲッツは『ブラッド・カウント』において、解釈の無欠さという美質だけをもって、個人的主張を素材に重ねることのできる、ごく僅かな数のジャズ・スタイリストたちのグループの入会資格を得ている」。スタンは哀調に満ちた曲の、地下に埋もれた混乱を本能に従うまま、驚異的に多彩な音量とイントネーションを用いて掘り起こすことにより、それを達成したのだ。即興演奏の感情的ピークにあって、彼はその骨の髄まで凍りつくような叫びを、柔らかくブルージーな呻きにすっと取り替える。そうやって聴き手を、曲の内側にある痛切な核心へと導くのだ。

二月十一日、二度目の「ピュア・ゲッツ」セッションの数日後、スタンとモニカは弁護士のオフィスで顔を合わせ、「和解への合意書」に署名した。ほどなくジェーン・ウォルシュはニューヨークでスタンと合流し、二月二十五日に彼と共に、六週間にわたる高報酬のヨーロッパ・ツアーに旅立った。メンバーはマクニーリー、ジョンソン、ルイス、その巡業でカルテットは十万千五百ドルを受け取った。

四月六日にツアーから戻ってきたとき、彼らにはゆっくり身を休める暇も与えられなかった。というのは、四十八時間後にはもうタヒチに飛ばなくてはならなかったからだ。バーニー・ポラックが当地の〈クラブ・メッド〉を買い取り、スタンは再び彼と「現物支給」の取り決めを結んだ。二週間そこで演奏をする謝礼代わりに、カルテットのメンバーと家族は四週間、その施設で無料で休暇を楽しむことができる。デイヴィッドとレナ・ゲッツの夫妻、ビリー・ホーフストラーテンと奥さんと幼い息子がやって来た。ビリーは興奮していた。

信じられますか？　僕は学生で、狭い部屋に暮らしていて、お金だってほとんどない。ところがある日、僕は妻と小さな子供と一緒に飛行機に乗ってタヒチに向かっている。〈クラブ・メッド〉にね。費用はすべてスタンがもってくれる。彼は紙おむつを買って、レンタカーまでつけてくれました。僕らは一銭もお金を使わなかった……。そして彼は僕らをサンフランシスコに連れて行きました。そこで彼の家に一週間泊めてくれたんです。

タヒチから戻ると、五月には〈キーストン・コーナー〉での出演契約が待っていた。ところがそこに出演しているある日、クラブのオーナーのトッド・バーカンと、ハイアット・ホテルの部屋に一緒にいるときに、スタンは昏倒してしまった。その四年前、彼のクラブでソロを取っている途中で倒れたときにそうしたのと同じように、バーカンは救急隊を呼び、彼らが注射を打つとスタンはすぐに意識を回復した。今回もまた元凶は鎮痛剤の「ヒドロモルフォン塩酸塩」だった。そして今回もまたスタンは、失神の原因は処方薬の服用法を取り違えたことにあると主張した。彼は急速に回復し、ステージには一晩穴を開けただけだった。

バーカンはニューヨークのモニカに電話して、その事件のことを伝えた。彼女はすぐにサンフランシスコに飛んできた。彼女はスタンに電話でなんとか話をすることができたが、彼と会う約束は取りつけられなかった。だからそのまますぐにニューヨークに戻った。

サンフランシスコからおおよそ五十キロ南にあるスタンフォード大学の、「夏期ジャズ・ワークショップ」の主宰者であるジム・ネイデルは、スタンがサンフランシスコに居を移したことを新聞のコラムで知った。彼はこのように語る。

こういう記事だった。スタンがサンフランシスコの自宅アパートメントでシャワーに入っていると、犬が喧嘩をしている騒ぎが聞こえた。彼の飼っている黄褐色のラブラドル犬のジェームズが外に出て、喧嘩をして負けかけているのだ。彼は身体が濡れたまま裸で外に走り出て、相手の犬を蹴飛ばし、ジェームズを連れてうちに戻った。その出来事が近隣住民の間で問題になったようだ。

その記事を読んで、スタンが本当にサンフランシスコに住んでいることがわかった。そしてこう思った。もし彼がワークショップに参加してくれたら素晴らしいじゃないか、と……私が電話をかけると、スタンが出た。私が考えを説明すると、彼は「こっちに来てくれ」と言った。

そうしてザ・マリーナのうちに行った。彼はジェーンと一緒に暮らしていたんだが、私たちはそこでとても長い話し合いをした。そのあいだ彼はマッサージを受けていた。

彼はそのプログラムに真剣に興味を示した。私は思うんだが、彼は人生のそういう時期にさしかかっていたんだろうね。ジャズを教えるというところで、自分に何かができるのではないかと考える時期に。それを追求し探求してみたいと考える時期に。


その会話の終わる頃には、スタンは八月の初めに予定されている、次回のワークショップに参加することに同意していた。

その夏にジェーンは、アルコール中毒患者と生活を共にするのがどういうことなのかを理解し始めていた。


私たちがザ・マリーナに住んでいるとき、スタンはまだ麻薬をやっていました。身体の具合はかなり悪かった。フロリダに誰かを訪ねるというのは、彼にとって特別なことなんです。週末には品行を正します。しかしずっと一緒に暮らすとなると、話は違ってきます。実際にどういう生活を送っているのかがわかってくるし、それは寒気のすることでした。

彼はその何年もの間、いくつかのリハビリをほとんど休みなく試していましたが、どれもうまくいきませんでした。私の家族はアル中だらけです。私は十八歳の時から飲み始め、二十四歳でリハビリを受け始めました。そして二十四歳のときから一切お酒を飲んでいません。私がリハビリを受けるようになったのは、母がそうするように私を説得したからです。

スタンとカリフォルニアで暮らし始めるまで、私はアルコール中毒者更生会（ＡＡ）に参加したことはありませんでした。なにしろ私は、家で酒を飲み続ける治療中の人と生活を共にしていたわけです。私は思いました。「これは私一人じゃやっていけない」と。

彼は思い出したように酔っ払いました。いつどこで何が起こるか、予測がつきません。とにかく行動に一貫性がないのです。ときどきコカインもやりましたが、コカイン中毒ではありません。ごくたまにやるだけです。問題は飲酒でした。

そうですね、それはちょうど糖尿病患者たちと同席しているようなものです。自分たちがインシュリンを必要とする時、どのような感じなのか、彼らは語ろうとはしません。それがどんなものなのか、あなたには到底理解できないからです。何があろうとわかりっこないからです。
　できるものなら想像してみてください。血糖値が下がって、身体がインシュリンを求めるというのがどういう感じのことなのかを。あなたは倒れてしまうか、あるいは身体が妙な具合になってしまいます。そうなると血糖値を再び元のレベルに戻してくれる何かを摂ることが必要になります。

十日間のヨーロッパ・ツアーのあと、一九八二年八月の最初の週に、スタンはスタンフォード大学のジャズ・ワークショップに赴いた。一九七二年にスタンフォード大学を卒業したアルト・サキソフォン奏者のネイデルは、一九七三年にワークショップを発足させ、それを少しずつ確固とした教育制度へと発展させていった。生徒は一週間か二週間か、どちらかのプログラム期間を選択できて、授業料は週に百七十五ドル、食費込みの宿泊費は週に百三十六ドルだった。カリキュラムは即興演奏に重点が置かれたが、それに加えて楽器のクリニック、上級者クラス、音楽理論、聴覚向上、編曲・作曲、そして個人指導などが含まれていた。講師による演奏が毎晩おこなわれ、上級演奏者には人前でプレイする機会が与えられた。一九八二年の講師としてはスタンと、彼のカルテットのメンバー（ジョンソン、ルイス、そしてマクニーリー）、ベーシストのチャック・イスラエル、サキソフォン奏者のラニー・モーガン、そしてネイデルなどがいた。スタンと彼のカルテットは週に二千二百ドルの支払いを受けた。彼らはある夜セミナーを休んだが、それは〈ハリウッド・ボウル〉での演奏で七千ドルのギャラを稼ぐためだった。
　ネイデルが語るように、スタンの参加はセンセーションを巻き起こした。

　それは実に目覚ましいものだった。全員がスタンのために演奏した。彼はそれについて感想を述べ、彼らの演奏にハーモニーをつけた。全員が感銘を受けたが、中でも二、三人の学生たちは彼との間に本物の絆を結ぶことができた。

複雑なモードにはまり込むものもいて、スタンはそんなときこう言ったものだ。「それはモードじゃない。ただのムードだよ」って。彼は教えることに関してはかなり神経質になっていた。しかしとてもうまくいったよ。


スタンは言葉で説明するよりも、実際に演奏する方がずっと上手だった。彼の唯一の失敗は八月五日にあった。彼は「ジャズに生きた四十年」という講話をみんなの前ですることになっていたのだが、すっかりあがってしまって、うまく舌が回らなかった。

しかしスタンフォードの美術の教授であり画家でもあるネイト・オリヴェイラと、その奥さんのモナと、ワークショップ最後の夜のコンサートの後で会ったときは、彼の舌はすっかり元気を取り戻していた。スタンの舌はスコッチのボトル半分で滑らかになり、ネイトも少しばかりつきあって飲み、自分がどれほど彼の音楽を高く評価しているかについて語った。スタンはオリヴェイラ夫妻とすっかり意気投合し、彼らととても緊密な関係を築くようになった。

数日後、ネイデルの開いたバーベキュー・パーティーで、彼とジェーンはもう二組の夫婦と知り合い、すぐに彼らとも友人になった。ドクター・ビル・デメントと奥さんのパット、アンディー・ガイガーと奥さんのエレノアだ。ドクター・デメントはかつてはプロのジャズ・ベーシストだったのだが、世界的に名を知られた神経科医であり、権威あるスタンフォード大学「不眠症クリニック」の所長だった。ガイガーも大のジャズ・ファンで、スタンフォード大学運動競技部の部長をしており、二人ともとにかくスタンの才能に感服していた。

ほどなくスタンとジェーンは、美しい大学町の広くて居心地の良い、しかしきらびやかではない家に住む新しい友人たちから、招待を受けるようになった。このような大学のお歴々と、彼らの本拠地で親しく触れあうことは、ブロンクスのスラム出身のハイスクールの落ちこぼれに、強い影響を及ぼすことになった。自分に学歴がないことを常に恥じていた男にとって、また生活費をおおむね酒場で得ていた男にとって、そして金に汚いプロモーターやら、くず同然のドラッグ売人やら、抜け目ないナイトクラブのオーナーやらと、四十年ものあいだ渡り合ってきた男にとって、このような傑出した人々が、自分を社会的に同等の人間として扱ってくれるなんて、実に信じがたいことだった。九月にＡＰ通信の記者に語ったように、アカデミックな生活に彼は心惹かれていた。

> ぼくは大学の滞在アーティストのようなものになれるといいと思っている。ろくに学校に行かなかったけれど、四十年にわたる経験が、何かしら語るべきことをぼくに与えてくれたんだ……ぼくは教えて、落ち着いた生活を送りたいと思う。世間の普通の人々がどういう暮らしを送っているか、目にするのは素敵なことだ……。

スタンフォードのワークショップでの体験が、スタンにとってどれくらい意味を持っていたか、ジェーンが語る。

> 永遠にロードをして回るという以外の生き方について、スタンが考え始めたのはそれが最初でした。スタンフォードの滞在アーティストになってはどうかという、ガイガーの提案について、スタンは私にこう言いました。「酒をやめられる良い機会かもな」と。ただ一つの問題は、そんなに都合良くお酒をやめることはできないということでした。断酒にはそれなりの信念が必要なのです。

酒を断つことの基礎原理についてのジェーンの忠告と、彼女がＡＡに助けを借りて誘惑を退けることができた事実は、スタンを刺激して、もう一度依存症に打ち勝とうという努力に向かわせた。友人たちが絶賛していたリハビリ・センターがあるとスティーヴが勧めたとき、スタンはそこを試してみようと心を決めた。コロラド州コロラド・スプリングズにある、「アーク（ＡＲＫ）」という名の小さな施設だった。

## 第十八章

# 治癒

「アーク」に入所する前にスタンは一度、とことん盛大に飲みまくった。それは一九八二年九月二十六日の日曜日にシャドウブルックで催された、パメラとスコット・レイナーの結婚式での出来事だった。スタンはシカゴでのギグを午前四時に終え、そのまま眠らずに飛行機でニューヨークに戻ってきた。彼はモニカに腹を立てていた。彼女は結婚式を午後にとりおこない、そのまま夕刻のレセプションに移れるようにスケジュールを組んでいたからだ。そしてそれはヨム・キッパー(ユダヤ教の贖罪の日)に重なっていた。ユダヤ教のカレンダーでは、ヨム・キッパーは常に日暮れと共に開始し、そのあとの二十四時間を最も神聖な期間としている。

日が沈んでヨム・キッパーが始まると、戒律を守るユダヤ教徒は厳格な断食に入り、過去一年間の罪科を償い、新しい一年に備えてお祈りをすることになっている。だからスタンのユダヤ系の友人たちや家族は、一人もレセプションには参加しなかった。信仰深い人々はシナゴーグに行ったし、信仰深くない人々は侮辱されたように感じて身を引いた。スタンはそのことに憤慨してスコッチをあおり、派手に酔っ払った。

彼は十月のあいだ東海岸に滞在し、〈ファット・チューズデイ〉と〈ブルーズ・アレイ〉の出演契約をこなし、十一月の初めに「アーク」を訪れた。スタンには一週間しか余裕がなかったので、その訪問の主要な目的は場所をざっと下見して、所長のハワード・「マック」・マクファーデンと知り合いになることにあった。

スタンより六ヶ月だけ年下のマックは、治癒したアルコール中毒患者であるのと同時に、一九五〇年代と一九六〇年代にNBCテレビのプロデューサーとして目覚ましいキャリアを積んだ人物でもあった。奥さんのシャーリーは当時、郊外住宅地の活動的婦人ともいうべき存在で、カントリー・クラブでの活動と地域慈善活動に、時間をそれぞれ振り当てていた。

マックは「ハイ・ウォッチ・ファーム」という、コネティカットの田舎にある小さな療養所で、アルコール中毒から脱していた。そして一九六九年に、自分自身が中毒者の治癒にあたらなくてはという天命を感じた。「ハイ・ウォッチ・ファーム」と同じような、親密でローテクな手法をとる療養所を彼は作りたかった。そのロケーションを選ぶのは比較的簡単だった。

私はNBCを一九六九年の末に辞め、そしてじっと瞑想に耽り、自らにこう問うた。「世界中どこにでも行けるとしたら、おまえはどこに行きたい？」と。私は一度だけ仕事の酒浸り旅行で、コロラド・スプリングズに行ったことがあった。そしてその場所は私の心に残っていた。

私は帰宅して妻に尋ねた。「もし世界中どこにでも行けるとしたら――」と。彼女はすかさず言った、「コロラド・スプリングズね」と。彼女は結婚前に一度そこに行ったことがあったんだよ。僕らはただひとつの場所に焦点を絞り、それを即刻手に入れたいと思った。まるで何かに導かれているように感じたね。

マクファーデン夫妻は、標高四千二百メートルのパイクス・ピークより千八百メートルほど低いところに、未開拓の土地を見つけた。樹木に囲まれた草地で、そこから谷間の見事な風景が一望できた。患者たちは、治療センターと本部建物のまわりに散らばって建てられた小さなキャビンで生活した。そしてマックは、アルコール中毒者更生会（ＡＡ）の方針に厳密に沿ったプログラムを用いて彼らを導いた。

我々のプログラムはＡＡの「十二段階」を遵守したものだ。しかしうちはヘイゼルデンみたいにしっかり組織化された施設じゃない。あそこは言うなれば、みんなの祖父のような存在だからね。我々が運営しているのは、個人商店みたいなささやかな施設だ。妻が週に七日、昼食と夕食を調理する。家族ぐるみで家事をこなし、働く。私は朝食を用意し、プログラムを進行させる。

マックはやってきたスタンの態度を見て、力づけられた。

我々のところにやってくる前に、彼は既にしっかり心を決めていたんだ。もう二度と酒は口にするまいとね。彼が「アーク」にやってきたのは、ただその決意の後押しが欲しかったからだ。それは自ら決めたことだった。以前、奥さんによって強制的にヘイゼルデンに送られたときには、それが強制であったが故に、向こうが与えるものをそっくり拒否してやろうという、反撥の姿勢になっていたんだ。間違いなく。

彼は心を開いて、何もかもを受け入れようというタイプじゃない。しかし彼と私は、パーソナルな関係を打ち立てることができた。それが彼にとって必要なことだったんだと思う。誰かと親しい関係になるのは、彼にとって難しいことなんだ。傷つけられるのが怖いから。

また彼はとてもたくさんの領域において、とてつもないほどの罪悪感を抱いていた。我々がうまくいった一つの理由は、そこに我々の共通点があったからだろう。彼はこう言ったものだ。「マック、君はユダヤ人に生まれるべきだったね。そうすれば五千年ぶんの罪科と、それに付属する迫害とを手に入れられたのに」と。そして我々はどちらも依存症と必死で闘ってきた。それもまたひとつの絆になった。

スタンはまたここに戻ってこなくてはという強い気持ちと共に、「アーク」を後にした。それはなんといっても、彼とマックとのあいだに生まれた強い絆のためだった。

そしてまた彼は、酒を断つための闘いを続けなくてはという決意を新たにしてそこを後にした。ベイエリアでも最低、日に一度はＡＡの集会に顔を出すようになった。数日続けて酒を口にしない日をつくり、それが数週間になり、数ヶ月になっていった。

「アーク」からザ・マリーナに戻ってきてほどなく、スタンはホワイトハウスから招待を受けた。「若いアーティストのパフォーマンス」と呼ばれるシリーズの一部である、一九八二年十二月四日のコンサートに参加するためだ。彼とディジー・ガレスピーが、より広い世間の認知を受ける価値のある若者たちを紹介する役を務め、その模様は十二月二十一日にＰＢＳテレビ（公共放送サービス）から全国に放送されることになっていた。シリーズが若いジャズ・アーティストたちを取り上げるのは初めてのことだった。それまでは常にクラシック音楽の演奏家たちにスポットライトが当てられていたのだ。ジェーン・ウォルシュは回想する。


ディジー・ガレスピーはジョン・ファディスを連れてきました。スタンは言いました。「ぼくは誰を連れて行こうか？」。そして言いました、「このテープを聴いて、どう思うか教えてくれ」

ダイアン・シュアは私たちのアパートメントにテープを送ってきていたのです。スタンは言いました。「彼女がいいんじゃないかな。まだ世間の注目を浴びるようなことを何もしていないし、シアトルに住んでいる」。私は彼女の歌を聴きましたが、三十小節を聴くだけで十分でした。「この人よ。この人を連れて行きましょう」。彼女はやってきて、うちに泊まりました。それからみんなで一緒にワシントンに向かいました。

彼女は盲目だったけれど、自立心が高い人でした。「私は自分でタクシーをつかまえられるし、自分で部屋もとれるし、自分で電話もかけられます」という感じです。意欲に溢れており、そして歌も素晴らしい。実に驚くべき人でした。

スタンは三十人をサンフランシスコから招きました。アンディー・ガイガーもその一人で、私たちはそこでたっぷり楽しみました。

南米を歴訪中の夫に代わって、ナンシー・レーガンが紹介をおこなった。彼女は最前列の、ジョージ・ブッシュと夫人のバーバラの隣に座った。そして進行役を、ヴァイオリンの名匠イツァーク・パールマンの手に委ねた。

パールマンはジャズ音楽を、クラシックの音楽家たちにも民衆的インスピレーションを与えたものとして持ち上げ、紹介した。それからスタンとディジーをステージに上げた。二人は、チック・コリア、ロイ・ヘインズ、ミロスラフ・ヴィトウスというオールスター・リズム・セクションをバックに、ディジーの『グルーヴィン・ハイ』を演奏した。スタンがチック・コリアのことを「ぼくがこれまでに率いたバンドから輩出した、最も素晴らしいミュージシャンです」と語って、彼を驚かせ喜ばせたあと、コリアとヘインズとヴィトウスは見事なメドレーを演奏した。タイトルのないフリー・ジャズの作品、バラード『枯葉』、そしてセロニアス・モンクの『リズマニング』のメドレーだ。

次にスタンがダイアンを紹介した。彼女はきらきらと輝く長袖のブルーのドレスを着て、二十九歳という実際の年齢より十歳は若く見えた。そしてスタンがピアノの湾曲部からにこやかに見守る中、自ら楽器を弾きながら、『ライフ・ゴーズ・オン』と『愛はすべてに打ち克つ(Love Conquers All)』を、息を呑むようなパワーを込めて歌った。

スタンは自分のカルテットを率いて、短いセットをつとめた。それからパールマンが、ディジーと、彼の推薦する若きトランペッター、ジョン・ファディスを紹介した。ファディスはその才気溢れる即興演奏で、先輩をまさに圧倒してしまいそうだった。パールマンはフィナーレの『サマータイム』で、全員の演奏に参加した。そしてダイアンが見事なスキャットでその曲を閉めくくった。大きな拍手が会場を満たし、ナンシー・レーガンは前に進み出て、ダイアンを抱きしめた。ダイアンはそのときのことをとても鮮やかに記憶している。

突然その両腕が私を抱きしめたのです。本当に力強い腕でした。そして香水の香りがしました。私は思いました。「これはいったい誰なんだろう」

と。どこあろう、ホワイトハウスでですよ。「あなたはどなた?」と私が尋ねると、相手は言いました。「ナンシー・レーガンよ」と。

ファースト・レディーはダイアンの歌に心底、心を揺さぶられたのだ。彼女は自らダイアンを連れてホワイトハウスを案内し、その十八ヶ月後にまた彼女を招待し、「上院の女性たち」のために彼女が催した昼食会で歌わせた。

ジェーンもスタンと共に、コンサートの翌日、ホワイトハウスの私居部分で歓談したいという招待状をレーガン夫人から受け取った。二人は彼女と共にジャズについて語り合うことを楽しみにしていた。ジェーンはまた、スタンフォードのジャズ・プログラムに寄付をしてくれそうな人々の名前と連絡先を教えてもらえるのではないかと期待していた。しかしジェーンの回想によれば、それは実りある会見とはならなかった。

彼女はスタンのことが大好きでした。もう夢中になっていたくらい。そしてまた音楽のことも大好きでした。スタンと私は彼女の向かい側に座り、彼らは少しおしゃべりをしました。スタンはすごく神経質になっていました。彼はミュージシャン相手なら、けっこううまくやれるんですが、こういう場に出ると、なにしろこちこちになっちゃうんです。

私が驚いたのは、私たちがドラッグについて話したことです。彼女は言いました、「ドラッグをやる人たちの気持ちが、私にはさっぱり理解できないわ」と。彼女には理解できなかったんです。そういう人たちは魂に穴が空いているのだということが……彼らはその空洞を埋めるための何かを求めているのです。それが抑えのきかない疼きであることが理解できないのです。すべて自由意思で選択できることだと思っているのです。そんな女性が全アメリカの反ドラッグ十字軍を率いているのです。

私はスタンに言いました。「行きましょう。こんなところは出ましょう。相手は壁みたいなものなのよ。とても心を通じ合わせせられないわ」と。そして私たちはそこを出ました……

彼女は寄付しそうな人々の連絡先をくれませんでした。

GRPレコードのプロデューサーであり重役であるラリー・ローゼンは、十二月二十一日にPBSテレビの放送でダイアンの歌を聴いて、文字通り驚愕してしまった。

その夜、たまたまその番組を見ていたんだが、まさにぶっ飛んでしまったね。ワオ、こいつは信じられないや。ただただ言葉を失ったよ。翌日僕はスタン・ゲッツに電話をかけ、言った。「ダイアン・シュアって、いったい誰なんだ？ どうすれば彼女と連絡がとれる？」

これは良いビジネス・チャンスだとスタンは考え、自分が立ち上げたプロダクション会社と、GRPレコードとを相手に同時に契約を結ぶようにダイアンと交渉を始めた。

一九八三年のスタンとジェーンの新年の誓いにおいては、「ザ・マリーナを出て、スタンフォードの近辺に移ろう」というのが主要な目標のひとつになった。スタンはアカデミックなライフ・スタイルにすっかり夢中になっていた。そして大学関係の新しい友人たちは、二人が引っ越してくることを強く推奨していた。二人は不動産屋たちと共に、数週間かけて熱心に物件を捜し回り、大学キャンパスからおよそ六マイル南西にあるポートラ・ヴァレーに、賃貸の一軒家を見つけた。付属したガレージの二階はアパートメントになっていたので、二人はデイヴィッドとレナにそこに住まないかと持ちかけた。レナは妊娠八ヶ月、それは二人にとっての最初の子供だった。二月の後半に彼らはそこに移ることになった。

スタンのエージェントであるジャック・ホイットモアは、ウィム・ウィフトと共に親しく仕事をしており、スタンとチェト・ベイカーを主役にした、サウジ・アラビアとヨーロッパのツアーの計画を練っていたのだが、その最中に脳出血のために亡くなってしまった。一九八三年一月十九日のことで、六十九歳だった。二月六日にニューヨークで葬儀があり、スタンはそこでハンク・ジョーンズやマッコイ・タイナーや、フィル・ウッズやジョージ・ウィーンやソニー・フォーチュンと共に演奏した。〈ニューヨーク・ポスト〉の執筆者に語ったように、彼の喪失感は大きかった。

どう言えばいいんだろう? 彼はぼくのエージェントであり、マネージャーであり、友人であり、相談相手であり、兄であり、父親だった。大きな存在だった。ぼくが彼を最も必要とするとき、彼はずっとそばについていてくれた……ジャックはなんといっても、ぼくにとっての真の友だった。世界でいちばん素晴らしい相手だった。

葬儀の前の一週間、スタンは〈ファット・チューズデイ〉で演奏した。ある夜モニカがそのクラブにやってきて、彼女にとって大事な新しい同僚だと言って、一人の男を彼に紹介した。ドクター・スーネ・ビレンなる人物だった。モニカはその前の年、故国スウェーデンにおいて「反依存症キャンペーン」を立ち上げようとしているとき(当地ではとりわけアルコール中毒が蔓延していた)、ビレンに出会った。

ヘイゼルデンや、ラトガーズ大学や、その他の施設を調査したのち、彼女はスウェーデン政府のためにボランティアとして働きたいと持ちかけたのだが、その官僚的体質のためにうまくことは運ばなかった。そこで彼女は一九八二年の春に、スカンジナヴィア航空(SAS)の経営者にあてて手紙を書き、奉仕活動をしたいと申し出た。経営者はそれをビレンの手に委ねた。ビレンは会社の医務部長であり、またアルコール中毒のために個人的な傷を負ってもいた。彼女の娘がその病を抱えていたからだ。

ビレンはモニカの提案に興味を持ち、その夏にモニカの誘いを受けて、彼女と共にヘイゼルデンを訪れた。彼がそこで目にした技法は、スウェーデンで用いられているどのようなものよりも効果的だと思えたし、またその確信は、彼の娘が一九八二年十一月にヘイゼルデンの治療プログラムを成功裏に全うしたとき、より強固なものとなった。ホイットモアの葬儀がおこなわれたとき、彼とモニカは非営利法人を興す計画を進めているところだった。ヘイゼルデンをモデルとした治療センターをスウェーデンに創設することが目的で、「アルコール中毒および依存症・スウェーデン評議会（ＳＣＡＡ）」というのがその組織の名称だった。

一九八三年二月七日の葬儀の翌日の朝、スタンとジェーンはヴィクター・ルイスと、ジョージ・ムラーツと、ピアニストのギル・ゴールドスタインと共に飛行機でオランダに飛び、そこでチェト・ベイカーと合流した。マクニーリーはその十日後に六週間のツアーに参加することになっており、ゴールドスタインが代役を務めることになったのだ。

ジェーンはチェト・ベイカーと一緒に旅行することに、大いに不安を感じていた。彼は若き日の才能のすべてを、ヘロインやその他の薬物、アルコールに溺れることによって、無に帰してしまった人物だったから。


私はスタンに言いました。「これはけっこう危なっかしいことになるわよ。なにしろまだ禁酒を始めたばかりの段階だから。大学での生活も開始したばかりで、あなたはこれから先生になろうとしているのよ。あなたはまだ禁酒の初心者だし、チェトはクレイジーな人だから、ドラッグもお酒もやりまくるわよ」と。

それで私たちはウィム・ウィフトに言いました。「私たちはツアーに参加するけど、泊まるところはあの人と別にしてもらいたいの。乗る飛行機も別にしてほしい。彼と一緒に税関を抜けたくはないから」


ウィフトはその条件を呑んだが、スタンが禁酒を続けるのはだんだん難しい状況になってきた。楽屋にはドラッグと酒が溢れていたし、ベイカーはステージの半分をすっぽかしたので、スタンがそのぶんも負担しなくてはならなかったからだ。ツアーが二週目に入る頃には、スタンは誘惑に屈し、アルコールとコカインの両方に手を出すようになった。

そんな乱脈きわまりない状況にもかかわらず、彼らはなんとかまともな音楽を創り出すことができた。二月十八日のストックホルムでのコンサートを録音したものが、「ライン・フォー・ライアンズ」というタイトルでリリースされているが、それが良い証拠になっている。全体を通して、スタンのプレイはより力強く表現も豊かだし、ベイカーは『マイ・ファニー・ヴァレンタイン』や『星影のステラ』の混じりけない憂愁の中から、いくつかのコーラスを美しく立ち上げることによって、彼がまだ人の心を震わせる力を有していることを示している。スタンは子守歌『ディア・オールド・ストックホルム』の琴線に触れる演奏によって、聴衆を総立ちにさせた。彼とベイカーが演奏を終えても、アンコールの声は鳴り止まず、二人はリズム・セクションの助けを借りることなく魅惑的な対位法のフレーズを紡ぎ出しながら、タイトル曲『ライン・フォー・ライアンズ』でコンサートの幕を閉じた。

二月二十四日のパリでのコンサートをベイカーはすっぽかし、その翌日、スタンはサウジ・アラビアまで彼と飛行機を共にしなくてはならなかった。フランスと当地を結ぶ飛行機便は数が限られていたからだ。彼らは「西欧人文化委員会」(アメリカとスイスとノルウェーの大使によって構成されている)の招待でその旅をしており、港湾都市ジェッダのスポーツ・パレスでのコンサートが予定されていた。三日間で二度のコンサートだったが、彼らは到着してすぐに困難な状況に置かれた。ジェーンが語る。

スタンとチェトと私はアメリカ大使の家に泊まりました。スタンはその国に行くことを死ぬほど怯えていました。身分証明書をユダヤ教徒からプロテスタントに書き換えたくらいです。大使の家は目を見張るような豪邸で、マレーシア人の召使いなんかが仕えていました。長いテーブルで私たちは食事をしました。大使とチェトとスタンと私だけで。

チェトはサウジ・アラビアにヘロインを持ち込んでいました。飛行機に同乗していたメンバーの人たちが、私にそう教えてくれました。彼は洗面所で、ベーシストにヘロインを与えようとしていたと。夕食のテーブルに着いたチェトの顔を見やると、彼はこっくりこっくりしていました。

私は即刻ウィフトに電話をかけて言いました。「私たちは明日、パリで会った方がいいわ。彼がいなくなるか、私たちがいなくなるか、どちらかよ」。そして彼はチェトをツアーから外しました。ウィフトは多くのお金を失いましたが、私たちはもうそれが限界でした。チェトは次のコンサートにやってきましたが、警備員が彼を中に入れませんでした。

ツアーが三月二十三日に終了し、カリフォルニアに戻ると、彼らはすぐにポートラ・ヴァレーの家に越した。二人はデイヴィッドとレナと生後一ヶ月の男の子、ダニエルに迎えられた。彼らは三月の半ばにお先に、ガレージの二階に越してきていたのだ。

引っ越しのあとスタンとジェーンは、ガイガー家、デメント家、オリヴェイラ家の人々とも頻繁に顔を合わせた。パット・デメントはこのように語る。

少なくとも週に一度、通常週に何度かは、私たちは誰かの家で夕食をとりました。もしそれが彼らの家であれば、私たちは中華料理店から出前をとりました……みんなはスタンのことをしまり屋だと思いました。ジェーンはそれをとても恥ずかしがって、彼が自分の分はきちんと支払うように細かく注意を払ったものです。

二人の感情が予期せず高ぶってきたとき、その口論が聞き苦しいものになったことを、友人たちは記憶している。ジェーンは回想する。

私は遠慮なくずけずけものを言う方です。そして私に批判されると、彼はしばしば怒鳴り返してきました。それがどのような場であろうが。でもただ言葉の上だけのことです。彼は言葉では相手を傷つけるようなことを言いましたが、手を出したりはしません。私には指一本触れませんでした。

スタンフォードに場所を移してからも、スタンは依存症を相手に新たな闘いを続けていたが、それに加えてモニカが離婚を阻止するための争いを真剣に始めたことで、更なるプレッシャーを受けることになった。費用がかかり、互いを傷つけあう、終わりの見えない戦いだった。案件がアメリカの法的迷路の中で、ディケンズ的展開を見せていくにつれ、彼は訴訟やら反訴やら宣誓証言やら開示手続きやら扶養費請求やら公判前公聴やらに、ひとつひとつ対処しなくてはならなかった。

一九八三年四月二十七日にコロラド・スプリングズで、「アーク」のための慈善演奏をしたとき、彼は再び酒を断った。彼はそこでギタリストのジョニー・スミスと同じステージに上がった。一九五二年に一緒にヒット曲『ヴァーモントの月』を録音した相手だが、彼は今ではコロラド・スプリングズに住んでおり、楽器店を経営していた。スタンは記者を相手に、ジョニー・スミスと「アーク」について語った。

　四ヶ月か五ヶ月前にここでジョニーと出会った。ぼくは彼のことが好きなんだ。本当の紳士で、まっとうな人物だ。また愛すべき男でもある。ぼくらはニューヨークに住んでいる時分、よくジャムをやったもんだよ。そこから『ヴァーモントの月』が生まれたんだ……
「アーク」は素晴らしい場所だ。だからこそこうして慈善コンサートをやるんだ……個人経営的っていうのかな、とても家庭的で、プレッシャーのないところだ。大きな施設とは違う。病院なんかだと、とにかく君から酒を抜き取るだけだ。しかし君はまず、アルコール中毒がどういうものなのかを学ぶ必要がある。それはいったい何なのか――不治の病だ――それがわかってしまえば君はそいつをひとつの病として扱うことができる。それが君に相応しくないものだと知るようになる。それだけのことさ。

　しかしスタンの回復は決して平坦な道のりではなかった。七月二十四日にカリフォルニア州ナパ・ヴァレーの〈ロバート・モンダヴィ〉ワイナリーでコンサートをおこなったとき、再び酒を口にした。カリフォルニアに引っ越してきていたボブ・ゲッツがそのイヴェントをヴィデオ・カメラに収め、それは「ヴィンテージ・ゲッツ」第一集、第二集としてリリースされた。兄弟はもう何年も連絡を取り合っていなかったのだが、前年の秋にジェーンがボブと奥さんのパットを「私たちと一緒に感謝祭を祝いませんか」と誘ったことで、温かい再会が実現し、それがモンダヴィでの協力作業をもたらしたのだ。ボブがコンサートについて語る。

彼にとって素面であり続けることがどれほど大変なことか、自分の経験から僕にはわかった。なぜならこのような美しい場所で、こんなに美しい空の下で、多くの知り合いがサンフランシスコからやって来るんだ。裕福な友人たちがみんな少しずつ、例のごとくギフトを持ってきてくれる。だから休憩時間までには彼はすっかりコカインにはまっていた。

スタンはコカインにはまっていたかもしれないが、ヴィデオで見る限り、しっかりと自らを制御しているように見えるし、演奏に集中する青い瞳は熱く光り輝いている。彼はそのコンサートを、ジム・マクニーリーの作った三つのひねりのある曲で開始した。彼のごつごつとした無骨な曲調をスタンが好んだことをジムは覚えている。

僕はもっと簡単な曲をいくつか用意していったんだが、彼はそういうものではなく、より歯ごたえのある曲を選んだ。一曲につき二、三度リハーサルしたが、彼はすぐにその音楽にのめり込んでいった。

二時間のコンサートはスタンの父親の、生きていれば七十九年目の誕生日におこなわれた。彼は四曲目に取りかかる前に、このイヴェントを父親に捧げると告げた。四曲目はビリー・ストレイホーンの『ラッシュ・ライフ』のソウルフルな演奏だった。

マーク・ジョンソンはコンサートを通して素晴らしい演奏をおこなった。スタンのバックで骨太でソウルフルなランを聴かせ、『テンパス・フュジット』と、マクニーリーのサンバ『オン・ジ・アップ・アンド・アップ』と、ほか一曲のブルーズでは見事なソロを披露した。聴衆はその長い宵をスタンと共に過ごし、彼らはとりわけ『悩ましい春（Spring Can Really Hang You Up the Most）』の華麗な演奏と、ストレイホーンの『ブラッド・カウント』の昂揚するフィナーレに熱のこもった盛大な喝采を送った。

翌週、スタンは彼にとって二度目になる、スタンフォードの〈夏期ジャズ・ワークショップ〉をいったん中断して、別のナパ・ヴァレーのワイナリー、〈ポール・マッソン〉で再びコンサートを開いた。

このコンサートもヴィデオ撮影され、「ハーヴェスト・ジャム」というタイトルで英国でリリースされた。こちらにはボブ・ゲッツは関与していない。

スタンのワークショップにおける唯一の失敗は、今回もまた講演だった。それは「ジャズの昔と今」という題のついたものだった。マネージメントの相談役であり、ピアニストであり、著述家であり、スタンフォードでジャズの講座を持つテッド・ジョイアを相手に、何時間も練習を積んだのだが、彼の発音は痛ましいほど不明瞭だった。

大学でのスタンの友人たちは、スタンのワークショップへの参加に力を得て、「スタンフォード・ジャズ委員会」を立ち上げ、クラシック音楽が中心になっていた音楽科で、スタンを盛り込んだジャズのカリキュラムを拡張する運動を始めた。ジャズ・ワークショップはジム・ネイデルが独力で創始したものであり、音楽科内では公的資格を有していなかった。音楽科のジャズとの関わりは、ネイデルとジョイアと他の一人か二人が持っているジャズの講座だけに留まっていた。

デメント夫妻、ガイガー夫妻、オリヴェイラ夫妻に加えて、委員会の中心グループにはジョイアと、不動産会社の重役であるライランド・ケリーと、その夫人のシャーリーが含まれており、ビル・デメントが委員長をつとめていた。委員会はほとんど成果を上げていなかったが、それは学部が現金に逼迫しており、ジャズに情熱を持つ指導者を欠いていたためだった。

スタンフォードでできたすべての友人たちの中でも、スタンは画家のオリヴェイラとの間に最も深い関係を築くことができた。ネイトはこのように語る。

> ここにやってきたとき、彼は我々みんなのことを安定した存在として見ていた。家庭を持ち、成功を収めた存在として。そして自分はそういうものを手にしていないと。でもそれは真実じゃない。彼はちゃんとそれを手にしていた。別の種類の成功を収めていたのだ。彼が手にしていたのは遥かに生き生きとして、重要な意味を有するものだった。
>
> 彼との関わりを持ったおかげで、僕は学究的な世界からずいぶん引き剝がされたものだ。大学の

教師というのはなかなか悪くないものだが、どうしても堅苦しくなる傾向がある。スタンと巡り会うことは要するに、世界の違う場所からやってきた、生命力と創作力に溢れた人間に出会うことだった。それは僕にとってずいぶん大きな意味を持っていた。

スタンは逞しく現実を生き抜いてきた、一匹狼のアーティストとしてのガードを、一段下げようとしていた。

スタンは内向的な性格で、本来の姿を隠すようにして自分を保護していた。でもときどきその壁が崩れた。それもとても妙な具合に崩れるんだ。彼は僕の家が好きで、ここに来ることを楽しみ、我々と食事を共にすることを好んだ。

よく笑ったよ。彼はうちにやって来て、大笑いするのが好きだった。僕らは堅苦しいことは抜きでやっていた。スタンと一緒に女装したすごい写真を何枚か持っているよ。

一度うちで、独立記念日のパーティーを催した。そして僕は仕掛け花火を使って馬鹿なことをした。すると彼は気がふれたみたいに大笑いした。あんなに大笑いする人間を見たことがない。

でもそういうスタンの姿はいつも見られるわけじゃない。彼は常に自分を抑制していた。内向的な性格なんだ。賢者というのは、あるいは芸術家というのはだいたいそういうものだがね。彼は自分を護っているんだ。自分のアイデンティティーを保護しているんだ。ひどく傷つきやすく、不安定なところがあって、何かあるとすぐにぐらついてしまうんだ。

ネイトは芸術を通して、スタンとの間の親密さを感じた。

演奏をしているときに何を感じるか、みたいな質問をすると、彼は頭に来る。そして言う、「くだらん話はよしてくれ。センチメンタルな気分になるとか、その手のことは。そんなこと考えもしないさ」と。でも実際には考えているんだ。

演奏をしている彼を見ていると、彼が印をつけていくのを目にすることが、おそらくできるだろう。ちょうど絵を描いているみたいに。それも大きな絵画をね。そう、ビル・デ・クーニングみたいな抽象画だよ。うん。それを実際に目にすることができるんだ。

僕は言った、「スタン、僕らが何をやっているか、君にはわかるかな。僕らはこのろくでもない世界を色づけしているんだ。もし我々がいなかったら、僕らのような人間が存在しなかったなら、世界はそっくり灰色に染まっているだろう」。

すると彼は言った、「そうか」。そして彼はそのことをずっと忘れなかった。ことあるごとにその話を僕の前で持ち出した。「いいかい、ネイト、いちばん重要なことはね、ぼくらがこの世界にこの手で色づけしているということなんだよ」

十月にスタンはジェーンを伴って東海岸を訪れた。いくつかのギグをこなし、ダイアン・シュアとの契約を交わすためだった。契約はスタンのプロダクション会社と、ラリー・ローゼンとデイヴ・グルーシンの経営するGRPレコードと、そして彼女との間に結ばれることになっていた。ダイアンは一刻も早くレコーディングしたがっていた。ホワイトハウスでのコンサートで成功を収めたにもかかわらず、一九八三年を通じて彼女のキャリアは足止めをくっていたからだ。彼女は語る。

私はまだ北西部のクラブで、まずまずのギャラをもらって仕事を続けていましたが、それでも政府からの生活保護に頼って暮らしていました。仕事で入ってくるお金だけでは生活費がまかなえず、障害者手当を受けていたんです。そんな風に私のキャリアはかなり貧相な有様でした。

一九八三年十月三十日、カリフォルニアに戻る前に、スタンとジェーンは孫娘のケイティー・マクガヴァーンの洗礼式に立ち会った。その女の子は七月六日に、ベヴァリーとマイクの間に生まれていた。

クリスマスの休暇の間、スタンは依存症との戦いにおいて自分が更なる援助を必要としていることを認めた。というのは、長くて一度に数週間しか素面でいられないとわかったからだ。ジェーンは回想する。

母がクリスマスに訪問してきたとき、彼はまた「アーク」に行こうと心を決めました。そのことを覚えているのは、私たちが彼をそこまで連れて行ったからです。彼はある日、自分から立ち上がって言ったのです。「ぼくはあそこに行きたい」と。それはうまく行きました。四週目にファミリー・プログラムがあり、私はスティーヴとデイヴィッドと共にそこに行きました。

ニッキーとパメラも、そのファミリー・セッションに参加するべく、飛行機でコロラドにやって来た。そのプログラムは自分にとっても有益だろうと、スティーヴは思っていた。というのはそこで彼は初めて、父親との親子関係の苦痛に満ちたいくつかの側面や、また自らの飲酒問題（それは深刻な問題になり始めていた）と、正面から向かい合わされることになるだろうから。しかし彼の三人の弟や妹たちにとって、得られた恩恵はほとんどなかった。デイヴィッドとニッキーは父親と親密な、内容ある会話を交わすことができなかった。そしてパメラは父親から言葉で傷つけられたと感じて、早々に引き上げていった。

しかしスタンは、「アーク」での集まりから成果を引き出すことができた。そしてその多くはマック・マクファーデンのおかげだった。

スタンの抱えた問題の核心は罪悪感と怒りにあると、彼は考えた。

私が何か間違ったことをしたとします。そのことで私は罪悪感を抱きます。罪悪感は居心地の悪いものなので、私は怒りを感じます……そしてそれを誰かに転嫁するのです。

回復することによって、憤りこそが私たちの抱える問題の第一の要因なのだと、私たちは理解します。それが多くの人々を飲酒に引き戻す、いちばんの要因になります。憤りは言うまでもなく、古傷の痛みをよみがえらせます。何度も何度も、繰り返して。そのような憤りが怒りとなり、また自己憐憫や恐怖となります。

怒りを外に発散するのは、決して悪いことではありません。発散によって頭がおかしくなったり、自殺をしたり、その他の破綻が阻止されます。しかしもしあなたが神経中枢に影響を及ぼす薬物を服用していれば、判断力はあっさりどこかに消えてしまいます。ひゅうっと。あなたは自分を見失い、破壊的行為がそこに出現します。

そしてマックは信じている。母親のゴールディーが、スタンの心理ドラマにおける中心的な役割を演じていると。

私たちはそう、彼女についてずいぶん多くを語りました。スタンは母親を崇め、聖人化し、高いところに祀り上げたがっていました。しかし心の底では理解していたのです。彼女こそが間違いなく、自分にとっての破壊的なファクターであったということを。そのせいで彼は、幼児期と成長期という貴重な時期を失ってしまったのです。

そしてその罪悪感の重荷に、母親は更に重みを加えていきました。思い出してください。少年時代の彼は家族の中で唯一、夕食に肉を出される人でした。彼女はそのように、一人の少年の心に罪悪感を植え付けていったのです。

またマックは認識していた。その闘いにおいて、スタンはジェーンの中に強力な味方を見いだしていることを。

ジェーンはモニカよりも、断酒のための優れたプログラムを持ち合わせていました。モニカは結果的に、スタンの依存症をあと押しし、助長していたのです。ジェーンは自らがかつてアルコール中毒患者であったことで、自分に何ができて何ができないかがよくわかっていました。彼女はスタンをすっかり素面にしておくことはできなかったし、自分自身の断酒状態を危険にさらしたくもなかった。彼女は押し引きのコツを心得ていたんです。他のたいていの人よりも、ずっとうまく自分自身を扱っていました。

スタンは一九八四年一月二十四日に「アーク」を出所したが、依存症と戦うためのより強い力を身につけていた。

モニカは彼女自身のやり方で依存症を相手に戦っていた。彼女はスーネ・ビレン博士と共に、五月十二日にストックホルムでアルコール中毒撲滅のための、最初のSCAAの会議を開くことができた。会議は「回復を目指して」と名付けられ、スウェーデン女王が開会式に出席した。その結果スウェーデンで最初の、ヘイゼルデン方式の治療センターをスタートするのに十分な資金を調達することに成功した。

三度目になる、スタンフォードでの夏期ジャズ・ワークショップの準備を始めるときには、スタンは既に六ヶ月以上酒を口にしていなかった。過去二回の夏期プログラムにおけるスタンの成功に気をよくして、ジム・ネイデルは一九八四年のために野心的なプログラムを用意していた。ワークショップの二週間、スタンと共に講師をつとめてもらえるように、ディジー・ガレスピーに交渉した。また八月五日の日曜日にはガラ・コンサートが予定され、そこではディジーがスタンのカルテットと一緒に演奏をすることになっていた。スタンフォード大学の学長が歓迎の挨拶をし、その催しはすべて録音され、販売される予定だった。ジェーンとスタン、デメント夫妻、オリヴェイラ夫妻はコンサートの後、ビュッフェ形式の夕食に五十人のゲストを招く準備をしていた。

もともと話が上手で愉快なディジーは、八月二日に講演をおこない、スタンも何かヒントを得ようとそこに出席した。彼はその一週間後に講演をすることになっており、前年と前々年の失敗の挽回をしようと思っていたのだ。しかしディジーはとても見事に講演をこなしていたので、それを見てスタンはすっかり取り乱してしまい、講演の途中で退席した。

恐怖が彼の心を支配した。講演をうまくやれないばかりではなく、ディジーとのコンサートでもまともな演奏ができないのではないかと思い始めた。その次の二日間、彼はただくよくよと考え込み、苦痛と怒りが体内を駆け巡った。八月四日、土曜日の夜、ジョージ・ムラーツと一人の大学院生のところを訪れていた時に、彼は再び酒を飲み出した。そこは賃貸の家屋だった。怒りが爆発し、スタンはその家をむちゃくちゃに破壊し始めた。絵画を壁から引きちぎり、切り裂き、電子レンジを窓の外に投げ捨てた。

彼は銃を見つけ、それでムラーツを脅した。少し離れた家内に電話があったので、ムラーツはジョーイ・オリヴェイラ（ネイトの息子）に連絡し、自分と大学院生を救いにすぐに来てくれと頼んだ。ジョーイは車を運転して駆けつけ、エンジンをかけたままそこで待った。二人は家から駆けだしてきて車に飛び乗り、安全に逃げおおせた。スタンは近所のホリデー・インに移って、そこでまた酒をあおった。翌日の夜のコンサートにも、それに続く夕食会――そこでは共同ホストをつとめることになっていた――にも彼は顔を出さなかった。

　コンサート後のビュッフェも暗い雰囲気に覆われていた。オリヴェイラ夫妻もデメント夫妻もガイガー夫妻も、みんなでジェーンを慰めた。一方で大学のお偉方たちは、ディジーやジョン・ハンディー（スタンの代役として急遽招集されたサキソフォン奏者）や、スタンのバンドのメンバーたちと共に食事をとり、歓談した。

　スタンはパロアルトを出て行って、その後の足取りはジェーンにも辿れなかった。しかしたぶんサンフランシスコのどこかに隠れているのだろうとジェーンは踏んだ。そしてスティーヴに、彼を探すのを手伝ってくれないかと頼んだ。スティーヴはすぐにニューヨークから飛行機で飛んできて、三日間の捜索の後、八月十四日に、父親がハイアット・ホテルに投宿していることを突きとめた。スタンは十日間休みなく酒を飲み続け、すさまじい状態になっていた。彼はスティーヴを罵り、こんな風になったことを自分自身以外のすべての人々の責任にした。

　とてもこれは自分の手には負えないとスティーヴは思い、父親にこう言った。自分はこれからスタンのＡＡの引受人（スポンサー）の家に行って、そこに一晩泊まらせてもらう。だから明日そこで会うことにしよう、と。

　スタンは翌日ちゃんとそこにやって来たので、スティーヴはひとまず胸をなで下ろした。まだ酒を飲み続けてはいたが。

　スティーヴとその引受人は、スタンに思い出させた。二日後にはロード・アイランドで〈ニューポート・ジャズ・フェスティヴァル〉の三十周年記念のコンサートがおこなわれ、彼のカルテットはそこで演奏する契約を結んでいることを。その契約の重要性が、アルコールの霧をくぐってやっと意識に達し、彼は素面に戻ろうと決心した。彼らは翌日なんとかスタンを、飛行機に搭乗できるまでに回復させ、彼はロード・アイランドにたどり着くことができた。
　無事に演奏をこなすことはできたものの、見かけはぼろぼろだった。すっかり素面に戻ったとき、彼は電話をかけてきたとジェーンは言う。

　彼は言いました。「ぼくらはまた元に戻らなくては」と。
　私は答えました。「もしまた私に会いたいと思うのなら、ロード・アイランドからの飛行機から降りたとき、私はAAの引受人と一緒にそこにいます。そして私たちは一緒にセラピーを受け、あなたはAAに行かなくてはならない。さもなければ私たちはもうおしまいよ」と。
　彼は言いました。「わかった」

　一九八四年八月二十五日の午後、ジェーンと引受人が空港でスタンに会ったとき、彼はほとんど倒れ込まんばかりの状態だった。しかし彼女は以前からの約束を果たさせるために、彼を駆り立てた。デメント夫妻の娘キャシーの披露宴が、自宅の裏庭で開かれており、スタンはそこで演奏をすることになっていたのだ。スタンが到着したとき、ジム・ネイデルや、サキソフォンのジョーイ・オリヴェイラを含めたバンドが既に演奏を始めていた。人々は彼の姿を見るより先に、その音を耳にした。彼は家の脇から楽器を吹きながら歩いてきたのだ。ビル・デメントは回想する。

　バンドが演奏していた。そして突然彼のサウンドが耳に届いた。でも彼はステージには上がっていなかった。私がそのとき抱いたイメージは、黄金の木の葉がはらはらと頭上から舞ってくる、というものだった。彼はバラードを演奏していたからだ。ジーザス、あれはほんとに美しかったよ。

　スタンは新郎新婦に捧げる次の曲に『ラッシュ・ライフ』を選んだ。彼は合図の片手を上げ、それを下ろそうとしたが、途中でやめ、マイクロフォンの前に戻って言った。「おわかりでしょうが、『ラッシュ（lush）』という言葉には、二つの意味があります」（「豊かな」と「酔っ払いの」）。彼はその曲と、その他の数曲をとても美しく演奏した。それからジェーンと引受人は彼を家に連れ帰った。彼はそこで一人で眠った。というのはジェーンは家を出て行っていたから。

翌日、ビル・デメントは彼をスタンフォード病院のデトックス・ユニットに入院させた。スタンフォードの友人たちがみんなでそこに、見舞いに押しかけてきたことに、スタンは心底驚いてしまった。あれほどひどい真似をして、みんなを失望させてしまったのだから、自分は軽蔑され、排除されるだろうと予想していたのだ。ジェーンが語るように、彼らが進んで支援の手を差し伸べてくれたことは、彼の心を強く打った。


それが大きな転換点になりました。それは彼の人生でいちばん大きな出来事でした。スタンフォードの友人たちや、ＡＡの人たちがみんなやって来たのです。

みんなひとかどの人たちでした。それぞれの分野で自分を確立した人たちです。スタンから何かをもらおうとしていたわけじゃありません。ただスタンの創造性と感受性を高く評価していたのです。彼らはスタンと友人になりたいと思っていましたし、みんな聡明な人々でした。スタンを愛していたのです。しかし彼らははっきりと告げました。あのような愚かしい行為を――大学の学長を侮辱したり、コンサートをすっぽかしたりすることを――二度と許容はしないだろう、と。彼らはそういう面では厳密な人々でした。


ビル・デメントとアンディー・ガイガーとネイト・オリヴェイラは、しばしばスタンに付き添ってＡＡの集会に行った。スタンは少なくとも一日一度はそこに出席した。十月の初めには彼は意志を強く持ち、もう酒には手を出さないでいられるとジェーンを納得させることができた。そして二人はまた生活を共にするようになった。二人はスタンフォードのキャンパスのすぐ北にあるメンロー・パークに、三階建てのタウンハウスを借りた。

数週間後に、二人目の子供を妊娠したレナ・ゲッツがホームシックになって、夫のデイヴィッドを説得し、カリフォルニアをあとにし、スウェーデンに戻ることになったとき、二人はがっかりした。レナとデイヴィッドと、二人の小さな息子のダニエルは十月二十六日にそこを発ち、マルメに落ち着くことになった。スタンの孫娘のジェニファーが、一九八五年二月八日にその地で誕生した。

一九八四年十一月に〈エレクトラ・ミュージシャン・レコード〉が、スタンとアルバート・デイリーが一九八〇年一月にデュエットで録音したレコードをリリースした。録音の最中に、マートル・アン・フランクリンが、シャドウブルックのスタジオに駆け込んできて、モニカがこっそりとアンタビューズをスタンに飲ませていることを暴露したときのセッションだ。惜しむらくは、その「ポエトリー」というタイトルのLPは、デイリーが早すぎる死を迎えた五ヶ月後にリリースされた。彼は一九八四年六月二十六日に、四十六歳の若さでこの世を去っていた。エイズ禍の最も初期の段階における犠牲者だった。

スタンとデイリーはその年の一月の午後、お互いを啓発し合っていた。ガレスピーの『チュニジアの夜』やパーカーの『コンファメーション』のようなアップテンポの曲では、二人は切り裂くように、焼き払うように道を拓き、『ア・チャイルド・イズ・ボーン』や『悩ましい春』のようなバラードでは、ほとんど耐えがたいまでの痛切さをうかがわせる。〈ダウンビート〉のピート・ウェルディングの評は、彼らのコラボレーションの豊穣さを余すところなく書き記している。

二人は五曲のモダンジャズの古典曲と、二曲のスタンダードのバラードというプログラムを、趣味よくエレガントに追求する。そしてそこには目的が定まり焦点が絞られた創造性の、息を呑む相互交流があり、それ故にこのデュエットは豊穣な生命と、鋭敏な美しさに満ちたものとなっている。デイリーのどこまでも着実な、寡黙だが語るべきことは語る、しっかり頼りになるサポートを得て、ゲッツはそれぞれの作品を歌いあげ、小突き回し、ぐさりと切り込み、美しさと寛いだ力を紡ぎ出していく。その力はこれまで常にゲッツの音楽の中心にあったものだ。そしてデイリーは、それに対して別種のものをもって応える。その張力のある、ごわごわと力強く、焦点の定かな直線的プレイは、ゲッツのよりリッチで叙情的なアプローチとは実に対照的だ。一緒になると、二人はその流れを見事なまでに把握し、揺らぎなき名人芸を繰り広げる。何度も何度も耳を傾け、味わう価値のある音楽だ。

スタンは彼のAAプログラムに真剣に身を入れて参加していた。一九八四年にダイアン・シュアが、彼とジェーンの家を訪れたとき、彼女を禁酒主義者に変えようとしたほどだった。ダイアンは語る。

彼がもうお酒を飲まないことに気がつきました。まあ、ずいぶん変わったものねと思いました。そして彼は私に一冊の本を渡しました。AAはその本の名前を出してもらいたくないそうですが。その本にはアルコールとその病について書かれていました。彼は言いました。「ダイアン、君はこの本にとても興味を持つかもしれない」と。もちろん私はそのとき、自分はアルコール中毒なんかじゃないと思い込んでいました。でもその本をじっくり読み込んで、こう思いました。「ううむ、これはとても面白い。たしかにそうね。でもこれは彼にはあてはまるけど、私には関係ないわ」と。で、私は彼とジェーンと、彼の家で一緒に過ごしました。私は白ワインやら、他のいろんなものをいっぱい飲みました。でも彼はペリエみたいなものしか飲まなかった。ああ、彼が私の人生に入ってきたことを、神に感謝せずにはいられません。

GRPレコードのデイヴ・グルーシンとラリー・ローゼンは、スタンとダイアンを、彼女のデビュー・アルバムを吹き込むために、十二月六日にシアトルのスタジオに入れた。彼女にとっての最初の吹き込みだから、ホームタウンが安心できるだろうという心遣いだった。彼らはダイアンのために素晴らしいアレンジメントを一揃い用意し、そのアルバムのタイトルは「ディードルズ」になった。それは彼女の子供時代のニックネームだった。グルーシンがすべてのトラックでキーボードを受け持った。

プログラムはきわめて広範囲にわたり、ミュージカルの挿入歌から、ジャクソン・ブラウン、デューク・エリントン、ビリー・ジョエル、そしてゴスペルまでを網羅している。しかしダイアンの才能は実に逞しく、それらすべての曲に彼女の豊かな音楽的個性が鮮やかに刻印されている。彼女の四オクターブに及ぶ声域は申し分なくコントロールされ、その声は状況に応じて、クリームのような滑らかさから、泥臭いファンキー調へと、苦もなく移行する。そしてまた鋭いゴスペルの叫びへと。アルバムの最後のトラック『アメージング・グレース』において、彼女は感情的ピークに達する。そこで彼女の高く舞い上がるピュアな音調は、希望のメッセージをくっきりと描き上げる。

スタンはそのうちの二曲で、彼女を慈しむような伴奏をつけている。ジョエルの『ニューヨークの想い（New York State of Mind）』と、スタンダードのバラード曲『自分をただごまかして（I'm Just Foolin' Myself）』だ。前者ではハードにスウィングし、後者では愉しげにするりと飛翔する。ダイアンもスタンと共演することを楽しんでいる。彼女はライナーノートで、彼に多くを負っていることを認めている。

私の指導者にして友人となってくれた、そして大いなる励ましを与えてくれたスタン・ゲッツに、このアルバムを捧げたい。アルバムに彼が参加してくれたことで、環はきれいに閉じられたのだ。

「ディードルズ」はよく売れた。一九八五年夏に発売されるとすぐに〈ビルボード〉誌ジャズ・チャートの一位になり、五週間その位置に留まった。それに加えてソヴィエト連邦ですさまじい人気を呼び、そこでは前代未聞の五万枚のレコードが売れた。雑誌の批評でも絶賛された。ジャズ雑誌はもちろん、大量出版される〈ピープル〉のような一般誌に至るまで。そしてダイアンはジャズ・ポップのスターに祀り上げられた。

彼女の記憶するところでは、そのアルバムにおける『アメージング・グレース』の彼女の歌唱は、スタンが依存症との闘いにおいて、いちばん過酷であった時期を切り抜けるのを助けたという。

彼は私のところに電話をかけてきたのですが、とことん落ち込んでいました。今にも自殺をしてしまいそうな口ぶりでした。彼は言いました、

「なあ、ディーズ、僕はこれ以上もうやれないかもしれない」と。私は言いました、「心をしっかり持つのよ」と。なんとか彼を励まそうと試みました。背後では、私の歌う『アメージング・グレース』が流れていました。その歌が終わり、私たちは二人でじっと耳を澄ませていました。やがて彼は言いました。「うん、なんとかやれると思うよ」と。

クリスマス・シーズンに彼が次の危機を迎えたとき、『アメージング・グレース』は役に立たなかった。ジェーンが語る。

スタンが電気器具店で会ったどこかの男が、ステレオ・システムをセットするためにやって来ました。私の母がまた、クリスマスを祝うためにこちらに来ていました。電気店の男はスウェーデン式のマッサージ師を連れて来ました。彼女は言いました。「私がスタンにマッサージをしてあげるわ」と。そして彼らは二階のベッドルームに入りました。どれくらいそこにいたのか、私はわかりません。長いあいだです。

彼が階下に降りてきた時、私は気が動転しました。察するに、上では何かいかがわしいことが起こっていたようです。食堂で二言三言交わすと、彼はバーに行って酒を飲み出し、ひどく酔っ払いました。そうして四ヶ月にわたる禁酒生活は終わりを告げたのです。

彼は家を出て行って、夜遅くに戻ってきて、ベッドルームに鍵をかけて閉じこもり、休みなく飲み続けました。母はスタンと共に家に残りましたが、私はそこを出て、ガイガー家に十日ばかり泊めてもらいました。

三年前に「アーク」を初めて訪れて以来、それで三度目のしくじりだった。しかしジェーンの語るところによれば、スタンは彼女をなんとか説得した。自分の禁酒の決意は堅いものなのだと。

彼は電話をかけてきて言いました。「ぼくはしくじった。申し訳ない。もう一度試させてくれ」と。私は彼のもとに戻り、スタンはまたプログラムに戻りました。その短い逸脱期間のあと、彼は本当にプログラムに身を入れるようになりました。
彼は真剣に取り組んだのです。引受人に電話をかけ、その人とよく一緒に食事をしました。そして会合に出席しました。彼はそのことにずいぶんプライドを持っていました。一月に私たちは、前に住んでいた家から六ブロック離れたところに、別の家を手に入れました。美しい小さな家でした。

一九八五年三月二十四日に、ズート・シムズの訃報をスタンは耳にした。彼はその前日、肝臓癌に屈したのだ。オリジナル「フォア・ブラザーズ」の二人目の死者だった。一人めのサージ・チャーロフが亡くなったのは、そのおよそ二十八年前のことだ。一九八四年の夏には、ズートはもう手術することも不可能だと診断されたのだが、それでもスウィングし続け、亡くなる六週間前まで演奏をしていた。最後の日々、彼は毎朝医師と顔を合わせるたびに、「やあ、今日は顔色が良いみたいだね、先生」と明るく挨拶していた。

ズートはセカンド・ハードから抜けた後、二十年ばかりかなり生活の苦労を強いられることになった。しかし一九七〇年以降は、自分のカルテットや、盟友アル・コーンと組んだクインテットで成功を収め、うまく開花することができた。スタンはズートのよくスウィングするリリシズムを愛した。そして長年にわたって彼とジャムをおこなった。一九七六年に催されたウディー・ハーマン楽団発足四十周年記念コンサートで、一緒に愉しい同窓会セッションをやったことと、一九八二年六月にアル・コーンをも交えて、「レスター・ヤング・トリビュート」で最後の共演をおこなったことを、彼はなによりも良き思い出として覚えていた。

スタンは四月十二日にハリウッドに飛び、ダイアン・シュアの二枚目のアルバム「シュア・シング(Schuur Thing)」の録音に参加した。それは「ディードルズ」よりももっと広いマーケットを狙ったもので、スタンに加えて、ホセ・フェリシアーノやリー・リトナーといったポップ・スターにもスポットライトが当てられていた。彼は『ラヴ・ダンス』というさして面白くないバラードに、短くも生き生きしたソロで輝きを与えている。そしてエリントンの『スウィングがなければ意味はない』のホットなヴァージョンでは、ダイアンと共に快調に飛ばし、スキャットとサックスのアドリブとで、二コーラスにわたって四小節交換（フォー・バーズ）をおこなっている。

「シュア・シング」は「ディードルズ」のわずか四ヶ月後にリリースされたが、売り上げは上々で、前作によって築かれた勢いを更に推進し、ダイアンのスターとしての地位を揺らぎないものにした。

スティーヴ・ゲッツは数年にわたってそうではないと否定してきたあとで、ようやく自分はアルコール中毒であると認め、「アーク」に入所し、七月の初めから始まる四週間のセラピーに入った。スタンもそのファミリー・プログラムに加わり、二人はぎこちない父子関係の真実に、正面から向かい合うことになった。そしてその結果、これまでになく打ち解けた関係を持てるようになった。

スタンは、そのとき二人が築いた共感関係をより高めたいと思った。そしてスティーヴを、一九八五年八月にイスラエルのゲシェル・ハジブの〈クラブ・メッド〉でおこなわれるエンゲージメントで、自分のグループに加えようと思った。それ以前に、一九七六年におこなった南米ツアーで父親のバンドに参加したとき、彼は打楽器のポジションをビリー・ハートと分け合った。しかし今回の彼は唯一のドラマーだった。

その〈クラブ・メッド〉のエンゲージメントは、バーニー・ポラックがスタンのために用意した四回目の取り引きであり、前例に沿って進められた。演奏のギャラは支払われないが、その代わり本人とその何人かのゲストは、そこで無料で休暇を楽しむことができる。スタンとジェーンはガイガー夫妻と、スタンの弁護士であるエリオット・ホフマンと、奥さんのナンシーを伴って行った。

ポラックはスタンとその一行が時間を二つに分けて、違う場所で過ごせるようにアレンジしていた。ひとつはレバノンとの国境から二マイル南にある、美しい地中海のビーチに作られたリゾート施設であり、もうひとつは道路を隔てたところにあるキブツ（共同生活農場）だった。彼らは昼間の時間をキブツ体験をして過ごし、クラブに帰って水泳を楽しみ、日が暮れると演奏をした。そしてまたキブツに戻って眠った。ガイガーとホフマンとポラックはアマチユアのサックス奏者であり、彼らは二度ばかり飛び入り演奏をさせてもらったことで大喜びした。スタンは彼らの努力奮闘を、楽しみながら受け容れていた。ある金曜日の夜、彼らがキブツで安息日を祝っていたとき、スタンはユダヤの哀歌『イーライ、イーライ』を感情を込めて演奏し、それは彼自身や、ガイガー夫妻や、他の何人かの人々を涙させた。

　スティーヴはそのイスラエル滞在を、彼が父親と共に過ごした最も幸福な時間として記憶している。彼らは過去のいくつかの古傷を「アーク」に埋め、お互いを気持ちよく受け容れることができた。彼らは酒を断っており、熱意を込めて演奏を共にした。そこでスティーヴは多くを学んだ。というのはスタンは息子のために音楽の面で手加減することはなかったし、いくつかの難しいテンポをマスターすることを厳しく要求したからだ。

　スタンと人々はキブツを後にしてエルサレムに行った。カルテットはそこで、足に障害のある子供たちの病院のために、慈善コンサートをおこなった。それはスタンが一九七七年の演奏でも支援した病院だった。彼らはまたそこでテディー・コレック市長に会い、レナード・バーンスタインの指揮するイスラエル・フィルの演奏を聴き、楽屋でバーンスタインとおしゃべりをした。それから紅海に面したエイラットの町にあるもうひとつの〈クラブ・メッド〉リゾートに滞在し、そこで旅行を終えた。当地での最後の夜、スタンは歴史ページェントでダヴィッド・ベン＝グリオン（イスラエルの初代首相）を演じて（台詞のない役だったが）、みんなを驚かせた。

　帰国して、ジェーンは西海岸に戻ったが、スタンはマンハッタンにあるホフマンのアパートメントに泊めてもらった。一九八五年九月四日にニューヨークのスタジオで、カルテットによる吹き込みが予定されていたからだ。しかし気持ちが落ち込んで、演奏していてもインスピレーションが湧いてこなかった。だから二曲を吹き込んだあと、セッションを中止することにした。彼はそこを出て、グリニッジ・ヴィレッジのジャズ・クラブ〈ブラッドリーズ〉に行って酔っ払った。そうして九ヶ月にわたる断酒期間が終了した。彼は絶望的な気持ちで、自らを恥じながら翌日ホフマンのところに戻った。

　彼はそれを最後にもう二度と酒を飲まず、薬物も摂らなかった。それはあるいはジェーンの、あるいはマックの、「アーク」の、スタンフォードの友人たちのおかげだったかもしれない。あるいは、ＡＡの標語にもあるように、彼は「病んで疲れていることに自分で疲れ果てた（got sick and tired of being sick and tired)」のかもしれない。それらすべてのせいかもしれないし、どれのせいでもないかもしれない。そこにあるのは……彼は最終的に断酒を達成したという事実だけだ。

# 第十九章

# 裁判／試練

九月八日にスタンはニューヨークから戻り、その三日後にビル・デメントが彼のために設定したエンゲージメントをこなした。〈世界ビジネス・フォーラム（ベイエリアの会社の経営者たちが作っている協会）〉が、「ジャズの教育と鑑賞」の催しを開いてくれないかと、デメントにもちかけたのだ。それはスタンフォードのファカルティー・クラブで、午後から夕刻にかけて開かれた。デメントは、アンディー・ガイガーがジャズの歴史と構造について話をし、ジム・ネイデルのグループがカクテルの時間に演奏をし、夕食のあとにスタンのカルテットがコンサートを開くというプログラムを作った。

スタンとデメント夫妻は、パーティーでジョハン・ブロッカーと奥さんのジョーンに会った。彼らはジャズ・ファンであり、スタンフォードのために大口の寄付をしていた。ジョハンは裕福な投資銀行家であるが、第二次世界大戦下の母国オランダで、十代の青年として反ナチの地下活動をしているとき、音楽の虜となった。撃墜された英国の爆撃機からラジオを剝ぎ取り、それでこっそりとBBC放送を聴いて、アームストロングやハーマンやグッドマンやベイシーや、その他の一九四〇年代のスターたちを知ったのだ。彼は膨大なレコード・コレクションを持ち、ジェリー・ロール・モートンからオーネット・コールマンにいたる主要なジャズのソロを、すべてハミングすることができた。そしてスタンの音楽を愛していた。スタンフォードの卒業生であるジョーンは、夫とその音楽に対する情熱を共有していた。

ディナー・パーティーの二日後、スタンとデメントは南カリフォルニアに向かう飛行機でジョハンにばったり出会った。そしてスタンは彼と会話を交わした。ブロッカーは語る。

私は彼と話を始めて、我々はまた会って話をしなくてはならないということで意見の一致を見た。そのすぐあとで、ジェーンとスタンとジョーンと私は、外で夕食を共にした。そして彼の犬、ジェームズは外の車の中にいた。

私はジャズの話を始め、スタンと私は同じものを好んでいることを発見した。レスター・ヤングとその一派だ。多くのジャズ・ファンは何が良くて何が良くないか、よくわかっていない。しかしスタンと私は同じ偏見を抱き、同じ好みを持っていた。このようにして私たちは親しくなったのだ。

スタンがブロッカー夫妻との夕食の話をデメントにしたとき、ジャズという音楽をスタンフォードのカリキュラムの重要な部分にしていこうという、「ジャズのための委員会」において、その夫婦が強い味方になり得ることをデメントは感じ取った。ジャズ・プログラムを立ち上げるための予算を、委員会はすべて自力で調達しなくてはならないと、音楽科ははっきり言い渡していた。大学側は一銭たりとも出す気はなかった。アンディー・ガイガーは回想する。

我々はスタンは巨人だと思っていた。スタンを大学のファカルティーの一員として迎えることには、とてつもない価値があると。

しかし予算に関しては大がかりな競争があった。大学にはたくさんのプログラムがあるが、それは誰かが外部からお金を集めてくるから成立することなのだ。それが我々のやらなくてはならないことだった。大学の学部長のところに行って、「ジャズ・プログラムのために十七万八千ドル出して下さい。なにしろ我々はスタン・ゲッツを手に入れたのですから」なんてことは言えない。

インディアナ大学とか北テキサス州立大学は強力なジャズ・プログラムを持っているが、それはプログラムに登録する学生によって支えられたものだ。彼らは競って、演奏の才能ある学生たちを集めている。

しかしスタンフォードには、才能のあるジャズ・プレイヤーたちを積極的に集めようというようなつもりはない。そういう種類の大学ではないのだ。大学にはジャズを演奏したいと思う若者たちがたくさんいたが、それはあくまで学生時代の体験のひとつとしてだった。彼らは大学を出れば証券取引人になり、医師になり、弁護士になった。スタンフォードの音楽科では演奏ではなく、学問が中心になっていた。

デメント、ガイガー、オリヴェイラ、ケリーのそれぞれの夫妻が一堂に会し、ジャズ・プログラムを立ち上げる資金を調達するために、ビル・デメントがブロッカー夫妻に直接アプローチしてみようということになった。

デメントはジョハンに電話をし、それを受けて相手がすぐに朝食会をセッティングしてくれたことで、よい手応えを得た。そこには二人に加えて、音楽科の学科長であり、バロック期の音楽の研究者でもあるドクター・アルバート・コーエンが同席することになった。デメントは強い口調で、演奏に重点を置く、スタンをその中心に据えたプログラムを売り込み、コーエンがそれに協力を申し出ると、一週間のうちにその提案を、音楽科から書類のかたちで自分の元に送ってもらいたいとブロッカーは要請した。

コーエンは、ネイデルとジョイアの協力を得て、期限内になんとか作業を間に合わせることができた。彼らの書類は、年間におおよそ十万ドルの予算があれば、大学はスタンに演奏を教授してもらえるし、ネイデルとジョイアを講師とするアカデミックなプログラムを嵩上げし、ジャズの歴史研究家であるグローヴァー・セールズをファカルティーに加えられると述べていた。

ブロッカーとコーエンがその基本案を精査しているとき、スタンがコーエンのところにやって来て、自分は講義をするのが大の苦手で、正式な教授みたいな役はとても務まりそうにないと申し出た。それでは教授ではなく、「滞在芸術家（アーティスト・イン・レジデンス）」みたいな役ではどうだろうとコーエンはスタンに提案した。それなら、彼は主にサキソフォンを使ってジャズ演奏のやり方を示すだけでいい。スタンはその案に賛同し、ブロッカーも納得した。

　ブロッカーは自分一人がジャズ・プログラムの主要出資者になることを好まず、大学は他の資金源も真剣に模索するという確約をコーエンからとった。そして彼は一九八六年の試験プログラムのために十万ドルを寄付することを約束し、最初の小切手を十二月に大学に送った。その直後にブロッカーは記者に向けて、自分の意図を説明した。

> 私は常々、多くのジャズ・ミュージシャンたちがどぶ同然の場所で――健康的な生活からほど遠い環境で――生活せざるを得ないことを残念に思っていました。社会は、これまではそうではなかったけれど、ジャズに対してもっと高い敬意を払うべきなのです。我々はスタンフォードのジャズ・プログラムをこの国でいちばん優れたものにしたいし、当然与えられるべき尊厳をその音楽に与えたいのです。

　一九八六年一月一日にスタンは「滞在芸術家」に任命された。週に六時間大学で教え、年に四度カルテットと、またゲストのミュージシャンとの演奏をおこない、彼のミュージシャンたちやゲストたちと共に、学生のワークショップを運営することになった。

　彼はそれによって年に四万ドルの給与を受け取り、演奏とレコードの印税による年間収入三十万ドルにプラスされることになったが、それでも生活はかつかつだった。果てしなく続くように思える、過酷な離婚調停が彼の収入の半分以上を吸い上げ、東西両海岸でおこなわれる、時間を食う法的会合によってスケジュールは大きく乱されたからだ。

　スタンは、スタンフォードの二つのビッグバンドと、七つのスモール・グループのミュージシャンたちの演奏を、彼らと共に演奏しながら批評指導した。そしてより上級の生徒たちのためにマスター・クラスを設けた。記者に語ったように、彼は主に楽器を頼りにした。

ぼくは自分を音楽の教師だとは考えていない。ぼくはカリキュラムに組み込まれてはいない。ぼくは滞在芸術家なんだ。

要するに、ただ彼らと共に演奏するだけだ。ぼくにはそういうことしかできないもの。プレイし、喋りは少なくする。自分のリズム・セクションとそうやって会話するみたいにね。そしてまたぼくだって、実際そういう風にして学んできたんだよ。ロードに出ることがぼくの学校だった。自分より腕の立つミュージシャンたちと一緒に演奏することが……

学生たちはその言語を——コード・チェンジやスケールなんかを——じゅうぶん知ることなく、性急に演奏を始めようとする。彼らはそこに立ち、肩を揺すって感情を込めようとする。ところが彼らはジャズ言語の文法やシンタックスを知らないものだから、自由に会話することができない。会話ができて初めて即興演奏ができるんだ……ジャズ音楽は実に素晴らしいものだ。自分が今何を感じているか、それをそのまま表現することを可能にしてくれる。それは、ステージの上で会話を交わしているようなものなんだ。

ぼくが彼らに教えようとしているのは、ジャズの二十五パーセントは、正しいときに開始し、正しいときに終了することで成立しているということだ。もうひとつの二十五パーセントは演奏するだけのガッツを持っているかどうかだ。いちばん大事なのは、彼らに自信を与えることだね……

ぼくがいちばん嫌うのは真似をすることだ。自分自身であれと、ぼくは口を酸っぱくして言っている。それは簡単なことじゃない。というのは彼らは、自分自身を信じていないから。彼らが信じているのは、彼らのヒーローたちなんだ。ぼくはこう言うことにしている。よろしい、それはそれで全然かまわない。しかしそういう風に演奏できるのは、君たちのヒーローだけなんだぜ、と。もし君たちが同じことをしようとすれば、それはただのイミテーションになってしまう。どれほど完璧にそれができたとしてもね。ぼくはしつこく言い続けるんだ。ただ自分の感じたままを演奏しなさいと。しかしそれは簡単なことじゃない。そして彼が望むのは、ジャズに対して抱いている自分の愛を、学生たちに伝えることができたらということだ。

ぼくがこのサキソフォンを手にしたとき、それはひとつの信仰になった。その頃はテレビもなかったし、ろくにお金もなかった。あるのはただ献身だけだった……それが芸術だなんて思ったことは一度もなかった。それはただ、ぼくが愛する仕事だったんだ。仕事というだけじゃない。ぼくが愛する仕事だった。ぼくはそれが好きでたまらなかった。聴いてくれる人が一人もいなくたって、演奏したかった。ジャズ・ミュージシャンなら誰だってそうだよ。周りに耳を傾ける人が誰もいなくても、彼は演奏するだろう。即興で音楽を演奏するという純粋な楽しみだけのためにね。

これほどの献身にもかかわらず、スタンは教師としては致命的な欠陥を抱えていた。スタンは自分が一緒にいて気持ちのよい生徒や、才能に恵まれたものたちに、その力の大半を注ぎ、それ以外のものたちにはろくに助力の手を差し伸べなかった。彼の気前の良さを享受した数少ない一人にラリー・グレナディアがいて、彼はプロフェッショナルとして長足の進歩を遂げた。一九九〇年代の半ばまでに、優れたジャズ・ベース奏者として名を知られるようになった。

一九八三年の夏期ジャズ・ワークショップでスタンの元で学ぶようになったとき、グレナディアはまだ十六歳だった。彼はきわめて有能で、翌年の夏には、スタンのベーシストであるジョージ・ムラーツが腕の腱炎のために演奏できなくなったとき、スタンが安心してその代理を任せられるまでになっていた。グレナディアが一九八五年に、近隣のサンノゼにある、ある大学から入学を許可されたとき、スタンとジム・ネイデルと「ジャズのための委員会」はスタンフォードの入学事務局にかけあって、彼をその学年の半ばに転校生として入学させることに成功した。

グレナディアはムラーツや、スタンがスタンフォードに引っ張ってきた他のハイレベルのプロ演奏者たちから、貴重な教育を受けた。そして彼は、スタンの遠回しな教育方法が非常に有益であることを知った。

演奏を聴いて、あれこれコメントを述べる。わきに連れて行って注意を与える。ドラマーとどのようにプレイすればいいか、自分はベース奏者に何を求めているか、どうすればホーン奏者に気持ちよくプレイさせられるか、そんなことをね。

彼の音楽を聴いているだけでとても役に立つ。彼のサウンドはずいぶんユニークなんだ。あれほど個人的なサウンドを持ち、それを用いてあれほど強いステートメントを発せられる人は希にしかいない。それは実に衝撃的なので、頭をぶちのめされたような気分になってしまう。彼のタイミングとリズムは素晴らしく強烈で、また間と沈黙のとり方は絶妙だ。

一緒にプレイするだけで、教室で学ぶよりもずっと早く多くのことを学べる。彼はよく振り向いて怒鳴ったものだ。「スピードが出すぎているぞ」とか「ゆっくりすぎるぞ」とか。きつい口調じゃなくて、まるで父親が諭すみたいにね。

即興演奏は教えるのが本当に難しいんだ。理論化することはできないし、抽象観念にすることもできない。そこに実際に踏み込んでいって、何度も何度も試してみるしかないんだよ。

スタンフォードとの契約に基づく最初のコンサートは、一九八六年三月三日におこなわれた。メンバーはジョージ・ムラーツ、ヴィクター・ルイス、そしてピアニストのケニー・バロンだった。四年間にわたってスタンのレギュラー・ピアニストをつとめたジム・マクニーリーは、パフォーマー兼作家として、音楽以外の仕事に打ち込むために一九八四年後半にレギュラーから外れた。一九八五年の初め、スタンは彼とラリー・ウィリスを交代で使っていたが、その年の後半にはそこにバロンを加えた。

コンサートは成功裏に終わり、バロンは重要な貢献をおこなった。「ゲッツ・コンボ、聴衆を魅了。プログラム初のジャズ・コンサート」という見出しのもとに、地元紙〈ペニンシュラ・タイムズ・トリビューン〉の記者は書いている。

そのテナー・サキソフォン奏者と、優れたミュージシャンたちを集めた彼のカルテットは、ディンケルスピール・オーディトリアムを埋めた聴衆に向けて演奏し（切符は売り切れだった）、スタンフォード大学の「ジャズのための委員会」を喜ばせた。

委員会の主要メンバーであるアンディー・ガイガーとウィリアム・デメントとライランド・ケリーは、休憩時間に通路を行ったり来たりしていた。彼らは明らかに、客の入りと演奏の双方を喜んでいるようだった……聴衆はじっと真剣に耳を傾け、それから拍手を送った。まるで室内楽のリサイタルでも聴いているみたいに……

バロンは世に名高いゲッツのリリシズムと、流麗なメロディー・ラインに易々と馴染み、ビリー・ストレイホーンの『ブラッド・カウント』と『ラッシュ・ライフ』において最も観衆を沸かせていた。バロンは創意工夫を売り込んだりはしない。豊かで潤沢な和音の庭に、考え抜かれたメロディックなシングル・ノートのソロを、苦もなく隈無く植え込んでいくだけだ。

バロンは一九八六年には四十二歳だったが、既に二十五年にわたって主要なプレイヤーの一人として活躍し、二百を超える数のレコーディングに参加していた。十七歳の神童として高校を卒業すると即座に、優れたサキソフォン奏者ユゼフ・ラティーフのアルバムに、ピアニスト兼作曲家兼アレンジャーとして参加した。二年後にはディジー・ガレスピーのピアニストとなり、四年間にわたってその役に留った。それ以来フレディー・ハバード、ロン・カーター、ロイ・ヘインズ、ジョー・ヘンダーソン、バディー・リッチ、ジェームズ・ムーディーといった錚々たる面々の下でプレイをした。そしていくつかの素晴らしい自己のバンドを率いたこともあった。一九七三年からはラトガーズ大学で音楽理論、和声学、ピアノ演奏を教え始め、一九八〇年に同大学の正教授となった。

ディンケルスピール・オーディトリアムでのコン

サートの六日後に、バロンはスタン、ムラーツ、ルイスと共にスタンフォード大学の近くにあるスタジオに入り、録音をおこなった。アルバムはバークレーの教育者であり、ジャズ番組主宰者でもあるドクター・ハーブ・ウォンによってプロデュースされ、「ヴォイージ」というタイトルがつけられ、彼が運営する独立系の小さなレーベル〈ブラックホーク〉から発売された。

　バロンの参加により、「ヴォイージ」は、スタンが一九八一年と一九八二年にコンコード・レコードに吹き込んだ三枚の、上出来なカルテット編成のアルバムよりも、更に質の高い内容になっている。このアルバムを聴いた人はすぐにわかるはずだ。その感受性がスタンのそれにここまでぴったり寄り添ったピアニストは、かつて一人もいなかったということが。二人は名状しがたいまでの共感をそこに示している。その共感は共有されたリリシズムと、抗うことのできないスウィングのセンスに基づいたものであり、二人はほとんどテレパシーに近い感覚でお互いの動きを察知し合う。

　このような美質は一九三〇年代に生まれたバラードの古典、『君を想って（I Thought About You）』と『イエスタデイズ』に最もはっきりあらわれている。そこで二人は聴くものを、喜悦に満ちたスウィングと、逞しく表現されたロマンティシズムによって揺さぶる。そしてバロンの作曲したタイトル曲においては、その洗練されたハーモニーからほとんど自然のままに育ち出てきたような、勢いあるソロを二人は展開する。

「ヴォイージ」はスタンの断酒の決意を厳しく試すセッションになった。というのはそれは、スタンが終始素面でつくった最初のアルバムになったからだ。ジェーン・ウォルシュはそのことをよく覚えている。

　セッションの半ばあたりで、彼は私に電話をかけてきて、こう言いました。「これ以上続けることはできそうにない。酒を口にしてしまいそうだ」と。

　私は言いました。「いいえ、そんなことをしちゃいけない。あなたには素晴らしい友だちがたくさんいるのよ。あなたならきっと乗り切れる」と。そう、人には、どこまでも信念にしがみつかねばならないときがあるのです。

彼は言いました。「やってみるよ」と。そして彼は電話を切り、一滴の酒も口にすることなくそのセッションをやり終えました。

緊張のせいです。彼は完璧さということにとりつかれていました。「ぼくは完璧でなくてはならない。それを完璧にやらなくてはならない」というのが彼のやり方でした。たぶん母親から教えられたことなのでしょう。

そのセッションがスタンを文字通りくたくたにしてしまったことを、ハーブ・ウォンは覚えている。

演奏を終えたとき、彼は全身汗でぐしょぐしょになっていました。彼は言いました、「ジーザス、ぼくはもうへとへとだ。ここでやったすべてのことに神経を集中し尽くして、もう何も残っちゃいない」

私は言いました。「こういうのって、これまでの録音のときにはなかったことなのかい?」と。

スタンは言いました。「まったくの素面で済ませた録音というのは、これが初めてだよ。だからこんなに消耗してしまったんだ。ぼくは頭をクリアにして、自分たちがやっているすべてのことに神経を集中した。これまでに二百回以上は録音をやってきたが、こんなことはなかった。初めての経験なんだよ。これまでは何かをやっているか、あるいは飲んだくれていた」

スタンは、スタンフォードのコンサートで成功を収めたあと、四月六日にはボブ・ブルックマイヤーを、八月十日にはダイアン・シュアをフィーチャーした素晴らしいイヴェントを催した。「ジャズのための委員会」はシュアのコンサートのあと、オリヴエイラの家でお祝いの夕食パーティーを開いた。

六月十六日にはスタンはハリウッド・ボウルで行われた、ウディー・ハーマンのバンド・リーダー五十周年記念コンサートに出演した。スタンはウディーが身体的に衰弱していることを憂慮した。肺気腫を患い、その他にもいろいろ持病を抱え、ひどく疲弊していた。そんなウディーの健康状態もあり、また旧知のメンバーの数が減ったこともあり(そこで演奏した古株プレイヤーはスタンとジミー・ロウルズ二人だけだった)、イヴェントは祝祭性において、かつてカーネギー・ホールで行われた四十周年記念のものには及びもつかなかった。

一九八六年の春のあいだ、スタンは法的な問題に忙殺された。幾多の遅延を経た末に、離婚裁判がようやくニューヨーク州ホワイト・プレインズ(シャドウブルックが属する郡の中心町)で六月十六日に開かれることになったからだ。しかしながらその八日前にモニカは担当弁護士を解任し、新しい弁護士を見つけるための十週間の猶予を与えられた。一九八六年九月三日に法廷が開かれたとき、モニカが最初に召喚を受けたときからすでに五年以上が経過していたが、彼女には新たにエイブラハム・ラインゴルドが弁護士としてつき、スタンには以前と同じジェフリー・コーエンが弁護士としてついていた。

非人間的で残酷な仕打ちをした被告人として訴えられているモニカには、陪審員による裁きか、裁判長による裁きかを選択する権利が与えられた。彼女は陪審員の方を選んだ。ニューヨーク州の法律によれば、この裁判は夫婦が婚姻関係を続けるべきかどうかを判断するものであり、もし陪審員が離婚を支持すれば、それからまた別の裁判に移ることになっていた。二番目の裁判は二人の所有財産と収入をどのように配分するかに関するものになり、それは判事によって決せられる。これまでのところ、シャドウブルックの地所が最大の懸案財産になっていた。

スティーヴと彼の息子のクリストファー、そしてデイヴィッドは、スタンの側の証人として法廷に立つことを、父親からの強い要請があったにもかかわらず断っていた。ベヴァリーはもし必要があれば、証言してもいいと言った。パメラ・レイナー、彼女の夫のスコット、ニッキー・ゲッツは進んでモニカの側に立って証言すると言った。

コーエンが、裁判における一番の争点としたのは、一九六九年から一九八一年にかけて、モニカがスタンに対して秘密裏にアンタビューズを投与していた件だったが、ラインゴルド弁護士は、ことあるごとにヴィンセント・グレイヒアン判事と衝突した。最初からラインゴルドは判事の裁定に抗議し、長い演説をおこなった。判事はそれを妨害的で内容のない行為であると断じ、「何らかの理由で、裁判を審理無効に導こうとしている」として彼を叱責した。何度かにわたる警告にもかかわらず、ラインゴルドがそのやり方を執拗に続けたとき、グレイヒアンは苛立って、六回目の審議の日に審理無効を宣言した。そしてこう言った。

ラインゴルドさん、あなたはあなたの目論見に成功したようだ。さぞや嬉しいことでしょう。あなたは大きな間違いを犯したと私は考えています。真剣にそう思っていますが、それはもちろんあなたが判断なさることです。この案件から離れることができて、私はとても喜ばしく思っています。なぜなら六ヶ月のあいだ、この案件を審理に上らせないために、多くの努力が払われ、多くの方策が用いられてきたからです。

モニカはグレイヒアンのこの行動に対して異なった見方をしている。彼女はこう考えている。彼は自分たちの陣営が明らかにした強力な証拠に反発したのであり、結局のところ「離婚なんか好きにさせておけばいいだろう」という考えを持ったありきたりの判事の一人に過ぎないのだと。

それに続く案件の進展は、彼女にショックを与えた。

スタンは更なる追い打ちをかけてきました。きっとやけっぱちになっていたのでしょう。彼らは新たな非難の矛先を私に向けてきました。それを聞いて、私はあやうく卒倒するところでした。というのは、彼はなんと私に不倫の嫌疑をかけてきたからです。他の誰とも浮き名を流さなかったジャズ界のマザー・テレサだって、スタンとなら関係を持っていたでしょうに。

スタンの弁護士は、モニカとスーネ・ビレン博士がシャドウブルックで不倫関係を持っていたことを証言する二人の人間を見つけたとして、浮気の嫌疑を提訴に付け加えた。

ホワイト・プレインズからカリフォルニアに戻った一週間後の九月十九日、スタンはウディー・ハーマンのバンドに加わって演奏した。「ジャズのための委員会」のための慈善コンサートだった。イヴェントはサンフランシスコの高級スポット〈ボヘミアン・クラブ〉でおこなわれたのだが、委員会はじゅうぶんに宣伝をしなかったので、収益は期待外れの千七百ドルに留まった。その二ヶ月のあいだに二度、スタンはウディーの激しい衰弱ぶりを目にして、再び心を曇らせた。

イヴェントはろくな成果を収められず、ブロッカーの出資を援護するための十分な金が得られなかったにもかかわらず、その出資者は最初の九ヶ月に、スタンのプログラムがあげた総合的成果に満足し、翌年もまた十万ドルを拠出することを約束してくれた。

三週間後の十月十二日の夜にスタンは、一九八六年度の四度目にして最後の、スタンフォードにおけるコンサートで演奏した。当日、その前にスタンはロサンジェルスで、ダイアン・シュアとの三枚目の共演アルバムを録音した。「タイムレス」と名付けられたそのアルバムのために、スタンはロマンティックな三曲で実に素晴らしいサポートをおこなった。彼は彼女のヴォイスに、ホーンを縫い目なくスムーズに溶け込ませ、宝石のように美しい二つの短いソロを加えた。GRPはそのアルバムのためにダイアンと、傑出したビッグバンドのアレンジャーたちのグループを組み合わせるという、なかなかセンスの良い企画を立て、彼女はジョニー・マンデルや、シナトラの相棒であるビリー・メイや、パット・ウィリアムズや、パーシー・ルボックといった人々が提供した新鮮で力強いバックグラウンドに、ひるむことなく堂々と声をかぶせていくことで、新たな成熟ぶりを世に示した。スタンや、他の四人のヴェテラン・ミュージシャンたちとの共演によって、ダイアンは一九八六年度の「最優秀女性ジャズ歌手賞」部門で、初めてのグラミー賞を獲得することになった。

「タイムレス」のセッションのあと、ダイアンのマネージャーはGRPの印税報告を検証し、彼女はごまかされているという結論に達した。それを受けてスタンの弁護士であるエリオット・ホフマンは、その案件に関して自ら検証をおこない、GRPとダイアンは、契約にうたわれているスタンに対する義務を果たしていないと、逆に主張した。法廷闘争が長々と続き、それがもたらした結果は主なところ、ダイアンとスタンが三年にわたって不仲になり、そのあいだ彼女は吹き込みができなかったということだった。

十一月五日にカリフォルニア州オークランドの〈ヨシズ・クラブ〉で五日間のステージを幕開けした夜、スタンは自分が〈ダウンビート〉の「ホール・オブ・フェイム」に選ばれたことを知った。生涯にわたるジャズへの貢献を顕彰する賞だ。受賞が知らされると、満席の客たちは立ち上がって盛大な拍手を送った。スタンは彼らに言った、「これは予想もしなかった名誉なことです。とても興奮しています。本当ですよ」と。その二週間前に彼がフロリダの記者に向かって述べたことは、彼の生涯にわたる達成の源にあるものについての、ぴったりの発言になっている。

ぼくには嘘の演奏ができない。ぼくは自分が演奏しているものを信じなくてはならない。そうでなければ、音楽は外に出てこないんだ。ぼくの専門技術は感覚にある。ボブ・ブルックマイヤーがかつてぼくをこう評したことがある。彼が知っている中で、ぼくくらい本能が優れたジャズ・ミュージシャンはおそらく見当たらないって。そう、本能こそがすべてなんだよ。

一九八七年一月、スタンはジェーンに向かって、君とはもう一緒に暮らせないと告げた。皮肉なことに、彼女が力を貸してすっかり素面にしたことで、彼の彼女に対する気持ちが変化を遂げてしまったのだ。彼女はそれについて語る。

お酒を断つことで、多くの人は本来の自分に戻ります。彼らは自分の人生を防御するために考案した無数の仮面を、次々に脱ぎ捨てていきます。そしてもともとの自分の、本来そうであるべきだった自分の、核心に辿り着こうとします。

そうなると、あなたがたはもう二人でうまくやっていくことはできません。あなたは顔を上げてこう言います、「ああ、君はいったい誰なんだ？」と。酒を断った多くの人が相手と別れていきます。酒を断とうと努力を始めたときから、彼はだんだん私と疎遠になっていきました。

ビリー・ホーフストラーテンはそのプロセスについて、少し違った見方をしている。

スタンにとってジェーンは言うなれば、まともに生きていくためのよすがでした。彼はジェーンに頼ることができた。母親のような存在だった。でも彼がすっかり素面になり、自分により自信を持ち、自立できるようになっても、彼女はまだ母親のような役割を続け、彼のやることなすことに常に助言を与えようとしました。彼はそういうことに耐えられなくなったんです。

スタンにそう告げられ、ジェーンは呆然としてしまった。傷つき、混乱した。しかしそれでも二月二日に彼女が計画していた、彼の六十歳の誕生日ガラ・パーティーは実行された。場所は二人が借りていた自宅だ。パーティーは夕方の六時から真夜中まで続いた。そしてスタンフォードにおける彼らのすべての友人たちや、サンフランシスコから大挙して押しかけてきた人々は、ふんだんに用意されたビュッフェ・ディナーを平らげ、音楽を聴き、シャンパンを飲んでたっぷり楽しんだ。ジェーンは客たちに前もって、ハードな酒は出さないと告げていた。彼女は一人のサンフランシスコのジャーナリストを門前払いしなくてはならなかった。彼は家の中に酒のクォート瓶を持ち込むと言い張ったからだ。

彼女はリズム・セクションを用意していた。ベースのラリー・グレナディアと、サンフランシスコのプロのピアノとドラム、スタンは喜んで彼らと共に、二時間ばかり演奏した。そしてビル・デメントやテッド・ジョイアやジョーイ・オリヴェイラも交代で、ベースやピアノやテナー・サックスで飛び入り演奏をした。

そのパーティーのすぐあと、スタンとジェーンは別々のアパートメントで暮らすようになった。二つの住まいの間には十分ほどの距離しかなかったによ。そしてジェーンはデメントの睡眠診療所で仕事をするようになった。

一九八七年の春の間、彼はそのエネルギーのほとんどを、離婚を巡る二度目の裁判の準備のために費やした。そこで彼はモニカを、残酷な非人道的行為と、不倫の両方で告発していた。審理は五月十一日にホワイト・プレインズで、ニコラス・コラベラ判事担当のもとに始まることになっていた。

その十日前の五月一日に、スタンは恐ろしい知らせを受けた。かかりつけの医師から、彼がかなり高い確率で癌にかかっていると告げられたのだ。定期的な健康診断の結果、身体のずっと奥の方、ちょうど心臓の裏側あたりに、グレープフルーツ大の腫瘍が存在していることがわかったのだ。おそらくリンパ腫だろうと医師は言った。リンパ組織に生じた癌だろうと。かなり大がかりな手術を受ける必要があると医師は告げた。しかし手術は九月まで延期しても、とくに支障はあるまいということだった。そうすれば夏にぎっしりと予定されているスケジュールをこなすことはできる。

スタンは自分の身体の具合については誰にも言わないでおこうと、心を決めた。自分自身のエネルギーを、またこの先長引くであろう裁判に勝利を収めるべく奮闘している弁護士たちのエネルギーをそぎたくはなかったからだ。しかしその秘密を守ろうとする彼の決意は一度だけ崩れた。

それは審理が最初の一週間を終えたときに起こった。バディー・リッチの葬儀が五月十七日に、マンハッタンの聖ペテロ教会で執り行われ、そこでスタンが演奏した際のことだ。バディーは癌の手術を受け、回復を待っている間に心臓発作を起こし、四月二日に息を引き取った。友人を亡くしたという思いに揺さぶられ、スタンは自分の腫瘍のことを、聖ペテロ教会の主任牧師であるジョン・ゲンセルに打ち明けた。ニューヨークのジャズ・コミュニティー(彼はそれを「夜の羊の群れ」と呼んだ)に対する、三十年に及ぶユニークな宗教活動で知られるゲンセルは、そのときのことを覚えている。

彼が私のことを知っているのは、たぶん彼が息子のスティーヴと共に、AAの会合に出るためにしばしばこの教会に足を運んでいたからだろう……彼はコンサートのあとで言った。「ぼくの心臓の裏側には大きな腫瘍があるんです。その手術を受けなくちゃならない。怖くはない。しっかりそいつと向き合うつもりです……家族にもこのことは言ってません」と。

彼の弁護士であるジェフリー・コーエンが冒頭陳述するのを聞いている間、彼の心はおそらく差し迫った手術から遠く離れたところにあったはずだ。モニカが秘密裏に彼にアンタビューズを投与していたことは、残酷で非人間的な行為に当たると弁護士は主張した。

十年以上にわたって、モニカ・ゲッツが秘密裏に、故意に、意図して、計画的にスタン・ゲッツに、アンタビューズと呼ばれる薬を投与していたという事実を、我々は証明するつもりです。また我々は、モニカ・ゲッツがすべてを承知していたことを証明し、アンタビューズなる薬物は本人に通知することなく、同意も得ずに投与されるべきではないということを、専門家とゲッツ氏の証言によって明らかにするつもりでおります……我々はまた、モニカ・ゲッツがスタン・ゲッツに通知することなく、また同意を得ることなくアンタビューズを投与するたびに、彼女が攻撃を加えてきたことを——野球バットを用いて彼に打ちかかるのと同様の種類の攻撃を加えてきたことを——証明するつもりでおります……彼の身体システムへのそうした攻撃のおかげで、彼は幾度となく激しく体調を崩すことになりました。

ニューヨーク州の法律は、不倫行為の直接の証拠を要求はしない。むしろ然るべき傾向があり、然るべき機会があれば、そのような行為はあったと陪審員が判断することを許している。コーエンは陪審員に向かって、その二つの条件が多くの場合、同時的に存在していたことを示す証拠を耳にするであろうと告げた。

ラインゴルドはその冒頭陳述において、アンタビューズ投与に関する告発に対して、彼がとることになる二つの弁護方法について述べた。まずだいいちに、モニカは彼女の一存でアンタビューズを処方したわけではない。ルース・フォックス医師は一九六八年の手紙の中で、彼女にそうするように指示している。そしてモニカは、スタンに通知することなくその薬品を投与することで、スタンの命を救い、彼女自身と子供たちの身の安全を護っていたのだ。ラインゴルドは浮気については、まったく根拠を持たぬ申し立てであり、スタンの破れかぶれの言いがかりであるとして、あっさり退けた。
スタンが証言を始めた数分後に、コーエンは彼に向かって、モニカを愛しているかと尋ねた。彼はこう答えた。

彼女が私にしたことについて、私はミセス・ゲッツを憎んでいます。彼女をとても憎むようになりました。彼女は私の人生を惨めなものにしてしまったのです。

もっとあとになって、奥さんともう一度性的関係を持つ可能性はあるかと尋ねられたとき、彼は言った。

私は彼女と暮らすことはできません。彼女と性的関係を持つこともできません。同じ部屋で眠りたくもありません。そんなことはできないのです。その女がそばにいるだけで不安な気持ちになります。彼女は強制的で、悪意に満ちています。

スタンは三日にわたって、証言台に立った。直接尋問（スタン側の弁護士による尋問）においてはスタンは主に、アンタビューズによってどのような症状がもたらされたかについて語った。反対尋問においては彼は、自らのドラッグとアルコール濫用の、長く暴力的な歴史について語らざるを得なかった。コカインとヘロインの摂取については、彼は憲法修正第五条を持ち出して発言を拒否したが、深酒をしたことは認めた。

私は酒にかなり強い方で、それが問題になりました……おそらくそのせいで、自分がアルコール中毒だと認めることがなかなかできなかったのでしょう。なぜならいくらでも飲めてしまうからです。飲み出したら、一杯や二杯ではおさまりません。どんどん飲んでしまいます。それで気分が悪くなったりもしません。ただただ楽しい気分になるだけです。

そして一九八五年九月四日から続けている断酒について、彼は誇らしげに語った。

私がその事実に屈したとき……自分がアルコール中毒の第一期の症状を示しているとわかったとき、私は自分がアルコール中毒患者なのだと認めざるを得ませんでした。そして私はそのプログラムに身を委ねたのです。それはこの世界で最も優れたプログラムでした。

コーエンはジョアン・ブラッキーンから、ツアーのあいだこっそりスタンにアンタビューズを飲ませてくれというモニカからの頼みを、彼女が断ったという証言を得ていた。一人の使用人からは、モニカの命令でそれをおこなったという証言を、一人のシャドウブルックの訪問客からは、彼女がアンタビューズの粉末をスタンの朝食に混ぜているのを目撃して、そのことは秘密にすると誓わされたという証言を得ていた。

彼はまた専門家の証人として、薬物中毒を専門とする二人の医師を証言台に上げた。二人とも、秘密裏にアンタビューズを投与するようなことは承認できない、その副作用は生命をも危うくしかねないのだと断言した。うちの一人は、過去三年間に彼の患者の二人が、正常なアンタビューズ服用のあとに過度の飲酒をして、危うく命を落としかけたと語った。どちらも緊急治療室の生命維持装置のおかげで、なんとか一命を取り留めたけれど。

一九六八年に書かれたルース・フォックス医師の手紙が、モニカの弁護の重要な位置を占めていたのだが、その手紙は秘密裏に薬品を飲ませることを具体的に推奨しているわけではなかった。我々が既に見てきたように、モニカは次のような曖昧な表現から、そうしてもかまわないだろうと推論したのである。

これまでの事例によれば、これ（アンタビューズ）は本人の自由意思により、夫人の手で与えられるのが最良です。しかしながら将来において、もしゲッツ氏がそれを飲むことを怠るようであれば、夫人が錠剤を砕いて、オレンジジュースに混ぜるようになることでしょう。

フォックスは証言をしなかった。というのは彼女はもう亡くなっていたからだ。そしてコーエンは、彼女が書いたある記事からの引用を記録に残すことで、ラインゴルドに反証をおこなった。

> 患者は本人の意志に反して、あるいはそれとは知らされず、同意を与えることもなく、それについての理解もなしに、ジスルフィラム（アンタビューズ）を与えられるべきではない。

浮気の嫌疑を固めるために、コーエンはかつてシャドウブルックで使用人として働いていた二人を召喚した。彼らはモニカとスーネ・ビレンがバスローブ姿で、朝の六時半から七時半の間に、また夜の十時から十二時の間に、モニカのベッドルームにいるのを、何度か目撃していた。それに加えて、一人の下宿人は朝早くに二人が一緒にベッドに入っているところを見たと述べた。

モニカとビレンは即座に浮気の嫌疑を否定した。ビレンと彼の妻は、彼の腎臓の病気のために、一九八一年以降は性行為を持つことが困難になっていたと証言した。そして一九八五年以降は卒中のせいで、全面的に勃起不全に陥っていると。

モニカの呼んだ二人の医学専門家は、アンタビューズの副作用をより軽度なものとした。そして二人とも、もしそれが切羽詰まった状況であるなら、こっそりとその薬物を飲ませるのは推奨に値すると述べた。しかしながら二人ともその職歴において、そのような切羽詰まった状況に巡り会ったことは一度もなかった。彼らはそれまでにおおよそ五千人のアルコール中毒患者を扱ってきたのだが。

家族とスタン自身の双方をスタンから護るために、モニカは彼にアンタビューズを投与したのだと主張するラインゴルドは、呼び寄せた証人たちに、スタンが酔っ払ったとき、どれほどの惨事を引き起こしたかを、長々と詳述させなくてはならなかった。パメラとニッキーとモニカが殴打されたり、言葉による攻撃を受けたり、髪の毛を引っ張られたり、拳銃で脅されたりしたこと、彼が逮捕されたことなど、恐ろしい話をつぎつぎに明らかにしたとき、メディアは大喜びした。新聞にはこのような見出しが躍った。「ドラッグ、酒、その他あれこれ（オール・ザット・ジャズ）」「息子は語る、『ミュージシャンは手がつけられなかった』」「『彼はサイコパスのようでした』と娘が法廷で証言。『ゲッツは荒れ狂いました』」
直接尋問においてモニカは、酒を断ったというのはスタンの間違った思い込みであり、自分が離婚に応じないのは、その幻想からスタン自身と家族を救いたいからだと証言した。

ラインゴルド　あなたは彼の証言を覚えていますか……もし彼が一年間まったく酒を口にせず、そして離婚を望むのなら、彼にそれを与えるとあなたが言ったということを？
モニカ　それは真実ではありません。私が言ったのは、もし彼が家族療法に参加し、一年間酒を断ち、私たちがこれまで話し合ってきたようなことをすべておこなうなら、ということです。それが真実です……もしすべての子供たちと私が家族療法に参加し、一年後に、その治療のあとに、彼が酒害を抜けられたなら、そういうことを彼がすべて受け入れるなら、それであれば私も喜んで……
第二にもし離婚をすれば、この家族から家族療法という手段が奪われてしまうことになります。たいていの場合、この療法が効果を発揮することを私は知っています。彼は自分の病気の症候に正面から向かい合うべきだと、私は強く感じています。そして我々全員は共にセラピーを受け、スタンリーの病気の症候に正面から向かい合わなくてはならないのです……

コーエンはその問題を反対尋問で更に追及した。

コーエン　もし彼がその家族セラピーを済ませれば、あなたは彼と離婚してもいいと考えておられる？
モニカ　もし彼が一年後に酒を断ち、家族セラピーを受けるなら。そしてもし彼がそれを――離婚を――望むなら、私は彼にそれを与えます。
コーエン　つまり彼は、あなたが彼にそうしてほしいと思っていることを、そのままやらなくてはならない。そうでなければ、あなたは彼に離婚を与えるつもりはない。そういうことでしょうか？
モニカ　いいえ、なぜなら――
コーエン　質問に答えてください。あなたは彼に離婚を与えるつもりはない。

モニカ　私にはわかっています。彼の頭は正常ではありません……

コーエン　五人の人間を世界中から呼び寄せて、一年間にわたってセラピーを受けさせるというのが、あなたには筋の通った現実的なことに思えるのですか？　スウェーデンみたいな遠い国から、あなたとスタンと一緒にセラピーを受けるために、一年間こちらに呼び寄せるというようなことが？

モニカ　もちろんです。そういうことは頻繁にやってきました……

コーエン　あなたが求めることがそっくりかなえられなければ、スタン・ゲッツとは離婚しない。それが事実ですか？

モニカ　それが事実です。

コーエン　スタン・ゲッツが何を望んでいるか、それは彼よりあなたの方がよくわかっている。事実ですか。

モニカ　そうです。そのとおりです。

四人の女性と二人の男性で構成された陪審は、モニカの見解には与しなかった。一九八七年五月二十九日、彼らはわずか三時間で審議を済ませ、二つの根拠の双方——非人道的行為と浮気——に基づいて、スタンに離婚を認めた。

# 第二十章

## 生きるための闘い

裁判を終えて、スタンは自分の健康について堂々と語れるようになった。ビリー・ホーフストラーテンが覚えているところでは、スタンの最初の反応は運命の不公平さを罵ることだった。

彼が電話をかけてきて、腫瘍が見つかったことを僕に告げました。彼は誰かが自分を虐待でもしているように感じていました。なぜ自分がこんな目に遭わなくてはならないのか、理解できなかったのです。

彼は言いました。「どうしてこの今なんだ。これが三年前だったら、まだ理解できる。なにしろ無茶苦茶なことをやっていたからな。ろくでもないものを片端から摂りまくって、何らかの罰を受けてもしょうがないと覚悟していた。しかしこの二年間、ぼくは自分をしっかり取り戻してきたんだ。まわりの人たちともまともにやってきた。良い方向に進んできたんだ。それなのに、今になってこうして罰を受けている」

スタンはそんな苦渋の思いをすぐに脇にどけて、友人たちや家族と共に病気に挑む計画を立て始めた。ジェーン・ウォルシュは彼と別れて暮らしていたが、腫瘍を摘出する最も腕の良い外科医を求めて、高度に組織化された探索を開始した。長いあいだ西洋医学というものを信用していなかったスタンは、アジアの医療について手に入る限りの本を読みまくり、手術の前から既に、鍼や、自然食品や、薬用ハーブや、指圧マッサージをも含めた厳格な摂生を積極的に取り入れていた。娘のベヴァリーはジェーンの調査を手伝い、手術から術後の回復期にかけてずっと父親に付き添っていようと心を決めていた。

多忙な夏の演奏スケジュールに向けて準備を進めつつ、スタンはカルテットを編成し直さなくてはならなかった。ジョージ・ムラーツがピアノの巨匠トミー・フラナガンと組むために、バンドを離れることになったのだ。スタンは彼の代わりにルーファス・リードを入れた。ありがたいことに新しいベーシストは、その才能をケニー・バロンやヴィクター・ルイスの才能とうまく融け合わせ、リズム・セクションの結束力と高い芸術的水準をそのまま維持することを可能にした。

ニュージャージー州ウィリアム・パターソン大学のジャズ研究プログラムの指導者を務めていたリードは、プロとして十六年活動しており、自分のグループを組織し、またディジー・ガレスピーやデクスター・ゴードン、アート・ファーマー、ベニー・カーター、フレディー・ハバード、ジョー・ヘンダーソンなどのグループでも演奏をしていた。彼の演奏はムラーツに比べると、それほどメロディックではなかったが、より力強くリズミックな鋭敏さをもっていた。そして豊かな羽毛のような音を出して、スタンとバロンのたびたびのロマンティックな飛翔を補強した。

一九八七年六月二十一日に、カルテットは〈JVCジャズ・フェスティヴァル・イン・ニューヨーク〉の素晴らしいコンサートに参加し、その二日後にメル・ルイス・ビッグバンドとダイアン・シュアのステージに、フェスティヴァルのゲストとして出演した。〈ニューヨーク・タイムズ〉の評者は熱烈な賞賛を送っている。

スタン・ゲッツはバンドに加わり、マイクから遠く離れていたにもかかわらず、その週に聴いた他の誰よりも素晴らしい音を出していた。ダイアン・シュアがゲッツに加わり、みんなを沸かせた。

彼女の声はパワフルで情熱的だった。とりわけゲッツがオブリガートを添えた『降っても晴れても』において。

スタンと彼のグループはその一週間後に、ジェーン・ウォルシュを伴って、ヨーロッパ・ツアーに出発した。三つ目のエンゲージメントのために、七月五日に彼らはストックホルムにいたが、そこでペーター・トーグナーの訪問を受けた。トーグナーは二十九歳の独身の男性で、見かけは驚くほどスタンにそっくりで、かなり以前から自分は彼の私生児だと主張していた。

彼の未婚の母親はインガ・トーグナーといって、彼女の語るところによれば、一九五七年の夏にマンハッタンに住んで、そこで働いていたのだが、スタンが演奏していたグリニッジ・ヴィレッジのナイトクラブに行ったとき、スタンが接近してきた。

ジャム・セッションが終わったとき、彼は私たちのテーブルにやってきて、私ひとりに尋ねました。家まで車で送ってあげようかと。私はそのときシャーマン・スクエア・ホテルに泊まっていました。ニューヨーク市シャーマン・スクエアにあるホテルです。私は彼の誘いを受け入れ、大きな真っ白なキャディラック・コンバーティブルで送ってもらいました……それからいろいろあって、私とスタンはホテルで一夜を共にしました。たしかウェリントン・ホテルという名前でした。場所はとにかくニューヨークです。その夜にペーターを身ごもったのだと思います。

一九五八年六月、三人の年上の子供たちと、妊娠八ヶ月でパメラを身ごもっているモニカを伴ってスウェーデンに越してきたスタンを、インガはストックホルムにある自分のアパートメントに招待した。

ある日の夜、スタンはやって来ました。そして私は二歳と半月になるペーターを彼に見せました。そして、これはあなたの赤ん坊でもあるのよと言いました。手短に言うと、そのあとスタンはこそこそと別れの挨拶をして、アパートメントから出て行きました。

一九七四年にストックホルムで、ペーターがスタンとモニカに向かって、自分はスタンの息子だと自己紹介をしたとき、あるいは一九七〇年代後半にコンサートの後でペーターが訪ねてきたとき、スタンはあわてて立ち去ったりはしなかった。二度目のときにはスタンは彼と長く話をし、ミュージシャンたちに自分の息子だと紹介した。スウェーデンのミュージカル・コメディーのステージで歌手として成功を収めるまでの、自分の人生を語ったペーターの手紙をも受け取った。

一九八七年のコンサートの後で、スタンとジェーンと共に楽しい夜の時間を送ったことを、ペーターは記憶している。

> 彼は僕に会えたことを喜んでいるみたいでした。そこでも、近くにいた人たちに僕のことを自分の息子だと言って紹介してくれました。楽屋（ボートの中にこしらえられていたんですが）に行った後、僕らはしばらく話をしました……
>
> 彼は親切に、僕を誘ってタクシーに乗せました。そして〈カフェ・オペラ〉というレストランに行って、食事をしました。タクシーには二、三人のミュージシャンと、当時のガールフレンドのジェーンがいました……
>
> 僕らは二時間ばかり共に過ごしました。それから彼の合衆国の住所を教えてくれました。カードに手書きで書いてくれたんです。カードはまだ大事にとってあります。

翌日の夜、カルテットはコペンハーゲンの〈モンマルトル〉に出演した。その演奏はデンマーク国立ラジオ・テレビによってレコーディングされ、後に二枚のCDとしてリリースされた。タイトルは「アニバーサリー」（一九八九）と「セレニティー」（一九九一）だ。

その夜にスタンが奏でた音楽は――アルバム「フォーカス」は別格として――彼がそれまでにつくり出したどの音楽にも劣らず見事なものだった。今夜が持てる力をフルに発揮できる最後の機会になるのではないか、という不安に駆られている、成熟した芸術家の至芸に聴衆は目を見張った。その夜の、そしてそのツアーの毎夜、スタンは、まさに病からエネルギーを得ていたのだ。

今日のコンサートが、ぼくにとっての最後の演奏になるんじゃないかと思った。そして「さあ、何があっても今回の演奏をぼくのベストにしなくては」という気持ちが生まれた。生命は危機に瀕していたが、そのぶん自分が強くなったように感じられた。

ぼくはそこからひとつの大きなドラマを作りあげたんだ。そういう状況に置かれるとついやりすぎる人々もいる。でもぼくの空想の中では、ぼくは自分の楽器で白鳥の歌をうたっていた。全員にヴァイオリンを弾き出す準備が整ったとき、そこでどんなことが起こるか、想像がつくだろう。

ビリー・ホーフストラーテンもまた、高まったエネルギーを見て取ることができた。

その夏、彼は全力を出していた。終始まったくの素面だった。そしてすべてのコンサートが、想像もつかないくらい美しいコンサートになった。

スタンは肉体的に引き締まり、頭はクリアであると感じていた。そして彼は自分が「古典的」と考える、カルテットという編成で演奏をしていた。その三人のミュージシャンは一つとなって、彼と密に呼吸を合わせていた。スタンが「ぼくの心の半分」と表現するバロンがおり、逞しい集中力を具えたリズムでグループを駆り立てるルイスがおり、ゲッツやバロンの頭の内側に入り込んでいるのではないかと思ってしまうほど、ぴたりと的を外さない伴奏を繰り出すリードがいた。

一九八七年七月六日のコンサートでは、スタンとそのカルテットは二セットの間に、息を呑むようなヴァラエティーに富んだ十二曲を演奏した。グループの当夜のレパートリーには、四曲のロマンティックなバラード、四曲の軽快にスウィングする曲、一曲のブルーズ、二曲のアップテンポのホットな曲、一曲の哀歌（『ブラッド・カウント』）が含まれていた。

『言い出しかねて』はまさに名演であり、ジャズの歴史全体を見渡しても、ほとんど完璧に実現されたバラード演奏の見本のひとつになっている。スタンはいつもレスター・ヤングの教えを守ろうと心がけてきた。その曲の歌詞の意味をじっくりと玩味しろという教えだ。彼はその曲の歌詞を注意深く聴き取った。そこにあるロマンティックな、満たされぬ想いを。

君はあまりに素敵だから、ぼくは君のために歌を書く。
昼だって夜だって、君の夢を見る。
君の姿を目にすること、想うのはただそれだけ。
でもそんな想いをどうすればいいのか……
君を前にすると、ぼくはひとことも切り出せないんだ。

彼はまるで重いクリームのように豊かに濃密に詰まった音列から、儚(はかな)く洩れるため息へと、そして鋭く哀調に満ちた叫びへと移行していく。そして聴くものは避けがたく苦悩から優しさへ、不満に満ちた怒りへ、そして最終的には諦めへと感情の段階を通過していく。バロンは彼のそのような名人芸を複製しようと試みたりはしない。ただ純粋にこぼれ落ちるメロディーをもって、そして心地よく揺れる結晶化した夢想をもって、フォローにまわるだけだ。

その他のバラード曲、『君を想って（I Thought About You）』『恋に落ちて（Falling in Love）』『アイ・リメンバー・ユー』の解釈は、『言い出しかねて』の完璧さに近く迫っている。そして『アイ・リメンバー・ユー』はスタンに五回目の、そして最後のグラミー賞をもたらした。一九九一年度の「最優秀ジャズ・ソロ演奏賞」だ。

二つのコール・ポーターの曲『恋とはなんでしょう』と『アイ・ラヴ・ユー』はまさに火の出るようなテンポで演奏され、スタンはそこで、どこまでも融通無碍なタイム感覚を見せつける。彼はビートの先にまわり、背後に付き、またぴたりと歩調を合わせる。そして叫びと、痛切な断定と、湧き上がるサウンドの奔流の組み合わせをもって、ハーモニーを生々しく切り裂いていく。

最後のナンバーは『ブラッド・カウント』だ。それはアルバム「ピュア・ゲッツ」における苦悩に満ちた解釈に比べると、より内省的な、より諦観に満ちた処理を与えられている。スタンが記者に語ったところでは、そのコペンハーゲンの録音にあたって、彼は作曲者の、そして彼自身の命の儚さに、深いレベルで向き合っていたのだ。

ぼくはビリー・ストレイホーンに特別な親近性を感じていた。その曲を演奏するとき、ぼくはずっとストレイホーンのことを思っていた。彼が死んでいく様を、君はそこに聴き取ることができる。それがマイナー・キーに入るとき、その男が神に語りかける声を君は聴くことができる。

〈モンマルトル〉の演奏を録画したデンマークのテープを見ると、撮影者がスタンの青い目に避けがたく惹かれていることがわかる。その集中した眼球は、内なる静けさと対照をなしている。スティーヴ・ゲッツはある日彼に、その射すくめるような視線について質問したことがある。

「深く意識を集中しているとき、父さんはいったい何を考えているんだい？」

父は答えた。「それは強制された集中じゃないんだ。そう、ぼくは自分が演奏しているものについて考えている。しかしぼくが試みているのは、自分の精神をリラックスさせることだ。そうすれば音は楽器から自然に出てくる」

父はリラックスすることにかけては達人だった。それこそが、彼がその度ごとにあれほどフレッシュな演奏をし続けられる秘訣だったんだ。

〈モンマルトル〉でのセッションは、二時間五分ぶんの演奏を提供した。そのときの演奏からレコードを制作するつもりのなかったデンマーク人たちは、実演の生のテープをスタンに与え、彼はそれをアメリカに持ち帰った。一年以上経ってあらためて聴き返したとき、彼は自分がそこで何かしら特別なことをやってのけたことを知り、そのセッションの権利を自分に売却してくれるようにデンマーク側と交渉した。短いやりとりの後、彼は権利を七百三十五ドルで買い取り、将来の販売にそなえて手元に保持した。

八月の初めにスタンフォードに戻って、ジャズ・プログラムが活況を呈している様子をスタンは目にした。彼はとりわけ、生徒たち全員を他の力あるミュージシャンたちに割り当てることに力を注いだ。というのは、いちばん才能のある生徒たちを教えるときにのみ、自分が教師としての優秀さを発揮できるとわかったからだ。彼とジム・ネイデルが傑出したサキソフォン奏者のジョー・ヘンダーソンを夏期ジャズ・ワークショップに招聘できるとわかったとき、スタンはとても喜んだ。そしてまたモダンジャズ・カルテットを、十月の週末のワークショップと、コンサートに呼ぶこともできた。トランペットのアート・ファーマーが十一月の四日間、住み込みで大学に滞在し、その期間、学生たちの指導を目的として、スタンのカルテットに加わることにもなった。

彼の優秀な生徒たちが、前例のないいくつかの栄誉を大学にもたらしたことを知って、スタンは幸福な気持ちになった。春の間にあるスタンフォードのグループが、西部の学生たちを集めた定評あるジャズの催しである〈パシフィック・ジャズ・フェスティヴァル〉において、初めて賞を獲得した。「スタンフォード・コンボ#1」が一等賞をとり、五人のメンバーのうちの三人――ベースのラリー・グレナディア、ピアノのボブ・アダムズ、サキソフォンのデイヴ・アギア――がそれぞれの楽器のベスト・プレイヤーにあげられた。総数百二十に及ぶ参加バンドから、個人同士が競い合った結果だった。

翌日、グループはインディアナ州に移動し、〈ノートルダム・ジャズ・フェスティヴァル〉に参加した。全米で最も権威ある、幅広い大学ジャズの集まりだ。そこで彼らは再び勝利を収めた。ルーファス・リードの指導する、ウィリアム・パターソン大学のバンドと一位を分け合ったのだ。そしてグレナディアとアギアは再び、傑出した楽器奏者の賞を手にした。

ジョハン・ブロッカーは、ほとんど独力でそのジャズ・プログラムの資金を負担していくことに、次第に疲れてきた。そしてこう宣言した。いくらになるにせよ、八月九日におこなわれるスタンと、ジャズ・ポップ・ヴォーカル・グループ「マンハッタン・トランスファー」との合同コンサートにおける収益金と同額に、自分の寄付金を限らせてもらいたいと。スタンは、そのグループが同月の後半に吹き込む新しいアルバムのために無償で客演するという約束をして、彼らの参加を取り付けたのだ。

寄付金集めのためのコンサートは大きな成功を収め、八万ドルの収益をもたらした。そしてブロッカーが小切手を送ってきたとき、プログラムは新年度の財源として十六万ドルを蓄えていた。八月二十七日にスタンはロサンジェルスに飛んで、マンハッタン・トランスファーとの約束を果たした。彼らとブラジル人の歌手ジャヴァンの共演のために、バックグラウンド・トラックを吹き込んだのだ。

一九八七年の夏のあいだ、スタンとジェーンは、ブロッカーや、テッド・ジョイアや、ケン・オッシュマン（高名な電子機器会社の重役であり、「ジャズのための委員会」のメンバーでもある）と共に、〈カルテット〉という名のジャズ・レコード会社を立ち上げるための作業をおこなった。ブロッカーとオッシュマンは、その会社を設立するために三十万ドルを拠出する計画を立てていた。ジョイアを最高経営責任者にして（ジェーンをそのフルタイムのアシスタントにして）、スタンにはタレント・スカウトとプロデューサーの役が割り当てられた。スタンはそのチームには加わらなかった。というのは、自分には金になる才能をすぐにでも新しいレーベルに引っ張ってこられるという自信があったので、実績による出来高払いよりは、十万ドルの年俸を要求したからだ。ブロッカーとオッシュマンはその要求を却下した。スタンの報酬に関する実りなき交渉のせいで、長く続いてきたジョイアとの友情に緊張がもたらされることになった。

ジェーンはスタンのために、胸腔手術を専門とする最高の外科医を求めて、全国を探し回っていたのだが、実はすぐ足下ともいうべきスタンフォード大学病院にその人物がいたことを知って、驚いてしまった。ドクター・ジェームズ・マークである。手術は九月一日に予定された。ベヴァリーと、四歳になる娘のケイティーが、スタンがその苦難を乗り切るのを助けるべく、一九八七年八月二十七日にやって来たが、スタンが気管支炎にかかってしまったために、手術は九月十八日に延期された。彼女とケイティーは、その猶予期間をスタンと一緒に楽しく過ごしたことを覚えている。ほとんど味のしない自然食品を、毎晩無理に食べさせられたのには参ったが。

父は心底リラックスしたがっていました。彼はとても素敵だった。毎日起きると、自分でベッドをメイクしました。そして〈マッキャンズ・アイリッシュ・オートミール〉を作るんです。厳格に自然食の原則に沿ってできていて、それを十五分間かき混ぜながら火で温めるんです。自分で皿をすべて洗い、片付けます。そしてコーヒーポットをきれいにします。そういうのって、人によってはべつに大したことじゃないかもしれません。しかし私にとっては——酔っ払っていた時代の父しか知らない私にとっては——ものすごいことなんです。もう、ワオ!って感じ。

父と一緒にいて、そんなに充実した時を過ごせたことは、それまで一度もありませんでした。私たちは心を通い合わせることができました。私はとても幸せでした。

マーク医師は、スタンの左乳首から背骨にかけて十六インチ(約四十センチ)を切開し、胸の筋肉を剝き出しにするところから手術を開始した。その筋肉はきわめて強靭だった。なにしろマイクなしで、カーネギー・ホール全体に楽器の音を響かせられるのだから。マークは筋肉を切って胸郭を出し、強い力を入れて二本の肋骨を剝ぎ取り、胸腔に手が届くようにした。それからスペースを作るために肺を縮ませ、スタンの心臓と背骨の間に巣くったグレープフルーツ大の物体に向けて、順序立てて少しずつ切り進んでいった。そしてそれを切除し、疑義のある周囲の組織をもきれいに取り除き、肺を再び膨らませ、身体を縫い合わせた。作業を完了するのに八時間を要した。

そこに育っていたのは、内科医が予測していたように悪性のリンパ腫だった。医師は言った。これまでの自分の経験からして、癌性のリンパ組織がスタンの身体の中でこれからも育ち続けるにせよ、それが再び危険なものに成長する確率はとても低いだろう。放射線治療とか化学療法とか、そういうものはおそらく必要あるまい。しかし病気再発の徴候がないか、念のために数週間ごとにスタンの身体を簡単にモニターしたい。

手術後の厳しい痛みと闘うために、スタンが必要とするであろう薬物に付随する問題について、ジェーン・ウォルシュは前もって全員にしっかり注意を与えていた。


スタンが多量の鎮痛剤を与えられるであろうことがわかっていました。そしてそれは彼の依存症への引き金になるかもしれません。彼らがそれを与えれば、スタンはすぐにもっと多くを欲しがることでしょう。だから私はスタンと一緒にドクター・マークのところに行きました。スタンは終始黙していました。自分を恥じていたのです。

私は言いました。「彼には薬物依存の過去があります。そのことはしっかり注意していただきたいのです。普通の患者と同じように考えて、モルヒネを投与しないでください。彼はかつてその中毒だったのです。それを貯め込み、少しでも多くを求め、それなしにはいられなくなることでしょう」

マークは物事をはっきり割り切る人間でした。「中毒の問題はよく承知しています。大丈夫、彼がその薬物に支配されないように留意します」

スタンはもちろん怯えきっていました。手術を受けた身ですし、そういう薬物を投与されたら、昔の魔物が再び姿を現します。彼はトレイを回りに投げ散らしました。

AAの人々がしょっちゅうやって来ました。自分が六週間かけてそういう薬物から離れていかなくてはならないことを、スタンは理解しました。そして多くの人々の助力を得て、薬物から遠ざかりました。

彼は自分のアパートメントに戻り、ゆっくりと回復していきました。ベヴァリーがしばらく同居していました。私もそこに何度も顔を出しました。私たちはまた一緒になることについて語り合いました。そうなるかもしれないし、ならないかもしれない。それはずいぶん奇妙な時期でした。

ブロッカーとオッシュマンとジョイアとジェーンは〈カルテット・レコード〉を立ち上げ、ジョイアが十月十九日にスタジオに入り、ピアノを弾く彼をリーダーとするトリオのアルバムを完成させた（吹き込みを始めたのは一九八六年だった）。そして翌月にはカルテットのセッションをプロデュースした。ほとんど無名の二人の若いミュージシャン――アルト・サキソフォンのマーク・ルイスと、トランペットとフリューゲルホーンのダン・ベンディグカイト――に率いられたグループだ。ラリー・グレナディアがその三枚のCDすべてでベースを演奏した。売れ行きは芳しくなく、〈カルテット〉はそれ以上吹き込みを続けることができなくなった。一年後にオーナーたちは会社を解散し、資産はすべてロサンジェルスの機関に売却した。

一九八七年十月二十九日にウディー・ハーマンが七十四歳で亡くなったという知らせを聞いたとき、スタンは泣いた。三月までウディーはロードに出ていたのだが、そこで鬱血性心不全と肺気腫に同時に襲われ、そのあと健康は急速に損なわれていた。

クリスマス休暇のあいだ、スタンはジェーンや、デイヴィッドや、スティーヴや、クリストファーや、ブロッカー夫妻と共に、バハ・カリフォルニア半島の南端にあるリゾート・タウン、カボ・サン・ルカスでのんびりと過ごした。スタンは毎日陽光を浴びてよく日焼けし、少しばかり泳ぎもした。

彼は徐々に力強さを取り戻したが、治療に関してドナ・シードに多くを頼るようになっていた。彼女は中国系アメリカ人のマッサージ師で、アジア式食事療法を専門にしていた。一九八八年一月のある朝ドナは彼に、健康食品ストアに「あずき」を買いに行かせた。あずきは、スタミナを増進するのに良いとされている日本の豆だ。

スタンは彼のためにその豆を見つけてくれた、長い黒髪の、若くて美しい女性店員に心を惹かれた。彼は尋ねた。「君は音楽が好きかい？」

「もちろん、音楽は大好きよ」

「どんな人が好きなんだい？」

「エラ・フィッツジェラルド、サラ・ヴォーン、デューク・エリントン、そういうジャズ音楽よ。私はずいぶん変わった子供だったの。友だちがみんなファンクとかアース・ウィンド&ファイアを聴いているときに、エラとかエリントンを聴いていたわ」

「スタン・ゲッツというミュージシャンを知ってい

る?」

「いいえ」

「ぼくがその人なんだ。有名なんだぜ。ここの近くの学校で教えている。もし何か良い音楽が聴きたくなったら電話をくれ、君のために良い席を用意してあげるよ。これがぼくの名刺だ。これから休暇を取って、少しばかりパーム・スプリングズに行く。電話番号をその裏に書いておくよ。気が向いたら電話してみてくれ。表には〈アーティスト・イン・レジデンス〉とあったのを線を引いて消して、〈音楽科〉となっている。だから画家じゃないことがわかるはずだ」

その女性は、サマンサ・セセーニャというパートタイムのファッション・モデルで、その翌日レコード店の店員にスタンについて尋ねた。すると彼は言った。スタンの音楽によって僕の人生は一変したんだよと。その音楽は深い鬱の状態から僕を救い出してくれた。君は「フォーカス」と「ゲッツ/ジルベルト」から彼の音楽を聴き始めなくちゃ、と彼は言った。

サマンサはその二枚のアルバムを買い求め、そこにある感情的率直さと、音楽の凝縮性にすっかり心打たれた。彼女はパーム・スプリングズにいるスタンに電話をかけて感想を伝えた。彼女は語る。

彼は言いました。「今ぼくのいるところはとても美しい。ちょっとこちらに来てみないか? 君の部屋も用意するし、こちらに来てのんびりすればいい。そうすればお互いもっとよく知り合えるし」

私は言いました。「ええ、考えてみるわ」。それまでに私はそれらのアルバムを繰り返し繰り返し聴いていていて、彼がどういう人なのかとても知りたくなっていました。だからそこに行ってみることにしました。

私たちはお互いを知るようになりました。私は彼を信用しました。彼にとても惹かれたんです。私の人生において、私に自慢できることがあるとすれば、それは私がいつも自分の心に忠実だってことです。

そこを離れるとき、私たちはパーム・スプリングズから車でまっすぐ海岸まで出て、それからサンフランシスコに行きました。
彼の家の近くに住んでいる友だちのうちに泊めてもらいました。そして彼とはもうしょっちゅう会うようになりました。彼と出会ったとき、私はパリに行って、モデルの仕事を少しすることになっていたんです。そうしたいという気持ちはもちろんまだあったけれど。

一九八八年一月、スタンは再びサックスを手に取ったが、楽器を吹くと苦痛を感じ、そしてすぐに疲労を覚えた。にもかかわらず、彼はスタンフォードを助けるために二つのプロジェクトを引き受けていた。まずポップ音楽のスター、ヒューイ・ルイスと一緒にレコーディングをした。以前マンハッタン・トランスファーと結んだのと同じような取り決めが、そこでは結ばれていた。「スモール・ワールド」というアルバムのタイトル・トラックのバックで彼が演奏し、またその曲のヴィデオにも出演する。そして出演料は請求しない。見返りにルイスは、大学のジャズ・プログラムのための慈善コンサートに、スタンと共に無料出演することになっていた。

二つ目は、一月十七日におこなわれた大学のコンサートで演奏することだった。なかなか興味深いセクステット編成での演奏で、切符は完売になった。ロサンジェルス出身のヴェテラン・トランペッターで歌手でもあるジャック・シェルドン、スタン・ケントン楽団のサックス・セクション出身のヴェテラン、才能あるキム・パーク、そして手練れの揃ったリズム・セクション。ジョージ・ケイブルズのピアノ、ドナルド・ベイリーのドラム、そしてチャック・イスラエルのベース。〈ペニンシュラ・タイムズ・トリビューン〉の評者はこのように書いている。

三人のホーン奏者は、通常クラシックの室内楽グループにしか出せないような、精緻なアンサンブルを奏でていた……ゲッツは手術前に有していた力強さを取り戻そうと努めているところだったが、彼の名人芸と繊細さは今も見事に健在だった……

スタンフォードの二人の優秀な学生ミュージシャン、サキソフォン奏者のステファン・コーエンとデイヴ・アギアが、ブルーズのセットでゲッツのバンドに加わった。そして四人のサックス奏者たちは実に心地良く「四小節交換」を繰り広げた。
コンサートに続くレセプションで、「ジャズのための委員会」のメンバーや、ミュージシャンや、寄付貢献者たちは、ブロッカー家の裏庭に張られた巨大なテントの下で、豪華なビュッフェを楽しんだ。吹き荒れる風も、冷ややかな空気も、その集まりの賑やかさに水を差すことはなかった。

二月十一日にアムステルダムで、スタンは一ヶ月に及ぶヨーロッパ・ツアーを開始した。メンバーはヴィクター・ルイス、ジム・マクニーリー、そしてベースにはアンソニー・コックスが入っていた。ケニー・バロンとルーファス・リードは教師としての仕事があって、ツアーには参加できなかったのだ。最初のコンサートの前、スタンが不安でいっぱいだったことを、ビリー・ホーフストラーテンは記憶している。

彼は激しい痛みを感じていたんだ。とにかくすごく神経質になっていた。ステージにあがったとき、もう汗びっしょりで、見るからにひどい有様だった。彼はマイクの前に行ってこう言った。「みなさん、今晩は。ぼくは怖いんです。とても怖い。ぼくは少し前に大きな手術を受けまして、今日がそのあと最初の本格的な演奏になります」、それから彼はほんとに見事な演奏を繰り広げた。彼がマイクのスイッチを切り、拡声装置を通すことなく、パワフルに『ラッシュ・ライフ』を演奏したとき、聴衆はもう熱狂的な拍手を送った。

そのあとでスタンは記者にこのように語っている。

肋骨が痛んだせいで、演奏再開を延ばし延ばしにしてきた。楽器を手に取ることもほとんどなかった。ぼくの指はいつも通り、思うがままに動いてくれるだろうし、唇のかたちもだいたい四日で元通りになる。でも肺の具合が心配だった。なぜならすべては肺の具合で決まってしまうからだ。肋骨は休みなく痛んでいる。しかしいくら身体がつらくても、仕事はしなくちゃならない。運動選手と同じだよ。

演奏を終えて、今は悪くない感じだよ。まだまだちゃんとやれる。具合はいい。そのうちにまたこれを楽しめるようになるだろう。

そんなに簡単には——少なくともしばらくの間は——演奏を楽しめるようにならないだろうことが次第に明らかになった。演奏を重ねるごとに、スタンは全身にますます疲弊を感じるようになった。そして最初の週の終わりの、一九八八年二月二十二日のロンドンでのコンサートのあと、彼はツアーをいったん中断し、残された日程を五月に再開することにした。

アル・コーンが二月十五日に、肝臓癌のために六十二歳で亡くなったことを、スタンはトリエステで耳にした。彼は記者に語っている。

ぼくは長い間ずっと考えていたんだ。いつかズート・シムズとアル・コーンと一緒にレコードを作りたいって。しかし残念なことに、それは実現しなかった。すごく残念だよ。なぜなら彼ら二人はぼくのヒーローだったから。ズートとアル。

ネイトとモナの息子のジョーイ・オリヴェイラがロンドン近辺で、ロックンロール・バンドや小さなジャズ・コンボで演奏をしながら、苦しい生活を送っているという話をスタンは耳にした。彼はヨーロッパ大陸から彼に電話をかけ、二月二十二日のロンドンのコンサートで、自分のカルテットに参加して演奏しないかと尋ねた。ジョーイを呼んで演奏させるのは自分にとって一石二鳥だとスタンは思ったのだ。ジョーイの評判を高めることができるし、また彼がソロをとっている間、自分は身体を休めることができる。

自分の若い友人はプロとして立派にやっていけると、スタンは確信していた。ジョーイは磨かれていない才能を持っているとスタンは考えていた。和声に関してもっと学習することが必要だが、それさえできれば優れたジャズ・ミュージシャンになれるはずだ。ジョーイはカルテットに加わって、二曲を立派に演奏した。そしてスタンは好評をもって迎えられた。〈ガーディアン・ウィークリー〉はこのように伝えている。

癌の大がかりな手術を受けたために、見るからに弱ってはいたものの、ゲッツは速いテンポの曲を、沸き立つ音の流れに、かすれた挑戦的サウンドを混ぜ合わせた独特の流儀をもってこなし、バラードには揺らめく安らぎが感じられた。聴衆はアンコールが終わっても、なかなか彼をステージから解放してはくれなかった。

ジョーイは大喜びして、ブロッカー夫妻に書いた。

スタン・ゲッツ・カルテットはロイヤル・フェスティヴァル・ホールで演奏をしました。彼は僕をステージに上げて、飛び入り演奏しないかと言いました。ワオ！　僕はそこで演奏して、それは素晴らしい体験だった。彼はとても親切でした。

しかしそのコンサートでスタンは力を使い果たし、演奏が終わったあと楽屋で泣いていたほどだった。

カリフォルニアに帰還したとき、主治医がスタンを診断し、その不調はリンパ腫がぶり返したためではなく、ただ十分に休養をとらずに仕事をたくさんしすぎたせいだと言った。彼は休養をとり、軽い運動をし、食事制限を守り、鍼やマッサージ治療を受け、五月十七日から始まる一九八八年二度目のヨーロッパ・ツアーに取りかかる頃には、日頃の力強さを取り戻していた。

四月にはサマンサが、彼のアパートに同居するようになったが、彼女は彼女で忙しかった。今のところまだ、彼と長期的な関係を結びたいとは思っておらず、パリでモデルの仕事に挑戦することについても意欲的だった。スタンは彼女をツアーに同行させ、五月三十一日にバンドがツアーを終えたあと、彼女をフランスの首都に残していくことに同意した。

彼は急いでパリから帰国した。ゲッツ家の資産及び収入の処分に関する「公正な分配」裁判が、六月六日からホワイト・プレインズにおいて、コラベラ判事のもとでおこなわれることになっていたからだ。しかしそれは開始の二日後に、劇的なかたちで中止されることになった。モニカが自分は鬱状態にあり、自殺衝動に駆られていると申し立てたからだ。それを受けてコラベラは彼女に、この裁判を継続できる状態にあるかどうかを精神科医に診断してもらうように命じた。スタンはニューヨーク州の法律に従って、検査の費用三千四百ドルを支払うように命じられた。

ニューヨークから帰宅し、スタンは自分がサマンサに夢中になっていることにあらためて思い当たった。そして毎日のようにパリに電話をかけ、自分がどれほど彼女を必要としているか、彼女が自分の元に戻ってきたなら、そこには「素晴らしい驚き」が待ち受けていることだろうと告げた。彼女はパリで順調に仕事をしていたが、最後にはスタンの説得に折れて、七月一日にニューヨークで落ち合うことになった。その日に彼は、カーネギー・ホールでおこなわれるバディー・リッチ追悼公演で演奏することになっていたのだ。

二人がカリフォルニアに戻ったとき、彼はその「素晴らしい驚き」の内容を明らかにした。それは新居だった。以前のアパートメントから三キロばかり北の、アザートンの一エーカー(千二百坪)の地所に建てられた、プール付きの賃貸の屋敷だ。スタンはサマンサの夢のひとつを実現するために、地所のまわりに白い木製の垣根を巡らせた。そしてそこに越して間もなく、淡褐色のラブラドルの子犬を買って、ジェームズ二世と名付けた。その犬は以前スタンが可愛がっていたジェームズの、若き日の複製のようだった。初代のジェームズはその前年の冬、十四歳で息を引き取っていた。

クロードとトムのアニオス夫妻は最近「ジャズのための委員会」に加わった人たちだったが、アザートンの家の近所に住んでいて、二人とすぐに仲良くなった。クロードはジャズに対する洗練された知識を有しており、スタンの音楽に対する聡明な意見を口にして、いつも彼を喜ばせた。彼女はスタンとサマンサの間の、ロマンスの雰囲気に溢れた、リラックスした関係について語る。

彼は新しい家と、新しいジェームズを手に入れ、そしてとてもとても愛する新しい女性を手に入れていた。

スタンは誰かを恋することに恋をしてしまう、よくいるタイプの人だった。女性に夢中になっていないことには、喪に服してしまう人なのね。それは彼自身の言葉よ。「それは死と同じだ。ぼくは喪に服しているんだ……」

　サマンサは私が会った中ではいちばん安定した人のひとりね。とても落ち着いているの……彼女は本当に穏やかにしているので、彼女のそばにいると、こちらもなんだかしんとしてしまう。ジェーンはスタンの人生における知性ともいうべき人だった。スタンはいつも言っていた。彼女はとてもおかしくて、とても聡明で、頭の回転がとても速いって。

　でもジェーンはピストルみたいな人なの。ジェーンには人を鎮めるところはない。そういうのはぜんぜんないわけ。なにしろエネルギーの塊だから、スタンはそういうのを必要とはしなかった。彼は癌と闘い、ストレスだらけの離婚法廷闘争を戦っていた。彼には静けさがたっぷり必要だったのよ。そして彼はサマンサの中にそれを見出すことができた。

　私たちは夕食を共にした。お互いの犬を連れてきたわ。スタンは泳ぐのが好きで、いつだって水の中にいた。彼はよく言っていたわ、「のんびりしないか」って。いつだってのんびりしていた。だいたい彼はその辺にごろごろしているだけだった。

　私は自然食の料理にさえ挑戦してみたけど、すぐにあきらめたわ。なぜなら調理をするのに何時間もかかるのに、食べるのは数分のことなんだもの……彼はあっという間に全部ぺろっとたいらげちゃうの。調理をする方はまったく死ぬ思いなのに。


　一九八八年七月の後半、サマンサとジェームズ二世と共に新居に落ち着いてほどなく、スタンは胸痛む知らせを受けた。肝臓癌が彼の身体に生まれていたのだ。それはＣＡＴスキャンで発見され、生検で確認された。肝臓癌は悪性度の低いリンパ腫より遥かに危険度が高い。リンパ腫は彼にいまだつきまとってはいたものの、十ヶ月前の手術のあとは安定し、ほとんど無害なものになっていた。癌の治療の困難さは一般の場合より倍加するだろうと医師は言った。彼の肝臓のかなりの部分は、何十年も深酒を続けたせいで使いものにならない状態――肝硬変と呼ばれるもの――に陥っていたからだ。それを知らされてスタンの心は沈んだ。
もしこのまま治療をしなければ、おそらくあと四ヶ月から六ヶ月の命だろうと医師たちは告げた。もし肝臓の病んだ組織を切除し、そのあと化学療法と放射線治療を受けるなら、一年は生きられる。その医師たちの見立てはスタンの闘争心をかき立てた。

あと数ヶ月しか生きられないと言われたら……人は倒れ伏してそのまま死ぬか、あるいは立ち上がって闘うか、どちらかしかない。それは人生に対する、愛する人生に対する姿勢によって決まる。多くの人々は仕方ないとあきらめるかもしれない。しかしぼくは怒りを露わにした。

彼は医師たちの助言は退け、アジア式セラピーの厳格な方式に頼ろうと心を決めた。現在おこなっている食餌療法を更に徹底して守り、そこに五種類の中国の薬草を混ぜ合わせたものを加えた。それは「サンライダー」と呼ばれるもので、是非用いるようにと娘のベヴァリーが強く推奨したのだ。癌にかかった彼女の隣人の一人がそれを服用し、効果を発揮するのを目にしたからと。
それに加えて彼は喫煙をやめようと努力した。彼は一九八五年九月にドラッグと酒を断った。しかし一日一箱煙草を吸う習慣はそのまま残っていた。サマンサの回想によれば、煙草の誘惑にスタンがどうしても打ち勝てないことが何度かあったようだ。

彼は台所にいて、素っ裸でした。私は言いました、「何をしているの?」。彼は言いました、「いや、何もしていない。なんにも」と。そして身体の向きを変えずに、そのまま出て行こうとしました。横向けにちょこちょこと歩いて。私は言いました、「後ろに何を隠しているの?」。彼はまるで、何か隠し事を見つけられた六歳の子供みたいな顔を私に向けました。あの表情は忘れられない。くるりと向き直ると、お尻の割れ目に煙草の箱をはさんでいました。私は大笑いしました。「なかなかやるわねえ」と。

スタンが肝臓癌の恐ろしい現実に直面している一

方で、モニカは財産分配裁判の判事コラベラの指定した精神科医により、健康に問題なしと診断された。しかしながら八月八日の審理再開初日に法廷に姿を見せる前に、彼女はもうひとつの戦線を張ってきた。彼女は一九八七年の審理における陪審の評決に対して、いくつかの上訴をおこなうことになるが、その最初の一つを持ち出したのだ。それらの上訴は六年にわたって法廷を煩わせることになる。財産分配の審理は一九八八年八月十五日に終了し、コラベラは訴訟当事者たちに、結論は一九八九年初頭に申し渡すと告げた。

メディアの大物で、トランペットの超人気者でもあるハーブ・アルパートは、スタンの才能に常々感服していた。そして彼が現在どこのレコード会社とも契約を結んでいないことを知り、一緒に仕事ができないものかと考えを巡らせた。

僕はスタン・ゲッツの熱烈なファンなんだ。彼はただただ素晴らしい、自由でまっすぐなジャズを演奏する。彼はマジック・タッチを持っている。それはとてもメロディックで心を打つ……意味を持たない音はひとつとして出さないと彼は言う。そいつはものすごい発言だよね。一言で言い表すなら、コミットメントだ。それがまさにキーワードなんだ、コミットメント。人が信じる何かに没入すること。スタン・ゲッツ――彼はそこにすっくと立っている。一握りの巨人たちと共にね。

アルパートは一九八八年十月にスタンに電話をかけ、自己紹介をし、近くお目にかかって共同作業をする相談をできないものでしょうかと尋ねた。スタンは十一月十日の夜にロサンジェルスで、癌協会の慈善コンサートに出演することになっており、二人はその前にアルパートの自宅で会うことになった。家はロサンジェルス近郊、太平洋を望むマリブにあった。

アルパートは大衆に愛される曲を作り、編曲する天与の才に恵まれ、スタンに会ったときには、音楽ビジネスにおける成功の頂点にいた。彼と、パートナーであるビジネスマンのジェリー・モスは、一九六二年にA&Mレコードを立ち上げた。最初の場所はガレージで、資金は二百ドルだったが、アルパート自身が大物スターになることによって、またスティングや、キャロル・キングや、キャット・スティーブンズや、カーペンターズや、スティクスや、スーパートランプや、ジャネット・ジャクソンを大物スターに育てていくことによって、それは巨大企業へと発展した。

アルパートと彼のバンドの「ティファナ・ブラス」は十四枚のミリオンセラー（「プラチナ」）レコードを産みだし、総計で七千二百万枚のレコードを売り、五回にわたってポップ・チャートの一位を飾り、グラミー賞を七回獲得し、『蜜の味』によって、一九六五年度の「レコード・オブ・ザ・イヤー」に輝いた。

ひょろりと痩せて、くだけたなりを好み、髪をポニーテイルにした、南カリフォルニア出身のアルパートは、十一月十日に二時間ばかり二人で話をしたとき、人間的な温かみと熱意とでスタンに好印象を与えた。スタンもまた同じように感じよく相手に接した。アルパートは言った。あなたと一緒に、斬新な音楽フォーマットを開拓したい。そしてどのような形であれ、共同でできるプロジェクトには然るべき資金を注ぎ込むつもりでいると。また彼はスタンに、マリブに越してくるつもりはないか、そうすればもっと円滑に一緒に仕事ができるのにとまで言った。スタンがアルパートと出会ったとき、スタンフォードのジャズ・プログラムは、前年にはあれほど盛り上がっていたというのに、その活力を失いつつあった。「ジャズのための委員会」の中心的推進力となっていたビル・デメントは、娘のエリザベスのリハビリのために（彼女は交通事故で重傷を負っていた）、もうかつてのように熱心には活動できなくなっていた。そしてスタンの関与も限られたものになっていた。彼は病気と闘うために少しでも多くのエネルギーを必要としていたし、またモニカとの法廷での戦いのために金を稼ぐ必要にも迫られていたからだ。

それに加えてスタンは、大学の官僚主義的怠慢のせいで、またロックンロールを嫌う委員会内のジャズ純粋主義者たちのせいで、彼が設定したヒューイ・ルイスの慈善コンサートが流れてしまったことに、ずいぶん失望していた。そのためにノーギャラで、ルイスのレコーディングに参加までしたというのに。ルイスはポップ・アイコンとして当時人気の頂点にいたし、その前年のマンハッタン・トランスファーのコンサートで出した八万ドルを超える収益金が期待されていた。二つの「純粋ジャズ」のイヴェントで出た収益金は僅か一万ドルに留まっていたし、大学は相変わらずそのプログラムのためには一銭たりとも補助金を出すつもりはなかった。ジョハン・ブロッカーは、三年間大黒柱をつとめたあと、一九八九年にはもう献金をするつもりはないと宣言していた。

アルパートはスタンとの会見に勇気づけられ、そのあと説得する電話をかけまくった。そしてスタンは彼との関係を、自分が今スタンフォードで直面している先行きに見込みのない状況に比べて、魅力的な選択肢として見るようになった。彼は弁護士のエリオット・ホフマンに電話をかけ、アルパートとの契約について話し合いを始めるように依頼した。

秋にかけてスタンは力強さを回復しており、十一月半ばにおこなわれる予定のＭＲＩスキャンの結果を心待ちにしていた。一九八八年十一月二十一日、ニューヨーク在住の友人であるジュディス・シェアと電話で話をしているとき、彼は言った、「ちょっと待ってくれ、別の回線でＭＲＩの結果が入ってきているから」と。戻ってきたとき、その声には興奮の響きが聞き取れた。「腫瘍は少なくとも十パーセントは縮んだそうだ。肝臓癌の腫瘍が縮むなんて話は聞いたこともないと医者は言っている。医者は薬草の効果なんて決して認めないだろうな。ベヴの薦めてくれたサンライダーってやつの効果は大したものだ」

スタンの喜びは短命に終わった。というのはその翌日、彼はひどい胸の痛みを体験し、サマンサは彼を急いでスタンフォード大学病院に運び込まなくてはならなかったからだ。動脈が詰まったことによって、軽い心臓発作が引き起こされたのだ。医師たちはすぐさま血管形成手術をおこなった。この作業のために、しぼませた小さな風船を先につけたチューブが血管に挿入された。それを詰まっている箇所まで動かし、風船を膨らませることによって、阻害物を破壊した。サマンサの回想によれば、手術の間ずっとスタンは意識があり、彼女に話しかけていたということだ。

私は風船を見ていることになりました。テレビのスクリーンには、血管の中に入れられた小さなカメラから送られてくる画像が映っていたの。でもそれは彼の位置からは見えなかったので、私は彼に言いました。「これってすごいわよ、スタンリー。あなたも見てみるべきよね」と。そして私たちは冗談を言い合った。

医師たちは術後の痛み止めとしてモルヒネを与え、三日目に彼を帰宅させた。スタンはかつて麻薬中毒だったから、同じ病院で十四ヶ月前のリンパ腫の手術を受けたときにそうしたように、その薬物から遠ざけておかなくてはならないという注意を、誰も与えなかったのだ。

五日後、サマンサはベッドの中で意識を失っているスタンを発見した。呼吸はとても浅かった。モルヒネを摂取しすぎたのだ。彼女は救急隊を呼び、スタンは蘇生処置を受け、スタンフォード大学病院に送り戻された。彼女はそれからジェーン・ウォルシュに連絡を取り、ジェーンはスタンの手術をした心臓の専門医に会って、前年におこなった薬物抜きの処置について話をした。医師たちは彼女の助言に従ってスタンを麻薬から遠ざけ、四日目の十二月二日に退院を許可した。

アルパートとの話し合いはきわめて順調に進行し、一九八八年のクリスマスの期間に、スティーヴとベヴァリーが彼とサマンサの元を訪れたとき、四人はマリブのレンタル・ハウスを見るために、日帰り旅行をした。

ほとんど奇跡的なまでに肝臓癌が鎮静化し、血管形成手術からの回復がきわめて順調であったにもかかわらず、一九八九年の初頭、スタンはずっと不機嫌だった。というのは楽器を演奏することができなかったからだ。スタンが演奏で成功を収めているという知らせが伝われば、財産分配の裁判に不利に働くとして、コラベラ判事が正式な裁定を下すまでは、演奏することを弁護士に止められていたのだ。

一九八九年二月九日、二人の激烈な法廷闘争の期間を通して、スタンが進んで差し出そうと申し出ていたものを、判事がモニカにそのまま与えたとき、スタンの気持ちはずっと明るいものになった。シャドウブルックとスペインの地所の権利の半分、そして彼らが結婚していた時期——一九五六年十一月三日から、一九八一年一月三十一日（その日にスタンはシャドウブルックを永遠にあとにした）まで——に録音されたレコードの印税の半分を将来にわたり永久的にだ。

コラベラの裁定が出たあと、アルパートとの交渉は迅速にまとまった。エリオット・ホフマンはこのように語る。

ハーブ・アルパートは間違いなく、これまでスタンが出会ったショー・ビジネスの人々の中で、スタンに対してどこまでも留保なく親切だった初めての人物だった。彼はスタンに、長期間にわたる条件の良い録音契約を差し出した。そんな申し分のない契約をスタンはかつて誰とも結んだことがなかった……こうしてもらえるとスタンのためにいいのだがと、これまで常に思っていた条件をいろいろ出してみたのだが、ハーブはそれらをすべて嬉々として受け入れた。

三月の初めに契約書は署名された。二週間ばかりあとにアルパートが、マリブ・ビーチの彼の家の少し北に、妥当な値段の賃貸住宅が見つかったという良い知らせを伝えてきたとき、そこに決めるよとスタンは言った。四月の初めにスタンとサマンサはその家に引っ越した。そこに着いたとたんにスタンは水着に着替えて太平洋に飛び込み、そのまま長いあいだ泳いでいた。数日後、彼はジュディス・シェアにこう語った。

ここはなにしろグルーヴィーなところだ。プールがあり、ホット・タブがあり、静かで寛げる。毎日ビーチを一マイルほど散歩している。地所の中で、庭師がぼくのために菜園をつくってくれる。言うことないね。ジェームズもここではご機嫌だ……サマンサも楽しんでいる。彼女はなにしろすごく素敵な娘だ。ぼくの人生の喜びだ——素敵なサマンサ……ぼくはこいつに打ち勝たなくちゃね。だって人生はこんなにも美しいんだもの。

第二十一章

# 活動に復帰する

一九八九年六月の初めにスタンは、七週間のヨーロッパ・ツアーに出発した。サマンサと、ドナ・シード、孫のクリストファー、ケニー・バロン、ベースのレイ・ドラモンド、ドラムのベン・ライリーという一行だった。彼らはまず最初にパリで多忙な五日間を過ごした。彼らはその都市が、七月十四日に頂点を迎えるフランス革命二百年記念の、様々な文化イヴェントや各種儀式で、嵐の最中のように盛り上がっているのを目にした。

スタンがまず手がけた仕事は、六月十一日と十二日に、旧友である歌手のヘレン・メリルと共に「ジャスト・フレンズ」というアルバムを吹き込むことだった。メリルのプロデューサーであるジャン＝フィリップ・アラールは、誰といちばん一緒に吹き込みをしたいかと彼女に尋ねた。彼女はスタンの名をあげた。アラールからの連絡を受けたとき、スタンは三枚のレコードの取り引きを提案した。「ジャスト・フレンズ」のために演奏してもいいが、同時に一九八七年のモンマルトルにおける録音も買い取ってもらえまいかと、スタンはアラールに持ちかけた。スタンはそれをデンマークのラジオ局とテレビ局から買い取っており、内容的にはCD二枚ぶんの分量があった。

アラールはデンマークのテープを聴いて深く感心

したが、逆提案としてスタンに、そこに「ビリー・ハイストリート・サンバ」も、追加料金なしで付け加えてもらえないかと持ちかけた。スタンが一九八一年に制作したが、著作権の問題があって発売できないままになっていたアルバムだ。スタンはその問題をうまく処理し、取り引きは無事に成立した。アラールの会社ポリグラムは、三枚のCDの契約金としてまとめて二十四万ドルをスタンに支払い、「ジャスト・フレンズ」の録音については、約二万ドルを支払った。「ビリー・ハイストリート・サンバ」の制作のためにスタンが負担した金額はおおよそ五千ドルだった。デンマークのセッション——それが「アニバーサリー」と「セレニティー」という二枚のCDになったのだが——の買い取り金額は僅か七百三十五ドルだった。ビリー・ホーフストラーテンの回想によれば、「スタンはポリグラムとの取り引きにすごく興奮していた。彼にとって、レコードでそんな大金を手にしたのは初めてのことだったんだよ」

　メリルのハスキーな声は、端々が少しばかりすり減ってはいるものの、その声を使って、成熟したロマンティシズムと明るい喜びをどのように表現すればいいかを、彼女はよく心得ている。スタンのオブリガートは慈しみに満ちており、その場に応じて挑戦的になったり、優しく慰撫したり、また会話的になったりする。そして『スウィングがなければ意味はない』『イエスタデイズ』『思いも浮かばなかった(It Never Entered My Mind)』において彼は、見事なヴァイタリティーと情熱に満ちたソロを解き放つ。

　その二日後の革命二百年祭において、フランス大統領夫人のダニエル・ミッテランと文化大臣のジャック・ラングは、スタンとディジー・ガレスピーとマックス・ローチとハンク・ジョーンズとフィル・ウッズとミルト・ジャクソンとパーシー・ヒースとジャッキー・マクリーンに、フランスの権威ある「芸術文化勲章」を授与した。その夜と翌日の夜、「フランス革命二百年記念祭における最も華やかな儀式のひとつ」と銘打たれたものの中で、ミッテラン夫人は新しく叙勲されたばかりのメンバーを、コンサートの場で紹介した。このドリーム・バンドのプログラムは、そのすべてのメンバーに多大なインスピレーションをもたらした人——チャーリー・パーカーに捧げられていた。

六月十五日に行われた二度目のパフォーマンスを録音したアルバムは、「パリ・オールスターズ――チャーリー・パーカーに捧げる」というタイトルがつけられ、カバーには「芸術文化勲章」の徽章があしらわれている。それは輝かしいいくつものソロと、正確なアンサンブル・ワークと、聴衆の歓呼の叫びで溢れている。スタンは終始見事な演奏を聴かせる。彼はエリントンの『ウォーム・ヴァレー』でソロイストとしてフィーチャーされ、『バークス・ワークス』『チュニジアの夜』『オ・パ・パ・ダ』では溌剌とした即興演奏を聴かせる。

コンサートのあと、スタンはリヴィエラのカップ＝フェラに向かった。彼はその地にヴィラを一軒借りており、そこが六週間にわたるツアーの彼の本拠地となり、そのあいだに彼とミュージシャンたちは、八ヶ国を巡業することになっていた。ホーフストラーテンは語る。


それはとても入り組んだツアーでした。あちこちに散らばった、たくさんの都市を我々はまわりました。サマンサとドナとクリスは家に残り、スタンと僕はギグのある街でミュージシャンたちと落ち合いました。

それは海辺に建てられた、とても美しい大きな家でした。毎朝七時に僕らは庭を抜け、岩の上に下りて、そこから海に飛び込みました。海岸には砂浜はなく、岩があるだけでした……

ジャン＝フィリップ・アラールが、写真家のジャン＝ピエール・ラルシェを連れてやってきました。「アニバーサリー」と「セレニティー」と「ビリー・ハイストリート・サンバ」のジャケットとライナーの写真を撮るためです。初めの二枚にはスタンとサマンサが写り、三枚目にはスタンと僕が写っています。

ラルシェはスタンにすっかり夢中になってしまい、ドキュメンタリーを撮らせてもらえないかという交渉をすぐに始めました。スタンは彼を信用し、また彼がこれまでに撮った作品を見て感心もしました。そのようにして『ピープル・タイム』というフィルムが生まれたわけです。

『ピープル・タイム』はいわゆる普通のドキュメンタリー映画ではない。言うなればラルシェの感性のフィルターを通して描かれたスタンの、動きのある印象派的ポートレイトである。それは一九九三年に完成され、フランス＝ドイツの教育番組テレビ・チャンネル「ラ・セット・アルテ（La Sept/Arte）」で放映された。

ベーシストのレイ・ドラモンドは、スタンのバンドに加わる前に何ヶ月も続けてロードに出ていたこともあって、ツアーの途中で疲労のためにバンドを抜けた。スタンはすぐに腕のたつ代役を見つけてきた。スウェーデン在住の日本人ミュージシャン、モリ・ヤスヒト（森泰人）だ。

八月の初めにマリブに戻ったとき、スタンは快調だった。そしてジュディス・シェアに電話をかけた。

ツアーは素晴らしかったよ。始まったときより、終わりの方がずっと力強くなっていた。最後から二番目のギグはデンマークのオーフスでやったんだが、これは文句なしの成功だった。

信じられないくらい素晴らしい評が出た。ひとつには「天国が口を開けたようだ」と書かれていた。確かにそうなのかもしれないが、ぼくはそんなことは感じない。ただ淡々とギグをこなしているだけだ。仕事なんだよ。そして仕事をやるからには、ベストを尽くすのが普通だろう。

打ち明けるとね、自分が死につつあるとはとても思えないんだ。

スタンは自分の死についての仮説をテストするために、月一度のＭＲＩスキャンを受けるべく、一九八九年八月二十八日に飛行機でベイエリアに向かった。そして医師（十三ヶ月前に半年しか生きられないだろうと宣告した人物）の口から、素晴らしいニュースを聞かされて歓喜の叫びを上げた。肝臓癌がなんと七十パーセントも縮んでいるというのだ。スタンが翌日パロアルト・アルコール中毒者更生会を訪れたとき、再びお祝いがあった。会員たちは彼を温かく迎え、ささやかなパーティーを開き、四年間酒を断っていたことを示す大きなメダルを授与した。

スタンはショーティー・ロジャーズに電話をかけ、朗報を伝えた。ショーティーの回想。

僕はボーン・アゲイン・ジューなんだ（普通はボーン・アゲイン・クリスチャン。信仰にあらためて目覚めたキリスト教徒のこと）。僕はユダヤ人（ジューイッシュ）だが、キリスト教会に通っている。そこでは人々のために祈るグループを形成するのは、当たり前にやっていることだ。スタンが病気になったとき、僕はバンドのメンバーを集めて、彼のために日々祈った。彼はそれを聞いて心を打たれたようだった。

　ある日、彼は電話をかけてきたんだが、しくしく泣いていて、話がうまくできないくらいだった。僕は言った、「おい、落ち着けよ。いったいどうしたんだ？」

　彼は言った、「検査の結果が出た。腫瘍の大きさは七十パーセントも縮んでいたんだ。みんなに言ってくれ。ぼくのために更に祈ってもらいたいって」

　僕は言った、「言う必要もないさ。みんなはいつもどおりずっと祈り続けているから」

　彼はすごく心を打たれたみたいだった。そして言った、「ショーティー、バンドが練習するときに、ぼくもその教会に行ってみたいな。全員にお礼が言いたいんだ。楽器を持っていって、飛び入り参加をするかもしれない」。なにしろスタンは国際的なスターで、ジャズの天才だし、そのバンドときたら、昼間は靴屋の店員をやっているような連中が集まってできたものなんだ。

　彼はガールフレンドのサマンサと一緒にやってきた。バンド・リーダーは言った。「こちらはスタン・ゲッツさんだ。彼はみんなに感謝していて、ひとことお礼を言いたいそうだ」。そしてスタンは心を込めてみんなにお礼を言った。自分のために祈ってくれてありがとうと。そして言った、「バンドに入って演奏してかまわないかな？」と。

　彼らは簡単なブルーズのアレンジメントを練習していた。スタンはそこで朗々と吹きまくった。全部で十五コーラスくらい、そりゃあ美しかったね。全員がほれぼれと聴き入っていた。バンドの連中にとっては、生涯最高の経験だっただろうね。

　それから彼は言った、「サックス・パートの中に入っていいかな。普通に譜面を吹きたいんだ」。彼の隣に座っていたのは八十歳くらいの男だった。そして彼らは本当に簡単な譜面を吹いていた。それでもスタンは譜面どおりに実に楽しそうに演奏していた。サックス・セクションの一員として吹くのは、彼にとって何にも増して楽しいことだったんだね。

八月の終わりから九月にかけて、スタンはハーブ・アルパートと、演奏者であり作曲家でありアレンジャーでもあるエディー・デル・バリオと集中して仕事をした。それは彼にとって、アルパートの元でおこなう初めてのレコーディング・プロジェクトだった。アルパートはそのとき、ほとんど天にも昇らん心地だった。というのは彼と、パートナーのジェリー・モスは、自分たちの会社A&Mを、おおよそ五億ドルでポリグラムに売却する取り決めを結びつつあるところだったからだ。ポリグラムは、アラールを雇っていたメディア・コングロマリットだ。その売却は翌月に完結することになっていたが、アルパートとモスが引き続きマネージメントを担当するという条項が、契約書に記載されていた。

アルパート＝デル・バリオのアルバムは、スタンが好んできたアコースティック・カルテットからはほど遠いものだった。十六人のミュージシャンが集められ、シンセサイザーとエレクトリック・ピアノがふんだんに使われ、みっちり手の込んだアレンジメントが用意された。それはスタンとケニー・バロンの即興演奏のためのショーケースであり（バロンの方はずっと量が少ないが）、すべての曲はラテン的な風味を具えていた。そのアルバムがどのように発展していったか、スタンは回想する。

どんなマテリアルを演奏すればいいのか、ぼくらにはさっぱり見当がつかなかった。ぼくとハーブとデル・バリオとで集まった……ぼくはハーブの家に毎日、三週間くらい通って、骨格みたいなものをつなぎ合わせた。それがぼくらのおこなった準備だった。メロディーはエディーの仕事だった。『ワルツ・フォー・スタン』と『ロンリー・レディー』はちゃんと譜面に書かれた。あとはみんな「フォーカス」方式でやった。つまりバックグラウンドだけをこしらえておいて、それにソロをかぶせていったんだ。

レコーディング予定日の前の週に、スタンは「アーク」の慈善コンサートで演奏するためにコロラドに飛んだ。そのプロジェクトから数日間距離を置いていたいと思った。九月十三、十四、十五日にスタジオ入りするときに、自分のソロを少しでもフレッシュなものにしておきたかったからだ。

アルパートはスタンの初めてのセッションのために、できるだけ安らかな気持ちになれる環境を整えておきたかった。照明を落とし、スタンの好きなお茶を彼の譜面台の近くに置き、ミュージシャンや技術者を定位置にしっかり配置した。ところが彼にとっての最悪の悪夢がそこに実現した。スタンの譜面に間違った表記が二つばかりあって、それでスタンが動揺し、楽譜を用意したデル・バリオを罵り始めたのだ。デル・バリオは腹を立てて黙ってどこかに行ってしまい、スタンも荒々しく外に出て行った。

アルパートは二人のエゴを宥める作業にとりかかり、十分後にはどちらもスタジオに戻ってきた。スタンがまだぶつぶつと罵りの言葉を口にしているときに、デル・バリオが彼のところにやって来て、「ファック・ユー」と言った。

スタンはそれに応えて言った、「詫びを入れてるのかい？　きっと詫びを入れているんだろうな」。デル・バリオが何も言わないでいると、スタンは続けた。「ぼくは詫びを入れられると、すごくむらむらしてくるんだよ」

それから彼はアレンジャーに向かって突進し、彼を抱きしめた。「キスしてくれ、このけだもの」と彼は言って、相手の唇にキスをした。デル・バリオは笑いだし、その場の緊張が解けた。そしてみんなは仕事に取りかかった。

「アパッショナード」は構造的にはエディー・ソーターの「フォーカス」と相似性を有している。しかし野心性においては遥かに及ばないものだ。アルパートとデル・バリオはスタンの即興演奏に、豊かで美しいバックグラウンドを提供する。しかし結局はただのバックグラウンドであって、それ以上の何ものでもない。ソーターは、スタンの貢献がなくとも独自に成立する複雑でシンフォニックな音楽を創っていた。

CDで聴くスタンのソロは終始一貫してハイ・レベルにある。たっぷり豊かなアレンジメントと劇的なコントラストを描く、タフで突き刺すようなサウンドと、背景にすっと溶け込んでいく、哀調に満ちた音色が交互に顔を見せる。彼の最も表情豊かな即興演奏は、ファンキーな『アモラス・キャット』と、ロマンティックな『ワルツ・フォー・スタン』に聴くことができる。

サマンサは一九八九年十月八日の二十五歳の誕生日を目前にしていたが、自分がそれまでの八年間、交際相手の男たちによって人生が定められてきたことに思い当たった。スタンの前には、婚約までした高校時代の恋人がいた。彼女はヨーロッパ・ツアーの間に息苦しさらしきものを感じるようになり、アメリカに帰ってきてから、そのフラストレーションはより激しいものになっていった。自分が誰なのか、自分の力で探求してみたいという強い思いを持つようになった。彼女は語る。

私は自分自身の内奥に沈み込んでいました。なぜなら私は、自分が何ものであるかを表現できなかったからです——あるいは自分が何ものであるかを納得いくように表現できず、発見もできなかったからです。

九月の終わり頃には、彼女は感情的に疲れ果てていた。十月三日に彼女はスタンに、自分はここを去らなくてはならないと告げた。そしてその二日後には出て行った。スタンは最初のうち怒りを爆発させたが、それはやがて深い落胆に変わった。それでも十月七日に、アルパートと共にヨム・キッパーの儀式に出席することで、いくらかの慰めを得ることができた。

一九八九年十月十七日に、彼がこれまで経験した中では最多数の聴衆の前で演奏することになり、それでスタンの気分は上向いた。サンフランシスコのキャンドルスティック球場で開催されるワールド・シリーズの試合前に、二千六百万人のテレビ視聴者と、六万三千人の観客の前で米国国歌を演奏するのだ。彼がサキソフォンにストラップをつけ、今まさにフィールドに足を踏み出そうとしたとき、大地が十五秒間にわたって激しく揺れた。スタジアムが轟音を立てて身を震わせた。巨大地震がサンフランシスコを襲ったのだ。

スタンは急いで建物の奥にある事務所に案内され、そこで一時間ばかり次から次へと煙草を吸っていたが、やがて球場の責任者が彼のために運転手付きの車を用意した。彼は運転手にドナ・シードの自宅に行くように指示し、そこで一夜を過ごした。スタンのスケジュールはみっちり詰まっており、十日後に再開されたワールド・シリーズで国歌を吹くことはできなかった。

スタンは賃貸ではなく、自分の家を持つことを望んでいた。そして一九八九年の終わり近くにアルパートが、彼の望みに沿った取り引きを思いついた。スタンは一マイルばかり北に上がって、アルパートが所有している家に移る。スタンが払う毎月の家賃は、実質的にその家を購入する割賦になる。家は大がかりな改築を必要としているが、それはスタンが入居した後に進める。

新しい家に移ってすぐ、スタンはスティーヴの息子のクリスと共にニューヨークに飛び、スティーヴの結婚式に出席した。相手は二度目の妻になるシャロンだ。二人が知り合ったのは三年前のことで、彼が〈ファット・チューズデイ〉のマネージメントをしていたときだった。シャロンはあるミュージシャンのエージェントだった。ジョン・ゲンセル牧師が一九九〇年三月十日に、マンハッタンにある彼の聖ペテロ教会で結婚式を挙げてくれた。その十一日後に、スティーヴの弟のデイヴィッドが、スタンに電話をかけてきて、二度目の結婚をしたと告げた。相手はマーセラ、式はスウェーデンのニブロの市庁舎で、市長立ち会いのもとにおこなわれた。デイヴィッドと最初の奥さんのレナは前年に離婚していた。

スティーヴとシャロンは結婚式を終えてすぐに南カリフォルニアに越してきた。二人はスタンの住まいを訪れ、サマンサを失ったことで彼がひどく落ち込んでいるのを目にして、胸を痛めた。スタンの家を出たあと、彼女は俳優養成所で知り合った女友だちと同居するようになり、ウェイトレスとして働いていた。店はベヴァリーヒルズにある高級レストラン〈メイプル・ドライヴ〉だった。スタンはしばしばその店で食事をし、サマンサのために多額のチップを置いていった。「君がいなくてとても淋しい」というメモと一緒に。

最初のうち彼女は距離を置いて接していたが、彼がいつまでも関心を示し続けてくれることで、次第に心を許し、時には彼の新居のゲストルームで時間を過ごしたりするようになった。しかしながら彼女の熱い意欲は、六週間の夏のツアーに同行しないかという彼の誘いを受けることを押しとどめた。そのツアーで彼はニューヨークとヨーロッパに行くことになっていた。

ツアーに出る前の一九九〇年六月八日、スタンはベイエリアに飛んで、「スタンフォード夏期ジャズ・ワークショップ」のための慈善コンサートに出演した。コンサートは三階建てのクルーズ船「シティー・オブ・サンフランシスコ」でおこなわれた。スタンフォードのジャズ・プログラムは、スタンがいなくなり、ブロッカーの援助がなくなったものの、支出をうんと緊縮し、大学から一万ドルの補助金を得ることによって、一九八九年と一九九〇年はなんとか生き延びることができた。その収益の一部は、彼の名前を冠した、恵まれない学生のための基金として使われるということもあり、スタンは喜んで再び援助の手を差し伸べた。ジェーン・ウォルシュが彼に同行し、彼らはジム・ネイデルや、オリヴェイラ夫妻や、ケリー夫妻、アニオス夫妻や、ほかの知り合いと旧交を温め、楽しい時を送った。「君や、スタンフォードの友人たちの助けを借りて酒を断ち、自分の尊厳をまもることができて、みんなにどれだけ感謝してもしきれない」とジェーンに語ったとき、スタンの目は潤んでいた。

船上の百五十人のゲストは、その催しに参加するために一人百二十五ドルを払っていたが、満月のもと湾を巡り、上等なディナーを食べ、スタンのカルテットの音楽を満喫できて満足した。彼はピアノにルー・レヴィーを選び、あとで夏のツアーに同行することになる二人のミュージシャン、ベースのアレックス・ブレイクと、ドラムのテリ・リン・キャリントンを雇った。

ツアーはアルバム「アパッショナード」のいくつかのアレンジメントをフィーチャーしており、そこではエレクトリック・ベースが使用された。ブレイクが選ばれた理由は、彼がアコースティック・ベースもエレクトリック・ベースも同じくらい達者にこなせたからだった。大方のジャズ・ベーシストはアコースティック楽器に意識を集中し、エレクトリック・ベースは補助的にしか使わない。ブレイクをスタンに推薦したのはマンハッタン・トランスファーだった。彼はマンハッタン・トランスファーのバックで十三年間仕事をしていた。ブレイクは三曲演奏しただけでオーディションにパスした。

キャリントンは二十四歳で、かつての神童であり、ヴィクター・ルイスから徐々にその座を譲り渡されてきた。ルイスは八年間にわたってスタンと仕事をしたあと、別のキャリアの道を模索しようとしていた。キャリントンは、ファッツ・ウォーラーやデューク・エリントンのバンドで演奏したこともある祖父のドラム・セットで演奏を習った。そして十二歳にしてバークレー音楽大学の奨学金を獲得した（最年少記録だ）。彼女はスタンのところに来るまではコメディアン、アーセニオ・ホールのテレビ番組のバンドで仕事をしていた。それ以前には、ルーファス・リードやウェイン・ショーター、ジェームズ・ムーディー、クラーク・テリーと仕事をしていた。

満月下のクルーズで演奏したあと、スタンはパロアルトの医師を訪れ、あらためてＭＲＩ検査を受けた。その結果は最良のものだった。肝臓の腫瘍はとても小さくなっており、肉眼ではよく見えないくらいだった。スタンは完全に近い癌からの赦免を、そして少なくとも二年の生命を勝ち取ったのだ。ほとんど前代未聞の達成だった。

六月十七日に彼はジュディス・シェアに電話をかけ、癌から解放されたという朗報を伝えた。そして感慨を込めて言った、「サマンサなしでもなんとかやっていけると思うよ」と。彼はまたジュディスに、ツアーの一部に同行することをジェーンが了承したと言った。それは六月二十九日のカーネギー・ホールでのコンサートから始まることになっていた。彼はまたドナ・シードを、マッサージと食生活管理のために連れて行くつもりだと言った。

ジェーンにとってそのツアーは、新しく始まる重要な仕事を前にして、最後の休暇となるはずのものだった。彼女は八月一日から、アメリカで最も高名なフットボールの名士の一人、ビル・ウォルシュ（血縁関係はない）のもとで働くことになっていたのだ。ウォルシュは一九七九年にスタンフォードのコーチの職を辞し、プロ・チーム〈サンフランシスコ・フォーティーナイナーズ〉に入団し、チームを三度のスーパー・ボウルの勝者に導き、全米に勇名を馳せた。十年後、プロのゲームのあまりの緊張の強さに耐えられなくなったウォルシュは、一九八九年に彼にとって三度目のスーパー・ボウル優勝を成し遂げたあと、名声の頂点にありながらフォーティーナイナーズを去った。そしてウォルシュは全国的な有名人として、小さなひとつの産業のようになった。ジェーンは、彼の様々な仕事のマネージメントをするために雇われたのだ。彼はNBCテレビのネットワークでフットボールの解説をし、本を執筆し、多くの商品の広告に出演し、高額の謝礼をとって講演をした。

ジェーンはヨーロッパ・ツアーについて語る。

私たちは仲間でした。一緒には寝なかった。彼が一九八七年に去って行ったときには、それはショックでした。でも一九九〇年には心の傷は癒えていました。

スタンがまだずっと酒を断っているのを見て嬉しかったわ。私のAAに対する考え方は、玉葱の皮をきれいに剝くにはすごく長い時間がかかるってこと。そして電球は時間を追って切れていく。あなたは言う。「ああそうだ、だからこそ私はこれを成し遂げたんだ。だからこそ私はこのように感じていられるんだ」って。それはセラピーのようなものなの。

ジェーンは七月最後の週にツアーから抜け、ビル・ウォルシュとの新しい仕事に入った。

スタンはツアーの間、二つのフォーマットを併用した。バロン、ブレイク、キャリントンを起用したアコースティック・カルテットと、「アパッショナード」からのセレクションを演奏するエレクトリック・セクステットだ。ここではブレイクがエレクトリック・ベースに持ち替え、エディー・デル・バリオとフランク・ゾットーリがシンセサイザーで、カルテットに加わった。カルテットでの演奏の方がずっと長く、大まかに言ってコンサートの七十パーセントの部分を占めた。

七月十八日、ミュンヘンの大観衆の前でおこなわれたコンサートの録画を見ると、スタンが素晴らしい勢いで、情熱を込めて演奏していることがわかる。

彼は日焼けして逞しく見える。そしてその長いコンサートで彼が演奏する様々な種類のマテリアルを、余すところなく確実に手中に収めている。彼は癌を全面的に征圧したように見受けられる。

　八月十二日にスタンがヨーロッパのツアーからカリフォルニアに戻ったとき、ベヴァリーは飛行機でロサンジェルス空港に飛んで、彼を迎えた。彼はツアーの出来に満足していたが、疲れ切っていた。そして海辺で十日間をのんびりと過ごして、気分をリフレッシュした。太陽をたっぷり浴びながら、彼は自分がどれほど孤独で、一人で生活することにどれほど疲れているかをくどくどと愚痴った。

　彼は九月の初めに、そのことでひとつ手を打った。共通の友人が彼に、サマンサはまだ自分がやはりスタンを愛していることを認めたと教えてくれた時、彼はサマンサに電話をかけ、彼女なしでは自分は生きていけないと言った。もう一度よりを戻すために話し合いをしないかと彼は持ちかけた。コロラド・スプリングズに一緒に行くのはどうだろう？　彼はそこで一九九〇年九月八日に、「アーク」のための慈善コンサートを開くことになっていたが、そのあと二日ばかりゆっくりできた。

サマンサはその時のことを語る。

　私たちはコロラド・スプリングズのすぐ近くにある、ある湖に行きました。そこに腰を据えて、口頭での契約を交わしました。私はこう切り出しました。「私はあなたを愛している。あなたは私を愛している。それが私が必要としていることなの」と。そして自分が望んでいることをはっきりさせました。スタンリーは言いました。「それはぼくも求めていることだ」と。そのようにして二人は合意に達し、私たちは結婚することになったのです。一九九一年六月二十三日という日どりに決めました。

　スタンリーはそこからサンフランシスコまで飛行機に乗らなくてはならず、私も同行しました。彼は私の両親と夕食を共にし、そこで父に、私たちの結婚を許してもらいたいと言いました……

　父が、母と私に「化粧室に行ってはどうか」と言ったことを覚えています。父はスタンリーと二人だけで話がしたかったのです。私が戻ってくると、スタンリーはこんな顔をしていました。まるで十八歳の若者がお説教をくらったような顔つきです。あとになって私は父に尋ねました。「お父さん、あのとき彼になんて言ったの?」と。簡単に言えば、父はこう言ったのです、「いいか、娘を大事にしろよ。よそで遊び回ったりしない方がいいぞ。さもないと、なんたらかんたら……」

両親はスタンリーのことが気に入りました。父が言いたかったのは、要するにこういうことでした。「いいか、スタンリー、サマンサの顔が今、明るく輝いているのが、私にはわかる。彼女はとても幸福なのだ。そして私が望むのはそのことだけだ。君が娘を幸福にしてくれるのなら、君がどんな見かけだろうが、何歳だろうが、そんなことはどうでもよろしい」

父親から許可をもらったあと、スタンは九月二十三日の〈モンタレー・ジャズ・フェスティヴァル〉で演奏するために、アコースティック・カルテットと共に、海岸線を南に下った。メンバーはアレックス・ブレイク、ケニー・バロン、そしてヴィクターー・ルイスがテリ・リン・キャリントンの代役としてドラマーをつとめた。

夜の部のオープニングを、七時半からつとめることになっていたディジー・ガレスピーは、楽屋で出番前のスタンとおしゃべりをしていた。スタンは五時十五分から、昼の部のトリをつとめることになっていた。ディジーは聴衆に混じって彼の演奏を聴いていたのだが、その音楽に引き込まれて、ステージに上がって演奏に飛び入り参加した。観客は大喜びだった。

ディジーが飛び入りをしたとき、スタンは新しい煙草に火をつけ、煙を吸い込んだところだった。ディジーはそれを唇からひったくり、胸のポケットから煙草の箱を抜き取り、観客席に放り投げた。スタンはそれを愉快なこととして受け取り、彼とディジーは白熱のステージを繰り広げた。

一九九〇年九月三十日、少なくとも六件の異なる離婚案件に関する上訴を、ニューヨーク州の上訴予備裁判所(控訴部)によってことごとくはねつけられていたモニカは、合衆国最高裁判所に訴えを起こした。最高裁は訴訟を持ち込む人々で溢れており、そこで取り上げる案件を極端に厳しく絞り込む。受理される案件は全体の僅か二パーセントに過ぎない。法廷が判断基準とするのは、それが重要な法律、あるいは憲法に関わる問題であるかどうかだ。

モニカは、自分の持ち込んだ案件はそのような問題を提起していると信じていた。というのは、彼女の訴訟はニューヨーク州離婚法の基本原則と構造に疑義を呈するものだったからだ。ニューヨーク州は、離婚案件を商事裁判システムに委ねることで、不公正に夫側の肩を持っていると彼女は弁じていた。なぜならそこでは金が大きくものを言うし、より高額の収入を得ることができる夫たちは、相対的に見て経済的弱者である妻たちに「致命的経済的負担」を負わせることができる。だから離婚裁判は家庭裁判所で扱われるべきだと彼女は要求した。そこでは裁判費用は低額におさえられるし、判事たちは子供や配偶者に対する扶助や、その他の結婚に関する問題においてより豊富な経験を持っている。

モニカは自らを多くの一般家庭にとっての救済の旗手だと思い描いており、記者に向かってこのように語った。

合衆国における多くの家庭にとって、家庭の問題を取り扱う通常のシステムは、恐竜並みに時代遅れになっています。私は自分自身の案件にかぎって関心があるわけではありません。これはシステムの機能不全の、はなはだしい一つの実例なのです。

これに応えてスタンは彼女の大層な弁舌を嘲笑って言った。

彼女は自分のことをフロレンス・ナイチンゲールだと思っているみたいだ。そしてぼくの姿を、フン族のアッティラ王と切り裂きジャックの混ざったものみたいに描いている。そんなものが陪審に受け入れられるわけがないよ。

最高裁はモニカの訴えを、一九九〇年十一月二十六日に却下した。言及は一切なかった。彼女はそれに猛然と対抗した。

これで終わったわけではまったくありません。ニューヨーク州における夫婦間の、そして離婚の案件に関してどんなことがおこなわれているか、私たちは今後更に明らかにしていくつもりです。今はまだ明か決着がついたわけではありません。これから何かが始まることはできませんが、これから何かが始まることになるでしょう。

最後の一言に彼女は詩人ジェームズ・ラッセル・ローウェルを引用した。「一時的に敗北した正義は、勝ち誇る悪より強い」

最高裁の判断によって、モニカは再びニューヨークの法廷に戻り、控訴部で彼女の戦いを継続した。彼女はまたその案件を別の場所に持ち込んだ。プライム・タイムのテレビジョンだ。一九九二年三月十二日午後九時、法律家たちによって妻たちが経済的負担を負わされる現況にモニカが激しく抗議する模様を、千四百万人のCBS視聴者が目にした。彼女は「ストリート・ストーリーズ」という報道雑誌に似せた番組の、「高くつく離婚」という特集の部分に登場したのだ。司会をつとめるのは「60ミニッツ」のコメンテーターとして経験を積んだエド・ブラッドリーだった。

モニカは自分の結婚をテレビの画面の上で、「現代の『ロメオとジュリエット』式のロマンス、そしてそれはまた現代の悲劇……弁護士に仕組まれた悲劇」として描いた。そしてインタビュアーのコメント。「スタン・ゲッツはアルコール中毒、そして後にはコカイン中毒と闘い、治療施設に入ったり出たりし、何人かの女性たちと関係を持ち、次第に手がつけられなくなっていったということですね」

それに対してモニカは言った。

頭のたがが外れていた時期、彼は私たちの息子に松葉杖で襲いかかりました。私は保護命令を取りました……それに対して彼はありとあらゆる対抗措置をとりました。そのときはお互いを愛し合っていたにもかかわらず、結局は弁護士たちが――とくに彼の弁護士たちが――出てきて、私たちの家族の財産を掠めて金儲けする好機だと見て取ったのです……

私たちは十一年間にわたって悪夢を見ました。

そしてそれは私たちの財産とエネルギーを着々と吸いあげていきました。何のために？　誰も得はしませんでした——弁護士たちの他には。

モニカの意には反したかもしれないが、そのCBSの番組のあとも、彼女は法廷闘争を維持するために、弁護士に頼り続けざるを得なかった。一九九三年五月十日、控訴部は、一九八七年の陪審評決も一九八九年の財産分配裁定も、共に妥当であるとした。それでもモニカはあきらめなかった。彼女はその十六日後に戦闘を再開し、ニューヨーク州における最上級の裁判所である「上訴裁判所」にその案件を持ち込んだ。裁判所は一九九三年九月九日に彼女の言い分を却下し、スタンが最初に提訴したときから十二年をかけて、その案件はようやく決着を見た。そのあいだに、訴訟当事者たちは弁護費用として総額百万ドル以上を支払った。

六年間にわたり、三つの異なる裁判所の判事たちは、陪審評決に関しても財産分配の裁定に関しても、モニカの上訴に正当性をまったく認めなかった。彼女は自分の度重なる敗北を、強欲な弁護士たちと、嘘つきの証人たちと、偏見ある判事たちのせいにした。

# 第二十二章

# 告別

一九九〇年十一月二十六日に最高裁がモニカの訴えを却下して、そのことで快哉を叫んだ二週間後、スタンは医師から良くない知らせを受けた。決め手になる血液検査で、彼の肝臓癌が縮むのをやめたことが判明したのだ。それはむしろ再び成長し始めていた。少しあとで腫瘍が痛みをもたらし始めたとき、彼はそのことをサマンサとアルパート夫妻にだけ打ち明けた。

ダイアン・シュアは一九九〇年十月九日に、断酒してから一年目を迎え、それを誇りに感じると共に、依存症からの脱出を助けてくれたスタンにじかに感謝したいと思った。彼女はまた、契約問題によって生じた傷跡を修復したいと願っていた。三年に及ぶすったもんだの末に、一九九〇年にその問題は決着を見ていた。十二月の末にスタンに会った時のことをダイアンは覚えている。

ハーブ・アルパートはスタンのために大きなパーティーを開き、私たちはそこで過去に起こったものごとを水に流しました。本当に申し訳なかったと彼は言いました。私たちはハグし合いました。彼はかなり健康そうでした。彼は私に、自分の結婚式と葬式とで歌をうたってもらいたいと言いました。

彼はまったくの素面でした。精神的な目覚めを経験していたに違いありません。きっと神様と触れ合いを持ったことで、平和な心境になれたのね。

私は本当にスタンに感謝しています。そして私たちがどちらも素面の状態で会えたことを喜んでいます。酒を断って、彼はまったく別の人格になっていました。ぜんぜん違う人のようだった。私とスタンが持った関係は本当に特別なものでした。彼に神様のお恵みを。彼のおかげで今の私があるようなものよ。今の素面の私が。私はスタンのことが大好きです。

ハーブ・アルパートも、酒や麻薬をやめてスタンがすっかり変身したことに感心している。

彼は、彼自身の言葉を借りれば、自分がかつて「クソみたいなこと」をしてしまった相手を全員探し出そうと努めていたよ。そして一人ひとりに謝るつもりだったんだ。彼は自分がかつておこなった行為を悔やんでいた。それは彼には制御できないことだったんだ。そのときの彼は本来の彼ではなかった。彼は錯乱状態にあった。薬物のせいだ。それは狂気だった……酒、ドラッグ、薬品、そんな何もかも、それらが組み合わさったもの。

僕は本来の彼に出会った。その内側にある人物を僕は知っていた。ぼくらがじっと耳を澄ませたいその人物を、僕は知っていた。ロマンティックで、美を理解し、感受性が鋭く、揺らぎのないミュージシャン。僕はそういう人物にまさに出会ったんだよ。

スタンはビリー・ホーフストラーテンにずっと前から、ウィム・ウィフトの元を離れて独立し、アーティストたちをマネージメントする自前のビジネスを始めるように説得していた。スタン自身がその中心になるからと。ビリーは一九九〇年十二月になってやっと、そうする決心がついた。ホーフストラーテンは一月の後半に十日間マリブに飛び、三月にスタンがヨーロッパに短い旅行をする計画を立てた。そして七月と八月には長いツアーをおこなう。

マリブでの滞在が快適でリラックスしたものであったことを、ホーフストラーテンは覚えている。

うん、彼はかなり健康的だったよ。僕らはそこで楽しい時間を過ごした。彼は僕をいろんなところに連れて行った。朝早くに一緒に泳いだ。そして一緒に朝食を食べた。

ハーブとはスタジオで会った。ハーブと彼の奥さんがときどきふらりとその家にやって来て、のんびり寛いでいた。一緒に誕生日のパーティーをやったよ。スタンの誕生日は二月二日なんだが、僕がその日に帰国することになっていたんで、一日繰り上げたんだ。マリブの彼の家でね。

大方は僕がそれまで会ったことのない人たちだった。ショーティー・ロジャーズがそこにいたと思うな。ハーブがいて、奥さんのラニがいた。それほどたくさん人がいたわけじゃない。全部で十人くらいだったか。小ぢんまりして親密な誕生パーティーだったね。

そのパーティーの日、医師たちはスタンに告げていた。彼の肝臓に二個目の癌が育っているのが発見されたことを。スタンはそのことをホーフストラーテンには言わなかった。それからの数週間、彼はものを食べるのが困難になり、繰り返し胃の痛みを感じるようになった。肝臓の癌が内臓器官を圧迫し始めたせいだ。体重が減って、すぐに疲れるようになった。しかし彼は、これは一時的なぶり返しに過ぎないと自分に言い聞かせ、立てた計画をそのまま前に推し進めた。

スタンとホーフストラーテンが決めた三月の旅行では、演奏家はスタンとケニー・バロンの二人だけだった。スタンがバロンとカルテットの編成でプレイするとき、彼は通常そのピアニストとのデュエット演奏をそこに入れた。その演奏があまりにも素晴らしかったので、ホーフストラーテンもジェーン・ウォルシュもジャン＝フィリップ・アラールも、それ以外の二人に近しい人々もみんな口を揃えて、デュエットのアルバムを作るべきだと言った。一九九〇年の秋に、アラールは同じポリグラム社の役員であるアルパートに打診をしてみた。そしてアルパートには、その種のプロジェクトを進めるつもりはないことを知った。そこでアラールは、スタンとバロンに吹き込みをしてくれるように申し入れた。一九九一年三月の三日から六日にかけて、コペンハーゲンの〈モンマルトル〉で聴衆を前にライブ録音することが決まった。

スタンとバロンは二月二十四日に、ボストンのチャールズ・ホテルでのエンゲージメントの中で、そのレパートリーのリハーサルをおこなった。聴衆の中にはデイヴィッド・ゲッツと奥さんのマーセラ、そしてサマンサがいた。レパートリーは目新しいもので、スタンがそれまでに吹き込みしたことのない曲と、もう十年以上取り上げてこなかった曲とで構成されていた。

翌日スタンとサマンサはニューヨークに飛び、二日間にわたって歌手アビー・リンカーンの録音に参加した。彼女はプロデューサーのアラールに、録音のためにスタンを是非とも確保してくれるように頼んでいた。アラールは再びアルパートに電話をかけ、その企画を進める許可をとった。それからリンカーンの伴奏のために、最高のミュージシャンを集めたグループを組んだ。このアルバムには「ユー・ガッタ・ペイ・ザ・バンド」というタイトルがつけられた。スタンに加えて、ハンク・ジョーンズがピアノ（彼はスタンが四十五年前に最初のリーダー・アルバムを吹き込んだとき、やはりピアノを弾いていた）、チャーリー・ヘイドンがベース、マーク・ジョンソンがドラムを受け持った。リンカーンと前夫のマックス・ローチとの間に生まれた娘、マキシン・ローチが二つのトラックでビオラを弾いた。

リンカーンの声は六十一歳になった今でも力強く、音程がしっかりしてしなやかだった。そしてすべての優れたジャズ歌手がそうであるように、個性溢れるサウンドを持っていた。彼女は傑出した俳優でもあり、『ナッシング・バット・ア・マン』『アイビーの愛のために』『モー・ベター・ブルーズ』といった映画に出演しており、そのキャリアを通じていつも自分の歌に、きびきびしたドラマの感覚を吹き込んできた。リンカーンにはわかっていた。自分のドラマティックで情感に訴える芸術的内容に、スタンが大いに寄与してくれるであろうことが。というのは彼と一緒にいると、彼女は特別な共感を抱くことができたからだ。

私の行く先々に彼がいたような気がする。そして逆もまた真なり、ね。そして彼は人生のすべてを知っていた。そして私が自分のために選ぶ歌は、彼ならこれを好んで演奏しそうだなという歌ばかりだった。

それは簡単なことだった。というのはスタンと私とは、似たような人生を送ってきたから……私の心にあるものを、彼は残らず理解していた。私のハートは、彼のハートだった。私たちはそれまで仕事を共にする機会が一度もなかった。でも私は、私の名前がまだアンナ・マリーだった頃から彼を知っていた。私はそのとき二十五歳くらいで、彼は二十七歳くらいだったわ。

ヴォイスとハートをしっかりかみ合わせながら、スタンとリンカーンは見事な温かみと知性のドキュメンタリーをつくりあげ、リスナーの内にある情感の緻密な層を呼び覚ましていく。

アルバムのハイライトは『アイム・イン・ラヴ』だ。そこでアビーとスタンはきびきびしたテンポで、機知に富んだ温かい対話を繰り広げる。スタンのソロは臆するところなく、痛切きわまりない熱弁をふるう。死を題材にしたアビーの歌、『私が故郷に召されるとき(When I'm Called Home)』のストイックな諦観のたたずまいを、彼は鮮やかに描き上げる。そしてジョニー・マンデルの手になる二曲、『夏の望み、冬の夢(Summer Wishes, Winter Dreams)』と『ア・タイム・フォー・ラヴ』において、そしてフレディー・ハバードの作ったワルツ『アップ・ジャンプト・スプリング』において、とりわけ情熱的に彼女のバックをつとめる。

そのレコーディングには、音楽的に素晴らしかった以上に、リンカーンを喜ばせるものがあった。

私はこのアルバムにとても感謝しているの……というのは、それは私のために何か特別なことを始めてくれたから。私にとって初めてのヒットしたアルバムだったし、それはどう見てもスタンのおかげだった。私は愚かじゃない。彼には彼の音楽を愛する人々がついているのよ。たくさんのオーディエンスがね。

スタンとサマンサとバロンがコペンハーゲンに着

いたとき、ビリー・ホーフストラーテンが彼らを出迎えたが、スタンの様子が一変してしまったのを目にして、大きなショックを受けた。二月一日にアメリカで最後に目にしたのとは、まるで別の人物のように見えた。「カリフォルニアで会ったときの彼は、あと十年は十分生きられるように見えました。でもその一ヶ月後には、ほとんど死にかけている人のようだった」

〈モンマルトル〉での夜の演奏のあいだ、スタンは痛みと疲弊の双方を相手に苦闘していた。バロンは語る。

スタンの胃は焼けつくようだった……一曲を終えるごとに、文字通り息を切らせていた。とても負担の大きな作業だったんだ。ベースとドラムがいないぶん、より多くの演奏を、より力を込めてこなさなくてはならなかったからね。楽をすることなんてできなかったし、それはスタンの体力を奪い取っていった。

二人がコペンハーゲンでつくりだした音楽は、「ピープル・タイム」という二枚組のCDに収められているが、そこにはスタンの病の影は微塵もうかがえない。音楽は力強く、明るい勢いを持ち、ユーモアに溢れ、感情のすべての色合いを隈無く描き上げている。アルバムには彼らの新しいレパートリーである五曲のバラードと、九曲の生き生きとしたスウィング曲が並べられ、芸術性の見地から見て、彼らが以前同じく〈モンマルトル〉においてカルテット編成で録音した傑作CD、「アニバーサリー」や「セレニティー」と肩を並べる出来になっている。

バロンの心は超自然的と言っていいほど、スタンの心に直結しているようだ。すべてのトラックにおいて、彼と共に大胆で適切な対位法的パッセージを創り出していく。そのピアニストはソロの機会を得ると、様々なスタイルの演奏を惜しげもなく見事に披露する。『ノー・グレーター・ラヴ』においては一九二〇年代のハーレム風ストライド・ピアノを、『飾りのついた四輪馬車』と『朝日のごとく爽やかに』ではハイ・スピードのビバップ・スタイルを、『クリフォードの思い出』とエディー・デル・バリオの『アイム・オーケー』ではブラームス風のロマンティシズムを。

　このCDにおけるバラードのハイライトは、チャーリー・ヘイドンの作った『ファースト・ソング(フォー・ルース)』だ。スタンとバロンは、この曲の奥にある深い悲しみと切望を、目先の感傷に安易に耽ることなく、着実に前に推し進めていく。スタンは、『ノー・グレーター・ラヴ』や『ナイト・アンド・デイ』や『イースト・オブ・ザ・サン』などの、テンポの速いナンバーを足音高く通り抜け、奇妙に粗い悲鳴を引き出し、刺し貫くソロを聴かせる。そして『ゴーン・ウィズ・ザ・ウィンド』や『飾りのついた四輪馬車』や『ライク・サムワン・イン・ラヴ』においては、颯爽と足取りも軽く進んでいく。この二時間に及ぶレコーディングを通して、ミュージシャンたちがリスナーに伝える主要な感情は悦びだ。名人芸の悦び、聴衆と一体になることの悦び、創り出すことの悦び、スウィングすることの悦びだ。〈モンマルトル〉のエンゲージメントは四日続くことになっていた。三月三日から六日まで。しかし最初の三日で、CDにするためのマテリアルはもうじゅうぶん揃ったとわかり、スタンは最後の演奏をキャンセルしたいと言った。あまりに体調が悪かったからだ。しかしホーフストラーテンはスタンを説得した。コペンハーゲンの聴衆は、彼に対してとりわけ深い愛情を感じているのだから、と。スタンは妥協して、三月六日には短縮版の演奏を行うことにした。しかしその試みがスタンを深く消耗させているのを目にしたとき、無理を言って演奏させたことをホーフストラーテンは悔やんだ。

　彼らはパリに移り、三月八日に〈バンリュー・ブルー〉という大きな音楽祭に出演したが、スタンの演奏は平均以下だった。彼は努力をしたが、痛みと疲労のために、いつものパワフルな音や、長く自由に連なるフレーズを出すことはできなかった。

　一九九一年三月十日に彼とサマンサがパリから帰国したとき、スタンはひどく具合が悪く、消耗しきっていた。二人はマリブで休息をとり、ハワイに短い休暇旅行をしたが、そこで彼の痛みはますますひどいものになった。病状が悪化したことで、彼は遺言状を書き直そうと心を決めた。家に戻ると、それについて相談するために、ハーブ・アルパートの財政弁護士であるジョン・コーハンを自宅に招いた。

三月二十九日にその話し合いはもたれたが、スタンは襲ってくる激しい痛みのために、会見を短い間隔で頻繁に中断しなくてはならなかった。

一九八九年二月十六日にスタンは遺言状に署名していた。それによれば財産はサマンサとスティーヴとデイヴィッドとベヴァリーに平等に分配されることになっていた。サマンサが彼の元を去ったとき、一九八九年十月十日に彼は遺言状に追加条項を書き入れ、彼女を受取人から外した。しかしコーハンと会った時、彼は更なる追加条項を書き入れ、彼女を元に戻すことにした。サマンサが財政管理について は極端にナイーブであることを知っていたので、スタンは彼女の取り分である四分の一を信託財産とし、ハーブ・アルパートの管理下に置くよう、コーハンに指示した。コーハンはたとえ名目だけでもいいから、ニッキーとパメラに財産を分け与えるように強く助言した。そうしておけば、カリフォルニアの法律では、彼らが遺言に対して異議を申し立てるのが難しくなるのだ。しかしスタンはその提案を言下にはねつけた。

コーハンは新しい遺言状を持って四月十二日にマリブに戻り、スタンはそれに署名した。その遺言はニッキーとパメラから異議を受け、一九九三年七月八日に合意が成立し、二人はそれぞれ遺産の八・四パーセントを受け取ることになった。スティーヴとデイヴィッドとベヴァリーのそれぞれの取り分は、十九・四パーセントに減額された。サマンサの取り分は二十五パーセントのままだった。

一九九一年五月二十二日、サマンサは〈ドレイファス・マネー・マーケット〉の口座から、スタンの名前で小切手を書いて十万ドルを引き出し、一九九一年六月四日にそれを、彼女とスタンが合同名義で作った銀行口座に振り込んだ。スタンがそうするように指示したのだと彼女は主張した。彼女はそこから家庭の維持費と、医療費と、ビジネス上の経費として二万三千五百ドルを支出し、残りの七万六千五百ドルを自分のために使った。スティーヴとベヴァリーとデイヴィッドはその七万六千五百ドルに関して、彼女を訴えた。そして一九九三年七月一日に彼女は、とりあえず七万五千ドルを、信託として与えられた収入から、彼らに返却することに同意した。

一九九一年四月三日、スタンは深刻な内部出血を見た。癌の攻撃が胃の内部にある血管を蝕んだのだ。近くのセント・ジョンズ病院に入って、外科手術による修復と輸血をおこなう必要があった。

四月の終わりまで、胃から分泌液を抜くために彼は何度もセント・ジョンズ病院に戻らなくてはならなかった。肝臓やその他の内臓が身体から除去されるまでは、それらが分泌液の濾過(ろか)を担当していたのだが、その本来の濾過プロセスが十分機能しなくなって、分泌液が胃に溜まるようになり、それが痛みを産みだしたのだ。分泌液を除去すれば、痛みはすぐに去った。スタンの担当医たちはそれに加えて制限された量の鎮痛薬を投与することで、彼の苦痛を軽減させた。

ジャン゠フィリップ・アラールは四月に、スタンとサマンサと一緒にマリブで二週間を過ごした。二人は「ピープル・タイム」のテープを聴いて、CDにどのテイクを入れるべきかを相談した。アラールはそのときのことを回想する。

彼は毎日のように医師のもとに通い、大半の時間をベッドの中で過ごしていた。彼はその美しい家の中で寛いで、音楽を聴いて、太陽を楽しんでいた。我々は昼食と夕食を毎日共にした。

その四月のあいだ、癌は猛威をふるい、スタンの胃と腸を攻撃し、必要な栄養を摂ることが不可能になった。彼は「悪態症(カヘキシア)」と呼ばれる状態に入っていた。『人間らしい死にかた』の著者であるシャーウィン・ヌーランド博士によれば、「衰弱、食欲の減退、代謝異常、筋肉及び他の組織の消耗」という状態だ。五月の初めの二週間、スタンはセント・ジョンズ病院に再入院したが、楽観論は姿を消していなかった。自分は力を尽くしてこの危機をなんとか乗り切り、夏にはまた丈夫な身体になるだろうと確信していた。サマンサは彼のそんながんばりに同調していた。彼女は語る。

私はとても若かったのです。そしてまさに私はその渦中にあり、心が打ちひしがれていた。でもそんな中にあっても、私は結婚式を計画していたわ。それは私の夢だったの。どんな式になるだろうって、頭の中でずっと思いを巡らせていた。現実を受け容れられなかったのね……

それは、大人としての成熟した判断をする状況から、私を逸脱させていました。まず何より、私はスタンリーの言うことに従っていた。第二に、先のことが私にはぜんぜん見えてなかった。

セント・ジョンズ病院におけるスタンの主任看護師、ランディ・クアットが血だらけの手術着とゴム手袋という格好で手術室から出てきたとき、髪をポニーテイルにした二人の男が話しかけてきた。長身の方がハーブ・アルパート、背の低い方がエディー・デル・バリオだった。二人の友人は、スタンが病院の冷ややかな環境に置かれていることに耐えられず、彼が自宅で質の高い介護を受けられるようにしてくれる看護師を探していた。

二人はランディを推薦された。彼女は重篤な状態に陥った人々を扱った豊富な経験を持っていた。そして彼らは尋ねた。気難しい患者を扱うことはあなたにできるだろうかと。自分たちはスタン・ゲッツのことを話しているのだと二人が明かすと、彼女は言った。「ええ、なんとかできると思います」。彼女はその前に、マイルズ・デイヴィスとエリザベス・テイラーの世話をしたことがあり、スタンがその二人よりも気難しいとは思えなかった。

スタンとサマンサは、五月の半ばにひどく弱った状態で彼が自宅に戻されてきたときにも、事態の深刻さをまだ受け入れようとはしていなかった。もうすぐ回復して、六月二十三日の結婚式のあと、夏のヨーロッパ・ツアーに発てるだろうという希望に、二人はしがみついていた。ビリー・ホーフストラーテンはスタンの病状の深刻さを見て取り、夏のツアーはキャンセルした方がいいのではないかと、何度も電話でスタンに提案した。そして五月二十三日にようやく彼を説き伏せることができた。

スタンを自宅に連れ帰ったあと、ランディはできるだけ彼を楽な状態に置こうと努めた。サマンサの批難を無視して、こっそり煙草を与えた。ピザを食べさせ、太平洋を眺めながら何時間も話をした。彼女は彼に感銘を受けた。

彼には何か特別なものがありました。偉大な人には必ず何かがあるんです。自分の立っている場所を、その人がしっかり支配しているみたいな。たとえ病んでいても、バスローブ姿であったとしても、彼が何かをしたいと思ったとき、私の方にそれを決める権限があったとしてもです。それでもわかるんです。彼の歩き方や話し方には、何か特別なものが具わっていました。

五月三十一日の金曜日には、スタンがもう長くは生きられないだろうことが明らかになっていた。サマンサは彼の子供たちに電話をかけ、できるだけ早く会いに来てくれるように頼んだ。パメラだけを別にして、全員がマリブに来る手配をした。弟のニッキーによれば、彼女は父親に対する苦い思いを、自分の中にしっかり貯め込んでいたようだ。

姉は本当に腹を立てていました。どうしようもなく混乱していたんです……彼の病気が重いとわかっても、こちらに来ようとはしなかった。彼女はものすごい量の怒りと恨みを溜め込んでいました。僕も同じ気持ちではあったけれど、既に十年の歳月が流れています。そこに行って平和を手にしなければ、自分がもっとひどいことになっていくだけかもしれません。

ニッキーがスタンの病状を母に伝えたとき、モニカはスウェーデンにいた。モニカはその知らせをペーター・トーグナーと、母親のインガに伝えた。モニカは離婚裁判の評決をくつがえす闘争をまだ続けており、その証拠を集めるためにスウェーデンに来ていたのだ。彼女はスタンが父親であることを示す証拠として、ペーターとインガにＤＮＡを調査するための血液テストを受けさせていた。そして二人とスタンとの関係についての、署名入りの宣誓供述書を手に入れていた。

ペーターは語る。

最初、僕はポジティブなＤＮＡ検査結果を得ていました。それから、彼がひどく具合が悪くなっているという知らせを受けました。僕は言いました、「そこに行かなくちゃ」と。ロサンジェルスに行くための航空券の費用を、銀行から借りる必要がありました。それだけの現金を持ち合わせてはいませんでしたが、どうしてもそこに行きたかったのです。

ニッキー、ベヴァリー、デイヴィッドとマーセラ、スティーヴとシャロン、ビリー・ホーフストラーテンはその週の末に到着した。ホーフストラーテンは土曜日にスタンからの連絡を受け、六月二日の日曜日に飛行機でやってきた。

　あとになって聞いたのですが、彼は急にベッドから起き上がって、声を振り絞るようにして、僕に電話をかけ、みんなを驚かせたのだそうです。彼はもう普通には話ができなくなっていたからです。電話で話をした限り、彼は話をするのに問題を抱えているようでした。
　彼は言いました、「やあ、ビリー、こっちに来られるかい?」
　僕は言いました。「いいですよ、すぐにでもそちらに向かいます。それは、さよならを言う時期が来たからですか?」
　彼は言いました、「いやいや、そうじゃない。ぼくは死にかけちゃいないよ、ビリー。ただ君が、二日くらいここにいてくれればと思ったんだ」

　ホーフストラーテンはオランダからスタンの好きな花を二ダース持ってきた。茎の長い赤いバラだ。彼はそれを花瓶にさして、スタンの枕元に置いた。ベヴァリーと彼は、スタンとサマンサと共にその家に滞在し、デイヴィッドとマーセラは、ボブ・ゲッツとスタンの秘書マギー・クリムが、家のすぐそばに共同で借りているアパートメントに泊めてもらった。ニッキー、スティーヴとシャロン、そしてスティーヴの息子のクリスは、近くにある自宅から通って来た。
　デイヴィッドは父親の姿を目にしたとき、すっかりうろたえてしまった。

　僕は彼の家に入ってこう言った、「父さんはどこなんだ?」って。ある部屋に入ると、一人の男が座っていた。僕はなおも言った、「父さんはどこにいる?」って。僕にはそれが父親だとわからなかったんだ。あまりに痩せ衰えていて。

そのすぐ後で二人は美しい瞬間を共に過ごすことになる。

それは難しい状況だった。というのは、父はもううまく話をすることができなくなっていたからだ。しかし僕にはいつまでも消えることのない、おそらく僕の生涯で最も美しい、ファンタスティックな思い出のひとつが残っている。

僕は居間のソファに座って、みんなと一緒にレイカーズとブルズの選手権試合を観ていた。そこに父さんが連れられてきて、彼らは父をソファの僕の隣に座らせた。父は僕の肩に頭を置いた。それはとても素敵な感触だった。それから彼は僕の身体に腕を回したんだ……父は話をすることができなかった。ほとんど口が利けなかった。しかしそれはどんな言葉をも必要としない行為だった。

ランディにとって、スタンをできるだけ安らかな状態に置くという、その主要な目的を達成するのは困難なことになっていた。サマンサや、家族や、アルパート夫妻や、ホーフストラーテンや、ホリスティック医療の整体師や、その他いろんな見舞客が彼のまわりをしっかり取り囲んでいたからだ。

サマンサは、ホリスティック医療の整体師の助言に従えばスタンは回復すると信じたがっており、スタンに鎮痛薬を与えないようにした。

鎮静剤のことは覚えています。彼は良くなってくれるだろうという希望を、私はまだ少なからず持っていました。私は彼に生きていてほしかったんです。それは今でもそう思っています――死を受け容れまいとしていた。私は心から愛する人を失おうとしていたのです。

激しい苦痛に満ちた数時間があり、ベヴァリーが対抗する命令を下し、スタンに鎮静剤を与えさせた。スタンは再び安らぎを取り戻したものの、そのことで二人の女性の間に緊張が生まれた。ニッキーが、モニカにマリブまで来てもらったらどうかと何度か提案したとき、そこにまた別の緊張が生じた。サマンサは――アルパート夫妻の強い支持を得て――彼に言った。モニカはここでは歓迎されない存在なのだと。ニッキーは言った。「そう伝えてはみるけど、僕には彼女を止めることはできないよ」と。

スタンの安寧のレベルは、日々の精神療法セッション（それにはサマンサも参加した）によっても、ホリスティック医療の整体師の治療によっても、火曜日の午後のショーティー・ロジャーズやチャーリー・ヘイドンやルー・レヴィーやジョニー・マンデルの涙あふれる訪問によっても向上はされなかった。また自分はスタンの婚外子だと主張するスティーヴ・ペティジョンという人物の登場によっても。ペティジョンは何かを要求するわけではなかったものの、家族はその正当性には疑念を抱いた。

そんなごたごたの中にあって、サマンサはスタンとの間に何度かの内省的なひとときを持つことができた。

私たちは部屋の中にいました。そして彼は言ったの、「なんでぼくの身にこんなことが起こるのだろう？」

私は言いました。「そうね、それがあなたの身に起こる必要があったからじゃないかしら」と。

彼は言いました、「それはフェアじゃないよ。ぼくは自分がほしいと思ったものをすべて手に入れた。なのにぼくはここからいなくなろうとしている」

それから私たちはしっかり抱き合って、泣きました。

そしてハーブ・アルパートは彼との間に沈黙の交流を持つことができた。

僕は毎日彼に会っていた。ときとして、それは耐えられないほどつらいことだった。というのは、かつてはあんなにハンサムでたくましい男だったのに、今ではすっかりしぼんでしまっていたからだ。亡くなる二日前に、僕はしばらくのあいだ彼と二人だけの時を過ごした……

彼は椅子に座っていた。僕は部屋の中に歩いて入り、僕らはそこで二人きりだった。彼は鋭く差すような眼差しで僕を見た。そして両方の親指をぐいと上げた。まるで「ありがとう。すべてはオーケーだよ」と言うみたいにね。彼はそこで自分の身に起こっている出来事と折り合いをつけ、平和な心境に達していたんだと思う……

彼は僕の心の深いところに触れた……人が望みうる最良の友として、僕は彼のことをいつまでも記憶しているだろう。

スタンは六月五日の水曜日をほとんどベヴァリーと共に過ごした。話をし、具合が悪くなるとうたた寝をした。口中のただれのせいで、食事ができず、腹は痛みを伴って膨れ上がり、おまけに肺炎をこじらせていた。苦痛を軽減するためにランディは彼にモルヒネを与えていた。そして気晴らしに煙草を。彼女は二十四時間勤務体制で、朝までついていようと決心した。

スタンは眠ったり目覚めたりを繰り返していたが、午前三時になって太平洋が見たいと言い出した。ランディは語る。

彼は車椅子の中で身を起こしました。そんな膨らんだお腹の彼をそこまで連れて行くのはかなり大変なことでした。それに海なんて見えやしません。霧がかかっていたんです。彼は言いました。「これじゃ、何の意味もないじゃないか」と。それでエネルギーを使い果たしてしまったんです。

それからまたベッドに戻りました。その時点では彼はおびただしい苦痛の中にいました。私はモルヒネをいくらか与えました。そのあと彼は横向けになりました。私は彼の肺の音を聴いていましたが、それは本当にひどい音でした。

彼がベヴの名前を呼んだのはそのときです。私は尋ねました、「ベヴァリーを起こしてきてほしいんですか?」。彼は言いました、「いや、彼女の方じゃない」と。彼は最初の奥さんの幻影を見ていたのです――過去に退行して。

スタンはそれから深い眠りに落ちた。ランディは彼の身体を洗い、彼の身を代わりの看護師に任せたあと十時にそこを離れた。彼はその後もう目覚めることはなかった。ランディが午後三時に戻ってきたとき、彼の呼吸はずいぶん困難なものになっていた。彼女と、もう一人の看護師と、サマンサと、彼の子供たちと、彼の弟と、ビリー・ホーフストラーテンが、彼のベッドサイドに集まって病状を見守っていた。そのとき一本の電話がかかってきたことをホーフストラーテンは覚えている。

四時に誰かが家に電話をかけてきた。でも彼が誰なのか、誰も知らなかった。僕が聞いたのは、「スウェーデンからやってきた誰かが空港から電話をかけてきたんだが」ということでした。僕は言いました。「ちょっと待って。僕が電話にでましょう」と。それはペーター青年だったけど、誰も彼のことを知らなかった。知っていたのは僕ひとりだけでした。

彼は言いました、「今空港にいるんです。父さんに会いたい」。僕は言いました、「いいかい、ペーター、ここにいる人たちは誰も君のことを知らないんだ。スタンは死にかけている。今から半時間、あるいは四十五分くらいのうちに息を引き取るだろう。いずれにせよ、あと十五分くらいしたら、また電話をくれないか」

僕はみんなを集めて言いました。「こんなときに妙なことを言い出して、驚かせてすまないんだけど、みなさんに話しておきたいことがあります。今、一人の男が空港に来ているんですが、彼はスタンの息子なんです。みなさんの兄弟にあたるわけだ。そして彼はここにきたがっています」。するとみんなは言いました。「来てもらえばいい」

ランディはスタンが午後五時に亡くなったことを覚えている。「彼はただ呼吸することをやめたのです。私たちは血圧を測りました。血圧はゼロでした。安らかな死だったと思います。そこまで来ると、みんな実に平和な状態になるのです」

スタンが亡くなった瞬間、ホーフストラーテンはペーター・トーグナーに家までの道順を教えているところだった。しかしその数秒後に彼は部屋に戻った。

僕らはみんなでベッドのまわりに集まりました。サマンサは彼の目を閉じてやり、僕が持ってきたバラの一本を取って、彼の手に持たせました。僕らはそこに立ちつくし、口を利くものもいませんでした。ニッキーが沈黙を破ってこう言いました。「ああ、僕らは今、彼の死をつらく思うかもしれない。でも彼が僕らにとって常に良い人間であったとは言えないことを、忘れてはならない」。まるでそう言うことで、自らに安息を与えるみたいにね。僕らはベッドのまわりにじっと立っていた。全員が涙に暮れていた。

ペーターが午後五時半に到着し、ホーフストラーテンは全員に彼を紹介した。ペーターはそのときのことを覚えている。

　僕がそこに到着したとき、その二十分かそこら前に、彼は既に亡くなっていました。僕は言いました。「間に合わなかった？　ああ、もう遅すぎたのか。そんなひどいことって。はるばるスウェーデンからやって来たというのに」。彼のやつれた姿を目にして僕はとてもショックを受けました。
　部屋の外に出て少しばかり泣きました。それからみんなに頼みました。彼と二人だけにしてもらえないだろうかと。「オーケー」と彼らは言いました。僕はそこに座って、彼に話しかけました。死んだ人を前にすると、人は違う段階に入るものです。まるで胸から何か重いものが取り去られたみたいだった。

その夜、スタンの遺体が葬儀場に運ばれたあと、サマンサは家の居間に祭壇をつくり、彼の楽器と、彼の写真と、キャンドルをそこに置いた。ハーブとラニのアルパート夫妻がやってきて、葬儀の相談をした。スタンは火葬されることを望んでいたし、孫のクリスがその遺灰を、彼が愛した太平洋に撒くのがいちばんいいだろうということで、全員の意見が一致した。ブロンクス時代から五十一年間にわたってスタンの友人であったショーティー・ロジャーズが、葬儀のために自分の所有するボートを提供しようと申し出た。それは全長四十六フィート（十四メートル）の、広い船幅を持つトロール船で、二十人以上を乗せることができた。葬儀の進行に関しては自分が責任を持とうとアルパートが言った。CDプレイヤーをボートに持ってきて、親しい人たちに選んでもらった彼の録音をそこでかけよう。

その夜遅く、ベヴァリーはニッキーの求めに従って、モニカに電話をかけた。モニカはすすり泣きながら、ボートの上での葬儀に自分も出席していいだろうかと尋ねた。彼女がそこに出席することは、あまり好ましくないと思うとベヴァリーが強く説得して、モニカは家に留まることで同意した。

ファミリーと、サマンサと、ハーブ・アルパートと、ビリー・ホーフストラーテンに、ジャン＝フィリップ・アラール（彼はパリから飛んできた）、ドナ・シード、エディー・デル・バリオ、ルー・レヴィー、サマンサの両親、スティーヴ・ペティジョン、ペーター・トーグナーが加わり、葬儀がおこなわれた。パメラは花輪を送ってきた。そこには「あなたを赦します」という言葉が添えられていた。

日曜日の昼前、マリーナ・デル・レイの沿岸にあるショーティーのヨット・クラブから、彼らはトロール船に乗った。ショーティーは語る。


海に出るには絶好の日和だった。十キロほど沖に出たが、海はガラス板のようにぴたりと静まりかえっていた。まわりには、他に一隻の船も見えず、どのような動きも見当たらなかった。ハーブの奥さんのラニは来なかった。彼女は船を見ただけで、もう船酔いしちゃうんだ。

そこに行くまでに四十分はかかったと思う。みんなはただおしゃべりをしていた。スタンの演奏する美しい音楽を聴きながら歓談していた。

ボートのエンジンをニュートラルにして、停止するまで静かに走らせた。そして全員が前部甲板に集まった。ハーブが『ブラッド・カウント』をかけ、それが海面に響いた。その音楽はあまりに重く、全員が頭を垂れ、違う方向を見やった。ただ涙が流れた。とても静かに、どこまでも威厳を持って。

スタンの孫がテナー・ケースを持ってきていた。ケースの中には遺灰を入れた箱があり、彼はその灰を海に撒いた。

撒灰の前に誰かがお祈りの言葉みたいなものを口にするのだろうと思っていたんだが、でも音楽がすべてを語ってくれた。スタンは音楽を通して、我々に語りかけていたんだ。とても重々しく、威

厳と美しさに溢れた音楽だった。スタンにとって
それは嬉しいことであったはずだ。そう確信して
いる。それから我々は帰途についた。

ボートが港に戻ったとき、ラニがみんなを出迎え
た。そしてみんなはショーティーのクラブで静かに
昼食をとった。そのあと一同は解散し、それぞれの
道を辿った。

# 〈叙情と悪魔〉訳者あとがき

村上春樹

十五歳のときから熱心にジャズを聴き続けてきた。かれこれ五十五年ほどになる（時の経つのは本当に速いですね）。

だから当然のことながら、僕が愛好するジャズ・ミュージシャン、高く評価するジャズ・ミュージシャンは数多くいる。いちいち名前をあげきれないくらいだ。しかし「個人的に、いちばん思い入れのある人は？」ときかれると、僕としては——おそらくは数秒の名目的な沈黙ののちに——スタン・ゲッツの名前をあげることになるだろう。ビリー・ホリデーも、マイルズ・デイヴィスも、セロニアス・モンクも、ジョン・コルトレーンもみんな素晴らしい音楽家だし、彼らの音楽を長年にわたって大事に聴き続けている。しかし「個人的な」という前置きのついた「思い入れ」となるとやはり、スタン・ゲッツの名前を持ち出さないわけにはいかない。

とはいえ僕は、彼を神様や聖人のように見なし、無条件に崇めたてまつっているわけではない。彼は多くの問題を抱えてその人生を生きた人だった。

一度、一九九三年くらいのことだが、ベーシストのビル・クロウ氏にインタビューをしたことがある。一九五〇年代にスタン・ゲッツのバンドでレギュラー・ベーシストを務めていた人だ。著作家としても知られており、僕は彼の著書を何冊か翻訳したこともあって、親しく話をすることができた。ニュージャージーにある彼の自宅を訪れて、ビールを飲みながらいろんな思い出話を聞いた。そのときに彼に「スタン・ゲッツというのはどういう人だったのですか?」と尋ねてみた。彼はむずかしい顔をしてしばらく黙り込んでから、「彼のなした善きことは、アルバート・デイリーやジム・マクニーリーといった、実力はあるがそれまで芽の出なかったミュージシャンたちを登用して、活躍の機会を与えてやったこと(くらい)だね」と答えた。スタン・ゲッツに関してそれ以上の言及はなかったが、口ぶりからするとかつてゲッツとのあいだによほど面白くないことがあったようだった。「彼については話したくもない」という印象を受けた。彼がゲッツのバンドを離れたのは四十年近く前のことなのに、そのときの不快感はまだ去っていないようだった。

いろいろな周りの人々の話を総合してみると、スタン・ゲッツという人が——少なくともある時期の彼が——いくぶんの人格的な問題を抱えていたことは、ある程度間違いないことのようだ。しかしそれにもかかわらず、彼が残した音楽はどこまでも、文句のつけようもなく素晴らしい。

スタン・ゲッツはもちろん類を見ない天才的なテナー・サキソフォン奏者だったが、ジャズの歴史を大きく塗り替えたというタイプの人ではない。もしこの人が存在しなかったら、今あるジャズのかたちはなかったかもしれない……みたいなこともたぶん言えないだろう。そういう点ではビリー・ホリデーやマイルズ・デイヴィスやセロニアス・モンクやジョン・コルトレーンのような人たちとは、少しばかり立ち位置が違っている。言い換えれば、ゲッツはジャズの世界における「革命家」ではなかったということだ。積極的に新しい流れを受け入れてきた、前向きな奏者ではあったけれど、革命的なクリエイターではなかった。ゲッツがその人生を通して終始追求し続けてきたのは、フォームを根元から転換していく音楽ではなく、時代時代に応じて、自らの魂を内側に向けて掘り下げて深めていく個人的な音楽だった。フォームは彼の場合、あくまでひとつのツールに過ぎなかった。誰かが正しいツールを与えてくれれば、彼は誰もかなわないような最良のやり方でそれを利用し、使用した。しかしそのツールをゼロからこしらえることは、彼の役目ではなかった。

ジョン・コルトレーンは「もしそうできるものなら、すべてのテナー奏者はスタン・ゲッツのように吹いていることだろう」と発言し、ゲッツの演奏者としての能力を高く評価していた。しかしそのスタン・ゲッツに不足していたのは、ジョン・コルトレーンの持つ革新的創造力だった。そしてゲッツ自身、そのことはよく認識していた。天才、天才を知るというか、二人は互いの特質を率直に認め合っていたと言えるだろう。

そういう意味あいにおいて、一人のジャズ・ファンとして、「僕はスタン・ゲッツがいちばん好きだ」とは手放しでは広言しにくいところがあった。とくに「革命の時代」「政治の季節」ともいうべき一九六〇年代において、スタン・ゲッツ・ファンであるというのは、ごく控えめに表現して、人々の賞賛を（あるいは承認を）期待できる立場とは言いづらかった。「隠れキリシタン」とまでは言わないが、ジャズ・ファンとして「肩身が狭い」という感覚がそこには抜き差しがたくあった。その時代、本格派のジャズ喫茶で、スタン・ゲッツのレコードをリクエストするのは、少なからぬ勇気が必要とされる行為だった。ジョン・コルトレーンの「至上の愛」とか、オーネット・コールマンの「フリー・ジャズ」とか、エリック・ドルフィーとかセシル・テイラーとか、そういうハードで革命的な音楽を、当時の青年たちの多くは真剣な面持ちで、いわば哲学として聴き込んでいたから。そういう生真面目な場所では、スタン・ゲッツの音楽はやわだと見なされ、比較的軽く扱われていた。前衛か無か……善くも悪くもそういう時代だったのだ。今の若い人たちにはおそらく想像もつかないだろうけれど。

僕がそのような流れに抗するかたちで（とくに意図して抗したわけではないのだが）、スタン・ゲッツを熱心に聴き込むようになったのは、高校生のときに二枚のLPレコードを買ってからだ。一枚はエディー・ソーターのオーケストラと共演した「フォーカス」であり、もう一枚は歌手アストラッド・ジルベルトと共演したライブ録音「ゲッツ・オー・ゴーゴー」だった。最初に「フォーカス」を手に入れて聴いて、スタン・ゲッツという素晴らしいサキソフォン奏者の存在を初めて知り、それから彼の演奏をもっと聴きたくなり、新譜として出たばかりの「ゲッツ・オー・ゴーゴー」を買い求めた。どちらもほとんど行き当たりばったりの選択だったが、今の時点から振り返ってみれば、その二枚のアルバムは結果的に、ゲッツ初心者の僕にとってなかなか悪くない組み合わせだったと思う。そこにあるのは、一九六〇年代のゲッツの最良の特質が、最も明瞭なかたちで表出された音楽だったからだ。「フォーカス」はゲッツが全身全霊を込めて制作した、前衛の香りのする意欲作であり、一方のアルバム「ゲッツ・オー・ゴーゴー」にあっては、それとはほとんど対照的に、どこまでもリラックスした、良質で成熟した音楽世界が豪華に繰り広げられている。

その二枚のレコードを繰り返し聴き込むことで、僕（当時は十六歳の少年）は全面的にスタン・ゲッツのファンになってしまった。スタン・ゲッツの吹くテナーの見事な音色と、そのアドリブの自由自在さにとことん魅せられてしまったのだ。それからもっと以前にさかのぼり、一九五〇年代に吹き込まれたスタン・ゲッツのレコードを入手し、熱心に聴いた。ルースト・レコードにおける若き日々のクールで端正な演奏、脂の乗りきったヴァーヴ時代の、あるときには火傷しそうにホットな、またあるときにはハートウォームな演奏。どの時代のどの演奏をとっても、スタン・ゲッツはどこまでもスタン・ゲッツであり、スタン・ゲッツ以外の何ものでもなかった。そのようにしてスタン・ゲッツは僕のヒーローになった。いや、ヒーローというのは正しい言葉ではない。彼は僕にとって夢のひとつの表象となったのだ。青春期の夢のひとつのかたちだ。

それでは、スタン・ゲッツの音楽の神髄とはいかなるものなのか？

あえてひとことで言い切ってしまうなら、彼の音楽の神髄は「リリシズム」にあると思う。それもほとんど完璧な演奏技術に支えられ、勝手にどこかにぶれていったりすることのない、筋の通った「叙情精神」だ。

彼の音楽スタイルは、文芸に即していえばスコット・フィッツジェラルドの文章に似ているかもしれない。フィッツジェラルドの書いた作品には、どれをとっても、心の微妙な揺らぎを精密にとらえて描写する、瑞々しく自由闊達な文体が見いだせる。そしてその文体の芯には、普遍的な倫理性とでもいうべきものが――多かれ少なかれ――必ず含まれている。そしてそれが表面的な感傷性に安易に流されたりするようなことは、決してない。ドロシー・パーカーはかつて「フィッツジェラルドはどのようなつまらない小説でも、うまく書かないわけにはいかなかった」と（実に的確な皮肉を込めて）評したことがあるが、それはおそらくスタン・ゲッツに関しても言えることではあるまいか。

スタン・ゲッツも、フィッツジェラルドの場合と同じように、生活費を稼ぐために、普通であればあまり気乗りしないような仕事も、少なからず引き受けている。ゲッツはその人生の各所において、麻薬に溺れたり、長期にわたる離婚訴訟に巻き込まれたり、しばしば経済的苦境に追い込まれてきた。本書を読んでいただければおわかりになるように、なかなか大変な人生だったのだ。そういう厳しい状況にあって、ときには彼の才能に相応しいとは言いがたい音楽を、求められるがままに演奏したりもしてきた。しかしレコードになって残されている、そのような彼の「お仕事」演奏を今聴き返してみると、どれもそれなりに楽しく美しく、またどこかにひとつふたつ聴きどころがあることがわかる。どんな音楽であれ、それを取り上げるからには、彼は美しく演奏しないわけにはいかなかったのだろう。フィッツジェラルドが、どんなつまらない小説でもうまく書かないわけにはいかなかったのと同様に。

言い換えるなら、彼が手を触れた音楽には、それがたとえ比較的価値の劣る作品であったとしても、そこには必ず「スタン・ゲッツ」という刻印が明瞭にきざまれることになった。フィッツジェラルドの作品に必ず「フィッツジェラルド」という刻印がきざまれているのと同じように。それを可能にするのは「才能」と呼ぶだけでは足りない、何か特別な力だ。おそらくは「美への業（ごう）」とでも称するべきものなのだろう。本人の自由意志では制御することのできない内的な力だ。その力は、美しい芸術を産み出すための根源的なソースとなり、またあるときには持ち主の魂を鋭くついばむ永遠のデーモンともなる。そのデーモンがどのような形をとってスタン・ゲッツを追い詰め、苛んだか、詳細は本書の中でたっぷりと語られている。

そのような熱心なファンであったにもかかわらず、僕はスタン・ゲッツのライブを一度しか聴いたことがない。一九七二年に来日したときの東京のステージだ。バンドはカルテット編成で、リッチー・バイラークのピアノ、デイブ・ホランドのベース、ジャック・ディジョネットのドラムという、当時ジャズ・シーンの最先端にある若いリズム・セクションを伴っていた。ホランドとディジョネットはマイルズ・デイヴィスのバンドのメンバーで、共にアルバム「ビッチェズ・ブリュー」の録音に参加した強力コンビ、バイラークはマンハッタン音楽院を出たばかりの新進気鋭のピアニストだった。だから僕はとても期待してそのコンサートに出かけたのだが、結果はずいぶん期待はずれなものだった。リズム・セクションはたしかに素晴らしい。シャープで瑞々しく、精妙に大胆にドライブする。しかし肝心のゲッツ御大に、ほとんどやる気が見受けられないのだ。

本書の十四章に、一九六九年のロンドンにおけるゲッツのコンサートの新聞評が引用されているが、それがまさに東京におけるゲッツの状態だった。引用してみる。

「ファースト・セットでのゲッツは、心ここにあらずというところだった。聴衆との間に心地良さを見いだせず、長く続けては演奏できず、長々と中断をとり、ぶつぶつ呟きながらステージから姿を消した。その音楽は重々しく、浮世離れしていた。まるで彼の内側から無理に引きずり出されたもののように。ヴィブラートは重々しく発せられ、ストラクチャーは混濁したものになった。それは感動的で美しくもあったが、同時にまたみっともなくて醜くもあった。引きこもりに入った天才とでもいうべきか」

本当にそのとおりだった。

ゲッツは曲のテーマを吹き、二コーラスばかりもそもそとソロをとって、そのままステージから消えてしまう。リズム・セクションは彼がいなくなったことにとくに驚きの顔も見せず（ある程度慣れていたのかもしれない）、トリオだけの演奏を延々と繰り広げる。このトリオの演奏はなかなか素晴らしくて、これを聴くだけでも会場に足を運んだ甲斐はあったというくらいのものだ。で、そのトリオの熱い演奏が一段落したころに、ゲッツが舞台の袖から姿を現す。そしてまた数コーラスをひととおりさらりと吹いて、それでおしまい。ソロはそれなりに悪くないのだが、感動を与えるところまでは達していない。ただ不足なく仕事をこなしているというだけだ。

そういうのが何度か繰り返され、コンサートはそのままずるずると終わってしまった。いくらリズム・セクションが奮闘したところで、肝心の主役がそのように精彩を欠いているのだから（僕らはなんといってもゲッツの演奏が聴きたくて、高いチケットを買ったのだ）、場が盛り上がるわけはない。「しょうがない、今日はゲッツはきっと調子が悪いんだ」と僕は途中であきらめのフェーズに入った。そして目をつぶり、「調子の良いときのゲッツならきっとこんな風に吹くんだろうな」と頭の中で音楽を想像し、補正しながら、彼のもうひとつ気乗りのしない演奏を聴いていた。ファンというのはそういうものだ。

「ゲッツは日本の聴衆を馬鹿にしているから、手を抜いているんだ。いつもそうだよ」としたり顔に言う人もいた。たしかにゲッツは何度か来日しているが、演奏の評判はどれもあまり芳しいものではなかった。しかしこのロンドンでのコンサート評を読むと、「日本だから手抜きした」というわけでもなさそうだ。おそらくそのときどきの調子がたまたま良くなかったというだけのことだったのだろう。この人の場合、麻薬とアルコールで生活が乱れまくった時期が多かったから、そういうことも少なからずあったはずだ（その手のトラブルに嫌気がさして辞めていったサイドマンも多い）。また本書を読むと、ゲッツが人種差別に対して真剣に腹を立てていた人であることがわかる。決して「日本だから手抜きした」というわけでもあるまい。少なくとも僕としてはそう思いたい。

ドナルド・L・マギンの書いたこのスタン・ゲッツの伝記は、一九九六年にアメリカで発売された。ゲッツが亡くなったのが一九九一年だから、おそらく死後ほどなく執筆を開始したということなのだろう。たくさんの資料を集め、家族や関係者に綿密な聞き取りをおこなった詳細な伝記で、これまで一般には知られていなかった数多くの事実がここで明らかにされているわけだが、決してスキャンダラスな暴露に走るわけではなく、著者の視線にはスタン・ゲッツの音楽に対する深い理解と愛情がしっかり感じられ、読んでいて自然な好感が持てた。ただあまりに暗い事実が多々描かれていて、僕のように彼のプレイのみを通して、その美しくも力強い音楽世界を長年にわたって堪能してきたジャズ・ファンとしては、読んでいて「こんなことが……」と、息苦しい思いをすることがしばしばだった。きつい部分にさしかかると、ページを繰る指も重くなりがちだった。とくにヘロインとアルコールの両方の依存症の、そしてまた鬱病に付随して起こる家庭内暴力の描写はどこまでも生々しかった。そんなわけで、以前からずっとこの本を自分の手で翻訳できればと考えてはいたものの、実際にその作業に取りかかる決心がつくまでにずいぶん時間がかかった。分厚い本だし、翻訳にはかなり時間もかかるだろうし、その期間そんな重い気分をずっと味わい続けるのは、僕としてもどうにも気が進まなかったのだ。

しかし実際に翻訳に取りかかってみると、そういう痛ましい部分も、思ったより平静に受け入れて、こなしていくことができた。彼の人生の暗部をひとつの事実としてある程度受容してこそ、彼の産み出した美しいものを真に美しく受け止められるのだという実感がそこにはあったからだ。たしかに本書には痛々しく、沈んだ部分も数多くあるけれど、同時にそれを凌駕する彼の音楽の素晴らしさが、また音楽を演奏することによって彼が手にしてきた無上の至福感が、実に生き生きと臨場感をもって描かれている。そういう意味では、一人でも多くのスタン・ゲッツ・ファンに、いや一人でも多くのジャズ・ファンに、一人でも多くの音楽愛好家に、本書を手にとっていただければと思っている。

また本書は、スタン・ゲッツという一人のミュージシャンのカラフルな生涯を描くというだけではなく、彼の生きてきた航跡を辿ることによって、ジャズという音楽のおおまかな歴史を辿ることができるようにもなっている。スタン・ゲッツの生きた人生は、ほとんどそのままそっくりジャズの歴史に重なっているからだ。また各所にジャズの基礎知識が丁寧に書き込まれているので、ジャズのことをよく知らない人が読んでも、ゲッツが生き抜いてきた世界のおおよその成り立ちは理解できるはずだ。そういう意味では、本書は興味深い読み物であるのと同時に、なかなか親切なジャズのガイドブックにもなっていると思う。

著者のマギンは、経歴を見ると、ジャズの愛好家であり研究者であり、またビジネスマンでもあると書かれている。どちらが本職かはわからないが、どうやらかなり成功した投資マネージャーでもあるらしい。政府公債のスキャンダルに関する経済畑の著書も出版している。また三年間にわたってカーター政権下のホワイトハウスに勤務したという経歴も持っている。ジャズ関係では、マックス・ローチやソニー・スティットやローランド・ハナのコンサートを主催し、スタン・ゲッツの他にはディジー・ガレスピーの伝記も書いている。いずれにせよ、これだけ分厚い、そして中身の濃い書物を書くためには、ずいぶん多くの下調べと調査が必要とされたはずだ。読んでいて感服しないわけにはいかなかった。なかなか日本ではここまで突っ込んだ詳細な伝記は書けない。伝記というものに対する人々の理解（あるいはコンセンサス）が、日本とアメリカとではずいぶん違っているみたいだ。

個人的な話をさせていただくと、僕はスタン・ゲッツのファンとして、彼が吹き込んだレコードをオリジナル盤で完全にコレクションすることを目標にして、これまで世界中の中古レコード店を丹念に巡ってきた。おかげで「ほぼ完全」というところまではなんとか到達したのだが、あと数枚を残すところで中断している。ひとつには、この本を訳しているうちにだんだん、「ものばかり集めてもしょうがないよな」という心境になってきたからだ。ごく当たり前のことだが、いちばん大事なのはものではなく、音楽そのものなのだ。その音楽が自分の魂のどの深さまで達したかという確かな手応えなのだ。それ以外のものにはとりたてて意味はないだろう。スタン・ゲッツの人生を辿っていて、あらためてそう実感した。

それはともかく、僕は日々本書を翻訳し、スタン・ゲッツの人生をなぞりながら、そこに登場する音楽の入ったレコードを、レコード棚から一枚一枚引っ張り出して、ターンテーブルに載せていった。スタン・ゲッツの音楽に耳を傾けながら、スタン・ゲッツの伝記を自分の手で翻訳する……それは実に至福としか言いようのない素晴らしいひとときだった。

繰り返すようだが、スタン・ゲッツの音楽の神髄はそのリリシズムにある。センチメンタリズムを超えた深い叙情精神だ。しかしそれはあくまでコインの一面に過ぎない。その美麗な精神の裏には避けがたく、残忍なデーモンがひっそりと潜んでいる。明と暗。光と闇。あなたは自由意志で、そのどちらかを選択することはできない。選ぶのはあなたではなく、彼らなのだ。そして真の美とは、根源にそのような危険な成り立ちを避けがたく抱えたものなのだ。

スタン・ゲッツの残した音楽を耳にするたびに、できればそのことを思い出していただきたい。叙情と悪魔。本書が我々に訴えかけているのは——僕が思うに——そういうことだろう。

新潮社編集部の寺島哲也さん、前田誠一さん、校正の田島弘さんには大変お世話になった。かなり分厚い本でもあり、専門用語も多く、確認すべき事実も多く、原稿のチェックには手間がかかった。彼らの協力なくしては達成の困難な仕事だった。

翻訳テキストにはウィリアム・モロウ社刊のハードカバーを使用したが、ペーパーバック版の内容といくつか相違する箇所があった。おそらくペーパーバック刊行時に、事実関係の誤りを訂正したものと思われる。そちらの記述に添った。

ドナルド・L・マギン　1927-2012
作家、ビジネスマン。ディジー・ガレスピー、マックス・ローチ、ソニー・スティット、ローランド・ハナ、ユービー・ブレイク、ロバータ・フラックなどのジャズ・コンサートをプロデュース。カーター大統領政権下のホワイトハウスで３年間勤務した。

STAN GETZ　A LIFE IN JAZZ
by Donald L. Maggin

スタン・ゲッツ　音楽を生きる

ドナルド・L・マギン著　村上春樹訳

発　行　2019年8月25日
2　刷　2022年1月20日

発行者　佐藤隆信
発行所　株式会社新潮社　〒162-8711　東京都新宿区矢来町71
電話　編集部　03-3266-5411／読者係　03-3266-5111
https://www.shinchosha.co.jp
印刷所　錦明印刷株式会社
製本所　加藤製本株式会社

乱丁・落丁本は、ご面倒ですが小社読者係宛お送り下さい。
送料小社負担にてお取替えいたします。
価格はカバーに表示してあります。

ISBN 978-4-10-507131-8 C0098

# 主要人名索引

## ア行

## カ行

## サ行

## タ行

## ナ行

## ハ行

## マ行

## ヤ行



## ラ行

## ワ行